RETRIBUTIO

KARL SEITZ ERMITTELT: SEIN ZWEITER FALL

PETER HOHMANN

PETER HOHMANN

Eine gepfählte Leiche sowie verschwundene Frauen, die mit einem Mal wieder auftauchen – Karl Seitz gerät an seine Grenzen …

Ca. 105.000 Wörter

Hauptkorrektorat: Nina Stietzel (www.niquinjas-korrektorat.com)
Lektorat: Sandra Gernt
Testleser / Korrektorat: Sandra Herrmann, Stefanie Übel, Jens Stöcker
Covergestaltung: Christian Günther

Dies ist eine Publikation von HoPe Productions: Peter Hohmann, Heckenstallerstraße 10, 85354 Freising

ISBN: **978-3-949821-13-4**

Homepage: www.peterhohmann.net

Auf der Homepage können Sie sich für den Newsletter anmelden, um keine Neuigkeiten zu verpassen.

Peter Hohmann findet man auch auf Facebook, Instagram und Twitter.

Bibliografische Information der Deutschen Nationalbibliothek:
Die Deutsche Nationalbibliothek verzeichnet diese Publikation in der Deutschen Nationalbibliografie; detaillierte bibliografische Daten sind im Internet über http://dnb.dnb.de abrufbar.

DANKSAGUNG

Mein Dank gebührt Christian Günther für das Erstellen des Covers, Nina Stietzel, Sandra Herrmann und Stefanie Übel fürs Korrektorat sowie die verschiedenen Testlesedurchläufe. Ein weiteres großes Dankeschön geht wie immer an meine Lektorin Sandra Gernt.

Gewidmet ist dieses Buch Annette Schäfer, meiner Patentante. Sie ist eine wundervolle Person.

ZUSAMMENFASSUNG BAND 1

Karl Seitz ist Hauptkommissar der Münchener Polizei und ein Stinkstiefel, was vor allem daran liegt, dass seine Frau Anja vor zwei Jahren spurlos verschwand und er damit nicht klarkommt. Zu spüren bekommen seine Launen oft seine Kolleginnen und Kollegen, allen voran Maria Strobl und Clemens Dillhager. Sie ist eine junge Nachwuchs-Kommissarin, die Karl durchaus Paroli bietet, er ein auf sein Äußeres bedachter, leicht schnöseliger Kommissar, der seinen kriminalistischen Spürsinn überschätzt. Benjamin Bukis – kurz Benny –, Mitglied des Spurensicherungs-Teams und überdies zuständig für Computerhacks und andere Software-Kunststücke, ist der vierte im Bunde.

An einem Freitag untersuchen Karl und Maria eine männliche Leiche vor dem Bürogebäude BURAPLEX. Schnell wird offenbar, dass das Opfer woanders ermordet und dort nur abgelegt wurde. Alleinstellungsmerkmal dieses Mordes ist der Umstand, dass es sich um eine Steinigung handelt.

Die Identität des Toten ist rasch geklärt: ein Pilot, der sich übergangsweise in München aufhielt. Das Motiv ist zu diesem Zeitpunkt nicht einmal zu erahnen.

Karl plagt aber nicht nur, dass die Polizei im Dunkeln tappt, sondern auch das eigene Familienleben. Seit dem Verschwinden seiner Frau stürzt er sich wie besessen in die Arbeit, vernachlässigt jedoch seine Kinder. Während sein Sohn Manuel in der Spur zu laufen scheint, verkehrt Leonie in Kreisen, die Karl die Zornesröte in die Wangen treibt. Als sie der Schule fernbleibt, zwingt er Benny dazu, eine Ortungsapp auf Karls Handy zu installieren. So findet er heraus, dass sie eine Beziehung mit einem drogenabhängigen jungen Mann – Rouven Meiffert – eingegangen ist. Dieser liegt im Krankenhaus, und Karl stattet ihm einen Besuch ab. Dabei droht er ihm an, ihn zu erschießen, wenn er seine Hände nicht von Leonie lässt.

Hierbei bemerkt Karl, wie unberechenbar und impulsgetrieben er geworden ist. Der zweite Mord in einem Bunker bei Dietramszell – eine Brandleiche, die allerdings im Anger Palais gefunden wird –, setzt ihn und sein Team noch mehr unter Druck, da eine Spur zum Mörder weiterhin fehlt. Der Besitzer des Bunkers – Rolf Brandstetter – ist ein übellauniger Zeitgenosse, den Karl deswegen in den erweiterten Kreis tatverdächtiger Personen aufnimmt. Nachweisen kann man ihm jedoch nichts. Die einzige Verbindung zum Mord besteht darin, dass in Brandstetters Bunker ein Anhänger gefunden wurde, dessen Symbol zur sektenähnlichen Vereinigung „Treues Kreuz" passt. Daraufhin werden die Büroräume der Sekte durchsucht. Doch deren Vorstand, Patrick Wallner, ist ein aalglatter Typ und windet sich geschickt aus jeder Fangfrage.

Auch wenn Karl Wallner nicht ausstehen kann, bezweifelt er im Laufe der Zeit, dass dieser etwas mit den Morden zu schaffen hat. Nach weiteren Ermittlungen wird klar, dass der Mörder seiner Opfer in der Schwulenszene sucht. Wieso er dies tut, bleibt vorerst ungeklärt. Zeitgleich findet Karl heraus, dass sein Sohn Manuel homosexuell ist. Damit kann er überhaupt nicht umgehen. Ein dritter Mord, bei dem man die gekreuzigte Leiche im Ratskeller unter dem Münchener Rathaus entdeckt, führt dazu, dass sich die Medien auf die dürftigen Ermittlungserfolge der Münchener Polizei einschießen. Als ein Frühstück in einem Streit mit seinen Kindern endet, erleidet Karl einen Zusammenbruch. Er kommt ins Krankenhaus, entlässt sich jedoch auf eigene Verantwortung, obwohl Doktor Linninger ihn ermahnt, er solle dies nicht tun. Karl kennt Linninger, weil dieser ein paar Tage vorher seinen Sohn wegen einer gebrochenen Nase behandelte.

Maria fällt bei diesem dritten Mord etwas auf, das sie auch beim Fundort der Brandleiche im Anger Palais festgestellt hat: Der Boden um die Leiche herum ist seltsam sauber. Sie verbeißt sich in diesen Fakt, den Karl anfangs als irrelevant abkanzelt. Zudem stößt sie auf die Information, dass die Fundorte der Toten auf geschichtsträchtigem Boden liegen. Maria trifft sich mit einem Mittelalterexperten, der sie aufklärt, dass sich der Mörder anscheinend als altertümlicher Henker aufspielt, dabei aber historische Ungenauigkeiten offenbart.

Wenig später sucht Maria Brandstetter auf, der der Polizei mitgeteilt hat, am Vortag einen Fremden auf seinem Grundstück gesehen zu haben.

Als sie dort eintrifft, hört sie Schüsse. In einem Schusswechsel mit einem Bewaffneten wird sie verletzt, beißt aber auf die Zähne und untersucht nach der Flucht des Schützen das Grundstück. Dabei stößt sie auf den erschossenen Rolf Brandstetter.

Als Verstärkung eintrifft, bringt man sie ins Krankenhaus, wo sie einem charmanten Arzt begegnet, der ihr seine Telefonnummer gibt. Auch sie entlässt sich auf eigenen Wunsch, um mit Karl die Tätersuche zu forcieren. Nach und nach kristallisiert sich heraus, dass der Mörder einen Groll gegen das Treue Kreuz hegt und seine Taten so aussehen lassen möchte, als ob jemand in der Sekte die Morde verübt. Nach dem Auswerten diverser Spuren kommen sie dem Mörder schließlich auf die Schliche: Es handelt sich um Doktor Linninger, den Arzt, der sowohl Manuel als auch Karl selbst behandelt hat.

Als sie Linningers Haus durchsuchen, telefoniert Karl mit Manuel und warnt ihn, dass Linninger es offensichtlich auf Homosexuelle abgesehen hat. Während des Gesprächs reißt die Verbindung jedoch ab, was Karl in Aufregung versetzt. Alle weiteren Versuche, Manuel zu kontaktieren, scheitern. Außer sich vor Sorge zieht Karl mit Maria los, um Manuel zu finden. Tatsächlich findet sich sein Sohn Linningers Gewalt. Dieser verschafft sich gewaltsam Zugang zu Patrick Wallners Anwesen, da Wallner sein letztes Opfer sein soll. Denn Linninger sieht in Wallner den Hauptverantwortlichen, dass seine Frau sowie seine ungeborene Tochter bei einem Autounfall starben.

Linninger hat Experimente an Menschen durchgeführt, um zu ergründen, welche die grausamste und qualvollste Art des Mordens ist. Er will sowohl Wallner umbringen als auch sich selbst. Doch sein Plan geht nicht auf, weil ihm die Polizei auf der Spur ist. Somit möchte er Wallner und sich selbst anzünden. Auch Manuel will er töten, da er Karl Seitz nicht ausstehen kann.

Karl und Maria indes überlegen fieberhaft, was Linninger vorhat. Nachdem sie die Fakten sondiert und alle Möglichkeiten in Betracht gezogen haben, kommen sie zu dem Schluss, dass Linninger bei Wallner sein muss. Sie fahren zu dessen Haus, schleichen sich durch den Garten und bemerken Linninger. Da die Bewegungssensoren der Gartenbeleuchtung auf Karl und Maria reagieren, sieht Linninger sie ebenfalls. Nach einer Schießerei, die ergebnislos bleibt, stürmen Karl und Maria das Haus.

Linninger übergießt Wallner und Manuel mit Benzin und will beide anzünden. Manuel fasst all seinen Mut zusammen und attackiert Linninger. Theresa – eine Sekretärin der Sekte –, die Linninger beim Eindringen ins Haus angeschossen und lebensgefährlich verletzt hat, schafft es, sich von hinten heranzuschleichen, und schlägt Linninger im selben Moment halb bewusstlos.

Dann ist Karl zur Stelle und will Linninger erwürgen, was Manuel im letzten Moment verhindert.

Linninger wird abgeführt, Theresa ins Krankenhaus transportiert.

Maria und Karl bekommen Sonderurlaub, den Karl dazu nutzt, eine Hausparty zu veranstalten. Mit Manuel hat er sich ausgesöhnt und sogar dessen Freunde zur Party eingeladen. Auch mit Leonie hat er sich wieder zusammengerauft.

Dann jedoch kommt die eiskalte Dusche: Eine Frau wurde in Linningers Haus gepfählt, und das, obwohl Linninger selbst bereits im Gefängnis sitzt.

Karl und Maria begeben sich zum Tatort.

Hier endet der erste Band.

PROLOG

… und haben in Ihrer maßlosen Selbstüberschätzung bestimmt geglaubt, damit durchzukommen.
Weit gefehlt, ich merke so etwas!
In diesem Fall ist Ihre Betrügerei zwar verjährt, der Polizei habe ich sie aber trotzdem gemeldet. Ich bin nämlich sicher, Sie erschleichen sich immer noch Vorteile, wo Sie können.
Möge das Gesetz Sie für Ihre schändlichen Machenschaften mit aller Härte bestrafen!

Hochachtungsvoll

Friederike Elzig

Unter dem Radar

WANN WAR DER PERFEKTE ZEITPUNKT, um sich Gehör zu verschaffen? Um gesehen zu werden?

Er starrte auf den Flachbildschirm, wo sich ein kleines Hexagon ans nächste schmiegte, wie Bienenwaben. Bilder flimmerten in jedem einzelnen, entweder in Schwarzweiß oder Farbe. Gute Schärfe, Sättigung und Kontrast, nur vereinzelt Ausreißer mit Grünstich oder Störstreifen.

Er verschränkte die Hände hinter dem Kopf, wippte im Bürostuhl vor und zurück, vor und zurück, vor und …

Konnte die Frage nach dem perfekten Zeitpunkt überhaupt jemand beantworten? Hundert Personen würden jedes Mal etwas anderes sagen.

Je länger er darüber nachdachte, desto mehr wurde ihm bewusst, welch untergeordnete Rolle der richtige Zeitpunkt spielte.

Es kam nur darauf an, dass man es perfekt durchzog. Wie ein Feldherr, der eine Schlacht plante und lenkte – aus den Schatten heraus. Der Feldherr besaß weder Form noch Gesicht. Nur Finesse. Und Genialität.

O ja, die Welt würde ihn hören und sehen und spüren – und ihn fürchten!

Er lächelte.

Er könnte es jetzt tun oder morgen. Oder übermorgen. Oder in zwei Wochen. Er checkte seinen Kalender. „Ah, wie passend!“ Morgen hatte Florian Pressler Geburtstag. Das würde sich *wirklich* anbieten. „Ja“, sagte er, weiterhin lächelnd. „*Jetzt* ist gut. Genau in *dieser* Nacht. Lassen wir dem ersten Ton weitere Kadenzen folgen.“

Das hatte er schön gesagt, wie er fand.

Keine Zeit mehr verlieren. Sonst würde das öde Einerlei des Alltags ihn umbringen, bevor er sein Meisterstück vollendete.

Mittels Mausklick holte er ein Hexagon näher heran, dann aktivierte er die Soundübertragung und schob sich das Bügelmikro seines Headsets vor die Lippen.

„Guten Abend, Constanze, immer noch glücklich in deinem Feriendomizil?“

Feriendomizil – köstlich! Das war ihm spontan eingefallen, ihm, der sonst so minutiös plante. Selbst die Modulation seiner Stimme war perfe…

„Fick dich!“

Heiß schoss es ihm in die Schläfen, er ballte die linke Faust. Wie konnte dieses Stück Dreck es wagen, seine Spontanität nicht zu würdigen?

Dennoch hielt er seine Stimme ruhig und überlegt. Nur ein einziger Tropfen des Zorns, der über seine Stimmbänder floss, würde sein Konstrukt schädigen, sein Netz, in dem einzig und allein *er* herrschte!

„Ich hoffe, du verreckst qualvoll!“, schrie sie. „Du gottverfluchte Drecksau!“

Der Druck hinter den Schläfen schwoll an, als würde jemand einen mit Glut gefüllten Ballon in seinem Kopf aufpumpen.

So viel Mühe hatte er sich mit ihr gegeben, so viel Zeit investiert. So viele wundervolle Bilder hatte er ihr gezeigt. Und wie dankte es ihm diese aufbrausende Fotze? Er drückte sie weg, riss sich das Headset vom Kopf. „Das wirst du büßen! Du willst es ja nicht anders!“

Constanze hatte ihre Nützlichkeit verwirkt.

„Selbst schuld“, murmelte er, stand auf und rief in seinem Handy den Ablaufplan auf, den er minutiös ausgearbeitet hatte; jeden Handgriff; jeden Klick mit der Maus. Er wusste, wie viele Kilometer er fahren musste und wie lange das dauern würde. Er wusste, zu welcher Zeit in der Lavaterstraße am wenigsten los war. Er wusste, wo er sie rauslassen musste, damit sie zum gewünschten Zeitpunkt krepierte.

Fehler konnte er sich nicht erlauben. Bei Linninger hatten sich diese zum Ende hin derart gemehrt, dass von einem *großen* Finale keine Rede sein konnte. Selbst der Begriff *Finale* erschien übertrieben. Eher *laues Lüftchen,* ja, ein mit Mühe rausgequetschter Furz, der nicht einmal stank. Alles und jeden mit Benzin übergießen und anzünden wollen – da hatte er Linninger wahrlich mehr zugetraut.

Er steckte das Handy weg und stand auf. „Schade, dass du nicht zusehen kannst, Linninger. Denn jetzt werde ich dir und allen anderen zeigen, wie ein *wirklich* großes Finale aussieht.“

KAPITEL EINS

WÄRE jemand in der Nähe gewesen zu dieser unchristlich frühen Stunde in der Lavaterstraße in Neubiberg, so hätte dieser Jemand das Tapsen nackter Füße womöglich für zerplatzende Wassertropfen gehalten, so leise war es. Zudem besaß es nicht den Rhythmus gleichmäßig gesetzter Schritte, nein – es kam unstet, zweimal schnell, kurze Stille, gefolgt von drei Tapsern, danach wiederum nur einer, und dazwischen das elektrische Sirren der Straßenlaternen.

Ja, wüsste man, wer da herumtapste, und vor allem, warum – dann wären jedem Neubiberger Wassertropfen lieber gewesen.

Vor allem der Familie Pressler.

Die Frau trug graue Unterwäsche sowie ein ebenfalls graues Tanktop, Stoff und Haut nass vor Schweiß. Die Lichtkegel der Laternen fischten sie aus der Dunkelheit und schickten sie wieder zurück, als würde man einen alten Diafilm abspulen.

Eine Hand presste sie auf die Brust, die andere hielt sie ausgestreckt, als verbarg der Nebel irgendetwas vor ihr, das sie haben wollte. Das ihr wichtig war.

Sie strauchelte, stürzte auf die Knie, als hätte sie Buße zu leisten. Ein Wimmern im schweren Keuchen ihres Atems, dann kroch sie einige Meter. Sie würgte, hustete, rang um Atem – und kämpfte sich zurück auf die Füße. Links neben ihr ein Zaun, an dem sie jetzt entlangschabte, da ihre Beine an Kraft verloren, jede Latte wie eine Schienenschwelle, die den Körper erschütterte und Haut abschürfte.

Ein heiserer, erstickter Schrei, als sie sich abstieß und auf die Straße taumelte, einen Arm wieder flehend ausgestreckt. Ihre aufgerissenen Augen fixierten ein gepflegtes Einfamilienhaus, rote Dachschindeln, Fassade in dezentem Beige, die Fensterrahmen grau. Von der modernen Optik sowie dem sauber getrimmten Vorgarten her reihte es sich in die anderen Häuser zu beiden Seiten der strichgeraden Straße ein wie ein Soldat in die Ränge seiner Kameraden.

Doch so homogen das Wohngebiet war, mit dem rasterartigen Straßennetz, das an amerikanische Großstädte erinnerte, so unterschiedlich waren die Schicksale der Bewohner. Auch an diesem idyllischen Fleckchen urbanen Miteinanders gab es so manch trauriges Geschehen, das die eigenen vier Wände nie verließ.

Das Schicksal der Familie Pressler jedoch kannte jeder Neubiberger. Geheimhalten ließ sich da nichts; bei so einem Ereignis diffundierte das Unglaubliche aus den eigenen Wänden heraus und erreichte jedes Ohr und oft auch das Herz. Denn wenn die Mutter zweier Kinder eines Tages spurlos verschwand, dann wurde den Menschen mit Herz selbiges schwer. Im ersten Jahr halfen sie den Presslers, im zweiten kümmerten sie sich wieder um sich selbst. Im dritten Jahr wurden jene Gerüchte, die von Anfang an existiert hatten, immer lauter: Vielleicht war Constanze doch auf ihr eigenes Betreiben hin verschwunden? Die Karibik, die hatte sie doch so geliebt. Oder hatte es auf ihren Dienstreisen mehr gegeben als Kontakte *beruflicher* Art?

Was wirklich im Kopf eines Menschen vor sich ging, wusste man ja nie, nicht wahr?

Hätten sie Constanze Pressler jetzt über die Straße torkeln sehen, hätten sie gewusst, dass diese Gerüchte dumm und haltlos waren.

Aber niemand war zugegen. Constanze Pressler war allein.

Sie prallte gegen das Gartentor, sank daran herab, schloss die Finger um die Metallstäbe, wollte schreien, konnte aber nicht. Ihr Herz stolperte durch ihre Brust. Hitzeschübe beutelten sie, und sie konnte immer schlechter atmen.

Mit letzter Kraft kämpfte sie sich in die Höhe, drückte die Klingel, die anders aussah als damals, als sie …

„Bitte …“

Erneut drückte die den Knopf, wieder und wieder. Keuchend brach sie zusammen, kam auf dem Gehweg zu liegen, direkt vor dem Haus, in dem ihr Mann und ihre Kinder lebten. Constanze Pressler wollte sie unbedingt noch einmal sehen, und so kämpfte sie um jeden Atemzug.

Sie hörte das elektrische Summen der Straßenlaternen.

Und doch, es klang anders als vorhin …

Es schwoll an, wurde lauter.

Sie wandte den Kopf, sah in den Himmel.

Etwas Dunkles, Rundes schwebte dort, ganz ruhig, die kleinen Rotoren flirrten wie Luft über erhitztem Asphalt.

„Verfluchter Bastard …“, keuchte Constanze Pressler, ehe sie die Augen schloss.

KAPITEL ZWEI

„Jede Wette, dass sie lesbisch war", sagte Karl, gähnte und schaute aus dem Seitenfenster zu den vereinzelt vorbeitreibenden Schneeflocken.

Die Ampel sprang auf Rot, malte blutfarbene Schlieren auf den nassen Asphalt. Ein schleifendes Geräusch aus Richtung der Hinterachse, als Maria bremste.

Karl kratzte sich am Schnauzer. „Wann warst du mit der Karre das letzte Mal bei der Inspektion? Oder musst du dafür schon zu einem Oldtimer-Schrauber?"

Lächelnd streichelte Maria das Lenkrad. „Hör einfach nicht auf den schnauzbärtigen, gehässigen Onkel, der den Beifahrersitz platt drückt."

Die Ampel sprang auf Grün, ein intensives Leuchten vor dem Hintergrund des dunklen Morgenhimmels, in den nach und nach das Grau eines tristen Tages sickerte.

Maria rührte am Schalthebel, bis der erste Gang mit einem Knarzen einrastete. „Der Onkel ist bloß sauer, weil sein eigenes Autschkerl ein großes Aua an den Stoßdämpfern hat."

Karl schnaubte, reckte den rechten Arm und schloss die Finger um die Griffleiste an der Deckenverkleidung.

Maria beschleunigte auf dreißig, ehe sie bei der nächsten Ampel erneut anhalten musste.

„Letztes Mal hast du noch gemeint, auch dir gehen die Mätzchen deiner Karre langsam auf die Nerven“, sagte Karl, ehe er abermals aus dem Fenster schaute. Die trudelnden Schneeflocken rahmten das sandfarbene Altbaugebäude zur Rechten wie eine Postkarte aus dem Weihnachtsurlaub.

„Autschkerle und ich haben uns schon lange wieder vertragen.“

Karl schnaubte. „Mein Gott, was ist denn das um sieben Uhr morgens für ein Verkehr in diesem Kaff?“

Maria schaute zu ihrem Handy, das in einer Halterung an der Windschutzscheibe hing und als Navi fungierte. „Der Onkel ist ungeduldig. Aber wir sind gleich da. An der nächsten Kreuzung links, dann den Berg hoch und rechts.“ Sie tätschelte den Schaltknüppel. „Hast den Onkel und mich gut nach Freising gebracht.“

„Hör auf, mich Onkel zu nennen, ja?“

„Ich wette dagegen, dass sie lesbisch war“, sagte Maria.

„Einsatz?“

„Nächste Zeche im Fieberwahn bei Inge.“

Karl wandte ihr das Gesicht zu und lächelte. „Abgemacht.“

„Weißt du, was witzig ist?“, sagte Maria, ihr Blick aufs Navi gerichtet. „Die Kreuzung da vorne heißt Karlwirtkreuzung.“

„Aha. Und was ist daran witzig?“

„Karl und Wirt und unsere Wette – das kann kein Zufall sein. Glaubst du an Schicksal, Karl?“

Er lachte kurz auf, ließ die Erheiterung aber mit einem Seufzer ausklingen. „Du bist doch völlig durch.“

Nun lachte Maria, während sie sich im Schneckentempo besagter Kreuzung näherten. Maria fädelte auf die linke Abbiegespur ein, musste aber wieder anhalten, da die nächste Rotphase regierte.

„Dieses Rumgezuckel raubt einem den letzten Nerv.“

Sie ignorierte Karls Unmut, der stets durchbrach, wenn der Verkehr stockte, und sagte: „Du glaubst an einen Trittbrettfahrer:

Linninger hat Schwule umgebracht, und sein Nachfolger setzt die Hinrichtungs-Experimente mit lesbischen Frauen fort."

„Klingt logisch, oder?"

„Nicht wirklich. Dafür, dass Friederike Elzig lesbisch war, gibt es nicht den geringsten Hinweis." Maria bog nach links. Rechter Hand schälten sich ein Döner-Imbiss und eine Kneipe aus der von Schneegestöber verzierten Morgendämmerung. Sie bog erneut nach links, es ging bergauf. Der Motor brummte empört und ließ das Armaturenbrett vibrieren. Irgendetwas klapperte und klackerte.

Karl lachte. „Besser, ich steige aus und schiebe."

Maria hielt an. „Bitte."

Er verdrehte die Augen.

Leider konnte Maria es nicht durchziehen, weil hinter ihnen ein Auto kam und bereits aufblendete. Jetzt klang das Röhren unter der Motorhaube wie ein Todesschrei. Sie fuhr nach rechts, parkte hinter einem Lieferwagen und drehte den Zündschlüssel. Ein dankbares letztes Gluckern streifte ihr Ohr.

„Vielleicht waren sie schon immer zu zweit", sagte Karl in die Stille, nur durchbrochen vom *Plapp-Plapp* der mit der Windschutzscheibe verschmelzenden Schneeflocken.

„Quatsch."

„Wieso?"

„Weil es auch dafür keine Hinweise gibt."

Er zuckte mit den Schultern. „Trotzdem müssen wir mit Linninger reden."

Maria nahm ihr Handy aus der Halterung und steckte es in die Tasche ihrer Lederjacke. „Ob das was bringt?"

„Einen Versuch ist es wert."

Sie bezweifelte dies, redete jedoch nicht dagegen. Von ihr aus könnte Karl gerne in die JVA Stadlheim schlappen. Linninger würde nicht mit ihm reden. Der Typ hatte einen Selbstmordversuch hinter sich und lag seitdem auf der psychiatrischen Abteilung, wo er das Essen verweigerte, sodass die Leitung bereits

Zwangsernährung erwog: Linninger wollte nicht reden, sondern sterben.

Karl senkte die rechte Hand zum Türgriff, schaute sie aber fragend an.

„Meinetwegen ein Trittbrettfahrer. Aber zu zweit waren sie bestimmt nicht." Sie grinste ihn an. „Wollen wir wetten?"

„Erst die eine Wette, dann die andere", erwiderte er und stieg aus.

Maria tat es ihm gleich und schloss den Punto ab. „Hast du die Tür verriegelt?"

„Hä?"

„Du musst den Knopf runterdrücken."

„Junge, das ist echt old school", brummte er, öffnete die Tür, presste den Zeigefinger auf den Knopf und schlug sie wieder zu.

„Etwas sanfter bitte: Oldtimer sind einiges wert und werden oft geklaut."

Karl schnaubte ein Lachen. „Hat der keine Zentralverriegelung?"

„Doch. Aber die ist hinüber."

„Gab's beim Schrotthändler keine Ersatzteile?"

„Wie viel der komplette Stoßdämpfersatz wohl kosten wird, hm?"

Karl schaute demonstrativ zu den Häusern ringsum, deren hohe Giebel hinter Buchs- oder Ligusterhecken in den sich aufhellenden, von einer Wolkendecke beherrschten Himmel ragten. Eine feine Schicht aus Weiß bedeckte die Dächer wie Puderzuckertopping. „Nicht schlecht, Herr Specht. Hier würde ich es auch aushalten."

„Neidisch auf den Freisinger Geldadel?"

„Schmarrn. Kohle wird überbewertet."

„Genau wie Autos", sagte Maria und schritt aus. „Ist gleich da hinten."

Wenig später stand sie vor einer durch ein hohes Metalltor verschlossenen Auffahrt und fixierte den in die Plakette ziselierten Namen über der Klingel: Elzig.

„Wir sind richtig." Nachdem sie sich eine Schneeflocke von der Nasenspitze gewischt hatte, klingelte sie.

„Ja bitte?", erklang eine Männerstimme aus dem Lautsprecher.

Maria zückte ihren Dienstausweis und hielt ihn vor die Kameralinse. „Kripo München. Wir haben einen Termin."

„Kommen Sie rein."

Ein Summen, das Tor schwang automatisch auf. Zusammen schritten sie einen gepflasterten Rechtsbogen entlang, der zum Gebäude führte, einem zweistöckigen, modernen Haus, grau gestrichen, die Fensterbögen weiß abgesetzt. Inmitten der Altbauten ringsum wirkte es wie ein Fremdkörper.

Die Tür öffnete sich. Ein schlanker Mann erwartete sie, schwarze Jeans, blaues, langärmeliges Hemd, unter dem sich ein kleiner Spitzbauch wölbte. Sein Gesicht schimmerte blass wie Keramik.

„Herr Günther Elzig?", sagte Karl.

„Ja." Er wies ins Innere. „Die Schuhe können Sie anlassen."

„Aber es ist nass", sagte Maria mit einem Blick auf die hellgrauen Bodenfliesen, die den Eingangsbereich beherrschten, ehe dahinter, in einem größeren Raum, Schiffsparkett glänzte.

Elzig zuckte die Schultern. „Wurscht." Fast meinte sie, er verspürte stille Freude, weil zwei Polizisten ihm gleich das Haus versauten.

Elzig schloss die Tür, eilte an ihnen vorbei, winkte ihnen und deutete auf die weiße Ledercouch im Wohnzimmer, an das rechter Hand eine ebenfalls weiße Küche mit Kochinsel grenzte. Jenseits der Couch dominierte ein riesiger Flachbildschirm die Wand, der ein Quadrat aus Familienschnappschüssen mickrig wirken ließ. Ans Wohnzimmer schloss ein Wintergarten an, der dem von Wallners Haus verblüffend ähnelte. Ein Kribbeln entsprang zwischen Marias Schulterblättern, das ekelhaft langsam die Wirbelsäule hinunterschlich und sich im Lendenbereich zu einem kalten Fleck bündelte. Auch Karl schaute die Fensterfront länger an.

„Möchten Sie sich nicht setzen?" Auf Elzigs Stirn, der weit

nach hinten reichende Geheimratsecken viel Platz boten, formte sich der Anflug eines Stirnrunzelns.

„Natürlich", sagte Karl sofort, strich sich über den Schnauzer und setzte sich.

Maria nahm neben ihm Platz.

„Kaffee?", fragte Elzig.

Karl winkte ab. „Eigentlich haben wir dafür keine ..."

„Ach", sagte Elzig und lächelte. „Ein Espresso ist genau das Richtige bei diesem Wetter. Ist gleich erledigt." Ohne eine Reaktion abzuwarten, steuerte er in die Küche. Dort hantierte er an einer Siebträgermaschine herum, nicht schlaff oder niedergeschlagen, sondern mit einem Elan, der sein blasses Gesicht Lügen strafte.

Karl sah Maria an und hob die Augenbrauen.

Sie raunte ihm zu: „Dafür, dass seine Frau ermordet wurde, wirkt er ziemlich entspannt."

„Jo", meinte er nur, ehe sich sein Blick irgendwo zwischen den mit bunten Dekokörnchen bestückten Schalen auf dem kleinen Glastisch verlor. Sie wusste, was er dort sah: seinen Sohn. Hilflos als Linningers Geisel. Gut eine Woche war das her, also viel zu wenig Zeit, als dass sich bereits Hornhaut auf der Seele gebildet hatte. Auch für Maria fühlte es sich an, als wäre sie von Linningers Festnahme direkt hierher gefahren.

Hätte Karl sich nicht zum x-ten Mal abfällig über ihr Auto geäußert, hätte sie seine Hand genommen und kurz gedrückt. So legte sie lediglich die Ellenbogen auf den Knien ab, formte die Finger beider Hände zu einem Dreieck und schaute zu den schmutzigen Schuhabdrücken, die sich von den Fliesen über das Parkett bis zur Couch zogen. Vielleicht wischte Elzig gerne den Boden. Oder hatte er eine Putzkraft, die er nicht leiden konnte?

„Zucker?", rief Elzig.

„Nein, danke", sagte Maria; Karl schwieg.

Ihr Gastgeber kehrte zurück, platzierte Untersetzer mit metallenen Espressotassen auf dem Glastisch, holte sich einen Stuhl vom Esstisch und setzte sich Karl und Maria gegenüber. Erwartungsvoll sah er zu ihnen.

Maria griff zum Espresso, dessen intensiver Duft ihr in die Nase stieg. Sie nippte, trank dann mehr und nickte. „Oh, der ist gut."

Ein Lächeln kerbte zwei glückliche Furchen in Elzigs Wangen. „Fairtrade aus Bolivien, Sonderröstung."

„Wow", erwiderte sie zögerlich und trank den Espresso leer. Zu herb für ihren Geschmack, was allerdings daran liegen mochte, dass sie ihre Geschmacksnerven auf die Discounterbohnen im Dezernat genordet hatte.

Elzig sah Karl an. Der jedoch stierte weiterhin ins Nichts.

Maria räusperte sich. „Nun, Herr Elzig, wie schon am Telefon angekündigt, haben wir einige Fragen an Sie."

Er nickte und schien seine Augen nur mit Mühe von Karls unangerührter Tasse reißen zu können. „Friederike", sagte er und seufzte.

„Es tut uns sehr leid, was man Ihrer Frau angetan hat. Um den Täter so rasch wie möglich zu finden, benötigen wir Ihre Hilfe."

„Ähm …" Er kratzte sich über der rechten Braue. „Verdächtigen Sie mich?"

„Sollten wir?"

Elzig riss die Augen auf. „Nein, nein!"

Keine markigen Sprüche. Sonst wird er so nervös, dass er keinen geraden Satz mehr rausbekommt.

Daher lächelte Maria. „Keine Sorge. Wir fragen lediglich, nichts weiter." Im Kopf ging sie rasch durch, was sie bislang über Elzig und seine in Linningers Haus gepfählte Gattin wusste. „Ihre Frau und Sie sind verheiratet, leben aber seit wie vielen Jahren getrennt?"

„Sechs." Er zog die Oberlippe in den Mund, schlug dann mit den Händen auf seine Oberschenkel und zuckte die Schultern. „Friederike und ich hatten eine tolle Zeit. Liebe des Lebens, könnte man sagen. Aber … Nun, oft entfremden sich Paare irgendwann. Geht vielen so“, fügte er hinzu, als wollte er sich entschuldigen.

Sofort dachte Maria an Julius, mit dem sie am Samstag ins Kino gegangen war. Gegen Ende der Vorstellung hatte er sie geküsst – ganz zaghaft, wie ein Schuljunge. Ihr Herz hatte trotzdem gerast. Was für ein Kontrast zum Anblick von Friederike Elzig nach Karls Hausparty. Wohin sich die Sache mit Julius entwickeln würde, wusste sie nicht. Die Schmetterlinge im Bauch waren jedenfalls so groß, dass sie kaum reinpassten. Für heute Abend hatten sie sich zum Essen in einem taiwanesischen Restaurant verabredet.

„Ähm“, sagte sie dann, da ihr die Stille auffiel. „So ist das eben manchmal in … in Beziehungen.“ Sie unterdrückte den Impuls, die Hände ineinanderzuwringen, und graste ihr Gehirn nach einer sinnvollen Frage ab.

Bevor sie auf eine stieß, schüttelte Karl seine Starre ab, machte aber ein Gesicht, als wäre er aus einem albtraumhaften Dornröschenschlaf erwacht. „Hatte Ihre Frau Feinde?“

Ein kurzer Blick zu Karls jungfräulichem Espresso, dann kratzte Elzig sich an der Nase und atmete schwer aus. „Wirkliche Feinde … Ich weiß nicht. Aber Leute, die sie vor den Kopf gestoßen hat, gibt es in Hülle und Fülle.“

„Aha?“

Elzig kehrte die Handflächen nach außen. „Friederike war eine äußerst … resolute Frau. Früher habe ich manchmal zum Scherz gefragt, wieso sie nicht zum Militär geht, weil sie auf einem Exerzierplatz am besten aufgehoben wäre.“ Er lächelte gequält. „Sie hatte ihre Prinzipien. Und hohe Ansprüche – sowohl an sich selbst als auch an ihre Mitmenschen. Recht machen konnte es ihr niemand. Sie hat mich irgendwann abgehängt. Ich war nicht mehr gut genug.“ Er zuckte mit den Schultern. „Wer nicht nach ihren Regeln spielte, hatte es schwer. Egal, ob das Arbeit oder Privatleben betraf.“

„Sie arbeitete hier in Freising an der TU als Dozentin für Bioinformatik, nicht wahr?“, fragte Maria.

„Unter anderem. Seit unserer Trennung habe ich den Überblick verloren, was genau sie alles machte. Friederike war unermüdlich und exakt wie ein Uhrwerk. Sie organisierte jeden ihrer Tage wie eine heilige Messe. Keine Pausen, kein Leerlauf. Als sie noch hier wohnte, arbeitete sie meist bis spät in die Nacht, nur um am nächsten Morgen in aller Herrgottsfrühe zu joggen. Danach trank sie ihren Tee, verließ das Haus und kehrte abends zurück. Ganz am Anfang liebte sie Kaffee …" Kummerfalten gruben sich in Elzigs Wangen und Stirn, ehe er zum Wintergarten schaute. „Sie war besessen von Arbeit und Selbstoptimierung. Kein Zucker mehr, maximal zwei Mahlzeiten am Tag, aber unbedingt im Zeitraum von sechs Stunden, damit die Autophagie einsetzt." Er schüttelte den Kopf, und ein verträumtes Lächeln setzte sich auf seinen Lippen fest. „So diszipliniert – und dann endet sie unter Höllenqualen auf einem Holzpfahl …" Sein Kehlkopf hüpfte, bevor er aufstand und mit unsteten Schritten zur Küche ging. „Entschuldigen Sie, ich brauche auch einen Espresso."

„Nur zu", murmelte Karl und bedachte seine Tasse mit einem prüfenden Blick.

„Jetzt trink halt", flüsterte Maria. „Dann freut er sich und erzählt weiter."

Während von der Küche das Gurgeln der Kaffeemaschine zu ihnen wehte, fragte Karl: „Was war das mit diesem Auto?"

„Wenn du jetzt wieder über meinen Punto ablästerst, dann …"

Unwirsch winkte er ab. „Quatsch. Was der Elzig gerade gesagt hat, meine ich."

Maria unterdrückte ein Lachen. „Ich habe mal einen Artikel über Intervallfasten gelesen. Isst man längere Zeit nichts, beginnt die Autophagie."

„Und das ist?"

„Ich glaube, es ist eine Art Schrottrecycling des Körpers. Und abnehmen tut man auch."

Karl wölbte die Augenbrauen. „Stand bestimmt in so einer Frauenzeitschrift."

„Lassen wir's einfach, ja?"

„Sodala." Elzig setzte sich wieder, nippte an seinem Espresso und schloss die Augen. „Herrlich."

Karl griff nach seiner Tasse und kostete ebenfalls. „In der Tat vorzüglich."

Elzig öffnete die Augen wieder, ein Funkeln in den Pupillen. „Da habe ich nicht zu viel versprochen, oder?"

Karl trank die Tasse leer. „Auf keinen Fall."

Elzig tat es ihm gleich und stellte die Tasse so ehrfürchtig neben die Dekoschalen, als würde er eine Reliquie absetzen. „Bolivien", sagte er dann. „Jeder Barista, der etwas auf sich hält, kommt um diese Bohnen nicht herum."

Karl lächelte pflichtschuldig, auch wenn Maria spürte, dass ihn diese Kaffee-Huldigung nervte. „Gibt es jemanden, dem Ihre Frau *ganz besonders* auf die Füße getreten ist?"

„Bestimmt", erwiderte Elzig prompt. „Auch wenn Friederike das niemals zugegeben hätte. Sie sagte immer, mit der Wahrheit müsse man leben können. Und die rieb sie jedem, der in ihren Augen keine Leistung erbrachte, genüsslich unter die Nase." Ärger zuckte über sein Gesicht. „Vor allem ihrer Familie."

Das war die Bresche, der erste Blick auf das innere Narbengeflecht fernab von Liebe des Lebens und so weiter. Bevor Maria ansetzen konnte, war Karl bereits zur Stelle. Wenn er eines konnte, dann, sich in ein menschliches Stemmeisen zu verwandeln, das kleinste Lücken in der Seele gnadenlos aufbog.

„Sie war ein schwieriger Mensch, ja?"

Elzig atmete durch. „Sagen wir, sie *wurde* zu einem. Je mehr sie um sich selbst kreiste, desto weiter entfernte sie sich von mir, ihrer Tochter, ihren Freunden, im Grunde allen Menschen, die irgendeine Art von Kontakt zu ihr pflegten." Der Atemzug, der jetzt kam, war noch tiefer, schwerer und schmerzbeladener als der vorige. „Das Schlimmste aber war ihre damit einhergehende Arroganz. Durch die Härte, mit der sie sich selbst disziplinierte, glaubte sie offenbar, über andere urteilen zu können, die ihren neuen Lebensweg nicht verstanden oder sogar kritisierten."

„Ich verstehe, was Sie meinen." Karl knetete die leere Tasse, die er immer noch hielt, und brummte nachdenklich. „Schlagen wir doch den Bogen zurück zu Personen außerhalb des Familienkreises. Haben Sie Namen? Also, jemanden Konkretes, der besonders allergisch auf das Verhalten Ihrer Exfrau reagierte? Hat sie vielleicht sogar Drohmails erhalten? Oder Anfeindungen in den sozialen Netzwerken? Hat man Ihnen eine tote Katze vor die Haustür gelegt?"

„Wieso eine tote Katze?"

Karl vollführte dieselbe unwirsche Handbewegung wie vorhin bei Maria. „Das ist eher … symbolisch zu verstehen."

„Ach so …" Elzig dachte nach. „Nein", sagte er schließlich. „So etwas gab es meines Wissens nach nicht. Und wenn, hätte Friederike mir das nicht erzählt. Sie hat Probleme mit sich selbst ausgemacht." Unvermittelt hellte sich sein Gesicht auf. „Ach, eine Anekdote fällt mir aber doch ein. Also, eigentlich ist es eher eine Horrorgeschichte. Eine Studentin, die vor dem Drittversuch einer Prüfung stand, bat meine Frau, von der Prüfung zurücktreten zu dürfen, weil ihre Schwester die Woche davor an Leukämie verstorben sei."

Maria rollte die Finger zusammen, so fest, dass ihre Nägel in die Handfläche stachen.

„Meine Frau verlangte eine offizielle Bestätigung für den Wahrheitsgehalt dieser Aussage, also den Totenschein oder irgendetwas in der Art. Das schlug hohe Wellen, die Eltern und Angehörige liefen Sturm. Friederike aber beharrte auf ihrer Forderung. Schließlich intervenierte der Dekan und stellte die Studentin von der Prüfung frei. Im folgenden Semester legte sie sie ab – und fiel durch, was die Exmatrikulation bedeutete."

„Hat Ihre Frau absichtlich hart korrigiert?", fragte Karl sofort.

„Mit Sicherheit." Elzig schluckte. „Sie hat *immer* hart korrigiert. Und wenn ihr jemand quer kam, sorgte sie dafür, dass dieser Jemand es bereute. Sie sichtete sogar alte Prüfungen von Studenten, die sie nicht leiden konnte, und verglich diese mit späteren."

„Und … wieso?“, fragte Karl auf eine Art, als zweifelte er an Friederike Elzigs geistiger Gesundheit.

„Um Unterschleif nachzuweisen.“

„Dieses Wort“, sagte Maria. „Es erinnert mich unangenehm intensiv an meine Schulzeit.“

Sprich: an den Rattleder, diesen Diktator!

Elzig hob die Schultern. Die Geste wirkte resigniert. „Friederike glaubte, dass fast alle Studenten sie betrügen, hintergehen oder sonst wie schädigen wollten. Nur sie selbst strahlte vor Rechtschaffenheit.“

Karl kratzte sich an der rechten Augenbraue. „Litt Ihre Frau unter Verfolgungswahn?“

„Nicht direkt. Aber ihr Misstrauen war schon pathologisch, ehrlich gesagt.“

In ihrem Notizblock fasste Maria stichpunktartig zusammen, was Elzig bislang über seine Frau gesagt hatte. Vor allem der Sache mit der Studentin, deren Schwester gestorben war, sollten sie nachgehen. Für einen kurzen Moment dachte Maria, dass Friederike Elzig die grausame Art, auf die sie aus dem Leben geschieden war, verdient hatte.

Keine persönlichen Gefühle, ermahnte sie sich sofort und schämte sich für diesen Gedanken. *Das ist unprofessionell. An die Fakten halten! Und* solch *einen Tod hat wirklich* niemand *verdient!*

Karl nickte zustimmend mit dem Kinn in Richtung Notizblock.

Zu ihrer milden Verärgerung freute Maria sich darüber. Sie erachtete die aufreibende Geschichte mit Linninger als ihre Feuertaufe, sodass sie nicht mehr das Küken war, sondern ein vollwertiges Mitglied des Ermittlertrios, auf Augenhöhe mit Karl. Zu ihrem Leidwesen musste sie sich eingestehen, dass dem nicht so war: Karl schwebte weiterhin über ihr, der Boss, der Kommandant. Bis sich das änderte, bräuchte es wohl ein Dutzend Linningers …

„Gab es noch mehr solcher … Anekdoten?“, fragte Karl.

„Gut möglich.“ Elzig lehnte sich im Stuhl zurück. „Aber die

kenne ich nicht. Nur diese eine Geschichte kam mir zu Ohren. Ist aber Jahre her."

„In Ordnung." Karl zupfte kurz an der linken Spitze seines Schnauzers herum, ehe sich sein Blick an der Wand hinter Elzig verlor, wo ein Bild mit wahllos verteilten Farbspritzern hing.

Elzig drehte sich im Stuhl um. „Pollock." Ein kurzes Lachen. „Also, natürlich kein echter – sondern eine Replik aus irgendeinem Baumarkt." Er wandte sich wieder Karl zu. „Möchten Sie es haben? Ich schenke es Ihnen." Ohne eine Antwort abzuwarten, stand er auf, nahm das Gemälde herunter und lehnte es gegen den Beistelltisch. Dann setzte er sich wieder. „Friederike liebte Pollock. Eigentlich sonderbar. Chaos war ihr zuwider. Ihre Kunstrichtung hätte der Realismus sein müssen. Na ja …"

Karl beäugte das Gemälde. „Äh, danke. Ich weiß aber nicht, ob das zu meinem Einrichtungsstil passt."

Elzig sah Maria an.

„Ich … würde es schon nehmen."

In ihren Gedanken leuchtete eine Warnmeldung auf, dass Beamte keine Sachgeschenke annehmen durften, die teurer als fünf Euro waren. Andererseits diente diese Geste dazu, die Vertrauensbasis zu Günther Elzig zu vertiefen.

Er lächelte dünn. „Schön."

Nach einem Räuspern sagte sie: „Sie haben gemeint, Ihre Frau arbeitete nicht nur an der TU. Was hat sie noch gemacht?"

Elzig blies die Wangen auf. „Sie hat einen Ehrendoktortitel an einer Informatik-Privatuni in München. Dann ist sie Mitglied in irgendeinem Zukunftsgremium gewesen und so weiter und so fort. Aber wie vorhin schon erwähnt: Genauere Einblicke in ihre Arbeit hatte ich nicht. Nach unserer Trennung war sie zwar des Öfteren hier, aber meist nur, um herumzumeckern, dass das Haus unordentlich aussehe und Franka ein faules Luder sei, das es zu nichts bringen werde." Abermals grub sich Kummer in sein Gesicht.

Maria schluckte. „Franka ist Ihre Tochter. Die ist aber nicht da, haben Sie gesagt. Trotzdem müssten wir auch mit ihr reden, zumindest irgendwann."

Elzig nickte, schien aber plötzlich geschrumpft, als wären ihm ein paar Wirbel abhandengekommen. Ganz gekrümmt saß er da. „Das ist momentan … schwierig."

„Bitte klären Sie uns auf."

Die Lippen zitterten, er schluckte und warf den Blick zu Boden. Dann atmete er durch. „Franka ist … Nun, sie ist in einer Klinik in Bad Wiessee, die sich auf Essstörungen spezialisiert hat. Sie hat das schon länger. Aber dieses Mal ist es besonders schlimm." Er sah Maria und Karl an. „Ich habe Sie so früh hergebeten, weil ich Franka ab heute besuchen darf. Die ersten zwei Wochen ist nämlich jeder Kontakt untersagt, auch zu den Eltern. Nach unserer Unterhaltung fahre ich los."

„Oh", sagte Maria. „Dann weiß Franka noch gar nicht, dass Ihre Mutter …"

„Nein." Elzigs Blick zeigte Härte. „Und das wird auch vorerst so bleiben. Frankas Gesundheit ist jetzt am wichtigsten."

Maria nickte. „Geht es Ihrer Tochter schon besser?"

„Ich hoffe es."

Sie spürte Karls Blick und wusste sofort, was ihm durch den Kopf ging.

Elzigs Augen zuckten von Maria zu Karl und ahnte, um was es ging. „Keine Sorge, ich haue nicht ab. Ich will nur bei meiner Tochter sein."

Hatte Elzig seine Frau gehasst oder eher bemitleidet? Oder war sie ihm gleichgültig gewesen? Gab er ihr die Schuld an Frankas Krankheit? Wenn ja, hatte er bestimmt eine Groll gegen sie gehegt. Dennoch traute Maria Elzig nicht zu, seine Gattin im Haus eines Serienmörders zu pfählen. Ihre Wohnung befand sich in der Parzivalstraße, schräg gegenüber dem Schwabinger Klinikum. Von Freising nach München fahren, seine Frau betäuben, dann mit ihr im Kofferraum zu Linningers Haus fahren, dort einbrechen, sie runterschleifen und schließlich …

Nicht unmöglich, aber *sehr* unwahrscheinlich.

Zudem hatte Benny bereits herausgefunden, dass keinerlei Verbindungen zwischen Linninger und Elzig existierten.

Maria glaubte, dass jeder Mensch in der Lage war, einen anderen zu töten. Bei einem Typen wie Elzig geschah dies im Affekt, in der Hitze eines Streits und nicht sechs Jahre nach der Trennung.

„Ach", sagte Maria da. „Wieso lebte Ihre Frau eigentlich in München, wo sie doch weiterhin hier an der Uni arbeitete?"

„Erstens, weil sie mit der auch immer mehr berufliche Kontakte in München pflegte, und zweitens, weil ihr Freising zu klein wurde, zu dörflich. Eine Friederike Elzig brauchte das Flair der oberen Zehntausend."

„Verstehe. Nun, ich möchte Sie bitten, telefonisch erreichbar zu bleiben."

„Ich habe also keine Auflagen oder so?"

„Nein", sagte sie schnell, da Karl bereits den Mund öffnete.

Sein Blick verwandelte sich zu einer glühenden Münze, die ihr jemand auf die Wange presste. Maria sah ihn trotzdem nicht an.

Elzig verschloss die Hände zu einer zehnfingrigen Faust. „Sie können jederzeit anrufen. Sollte ich nicht rangehen, werde ich Sie schnellstmöglich zurückrufen. Versprochen."

„Gut", sagte Maria und warf Karl einen Seitenblick zu.

Seiner verkniffenen Miene zufolge hätte er Elzig lieber dazu verdonnert, vorerst in der Stadt zu bleiben. Vor ein paar Wochen wäre er Maria einfach über den Mund gefahren. Nun aber hielt er sich zurück.

Sie lächelte in sich hinein: Sogar ein Karl Seitz konnte sich entwickeln. Dass Manuel als Linningers Geisel mit dem Leben davongekommen war – und darüber hinaus durch seine mutige Aktion Linningers Festnahme herbeigeführt hatte –, hatte in Karl einen Veränderungsprozess eingeläutet. Er selbst würde das niemals zugeben, doch es war nicht zu leugnen.

Abermals taxierte sie Karl mit einem Seitenblick. Er erwiderte diesen nicht, sondern glättete seine Mimik. „Können Sie uns ein paar Kontakte Ihrer Frau nennen, die uns bei der Spurensuche weiterhelfen?“

Elzigs Stirn umwölkte sich.

„Damit meine ich Kontakte beruflicher und freundschaftlicher Natur. Vorgesetzte, Arbeitskollegen, beste Freundin, all das.“

„Ah, verstehe.“ Elzig rieb den Zeigefinger erst am linken, dann am rechten Mundwinkel, was Maria an Wickie und die starken Männer erinnerte, nur mit falscher Fingerposition.

Just in dem Moment, als er etwas sagen wollte, ertönte das Trompeten-Intro von *Keine Sterne in Athen.* Maria zückte ihr Handy und schaute ungläubig aufs Display. Den Song hatte sie mit Jakob Fillners Nummer verknüpft, dem Chef des Morddezernats. Fillner wusste, dass sie zusammen unterwegs waren. Und in so einem Fall rief er *immer* Karl an.

Ergo: Irgendetwas stimmte nicht.

Ein Stoß Adrenalin, harte Herzschläge gegen den Brustkorb. So unaufgeregt wie möglich erhob Maria sich, legte den Notizblock aufs Sofa, deutete aufs Handy und begab sich in den Eingangsbereich. Hinter sich hörte sie Elzigs Stimme und das Rascheln von Papier, da Karl sich offenbar ihren Block gegriffen hatte.

Maria wischte mit dem Daumen über das grüne Hörersymbol und flüsterte ein angespanntes „Ja, Herr Fillner?“ ins Handy.

„Ist Karl … Ihnen?“

„Äh, nicht direkt.“

„Was heißt das? Kann er hören … Sie sagen?“

„Ich verstehe Sie nicht richtig. Was ist denn passiert?“

„Wir haben eine Tote.“

„Und weswegen diese Heimlichtuerei?“

Kurzes Schweigen, gefolgt von einem schweren Schnaufen. „Die Frau, Pre…“ Knacken und Rauschen. „… galt bis heute Morgen drei Jahr…“ Mehrmaliges Knacken in der Leitung zerstückelte Fillners Satz, sodass Maria den Sinn nur deuten konnte. „Suche als …isst.“

„Was war das mit Presse?“

„Bitte?“

„Der Empfang ist schlecht.“

„Ach so“, sagte Fillner. „Nichts mit Presse. Die Frau heißt Pressl…“

„Pressler?“

„Ja – sagte ich doch bereits!“

Maria öffnete die Eingangstür und trat ins Freie, was ihr Handy mit einem zweiten Verbindungsbalken belohnte. „Jetzt ist es besser, glaube ich.“

„Gut. Was ich sagte: Frau Pressler galt bis heute Morgen trotz intensiver Suche drei Jahre lang als vermisst.“

„Ich verstehe trotzdem nicht ganz, weshal…“ Maria verstummte so abrupt, als hätte ihr jemand einen Eispickel in den Gehirnbalken gehämmert. „Ach du Scheiße …“, wisperte sie dann.

„Sie sagen es: Scheiße.“

„Eine vermisste Frau, die tot aufgefunden wird“, hauchte sie ins Handy und hob die linke Hand ebenfalls zum Hörer, als kleinen Schallschild, damit Karl nichts mitbekam. „Karl könnte darauf ziemlich … heftig reagieren.“

„Genau“, sagte Fillner. „Deswegen wäre es gut, wenn Sie erst einmal alleine zum Tatort kommen.“

Maria schluckte. „Was soll ich denn sagen?“

„Ihnen fällt schon was ein.“

„Das wird Karl mir übelnehmen.“

„Berufen Sie sich auf mich. Als Blitzableiter herzuhalten, ist mein Job.“

„Okay.“ Sie räusperte sich. „Ähm …“

„Ach, richtig, Sie brauchen noch die Adresse.“

„Das meinte ich nicht.“

„Was dann?“

„Wir kümmern uns bereits um Friederike Elzig“, wisperte sie. „Und die war *nicht* drei Jahre lang verschwunden. Das sind zwei unterschiedliche Fälle, Herr Fillner.“

„Wieso reden Sie so leise? Oder hapert es wieder an der Verbindung?“

„Nein“, zischte sie. „Aber ich will nicht, dass die Russen mithören. Sie verstehen?“

„Ja, ist angekommen.“ Fillner seufzte so tief und schicksalsergeben, als drohten ihm zwanzig Jahre Kerkerhaft. „Und ich dachte, nach Linninger käme die staade Zeit, um mit Ruhe und Muße die Kerzen am Christbaum zu entzünden.“

Maria unterdrückte ein Lachen. „Sehr poetisch ausgedrückt. Aber wenn ich mich wiederholen darf: Warum *wir* und nicht jemand anderes?“

„Kappel ist am Tankstellen-Mord dran.“

„Ich weiß. Und Moraczek?“

Erneut seufzte Fillner. „Der ist nach Tschechien in die Heimat.“

„Was? Für immer?“

„Nein. Er hat mich am Wochenende angerufen, dass seine Mutter im Sterben liegt, und mich gebeten, kurzfristig seinen Resturlaub nehmen zu dürfen. Daraufhin habe ich seinem Team eine Woche frei gegeben, um Überstunden abzufeiern.“

„Oh.“ Jetzt musste auch Maria seufzen. „Das tut mir leid für Moraczek.“

Und für mich tut's mir auch leid – weil ich nämlich in Arbeit ertrinken werde! Und dürfen wir *auch mal Überstunden in Freizeit ummünzen?*

In hilflosem Zorn krampfte sie die Finger so fest ums Handygehäuse, dass es gepeinigt knarzte. „Gut, aber dann sage ich Ihnen, dass ich, sobald dieser ganze Wahnsinn vorbei ist, einen Monat Urlaub nehmen werde, jawohl!“

Kurze Stille, ehe Fillner sagte: „Sie hatten gerade eine Woche Urlaub.“

„*Sonder*urlaub“, konterte Maria. „Und der war wohl verdient.“

Ein brüskierter Atemstoß rauschte aus dem Handylautsprecher. „Bitte, kein Grund, sich zu ereifern. Ich brauche dort jemanden, der weiß, was er tut. Geht hoch her, was ich so mitbekomme."

„Wieso nicht Clemens?"

„Der Dillhager als Erster bei so einem Tatort? Ich bitte Sie. Das überfordert den doch. Außerdem hat er sich heute Morgen krankgemeldet."

„Wusste ich gar nicht. Was hat er denn?"

„Üblen Männerschnupfen."

„So schlimm gleich?", unkte sie.

„Frau Strobl", sagte Fillner da, ohne darauf einzugehen, sein Tonfall väterlich wohlwollend und versöhnlich, als wollte er seiner Tochter versichern, dass sie das Seepferdchen auf jeden Fall schaffen werde, obwohl sie nie zuvor Schwimmunterricht bekommen hatte. „Sie sind ein Rohdiamant. Das sagt sogar der Karl", schickte er rasch hinterher, als würde diese Offenbarung seiner Aussage mehr Gewicht verleihen. „Solche Fälle schleifen Sie zu einem Juwel."

Maria schloss kurz die Augen. „Fünf Euro ins Phrasenschwein, Herr Fillner. Geben Sie mir einfach die Adresse."

„So gefällt mir das!" Er lachte gekünstelt. „Immer forsch und voller Tatendrang. Hach, die Jugend!"

„Herr Fillner, bitte ..."

Statt Fillners Stimme ertönte Papiergeraschel, dann ein Quietschen, wohl von seinem Stuhl. „Zefix", kam es dann leiser, gefolgt von einem Scheppern. „Ich schicke Ihnen die Adresse aufs Handy. Tausend Zettel und Notizen, weil's drunter und drüber geht. Mein Schreibtisch sieht schon fast aus wie der vom Karl!"

„Wiederhören." Sie drückte Fillner weg, steckte das Handy in die Gesäßtasche und atmete die Herbstluft ein, die nach feuchtmodrigem Laub und Schnee roch. Irgendwo knallte eine Autotür, ein Motor sprang an, doch klang alles gedämpft, einerseits durch den Nebel, andererseits durch den Schnee, der die Umgebung mehr und mehr in Weiß kleidete.

„Okay", murmelte sie dann. „Was sage ich Karl?"

„Du fragst Karl, ob er fahren möchte."

Erschrocken wirbelte Maria herum und presste die Hand aufs Brustbein, da sie fürchtete, ihr Herz spränge gleich heraus. „Bist du verrückt?"

Keine Regung in Karls Gesicht, wie getrockneter Beton. Lediglich den Arm reckte er ihr entgegen und drehte die Handfläche nach oben. Ihr war, als stünde der Beelzebub vor ihr und verlangte ihre Seele.

Maria schluckte. „Was … was willst du denn?"

„Sagte ich doch: die Autoschlüssel."

„Vergiss es."

„Ich kenne den Weg."

Sie öffnete den Mund, streckte jedoch nach zwei, drei tonlosen Sekunden innerlich die Waffen.

„Pressler."

„Ich …", begann Maria, ehe sie die Brauen faltete. „Hey, du hast mich belauscht!"

„Nein", entgegnete Karl ungerührt. „Elzig hat einen Anruf bekommen, wahrscheinlich von dieser Klinik für Fressgestörte."

„Man ist essgestört, nicht fressgest…"

„Gib mir die Schlüssel. Ich kenne die Adresse. Constanze Pressler. Verschwunden vor drei Jahren am achtzehnten September auf dem Rückweg von der Arbeit. Keine Hinweise darauf, dass sie depressiv war oder ein Doppelleben führte oder was auch immer."

Wer sich jeden Freitag die Vermisstenmeldungen reinzieht, weiß eben Bescheid …

Sein ausgestreckter Arm begann zu zittern. „Ganz ähnlich wie bei …"

Er sprach den Satz nicht zu Ende, weil dieses Ende einen Namen bereithielt, eine kristallene Schmerzspitze des Verlusts. Da halfen auch die zwei, drei Sitzungen bei Krapphut-Paffner noch nichts, zu der Fillner, Maria und sogar Benny gedrängt hatten.

Maria setzte einen Schritt zurück. „Du kannst mich lotsen. Oder wir geben es in meine Navigations-App ein. Aber *du* fährst ganz sicher nicht."

Sein Gesicht verzerrte sich, nur um sich einen Lidschlag später wieder zu glätten, als hätte jemand den Knopf für eine innere Software gedrückt, die ein Kühlaggregat gegen Überhitzung aktivierte. „In Ordnung", sagte er dann. Er warf Maria den Notizblock zu, und sie fing ihn aus Reflex. „Hier sind wir fertig. Los geht's."

„Äh …" Maria schaute zur offenen Eingangstür. „Wollen wir uns nicht von Elzig verabsch…"

Elzig selbst ließ sie verstummen: Er trat durch die Tür, schien im Schatten des Vordachs zu schweben wie die Seele eines jüngst Verstorbenen, überfordert von der Erfahrung stofflosen Daseins. Auch wenn es ihr die Nackenhärchen aufstellte, da Elzigs Gesicht schlaff war wie alte Spinnweben, prägte Maria sich alles ein, denn irgendetwas tief in ihr wollte diese Situation auf Papier bannen. Schlackernd und kraftlos hingen Elzigs Arme nach unten, als zerrten Gewichte an ihnen. Dabei hielt er rechts nur sein Handy, während die linke Faust geballt war, in ihrem Inneren kein Gegenstand – aber viel Kummer, wie Maria vermutete.

„Wiedersehen, Herr Elzig", rief Karl und wandte sich bereits ab.

Elzig schaute auf Karls Rücken, sein Mund stand offen.

Maria zwang sich zu lächeln, was sich jedoch anfühlte, als wären ihre Gesichtsmuskeln verklebt. „Wir melden uns wieder bei Ihnen."

Elzigs Blick schlingerte zu ihr. „Ihre Ärztin hat angerufen." Sein Adamsapfel hüpfte. „Franka will … will mich nicht sehen." Ein Schimmern in seinen Augen, hastig wischte er sich mit dem Ärmel übers Gesicht.

„Sie braucht Zeit für sich", sagte Maria. „Ich glaube, das ist normal, um zu heilen."

Er presste die Lippen zu einem schiefen, aber tapferen Lächeln zusammen. „Ich werde versuchen, das auch so zu sehen." Etwas mit dem Brustton der Überzeugung zu sagen, klang anders. Elzig tat ihr leid. Andererseits konnte sie nichts für das schadhafte

Familiengefüge dieser Familie. „Wie gesagt: Wir melden uns wieder."

Sie wandte sich um und sah Karl, der am Tor wartete. Ein Wunder, dass keine Funken aus seinen Augen schlugen.

„Frau Strobl", erwischte Elzigs Stimme sie im Rücken, kaum dass sie einen Schritt gegangen war.

Zögerlich wandte sie sich um.

„Sie haben Ihr Bild vergessen."

„Wie?"

Mit dem Daumen zeigte Elzig über seine Schulter ins Innere. „Die Möbelhaus-Variante von Pollock."

„Ah, stimmt."

Maria wartete, weil sie sicher war, Elzig würde es ihr bringen. Der aber sah sie lediglich erwartungsvoll an.

Sorge um die Tochter hin oder her – ganz knusper ist der auch nicht.

Sie strebte ins Wohnzimmer, nahm das Bild und wischte, als sie wieder bei Elzig war, ihre Schuhsohlen beschwingt von links nach rechts und hinterließ Dreckschmierer. „Gut so?"

Kein Lächeln, kein ertapptes Heben der Lider – seine Augen aber glommen im Abglanz eines Lichts, das tief aus dem Inneren stieg, aus Niederungen, in denen Menschen ihre seltsamsten Neigungen aufbewahrten und normalerweise gut hüteten.

Das Bild unter die Achsel geklemmt, lief Maria zum Auto, wo Karl mit verschränkten Armen wartete. Oder brütete. Oder innerlich bereits rotierte wie ein Brummkreisel und die Arme nur so fest verschränkt hielt, weil er sich sonst vor Ungeduld und Ärger in die Erde bohren würde.

Sie schloss den Kofferraum auf, räumte eine leere Getränkekiste zur Seite, legte das Bild ab, entsperrte die Fahrertür, stieg ein, beugte sich zu Karls Seite und zog den Verriegelungsstift nach oben.

Er öffnete die Tür, nahm Platz. Dann legte er die Hände auf die Oberschenkel und stierte nach vorne. „Fahr bitte los." Es klang, als würde ein Roboter eine Bandansage abspulen.

Maria drehte den Zündschlüssel – Spannung um Karls Mundwinkel. Der Motor sprang an. Die Spannung wich.

Während sie umkehrte und denselben Weg zur Autobahn zurückfuhr, auf dem sie hergekommen waren, wägte sie innerlich ab, wer den größeren Dachschaden hatte: Karl oder Elzig?

Sie dachte an den als Post-it-Massengrab fungierenden Schreibtisch, an die ausgehängte Tür und nicht zuletzt an das wahnhafte Sichten der Vermisstenmeldungen an jedem verdammten Freitag.

Gerade als sie sich für Karl entschied, sagte dieser: „Der Elzig ist nicht ganz stramm. Ich spüre, wenn bei jemandem 'ne Schraube locker ist."

Maria atmete tief durch und formte mit dem Mund ein O.

Es war das erste Mal seit Beginn der Rückfahrt, dass Karl sie ansah und nicht versuchte, die Windschutzscheibe durch sein Gestiere zum Bersten zu bringen. „Ist was lustig?"

„Nö", erwiderte sie, atmete erneut durch und war stolz auf sich, dass ihr tatsächlich kein einziger Lacher entglitt.

Sein Stirnrunzeln vertiefte sich. „Findest du den Kerl normal oder wie?"

„Ich glaube einfach, das mit seiner Tochter macht ihn um Längen mehr fertig als der Tod seiner Frau."

„Der hasst seine Alte. Oder *hat* sie gehasst. Aber weil er keinen Arsch in der Hose hat, hat er nie Kontra gegeben."

„Jetzt macht er das indirekt, indem er Leute mit schmutzigen Schuhen durch seine Bude laufen lässt."

„Und indem er hässliche Bilder verschenkt."

„Hey, du Banause! Pollock ist einer der ..."

„Drück mal auf die Tube", knurrte Karl. „Die ganze linke Spur ist frei. Hundertvierzig wird deine Mühle ja wohl schaffen, oder?"

„Der Onkel wird schon wieder garstig. So schnelles Fahren strapaziert dich zu sehr, nicht wahr?"

„Maria", sagte Karl da, ganz ohne zu knurren, sondern, im Gegenteil, ruhig und gefasst. „Bitte: Fahr mir zuliebe ein bisschen schneller. Ich will wissen, wieso Pressler tot ist."

„Woher weißt du, dass sie tot ist? Das habe ich gar nicht gesagt."

Karl hob eine Augenbraue. „Wir sind bei der Mordkommission."

„Okay, die Aussage besitzt eine gewisse Logik." Maria drückte aufs Gas, setzte den Blinker und zog auf die Überholspur. „Bevor wir am Tatort aufkreuzen, möchte ich dir etwas sagen."

„Aha?", kam es unterschwellig gereizt. „Du klingst fast wie die Schlapphut-Krapfen."

Maria ignorierte die Verballhornung des Namens der neuen Polizeipsychologin. „Du musst dir klarmachen, dass Presslers Verschwinden und jetziger Tod nichts mit deiner Frau zu tun haben."

„Es hat *sehr wahrscheinlich* nichts damit zu tun." Karl hob den rechten Arm und krallte die Finger ums Griffstück über dem Seitenfenster. „Wir fahren hin, sehen uns um, ziehen unsere Schlüsse. Alles wie immer. Ein ganz normaler Fall."

„Dein Verstand weiß bereits, dass es keine Verbindung gibt. Aber leider ist der Verstand oft schwächer als das, was man mit sich herumträ…"

„Ich bin voll auf der Höhe, capito?" Er stieß ein leises Brummen aus. „Hat Jakob dich angerufen, weil er Angst hat, dass ich beim Namen Pressler austicke?"

„Japp."

Er atmete durch. „Was hat er denn? Ich meine, ich geb' mir in viel zu dichten Abständen tiefschürfende Gespräche bei unserer Seelenklempnerin. Reicht das nicht?"

Maria seufzte und verstand immer besser, wieso es Fillner lieber gewesen wäre, dass Karl zunächst außen vor blieb.

KAPITEL DREI

Wenn auch in verkleinertem Maßstab, erinnerte Maria die Ankunft am Haus der Presslers an den Menschenauflauf am Münchener Rathaus, wo sie das Mordopfer gekreuzigt in den Kellergewölben vorgefunden hatten.

Geschätzt fünfzig Menschen drängten sich am blauweißen Absperrband, das die erste Streife clevererweise gleich von einer Straßenseite zur anderen gespannt hatte, sodass niemand sich vorbeimogeln konnte. Marias Blick schweifte von einem grau melierten Herrn im Morgenmantel, der sich mit einer ebenfalls angejahrten Frau unterhielt, über drei aufgeregt schnatternde Teenager bis zu einer Frau in schlackernder Jogginghose, die beide Hände vors Gesicht geschlagen hatte. Offenbar hatten die Anwohner der Lavaterstraße alles stehen und liegen lassen, um zu erfahren, was und wer und wieso und überhaupt.

Maria wollte die Leute nicht verurteilen und hoffte, sie standen hier aus Anteilnahme – nicht Sensationsgier.

„Wenn die Herrschaften bitte zur Seite weichen würden!"

Karls lautes Organ übertönte das Gebrabbel.

Der ältere Herr zuckte zusammen und wandte sich Karl zu. In der rechten Hand hielt er eine zu einer Röhre geformte Tageszeitung, fast so, als umklammerte er einen Schlagstock. In einer

Geste des Zorns hob er sie sogar und wedelte damit herum. „Wenn Sie sich bitte unterstehen würden, hier so herumzubrüllen! Den Schreck unseres Lebens haben wir alle schon!"

„Zur Seite bitte!", rief Karl erneut und konterte die Zeitung mit seinem Dienstausweis, den er dem Mann entgegenreckte wie einen Schutzschild. Fehlte nur himmlisches Leuchten, das den Dienstausweis einhüllte und Weißhaar geblendet in die Knie brechen ließ, auf dass er den Respekt zeigte, der einem Hauptkommissar gebührte.

„Wer sind Sie eigentlich, dass Sie sich hier so aufführen?"

Maria stöhnte innerlich auf. Wieso musste der Alte genau *diese* Frage stellen? Das war, als würde man einem Elfmeterschützen den Ball fünf Meter näher ans Tor legen, damit er *wirklich* nicht vorbeischoss.

„Karl Seitz, Hauptkommissar, Kripo München, Mordkommission. Wir sind hier bei der Arbeit – und Sie behindern diese."

Der Alte ließ die Zeitung sinken, presste aber die Lippen zusammen. „Na, da hat die Kripo ja den freundlichsten Mitarbeiter hergeschickt, den sie gefunden hat."

„Das stimmt", sagte Karl. „Und der freundlichste Mitarbeiter bittet die hier Versammelten, sich zur Verfügung zu halten. Wir werden Sie aufsuchen und befragen. Sie können jetzt zurück an den Frühstückstisch, vielen Dank."

Damit tauchte er unter dem Absperrband hindurch – anders als in fast allen Polizeifilmen, die Maria kannte, hielt es niemand für ihn hoch – und strebte dem Van der Spurensicherung entgegen. Sie folgte ihm und schenkte den Anwohnern ein freundliches Nicken. In ihrem Rücken hörte sie, wie der Alte murrte: „Die Arroganz eines König Ludwigs und das Aussehen eines Bud Spencers für Arme – die Kripo hat wohl auch kein Geld mehr für fähige Leute."

Maria fuhr herum. „Ich würde Ihnen raten, leiser zu treten. Erstens habe ich gute Ohren, zweitens mag ich es nicht, wenn jemand meinen Kollegen beleidigt."

Der Alte schnappte nach Luft, ehe er, als nähme er bei der

Fahnenweihe auf einem Exerzierplatz teil, auf einer Pantoffelsohle kehrtmachte und davonstolzierte.

Einer der Teenager von der Marke Nachwuchs-Justin-Bieber lachte. „Hui, dem Fonsi is' mal wieder 'ne Laus über die Leber gelaufen."

Zustimmendes Gegacker von den beiden anderen, einem Mädchen mit grün gefärbtem Haar sowie einem blassen Jungen mit Akneproblem, der plötzlich die Hand auf die Brust presste und ein schauerliches Husten aus den Tiefen seiner Bronchien schöpfte. „Fuck, ich bin voll krank. Äääääääätzend!"

Maria duckte sich ebenfalls unter dem Absperrband hindurch, als Frau Moosheimer zu ihr kam, die junge Streifenpolizistin, die Karl vergeblich rekrutieren wollte. Sie reichte Maria einen Becher Kaffee.

„Danke, Sie können hellsehen!"

Moosheimer lächelte. „Habe mir schon gedacht, dass Sie und Ihr Kollege aufkreuzen."

Maria nahm einen Schluck und ging Karl hinterher, der gerade den Van erreichte.

„Irgendwie sehen wir uns ziemlich oft." Sie bot Moosheimer die Hand dar. „Bin die Maria."

Moosheimer ergriff sie. „Sabine."

„Guten Morgen", erklang eine weitere wohlbekannte Stimme.

Brenner gesellte sich zu ihnen, die Seelsorgerin des psychologischen Bereitschaftsdienstes.

„Wir sehen uns auch ziemlich oft", sagte Maria.

„Nur leider unter den falschen Umständen." Brenners Blick zuckte zu Marias Kaffee, doch sie lehnte lächelnd ab, als Maria ihr den Becher anbot.

„Wie ist die Lage?"

Brenner seufzte. „Sehr, sehr emotional." Sie schaute zu jenem Haus, vor dem Benny und Karl redeten.

„Bitte klären Sie mich auf."

Zwei fragende Blicke, der eine von Sabine, der andere von Brenner. „Von mir aus beide – nur nicht gleichzeitig."

Sabine lachte kurz auf und bedachte Brenner mit einer einladenden Geste. „Ich glaube, Sie kennen sich in dieser Angelegenheit besser aus."

„Das ist gut möglich, danke." Auf Marias fragenden Blick erklärte sie: „Ich habe den Vater sowie die beiden Kinder bereits damals betreut – kurz nach dem Verschwinden der Mutter."

„Verstehe. Eine furchtbare Geschichte."

„Ja, vor allem, weil sowohl der Vater als auch die Kinder langsam in ein Leben der Normalität zurückfanden." Brenner schluckte und blinzelte, ehe sie mit dem Zeigefinger auf das Gartentor zeigte, vor dem eine längliche, schwarze Abdeckplane lag. „Florian Pressler – der Ehemann – hat die Leiche seiner Frau um kurz nach halb sieben dort entdeckt."

Maria verlangsamte ihre Schritte. „Auf dem Gehweg?"

Brenner nickte. „Sie war bereits tot."

„Nach drei Jahren der Ungewissheit über das Schicksal seiner Frau findet er ihre Leiche vor dem eigenen Haus?"

Brenner und Sabine nickten gleichzeitig und blieben stumm, was Maria verstand: Sich dieses Grauen vorzustellen, war schlimm genug. Verbalisieren musste man es gar nicht.

Es ist mein Job. Ich habe ihn mir ausgesucht.

„Jedenfalls danke für die Info", sagte sie, stülpte Fußstulpen über die Schuhe und Einweghandschuhe über ihre Finger. Erst auf dem Weg zum Haus fiel ihr auf, was für ein Aufgebot vor Ort war: Drei Streifenwagen, zwei Krankenwagen sowie der schwarze Van der Spurensicherung. Glitzernde Kaskaden aus Blaulicht huschten in hektischem Wechsel über Häuserfronten und Asphalt. Zwei Kinder, ein Junge und ein Mädchen, beide wohl um die sieben, acht Jahre alt, saßen in einem Krankenwagen, Wärmedecken um die Schultern. Ein Mann war bei ihnen, Jeans und Lederjacke, redete mit ihnen und winkte Brenner.

„Ich muss wieder zu Fabian und Nora", sagte diese und verabschiedete sich mit einem Nicken, dessen unterschwellige Traurigkeit Maria schlucken ließ.

„Die Armen", sagte Sabine nur und begab sich zu ihrem Kollegen, der dafür sorgte, dass die Schaulustigen hinter dem Absperrband blieben.

Maria ging zu Karl, der sich gerade bückte und die Leichenplane anlupfte.

Offene Augen stierten in den wolkenbedeckten Morgenhimmel. Nirgends Blut, das Gesicht war unversehrt. Kein Anzeichen direkter Gewalt, also gänzlich anders als jene Leichen, die auf Linningers Konto gingen. „Zeig mal Torso und Arme bitte", sagte Maria und war froh um die Wärme des Kaffeebechers in der rechten Hand.

Karl schob die Plane bis zu Presslers Bauch. Nasses Tanktop, keinerlei Schnitte oder Blutergüsse, lediglich Abschürfungen am linken Arm. Sah aber nicht so aus, als hätte ihr das jemand zugefügt. Ein Sturz?

„Hm", machte Maria, ehe ihr Blick über den Oberkörper wanderte: die Schlüsselbeine traten deutlich hervor, genau wie die Konturen der Rippenbögen durch den am Körper pappenden, nassen Stoff. „Sie sieht ausgezehrt aus, finde ich. Abgemagert."

Karl nickte. „Und bleich."

„Sie ist ja auch tot."

„Schon. Trotzdem tippe ich darauf, dass sie lange Zeit keinen einzigen Sonnenstrahl abbekommen hat."

Er hatte recht. Es gab Menschen mit blasser Haut, doch Constanze Pressler wirkte von ihrer Physiognomie her nicht wie der geborene Vampir. „Du meinst, sie war die ganze Zeit gefangen?"

Er zuckte die Schultern und atmete tief ein und wieder aus. Dann drapierte er die Plane wieder über den gesamten Leichnam und erhob sich. „Scheiß Knie", brummte er, sein Gesicht blass.

Maria wusste, dass ihn in Wahrheit nicht sein Knie peinigte, sondern sein Gedankenkarussell: Fristete auch seine Frau Anja seit ihrem Verschwinden ein lichtloses Dasein in irgendeinem Kellerloch? Einer vergessenen Jagdhütte im Wald? Im verschlossenen Heizungskeller einer aufgegebenen Fabrikhalle?

Ein kalter Schauer rauschte Maria von den Schulterblättern bis zum Steiß.

„Wir müssen so rasch wie möglich herauskriegen, was in diesen drei Jahren passiert ist", sagte Karl und blickte über das Gartentor zum Haus.

Auf der dreistufigen Treppe saß ein schwarzhaariger Mann, flankiert von einem Sanitäter, der ihm einen dampfenden Becher anbot. Der Mann schüttelte den Kopf und stierte auf die Spitzen seiner Turnschuhe. Eine Frau in Winterjacke stand neben ihm, Tränen in den Augen, und schaute zur Straße, ihr Blick der einer Ertrinkenden, die nach der rettenden Holzplanke Ausschau hielt.

Maria fing ihn auf und sagte zu Karl: „Bringen wir es hinter uns."

„Jo", sagte er nur, öffnete das Gartentor und ging zum Haus. „Du redest mit der Frau, ich mit Pressler."

„In Ordnung."

Maria nahm einen Schluck, ehe sie den Becher auf die Betonsäule des Gartentors stellte und sich für ein aufreibendes Gespräch wappnete.

Professionell bleiben. Nicht alles an sich heranlassen. Wir haben einen Fall zu klären. Dafür braucht man einen klaren Kopf.

Vor allem hoffte sie, dass Karl dies ebenfalls verinnerlichte. Er musste Anja und Constanze Pressler voneinander trennen, so schwer ihm das mit Sicherheit fiel.

Maria trat an die Frau heran, zückte ihren Dienstausweis und entschied sich für ein schlichtes „Hallo", nicht für „Guten Morgen".

Gut war an diesem Morgen nämlich gar nichts – vor allem nicht für die Presslers.

„Mein Name ist Maria Strobl, Kripo München. Könnte ich kurz mit Ihnen reden?"

Sie bekam ein brüchiges „Hallo" zurück, gefolgt von einem Schluchzen.

Maria wies neben die Treppe auf einen schmalen, von Bodendeckern gesäumten Weg, der zur Garage führte.

Die Frau warf einen Blick auf den Mann, der auf der Treppe saß, dann gab sie sich einen Ruck, bückte sich zu einem Aschenbecher, der neben einem Blumenkübel stand, und nahm ihn mit. Sie stellte ihn auf ein Fensterbrett, holte eine Zigarettenpackung nebst Feuerzeug aus der Jackentasche und zupfte eine Zigarette heraus. Ihre Hände zittern. Die Finger schrappten über das Rädchen des Feuerzeugs. Dann fiel es ihr aus der Hand.

Maria hob es auf, betätigte es und bot der Frau die Flamme dar.

„Danke", murmelte diese, nahm einen gierigen Zug und schloss die Augen. Dann blies sie den Rauch aus, und ihre Schultern sackten nach unten. „M-möchten Sie auch eine?"

„Danke, das ist nett. Aber im Moment nicht." Maria räusperte sich und schaute kurz zur gestreiften Schlafanzughose und den Pantoffeln mit Hasenohren. „Darf ich fragen, in welchem Verhältnis Sie zu Familie Pressler stehen? Sie wohnen hier, richtig?"

„Ich heiße Lena", sagte die Frau. „Lena Damskis." Erneut saugte sie an der Zigarette. „Ich bin Florians Lebensgefährtin."

„Seit wann, wenn ich fragen darf?"

Ein kurzer, verklärter Blick. „Seit acht Monaten. Ja, acht ..." Mit dem Zeigefinger klopfte sie auf die Zigarette, ein Aschestummel fiel herunter, neben ein von Raureif überhauchtes, welkes Blatt. „Wir arbeiten zusammen."

Maria erwiderte nichts, sondern wartete, denn Damskis wirkte etwas ruhiger als zu Anfang. Offenbar tat es ihr gut, mit jemandem zu reden. Oder das Nikotin entfaltete seine Wirkung.

„Wir sind Industriedesigner in derselben Agentur. Da sind wir uns nähergekommen." Sie zuckte mit den Schultern und schaute zerknirscht, als wollte sie sich entschuldigen, in die Lücke gestoßen zu sein, die Constanze Pressler hinterlassen hatte.

„Verstehe. Kannten Sie Constanze Pressler?"

Damskis öffnete den rechten Mundwinkel und blies den Rauch zur Hauswand, wo er zerfaserte und nach oben zur Dachrinne stieg. „Natürlich. Eine liebenswerte Frau. Näheren Kontakt hatten wir nicht, aber ich traf sie bei Weihnachtsfeiern und so. Wir verstanden uns gut."

Maria nickte. „Sie haben überhaupt keine Vermutung, was Frau Pressler in den letzten drei Jahren widerfahren ist?"

Damskis ließ die Zigarette sinken. „Nein. Und ich will es mir auch gar nicht vorstellen."

„Das verstehe ich."

„Bestimmt hat jemand sie entführt. Und dann hat dieses Arschloch ihre Leiche auf den Gehweg gelegt wie einen Müllsack. Diese Drecksau!"

„Bislang lässt sich nur mutmaßen, was passiert ist. Ich würde Sie daher bitten, keine Gerüchte zu streuen."

Damskis nahm einen tiefen Zug, dann drückte sie die Zigarette zu einem Stummel zusammen und schob die Hände in die Jackentaschen. „Irgendjemand hat ihr Schreckliches angetan. Dabei bleibe ich."

„Auch wenn Sie darüber wahrscheinlich nicht reden wollen, möchte ich Sie fragen, ob Herr Pressler und seine Frau eine glückliche Ehe führten."

„Ja. Florian und Constanze haben sich geliebt. Niemals im Leben hätte sie Florian und die Kinder zurückgelassen."

„Okay. Sie haben heute Morgen nichts bemerkt, nehme ich an. Damit meine ich, ob Ihnen vielleicht ein Auto aufgefallen ist, oder ob …"

„Ich habe geschlafen. Florians entsetzte Schreie haben mich geweckt. Erst dachte ich, es ist etwas mit Fabian oder Nora." Sie schaute zu Boden und schluckte. „Das ist ein Albtraum. Und ausgerechnet heute, an Florians Geburtstag."

Maria blickte über die Schulter zu Karl, der im selben Moment zu ihr schaute. Offenbar war sein Gespräch mit Florian Pressler zu Ende. „Ich wünsche Ihnen viel Kraft für die kommende Zeit. Wir werden uns wieder melden. Das lässt sich leider nicht vermeiden."

Ohne aufzusehen, nickte Damskis.

„Auf Wiedersehen."

„Wiedersehen." Damskis holte die Zigarettenpackung erneut heraus und zündete sich eine zweite Zigarette an, diesmal ohne Hilfe. „Entschuldigung, ich bin völlig durch den Wind."

„Das ist mehr als verständlich."

Maria ging zu Karl und mit ihm zusammen zum Van der Spurensicherung, wo Benny mit Schmidthalter redete. Letzterer brach mitten im Satz ab und trollte sich, ohne Karl einen Blick zu gönnen.

Verwirrt schaute Benny ihm nach, ehe er den Grund für Schmidthalters taktischen Rückzug erspähte. „Hallo, Chef."

„Servus, Benny", sagte Karl und schien Schmidthalter gar nicht wahrzunehmen. „Wie ist die Spurenlage?"

Benny zuckte die Schultern. „Dürftig."

„Heißt?"

„Keine Fußabdrücke, keine Reifenspuren, niemand hat etwas gesehen."

„Also können wir die ausziehen?" Karl deutete auf seine Schuhstulpen aus Plastik.

„Jo."

Karl entfernte die Überzieher, und Maria tat dies ebenfalls.

„Hm", brummte er dann und drehte sich herum, sein Gesicht verkniffen. Er entfernte sich, blickte sich erneut um, schaute die Straße entlang, ging wieder ein paar Schritte, wie ein Tiger im Gehege, der eine Witterung aufgenommen hatte, die ihm fremd war, ihn aber in Aufregung versetzte.

„Hey, du hast ja deinen Goatee abrasiert", sagte Maria.

Benny griff sich ans Kinn und rettet sich in ein befangenes Lächeln.

„Ist besser."

„Ja?"

„War fast so schlimm wie Karls Schnauzer."

Immer noch lächelnd, strich Benny sich über die Wangen. Da fiel Maria auf, dass er sein Haar ebenfalls gestutzt hatte, ja sogar gegelt. Im Anzug der Spurensicherung, die bestimmt ein Metal-Shirt verdeckte, wirkte er fast wie ein Normalo.

„Siehst richtig geschniegelt aus."

Benny strahlte Maria an. „Danke." Nun schien er auf etwas zu warten, doch wusste Maria nicht, auf was, sodass sie sich räusperte.

„Äh", sagte er und schaute nach links. „Der Mercedes dort, das ist Staubners Wagen. Die wartet auf euch. Hat sich reingehockt, weil sie friert."

Ah, Kalkrieder hat seine Helferin vorbeigeschickt. Wahrscheinlich, weil der Herr Meister-Pathologe selbst zu beschäftigt ist. Oder einfach eine Kippe nach der anderen durchziehen will.

„Alles klar, danke dir." Maria schritt zum am Straßenrand geparkten schwarzen Mercedes.

Der Motor lief. Surrend fuhr die Scheibe herunter.

Maria bückte sich, damit sie Staubner sehen konnte, die in ihre zu einer Schale geformten Finger hauchte. Die Augen hinter den Brillengläsern wirkten müde.

„Gut, dass Sie da sind, Frau Strobl. Ist furchtbar kalt heute." Nochmals hauchte Staubner in ihre Hände.

„Die Sanitäter haben warmen Tee."

Sie winkte ab. „Nein, ich muss gleich los. Hoffentlich werde ich nicht krank."

Vielleicht solltest du einfach mal etwas essen, dachte Maria, sagte aber nichts, obwohl ein paar Kilo mehr auf den Rippen Staubner wirklich guttun würden. Durch das schmale Gesicht wirkte der klobige Dutt wie ein an den Hinterkopf getackerter Fremdkörper.

„Können Sie schon eingrenzen, woran Frau Pressler gestorben ist?"

„Auf den ersten Blick lässt nichts auf äußere Gewalteinwirkung schließen. Keine Knochenbrüche, keine Schuss- oder Stichverletzungen, genauso wenig wie Spuren von Fesseln, Ketten, Kabelbindern oder was man sonst noch so hernimmt, wenn man jemanden gefangenhält. Die Hautabschürfungen am Arm rühren wahrscheinlich von einem Sturz. Oder sie ist irgendwo dagegen geprallt. Im Moment sieht es nach Herzinfarkt, Schlaganfall oder einem geplatzten Aneurysma aus. Nun ja, die Obduktion wird's klären."

„Könnte sie wirklich eines natürlichen Todes gestorben sein?"

„Möglich ist alles. Aber nach drei Jahren genau vor ihrem alten Zuhause einer Herzattacke zum Opfer zu fallen …"

„Und dann am Geburtstag ihres Mannes. Ja, kann eigentlich nicht sein."

Staubner nickte. „In diesem Alter ist das äußerst selten. Allerdings ist festzuhalten, dass sie sich gewiss in einer emotionalen Ausnahmesituation befunden hat. Da kann so etwas passieren, wenn es dumm läuft." Sie schüttelte sich und drehte das Rädchen an der Klimaanlage nach rechts. Die Lüftung blies warme Luft bis zu Marias Wangen. „Na ja, alles Spekulation."

„Wann können wir mit ersten Ergebnissen rechnen?"

„Kalkrieder würde genau in diesem Moment ausflippen."

Maria lachte.

Staubner entglitt ebenfalls ein kurzer Lacher, ehe sie sich am Kinn kratzte. „Wahrscheinlich morgen."

„Das wäre super."

„Wir melden uns."

„Danke." Maria richtete sich wieder auf und verabschiedete sich. Umgehend fuhr Staubner das Seitenfenster hoch und ließ den Mercedes anrollen.

Einer der Polizisten hob das Absperrband – diesmal ganz mit Polizeifilmen konform –, und die Schaulustigen wichen zur Seite, damit Staubner freie Fahrt hatte.

Maria schlenderte in Karls Richtung, der sich weiterhin in alle Richtungen umschaute.

„Abgespeckt habe ich übrigens auch."

Maria blieb stehen und sah zu Benny, der stolz und selbstsicher dastand wie ein Feldherr, der gerade eine Schlacht gewonnen hatte.

„Wow", sagte Maria nach kurzem Zögern.

„Sieht man schon, oder?" Bennys rechte Hand glitt von der Brust bis zum Bauch, der sich tatsächlich weniger unter dem weißen Ganzkörperkondom der Spurensicherung wölbte, als sie dies in Erinnerung hatte.

„Ja, so ein bisschen."

Er stutzte. „Ich habe schon sechs Kilo weg."

Dann noch mal sechs, und man sieht es wirklich.

„Nicht schlecht", sagte sie und ging weiter. „Bleib dran."

„Logo", kam es leicht enttäuscht.

Was erwartete Benny? Dass sie vor ihm auf die Knie fiel? Ob mit Speck auf den Hüften oder ohne, ob mit Krone für die Online-Computerweltmeisterschaft oder ohne, ob in schickem Anzug oder eben Metal-Shirt – Benny war nicht ihr Typ, und wenn er sich bis zum Sankt Nimmerleinstag optimierte. Obwohl sich allein beim Gedanken daran alles in ihr sträubte, würde sie wohl nicht umhinkommen, mit Benny ein klärendes Gespräch zu führen. Jugendliche wie Karls Tochter Leonie nannten das *friendzonen:* Man verwies den Verehrer in die Zone rein freundschaftlichen oder kollegialen Umgangs.

Na ja, vielleicht kapierte Benny es ja auch irgendwann von selbst. Das wäre ihr am liebsten.

„Der geilt sich daran auf", sagte Karl, als Maria an ihn herantrat.

„Äh, Benny?"

„Was?"

„Sorry, ich weiß nicht, worauf du anspiel…"

„Presslers Mörder."

Sie runzelte die Stirn.

Karl umfasste den abgesperrten Bereich mit einer Kreisbewegung seines Arms. „Genau wie bei Linninger."

„Okay, jetzt checke ich's", sagte Maria.

„Dauert ein bisschen bei dir. Manchmal wird's auch gar nix."

Maria stopfte die Hände in die Jackentaschen – aber nicht, weil ihr kalt war: So konnte sie Karl nicht an die Gurgel gehen und zudrücken. Der Schuft wusste genau, welche Knöpfe er drücken musste, um sie zu treffen. Über diesen Umstand ärgerte sie sich noch viel mehr als über seine Worte.

Er seufzte. „War nicht so gemeint. Also: Was hat Staubner gesagt?"

In kühlem Tonfall ratterte sie deren erste Einschätzung herunter.

„Natürliche Todesursache – dass ich nicht lache!"

„Es sieht auf den ersten Blick nur so aus. Auch Staubner bezweifelt das natürlich."

„Die Abschürfungen am linken Arm?"

„Entweder ist sie gestürzt oder irgendwo entlanggeschrammt."

Karl griff sich ans Kinn und ließ abermals den Blick wandern. „Linke Seite", murmelte er, ehe er Maria ohne Vorwarnung stehenließ und zum Gartenzaun der Presslers eilte. Er bückte sich und beäugte die Holzlatten, dann lief er auf die andere Straßenseite und inspizierte dort ein paar Latten. Er nickte, richtete sich auf und kam zurück. „Benny!", rief er dann. „Schwing deinen Hintern her!"

„Wieso kommandierst du ihn immer so rum?", zischte Maria leise, damit Benny es nicht hörte. „Kann man ja auch anders sagen, oder?"

Karls Finger vollführten eine abwertende Geste. Zu einer verbalen Äußerung ließ er sich gar nicht erst hinreißen.

„Was gibt's?", fragte Benny und verschränkte, als er stehenblieb, die Arme vor der Brust: Abwehrhaltung.

Man kann sich's auch absichtlich schwermachen und seine Leute vor den Kopf stoßen, indem man den Kasernenhofausbilder rauskehrt.

„Zwei Aufgaben. Erstens: Ihr habt doch eine Drohne, oder?"

„Schon."

„Umgebung abfliegen und nach verdächtigen Personen sowie ungewöhnlichen … Dingen Ausschau halten."

Benny runzelte die Stirn. „Aha. Kannst du *ungewöhnliche Dinge* genauer definieren?"

Karl räusperte sich. „Lieferwagen, der komisch parkt, irgendwie so etwas."

„Ich verstehe nicht, was das bringen soll."

„Musst du auch gar nicht verstehen. Ich erklär's dir aber trotzdem."

Bennys Brauen schoben sich zusammen. „Wie großzügig."

Gönnerhaft und einladend breitete Karl die Hände aus wie Jesus vor der Bergpredigt. „Mei, so bin ich halt. Also: Linninger hat sein gekreuzigtes Opfer in den Ratskeller verbracht, damit auch wirklich jeder den Mord mitbekommt. Das hat ihn aufgegeilt. Hier ist es ähnlich. Dass Presslers Leiche vor dem Haus ihrer Familie liegt – und dazu an Florian Presslers Geburtstag –, ist Teil der Inszenierung." Karl lächelte schmal. „Und ich kann mir gut vorstellen, dass der kranke Penner dabei zugesehen hat." Er legte eine bedeutungsschwere Pause ein. „Oder es *immer noch* tut."

Maria blickte zu den Schaulustigen hinter dem Absperrband, deren Ränge sich inzwischen ausgedünnt hatten. „Ich werde die Leute fragen, ob ihnen jemand Fremdes aufgefallen ist, der sich dazwischengemischt hat."

Karl nickte, Benny hingegen verzog den Mund. „Das wäre ja schön dämlich, sich persönlich hinters Absperrband zu stellen."

„Egal", beschied Karl.

„Gut, meinetwegen. Dann lasse ich die Drohne halt steigen und suche damit die Umgebung ab."

„Genau. Im Anschluss schnappst du dir deine Truppe, um die Gartenzäune der Lavaterstraße nach Hautpartikeln abzusuchen."

Benny ließ die Arme sinken und glotzte Karl an. „Die ganze Straße? Geht's noch?"

„Ja, geht gut", sagte Karl. „Vielleicht ist Pressler an einem der Zäune entlanggeschrammt. Falls wir Hautpartikel finden, wissen wir wenigstens, aus welcher Richtung sie kam. Und zusätzlich wissen wir dann, dass der Mörder sie nicht direkt vor dem Haus abgeladen hat, sondern woanders."

„Und wenn sie doch nur gestürzt ist?", gab Maria zu bedenken.

Karl zuckte die Schultern. „Dann haben wir Pech gehabt."

Benny schaute nach links, dann nach rechts, sein Gesichtsausdruck der eines Strafgefangenen, den man für den Rest seines

Lebens zum Steineklopfen verdonnert hatte. „Boah, das ist ja pure Schinderei."

Karls Nase zuckte. „Hierbei handelt es sich nicht um einen demokratischen Beschlussfindungsprozess."

„Dafür brauchen wir mehr Leute."

„Dann hol dir welche. Aber über meine Entscheidung wird nicht herumdebattiert, Punkt!"

Benny atmete tief ein und wieder aus. Ein Flackern von Wut, das jedoch rasch wieder verblasste. „Dafür schuldest du mir was, Anweisung hin, Anweisung her."

„Das hier ist unsere *Arbeit,* kein Wunschkonz..."

„Eine Woche Leberkäs frei Haus", sagte Maria schnell.

„Danke, aber ich esse keine Leberkässemmel mehr", erwiderte Benny schroff und machte kehrt. „Und schon gar nicht die aus der Kantine."

„Sag halt Schmidthalter, dass er das mit den Zäunen machen soll", sagte Karl mit einem gehässigen Lachen. „Die Videoaufzeichnung des Drohnenflugs anschließend auf meine Mail." Er pausierte kurz. „Bitte!", fügte er spitz hinzu.

Im Gehen hob Benny den rechten Arm und ballte die Faust. Für einen Moment befürchtete Maria, er würde Karl den Stinkefinger präsentieren.

Stattdessen reckte er den Daumen hoch.

Sie atmete erleichtert aus, denn sie war sicher, dass vor dem Daumen der Mittelfinger gezuckt hatte. Trotzdem sagte sie: „Er kann Schmidthalter das Untersuchen der Zäune nicht aufhalsen, da selbiger der Chef des Spurensicherungsteams ist. Schon vergessen?"

„Habe ich ja nur so gesagt. Am liebsten wäre es mir, Schmidthalter müsste Abstriche von allen Neubiberger Klos nehmen und danach das Wattestäbchen ablecken."

Maria seufzte. „Ich weiß, dass du Schmidthalter gernhast. Aber um den geht es nicht – sondern um Benny. Wir brauchen ihn. Er ist gut in dem, was er macht. Du aber schikanierst ihn ständig."

Ungläubig schaute er sie an. „Willst du mir durch die Blume mitteilen, dass du mit meiner Anweisung nicht einverstanden bist?“

„Nein. Ich will dir nichts durch die Blume sagen, sondern ganz direkt. Das mit den Zäunen verstehe ich, nicht aber die Art, *wie* du mit Benny redest. Lerne einfach mal, die Leute um etwas zu *bitten.*“

„Ich habe doch *bitte* gesagt.“

„Lassen wir's, ja? Ist schlecht für meinen Blutdruck.“

„Nein“, beharrte Karl. „Im Ernst: Wie hätte ich Benny denn deiner Meinung nach diese Anweisung geben sollen?“

„Bei dir ist Hopfen und Malz verloren. Deswegen spare ich mir meinen Atem.“

„So nicht, Fräulein! Erst einen auf oberschlau machen, und dann nicht mit der Sprache rausrü…“

„Benny!“, sagte Maria und patschte Karl die Hand auf die Schulter. „Ich weiß, dass das, was ich von dir verlange, scheiß viel Arbeit ist. Aber wir haben es hier mit einem Mord zu tun, und da dürfen wir keine Spuren übersehen. Also kümmere dich bitte um die Zäune, okay? Dafür gehen deine Getränke beim nächsten Metalkonzert auf mich.“

„Ich war mit Benny nie auf einem Konzert – zumindest nicht wissentlich.“

„Solltest du aber mal machen. Wäre eine gute Teambuilding-Maßnahme.“

Er machte ein Gesicht, als wäre ihm ein Zahn abgebrochen. „Du redest schon wie's Paffnerchen.“

„Teambuilding heißt so viel wie …“

Verärgertes Handgewedel. „Ich weiß, was das heißt.“

Zwecklos.

Sie drückte innerlich auf *Reset* und fragte: „Was hat Florian Pressler gesagt?“

Karl schaute zum Haus und wirkte tatsächlich betroffen. „Der ist durch mit den Nerven.“

„Kein Wunder.“

„Er macht sich schreckliche Vorwürfe."

„Und wieso?"

„Er hat seine Hausklingel lautlos gestellt, weil in letzter Zeit ein paar Scherzbolde in aller Herrgottsfrüh Klingelmännchen gespielt und seine Familie schon zweimal aus dem Schlaf gerissen haben."

Maria schaute ebenfalls zum Haus und schlussendlich zur schwarzen Leichenplane. „Du meinst, sie hat, bevor sie gestorben ist, womöglich die Klingel gedrückt?"

Karl zuckte die Schultern. „Wissen wir, sobald Kalkrieder oder Benny die Fingerabdrücke auf der Klingel mit denen von Constanze Pressler abgeglichen haben."

Maria steckte die Hände wieder in die Jacke, da ihr ein kalter Schauer über die Haut jagte. „Boah, die Vorstellung ist echt übel."

„Jo. Du liegst seelenruhig in Morpheus' Armen, träumst von deinem Geburtstagskuchen – und draußen krepiert deine drei Jahre lang verschollene Frau."

„Hm", machte Maria, ehe ihr aufging, dass ein Fingerabdruck auf der Klingel bedeuten würde, dass Constanze Pressler tatsächlich noch gelebt hatte – und nicht einfach auf dem Bürgersteig abgelegt wurde. Dies teilte sie Karl auch mit.

Seine Augen weiteten sich. „Mensch, stimmt! Wenn Benny zusätzlich Hautpartikel findet, können wir den Ablauf zumindest halbwegs rekonstruieren."

„Was immer uns das bringt."

„Abwarten. Wir tasten uns da schon ran, keine Sorge."

„Was hat Pressler sonst gesagt?"

„Tja, leider wenig, was wir verwerten können. Vielleicht fällt ihm ja noch etwas ein, sobald er sich gefangen hat. Aber im Moment …" Karl hob die Schultern. „Weder hat er eine Ahnung, wieso seine Frau damals verschwunden ist, noch, warum ihre Leiche heute vor seinem Gartentor liegt."

Karl hatte gerade das letzte Wort gesprochen, als zu Marias Linken ein Sirren ertönte, unterlegt vom Rauschen aufgestörter Luft.

Eine schwarze Drohne von der Größe eines XXL-Schnitzeltellers stieg nach oben, bis sie über den Dächern und Baumwipfeln schwebte. Um Bennys Hals lief eine schwarze Schlaufe, die eine Fernbedienung mit Hebeln und Knöpfen vor seinem Bauch justierte. Er bewegte die Finger, und die Drohne rauschte nach rechts die Lavaterstraße entlang. Als sie über die Köpfe der verbliebenen Schaulustigen hinwegsurrte, deutete einer der Teenager darauf und plapperte aufgeregt mit seinen Freunden. Es war derjenige, der von sich selbst gemeint hatte, wie furchtbar krank er sei. Maria schaute ihn an; er schaute zurück und winkte ihr, sie solle kommen.

Karl lachte. „Wahrscheinlich will er wissen, was für ein Modell das ist, damit Daddy dafür sorgt, dass es Weihnachten unterm Christbaum liegt."

„Vielleicht", erwiderte Maria und ging zum Absperrband. „Möchtest du mir etwas mitteilen?"

Der Junge, dessen Pickel im blassen Gesicht leuchteten wie eine Lichterkette, nickte, fasste sich an die Brust und hustete ein paar Mal. „Frau Polizistin, ich habe eine Drohne gehört."

Maria sah dem im Morgendunst verschwindenden Schemen hinterher und fixierte den Jungen mit einem Stirnrunzeln. „Stell dir vor, habe ich auch gerade."

Justin Bieber lachte laut auf. „Geil, Leo, wirst gerade von 'ner Polizistin gedisst!"

Abermals hustete Leo. „Nee, doch nicht *diese* Drohne."

Maria horchte auf. „Welche dann?"

„Ich kann schlecht schlafen wegen diesem Husten."

„Dieses Hustens", murmelte Maria, ritt aber nicht weiter darauf herum.

Leo hatte es offenbar auch gar nicht gehört. „Jedenfalls war es kurz vor vier, glaube ich. Ich lag im Bett, und mir war heiß. Deswegen habe ich das Fenster aufgemacht."

„Krass spannende Story, Alter", meinte Justin Bieber grinsend.

„Jetzt lass mich halt, Lukas!", sagte Leo. „Also, jedenfalls wollte ich zurück ins Bett, als ich von draußen genau dieses

Geräusch gehört habe. Oder so ein ähnliches halt. Kam ganz sicher von der Straße. Ich habe mich gefragt, was das war, hatte aber keine Ahnung. Aber jetzt weiß ich es: eine Drohne."

„Ganz sicher?"

„Ich schwöre."

Sofort dachte Maria an das, was Karl vorhin gesagt hatte: *Und ich kann mir gut vorstellen, dass der kranke Penner dabei zugesehen hat.*

Hatte der Mörder Pressler mit einer Drohne verfolgt, um sicherzustellen, dass sie auch wirklich zu ihrem ehemaligen Zuhause ging? Wenn ja, wie hatte er sie dann genau vor der Gartentür ermordet?

„Danke, Leo. Das ist eine sehr wichtige Information für uns."

Leo bedachte Lukas mit einem süffisant-wissenden Lächeln, woraufhin dieser skeptisch dreinschaute. „Komm, das hast du nur geträumt – weil du dich wichtigmachen willst."

„Hab ich nicht!"

„Hey", sagte Maria. „Kein Streit. Wieso sollte er mich anlügen?" Sie fixierte Leo.

Abwehrend hob er die Hände. „Ich schwöre es. Wirklich!"

Angesäuert verschränkte Lukas die Arme vor der Brust. Wahrscheinlich stieß es ihm auf, dass sein Kumpel im Fokus stand, nicht er selbst.

„Wie heißt du mit vollem Namen?", fragte Maria.

„Leo Krailinger. Also, eigentlich Leonhard, aber alle nennen mich nur Leo."

„Okay. Es kann sein, dass wir uns noch mal bei dir melden." Maria drehte sich zu Sabine herum und rief: „Sabine, habt ihr schon die Personendaten der Leute hier aufgenommen?"

Sabine reckte einen Daumen nach oben.

„Wegen der Drohne, oder?", fragte Leo.

Maria wandte sich ihm wieder zu. „Bitte?"

„Sie werden sich wegen der Drohne noch mal bei mir melden?"

„Natürlich. Weswegen sonst?"

Röte schwappte Leo vom Halsansatz bis in die Wangen, und er erntete alarmierte Blicke von seinem Kumpel und dem Mädchen.

Maria hob die Lippen zu einem kühlen Lächeln. „Vielleicht wegen … ein paar frühmorgendlicher Runden Klingelputzen?"

Leo verkrampfte sich und fixierte Marias Schuhspitzen. „Ich … äh …"

„Sei still, du Depp!", sagte Lukas, ehe er sich an Maria wandte. „D-dafür müssen Sie Beweise haben."

„Wofür denn?"

„Ja, wenn Sie uns verhaften wollen."

Coole Teenager – und doch noch Kinder.

„Da habe ich Besseres zu tun."

„Die hat euch voll durchschaut", sagte das Mädchen. „Die bei der Polizei können so was. Habe ich mal gesehen."

Verwirrt sah Lukas sie an. „Hä?"

„Ja", beharrte sie. „Die haben extra welche, die dafür ausgebildet sind. Das sind Profis. So heißen die deswegen auch: Profis."

Lukas' Verwirrung wuchs. „Was laberst du denn da?"

Das Mädchen ließ sich davon nicht beirren. „Die wissen, was du getan hast, obwohl … Also, obwohl sie gar nicht dabei waren. Voll creepy." Mit großen Augen sah das Mädchen Maria an. „Sind Sie so ein Profi?"

Maria lachte herzhaft, und auch Lukas lachte plötzlich und haute sich auf den Oberschenkel. „Ey, Jessi, du bist echt sooo hohl! Nicht Profis heißen die – sondern Profiler!"

In Herzschlagschnelle leuchtete Jessis Gesicht wie eine Leuchtboje vor der Küste. „Meinte ich ja …"

„Also", sagte Maria da. „Keine Klingelstreiche mehr. Lasst eure Nachbarn schlafen. In Ordnung?" Sie schenkte jedem der drei einen eindringlichen Blick.

„Okay", sagte Leo.

Lukas sagte nichts, nickte aber, auch wenn er zur Seite schaute.

„Ich …", stammelte Jessi, „ich … war da nur einmal dabei. Ehrlich! Und auf die Klingel gedrückt habe ich auch nicht. Das war …"

Lukas funkelte sie an. „Mund zu, Snitch!“

Jessi verstummte.

Maria vollführte eine beschwichtigende Geste. „Kein Grund, sich gegenseitig zu zerfleischen. Ich sage es niemandem. Ehrenwort.“

„Polizisten-Ehrenwort“, sagte Lukas.

„Polizisten-Ehrenwort.“

Zum ersten Mal lächelte Lukas ohne Häme. „Sie sind eigentlich ganz cool“, sagte er. „Für 'ne Polizistin.“

„Ohne den Zusatz hätte ich mich tatsächlich geehrt gefühlt.“ Sie zwinkerte. „So, und jetzt ab mit euch nach Hause. Ähm, wieso seid ihr eigentlich nicht in der Schule?“

Jessi lief ein zweites Mal rot an. „Weil … weil … Also wegen der toten Frau. Meine Eltern haben in der Schule angerufen.“

„Meine auch“, sagten Lukas und Leo unisono.

„Meine eigentlich schon gestern“, korrigierte Leo sich. „Weil ich ja krank bin.“

„Dann gute Besserung. Auf bald.“

Sie kehrte zu Karl zurück, der sie mit ungläubig-skeptischem Blick erwartete. „Machst jetzt 'ne Zusatzausbildung als Streetworkerin?“

„Klar. Stillstand ist Rückschritt. Bevor du weiterlästerst, hör mir erst mal zu.“ Sie erzählte ihm vom Gespräch mit den Jugendlichen, was seine Mimik auf eine seltsame Reise schickte, da sich sein Gesicht erst verdunkelte, dann aufhellte, ehe es wieder einen grimmigen Zug annahm. „Ich hatte recht: Das gestörte Arschloch hat die Scheiße wie einen Kinofilm aufgezogen.“

Maria nickte resigniert und fragte sich in diesem Moment, ob sie ein Leben lang Psychopathen nachspüren wolle. Diese dingfest zu machen, war nicht das Problem: Es ging vielmehr darum, in deren finstere Gefilde eintauchen zu müssen, um sie zu stellen. Linningers Gedankenwelt hatte ihr schon gereicht, selbst wenn sie nur Ausschnitte davon gesehen und erfahren hatte. Auf die volle Dröhnung bestialischer Facetten konnte sie verzichten. Aber es war ihr Job. Und auf eine perfide Art gefiel er ihr, auch wenn ihr nach Linninger ein „normaler" Mord lieber wäre. Irgendein Eifersuchtsdrama, bei dem schnell klar war, bei wem sie ansetzen mussten. Irgendein 0-8-15-Ding, um runterzukommen.

„Was ist?", fragte Karl.

Sie winkte ab. „Alles gut. Also: Der Mörder will Constanze Presslers letzte Momente nicht verpassen." Sie schaute in die Richtung, in der Bennys Drohne verschwunden war. „Angenommen, er lässt sie aussteigen: Sie stolpert davon, weiß, wo sie ist. Sie will zu ihrer Familie, die sie drei Jahre lang nicht gesehen hat. Es ist das einzig logische Ziel, das sie antreibt. Sie erreicht das Haus, drückt die Klingel – aber niemand öffnet. Wenig später kollabiert sie und stirbt."

Karl strich sich über den Schnauzer, knautschte dann die Oberlippe zusammen und gab ein Brummen von sich. „Klingt gut. Aber das Finale ist anders, als der Mörder es sich vorgestellt hat."

Maria dachte kurz nach, dann nickte sie. „Er hat nicht damit gerechnet, dass Florian Pressler die Klingel stumm gestellt hat."

Karl drehte sich zum Haus der Presslers, dem nun auf alle Zeit der Nimbus eines Albtraums anhaftete. „Er wollte sich am Entsetzen des Wiedersehens ergötzen. Wollte sehen, wie die Ehefrau vor den Augen des Ehemanns verreckt."

Maria schüttelte sich. Adrenalin rauschte durch ihren Körper, da sie sich die Szene in Gedanken ausmalte. „Abartig."

„Wenn wir davon ausgehen, dass der Mörder sein ultimatives Ziel nach jahrelanger Vorbereitung nicht erreicht hat – was heißt das?"

Maria atmete durch. „Dass er es erneut probiert."

„Wäre möglich."

Maria wollte ihrem nächsten Gedanken die Stimme leihen, stockte jedoch im letzten Augenblick.

Karl bemerkte es natürlich. „Ja?"

Sie schob die Hände wieder in die Jacke und ballte sie zu Fäusten.

„Was denn jetzt?"

Sie schluckte, weil ihr das Telefonat mit Fillner durch den Kopf spukte.

Eine vermisste Frau, die tot aufgefunden wird. Karl könnte darauf ziemlich … heftig reagieren.

Genau, hatte Fillner daraufhin erwidert. *Deswegen wäre es gut, wenn Sie erst einmal alleine zum Tatort kommen.*

Sie gab sich einen Ruck, schließlich hatte Karl darauf gepocht, mitzukommen. Da musste er jetzt durch. Er selbst plädierte ja stets dafür, dass es nichts brachte, jemanden in Plüschwolle zu packen.

Jeden immer schön mit der Wahrheit konfrontieren, nicht wahr, Karl?

„Das würde heißen", sagte sie somit, „dass sich eventuell bereits eine weitere Frau in seiner Gewalt befindet. Oder dass er bald eine Frau entführen wird. Oder gerade entführt hat oder was auch immer."

„Oder mehrere", fügte er sofort an. Kein wahnhaftes Flackern in den Augen, die Stimme geschmeidig, nicht gepresst oder zischend.

„Wie viele vermisste Frauen gibt es denn in München?"

„Wegen *einer* Frau können wir nicht automatisch darauf schließen, dass der Mörder es nur auf Frauen abgesehen hat."

„Dann eben Vermisste beiden Geschlechts. Also?"

„Bundesweit werden etwas mehr als dreizehntausend Menschen vermisst. In München und Umgebung werden jährlich ungefähr dreitausend Fälle aufgenommen. Meistens handelt es sich um Jugendliche, die von daheim ausbüxen. Die Aufklärungsquote ist extrem gut: Fünfzig Prozent werden innerhalb einer Woche aufgeklärt, achtzig innerhalb eines Monats. Nur drei Prozent bleiben länger als ein Jahr verschwunden." Er räusperte sich. „Sollte unser Täter weitere Opfer gefangen halten, und das schlimmstenfalls bereits über ein Jahr lang, kommen dafür grob geschätzt …" – sein Blick verklärte sich kurz – „… dreißig Personen infrage."

„Aha“, sagte Maria. „Und wie genau kommst du auf diese Zahl?“

„Ich habe im Kopf überschlagen, welche Vermissten zwischen fünfundzwanzig und fünfundfünzig Jahre alt sind.“

Maria sah ihn fest an. „Anja ist da auch dabei.“

Ohne dass ein Muskel im Gesicht zuckte, erwiderte er: „Ich weiß.“ Einen etwas geräuschvolleren Atemzug, mehr gab es nicht, was darauf schließen ließ, dass es ihn peinigte.

„Okay.“ Maria nahm die Hände wieder aus der Jacke. „Aber selbst wenn unser unbekannter Täter – oder unbekannte *Täterin* – weitere Opfer eingesperrt hat, bedeutet das einen unglaublichen Aufwand. Vor allem, wenn man das über Jahre durchzieht.“

„Essen, Medikamente, prüfen, ob sie keinen Ausbruch planen, all so Zeug.“

„Ausbruch?“, wiederholte Maria. „Ich glaube, man muss zusehen, dass man die Opfer nach so einer langen Zeit davon abhält, Suizid zu begehen.“ Genau wie bei Elzig rollte sie die Finger zusammen, bis sie ihre Nägel in den Handflächen spürte. Nein, sie durfte nicht daran denken, wie sie sich fühlen würde, wären beispielsweise ihre Eltern seit Jahren spurlos verschwunden.

„Das ist ein Fulltime-Job“, sagte Karl.

Maria löste die Finger und rieb die Hände aneinander, da die Kälte inzwischen schmerzte. „Ich schlage vor, wir fahren los, holen uns einen Kaffee und setzen unsere Gedankenspiele im Warmen fort.“

„Einverstanden.“

Zeitgleich mit der Rückkehr der Drohne traf auch der Leichenwagen ein.

Ein guter Zeitpunkt, um von hier zu verschwinden. Die eigentliche Kälte nämlich verströmte die beklemmende Aura des Tatorts. Der Anblick der gepfählten Leiche Friederike Elzigs war ein Schock gewesen, ein Schnitt durch die Augen direkt ins Hirn.

Hier in der Lavaterstraße war nicht ein einziger Tropfen Blut vergossen worden. Dennoch kam ihr dieser Ort nicht weniger schrecklich vor als Linningers Keller.

KAPITEL VIER

„SEITZ, falls du diesen Begriff noch ein einziges Mal in den Mund nimmst, dann …"

„Ich weiß gar ned, wovon du schwafelst", erwiderte Karl nonchalant, ehe er Kalkrieder ein gekünsteltes Lachen durchs Handy schickte. „Ach, jetzat! Du meinst, ich soll nie wieder nach einem *toxikologischen Gut…"*

„Sprich's aus, dann leg ich auf." Genauso kühl wie die Körpertemperatur seiner Kunden in den Schubfächern der Rechtsmedizin wehte Kalkrieders Stimme aus dem Lautsprecher. „Ich meine es ernst."

Karl seufzte. „Mit Humor hattest du es nie und wirst du es nie haben."

„Doch – aber ned mit deinem! Seit Jahren lachst nämlich nur du selbst über deine Witze. Sollte dir zu denken geben."

„Hab' halt sonst nicht viel zu lachen."

„Ach mei, Seitz, jetzt tust ma fast leid. Soll ich dir's Patschehändchen halten, damit du nicht weinen musst? Bitte kipp mir ned wieder aus den Latschen, ja?"

„Bleib dran, ich leg' dich aber schnell zur Seite", sagte Karl. „Bist du ja gewohnt."

„Lustig, Seitz."

„Doch gar ned so schlecht, mein Humor, oder?“

„Hab' ich g'lacht?“, fragte Kalkrieder im selben Tonfall wie vorhin, bei dem sich Tote lange hielten.

„Ach, Kalkrieder ...“ Karl drückte auf Lautsprecher, legte das Handy neben den Herd und holte aus dem Einkaufskorb auf dem Küchentisch die beiden Pappschachteln vom Asia-Imbiss.

„Du, ich hab' fei noch andere Sachen zu tun, als dir beim Herumgruschen ...“

„Geduld, mein liebster Leichenschnippler.“ Er beförderte beide Boxen in die Mikrowelle und schloss deren Tür mit einem Klacken.

„Sag mal, was treibst du denn? Des wird mir zu blöd. Deswegen ...“

Karl schnappte sich das Handy, deaktivierte den Lautsprecher und rief: „Ruhig, Brauner!“

„Schrei mir ned so ins Ohr, du Zipfelklatscher!“

Karl grinste. „Ich brauche die Meinung eines Experten, dem der Tod heiliger ist als das Leben. Ich brauche *dich*, Kalkrieder – den einzig wahren Rigor-Mortis-Virtuosen.“

Ein Klicken, ein Knistern und das Brausen ausgestoßenen Atems. „Bei so viel Schleim im Ohr hilft nur a Ladung Nikotin.“

„Wie bringt man am besten jemanden um, wenn dieser Jemand nicht vor Ort ist? Gift, oder?“

Tabakknistern, Lungenzug, ausgeblasener Rauch und ein teerschwarzes Husten.

Karl verzog das Gesicht und hielt das Handy weg vom Ohr. „Ich glaube, du solltest endlich mal aufhören mit der Raucherei.“

„Ja, das pure Gift. Womit wir bei deiner Frage wären.“

„Genau. Ich bin nämlich sicher, Constanze Pressler war noch am Leben, als sie bei ihrem ehemaligen Zuhause eintraf.“

„Da stimme ich überein.“

„Mensch, darauf sollten wir anstoßen.“

„Is guad, Seitz. Also: Hättest meinen Bericht zur äußeren Leichenschau a bissl aufmerksamer gelesen, wäre dir meine Notiz aufgefallen, derzufolge ihre Sohlen oberflächliche Abschürfungen mit minimalen Einblutungen aufweisen. Das heißt: Bis kurz vor ihrem Ableben war sie ohne Schuhwerk unterwegs." Ein weiterer Lungenzug, ehe Kalkrieder die Bronchien mit einem gluckernden Räuspern entlüftete. „Zu deinem Gift: Ja, die einfachste Art und Weise, jemanden aus der Welt zu schaffen, ohne beim Sterbeprozess anwesend oder direkt beteiligt zu sein, ist tatsächlich die Verabreichung eines Toxins."

Karl lehnte sich mit dem Rücken gegen die Arbeitsplatte und kratzte sich am Schnauzer. „Wie genau kann man Gift dosieren?"

„Wie meinst des jetzt?"

„Kann man es dergestalt verabreichen, dass das Opfer auf jeden Fall noch fünf Minuten lebt, ehe es ganz sicher stirbt?"

„Hm", brummte Kalkrieder. „Feinjustieren kann man das schon, aber jeder Körper ist anders. Auf die Minute genau ist unmöglich, egal wie gut man sich auskennt."

„Und welches Gift würde sich für einen Zeitraum von, sagen wir, zehn bis fünfzehn Minuten am besten eignen?"

„Da dürften *einige* Stoffe infrage kommen. Allerdings ist Constanze Pressler ja selbst gelaufen, was die Bandbreite wiederum eingrenzt. Viele Toxine knocken dich nämlich aus, lange bevor du das Zeitliche segnest. Ich kümmere mich drum."

„Merci, liebster Leichenschnippler."

„Gerne. Ach, übrigens – keine Spuren von körperlicher Folter, sexuellem Missbrauch oder Vergewaltigung."

„Okay. Bis dann."

„Ois klar. Bis …" Eine andere Stimme, ein Rascheln wie von Papier, Kalkrieders Raucherhusten, dann kurze Stille, ehe er „Sieh an, sieh an …" ins Handy murmelte.

„Was ist?"

„Am Fall Elzig seid's auch dran, oder?"

„Ja."

„Da habt ihr zwei ja schön was zu tun."

„Eigentlich sind wir zu dritt, aber Dillhager hat sich nach eigener Aussage in seiner Pekip-Gruppe einen Killervirus eingefangen."

„Klingt fast wie der Kinderbrei."

„Fast. Das ist eine Krabbelgruppe für Babys, habe ich mir sagen lassen."

„Ja servus! Bin ich froh, dass es so was zu meinen Zeiten nicht gab."

„Amen." Karl öffnete den Kühlschrank und ließ den Blick über den Inhalt gleiten. Als er fand, wonach er suchte, fischte er mit der freien Hand eine Bierflasche aus dem Seitenfach und stellte sie auf den Esstisch. „Es gibt also etwas Neues zum Fall Elzig, wenn ich das richtig deute."

„So sieht's aus. Gerade kam – halt dich fest! – nicht weniger als das toxikologische Gutachten von Friederike Elzig hereingeflattert. Ich schicke dir das Ganze als PDF übers Infoportal, möchte es mir aber nicht nehmen lassen, dir die Quintessenz persönlich zu vermitteln."

„Danke, Hochwürden. Ich bin ganz Ohr."

„Friederike Elzig war mit sehr hoher Wahrscheinlichkeit bereits tot, *bevor* ihr Anus Bekanntschaft mit der Holzspitze machte."

Karl kniff die Pobacken zusammen, da allein der Gedanke schmerzhaft war. „Der Täter hat eine Leiche gepfählt?"

„Würde ich sagen, ja. Dafür sprechen folgende Faktoren. Erstens: Sie hat durch die Pfählung kaum Blut verloren. Zweitens: Ihr Blut weist winzige Rückstände von Propofol auf. Ist ein gängiges Narkosemittel. Überdosiert führt es zum Tod durch Atemstillstand."

„Aber wieso waren es dann *winzige* Rückstände?"

„Weil Propofol sich rasch verflüchtigt. Man kann aber inzwischen Mengen im Picogrammbereich durch die Derivatisierung von Diazoniumsalzen nachweisen."

„Nix verstanden, klingt aber sehr professionell."

Kalkrieder lachte.

„Also funktioniert pfählen auch, wenn das Opfer nicht mehr lebt", sagte Karl.

„Ja. Damit der Holzpflock schneller hochrutscht, kann man sogar nachhelfen, indem man Druck auf die Schultern ausübt."

„Wah, mich schüttelt's!"

„Stell dich ned so an."

„Empathie, Kalkrieder. Damit kann man nachempfinden, was andere durchleiden mussten. Außer man ist – wie du – völlig abgestumpft."

„Oh, jetzt fühl ich mich richtig schlecht."

Karl brummte genervt. „Gibt es Spuren an Elzigs Leichnam, die darauf hinweisen, dass man sie nach unten gedrückt hat?"

„Nein. Der Täter war vorsichtig." Erneut klickte das Feuerzeug, und es knisterte in Karls Ohr, als drückte jemand auf Popcorn herum. „Ich muss aber gestehen, dass dies Mutmaßungen sind, verquickt mit der Vorstellungskraft eines Rigor-Mortis-Virtuosen." Abermals inhalierte Kalkrieder einen Rauchschwall und stieß ihn aus. „Ehrlich, Seitz – des hast schön gesagt."

„Ich weiß: Balsam für eine Seele, die viel zu wenig Wertschätzung erfährt."

Kalkrieder hustete. „Guad, also nachad – servus!"

„Habe die Ehre, Kalkrieder", sagte Karl und beendete die Verbindung.

Er legte das Handy neben die Bierflasche, öffnete diese mit dem Flaschenöffner, der in einer Holzschale lag, und trank einen Schluck. „Alkoholfrei", brummte er, ehe er nach einem zweiten Schluck genug hatte und die Flasche skeptisch ansah.

Trinken Sie noch ein Fässchen Bier dazu zur Entspannung. Und wenn Sie dabei sind – ein halbes Schwein auf Toast passt bestimmt auch obendrauf. Damit die Pumpe sich freut.

Leider hallte das, was Kiraly, diese Domina im Ärztekittel, ihm an den Kopf geworfen hatte, immer dann durch seine Gedanken, sobald er darüber nachdachte, trink- oder speisetechnisch zu sündigen. Zwar erachtete er seinen Zusammenbruch auf der Terrasse weiterhin als einmaligen Ausrutscher, tief in ihm jedoch saß die Furcht vor einem Herzinfarkt oder Ähnlichem wie eine schwarze Spinne, die sich an seiner Seele festgebissen hatte. Jetzt gab es *zwei* Spinnen, die dort hockten. Die andere – und viel größere – krabbelte emsig herum und injizierte seit heute Morgen konstante Giftdosen.

Constanze Pressler taucht nach drei Jahren wieder auf …

Anjas Gesicht schwebte vor seinem inneren Auge, und ihr anklagender Blick führte dazu, dass er die Hand so fest um die Bierflasche presste, als wollte er sie zum Bersten bringen. Er rettete sich in einen dritten Schluck, schloss die Augen und zerdrückte diese widerliche Gedankenknospe.

Er musste es irgendwie schaffen, Constanze Presslers Schicksal von der eigenen Historie zu lösen – als würde er eine Folie von einer Metallplakette ziehen, um die Folie zu betrachten, nicht aber die Plakette.

Morgen hatte er die nächste Sitzung bei Krapphut-Paffner. Und am Freitag gleich eine weitere. Vielleicht könnte die ihm tatsächlich helfen, weiterhin in der Spur zu bleiben. Vor anderen zuzugeben, dass die Gespräche ihm halfen, kam nicht infrage. Sich selbst einzugestehen, dass diese Hilfe ihm Rückenwind gab – damit kam er klar.

Er setzte sich an den Tisch und positionierte die Bierflasche auf seinem rechten Oberschenkel, während seine Fingerkuppen einen unrhythmischen Takt aufs Glas klopften.

Er dachte eine Weile über den Fall Pressler nach, ehe seine Finger erstarrten. Einen Atemzug später fuhr er aus dem Stuhl, griff nach seinem Handy und wählte Kalkrieders Nummer.

„Feierabend – sagt dir der Begriff was?"

„Eigentlich nicht. Grundsätzlich", sagte Karl, „hätte man Pressler ja auch etwas injizieren können, das sie innerhalb von Sekunden tötet."

Kurzes Schweigen. „Sicher, mit Kaliumchlorid zum Beispiel. Herzstillstand binnen weniger Augenblicke, da bist ruckzuck weg vom Fenster. Aber die Staubnerin hat gemeint, es sähe so aus, als wäre niemand sonst in der Nähe gewesen."

„Ein Mensch vielleicht nicht – aber womöglich ein *Etwas.*"

„Geht's noch kryptischer, Seitz?"

„Das nötige Know-how vorausgesetzt – könnte man Pressler das Gift mittels eines Projektils oder so etwas verabreicht haben, das von einer Drohne abgefeuert wurde?"

„Klingt ja fast wie bei Dick."

„Ähm …"

„Dick war ein Science-Fiction-Schriftsteller. Blade Runner zum Beispiel. Schon mal gehört? Oder sogar gesehen? Jedenfalls meinte ich nicht das englische Wort für Schwanz, du Breznsoiza."

„Ja, schon recht. Ist das der Film mit Harrison Ford?"

„Genau. Er basiert auf Dicks Kurzgeschichte ´Träumen Androiden von elektrischen Schafen?`."

„Schön. Aber zurück zum Thema: Drohne, Pfeil."

„Heutzutage ist es bestimmt möglich, dass kein Lippenpaar einen Curare-Pfeil auf den Weg schickt, sondern ein an eine Drohne montierter Drucklufttank."

„Dann schaust du dir Presslers Leiche hinsichtlich eines Einstichs mal ganz genau an."

„Und schon sind wir wieder bei gut versteckten Einstichen. Genau wie bei den anderen, die der Linninger abgemurkst hat. Weißt noch, bei dem einen?"

„Am Skrotum."

„Bravo!" Tatsächlich schien Kalkrieder zu klatschen, wie auch immer er das mit einer Hand hinbekam. „Passt ja auch gut zu *Dick*, gell?"

„Ha – ha – ha", sagte Karl abgehackt. „Einstich."

„Schon verstanden. Mache ich gleich morgen in der Früh."

„Du bist sooo ein Schatz, Kalkrieder."

„Allerdings gebe ich zu bedenken, dass die Spusi keinen Pfeil oder dergleichen gefunden hat."

„Der Täter könnte ihn eingesammelt haben."

„Und wieso macht er sich dann die Mühe mit der Drohne?"

„Ich mag es nicht, wenn du zu oft recht hast, Kalkrieder."

„So war des schon immer bei mir: zu schlau für diese Welt." Ein kurzes, aber lautes Lachen ertönte, wie eine Mischung aus unleidigem Braunbär und dem Hochschrecken nach Schlaf-

Apnoe. „Jetzt, wo du dir Skrotum merken kannst, gibt's ein neues Wort: Kremastermuskel."

„Was?"

„Der Muskel zum Anheben der Hoden."

„Bist deppad. So etwas gibt's?"

„Ja, sogar bei dir. Aber wahrscheinlich siehst deinen kleinen Freund gar nimmer, weil die Fettschürze die Sicht verdeckt."

„Vorsicht! Zumindest teere ich mir nicht mit Vorsatz die Lunge."

„Hier sei angemerkt", sagte Kalkrieder, „dass Adipositas und Rauchen als Auslöser von Erkrankungen, die schlussendlich zum Exitus führen, ungefähr auf derselben Ebene rangieren."

„Das glaube ich dir nicht. Kannst mir viel erzählen."

„Servus, Seitz. Und trainier deinen Kremastermuskel a bissal."

Ehe er etwas erwidern konnte, trennte Kalkrieder die Verbindung.

„Hm", grummelte Karl und schaute an sich herab. Tatsächlich bezweifelte er, dass er während des Duschens bei einem schnurgeraden Blick nach unten seinen …

Verärgert schritt er zur Vitrine an der Seitenwand des Wohnzimmers, öffnete die unterste Schublade und nahm ein Fotoalbum heraus. Das gedimmte Deckenlicht floss über das schwarze Leder, als wollte die Sammlung alter Erinnerungen Karl einladen, dass er sie in Augenschein nahm.

Oder ihn warnen.

Bei diesem Fall muss ich mich meinen Dämonen stellen. Alles andere wird nicht funktionieren.

„Nur eine Folie von einer Metallplakette abziehen", murmelte er. „Nein, *so* einfach wird das nicht, lieber Karl."

Er öffnete das Album in der Mitte, weil dort Fotos von seiner Arbeit als Kommissar auf ihn warteten. Ein versonnenes Lächeln auf den Lippen, blätterte er sich durch Aufnahmen von Weihnachtsfeiern und Geburtstagen. Ein Schnappschuss zeigte ihn und seine ehemalige Kollegin Katrin Fischbach, als sie anlässlich ihres vierzigsten Geburtstages italienisches Catering organisiert hatte.

Arm in Arm standen sie beieinander, prosteten mit einem Sektglas in die Kamera.

Gute alte Zeit …

Anfangs hatte er Katrin verflucht, weil sie sich nach Augsburg versetzen ließ, ohne mit ihm darüber zu reden. Erst an ihrem letzten Freitag, als sie ihre Habseligkeiten im Büro in eine Umzugskiste packte, informierte sie ihn kurz und knapp. Karl brachte keinen Mucks raus, hockte in seinem Drehstuhl wie schockgefrostet. Zum Schluss drückte sie sich mit einem „Mach's gut, Karl" an ihm vorbei – und weg war sie. Seitdem hatte er nichts mehr von ihr gehört oder gesehen. Als hätte sich eine Erdspalte aufgetan und sie verschluckt.

Anschließend glitt sein Blick über Fotos aus dem Polizeisport. Gleichermaßen erstaunt wie bestürzt sah er einen kernigen Karl Seitz, der Liegestütz pumpte oder zu einem Korbwurf beim Basketball ansetzte. Das war fünf Jahre her – und geschätzt dreißig Pfund weniger Fett und zehn Pfund mehr Muskelmasse. Da hatte er seinen Penis beim Duschen bestimmt noch gesehen.

„Scheiße, verdammt", brummte er und arbeitete sich zum Ende des Albums vor, und mit jeder Seite, die er hinter sich ließ, erhöhte sein Herz den Takt. Anja hatte ihm das Album zum fünfundvierzigsten Geburtstag geschenkt. Drei Monate später verschwand sie von einem Tag auf den anderen.

Das dumpfe Wummern in seinem Brustkorb erzeugte eine Enge im Hals, als er das erste Familienfoto betrachtete: Leonie, Manuel, Anja und er im Bayernpark. Gut gelaunt lächelten sie in die Kamera, standen eng beieinander, eine Einheit.

Eine Familie.

Nie hätte er gedacht, dass dieses eiserne Band so bald zerbrechen würde. Sicher hatten Anja und er manchmal ihre Probleme gehabt, ihre *Ups and Downs,* wie Maria die ganz normalen Täler und Gipfel einer Ehe wohl nennen würde. Welche Frau gestaltete mit Mühe und Hingabe ein Fotobuch für ihren Mann, wenn sie vorhatte, ihn bald darauf zu verlassen?

Er klappte es zu, legte es zurück in die Schublade und schloss diese.

Was ist passiert?

Lebt sie noch?

Sehe ich Anja irgendwann wieder?

Diese drei Fragen bildeten die Nägel jenes Sarges, in dem sein Glück begraben lag. Es gab ein Leben vor Anja und eines danach. Im ersten schien die Sonne, im zweiten existierte nicht einmal der Mond.

„Scheiße“, murmelte er, trank das Bier leer, schaltete die Mikrowelle an und ging die Treppe in den ersten Stock hinauf.

Der Holzpin in der Tafel an Leonies Tür steckte bei *Bin am Chillen.*

Karl klopfte.

„Ja?“

Er öffnete die Tür einen Spalt und lugte hindurch. Leonie saß an ihrem Schreibtisch und tippte etwas in ihren Laptop.

„Es gibt Essen.“

Sie drehte sich im Arbeitsstuhl und sah ihn an. Leuchtend grüne Haarsträhnen hingen ihr ins Gesicht, und das Ringpiercing in der Unterlippe glänzte im Schein der Tischlampe und ließ kleine Glitzerpunkte im Schriftzug ihres T-Shirts funkeln: Steel Panther.

Unter den Buchstaben stieg ein rosafarbenes Einhorn mit wallender Mähne.

„Gefällt's dir nicht?“

„Doch, doch ... Sieht cool aus. Ist das diese Band mit den Typen, die sich schminken und so weiter?“

Sie lachte kurz. „Viele Musiker schminken sich – auch in härteren Bands.“

„Aber so Sex-Zeug haben sie in den Texten, oder?“

Sie verdrehte die Augen. „Problem für dich?“

„Öhm ...“ Er blies die Backen auf. Falls er bejahte, hätte er eine Grundsatzdebatte am Hals. „Es gibt Essen.“

„Bitte sag, dass es diesmal was von Bepone gibt.“

Karl presste die Finger fester um die Klinke. „Fast."

„Nee, oder? Wieder Indisch?"

„Asiatisch."

„Das hatten wir letzte Woche zweimal. Ich habe keinen Bock mehr auf Glasnudeln mit Hühnchen."

„Heute Ente."

„Auch nicht besser." Sie stand auf. „Wieso holst du keine Pizzen mehr?"

„Das habe ich dir schon mal erklärt."

Sie warf den Blick zur Decke. „Bepone macht sich Sorgen um seine Nichte. Das ist doch nachzuvollziehen, oder?"

„Der singt mir die Ohren voll, sobald ich sein Lokal betrete."

„Kannst du denn nichts gegen diesen Scheißladen ausrichten?"

„Gegen das Treue Kreuz?"

„Ja, diese homophoben Bibelficker."

„Leonie!" Karls Empörung rührte von seiner Pflicht des Erziehungsberechtigten her, kam aber nicht aus Überzeugung. Innerlich musste er sogar grinsen. Das durfte er Leonie aber nicht zeigen. „Mind your language, junges Fräulein."

„Hey! Auf Englisch, lieber Papi – gar nicht schlecht!"

„Auf geht's."

Zusammen gingen sie die Treppe hinab.

„Das ist doch der Laden von diesem Wallner, oder?"

„Ah, du erinnerst dich."

Sie schenkte ihm eine hochgezogene Augenbraue. „*Ich* höre zu, wenn man mir was sagt."

„Ist angekommen."

„Also noch mal: Kannst du wirklich gar nichts gegen den Penner unternehmen?"

Karl zuckte die Schultern. Zeitgleich piepte die Mikrowelle. Er nahm die Boxen heraus und platzierte sie auf dem Esstisch. „Würde ich gerne. Aber das ist nicht meine Baustelle. Mit den Morden hatte Wallner nichts zu tun. Die gehen allein auf Linningers Kappe."

Leonie setzte sich. „Das war schon eine heftige Sache."

Karl reichte ihr eine Gabel.

„Danke." Sie klappte die wie eine Blüte geformten Ecken auseinander und seufzte, als sie den Inhalt sah. Dann schaute sie Karl an, ein keckes Lächeln im Gesicht. „Gibt's Wein?"

„Nein." Demonstrativ füllte er ein Glas mit Leitungswasser und stellte es ihr vor die Nase. „Heute nicht."

„Ach, komm schon." Ihr Blick streifte die leere Bierflasche.

„Alkoholfrei", sagte Karl sofort.

„Trotzdem: Du gönnst dir ein Bier – und ich darf Leitungswasser saufen."

„Trinken." Er atmete durch und setzte sich zu ihr an den Tisch. „Guten Appetit."

Sie stocherte mit der Gabel in den Nudeln, allerdings weniger lustlos, wie sie es sonst zu tun pflegte, wenn ihr das Essen gegen den Strich ging. Nach einer Weile, in der sie Nudeln auf die Gabel gedreht und wieder in die Schachtel hatte tropfen lassen, spießte sie ein krustenumrandetes Stück Entenfleisch auf und kaute darauf herum. „Besser als Radiergummi", sagte sie, nachdem sie geschluckt hatte. „Aber nicht viel."

Karl gönnte sich einen dicken Ballen Nudeln und stieß einen genussvollen Laut aus. „Bester Asiate weit und breit."

Leonie verleibte sich ein paar Nudeln ein, dann legte sie die Gabel beiseite und schaute die Pappbox intensiv an. „Ab morgen bin ich Vegetarierin."

„Und damit abends ziemlich hungrig. Ich koche nämlich mit Fleisch."

Sie warf den Kopf in den Nacken und krähte ein übertriebenes Lachen.

„Was denn?"

Vorsichtig, damit der Kajal nicht verschmierte, wischte sich Leonie eine Träne von der Wange. „Dann bekomme ich einmal im Monat abends nichts zu essen. *Damit* kann ich leben."

„Es gibt übrigens Kinder, die für ihre Eltern kochen, wenn die abends spät von der Arbeit kommen", erwiderte Karl. „Stell dir *das* mal vor."

„Lieber nicht. Und das wird nicht passieren. Ich habe nämlich auch zu tun, genau wie der Herr Papa."

„Ich bin sehr angetan, dass du was für die Schule gemacht hast, als ich reinkam." Er deutete mit der Gabel auf sie. „Oder doch eher gechattet?"

Abwehrend hob Leonie die Hände. „Nein, für die Schule – eine Zusammenfassung in Englisch."

„Klingt gut."

Sie verengte die Augen. „Nein, ist voll scheiße!"

„Alles, was Jugendliche davon abhält, auf der Straße rumzulungern, erachte ich als sinnvoll."

„Ich kotz gleich – und das liegt nur zum Teil an dem Fraß."

Karl funkelte sie an. „Ein Wort noch und du kannst wieder nach oben gehen, verstanden?"

Sie verschränkte die Arme vor der Brust.

„Englisch war eines meiner Lieblingsfächer", sagte Karl, da er nicht wollte, dass das Abendessen auf diese Weise endete. „Es ist *das* Fach, das man später am meisten braucht."

Leonie sprang aus dem Stuhl, formte mit ihren Händen eine Pistole und legte auf Karl an. „I'm Karl Seitz from the Munich Police Department – freeze!" Sie ließ die Hände sinken und lächelte halbseitig. „By the way, I'm the Chief Inspector. That's a very important job."

„Fräulein, es reicht", sagte Karl, musste aber schmunzeln. „Bitte setz dich wieder."

Tatsächlich lachte Leonie jetzt auch und aß sogar einen weiteren Schwung Nudeln. „Eigentlich finde ich Englisch ja auch ganz cool, aber unsere Lehrerin ist furchtbar."

„Wieso denn?"

„Oberpingelig, streng und rachsüchtig."

Karl lachte. „Perfekt!"

„Ey!" Leonie zog einen Schmollmund. „Die kontrolliert ständig die Hausaufgaben und stresst voll rum."

„Kenn ich sie?“

„Nee, die ist neu. Eine Vertretung für Herrn Ranner.“

„Was ist mit ihm? Krank?“

„Ja. Künstliches Kniegelenk.“ Sie seufzte. „Der Ranner war obergechillt. Die neue ist ein Ungeheuer. Dorothea Kahlert.“ Sie drehte weitere Nudeln auf die Gabel und krönte den Wust mit einem Stück Ente. „Jeder nennt die Alte bereits Peitschen-Doro“, murmelte sie mit vollem Mund. „Da weißt du Bescheid.“

„Peitschen-Doro“, gluckste Karl. „Wie geil.“

„Ist überhaupt nicht geil!“ Leonie legte die Gabel ab. „Die kommt vom Gymi und meint, wir sind ihre Sklaven. Der Text, den wir durchnehmen, ist voll abgedreht.“ Sie blickte Karl an. „Könnte dir gefallen.“

„Wieso?“

„Geht um eine Besitzerin eines abgeranzten Hotels, die ihre Kunden vergiftet und ausstopft, damit sie nicht allein ist. Liest Peitschen-Doro mit uns, weil vor Kurzem ja Halloween war und wir bestimmt Lust auf was Gruseliges haben.“ Leonie schnaubte. „Voll der unrealistische Scheiß. Peitschen-Doro behauptet natürlich, die Geschichte ist von 'nem ganz bekannten Schriftsteller. Ist genau wie in Deutsch: Je berühmter der Autor, desto langweiliger die Bücher.“

Karl zuckte mit den Schultern und vertilgte zwei Entenstücke. „Ich finde, das klingt super.“

Leonie ließ den Kopf sinken und seufzte laut. „Wundert mich nicht. Peitschen-Doro und du – ihr seid definitiv auf einer Wellenlänge.“

„Fleiß, Disziplin, hart sein, aber auch fair – das sind Tugenden, mit denen man weiterkommt.“

Leonie stieß Würgelaute aus, als würde ihr das Essen hochkommen.

„Meld dich beim Wahlkurs Theater an.“

Sie verzog den Mund. „Gibt kaum Wahlkurse dieses Jahr. Lehrermangel und so.“

„Hm.“

„Aber Bildung ist ja sooo wichtig. Merken wir Schüler wenig von."

„Ihr habt ja auch null Bock auf gar nichts."

Sie atmete durch, schloss kurz die Augen, schob ihre Pappbox zu Karl und stand auf. „Den Rest kannst du haben. Ich bin oben. Schönen Abend noch."

„Mein Gott, jetzt leg nicht jedes Wort auf die Goldwaage. Setz dich wieder." Karl unterdrückte seinen Ärger, dass Leonie sich aufführte wie eine pubertierende Rotzgöre, und fügte hinzu: „Bitte." Obwohl er es hasste, bei irgendetwas einzuknicken, holte er zum Wohl des Familienfriedens eine Rotweinflasche nebst Stielgläsern und goss beide zu einem Viertel voll.

Sie schnaufte, als wäre es das Schlimmste auf Erden, mit dem eigenen Vater an einem Tisch zu sitzen, setzte sich aber trotzdem.

Er hielt ihr sein Glas hin. Sie stießen an und tranken schweigend.

Nach einem weiteren schweren Atemzug, der dieses Mal tatsächlich tief aus Leonies Innerstem zu kommen schien, stellte sie das Glas ab. „Ich kann nicht aufhören, an Mama zu denken." Dieser kurze Satz reichte aus, dass Leonies taffe Schicht von ihr abplatzte wie schlecht aufgetragener Putz. Ihre Unterlippe zitterte, und sie schluckte schwer.

Karl stießen die Worte direkt ins Herz. „Ich weiß. Mir geht es genauso."

„Sie ist nicht aus eigenen Stücken abgehauen." Ein stummes Flehen schwebte hinter dem Schimmern in ihren Pupillen. „Oder?"

Natürlich nicht, wollte Karl sofort antworten – tat es aber nicht. Sooft er sich diese Frage stellte, so wenig war er in der Lage, es auszuschließen oder gar in den Bereich des Möglichen zu rücken. Eine Erinnerung an seine Gedanken, die er beim Auffinden der Leiche am Anger Palais gehabt hatte, drängte sich in sein Schweigen.

Er hatte seinen Fixstern zu etwas Alltäglichem verkommen lassen, zu einer Konstante, die einfach da war, von der er sich speisen ließ. Ja, er hatte, bevor sie verschwunden war, immer weniger in die Ehe investiert. Die Arbeit war wichtiger gewesen.

„Falls Mama es so wollte, dann trage ich daran die Hauptschuld."

Leonies Augen weiteten sich. „Hattest du eine Affäre?"

„Was? Nein!"

„Wieso sagst du dann so was?"

Es kostete ihn Überwindung, die Fäuste zu öffnen, um eine ratlose Geste zu vollführen. „Ich habe es mit der Arbeit übertrieben."

„Hast du schon immer. Hat sich nichts dran geändert."

„Ich weiß."

„Deswegen wäre Mama doch nicht abgehauen. Was war noch? Du verschweigst doch was!"

Karl lehnte sich im Stuhl zurück, als wollte er einem Angriff ausweichen. „Um Gottes willen – nein! Wirklich! Alles war wie immer. Vielleicht lag genau dort das Problem", fügte er gemurmelt hinzu.

„Quatsch! Habt ihr nie miteinander geredet oder wie?"

„Doch. Immer eigentlich."

„Dann war die Sonnenschein-Ehe also nie gespielt?"

Durchdringend sah Karl seine Tochter an. „Keine einzige Sekunde lang."

Die Unterarme auf den Tisch gebettet, beugte Leonie sich nach vorne. „Dann ist irgendetwas passiert." Plötzlich haute sie mit der Hand auf den Tisch, so fest, dass ihr Weinglas zitterte. „Und du bist derjenige, der das herausfinden kann!"

Erzürnt beugte er sich ebenfalls nach vorne, stierte Leonie an, in seiner Brust ein Klumpen aus Schuld und Hilflosigkeit. „Ich habe *alles* versucht! Aber es gibt nicht mal den Hauch einer Vermutung, geschweige denn eine Spur."

„Das kann doch nicht sein!" Eine Träne entwischte ihrem linken Augenwinkel und rann über die Wange. „Du löst doch alle Fälle – zumindest brüstest du dich immer mit deiner Aufklärungsquote."

„Nicht alle“, wisperte er.

„Du hast etwas übersehen.“

„Habe ich nicht.“ Aus dem Flüstern war ein Knurren geworden. „Ich habe Benny Anjas Rechner durchchecken lassen. Ihre Speicherungen in der Cloud, ihre Artikel, Bankbewegungen – alles! Und das mehrmals. Stundenlang bin ich bei ihm gehockt und habe ihm über die Schulter geschaut, damit er nichts übersieht.“ Karl nahm einen tiefen Atemzug, doch die Luft gelangte nur mit Mühe an der Enge in seinem Hals vorbei. „Kein Ergebnis.“ Seine Spannung wich, und er sank zurück gegen die Stuhllehne, fühlte sich wie ein Boxer, der gegen einen Gegner, den er weder kannte noch sah, nach Punkten hoffnungslos zurücklag. Zudem hatte er keine Ahnung, wie lange der Kampf noch ging. Oder ob es diesen Kampf überhaupt noch gab. Er wischte sich über die Augen, da ein heißer Druck die ersten Tränen nach oben schickte. „Ich weiß nicht, was passiert ist. Und es macht mich fertig.“

Leonie stand auf, hockte sich auf seinen Schoß und weinte in seine Schulter. Er drückte sie fest an sich und verbiss sich ein Schluchzen. Stark sein – für seine Kinder. Für den Rest Familienleben, den er noch besaß.

Laptop auf dem Bauch, lag Karl auf der Couch, sein Kopf durch mehrere Kissen gestützt. Der Kühler winselte zum Erbarmen, und seit geschlagenen fünf Minuten rotierte der Ladekringel um sich selbst. Im Hintergrund lief der Fernseher. Karl drehte den Kopf. Aufnahmen eines Hurricanes an der amerikanischen Ostküste, unterlegt mit einer Stimme, die über die Auswirkungen des Klimawandels schwadronierte. Das Thema ging Karl auf die Nerven, aber nicht, weil er es als unwichtig erachtete, sondern da seine Laune zu sinken pflegte, wenn ihm eine Hiobsbotschaft nach der anderen ans Trommelfell schwappte.

Das einzig Gute: Seine Laune war ohnehin so mies, dass es kaum schlimmer ging.

„Na endlich", brummte er, als das Video startete.

Ein kurzes Flimmern, dann eine gestochen scharfe Aufnahme von der Lavaterstraße aus der Vogelperspektive. Leise hörte man das Surren der Propeller, die die Drohne in der Luft hielten, während sie die Straße überflog. Bei Autos sackte sie nach unten, sodass man die Nummernschilder erkannte, ehe sie wieder an Höhe gewann.

Nach fünf Minuten war das Video zu Ende. Karl gähnte, klappte den Laptop zu und legte ihn auf den Wohnzimmertisch. Wirklich enttäuscht war er nicht, dass die Aufnahmen auf den ersten Blick nichts Aufsehenerregendes zutage gefördert hatten. Aber man wusste ja nie: Vielleicht stießen sie bei ihren Ermittlungen auf ein Kennzeichen, das Bennys Drohnenvideo ebenfalls zeigte. Daran könnte man anknüpfen.

Na ja, Wunschdenken. Bislang hatten sie nicht den blassesten Schimmer, wer für Constanze Presslers Entführung und Tod verantwortlich war.

Karl griff nach der Fernbedienung neben dem Laptop und schaltete den Fernseher aus. Das Geflacker im Wohnzimmer erstarb.

Dunkelheit, nur durchbrochen vom blauen Glühen der Zeitanzeige des Receivers unter dem Fernseher.

23:12 Uhr.

Er fühlte sich zurückgeschleudert an jenen Abend, als er das Video vom Anger Palais angeschaut hatte – mit demselben krückenlahmen Laptop: Ein Geräusch schreckte ihn auf: Leonie kehrte spät zurück, stank nach Rauch. Das Unterlippenpiercing brachte das Fass zum Überlaufen; ein Wort gab das nächste, sodass er sie schlussendlich ohrfeigte.

Karl fasste sich an die Stirn. Das durfte nicht mehr passieren. Langsam fanden sie wieder zueinander, und das wollte er nicht gefährden. Sollte ihm nochmals die Hand ausrutschen, würde das wackelige Konstrukt ihrer Vater-Tochter-Beziehung endgültig einstürzen.

Er zückte sein Handy und prüfte, ob er in der Zwischenzeit eine Nachricht von Manuel bekommen hatte.

Fehlanzeige.

No news is good news.

Trotzdem musste er den Impuls unterdrücken, Manuel einen Einzeiler zu schreiben. Karl wusste, wie sehr es ihn, als er in Manuels Alter gewesen war, aufregte, als seine Eltern ständig anriefen, um sich nach seinem Wohlbefinden zu erkundigen.

Er wollte kein Helikopter-Vater sein, obwohl Linninger seinen Sohn um ein Haar umgebracht hatte.

„Anja", murmelte er und hasste die Dunkelheit, die ihn umfing, egal ob er das Licht anschaltete oder nicht.

Er hasste die Stille, die seit Anjas Verschwinden regierte.

Manuel war ausgezogen. Wie Karl seine Tochter einschätzte, würde sie, sobald sie konnte, ebenfalls auf eigenen Beinen stehen wollen.

Dann wäre er allein in diesem Haus.

Dieser Gedanke jagte ihm Angst ein, eine Angst, die nicht nur bis zu seinem Herz gelangte, sondern viel tiefer, bis in die Kammern seiner Seele. Und was passierte, wenn zu viel Verdruss, Kummer und Zorn diese Kammern auffüllten, hatte er erlebt, als er Rouven Meiffert im Krankenhaus den Lauf seiner Dienstwaffe in den Mund schob.

Sein Körper antwortete mit Adrenalin, und er glaubte, sein Herz stolperte plötzlich. Er setzte sich aufrecht hin, seine Finger krallten sich ins Sitzpolster. Nach einer Weile gelang es ihm durch Konzentration auf seine Atmung, dass sich das diffuse Gefühl aus Angst und Unwohlsein verflüchtigte. Zu oft an Vergangenes zu denken, tat ihm nicht gut.

Leichter gesagt als getan.

Diese Kiraly war schuld! Die hatte ihm Angst eingejagt, indem sie eine düstere Zukunft prophezeite, wenn er nicht besser auf sich achtete. Hätte sie ihm auch schonender beibringen können, nicht mit der Dampfhammer-Methode! Unerhört, wie Ärzte mit ihren Patienten umspringen durften. Was die ihm da an den Kopf geworfen hatte!

„Ungarische Domina!“, zischte Karl, ehe seine Anspannung in demselben Maße wich, wie eine Erkenntnis sich auftat.

Ich verstehe keine andere Sprache …

„Bei Karl Seitz wirkt nur der Dampfhammer.“

Es auszusprechen, half, damit es sich in seinem Kopf festsetzte.

„Nur der Dampfhammer …“

KAPITEL FÜNF

„Ich freue mich, dass Sie einen schönen Abend mit Ihrer Tochter verbracht haben, Herr Seitz", sagte Krapphut-Paffner mit einem Lächeln, das, zumindest kam es Karl so vor, aufrichtig wirkte. Für gewöhnlich waren ihm Menschen mit strahlend weißen Zähnen genauso suspekt wie solche, die sich im Winter Solariumbräune holten. Krapphut-Paffner vereinte beides, doch schien sie damit nichts kompensieren zu wollen: Sie erweckte den Anschein eines in sich ruhenden Menschen, der genug Kapazitäten besaß, anderen zu helfen. Natürlich könnte sie ihm auch etwas vorspielen – schließlich war sie Psychologin: Wer Menschen auslotete, verstand sich bestimmt auch darauf, diese zu täuschen und zu manipulieren.

„Herr Seitz?"

„Entschuldigen Sie. Ich … war in Gedanken."

„Worüber haben Sie nachgedacht?"

„Wie … wie Menschen es schaffen, an schlimmen Schicksalsschlägen nicht zu zerbrechen."

Herrgott, was fasele ich nur?

Grundsätzlich war dies genau die Thematik, die ihn interessierte. Aber nicht heute – denn es gab viel zu viel zu tun, als dass er Zeit hätte, seine eigenen Baustellen zu besichtigen.

„Ich verstehe, worauf Sie anspielen. Und es freut mich, dass Sie es von sich aus zur Sprache bringen."

Karl rettete sich in ein leutseliges Lächeln, obgleich er sich am liebsten in den Arsch gebissen hätte. Aus der Nummer kam er auf die Schnelle nicht raus, weil er genau jene Tür geöffnet hatte, an der Krapphut-Paffner seit der ersten offiziellen Sitzung herumschabte wie eine Katze, die Leckerlis roch.

„Es war so eher … allgemein nachgedacht."

„Allgemein, verstehe." Sie lächelte ihn an wie eine Lehrerin einen Grundschüler, der in die Hose gemacht hatte und sich deswegen schämte. „Herr Seitz, sich einzugestehen, dass einen etwas belastet, ist keine Schwäche, sondern eine Stärke."

Er räusperte sich. „Klar."

Krapphut-Paffner hielt ihr Lächeln, es verrutschte nicht einen Millimeter. Beachtlich, diese Kontrolle. Oder lag ihr sein Schicksal wirklich am Herzen?

Aus einem Impuls heraus stellte er eine Frage – auch wenn es sich anfühlte, als müsste er sie herauswürgen: „Was kann ich tun, um mit der Ungewissheit besser zu leben? Genau diese Ungewissheit nämlich verseucht alles andere." Er schaute kurz zu Boden. „Auch meine Tochter leidet darunter."

„Für Leonie ist es mindestens genauso schrecklich wie für Sie. Sie sind erwachsen, Leonie nicht. Das Fehlen der Mutter ist eine schwere Last."

Er nickte und räusperte sich erneut, weil seine Kehle sich anfühlte wie mit Sandpapier geschmirgelt. „Ich käme besser damit klar, wenn … also, wenn Anja …"

„Tot wäre." Diesmal lächelte Krapphut-Paffner nicht.

Karl nickte und richtete den Blick zu Boden.

„Das ist ein ganz normales Empfinden, Herr Seitz. Ungewissheit ist schlimmer als der Tod selbst, denn dieser ist endgültig und dadurch greifbar. Ich weiß, dass das Leid anderer Menschen das eigene nicht lindert. Trotzdem möchte ich Ihnen zu bedenken geben, dass es auch Eltern gibt, deren Kind vermisst ist. Das ist …"

„Ich will das nicht hören."

Sie verstummte. Da ein Schweigen wuchs, in dessen Vakuum Kummer und Schmerz nach einer Stimme suchten, erhob Karl sich.

Erstaunt sah Krapphut-Paffner ihn an. „Sie … wollen gehen?"

„Auf mein Team und mich wartet viel Arbeit."

Sie zögerte, und zu seiner Überraschung nickte sie schließlich. „Ich habe gehört, was passiert ist. Im Grunde arbeiten sie ja an zwei Fällen gleichzeitig. Geben Sie auf sich Acht, Herr Seitz. Mehr verlange ich heute gar nicht."

Er murmelte ein überraschtes „Danke". Trotzdem wandte er sich nicht ab, da er nicht glauben konnte, dass Krapphut-Paffner ihn mir nichts, dir nichts ziehen ließ: Er rechnete mit einer weiteren Mahnung, oder einer Aufforderung, dies oder jenes zu tun oder eben nicht zu tun.

Doch Krapphut-Paffner schaute ihn nur an, und ihre fein geschwungenen Augenbrauen wölbten sich. „Möchten Sie mir noch etwas mitteilen?"

„Was? Äh, nein. Alles wunderbar."

Sie blickte auf einen aufgeschlagenen Terminkalender, der neben ihr lag. Erstaunlich, wie voll der war. „Unser nächstes Gespräch ist am Freitag. Nicht vergessen, ja?"

„Nein, nein, sicher nicht."

„Dann einen schönen und erfolgreichen Tag." Ein letztes, mit einem weichen Lächeln garniertes Nicken, dann blickte sie zum Computermonitor und legte die Hand auf die Maus.

„Ihnen auch."

Tatsächlich kam Karl sich beim Hinausgehen wie ein Schüler vor, der sich im Grunde nichts hatte zuschulden kommen lassen, aber unterschwellig eine Rüge kassiert hatte. Nachdem er die Tür geschlossen hatte, atmete er durch. Seelenklempner waren ihm seit jeher suspekt – und das würden sie auch bleiben.

Dennoch empfand er die Sitzungen nicht so schrecklich, wie er anfangs befürchtet hatte.

So, genug Zeit verschwendet. Ran ans Eingemachte!

Karl stellte sich in die Tür zu Bennys Büro und klopfte gegen die Zarge.

Benny linste mit großen Augen durch den Spalt zweier Monitore. „Boah, jetzt habe ich mich erschreckt!"

„Porno-Download stoppen. Teambesprechung."

Bennys Miene verfinsterte sich. „Die muss man nicht herunterladen. Die kann man heutzutage streamen."

„Schön. Aber nicht jetzt."

„Du solltest vielleicht auch mal welche schauen", sagte Benny, klickte auf der Maus herum und stand auf.

„Worauf soll das anspielen?"

Benny schluckte. Dadurch dass der Bart fehlte, sah er aufgrund der runden, apfelroten Wangen aus wie Muttis Nesthäkchen, das erst eine Erlaubnis einholen musste, um unbeaufsichtigt auf Toilette gehen zu dürfen. Auch die geleckte Frisur gefiel Karl nicht. Passte nicht zu Benny. Leicht ungepflegt stand ihm besser.

Am wenigsten gefiel Karl allerdings, dass Benny aufmuckte. Gleichzeitig erinnerte er sich an Marias Worte. Nach einem Räuspern sagte er deswegen: „Übrigens, die Drohnenaufnahmen – wirklich astrein."

Benny blinzelte. „Öh, danke."

„Auch sonst machst du deine Sache gut. Muss ja auch mal gesagt werden."

Selbst wenn Bennys Gesichtszüge nicht komplett entgleisten, schien sein Gemütszustand zwischen erstaunt und ergriffen zu schweben, fast so, als hätte Karl ihm eine Tapferkeitsmedaille verliehen.

„Das … das ist kein Problem", stammelte er. „Wenn ich helfen kann, bin ich gerne zur Stelle."

„Super!" Karl lachte und gab die Tür frei. „Dann holst du mir schnell einen Kaffee, ja? Wir treffen uns im Büro."

Auch wenn der Ausdruck von Ergriffenheit rasch abklang,

nickte Benny, murmelte „Kein Problem" und schob sich an Karl vorbei.

Karl wartete, bis er sich entfernt hatte, dann zückte er sein Handy und rief die Ortungsapp auf, die Benny seinerzeit installiert hatte, damit Karl wusste, wo Leonie sich herumtrieb.

Der rote Punkt glomm regungslos auf dem Gelände der Realschule. Dem Anschein nach lief Leonie wieder in der Spur. Die Sache mit Rouven Meiffert war Geschichte.

Ich habe alles richtig gemacht.

Manchmal bedurfte es eben drastischer Maßnahmen – Dampfhammer-Methode eben.

Was ich selbst brauche, wende ich auch gerne bei anderen an.

Zufrieden strebte er zum Büroraum von Clemens und Maria.

Maria saß an ihrem Tisch und gönnte ihm nur ein kurzes Nicken, da sie den Monitor fixierte und langsam das Mausrad bewegte.

„Was schaust du an?", fragte Karl.

„Moment", murmelte sie, ehe sie die Maus losließ und den Drehstuhl bewegte, sodass sie Karl ansah. „Der Abdruck von Constanze Presslers rechtem Zeigefinger war tatsächlich auf der Klingel bei der Gartentür."

„Okay. Dann hatte ich recht." Der Tag begann so, wie ein Tag zu beginnen hatte, an dem Karl Seitz das Zepter führte. „Dann ist tatsächlich davon auszugehen, dass der Täter Constanze und Geburtstagskind Florian Pressler ein Wiedersehen der besonderen Art bescheren wollte."

„Krankes Arschloch", sagte Maria, was Benny ein überraschtes „Was?" abrang. Verdutzt stand er da, eine Kaffeetasse in der Hand.

„Doch nicht du", sagte Maria. „Sondern der Täter, der Constanze Pressler auf dem Gewissen hat."

„Ach so", murmelte Benny und reichte Karl die Tasse.

„Merci."

Benny bemerkte, dass Maria die Tasse anschaute.

„Magst einen Cappuccino? Der Chef hat mich nämlich zur Kaffeetante befördert."

Maria lachte. „Das wäre toll."

Benny entfernte sich wieder.

„Was gibt es sonst noch von der Spurensicherung?", fragte Karl.

„Dass du ein weiteres Mal recht hattest."

„Nicht verwunderlich."

Maria verzog das Gesicht. „Bitte blas dein Ego nicht zu sehr auf. Sonst platzt es womöglich."

Karl schenkte ihr ein breites Grinsen. „Also?"

„Tatsächlich fanden sich an einem Zaun Hautpartikel von Constanze Pressler." Maria drehte sich zum Schreibtisch, griff nach einem Blatt und gab es Karl.

Mit Bleistift hatte Maria eine grobe Übersicht der Lavaterstraße gezeichnet: Das Haus der Presslers, die Straße, den Gartenzaun.

„Constanze Pressler kam aus derselben Richtung, aus der auch wir gekommen sind", sagte er.

„Ja. Der Zaun befindet sich ungefähr vierzig Meter vom Fundort der Leiche entfernt."

„Woher weißt du das so genau? Bist heute Früh mit einem Zollstock hingefahren und hast …"

„Google Earth."

„Wow." Karl strich sich über den Schnauzer, was Maria mit verschlossener Miene verfolgte. „Ich will nicht so nackt im Gesicht aussehen wie Benny. Der Schnauzer ist mein Markenzeichen."

„Neben blöden Sprüchen."

Er neigte den Kopf in Anerkennung. „Du wirst immer schlagfertiger. Schön, dass du dir von mir so viel abschaust."

Maria sah ihn starr an.

„Nuuun", sagte er gedehnt, da er für einen Moment den Faden verloren hatte. „Also: Der Täter lässt Constanze Pressler mindestens vierzig Meter vom Haus der Presslers entfernt aussteigen. Wahrscheinlich ist sie aber länger unterwegs gewesen, sonst wäre die Anmerkung dieses Jugendlichen bezüglich einer Drohne seltsam. Pressler drückte die Klingel, hat kaum mehr Kraft, wartet, bricht dann zusammen und stirbt.“ Seine Theorie, wonach Constanze Pressler vielleicht durch einen Schuss aus der Drohne vergiftet worden war, überantwortete er seinem inneren Reißwolf: Der Täter hatte sie schon davor vergiftet, sonst wäre sie nicht am Zaun entlanggeschrammt. Die Drohne hatte tatsächlich nur dazu gedient, jede Sekunde von Constanze Presslers Tod mitzubekommen.

„Wie ist die Spurenlage sonst?“, fragte Karl.

„Dürftig.“

„Da bleibt wohl nichts anderes übrig als gleichermaßen kreative wie bodenständige Ermittlungsarbeit. Wir müssen den Vermisstenfall neu aufrollen. Bestimmt haben die Stümper von der Abteilung für Vermisstenfälle etwas übersehen.“

„Natürlich“, sagte Maria und unterdrückte ein Gähnen. „Wir sind die wahren Profis.“

„Jupp.“

„Ich habe die nötigen Unterlagen bereits beantragt.“

„Perfekt, danke. Da wir ja zwei Fälle haben, würde ich vorschlagen, dass …“ Karl brach ab, da Benny zurückkam und Maria ihren Cappuccino überreichte.

„Danke! Genau das, was ich brauche.“ Sie nahm einen tiefen Schluck und seufzte genießerisch. „Saugut. Karl hat dich zu Recht befördert.“

Tatsächlich lächelte Benny daraufhin glücksselig, auch wenn Karl argwöhnte, dass Maria ihn unterschwellig verarschte. Als Benny Karls Blick bemerkte, verlieh er seinen Zügen den Anstrich von Neutralität. „Ich bin bereit.“

Karl patschte ihm auf die Schulter. Ziemlich weich, wenig Muskeln, sondern reichlich Speck.

Wer im Glashaus sitzt, sollte nicht mit Stei…

Karl blendete die innere Stimme aus. „Maria hat bereits die Vermisstenunterlagen für den Fall Pressler beantragt. Du musst dir das Ganze nochmals reinziehen. Zudem möchte ich, dass du Florian Presslers Computer checkst – auch den in seiner Firma. Und den von seiner neuen Lebensgefährtin auch, dieser Lena Dingsbums."

„Damskis", sprang Maria ihm bei.

„Genau. Wir lange wirst du dafür brauchen?"

„Puh … Mehrere Stunden, würde ich sagen."

„Dann ran an die Arbeit. Wenn's schneller geht, macht es auch nix."

„Lustig."

Erneut haute Karl ihm auf die Schulter. „Komm schon, nicht Trübsal blasen. Ran an den Speck", sagte er und knetete Bennys Schulter. Dieser quittierte das mit einem befremdlichen Blick.

Ertappt ließ Karl die Hand sinken. Dann fiel ihm etwas ein. „Ach, wo wir hier gerade so angeregt plauschen: Hast du Friederike Elzigs Social-Media-Accounts und E-Mails noch mal geprüft?"

„Klar", sagte Benny.

„Und?"

„Ich habe es dir beim ersten Mal bereits gesagt: Da ist nichts. Das Einzige, was auffällt, ist, dass Elzig eine Korinthenkackerin war. Die hat wegen jedem Scheiß nachgehakt – oder gleich nachgetreten – und sich bei Gegenwind umgehend auf Paragraphen in den Statuten der Unis und so weiter berufen. Aber angenommen, Elzigs Mörder packt die arme Frau auf den Pfahl. Sie schreit, windet sich, verrät ihm alles, was er wissen will. Daraufhin fährt er in ihre Wohnung, setzt sich seelenruhig an den Rechner und bereinigt alles, was auf ihn hindeuten könnte. Könnte auch ein Grund sein, warum man nichts findet."

„Abgesehen davon", sagte Karl, „dass nach Kalkrieders jüngsten Erkenntnissen Elzig wahrscheinlich betäubt war, als sie gepfählt wurde, erscheint mir deine Theorie plausibel. Aber: Du kannst gelöschte Dateien und E-Mails rekonstruieren, oder?"

„Wenn ein Amateur am Werk ist, schon", entgegnete Benny. „Bei jemandem, der sich auskennt, sieht die Sache leider anders aus."

„Gibt es Hinweise, dass ein Profi am Werk war?"

Bennys Lächeln durchlief eine Veränderung und pendelte sich irgendwo zwischen überheblich und nachsichtig ein. „Wie der Name *Profi* sagt: Es würde *nicht* auffallen, wenn der sich Elzigs Daten zur Brust genommen hat."

„Verstehe. So ein Mist." Im selben Moment durchzuckte es Karl, als hätte ihm jemand einen Peitschenhieb auf den Rücken verpasst.

Was, wenn das jemand mit Anjas Daten gemacht hatte! Dann wäre klar, warum es keine Spuren gab, keine Hinweise, nicht den leisesten Hauch von gar nichts!

Und falls Anja wirklich aus freien Stücken abgehauen war, hieße das ja, dass sie selbst …

Nein, das war Blödsinn. Anja hatte ihren Computer fürs Schreiben und Recherchieren benutzt. Ein IT-Ass war sie nie gewesen.

„Karl? Alles klar?"

„Jaja", sagte er auf Bennys Frage. „Hatte nur gerade …" Er winkte ab. „An die Arbeit, Leute. Hopp, hopp!"

„Okay", sagte Benny zögerlich, sah zu Maria, die ihm ein zurückhaltendes Lächeln sowie ein „Ciao" schenkte, und zog von dannen.

Karl meinte, dass seine Knie zitterten, weswegen er langsam zu Clemens' Schreibtisch stakste und dort in den Drehstuhl sank.

„Ist wirklich alles in Ordnung?", fragte Maria.

Karl wiegelte mit einem Schlenkern des Handgelenks ab. „Alles bestens", sagte er, atmete durch und verbannte Anjas Schicksal mit aller Gewalt aus seinen Gehirnwindungen. „Wir haben zwei separate Fälle. Was ich vorhin sagen wollte: Ich denke, es wäre besser, uns aufzuteilen."

Maria richtete sich im Stuhl auf, als hätte ihr jemand mit einer Reißzwecke in den Hintern gepikst. „Äh, das kommt jetzt überraschend."

„Du kümmerst dich um Friederike Elzig, ich mich um …"

„Das wird Fillner nicht gefallen."

„Mir wurscht. Der muss nicht alles wissen. Den fragen wir gar nicht." Eindringlich sah er Maria an. „Verstanden?"

„Okay", erwiderte sie nach kurzem Zögern. „Ich meine aber, dass wir zwei zusammen mehr Einfälle haben als allein. Außerdem widerspricht es den offiziellen Statuten. Streifenpolizisten sind auch immer zu zweit. Deswegen …"

„Drauf geschissen. Das dauert zu lange."

Sie verkniff die Lippen. „Hauptsache, du setzt deinen Dickschädel durch."

„Ich meine ja auch eher die Fußarbeit: Zeugenbefragungen, Hinweise sichten und dergleichen. Sobald wir mehr Handfestes haben, tauschen wir uns natürlich aus." Karl sah ein, dass er Maria nicht mehr so einfach herumkommandieren konnte wie beim Fall Linninger. Käme er ihr nicht entgegen, würde sie nur bocken. „Außerdem wird Clemens dich unterstützen, sobald er wieder fit ist."

Der verkniffene Zug um ihren Mund verstärkte sich. „Du schiebst Clemens doch nur zu mir ab, damit du selbst freie Bahn hast."

„Also bitte! Clemens als Backup ist doch nicht schlecht."

„Na, meinetwegen. Ich finde aber, wir sollten tauschen. Du Elzig, ich Pressler."

„Warum?"

Sie verschränkte die Arme vor der Brust und lehnte sich gegen die Rückenlehne, sodass diese knarzend ein Stück nach hinten kippte. „Tu nicht so blöd. Das weißt du ganz genau."

Dieses Gegenfeuer hatte er vorausgeahnt, weswegen er ihren Blick gelassen erwiderte. „Ich kann meine privaten Probleme gut von der Arbeit trennen."

Sie schnaubte ein Lachen.

„Brauchst gar nicht so verächtlich tun. Anja und Pressler – zwei Paar Schuhe."

„Da du dich eh nicht umstimmen lässt …" Nach einem Schulterzucken kippte sie wieder nach vorne, nahm einen weiteren

Schluck von ihrem Cappuccino und stand auf. „Vor allem habe ich auf solche Diskussionen keinen Bock.“ Sie strebte an Karl vorbei.

„Wo willst du hin?“

„Ich verfrachte die Tasse in die Spülmaschine. Dann finde ich heraus, wen Elzig seinerzeit nicht für eine Ersatzprüfung zulassen wollte, obwohl die Schwester gestorben war, und fahre hin.“

Karl erhob sich ebenfalls. Er wollte Maria ein anerkennendes Nicken schenken, weil er da auch als Erstes angesetzt hätte, doch sie verließ das Büro, ohne zurückzublicken.

„Nicht zu emanzipiert werden, Fräulein“, brummte er leise und ging in sein Büro. Dort angekommen, schrieb er das, was er im Fall Pressler zu tun gedachte, auf verschiedene Post-Its. Da es keinen freien Platz mehr gab, entfernte er einige alte Notizen, zerknüllte sie und überantwortete sie dem Mülleimer. Anschließend telefonierte er die Telefonnummern ab, die zu jenen Personen gehörten, die gestern Morgen am Absperrband gestanden hatten, und vereinbarte für heute Termine. Dass er mit öffentlichen Verkehrsmitteln würde vorliebnehmen müssen, entlockte ihm ein geknurrtes „Zefix!“. Genau am Samstag, einem Tag nach dem Fund von Friederike Elzigs Leiche, hatte der rechte vordere Stoßdämpfer den Geist aufgegeben. War das der Startschuss für eine saftige Pechsträhne gewesen? Würden die beiden Fälle ihm seine geradezu hymnische Aufklärungsquote vermiesen?

Nicht den Teufel an die Wand malen, Seitz!

Er überlegte gerade, ob Benny ihm vielleicht erlauben würde, dessen Auto zu nehmen, da klingelte das Handy: die Werkstatt, die die Stoßdämpfer für seinen Ford Mustang auswechseln sollte.

„Ha!“, rief er aus. Manchmal fügten sich die Dinge eben wie von selbst.

Zur Vorfreude – bald könnte er sein geliebtes Auto wieder fahren – gesellte sich allerdings auch Furcht: Wie viel Kohle würde er berappen müssen?

„Augen zu und durch", murmelte er, nahm den Anruf an und meldete sich mit einem markigen „Karl Seitz".

Nach der frohen Kunde, dass sein Schätzchen wieder fahrbereit sei, fragte er: „Und was kostet der Spaß?"

Die Antwort öffnete eine Schleuse, durch die sein Blut vom Körper in die Beine und schlussendlich bis runter in die Kanalisation sackte. „Siebenhundertvierzig Euro?" echote er entsetzt.

Eine wortlastige Erklärung folgte, dass dies spezielle Stoßdämpfer seien.

„Ihr seid's doch komplett narrisch!"

Milde Empörung wehte aus dem Lautsprecher.

„Ja, is scho guad. Ich komme."

Er drückte das Gespräch weg und atmete durch. Scheiße! Fast achthundert Euro! Hatten die zusätzlich die Felgen mit Blattgold verziert oder was?

Blieb noch die Frage, wer ihn zur Werkstatt fuhr. Mit den Öffentlichen war das nämlich ein unerhörtes Gezuckel und dauerte ewig. Er ermittelte in einem brisanten Mordfall: Da durfte er keine Zeit verlieren!

Maria wollte er nicht fragen. Die war angefressen, was zur Folge haben würde, dass sie jedes Ansinnen auf freundlich-kollegiale Konversation abwürgen und wie ein Eisblock am Steuer hocken würde.

Karl kratzte sich am Kinn, ehe er aufstand und zu Benny ging. Der hockte hinter seinen Rechnern wie ein Knacki hinter Gitterstäben, linste aber diesmal nicht zwischen den Monitoren hindurch, sondern stand auf, als Karl eintrat.

„Gut, dass du kommst, Chef", sagte er, griff nach seiner Yoda-Figur aus Gummi, warf sie in die Luft – und fing sie gekonnt hinter dem Rücken. „Cool, oder?"

„Ja, zirkusreif", sagte Karl und sah ihn fragend an. „Was gibt's denn? Ich habe auch ein Anliegen. Aber erst bist du dran."

Benny leckte sich über die Lippen. „Dieses Wochenende spielt Ensiferum im Zenith. Mein Kumpel ist abgesprungen, und jetzt wollte ich fragen, ob wir beide …" Ein verlegenes Räuspern setzen einen Schlusspunkt hinter den halben Satz.

Gestern hat Maria gemeint, ich solle mit Benny mal auf ein Konzert gehen – und schon passiert's. Wink des Schicksals?

„Ich kenne die Band nicht mal."

„Zieh dir mal ein paar Lieder bei YouTube rein – is' geil."

Benny knautschte Yoda so fest zusammen, dass der Kopf sich aufblähte und wie ein Geschwür aus der Faust wuchs. „Ist nur so eine Idee. Falls … falls dir das zu kurzfristig ist, verstehe ich das natürlich."

Eigentlich hatte Karl keine Lust, egal ob die Band gut war oder nicht. Er mochte Benny, hegte jedoch keine Ambitionen, mit ihm auf freundschaftlicher Ebene zu verkehren. Auf der anderen Seite würde Benny sich darüber freuen und sich obendrein als richtiges Mitglied des Teams fühlen, nicht nur als IT-Nerd, den man herbeizitierte, sobald es technische Probleme gab.

Wäre eine gute Teambuilding-Maßnahme, erklang Marias Stimme in seinen Gedanken.

„Bin dabei", sagte er somit.

Benny strahlte.

„Ich gebe dir das Geld für die Karte vor dem Konzert, in Ordnung?"

„Klar. Kriegst auch einen Sonderrabatt."

„Gewähr mir den Rabatt doch, indem du mich zur Werkstatt fährst. Meine Karre ist wieder einsatzbereit."

„Jetzt gleich?"

„Ja."

„Du hast Glück, weil ich heute ausnahmsweise mit dem Auto in die Arbeit gefahren bin."

„Und was nimmst du sonst?"

„Das Rad."

„Sauber. Das nenn ich diszipliniert."

„Ich muss nur noch schnell für kleine Königstiger", sagte Benny und eilte an Karl vorbei. „Wir treffen uns in der Tiefgarage."

„Okay."

Während Karl den Gang entlangschritt, der zum Aufzug führte, fragte er sich, woher Bennys gute Laune rührte. Früher war er ihm griesgrämiger vorgekommen. Wahrscheinlich gefiel ihm seine äußere Veränderung, und das wiederum wirkte sich auf seine Stimmung aus. Oder lag es tatsächlich nur daran, dass Karl ihn gelobt hatte? War Benny von seinem Naturell her ein Gute-Laune-Bär, der lediglich allergisch auf Karls oftmals ruppige Anweisungen reagierte?

Wie man in den Wald hineinruft …

Er nahm sich vor, Benny zu loben, sobald er ihm Zusatzarbeit aufhalste. Im Grunde ein simples Prinzip.

Oder half Benny nach?

Stimmungsaufheller? Oder sogar Drogen? Kiffte er vor der Arbeit und war deswegen neuerlich so entspannt?

Na ja, vielleicht ist er schlicht und ergreifend motiviert.

Diesbezüglich verspürte Karl gar einen Anflug von Neid, da es normalerweise *sein* Part war, beschwingt in die Schlacht zu reiten. Komischerweise verspürte er auf den Fall Pressler keine große Lust, und das, obwohl die Parallelen zu Anjas Verschwinden nicht zu übersehen waren.

Vielleicht auch gerade deswegen …

Nachdenklich verließ er die Räume der Mordkommission und wartete auf den Aufzug, ehe er sich dazu entschied, die Treppe zu nehmen. Bewegung schadete nicht.

Würde ich wissen wollen, was mit Anja geschehen ist? Oder gaukele ich mir das nur vor? Ist mir die Ungewissheit sogar lieber als die endgültige Offenbarung? Was, wenn sie mich wirklich aus freien Stücken verlassen hat? Könnte ich damit besser leben?

KAPITEL SECHS

Karl saß in seinem Ford Mustang und las auf dem Handy die Geschichte *The Landlady* von Roald Dahl – und somit dieselbe Geschichte wie seine Tochter im Auftrag der grausamen Peitschen-Doro. Anders als Leonie fand er die Geschichte spannend, skurril und dadurch witzig; zweitens freute es ihn, dass seine Englischkenntnisse ihn nicht komplett verlassen hatten. Zwar verstand er nicht jedes Wort, doch reichte es, um der Story zu folgen.

Er hatte noch zehn Minuten bis zu seinem Gespräch mit Florian Pressler. Die anderen Befragungen hatten kürzer gedauert als angenommen – und waren ergebnislos geblieben. Der kränkliche Teen, der die Drohne gehört hatte, hatte keine weiteren Erkenntnisse liefern können, genauso wenig wie dessen Eltern oder die anderen Anwohner der Lavaterstraße.

Sogar mit dem alten Zausel, der ihm gestern mit erhobener Zeitung gezürnt hatte, hatte er gesprochen, ohne dass sie sich in die Haare kamen. Quintessenz: nichts gehört, nichts gesehen.

Auf der anderen Seite beteuerten alle, Constanze Pressler sei eine überaus freundliche, aufgeweckte und hilfsbereite Person gewesen. Die seit drei Jahren andauernde Tragödie um ihr

Verschwinden mit dem grausamen Schlusspunkt gestern sei ein Drama, das die ganze Gemeinde mitnehme.

Als der Protagonist der Geschichte, Billy Weaver mit Namen, meinte, Bittermandel in seinem Tee zu schmecken, steckte Karl das Handy in die Innentasche seiner Jacke: Die schrullige Hotelbesitzerin hatte Weaver vergiftet, damit sie auch ihn ausstopfen und in eines ihrer Zimmer stellen konnte. Leider kannte Karl durch das gestrige Gespräch mit Leonie die Pointe schon.

Durch die leicht beschlagene Windschutzscheibe blickte er die Lavaterstraße entlang, rechter Hand das Haus der Presslers, ein paar geparkte Autos, feine Nebelschweife, die über dem Asphalt schwebten – und keine Menschenseele. Die ganze Gegend wirkte ausgestorben wie ein Geisterdorf in einem Italo-Western. Fehlten nur die über die Straße rollenden Steppenhexen.

Nach einem Blick auf die Uhr hauchte er sich in die Hände, stieg aus und verriegelte seinen Wagen. Schwarz und makellos schimmerte der Lack im schwachen Licht. Hach, was für eine Augenweide. In diesem Moment vergab er seinem Liebling die kostspielige Reparatur.

Im Reinen mit sich sowie seinem neuen Kontostand, überquerte Karl die Straße und betätigte die Klingel neben dem Gartentor. Während er wartete, schaute er auf den Boden. Keine Spur des gestrigen Schreckens: Constanze Pressler lag bei Kalkrieder, und das Leben der Menschen ringsum ging weiter.

„Herr Seitz?", kam es leise aus der Sprechanlage.

„Ja."

Ein Summen, Karl drückte die Tür auf und brachte das kurze gepflasterte Stück bis zum Haus hinter sich.

Florian Pressler öffnete. Er sah aus, als müsste er eine Leiche in einem Thriller spielen: hohle Wangen, blass im Gesicht, fast grau, die Augen matt und bedrängt von dunklen Schatten.

„Guten Morgen", sagte Karl und streifte das Gefühl von Unbehagen ab. Das hier war sein Job, egal wie beschissen es den Angehörigen ging. *Er* konnte den Presslers helfen, indem er den Mörder aufspürte. Um die tiefen Gräben, die das Schicksal von

Constanze Pressler in die Herzen dieser Familie gerissen hatte, mussten sich andere kümmern. So war das eben.

„Kommen Sie rein", murmelte Pressler und trat beiseite.

Karl bückte sich, um die Schuhe auszuziehen.

„Können Sie anlassen", meinte Pressler und durchquerte den Eingangsbereich in Richtung Wohnzimmer, das rechts in einen offenen Küchenbereich überging. Moderne Einrichtung, verchromter Dunstabzug über der Kochinsel, weiße Regale, die Couch in dezentem Grau.

„Darf ich?", fragte Karl.

„Natürlich, bitte machen Sie es sich gemütlich." Die Worte selbst waren freundlich, die Aussprache aber tonlos und kühl wie bei einer Bandansage.

Karl nahm Platz, und Pressler setzte sich ihm gegenüber, zwischen ihnen ein Wohnzimmertisch aus Glas, die Füße aus Metall. Nur eine viereckige, gehäkelte Platzdecke lag darauf.

Presslers Blick verlor sich irgendwo hinter Karl, ehe er sich einen Ruck gab. „Möchten Sie einen Kaffee?"

„Nein, danke. Aber nett, dass Sie fragen."

Pressler nickte, bettete die Unterarme auf seine Oberschenkel und formte mit den Fingern eine Raute. Er sah Karl an, weder erwartungsvoll noch verärgert oder missmutig, sondern wie ein Roboter im Standby-Modus, der die nächste Instruktion erwartete.

Eine Gesprächseröffnung in Form einer Frage nach dem Wohlbefinden sparte Karl sich, da er die Antwort darauf in Presslers Gesicht sah. Daher entschied er sich für seine bewährte Strategie bei Befragungen: kurz und schmerzlos.

„Ich möchte Sie gar nicht lange belästigen, deswegen lege ich gleich los. Danach werde ich Sie auch nicht mehr behelligen, außer natürlich, wir stoßen auf neue Erkenntnisse."

Pressler nickte mechanisch.

„Da wir sicher sind, dass der Tod Ihrer Frau mit ihrem Verschwinden zusammenhängt, wird die Mordkommission auch den Vermisstenfall in die Ermittlungen einbeziehen. Die nötigen

Unterlagen haben wir angefordert. Trotzdem möchte ich mit Ihnen reden, um mir ein besseres Bild von Ihrer Frau machen zu können."

Erneutes starres Nicken.

Karl legte schonend los und stellte allgemeine Fragen zu Constanze Presslers Wesensart. Was Florian Pressler daraufhin von sich gab, deckte sich mit den Aussagen der Anwohner.

Dass Pressler im Verlauf des Gesprächs auftaute, konnte man nicht behaupten, doch zumindest musste Karl ihm nicht alles aus der Nase ziehen.

Gerade als er zu einem heikleren Thema vorstoßen wollte, das er im Büro auf einen der Post-its gekritzelt hatte, wehte vom ersten Stock ein markerschütterndes Weinen die Treppenstufen herab. Eine Frauenstimme erklang, doch das Weinen hielt an.

Karl presste die Lippen zusammen, um ein inneres Bollwerk gegen das Leid in diesem Haus zu errichten.

Ein Ausdruck von Schmerz zuckte über Presslers Gesicht, er schaute zur Treppe.

„Sie können gerne nach oben gehen. Ich warte hier."

Vor seinem geistigen Auge sah er Maria anerkennend nicken.

Pressler erhob sich und eilte davon.

Karl atmete durch. Meine Güte, die armen Kinder. Er erinnerte sich, worauf Krapphut-Paffner im heutigen Gespräch angespielt hatte: Eltern, deren Kinder als vermisst galten.

Ich bin nicht der einzige Mensch, der in Ungewissheit leben muss.

Und ja, es gab schlimmere Schicksale als das seine – auch wenn er das oft nicht wahrhaben wollte. Der Abgrund, in den er in einsamen Stunden blickte, war tief, aber sicher nicht so finster und grausam wie jener, in den Constanze Presslers Kinder starrten.

Das Leid anderer in Relation zum eigenen zu setzen, war vielleicht nicht hilfreich, um selbst zu heilen. Im Moment jedoch war Karl froh, dass Anja verschwunden war – und nicht Manuel oder Leonie.

Das Weinen dauerte an, wurde aber wenigstens leiser. Wegen

der Zuwendung von Florian Pressler und Lena Damskis? Oder einfach, weil dem Kind die Kraft ausging?

Karl stand auf, ging zur Doppeltür, die zur Terrasse wies, und ließ den Blick durch den Garten schweifen: Trampolin, daneben ein Klettergerüst aus bunten Plastikstreben. Auf der Terrasse selbst ein abgedeckter Grill, Gartenmöbel, auf dem Tisch eine Kerzenlampe aus rotem Butzenglas. Zu seinem Erstaunen brannte sie sogar, wie er anhand des schwachen, flackernden Lichtpunkts feststellte.

Er wandte sich zur Küche. Dasselbe Bild. Weder verschmutztes Geschirr oder benutzte Gläser, die sich in der Spüle türmten, noch Schmierer auf der Arbeitsfläche oder angebrannte Speisereste auf dem Herd. Offenbar bemühten Pressler und Damskis sich, so viel Ordnung und Normalität wie möglich zu bewahren.

Karl hörte, dass jemand die Treppe herabkam, und lauschte zwischen den Schritten, ob er Weinen oder Schluchzen hörte. Nein, verstummt.

Pressler betrat das Wohnzimmer und blickte Karl aus Augen an, in denen Schatten rohen Kummers schwebten.

„Ähm, schön haben Sie es hier“, sagte Karl, weil er sich ertappt vorkam, nicht mehr auf dem Sofa zu sitzen.

„Danke.“

Pressler setzte sich wieder, und Karl tat es ihm gleich.

Ein zweites Mal wollte Karl zu seiner nächsten Frage ansetzen, brach das Vorhaben jedoch ab, da Pressler sich über die Augen wischte und einen gequälten Laut ausstieß. „Wie soll das ein Mensch aushalten? Wie soll das *ein Kind* aushalten, ohne zu zerbrechen?“ Er schluckte angestrengt. „Dieses verdammte Schwein hat nicht nur das Leben meiner Frau zerstört – er zerstört auch das meiner Kinder.“ Obwohl kaum möglich, wurde Pressler noch bleicher, und die Schatten in seinen Augen bekamen Gesellschaft von blitzender Wut. „Dieser Bastard soll verrecken! Ich wünsche ihm den qualvollsten Tod, den es gibt!“ Fest schaute er

Karl an, die Halsmuskeln buckelten unter der Haut. „Sollte er jemals gefasst werden, bringe ich die Drecksau um!"

Kann ich zu hundert Prozent nachvollziehen. Sollte ich den Wichser in die Hände bekommen, der Anja etwas angetan hat, werde ich mit ihm dasselbe machen wie mit Rouven Meiffert – mit dem Unterschied, dass ich die Pistole erst aus dessen Mund ziehe, nachdem *ich abgedrückt habe …*

„Ich verstehe Ihre Wut", erwiderte Karl ruhig, „muss Ihnen aber davon abraten. Dann hätten Ihre Kinder nämlich auch keinen Vater mehr, weil der im Gefängnis sitzt." Auch er kam sich dabei vor, als würde er eine Bandansage runterbeten. Aber was sollte er sonst tun? Pressler zustimmen?

Dieser stierte Karl nur an, stumm, obwohl sein Innerstes vor roter Wut brüllen musste. Ruckartig stand er auf, ging zur Terrasse und schaute in den Garten. Nach einiger Zeit kehrte er zurück und sackte in die Couch. Verpufft war die Raserei. Zurück blieben Verzweiflung und Leere.

Karl wusste Bescheid.

„Es tut mir leid, dass ich nun ein paar unangenehme Fragen an Sie richten muss."

Zu seiner Überraschung winkte Pressler ab. „Das ist doch eh schon alles scheißegal."

„Bei Mord liegt meistens ein persönliches Motiv vor: Eifersucht, Neid, Gier, Rache. Ich denke, dass sowohl die Entführung als auch der Mord aus demselben Grund geschahen."

„Es ist ganz sicher Mord?"

„Die Rechtsmedizin … arbeitet dran. Aber ich würde jede Wette eingehen, dass Ihre Frau keines natürlichen Todes starb."

Hilflos drehte Pressler die Handflächen nach oben. „Aber wer hat einen Grund, Constanze das anzutun?"

„In den drei Jahren seit dem Verschwinden Ihrer Frau hat sich der Entführer weder telefonisch oder auf anderem Wege bei Ihnen gemeldet, noch hat er Lösegeld verlangt, richtig?"

Pressler verfiel wieder in stumpfes Nicken.

„Ein weiterer Grund, weshalb ich glaube, dass es sich bei Ihrer Frau nicht um ein Zufallsopfer handelt."

„Und was, wenn doch?" Pressler schaute auf. „Was, wenn irgendein gestörtes Arschloch meine Frau entführt hat, einfach, weil er wissen wollte, wie es ist, einen Menschen zu entführen und gefangen zu halten?"

Das wäre in der Tat eine Riesenscheiße.

Zufallsopfer waren das Schreckgespenst jeder SoKo. Auf eine Sonderkommission im Fall Pressler hatte Karl null Bock, denn das hieße, weitere Leute im Boot zu haben. Und die nervten ihn eher, als dass sie halfen.

Dennoch glaubte er aus einem einfachen Grund nicht an die Möglichkeit, dass der Täter Constanze Pressler zufällig ausgesucht hatte: „Der Täter kennt das Datum Ihres Geburtstags. Er wollte nicht nur Ihre Frau quälen, sondern auch Sie."

„Die Chancen stehen eins zu dreihundertfünfundsechzig, dass er meinen Geburtstag *nicht* kennt und es purer Zufall war. Zugegeben, die Wahrscheinlichkeit ist gering, verglichen mit Lotto aber gewaltig."

„Natürlich könnte Ihre Frau schlicht und ergreifend zur falschen Zeit am falschen Ort gewesen sein. Aber: Statistisch gesehen ist das unwahrscheinlich. Ein persönliches Motiv ist der beste Ermittlungsansatz."

„Meine Frau hatte keine Feinde."

Ah, – da war er, der Aufhänger, um das heikle Thema endlich anzusprechen. „Und wie sieht es mit Männern aus, die unglücklich in Ihre Frau verliebt waren? Oder mit ehemaligen Partnern? Diese Materie ist sicher nicht leicht für Sie, gerade in der momentanen Situation. Dennoch würde ich Sie ersuchen, mir …"

„Damit habe ich kein Problem." Pressler zuckte mit den Schultern. „Constanze und ich haben einmal darüber geredet und uns anschließend ganz entspannt dazu entschlossen, dass Vergangenes der Vergangenheit angehört."

„Verstehe. Hat sie da jemanden erwähnt, den sie verschmäht hat, und der das – anders als Sie – eher *unentspannt* gesehen hat?"

„Nein. Allerdings haben wir darüber geredet, mit wem wir eine Beziehung hatten, und nicht, wem wir einen Korb gegeben haben. Zum Beispiel hatte sie mit einem meiner besten Freunde eine kurze Liaison."

„Aha?"

„Er heißt Robert Hohenfeld."

Karl zückte seinen Notizblock und schrieb den Namen auf.

„Das können Sie sich sparen, ehrlich." Pressler lächelte wehmütig. „Als die beiden zusammen waren, kannte ich weder meine Frau noch Robert. Das kam erst raus, als ich Robert – den lernte ich erst während des Studiums kennen – meine neue Freundin vorstellte. Als sich die beiden nach Jahren unerwarteterweise wieder gegenüberstanden, war das eher lustig als unbeholfen. Ein Problem war das aber nie." Er kratzte sich an der Stirn. „Falls Sie dennoch mit Robert sprechen möchten – er wohnt quasi um die Ecke."

Pressler teilte Karl dessen genaue Adresse mit.

„Danke." Karl unterdrückte ein missmutiges Brummen, da er ahnte, dass Hohenfeld tatsächlich keine heiße Spur darstellte, sondern lediglich ein weiteres nutzloses Gespräch nach sich ziehen würde. Einen Besuch würde er ihm trotzdem abstatten. Man wusste ja nie.

„Es gab also niemanden, der Ihre Frau umgarnte, während Sie mit ihr bereits zusammen waren?"

„Nein." Pressler seufzte. „Zumindest niemanden, von dem ich weiß. Dass es jemanden gab, halte ich für unwahrscheinlich bis unmöglich: Wir haben ausgemacht, uns alles zu erzählen."

Das machen wahrscheinlich viele – aber wer hält sich dran? Ist Anja eine heimliche Liebschaft eingegangen? Ist sie mit dieser neuen Liebe auf und davon?

Eine Woche bevor Linninger seinen ersten Mord beging, hatte Karl in der Zeitung von einem Mann aus Dachau gelesen, der von einem Tag auf den anderen verschwand: Er ließ seine Frau und Kinder zurück, wanderte nach Australien aus – und meldete sich nach dreißig Jahren bei der Schwester der Frau, um ihr mitzuteilen, dass er nicht mehr lange zu leben habe. Wie seine einstige Familie darauf reagierte, hatte nicht in der Zeitung gestanden. Allerdings zeigte es, dass man sogar heutzutage auf eigenes Betreiben hin spurlos verschwinden konnte.

„Falls Ihnen noch etwas in dieser Hinsicht einfällt, melden Sie sich bitte." Karl stand auf. „Meine Karte habe ich Ihnen ja gestern gegeben."

Pressler nickte.

„Gut. Auf Wiedersehen. Und viel Kraft in dieser schweren Zeit."

„Danke."

Als die Tür sich hinter Karl geschlossen hatte und er bei seinem Auto stand, knurrte er „So eine Scheiße!" und lehnte sich, die Arme verschränkt, gegen die Beifahrertür.

Da starb eine seit drei Jahren vermisste Frau vor ihrem eigenen Haus – und niemand wollte etwas gesehen oder gehört haben. Keine Spur, kein Motiv, nicht mal der Ansatz einer Vermutung.

Frust stieg in ihm auf, doch gemahnte er sich zur Ruhe. Er schloss die Augen und atmete die kalte Luft ein und wieder aus, ein und aus, ein und …

„Denk nach, Karl!"

Das Einzige, das sie hatten, war die Aussage dieses Leo Krailinger, dass er durchs offene Fenster eine Drohne gehört habe.

Hoffentlich hatte der pickelige Nasenpopler sich nicht getäuscht. Aber angenommen, er sagte die Wahrheit – welche Rückschlüsse ließ das auf den Täter zu?

Statt ins Auto zu steigen, spazierte Karl die Lavaterstraße entlang. Die Lausekälte verwandelte seinen Atem in weißen Dampf, sodass er sich vorkam wie eine alte Lokomotive. Er steckte die Hände in die Jackentaschen und legte einen Zahn zu, damit er nicht einfror.

Jemand entführte eine Frau und hielt sie drei Jahre lang gefangen. Das erforderte Planung und Logistik. Constanze Pressler hatte abgemagert gewirkt, aber weder verhungert noch dehydriert. Am einfachsten ginge das im eigenen Keller, den der Täter vorab in eine Gefängniszelle umgewandelt hatte. Dort ließ er sie drei Jahre lang vor sich hin vegetieren, ehe er sie tötete.

War er ihrer schlicht und ergreifend überdrüssig geworden? Oder hatten sich seine Lebensumstände geändert? Hatte er eine Partnerin gefunden und musste Constanze Pressler beseitigen? Jemanden drei Jahre unbemerkt festzuhalten, bedeutete, dass der Täter allein lebte – oder allein gelebt *hatte.* Oder es handelte sich um ein gestörtes Pärchen mit perversen Machtfantasien. Jedenfalls wäre es zu zweit einfacher, das Opfer zu versorgen. Auf der anderen Seite war es unwahrscheinlicher, dass zwei Personen so etwas Perfides durchzogen.

Eine Frau mit Hund kam Karl entgegen. Sie grüßten sich leise, dann war er wieder allein. Er blieb stehen, zückte sein Handy und tippte Robert Hohenfelds Adresse ein: Durch Zufall hatte Karl den richtigen Weg gewählt. An der nächsten Kreuzung bog er nach links, und nach hundert Metern erreichte er ein Einfamilienhaus.

Den Vorgarten dominierte eine Skulptur aus scheinbar wahllos miteinander verschweißten Stahlstreben. Karl kam sie am ehesten wie ein verbogenes, auf den Kopf gestelltes Fragezeichen vor, das aus einem Flugzeug gefallen war und sich in die Erde gebohrt hatte. Da würde er sich eher kitschige Gartenzwerge auf den Rasen stellen als diese künstlerische Missgeburt. Aber gut, Geschmäcker waren eben verschieden. Das Haus war bereits älter, aber renoviert. Hatte Hohenfeld im Zuge der Sanierung auch gleich den Keller umgebaut?

Du greifst nach nicht vorhandenen Strohhalmen.

Das Garagentor stand offen und gewährte den Blick aufs futuristische Sportheck eines dunkelgrauen Mercedes GT 63. Hohenfeld schien also zu Hause zu sein.

Kunstskulptur im Vorgarten, übermotorisierte Luxus-Karosse, die jeder, der vorbeispazierte, auch unbedingt sehen sollte – schon jetzt konnte Karl den Besitzer nicht leiden.

Dich selbst kannst du aber leiden, oder? Ford Mustang oder

Mercedes – besteht da wirklich ein Unterschied in der Persönlichkeitsstruktur des Fahrers?

„Wenigstens mache ich meine Garage zu", brummte Karl und nahm den Weg zum Wohnhaus.

Über der Klingel prangte eine wuchtige Acrylglasscheibe mit der Aufschrift *HOHENFELD SHIELD.*

Nachdem Karl den Knopf gedrückt hatte, ertönte keine zwei Herzschläge später ein „Wer ist da?".

„Karl Seitz, Hauptkommissar, Kripo München."

Kurzes Schweigen, dann: „Einen Moment bitte."

Klang die Stimme aufgeregt?

Wahrscheinlich muss er schnell sicherstellen, dass es keine Spuren gibt.

Karl seufzte ob des absurden Gedankens. Das half nichts, denn schon flatterte ein weiterer herbei: Hohenfeld könnte von hier aus seine Drohne gestartet haben.

Genervt von seinem eigenen Gehirn schüttelte Karl den Kopf. Pressler hatte sich aus genau entgegengesetzter Richtung ihrem einstigen Zuhause genähert. Das belegten zweifelsfrei die Hautpartikel an einem der Zäune.

Die Tür öffnete sich.

Routiniert hielt Karl seinen Dienstausweis gut sichtbar vor den Spalt.

Nun schwang die Tür zur Gänze auf. Darin stand ein hoch gewachsener Mann, breite Schultern, muskulöser Nacken, gepflegter Drei-Tage-Bart. Er trug eine blaue Jeans und einen dunklen Pulli, aus dem der türkise Kragen eines Polohemds ragte.

„Sie sind wegen Constanze hier."

„Richtig."

Hohenfeld trat zur Seite und wies ins Innere. „Kommen Sie rein."

„Danke."

Er führte Karl an der Treppe in den ersten Stock vorbei ins Wohnzimmer, an das, anders als bei Pressler, keine offene Wohnküche grenzte. Auch die Möblierung unterschied sich deutlich.

Statt hellen Farben beherrschte eine schwarze Couch den Raum. Das Sideboard mit einem riesigen Flachbildfernseher glänzte ebenfalls schwarz. Neben dem Standfuß lagen ein Playstation-Controller sowie die geöffnete Hülle eines Computerspiels.

„Assassin's Creed Valhalla", meinte Hohenfeld, als er Karls Blick bemerkte. „Schon mal gespielt?"

„Dafür fehlt mir leider die Zeit", entgegnete Karl, der ein Poster an der Wand in Augenschein nahm: *Star Wars – Rogue One* stand unter dem Gesicht einer schwarzhaarigen jungen Frau, die übertrieben ernst dreinblickte.

„Kaffee? Oder lieber Tee?"

„Nur Auskünfte."

Sie setzten sich, Karl auf die kühle Couch, Hohenfeld auf einen eleganten Stuhl, der Karl bekannt vorkam. Ach ja, Anja hatte ihm einen ähnlichen – oder sogar den gleichen? – im Internet gezeigt und gemeint, sie finde diese Stühle toll. Nachdem sie auf Karls Nachfrage leiser angefügt hatte, dass ein einzelner fünfhundert Euro koste, war die Sache erledigt gewesen.

Ein Stich in der Magengrube, als er sich erinnerte, wie brüsk er sie abgekanzelt hatte.

Wenn du zurückkommst, kannst du zehn davon haben, Anja. Oder von mir aus hundert – und wenn ich mein Auto dafür verkaufen muss.

„Das mit Constanze ist wirklich grauenhaft", sagte Hohenfeld zögerlich. Offenbar hatte er erwartet, dass Karl das Gespräch eröffnete.

„Ja, das stimmt", erwiderte Karl und zerdrückte die Erinnerung mit einem forschen Griff zum Notizblock. Darin stand lediglich Hohenfelds Name nebst Adresse, doch wusste Karl für einige Augenblicke nicht, was er sagen solle, weswegen er sich in diese Übersprungshandlung rettete. Nachdem er sich gefasst hatte, sah er Hohenfeld ernst an. „Sie hatten eine Beziehung zu Constanze Pressler."

„Richtig", erwiderte Hohenfeld und begegnete Karls Blick arglos und entspannt. „Das ist aber …" – ein kurzes Stirnrunzeln – „… inzwischen fast zwanzig Jahre her. Wir gingen auf dasselbe

Gymnasium und lernten uns in der Oberstufe kennen. Zwei oder drei Jahre pflegten wir einen losen Kontakt, ehe wir gemeinsam auf eine Studentenfeier gingen. Da kamen wir uns näher. Die ganze Sache dauerte vielleicht ein Vierteljahr." Er zuckte mit den Schultern. „Hat einfach nicht gepasst."

„Verstehe. Hatten Sie nach dem Ende ihres Techtelmechtels noch Kontakt zueinander?"

Hohenfelds Stirnrunzeln kehrte zurück. Anscheinend stieß er sich an Karls Titulierung ihrer Beziehung, ging jedoch nicht darauf ein. „Nein. Das erste Mal sahen wir uns wieder, als Florian sie mir vorstellte." Jetzt lächelte er versonnen. „Ich weiß noch, wie uns die Augen übergingen, als wir uns gegenüberstanden. War aber eher lustig als unangenehm."

Pressler hat das ähnlich beschrieben. Haben die sich abgesprochen?

„Sie hegten also keine verborgenen Gefühle für Constanze Pressler mehr?"

Hohenfeld lehnte sich im Stuhl zurück. „Nicht im geringsten. Florian und ich sind super Freunde."

„Das allein ist kein Grund."

„Sorry, aber das lasse ich mir nicht unterstellen."

„Ich habe nur nachgehakt."

„Das war überhaupt kein Problem, ehrlich. Ich mag … mochte Constanze sehr." Er schluckte und atmete durch. „Mein Gott, ich kann es nicht fassen. Florian und seine Kinder gehen seit Constanzes Verschwinden durch die Hölle. Und jetzt noch mehr. Andererseits …"

„Ja?"

„Vielleicht ist es sogar heilsam, jetzt, wo sie wissen, dass Constanze tot ist. Dann können sie damit abschließen."

„Tot ist sie erst seit gestern."

Abermals schluckte Hohenfeld. „Wie kann man so etwas tun? Ich hoffe, Sie schnappen diesen Verbrecher."

„Daran werden wir alles setzen." Karls Blick schweifte zu einem weiteren Poster, das einen Astronauten in weißem Raumanzug unter dem Schriftzug *Interstellar* zeigte, ehe er wieder Hohenfeld fixierte. „Sie leben allein?"

„Ja."

Gut aussehend, durchtrainiert, dem Anschein nach genug Kohle auf dem Konto plus Einfamilienhaus – wieso hatte der keine Frau?

Offenbar merkte Hohenfeld, entlang welcher Bahnen Karl dachte, weswegen er von sich aus sagte: „Hat sich irgendwie so gefügt. Ich hatte ein paar Beziehungen, aber eben nicht von Dauer." Er lächelte schmal. „Ist das strafbar?"

Karl lachte kurz. „Nein. Genug Platz für eine Familie hätten Sie aber."

„Das stimmt."

„Ihnen gehört das Haus, oder?"

„Ja. Meine Eltern verstarben leider früh. Die Mutter an Krebs, der Vater ein Jahr später an einem Herzinfarkt. Ich glaube, es war der Kummer."

„Das tut mir leid."

Behutsam schloss Hohenfeld die Hände, als wollte er etwas Kostbares darin aufbewahren. „Leider nicht zu ändern. Meine Eltern hinterließen mir genug, um es mit der Selbstständigkeit zu wagen und das Haus zu renovieren. Tja …" Er sah Karl an. „Gibt es sonst noch etwas? Falls nicht, würde ich gerne weiterarbeiten."

„Was machen Sie denn?"

„Ich bin Informatiker."

„Sie haben gesagt, Sie sind selbstständig. Arbeiten Sie von zuhause aus?"

„Die meiste Zeit über. Manchmal muss ich aber auch zum Kunden. Diesbezüglich haben Sie übrigens Glück: Ab morgen bin ich zwei Tage in Schweden."

„Die Bahamas wären besser, oder?"

Hohenfeld lachte. „Ach, ich war noch nie in einem skandinavischen Land. Ich freue mich drauf."

„Worauf haben Sie sich spezialisiert?"

„Systemsicherheit, also Firewalls, Spyware-Schutz, kurzum:

alles, was mit Datensicherheit zu tun hat. Manchmal stelle ich auch Daten wieder her, beispielsweise bei Ransomware-Attacken. Die sind aber …“

„Entschuldigung, was war das letzte?“

„Ransomware“, sagte Hohenfeld betont langsam, aber nicht arrogant. „Ein Hacker infiltriert ein System, verschlüsselt die darauf gespeicherten Daten und fordert von der betroffenen Firma oder Institution Geld, damit diese die Daten wieder nutzen kann.“

„Aha. Und diese Verschlüsselung wiederum kann man nicht knacken?“

„Das wollte ich vorhin sagen: Wenn pfiffig gemacht, ist es äußerst schwierig, manchmal auch unmöglich.“

„Puh“, sagte Karl. „Abgefahren.“

„Cyber-Kriminalität ist auf dem Vormarsch. Erstaunlich, was sich manche einfallen lassen, um Leute zu scammen. Also, abzuziehen. Aber auch auf politischer Ebene geschieht da immer mehr.“

„Wie meinen?“

„Fake-Accounts, die in den sozialen Netzwerken das Image dieses oder jenen Staates aufpolieren sollen.“

„So was geht?“

„Die Russen beispielsweise hatten mal bei den amerikanischen Präsidentschaftswahlen ihre Hände im Spiel.“

Bei Karl klingelte was. „Ah, ich erinnere mich. Glauben Sie wirklich, dass man mit diesem ganzen Computerzeug so viel … Einfluss nehmen kann?“

Hohenfeld lächelte schmal.

„Sie können sich also über Ihre Auftragslage nicht beklagen.“

Ein Lachen. „O nein. Ehrlich gesagt komme ich gar nicht hinterher. Ich überlege schon, jemanden einzustellen. Allerdings sind gute Leute teuer und auch schwer zu finden, zumindest, wenn sie hochspezialisiert sein müssen.“

Könnte Benny da mithalten?

Fragen würde Karl ihn aber sicher nicht. Nachher machte er

ihm den Mund so wässrig, dass er den Job wechselte. Bestimmt könnte Benny in der freien Wirtschaft – oder bei Hohenfeld – viel, viel mehr verdienen als bei der Polizei.

Ich muss ihn unbedingt weiterhin loben, dachte Karl, ehe er sagte: „Gut, Herr Hohenfeld. Dann möchte ich Sie nicht länger aufhalten. Vielen Dank für das Gespräch."

„Kein Problem."

Karl legte eine Visitenkarte auf den Tisch. „Falls Ihnen noch etwas einfällt, das uns weiterhelfen könnte …"

Hohenfeld nahm die Karte, stand auf und steckte sie in die Gesäßtasche seiner Jeans. „Selbstverständlich."

Hohenfeld begleitete Karl zur Tür und griff zur Klinke, verharrte jedoch in der Bewegung, sah zur Treppe und dann fragend zu Karl. „Wollen Sie sehen, wie ich arbeite? Kommen Sie, dauert auch nicht lange."

„Ähm, ja, wieso nicht?"

Hohenfeld führte ihn in den ersten Stock in ein geräumiges Zimmer mit sage und schreibe drei Schreibtischen. Auf einem stand ein großer, zweigeteilter Monitor, auf dem anderen ein aufgeklappter Laptop und auf dem dritten mehrere kastenförmige Rechner, allerdings ohne Tastatur, Maus oder Bildschirm.

„Das sind Server", sagte Hohenfeld.

„Ah ja."

„Die große Server-Einheit steht allerdings im Keller, gut geschützt durch eine Sicherheitstür."

Weil die Rollläden auf Halbmast hingen, wirkte es, als dämmerte es draußen bereits. Die Lämpchen und Bildschirme schienen dadurch umso intensiver zu glühen.

„Bisschen düster", meinte Karl. „Aber beeindruckende Technik."

„Ich mag es nicht so hell, wenn ich arbeite. Bei Dunkelheit komme ich leichter in den Tunnel."

Karl merkte, wie sich ein mindestens so großes Fragezeichen wie das im Garten auf seine Stirn malte.

„So nennen wir den Flow beim Programmieren. Man sitzt da, vergisst alles um sich herum, ist voll auf die Aufgabe fokussiert."

Karl stellte sich vor, er müsste den ganzen Tag am Bildschirm hocken, und unterdrückte ein Schaudern. „Ein Wunder, dass Sie keine Brille tragen müssen."

Hohenfeld lachte. „Ich gönne mir ab und an auch Pausen."

„Aber nicht oft."

„Ach, passt schon. Mittags gehe ich ins Fitnessstudio, weil um die Zeit wenig los ist. Abends treffe ich mich mit Freunden oder zocke."

„Sie spielen Computer, um sich vom Arbeiten am Computer zu entspannen?"

Grinsend zuckte Hohenfeld mit den Schultern.

„Für mich wäre das nichts", sagte Karl, ehe sich sein Blick an einem Roll-up verfing, das in einer Ecke neben der Balkontür stand, von unten indirekt angeleuchtet von einer Art Scheinwerfer. Es zeigte einen Mann mit einem Schild, mittels dem er einen Strahl aus rot glühenden Nullen und Einsen abwehrte. Darunter stand in Blockschrift *HOHENFELD SHIELD.*

„Logo und Name meiner Firma", sagte Hohenfeld nicht ohne Stolz.

„Ich sehe schon, Sie lassen nichts anbrennen."

„Amateurhaftes Auftreten kann man sich heutzutage nicht leisten." Er zwinkerte. „Ich habe übrigens noch nie für die Polizei gearbeitet." Er griff zu einem Stapel Visitenkärtchen neben einem der Server und reichte Karl eine. „Falls Sie da mal jemanden brauchen …"

„Danke." Karl nahm sie entgegen und schob sie in die Innentasche seiner Jacke zum Dienstausweis. „Falls es mal eine *Ransomware-Attacke* gibt, weiß ich, an wen ich mich wenden muss."

„Ganz genau."

Hohenfeld begleitete Karl zurück nach unten, und sie verabschiedeten sich.

Als sich die Tür hinter ihm schloss und er zurück zur Straße ging, musste er sich eingestehen, dass seine anfängliche, auf

Gartenskulptur und Motorisierung beruhende Aversion Hohenfeld gegenüber haltlos war: Obwohl Hohenfeld – gut gekleidet und von stattlicher Erscheinung – Karl an Lackaffe Wallner erinnerte, waren ihre Charakterzüge so unterschiedlich wie die Ladepole einer Batterie.

Dieser Einschätzung fügte Karl gedanklich an, bei den für organisierte Kriminalität zuständigen Kollegen nachzuhaken, ob sie die Machenschaften dieses arroganten Schmierlappens weiterhin verfolgten. Falls nicht, würde er ihnen, auch wenn er diesbezüglich über keinerlei Befugnisse gebot, auf die Zehen steigen. Er hatte nämlich gelernt, dass es oft reichte, jemandem so lange auf die Nerven zu gehen, bis dieser Jemand alles dafür tat, dass man ihm *nicht* mehr auf die Nerven ging. Oberste Priorität jedoch hatten die aktuellen Fälle. Daher hoffte er, dass Maria im Fall Elzig auf Brauchbares stieß.

Denn so entspannt das Gespräch mit Hohenfeld gewesen war, so wenig hatte es Karl weitergebracht. Zwar wäre Hohenfeld der ideale Kandidat für Überwachung mittels Drohne, doch würde Karl seinen Kremastermuskel eigenhändig entfernen, falls dieser (nicht der Kremastermuskel, sondern Hohenfeld) in den Tod Constanze Presslers verstrickt sein sollte.

„Außer Spesen nichts gewesen“, murmelte er verdrossen, als er seinen Mustang entriegelte. Die Blinker blitzten auf, und für die Dauer eines Lidschlags spiegelte sich der orange Reflex auf dem weißen Briefkasten der Presslers.

Karl blieb stehen, ehe er einstieg, und schaute zum Haus. Lag in irgendeiner seelischen Nische ein finsteres Grab noch finsterer Gedanken, dessen Existenz er nicht einmal erahnte? Die meisten Tötungsdelikte – egal ob vorsätzlich oder im Affekt – basierten auf einer Achterbahnfahrt von Gefühlen. Und wo kochten diese Gefühle oft über?

In Beziehungen und Familienkonstellationen.

War die Ehe der Pressler womöglich doch nicht so glücklich und erfüllend gewesen, wie es den Anschein erweckte?

Alles Spekulation.

Er atmete durch, stieg ins Auto, las aber, bevor er den Motor startete, die Geschichte von Roald Dahl zu Ende. Das konnte er sich leisten, denn im Präsidium erwartete ihn nur Papierkram: das Erstellen nutzloser Protokolle noch nutzloserer Zeugenbefragungen, die sich rasch zu anderen toten Akten betten würden.

„Den ganzen Tag kannst in die Tonne treten", brummte er, nachdem er das The-Landlady-PDF geschlossen hatte.

Dennoch war noch nicht alles verloren.

Er fuhr sich mit der Hand durchs Haar, knetete anschließend seinen Schnauzer und wägte das Für und Wider eines Vorhabens ab, das auf dem Weg zurück zum Auto von einer nebulösen Idee zu einer Idee herangereift war, die ihn erstaunte – und freute: Sie zeigte nämlich, ein Karl Seitz war so professionell, dass er selbst die Diener Satans einspannen würde, um weitere Hinweise zu bekommen.

Er rief Jakob Fillner an.

„Karl! Was glaubst du eigentlich, wer …"

„Wir brauchen eine groß angelegte Pressekonferenz und daran anschließend den Startschuss für ein mediales Feuerwerk."

„Könntest du es bitte unterlassen, mir ins Wort zu fal…"

„In jedes Schmierblatt muss Constanze Presslers Konterfei mit Zeugenaufruf rein! In jedes! Hast mich, Jakob?"

Schwerer Atem brandete Karl ins Ohr. „Du kommst erst mal zu mir, mein Freund. Und sag mir nicht noch einmal, was ich machen soll. Ich habe bereits ein paar Sachen in die Wege geleitet. Hast mich, Karl?"

Karl unterdrückte ein genervtes Brummen. „Empfindlich heute oder wie? Lehn dich zurück und lass mich einfach meine Arb…"

„Du Elzig, Strobl Pressler – wenn ihr euch schon aufteilen müsst! Eigentlich ist das aber gegen …"

„Gäh, Jakob – ich bitte dich! Wer schickt Moraczek denn zwei Wochen auf Heimaturlaub? Also hör mir auf mit dem Dienstschmarrn."

„Ich habe klipp und klar gesagt, dass Strobl für den Fall Pressler zuständig ist. Nicht *du!*"

„Wir haben kurzfristig – und in beiderseitigem Einvernehmen – umdisponiert."

Jakob seufzte. „Du hältst mich für unterbelichtet, stimmt's?"

„Iwo! Aber ... aber ich bin näher dran an den Fällen, sodass ich besser weiß, welche Konstellation der ermittelnden Beamten am erfolgreichsten ist. Du musst mir einfach nur den Rücken frei halten."

„Das tue ich, seit du unter meiner Fuchtel stehst."

Die Enttäuschung in Jakobs Stimme ließ Karl stutzen. „Deswegen klappt das ja auch alles so wunderbar. Unsere Aufklärungsquote ..."

„Ach, Karl. Dich ständig aus irgendetwas rauszuboxen und immer beide Augen zuzudrücken, geht mir immer mehr gegen den Strich."

„Ich möchte nichts weiter, als diese Fälle so schnell wie möglich zu lösen." Was war mit Jakob los? Hatte er private Probleme? Schlitterte er in einen Burnout, weil ihm die Arbeit über den Kopf wuchs? Aber wieso stellte er Moraczek dann gleich zwei Wochen frei? Da brachte Jakob seine Weichherzigkeit mal wieder in die Bredouille. Trotzdem wollte Karl ihn nicht provozieren, denn er klang komisch, eine Mischung aus erschöpft und mächtig angefressen. Daher sagte er: „Okay, ich fahre zu dir. Dann sprechen wir persönlich alles dur..." Das Handy vibrierte, und im Display leuchtete Kalkrieders Name auf. „Du, der Leichenschnippler ruft gerade an. Ähm, bis später!" Ohne zu zögern, kegelte er Jakob zugunsten von Kalkrieder aus der Leitung.

„Servus."

„Gibt Neuigkeiten, die dich interessieren dürften, Seitz."

„Zu Friederike Elzig?"

„Wie kommst auf die? Hast unser letztes Gespräch vergessen? Propofol und so?"

„Nein, natürlich nicht. Aber ich erinnere mich, wie ich Friederike Elzig vorgefunden habe: Ihr Gesicht sah nämlich nicht so aus, als wäre sie durch eine Narkose gestorben, sondern als hätte sie bis zum Schluss Höllenqualen gelitten."

„Jemandem post mortem die Augen zu öffnen und das Gesicht entsprechend eigener Vorlieben zu modellieren, ist nicht schwer. Die Leichenstarre sorgt dann dafür, dass sich am erwünschten Gesichtsausdruck nichts mehr ändert."

„Okay, verstehe. Das ist fies."

„Ja." Kalkrieder zögerte kurz, wahrscheinlich, weil er an einer Zigarette zog. „Ich bin überzeugt, der Mörder wollte Friederike Elzig die Marter ersparen und es nur so aussehen lassen, als hätte er sie bei vollem Bewusstsein gepfählt."

„Und wieso?"

„Das herauszufinden, ist *dein* Job. Aber ..." – erneute Pause von der Dauer eines tiefen Inhalierens von Zigarettenrauch – „... für mich sieht es danach aus, als wollte jemand *so tun,* als führte er Linningers Erbe fort. Vielleicht, um eine falsche Spur zu legen?"

„Oder es ist ein Trittbrettfahrer, der nur nicht so abgebrüht wie Linninger ist", murmelte Karl. Vermutet hatte er das bereits in Marias Beisein auf der Fahrt zu Günther Elzig.

„Wie gesagt: Das ist *dein* Spezialgebiet, nicht meins."

„Merci auf jeden Fall für die Info."

„Gerne. Nun aber zu Pressler. Geht diesmal ein bisschen schneller, weil Fillner mächtig rumgestänkert hat."

„Echt?"

„Ja. Hat gemeint, es pressiert", sagte Kalkrieder. „Lustig, oder?"

„Was denn?"

Teergurgelndes Husten. „Beim Fall Pressler pressiert's."

„Boah, der ging richtig in die Eingeweide."

„Ich weiß, mein Wortwitz – unangefochten!"

„Geht so. Jakob ist irgendwie unlocker im Moment."

„Den Eindruck habe ich auch."

„Genaueres weißt du auch nicht, oder?"

Lungenzug, dann: „Nein. Ist dein Chef, nicht meiner." Ein

Lachen. „Genau genommen habe ich gar keinen Chef. Sehr angenehm."

„Glaube ich dir. Und? Ich wage ja gar nicht zu hoffen, dass es um ein Toxi-Dings geht."

„Doch – wenn auch kein vollständiges."

„Wow!"

„Bevor du dir jetzt vor Freude in deine Unterhose machst, muss ich dir erst deine Drohnen-Theorie zunichtemachen."

„Ist nicht schlimm. Die habe ich selbst schon in die Tonne getreten."

„Gut. Einen Einstich gibt es aber tatsächlich. Und zwar am Knöchel."

„Autsch."

„Nicht fachmännisch, aber auch nicht grottenschlecht. Fähiger Amateur, behaupte ich. Jedenfalls ausreichend gut, dass man den Einstich bei der ersten groben Leichenschau übersehen kann. Da Pressler barfuß unterwegs war, hat die Kälte Haut und Gefäße zusammengezogen. Außerdem habe ich mich beim ersten Durchgang auf die Fußsohlen konzentr…"

„Scho guad, Kalkrieder. Brauchst dich ned rechtfertigen. Ähm", sagte Karl dann. „Diese Vene beim Knöchel: Ist das nicht so ein typischer Junkie-Einstich?"

„Grundsätzlich schon. Aber sonst gibt es bei der Pressler keine. Heroinabhängig war die nicht."

„Okay."

„Jedenfalls lässt dieser Einstich *nicht* auf ein Projektil schließen, denn dass man diesen Winkel von einer Drohne aus hinbekommt, wage ich zu bezweifeln."

„Ich habe bereits angemerkt, dass die Drohnen-Theorie falsch war. Also: Was hat man ihr injiziert?"

„Das komplette toxikologische Gutachten dauert wie gesagt noch, aber ich habe mal einen Schuss ins Blaue gewagt."

„Und?"

„Dass Pressler am Zaun entlanggeschrammt ist, kann ein paar Gründe haben. Der naheliegendste ist natürlich eine allgemeine

Schwäche aufgrund langer Gefangenschaft. Aber: Sie ist dünn, jedoch nicht mangelernährt. Wahrscheinlicher für ihr Straucheln ist, wenn wir bei der These des Vergiftens bleiben, eben das Toxin selbst. Es gibt nicht allzu viele, die schnell, aber eben nicht *zu schnell* töten. Bei den einen bist du stante pede weg, bei anderen dauert's deutlich länger als fünfzehn Minuten. Und es muss ja eines sein, dass sich in dem gewünschten Zeitrahmen entfaltet."

„Hab's verstanden, Kalkrieder. Auch du verfügst über ermittlerischen Spürsinn, keine Frage. Magst bei mir anfangen?"

„Danke, verzichte."

Karl lachte. „Also?"

„Tetrodotoxin."

„Aha."

„Das Gift des Kugelfisches."

Das hatte Karl schon mal gehört. „Diese japanische Spezialität? Da segnen immer mal wieder welche das Zeitliche."

„Ja. Zubereitung und Verzehr wollen gekonnt sein."

„Aber Pressler hat es ja nicht gegessen, nehme ich an."

„Nein, die hat´s IV bekommen."

„IV?"

„Intravenös, Seitz! Mein Gott, Fachausdrücke und du – seit der Geburt auf Kriegsfuß, oder?"

„Scho recht. Ich gehe davon aus, bei IV wirkt es schneller."

Kalkrieder hustete kurz. „Richtig."

„Und wie lange genau?"

„Ganz schwierig vorherzusagen. Eine Minute, drei Minuten, vielleicht fünf. Mehr wahrscheinlich nicht. Aber jede Zeitangabe hier ist wirklich reine Mutmaßung meinerseits."

„Grob gesagt also eine Sache von wenigen Minuten", sagte Karl. „Würde passen."

„Ja. Zudem verursacht Tetrodotoxin Koordinations- und Wahrnehmungsstörungen sowie aufsteigende Lähmungserscheinungen. Beim Gartentor war's dann zu viel, und sie ist qualvoll erstickt."

„Perfider Scheiß. Nur dass Constanze Pressler starb, ohne dass ihr Ehemann es hautnah erlebte, zerstörte wahrscheinlich den letzten und für den Täter besten Teils des Plans."

Tiefe Nikotininhalation, dann genüsslich ausgestoßener Rauch, der sich als Brausen in Karls Ohr manifestierte.

„Wie leicht kommt man an dieses Tetro-Toxin?"

„Tetro*do*toxin."

„Mein Gott, du weißt schon."

„Kann ich schwer sagen", meinte Kalkrieder. „In diesem Darknet gibt's bestimmt alles – solange man ausreichend Moneten hinblättert."

„Okay. Da habe ich den richtigen Mann zur Hand."

„Deinen dicken IT-ler?"

„Ja. Allerdings hat er abgenommen."

„Nimm dir mal ein Beispiel, Seitz. Kremastermuskel, sag ich nur."

„Ich merke, wir gelangen ans Ende unseres bereichernden Gesprächs."

Kalkrieder lachte, dann ging er zu heiserem Husten über. „Also, bis zur nächsten Leiche."

„Wahrscheinlich. Und der vollständige Bericht, wann kann ich mit dem rechnen?"

Kalkrieder trennte die Verbindung.

KAPITEL SIEBEN

„Nein, das weiß ich eben *nicht!*“, schimpfte Herr Rieger ins Telefon. „Hören Sie mir überhaupt zu?“

Maria nippte an ihrem Cappuccino, trank nur einen winzigen Schluck, damit sie bei weiteren unangenehmen oder peinlichen Momenten abermals hinter den Rand der schnörkeligen Porzellantasse flüchten konnte.

„Herbert“, sagte Frau Rieger, die, ihre Hände im Schoß gefaltet, Maria gegenüber am Esstisch saß und ihren Mann in einer Mischung aus Sorge und Resignation anschaute. „Du weißt doch, dein Blutdruck …“

Dieser indes versteifte sich einzig und allein darauf, seinem Gesprächspartner möglichst nachdrücklich zu vermitteln, dass dieser – knapp zusammengefasst – die Suppe selbst auslöffeln solle.

„Das nächste Mal eben besser aufpassen!“ Riegers Miene verdüsterte sich noch weiter, die Wangen unter dem krausen Wangenbart glommen im Karmesinrot eines wütenden Sonnenuntergangs. „Genau das meine ich, jawoll! Ich habe Urlaub, und Sie – *Sie* erdreisten sich, mich zu bitten, Ihre Inkompetenz zu bereinigen? Ist ja wohl die Höhe!“ Plötzlich versteifte er sich, als hätte ihm seine Frau eine der Porzellantassen an den Schädel geworfen. Fassungslos starrte er den Hörer an. „Einfach aufgelegt!" Sein glosender Blick erfasste Maria. „Nicht zu glauben, oder?"

Maria führte die Tasse an die Lippen und kostete einen Hauch des fast komplett zusammengefallenen Milchschaums.

„Herbert", piepste Frau Rieger. „Denk an deinen Blutdr…"

Herrn Riegers Schultern sackten nach unten, dann, in einer Geste, die von plötzlicher Niedergeschlagenheit zeugte, steckte er das Mobilteil in die Ladeschale, umrundete die Couch und ließ sich neben seine Gattin plumpsen. Die legte eine Hand auf die seine und tätschelte sie. „Du weißt doch, die fragen dich, weil du so viel Fachwissen hast. Da musst du dich nicht aufregen."

Herr Rieger atmete durch, die Röte im Gesicht wich einer bedenklichen Blässe. Flugs stellte Maria die Kaffeetasse ab, bereit, nach ihrem Handy zu greifen, um den Notruf zu wählen.

„Herbert, bitte." Frau Rieger tätschelte seine Hand heftiger und schneller, als würde sie SOS im Morse-Alphabet klopfen.

Zum Glück normalisierten sich sowohl Herrn Riegers Gesichtsfarbe als auch Atmung, sodass er schließlich seine Hand zurückzog. Wie leer geräumt wirkten seine Augen, bevor er sich zu erinnern schien, was Maria ihn vor dem Telefonat gefragt hatte.

„Diese Person", sagte er nur, und seine Miene verfinsterte sich erneut. Er griff zu einem Stück Streuselkuchen und kaute erbost. Brösel kullerten ihm über den Strickpulli, die Frau Rieger mit ehrerbietiger Routine nach unten in die bereitstehende, zu einer Schale geformte Hand strich.

Herr Rieger überreichte seiner Frau den Rest des Kuchens und schaute Maria an. „Diese Person", wiederholte er, weil es ihm offenbar widerstrebte, Friederike Elzig beim Namen zu nennen, „hat Julias Studium ruiniert. Der Charakter dieser Person ist völlig verkommen. Dass sie umgebracht wurde, wundert mich keineswegs." Er räusperte sich mehrmals, ehe er zu raspelartigen Keuchgeräuschen überging.

„Herbert, was ist denn, um Gottes willen!"

Er hustete, sein Gesicht wurde puterrot. „Der Teig ist immer noch so pappig", krächzte er. „Furchtbar!"

„Entschuldige, Schatz."

„Schon gut", erwiderte er gnädig, griff nach seiner Tasse und spülte die klebrige Kehlenblockade mit energischen Schlucken weg. Dann sah er Maria an. „Insgesamt heiße ich einen Mord natürlich niemals gut – egal aus welchen Beweggründen. Und … und schon gar nicht auf so bestialische Weise. Genau." Er verstummte, weil er sich anscheinend bewusst wurde, dass sein letzter Satz den davor abschwächte. Einen Moment schien er zu überlegen, ob er sein Fazit nachjustieren sollte, begnügte sich aber offenbar mit dem Ist-Zustand und verfiel in brütendes Schweigen.

Maria nippte am Cappuccino, diesmal jedoch nicht, weil sie peinlich berührt war. Vielmehr dachte sie darüber nach, ob Rieger in der Lage wäre, jemanden umzubringen.

Ja – im Affekt. Oder aus Notwehr. Oder weil in der Arbeit jemand doofe Fragen stellte. Aber Elzig pfählen? Und vorab betäuben? Und vor allem: Wieso ausgerechnet in Linningers Haus? Sie sparte sich die Frage, ob Rieger den gefallenen Arzt von irgendwoher kannte.

„Wir konnten nicht glauben, was diese Person verlangte", sagte Rieger in sein eigenes Schweigen hinein. „Die … die wollte einen Nachweis, dass unsere Klara …" Sein Adamsapfel hüpfte, und in seinen Augen sammelte sich ein feuchtes Glitzern. „Also, dass unsere Klara …"

„Herbert", sagte Frau Rieger. „Nicht."

Ein Muskel zuckte links auf seiner Wange, der Bart bewegte sich mit, fast, als würde eine Bö durch das borstige Haar streichen. „So etwas habe ich noch nie erlebt. So viel Dreistigkeit, so viel Empathielosigkeit!"

„Das glaube ich Ihnen", sagte Maria. „Ich war ebenfalls schockiert, als ich es das erste Mal hörte." Das stimmte sogar. Und tatsächlich empfand Maria Mitleid für die Riegers. Für den aufbrausenden Mann ihr gegenüber – und ganz besonders für Frau Rieger. Das aschgraue Haar zu einem Dutt geknotet, saß sie in grauer, schlackernder Strickjacke neben ihrem Mann, zerbrechlich – und überfordert. Sie erinnerte Maria an jene Omis, die keinen Gottesdienst versäumten, bei denen man sich aber trotzdem fragte, ob sie überhaupt zuhörten oder lediglich im sakrosankten Fluidum der Dorfkirche schweben wollten. Obwohl die Riegers ungefähr so alt wie Marias Eltern waren, trennten die Paare Lichtjahre voneinander, was Lebenseinstellung und auch Kleidungsstil betraf. Die graue Strickjacke würde nicht mal Marias Oma anziehen, und Herrn Riegers ausgewaschenes Holzfällerhemd mit grün-rotem Karomuster war ein Fall für die Kleiderverwertung. Trotzdem ahnte Maria, dass die beiden Eheleute nicht immer so gewesen waren und wahrscheinlich auch nie so geworden wären, wenn nicht ...

Ihr Blick zuckte am gramgezeichneten Gesicht Frau Riegers vorbei zu einer kleinen Kommode neben der Tür zur Küche: Umschlossen von einem Blütenkranz, brannte ein Teelicht vor dem schwarzgerahmten Bild Klaras. Fünfzehn Jahre, süßes Zahnspangen-Lächeln, kecke Zöpfe, ein hübsches Mädchen.

Ihren sechzehnten Geburtstag hatte sie nicht mehr erlebt.

Die Schockwelle nach Klaras Krebstod hatte das Familienleben der Riegers auseinandergerissen. Mit der Zeit fügten sich die Bruchstücke neu zusammen, aber mit Fugen und Abständen, die keine Spachtelmasse dieser Welt überdecken konnte. Die vor ihrer Zeit gealterten Eltern, die ältere Tochter Julia, die nun in Kiel arbeitete, früher aber beteuert hatte, sie wolle niemals weit von ihrem Elternhaus entfernt leben, wie Frau Rieger mit ihrer fispeligen, kraftlosen Stimme erzählt hatte – die Schockwelle wirkte weiterhin nach.

Das war traurig; *sehr* traurig sogar. Dennoch: Familiendrama hin oder her – der Besuch brachte Maria im Fall Elzig kein Jota weiter. Einen Versuch war es wert gewesen, keine Frage. Allerdings könnte sie es sich sparen, weitere Leute abzugrasen, denen Friederike Elzig mehr oder minder vehement gegen den Karren gefahren war.

Selbst wenn es tiefen Widerwillen in Maria auslöste, stand

eines fest: Elzigs Tod hatte – auf perfide und bislang vollkommen obskure Weise – etwas mit Linninger zu tun. Oder *wollte* der Mörder nur, dass es danach aussah?

Sei es wie es sei: Sie würde nicht umhinkommen, mit Linninger zu reden.

Erst gestern hatte sie Karl bei ihrem Gefrotzel vorgeschlagen, er könne Linninger ja im Knast besuchen, um Neuigkeiten aus diesem herauszukitzeln, etwas, das sie als unwahrscheinlich erachtete.

Aber wie es aussieht, kommt man da nicht drum herum.

„*Ich* komme da nicht drum herum", murmelte sie, ehe sie darüber erschrak, laut gesprochen zu haben.

„Frau Strobl? Ist alles gut bei Ihnen?" Dieselbe Sorge, mit der Frau Rieger ihren Mann so ausgiebig, ja aufopferungsvoll bedachte, bündelte sich nun auf Maria.

„Entschuldigung. Ich … ich war kurz in Gedanken." Ah, die Kaffeetasse! Dankbar rettete sie sich in einen Schluck.

Fuck!

Erst zog sie Karl darüber auf – und jetzt „durfte" sie zu diesem Irren ins Gefängnis.

Danke, Karma.

Oder besser gesagt: Danke, Karl …

Klang fast gleich.

Nachdem sie die Tasse – endlich – leer getrunken hatte, setzte sie diese vorsichtig auf die handbemalte Untertasse und erhob sich langsam. „Vielen Dank, dass Sie mir so bereitwillig Auskunft über diese Angelegenheit gegeben haben. Das war bestimmt nicht leicht für Sie."

Die Arme verschränkt, nickte Rieger, grimmig wie Rumpelstilzchen. Frau Rieger hingegen schickte wärmste Schwingungen zu Maria, stand ebenfalls auf, kam zu ihr und umarmte sie.

Weil völlig überrumpelt, versteifte Maria sich und hätte die Arme um ein Haar mit Gewalt gelöst. Doch das tat sie nicht, da sie spürte, wie gut Frau Rieger diese Umarmung tat. Nach kurzem Zögern drückte sie Frau Rieger ebenfalls, was diese mit einem Seufzen quittierte.

„Sie sind so eine liebe, hübsche Frau. Ich hoffe, dass dieser Beruf wirklich das Richtige für Sie ist. Diese ganze Gewalt. Schrecklich ..."

„Ach, so schlimm ist es gar nicht. Passen Sie gut auf sich und Ihren Mann auf. Und auf Ihre Tochter Julia natürlich."

Frau Rieger lächelte tapfer, wischte sich dann aber über die Augen und schluckte. „So eine liebe Frau, wirklich. Irgendwie erinnern Sie mich an meine Klara."

Auch wenn Maria fand, dass der Teen auf dem Foto und sie sich nicht im Geringsten ähnelten, schenkte sie Frau Rieger ein erfreutes Lächeln. „Ach, das ist ja lieb, danke."

„Ursula", sagte Herr Rieger da und stand auf, nicht mehr wie Rumpelstilzchen, sondern wie König Artus, dem man zum ersten Mal Excalibur zeigte. „Du ... du hast recht! Mir fällt es wie Schuppen von den Augen. Wie unsere Klara ..."

„Ach, das ist echt ... toll", sagte Maria, ehe sie lächelnd die Flucht antrat und ihren Punto erreichte, der an der Straße wartete. Sie winkte den beiden – hatte Herr Rieger Tränen der Ergriffenheit in den Augen? –, stieg ein, blies die Wangen auf und atmete langsam aus. „O Mann ...", murmelte sie und startete den Motor. „Saubere Schneiderfahrt."

ALS SICH VOR ihr das gelbe Ortsschild mit dem durchgestrichenen Namen *Kranzberg* aus dem Dunst schälte, der von den Feldern und Waldflecken ringsum auf die Ortschaft zuzukriechen schien, lenkte sie den Wagen in die Ausbuchtung einer Bushaltestelle, bremste und schaltete den Motor aus, weil sie Karl anrufen wollte.

Ihr nächstes Auto würde eine Freisprechanlage haben – und wenn sie dafür Schulden aufnehmen müsste. Sie tätschelte das Lenkrad. „Sorry, aber die wäre *echt* hilfreich. Trotzdem mag ich dich", fügte sie hinzu, da sie tatsächlich glaubte, ihr Auto könnte beleidigt sein und es ihr mit einem Platten oder einer defekten Zündspule zurückzahlen. Wäre nicht das erste Mal. So alte Gerätschaften im Allgemeinen – nicht nur Autos – besaßen eine Seele. Zumindest behauptete Oma das.

Dann lächelte sie, weil just in diesem Augenblick eine Nachricht von Julius erschien.

Hi!
War schön beim Taiwanesen gestern. Heute wurde ich leider kurzfristig für eine Zusatzschicht im Spätdienst eingeteilt, weil ein Kollege erkrankt ist. Tut mir echt leid! Wollen wir uns dafür morgen sehen? Das würde mich total freuen. Liebe Grüße, Julius

Schade.

Dennoch schloss sie die Augen, da Hände und Bauch kribbelten. Sie träumte sich in einen *richtigen* Kuss mit Julius – und mehr. Im Kino hatte sie bereits befürchtet, über Händchenhalten nicht hinauszukommen, bevor er sich doch einen Ruck gab und sie so zurückhaltend küsste, als hätte er keine erwachsene Frau vor sich, sondern eine Blumenblüte, die er durch zu viel Leidenschaft zerdrücken könnte. Dafür war nach dem Essen gestern bis auf ein Bussi auf die Wange gar nichts geschehen. Einerseits war es irgendwie süß, dass sich ihre Zuneigung zueinander so langsam entwickelte, so unschuldig und scheu; andererseits fieberte sie dem nächsten Schritt entgegen. Aber sie wollte nichts überstürzen, da sie Julius nicht überrumpeln wollte. Und irgendwie genoss sie dieses schüchterne und dennoch unglaublich intensive Herantasten.

Sie schrieb zurück: *Klar, sehr gerne! Schade wegen heute, aber dann freue ich mich eben umso mehr auf morgen.*

Nach kurzer Überlegung erweiterte sie die Nachricht noch um einen breit lächelnden Smiley und kicherte.

„Maria Strobl", sagte sie dann und atmete durch. „Du bist kein vierzehnjähriger Teenager mehr."

Trotzdem fühlte sie sich wie einer – und musste grinsen. Bevor sie die nächsten Minuten glucksend, kichernd und tagträumend verbrachte, wählte sie Karls Nummer.

„Was gibt's?", kam es gehetzt.

„Bist du gerade joggen?"

„Schmarrn. Wir gehen im Fall Pressler an die Medien. Im großen Stil."

„Äh, ist das deine Idee?"

„Und die von Jakob."

Karl wandte sich freiwillig an die Presse?

„Bist du verzweifelt?", fragte Maria.

„Wir müssen da alle Register ziehen. Sonst kommen wir nicht weiter."

„Gestern liegt Pressler tot vor der Tür, heute fettes Medienecho? Wieso haben wir das nicht mit Elzig gemacht?"

„Da reden wir drüber, okay?"

„Hm", machte Maria, da sie sich verarscht vorkam. Trotzdem sagte sie: „Na gut. Heute im Fieberwahn?"

Sie meinte zu hören, wie hinter Karls Stirn die Zahnrädchen klapperten. „Ähm, ja, wieso nicht?"

„Gut. Du schuldest mir eh ein Bier."

Das Klappern wurde lauter. „Äh …"

„Unsere Wette", sagte Maria. „Elzig und lesbisch."

„Ach so", murmelte er zwischen sich langsam beruhigenden Atemzügen. „So ganz vom Tisch ist das aber noch nicht, würde ich behaupten."

„Da ist nix dran."

„Falls doch, dann schuldest du mir beim nächsten Mal *zwei* Bier."

Maria lachte. „Kein Problem. Das Risiko gehe ich ein."

„Um acht?"

„Alles klar. Bis dann."

Er zögerte einen Moment. „Was hast du bislang herausgefunden?"

Sie erzählte ihm vom Besuch bei den Riegers.

„Ach, so ein Scheiß."

„War nicht nur fruchtlos, sondern auch ein bisschen abgedreht. Ich erinnere die beiden an ihre tote Tochter. Der alte Rieger hatte sogar Tränen in den Augen. Die sind echt durch."

„Heftig. Nun ja ..." Er räusperte sich. „Ich glaube, dir wird nichts anderes übrigbleiben, als mit Linn..."

„Ich rufe gleich in Stadlheim an und sehe zu, dass ich noch heute mit ihm reden kann."

„Gut. Hoffen wir, dass die Ärzte nicht wieder rumkacken."

„Ja", brummte Maria. Durch seinen Suizidversuch war Linninger bislang nicht vernehmungsfähig gewesen. Aber selbst wenn sie mit Linninger reden könnte, wusste Maria: Es war nicht mehr als ein Strohhalm. Zum einen bezweifelte sie, dass Linninger eine Ahnung hatte, wer ihm nacheiferte, zum anderen, dass er mit Informationen rausrücken würde, falls dem doch so wäre.

Wahrscheinlich würde er schweigend dahocken und durch sie hindurchstieren, egal ob sie nett oder erbost oder gar nichts fragte.

Aber egal. Probieren ging über Studieren.

„Sonst noch was?", fragte Karl, ehe er unvermittelt plärrte: „Ja, ich komme schon!"

„Aua", sagte Maria. „Willst du, dass ich einen Tinnitus bekomme oder was?"

„Sorry", murmelte er geistesabwesend und atmete wieder schwerer, weil er offenbar sein Schritttempo erhöhte. „Fieberwahn. Acht Uhr."

„Ja." Maria beendete das Gespräch, legte den Kopf gegen die Stütze und seufzte. „Ist das alles eine Scheiße ..." In jähem Zorn und Frust schlug sie mit der linken Faust aufs Lenkrad. Schmerz leckte vom Oberarm bis in den Hals. „Fuck!" Sie ließ das Handy in den Schoss fallen, klemmte die Finger um den linken Oberarm und atmete durch die Zähne, bis das Ziehen zwar abklang, sie aber kurzatmig zurückließ. Zu oft vergaß sie, dass seit dem Streifschuss, den Linninger ihr auf Brandstetters Anwesen verpasst hatte, gerade mal zwei Wochen vergangen waren.

Weshalb sie heute so gereizt war, konnte sie zwar nicht punktuell ergründen, schätzte aber, dass als Hauptursache die schleppende und bislang ergebnislose Ermittlungsarbeit herhielt. Das Sahnehäubchen auf der Stressglasur bildete Lillys Unmut, weil Maria bereits zwei Treffen abgesagt hatte, einmal wegen Julius, das andere Mal angesichts bis in den späten Abend voranschreitender Zeugenbefragungen in Linningers Nachbarschaft.

Mit einem Mal starben in diesem Moment auch die Schmetterlinge in ihrem Bauch und stürzten mit erkalteten Schwingen ins Nichts. Stünde Julius in diesem Moment vor ihr, sie wüsste nicht, was sie tun würde. Ihn ignorieren? Anschreien, weshalb er gerade heute einspringen musste? Ihn ins Auto zerren, um über ihn herzufallen? Ihn ins Auto zerren, um sich in seiner Schulter auszuheulen, ohne zu wissen, weshalb sie weinte?

Der Schmerz im Arm klang ab. All die Eindrücke der letzten Wochen aber blieben.

Das Plärren einer Hupe peitschte ihr Herz in denselben Takt wie das hektische Aufblenden von Busscheinwerfern im Rückspiegel.

„Ja, ist gut!" Reifenquietschend sauste sie aus der Bushaltestelle.

Der Busfahrer schickte ihr noch ein langgezogenes Hupen hinterher, sodass Maria tatsächlich in Erwägung zog, umzukehren und den ungeduldigen Penner ordentlich zu filzen.

Stattdessen atmete sie durch und wählte für den nächsten Stopp einen Feldweg, auf dem dicke, in regelmäßigen Abständen verteilte Erdbatzen von einer unlängst erfolgten Traktorfahrt kündeten. Diese verloren sich nach ein paar Metern im Dunst, der auch auf den Feldern hing wie ein poröses Seidentuch. Weil ihr danach war, kurbelte Maria die Seitenscheibe herunter und genoss die kühle und nach feuchter Erde riechende Luft. Tatsächlich schien das den Kopf zu lüften, denn während sie die Nummer der JVA Stadlheim im Internet suchte, war der Wutausbruch nur noch eine Erinnerung, so blass und durchlässig wie der graue Schleier ringsum.

„WUNDERBAR, dann bis später." Maria verstaute das Handy in der Jackentasche. „Vielleicht wird der heutige Tag ja doch noch was." Zwar hatte das Gespräch fast zwanzig Minuten gedauert, weil die freundliche Frau mit dem griechischen Nachnamen am anderen Ende der Leitung erst klären musste, ob eine Befragung Linningers in Ordnung ginge – aber es hatte sich gelohnt: Maria konnte direkt losdüsen und mit Linninger reden. Sie würde von hier aus nach Allershausen fahren und von dort auf die Autobahn. In geschätzt einer Stunde wäre sie, falls die Fahrt glatt lief, bei der JVA. Vorfreude verspürte sie nicht darauf, bald jenem Mann gegenüberzusitzen, der sie beinahe erschossen hätte. Ging aber nicht anders.

Sie hörte ein Brummen, und einen Augenblick später glommen zwei heller werdende Lichtpunkte im Nebel: Ein Traktor mit Anhänger kam näher, hielt an – und blendete mehrmals auf.

„Mann, leckt mich doch alle am Arsch!", knurrte Maria und legte den Rückwärtsgang ein.

„IHRE DIENSTWAFFE BITTE." Der junge Justizvollzugsbeamte schob eine offene Metallkassette unter dem Sicherheitsglas zu Maria. Sie öffnete die Lederkappe ihres Hüftholsters, fischte ihre SFP9 TR heraus und legte sie hinein. Wie viele Kugeln hatte sie damit im Schießtraining abgefeuert? Bestimmt mehrere hundert. Aber als sie Linninger gegenübergestanden war, ballerte sie vorbei, und das, obwohl er den ersten Schuss in die Hauswand neben ihr setzte. Dadurch wäre ihr genügend Zeit geblieben, ihn auszuschalten.

Zum Glück kostete dieser Fehler sie nicht das Leben.

War eben etwas anderes, auf einen Menschen zu schießen als auf eine Zielscheibe.

Der Mann zog die Box zu sich, sodass ihr Rand bündig mit der Aussparung im Sicherheitsglas verschmolz, nahm die Pistole heraus, ging zur Rückwand des Empfangsbüros und verstaute sie in einem Schließfach. Dann redete er mit einer ebenfalls jungen Frau in dunkelblauer Hose und hellblauem Diensthemd, auf dessen Rücken der Schriftzug *JVA Stadlheim* auf schwarzem Grund prangte. Das schwarze, dichte Haar trug sie zu einem Pferdeschwanz gebunden, und ihre dunklen Augen und der ebenso dunkle Teint verliehen ihr einen südländischen Touch. Ein Summen, und sie trat aus dem Büro in den Gang, kam mit einem Lächeln auf Maria zu und streckte die Hand aus. „Hallo, Frau Strobl."

Maria ergriff sie. „Wir haben telefoniert, richtig?"

„Genau."

„Wie war der Name gleich wieder?"

„Pidopolous." Das Lächeln der Frau erweiterte ihre schmalen Züge. „Mein Vorname ist übrigens auch Maria. War der Wunsch meiner Mutter, dass ich so heiße."

„Dann besitzt sie einen vorzüglichen Geschmack."

Die Frau lachte, ehe sie die Heiterkeit aus ihrer Mimik verdrängte. „Ich bringe Sie … dich zu Linninger."

„Duzen ist wunderbar."

„Schön."

„Dann bin ich mal gespannt", sagte Maria, „was mich erwartet." Das war zwar eine Lüge, klang aber für eine Kommissarin besser als: *Ich habe Bammel.*

„Hier." Marias Namensvetterin blieb bei einer Stahltür mit Rundschloss stehen und steckte einen Sicherheitsschlüssel hinein. Nachdem sie aufgeschlossen hatte, zog sie die Tür auf und machte eine einladende Geste. „Wenn du fertig bist, einfach klopfen."

„Alles klar." Maria wollte schon eintreten, verharrte jedoch. „Bin ich allein mit ihm da drin?"

„Nein. Zwei Kollegen passen auf."

Puh, gut!

Maria betrat den weiß gestrichenen Raum und grüßte die beiden Männer links und rechts neben der Tür mit einem knappen Nicken. Sie nickten zurück, bewegten sich aber ansonsten nicht, sondern hielten mit hinter dem Rücken verschränkten Händen Wache. Sofort musste Maria an die Leibgardisten der Queen denken, die Beefeater, die keine Miene verziehen durften, selbst wenn jemand vor ihnen Grimassen schnitt oder herumhampelte. Hatten diese beiden ähnliche Vorgaben?

Sie wischte den albernen Gedanken beiseite und fokussierte die Person am weißen Resopaltisch, die einen dunkelblauen Häftlingsoverall am Leib und einen leeren Ausdruck im Gesicht trug.

Glanzlose Augen stierten nach rechts auf die Wand.

Maria erschrak – aber nicht, weil vor ihr ein Serienmörder hockte, sondern die Hülle eines Menschen, dessen Innerstes sich offenbar aufgelöst hatte oder einfach gestorben war. Hätte sie Linninger nie zuvor Auge in Auge gegenübergestanden, hätte sie ihn hier und jetzt nicht erkannt. Nach dem Auffinden von Friederike Elzigs Leichnam hatten Karl und sie Linningers Werdegang und die damit verbundenen Kontakte geprüft, sowohl privater als auch beruflicher Natur. Die Fotos, die Benny auf Linningers Computer gefunden hatte, zeigten einen stattlichen, großen Mann mit charmantem Lächeln. Seine Kollegen an der Klinik beschrieben ihn als belastbar und zupackend, einen intelligenten Macher, der Probleme löste und Ziele nicht aus den Augen verlor. Nur die wenigsten hatten von seiner persönlichen Tragödie gewusst und zeigten sich über diese so bestürzt wie über seine Mordserie entsetzt.

Befragte Freunde hatten offenbart – manche zerknirscht, andere gleichgültig –, nach dem Tod von Lisa Linninger und der ungeborenen Tochter den Kontakt zu Georg Linninger verloren zu haben. Nicht aus eigenem Verschulden natürlich, man habe jede erdenkliche Hilfe angeboten. Aber wenn Georg sie nicht annehme, könne man ja nichts machen, oder?

Langsam zog Maria einen Stuhl zu sich, setzte sich und rückte nahe an die Tischkante. Die Unterarme legte sie auf den Tisch, die Finger verschränkte sie ineinander, nur für den Fall, dass sie zitterten.

Aber diese Gefahr bestand nicht.

So unangenehm sie sich im Vorfeld gefühlt hatte, weil sie Linninger gegenübersitzen würde, so harmlos gestaltete es sich. Gleichzeitig machte sich Resignation in ihr breit: Dieses Restbündel Mensch würde ihr nicht weiterhelfen können. Trotzdem sagte sie: „Herr Linninger, ich möchte mit Ihnen reden."

Nur ein Blinzeln, mehr Reaktion bekam sie nicht: Linninger stierte auf denselben Punkt wie vorher. Auch seine schlaffe Haltung und sein noch schlafferer Gesichtsausdruck blieben unverändert.

Maria bewegte sich ebenfalls nicht, sondern wartete. Linninger unter Druck zu setzen, wäre bestimmt wenig hilfreich. Höchstwahrscheinlich war es sowieso egal, was sie sagte oder tat. Sie könnte sitzenbleiben oder ihn anspringen, würgen und anbrüllen – wurscht.

Ihr Blick verfing sich an Linningers Hals: Eine Linie verschorfter Haut ähnlich einem makabren Garbenkranz zog sich um selbigen, gerahmt von grüngelben Spuren im Verblassen begriffener Blutergüsse: Suizidversuch durch Erhängen. Nur durch die Geistesgegenwärtigkeit eines Wärters hatte Linninger überlebt.

„Herr Linninger", sagte Maria erneut und unterdrückte ein genervtes Schnaufen. „Eine Frau wurde in Ihrem Keller gepfählt. Ja, auf genau dem Pfahl, den *Sie* vorbereitet hatten", fügte sie rasch hinzu, denn Linningers Mundwinkel hatte gezuckt. „Wir vermuten, jemand könnte sich von Ihren Taten … inspiriert fühlen."

Keine Regung.

Maria löste die Hände voneinander, aber nur, um sie zu Fäusten zu ballen. Ja, sie hätte diesem Penner, der Menschen bestialisch getötet hatte und sich nun selbst beweinte, gerne eine verpasst. Voll durchgezogen, direkt auf die Nase. Unschuldige töten und dann in Selbstmitleid zerfließen – widerlich!

„Meine Güte“, sagte sie mühsam beherrscht, „Sie können mir wenigstens antworten. Weder mehrt noch lindert das Ihren Schmerz.“

Linninger wandte ihr das Gesicht zu, worüber Maria innerlich erschrak, jedoch alles daran setzte, nichts davon in ihrer Mimik preiszugeben.

„Schmerz“, sagte er, seine Stimme wie Blätterrascheln – leise, spröde und kraftlos. Dennoch trug dieses eine Wort eine Schwere, die das Gehörte transzendierte. „Sie wissen nicht, was *Schmerz* bedeutet.“

„Nur gut, dass Sie sich auskennen. Vor allem darin, wie man ihn zufügt.“

Er presste die Lippen zu blutleeren, harten Linien zusammen, ähnlich übereinandergelegten Messerklingen. „Sie verstehen es nicht.“

Maria öffnete die Fäuste, lehnte sich zurück. „Dann erklären Sie es mir. Ich habe Zeit. Und Sie auch.“

Ausdruckslos musterte er sie, schwieg jedoch. Tief in ihren Höhlen kauerten die matten Augen im vertrockneten Gesicht. Maria erinnerte sich daran, dass Linninger die Aufnahme fester Nahrung verweigerte. Dies sowie die Dämonen seiner Seele hinterließen deutliche Spuren, aber nicht nur im Gesicht. Kaum ein Streifen von Schwarz mehr im Haupthaar, alles ein dumpfes Grau, wie eine Haube dreckigen Schnees am Straßenrand. Der Mann hier wirkte im Gegensatz zu jenem auf den Fotos um mindestens ein Jahrzehnt gealtert.

„Ich wünschte, Sie hätten mich bei Brandstetter erschossen.“

Maria verzog den Mund. „Ich auch.“

Kurz weiteten sich seine Augen, und fast meinte sie, der

Impuls eines Lächelns schwebte auf seinen Lippen. Doch es kam nicht.

„Also: Wer könnte Ihnen nacheifern wollen?“ Sie beugte sich wieder nach vorne. „Haben Sie jemanden eingeweiht?“

„Wäre schön blöd gewesen, das zu tun.“ Verächtliche Kerben erschienen neben der Unterlippe.

Na also: Allmählich erwachte sein Gemüt, obwohl er sich bestimmt dagegen sträubte.

Hätte Karl das auch geschafft? Oder wäre er bereits viel weiter? Maria war sicher, Karl hätte Linninger bis aufs Blut gereizt, um etwas aus ihm herauszukitzeln, und wenn es nur Verwünschungen wären.

Sie beschritt einen behutsameren Weg. Vor Linninger kuschen würde sie allerdings nicht.

„Es ist gar nicht so unüblich, dass Mörder jemandem von ihren Taten erzählen, um ihr Gewissen zu erleichtern.“

Ein Klirren, als Linninger die Arme hob. Dann knallte er die mit Handschellen verbundenen Fäuste auf den Tisch. „Hören Sie mit diesem hohlen Gefasel auf!“

Schnelle Schritte hinter Maria. Einen Herzschlag später flankierten die beiden Justizvollzugsbeamten ihren Stuhl.

Betont gelassen hob sie die Hand. „Alles bestens. Der bellt nur, beißt aber nicht.“

Zum ersten Mal zeigte sich Farbe auf Linningers Haut, ein helles Rot, das vom Schlüsselbein den Hals hinaufwanderte. „Sie kommen sich ganz toll vor, nicht wahr?“

Maria hob die Schultern. „Nein. Ich hatte es mir nur schlimmer vorgestellt, Ihnen gegenüberzusitzen. Und spannender.“

Linninger schluckte, und sein Gesicht verzerrte sich, als steckte ihm ein mit Widerhaken besetztes Fleischbällchen in der Kehle. „Sie sind eine arrogante, dumme Schnepfe.“

„Und Sie ein Jammerlappen, der zu feige ist, sich dem zu stellen, was er getan hat.“

Linninger blinzelte, und die Röte versackte. „Meine Frau und mein Kind sind tot!"

„Das ist sehr tragisch, und das tut mir auch leid. Im Gegenzug das Leben Unschuldiger auszulöschen, ist dennoch erbärmlich."

Maria stand auf.

Überraschung malte sich auf Linningers Gesicht. „Was tun Sie?"

„Ich gehe jetzt. Und Sie – Sie bleiben hier."

Er öffnete den Mund, glotzte sie aber nur an.

„Auf Nimmerwiedersehen, Herr Linninger." Maria wandte sich ab.

„W-warten Sie!"

Halb drehte sie sich wieder herum. „Ja?"

„Es … Also …" Er schluckte erneut, schaute dann auf seine Hände und schließlich zur Seite. „Ich hatte mal einen Freund. Bernd Schwaiger hieß der. Verklemmter Sonderling, der froh war, wenn er bei der Clique dabei sein durfte, auch wenn niemand mit ihm redete."

„Aha?"

„Zumindest dachten wir das. Wie sich später herausstellte, war er ein übler Stalker und Spanner."

Maria setzte sich wieder. Tischte Linninger ihr tatsächlich eine mögliche Spur auf – oder eine x-beliebige Anekdote, nur, damit sie blieb? Wieso sonst seine fast panische Frage, nachdem sie aufgestanden war? Oder zog er das Ganze ab, um sie für blöd zu verkaufen?

„Sie glauben mir nicht", sagte er nach kurzem Zögern, seine Stimme reserviert, fast abweisend. Flackerte nicht sogar Enttäuschung in seinen Augen?

„Falsch", erwiderte sie und zückte ihren Notizblock. „Ich höre Ihnen ganz aufmerksam zu. Ein Urteil bilde ich mir später. Mit a-i oder e-i?

„A-i."

Sie notierte den Namen. „Schwaiger mit a-i, alles klar. Wen genau hat er denn gestalkt und bespannt?"

„Die Mädels unserer damaligen Clique."

„Wie alt waren die Leute zu jener Zeit?"

„Oberstufe Gymnasium, also um die achtzehn."

„Okay." Maria sah vom Block zu Linninger. „Dass man Mädels bespannt, ist in diesem Alter nicht unbedingt ungewöhnlich, würde ich behaupten."

„Nein." Linninger zeigte ein ins Überhebliche gleitendes Lächeln. „Aber dass man sich unerlaubterweise Zugang zu den Elternhäusern der Mädchen verschafft und dort Spycams installiert, schon. Auch im Badezimmer", fügte er hinzu.

„Da Sie davon wissen, ist es also aufgeflogen."

„Ja. Aber erst ein paar Jahre später – als auf einschlägigen Seiten Videos auftauchten."

„Was war auf den Videos zu sehen?"

„Auf einem hatte Sarah mit ihrem damaligen Freund unter der Dusche Oralsex." Linningers Lächeln schwand. „Das machte natürlich die Runde. Sarah war so fertig, dass sie sich mit Schlaftabletten das Leben nehmen wollte."

„Wie lautet Sarahs Nachname?"

„Zatocil."

„Wurde Schwaiger bestraft?"

„Nein. Man konnte ihm das Ganze nicht zweifelsfrei nachweisen. Bernd ist ein cleverer Bursche und kennt sich mit Technikkram sehr gut aus."

„Er ist ungeschoren davongekommen?"

„Wie man's nimmt: Sarahs neuer Freund hat ihn kurz nach Veröffentlichung des Videos verprügelt, und zwar so heftig, dass Bernd ins Krankenhaus musste."

„Wie heißt der Wüterich?"

„Martin Kraijcek."

Maria schrieb diesen Namen ebenfalls auf. „Bis heute ist also nicht erwiesen, dass Bernd Schwaiger dahintersteckt?"

„Nein. Aber er war's. Mein Wort drauf."

Das Wort eines gestörten Serienkillers? Sie sprach diese Frage natürlich nicht aus, doch Linninger sah wohl etwas in ihrem

Gesicht: Zornesfalte auf der Stirn, und er verschränkte die Arme vor der Brust, was die Handschellen erneut klirren ließ, ein kleines Bollwerk aus Stahl und Knochen.

„Hatten Sie danach noch Kontakt zu ihm?"

„Verpissen Sie sich."

Ungerührt musterte Maria ihn. Wie ein trotziges Kind hockte er da, weder mit sich im Reinen, noch mit der Welt ringsum. Linninger würde seinen Frieden nie finden. Mit dem, was er sowohl erlitten als auch selbst getan hatte, war das auch bestimmt alles andere als leicht. Dieser Schlag Mensch jedoch suchte die Fehler nie bei sich selbst.

„Bitte hören Sie auf, sich so aufzuspielen", sagte Maria kühl. „Und ja, es stimmt: Ich weiß nicht, ob Sie sich das alles nur ausdenken, oder ob Sie mir tatsächlich helfen möchten. Ist das verwunderlich?"

„Nein, habe keinen Kontakt mehr." Er atmete durch, bevor er die Hände wieder auf dem Tisch platzierte, diesmal ohne Lärm. „Nach dieser Sache damals wollte keiner mehr etwas mit ihm zu tun haben."

„Vielleicht haben Sie und die anderen ihm ja auch Unrecht getan."

„Quatsch. Bernd Schwaiger ist ein verkorkster Freak."

Maria nahm Stift und Notizblock vom Tisch. „Tja, dann bedanke ich mich für diese Information."

„Ich bin noch nicht fertig", sagte Linninger da, als hätte er nur darauf gewartet, sich wichtig zu machen zu können. Sein süffisantes Lächeln, das er nun wieder präsentierte, legte diesen Schluss nahe.

Maria platzierte Block und Stift wieder auf dem Tisch. Nun gut, dann spielte sie halt mit, falls Linninger sich dadurch besser fühlte – und wirklich etwas mitzuteilen hatte, das sie weiterbrächte. Zwar bezweifelte sie dies, doch gaben die bisherigen Ermittlungen nicht viel her – gelinde gesagt.

Jetzt kam Bernd Schwaiger ins Spiel, angeblicher Stalker, darüber hinaus technikaffin und skrupellos genug, die Existenzen anderer Menschen fürs Aufblasen des eigenen Egos zu zerstören. Wäre interessant, vor allem, falls irgendeine Verbindung zu Elzig bestand. Ein ehemaliger Student von ihr – das wäre der Jackpot!

Nein, Blödsinn. Die beiden waren in etwa gleich alt, Ende vierzig, Anfang fünfzig. Hatte Schwaiger sich vielleicht auf dieselbe Stelle wie Elzig beworben – und sie hatte ihn eiskalt rausgekegelt?

Maria unterdrückte ein Seufzen. Unwahrscheinlich, ja geradezu abwegig.

„Ich hatte einige Male das Gefühl, als würde mich jemand im Internet stalken."

Maria richtete den Blick vom Notizblock zu Linninger. „Ein Gefühl allein ist etwas dürftig."

Linninger hob einen Zeigefinger, was Maria an ihre Lehrer-Nemesis Rattleder erinnerte, der dies auch getan hatte, um für absolute Stille zu sorgen. Erst dann ließ er sich dazu herab, seine Schüler mit seiner Weisheit zu segnen.

„Aus dem Gefühl wurde aber mehr."

„O ja!"

Mein Gott, dieser Kerl würde mich auch nerven, hätte er niemanden umgebracht.

Linninger nickte, als wäre er ein ganz Ausgefuchster. „Ich habe damals auf Twitter über meinen Berufsalltag als Chefarzt der Chirurgie geplaudert." Gewichtige Pause. „Mehr als *zwanzigtausend* Follower, nebenbei bemerkt."

Er betonte die Zahl, als wollte er damit hervorheben, dass das *substanziell* mehr waren als die lächerlichen Zwölf von Jesus Christus.

„Nicht schlecht …"

Ich kotz gleich!

Erneut nickte er, überheblich wie ein König, dem seine Vasallen ewige Treue schworen. „Meine Tweets erfreuten sich großer Beliebtheit. Jedenfalls", er räusperte sich, „folgte mir jemand, der sich *Fireball* nannte."

„Bernd Schwaiger."

„Bitte lassen Sie mich ausreden, ja?“, sagte er rotzig, wahrscheinlich, weil sie ihm die Pointe versaut hatte.

„Ich erinnerte mich, dass Bernd glühender Verehrer einer japanischen Zeichentricksendung war.“ Kurz umwölkte sich Linningers Stirn. „Saber Rider hieß die. Irgendein Stuss mit riesigen Kampfrobotern.“

„Wie Tranformers?“

„Kann sein.“ Einen Moment starrte er auf seine Handschellen. „Und eine dieser Figuren hieß eben Fireball.“

„Absolut ungewöhnlich ist dieser Nickname auch wieder nicht.“

Ein zweites Mal reckte Linninger den Zeigefinger.

Bin ich froh, sobald ich hier raus bin.

„Stimmt. Aber …“ Er hob die Augen wieder. „Eines Tages, als ich in alten Erinnerungen schwelgte – macht ja jeder mal, nicht wahr? –, da kam mir in den Sinn, was für eine perfide Nummer Bernd mit den Kameras und Videoaufnahmen abgezogen hatte.“ Ein Lächeln tröpfelte von seinem Gesicht. Traurig sah es aus, traurig und verloren. „Ich saß auf der Terrasse, ein Glas Rum in der Hand. Ein Butocal war es, genau. Ganz klar habe ich es vor Augen. Als wäre es gestern gewesen.“ Er schluckte. „Lisa fragte, wieso ich so komisch schaue. Ich stellte das Glas ab, stand auf und ging ins Haus. Dann suchte ich überall nach versteckten Kameras.“

Maria spürte, dass sich ihre Augen weiteten. Verdammt, jetzt hatte Linninger sie tatsächlich am Haken. „Und?“

Er hob das Kinn und ließ es in einer schweren Nickbewegung nach unten wippen.

„Im Bad?“

„Nein“, erwiderte er erleichtert. „Im Wohnzimmer, versteckt unter dem Fensterbrett. Ganz hinten in der Ecke, winzig, nicht größer als ein halber Daumen. Durch die Heizung darunter hätte ich das sonst nie entdeckt.“

„Die einzige Kamera?“

„Ja.“

„Was haben Sie daraufhin gemacht?“

„Ich habe *Fireball* auf Twitter geschrieben, dass ich seine Kamera gefunden habe. Wenige Minuten später ist er mir entfolgt.“

„Keine Polizei?“

„Nein.“

„Wieso nicht?“

„Weil Lisa und ich erst fünf Tage zuvor eingezogen sind. In der Zeit ist nichts Pikantes passiert. Ich habe das ohne Polizei geregelt.“

„Jetzt bin ich *wirklich* gespannt.“

„Ich habe seine Adresse ausfindig gemacht.“

„Landete Bernd Schwaiger folglich ein zweites Mal im Krankenhaus?“

Linninger lachte kurz auf. „Nein. Das ist nicht meine Art.“

Natürlich nicht, wie konnte ich nur fragen, ich Dummerle? Gewalt ist Ihnen fremd.

Linningers Lächeln gefiel Maria noch weniger als die davor.

„Ich habe ihm … ins Gewissen geredet.“

„Und das hat gereicht?“

„Ja.“

„Wie hat er die Kamera so schnell installiert?“

„Das habe ich ihn nicht gefragt. Ich denke aber, er hat das in der Übergangsphase gemacht, also nachdem die vormaligen Besitzer raus und wir noch nicht drinnen waren.“

„Dann hat er über Ihr Leben ziemlich genau Bescheid gewusst.“

Linninger zuckte mit den Schultern.

„Kommen Sie schon: Was haben Sie gesagt?“

Linninger sah sie an. Starr, wie ein Roboter. Es war nicht gespielt, nicht aufgesetzt, der Ausdruck kam von tief in ihm.

Maria fröstelte.

„Dass ich ihm den Bauch aufschneide, falls ich irgendein Foto von Lisa im Internet finde.“

„Hat er die Drohung verstanden?“

„Hat er."

„Dann ist es unwahrscheinlich, dass er etwas von Ihren Morden mitbekommen hat."

„Kann sein, kann nicht sein. Ich weiß nicht, wie Bernd tickt. Zutrauen tue ich dem jedenfalls einiges."

„Okay." Maria unterstrich den Namen Bernd Schwaiger, schrieb *Fireball* dahinter und schloss ihre Notizen mit einem gebogenen Pfeil ab, an dessen Ende sie den Namen *Benny* vermerkte. Der musste diesem *Fireball* im Netz und in den sozialen Medien nachspüren. Vielleicht stieß er ja auf Brisantes. Dass Linninger Jahre nach dem Vorfall mit Sarah Zatocil eine Kamera bei sich gefunden hatte, verstärkte den Verdacht gegen Schwaiger, dass dieser hinter dem Hochladen des Sexvideos gesteckt hatte. Sofern Linningers Geschichte stimmte, schien Bernd Schwaiger die Neigung, Leute, die er kannte, heimlich zu beobachten, weiterhin zu überkommen. Nachprüfen ließe sich dies, wenn überhaupt, durch ein Gespräch. Oder falls Benny ihm irgendetwas nachweisen könnte. Darauf setzte Maria die größte Hoffnung, denn nach allem, was Linninger über Bernd Schwaiger erzählt hatte, schätzte sie diesen als wenig gesprächig und kooperativ ein. Vielleicht half es, ihn unter Druck zu setzen: Das bewirkte oft Wunder.

Hatte sie sich von Karl abgeschaut.

Sie verstaute Block und Stift endgültig und blickte Linninger an. Der saß regungslos da, die Augen wieder zur Wand gerichtet. Er blinzelte mehrmals, atmete dann zitternd, sagte jedoch nichts.

Langsam stand Maria auf. „Ich werde Ihren Verdachtsmomenten bezüglich Bernd Schwaiger nachgehen. Danke", fügte sie nach kurzem Zögern an.

Er bewegte sich nicht, sagte jedoch mit leiser Stimme: „Werden Sie mich informieren, falls Bernd Schwaiger mit drin hängt?"

„Ja."

„Persönlich?"

„Weiß ich nicht."

Abermals atmete er ein, es wirkte verkrampft, mühsam. Dann

wischte er sich hastig übers Gesicht. „Wahrscheinlich werden wir uns nie wiedersehen."

Das hoffe ich, dachte Maria. Aber da sie keinen weiteren Suizidversuch provozieren wollte, verkniff sie sich den Satz und verabschiedete sich mit einem „Wohl eher nicht, nein".

Sie klopfte an der Tür.

KAPITEL ACHT

„So, die Herrschaften." Inge stellte zwei fachmännisch eingeschenkte Helle auf die Bierfilze vor Karl und Maria. Der Schaum spitzte neugierig über den Rand.

„Merci dir, Inge", sagte Karl, nahm sein Bier und hielt es Maria zum Anstoßen hin.

Maria berührte sein Glas mit dem ihren, dann trank sie einen langsamen Schluck. „Ah, das tut gut." Anerkennend nickte sie Inge zu.

„Schön, dass ihr mich mal wieder besucht."

„Na klar", entgegnete Karl. „Schönste Kneipe in ganz München."

Inge lachte, und ihre Bronchien verzierten es mit einer teerigen Note, ganz wie bei Kalkrieder. „Oida Schaumschläger!"

Karl lachte, nahm einen stattlichen Zug und schloss genießerisch die Augen.

Jemand rief nach Inge. Sie verabschiedete sich mit einem „Bis später, Herr Polizeipräsident" und kümmerte sich um den Kunden, einen Mann mit ergrauten Schläfen, der nun den Arm um seinen mindestens zwanzig Jahre jüngeren Begleiter legte.

Karl sah zu den beiden, verzog aber weder angeekelt den Mund, noch kommentierte er die Situation unangemessen mit

Sugardaddy oder *Hinterlader.* Was er seinerzeit im Präsidium bezüglich homosexuellen Männern vom Stapel gelassen hatte, hatte Maria nicht vergessen. Seit er wusste, dass sein Sohn schwul war, hielt er sich mit derlei Bemerkungen zurück. Blieb nur die Frage, ob er dieses Thema durch eisernes Schweigen lediglich umschiffte – oder ob er sich mit der sexuellen Ausrichtung seines Sohnes tatsächlich arrangiert hatte.

„Alkoholfrei wäre besser“, meinte Maria mit einem Blick auf Karls Bier. „Zumindest für dich.“

Jetzt verzog Karl doch den Mund. „Das ist meine erste Scharfe seit Tagen. Und nach heute brauche ich das.“

„War die Pressekonferenz so schlimm?“

„Rhetorische Frage, oder?“

Maria grinste.

„Morgen gibt's in jedem Schmierblatt ein Bild von Pressler mit dem Aufruf, sich bei der Polizei zu melden.“ Ein schwerer Seufzer hob seine Schultern. „Freu mich schon auf die ganzen Wichtigtuer …“

Maria wusste, was er meinte: Der Prozentsatz jener Anrufe, die Verwertbares ergaben, bewegte sich im Promillebereich – wenn überhaupt. Gelegentlich führten sie auch auf falsche Fährten, die einen frustrierter zurückließen als vor dem Aufruf.

„Abwarten“, sagte sie somit. „Die Katze ist jedenfalls aus dem Sack.“

Er nickte und gönnte sich einen weiteren tiefen Schluck. „Das ist wirklich ein seltsamer Fall.“

Maria schnaubte. „Meiner auch – selbst ohne Presseaufruf.“

Zögerlich hob Karl den Blick.

„Ja, du verstehst mich schon richtig.“

Tatsächlich wirkte er betroffen. „Wenn du möchtest, ziehen wir das mit Elzig ebenfalls durch.“

Maria verstaute ein halbes Lächeln im rechten Mundwinkel. „Aber erst in einem Monat. Sonst bremsen sich die beiden Fälle gegenseitig aus. Wenn wir Elzig gleichzeitig in die Gazetten stopfen, blickt keiner mehr durch.“

Karl rettete sich in einen weiteren Schluck, und auch Maria trank. Nachdem sie das Glas hingestellt hatte, drehte sie es nachdenklich. „Wahrscheinlich bringt das bei Elzig eh nichts. Samstag und Sonntag fette Schlagzeile in der Zeitung, gestern schon Flaute. Hinweise Fehlanzeige."

„Das bei den Riegers war auch ein Schuss in den Ofen, wie man deinem Bericht entnimmt."

Maria ließ das Glas los und musterte ihn erstaunt. „Hast du den schon gelesen?"

„Bevor ich losgefahren bin."

„Warst du gar nicht daheim?"

Er schüttelte den Kopf.

„Arbeitstier." Nach einem Blick zur Tür – ein kalter Luftzug pfiff ihr um die Knöchel, weil gerade zwei junge Männer mit südländischem Touch eintraten – sagte sie: „Für Leonie ist das okay?"

„Ich habe sie vor der Pressekonferenz angerufen und ihr die Sachlage erläutert."

„Und?"

„Was und?"

„War sie sauer?"

„Nein. Wir haben den gestrigen Abend zusammen verbracht, und das hat wunderbar gepasst."

„Also läuft es mit deinen Kindern."

Karl nickte, vielleicht etwas zu eifrig, aber Maria wollte nicht weiter nachbohren. „Dann sieh zu, dass es so bleibt", sagte sie nur, lehnte sich zurück und gähnte. „Boah, was für ein Tag." Sie gähnte erneut. „Dann hast du mein Protokoll vom Gespräch mit Linninger ebenfalls gelesen, oder?"

„Japp." Er lächelte und neigte den Kopf in einer Geste, die, so zumindest empfand Maria es, Anerkennung ausdrückte. „Bin erstaunt, dass der überhaupt mit dir geredet hat."

Maria grinste. „War ich ehrlich gesagt auch. Aber nachdem er mal losgelegt hat, war er gar nicht mehr zu bremsen."

„Wie passt das mit einem Suizidversuch zusammen?"

„Keine Ahnung. Was genau in dem vorgeht, weiß er wahrscheinlich nicht einmal selbst."

„Schwaiger heißt der Stalker, oder?"

„Ja: Bernd Schwaiger. Ich habe Benny schon gesagt, er soll nachforschen, wo dieser *Fireball* so herumschwirrt."

„Verstehe." Karl kratzte sich am Schnauzer. „Wie hat Benny reagiert?"

„Was meinst du genau?"

„War er gereizt?"

„Nein, gar nicht, im Gegenteil. Er hat aber gemeint, es könne ein bisschen dauern. Ich werde aber noch mal mit ihm reden, damit er sich beeilt."

„Hm", machte Karl und schaute skeptisch drein. „Ich habe den Eindruck, wir ballern ihm zu oft zu viel Arbeit rein. Bei dir lässt er das aber nicht raus."

Maria schloss die Finger der rechten Hand fest ums Glas. „Aha?"

„Kommt schon, du weißt, was ich meine", sagte Karl und grinste auf eine Art, die ihr überhaupt nicht gefiel. Daher schwieg sie und trank einen verärgerten Schluck.

„Der ist in dich verschossen."

„Sein Problem."

„Vielleicht solltest du mal klarstellen, dass …" Karl verstummte und räusperte sich stattdessen. „Na, du weißt schon."

Sie stierte aufs Bierglas. Auf diese Art Gespräch hatte sie null Bock.

„Seine neue Frisur und so", sagte Karl. „Vielleicht macht er das ja für dich? Sogar seinen Goatee hat er entfernt."

„In Sachen Barttracht hat er seitdem klar die Nase vorn."

„Nicht ablenken."

„Hör bitte auf mit dem Thema, ja?"

Er zuckte mit den Schultern. „Solche … Angelegenheiten können das Arbeitsklima beeinträchtigen. Möchte ich nur gesagt haben."

Maria stieß den Atem durch die Nase aus. „Ich glaube, ich

streue mal beiläufig ein, dass ich einen Freund habe. Vielleicht reicht diese schonende Herangehensweise ja aus."

„Ah", sagte Karl da, und das Grinsen, das Maria nicht gefiel, kehrte zurück. „Neues vom adretten Chefarzt? Ich bin ganz Ohr."

„Julius ist kein Chefarzt."

Karl winkte ab. „Wie verläuft die gegenseitige Annäherung?"

„Romantisch und nicht überhastet."

Karl hob die linke Augenbraue. „Ich übersetze: Julius ist 'ne richtige Klemmschwester."

„Geht dich nichts an, mein lieber Karl."

„Mir liegt das Privatleben meiner Mitarbeiter am Herzen."

Maria suchte nach Spuren von Spott in seiner Stimme, fand jedoch keine.

„Nur deiner Mitarbeiter? Oder auch deiner Mitarbeiterinnen?"

Er wollte gerade zum Bier greifen, zuckte jedoch zusammen, als wäre ihm jemand auf den Fuß gestiegen. „Bitte, hör mir diesem Käse auf, diesem Gendern. Da kommt mir das Bier wieder hoch."

„Mit Neuerungen hattest du es noch nie, egal bei was."

„So ein Blödsinn. Aber ich muss nicht jeden Scheiß gutheißen, den geschniegelte Jungstudenten einfordern, die zu viel Zeit haben, weil Mutti ihnen nicht nur das Leben finanziert, sondern auch jeden Morgen weiterhin das Butterbrot schmiert."

„Denen hast du es mit deinem Satzungetüm aber gezeigt!" Maria seufzte. „Verallgemeinern und auf Vorurteilen herumreiten kannst du."

Karl hob den Zeigefinger, was Maria an Linninger erinnerte – und an Rattleder. Sie verschränkte die Arme vor der Brust und funkelte ihn an.

Beeindrucken ließ er sich davon nicht, sondern sagte: „Jetzt kommt gleich das mit den alten, weißen Männern."

„Pfff", machte sie nur.

Für Karl reichte das aus, um verbal sofort nachzuladen, und das Leuchten in seinen Augen verriet, dass er auch noch Spaß daran hatte. Sie hingegen ärgerte sich darüber, *dass* es sie ärgerte.

„Ich habe da letztens einen Artikel in der Zeitung gelesen", fuhr er fort. „Zum Thema *Woke.*"

„Oh, jetzt platze ich fast vor Neugier."

„Bewusstsein für Ungerechtigkeiten jedweder Art."

„Brauchst mir das Wort nicht erklären, danke."

„Darin wurde erklärt, warum *Woke* oft zum Gegenteil dessen führt, was es eigentlich bezwecken will."

Maria rollte mit den Augen. „Du solltest dich als Lehrer oder Dozent bewerben. Aber nur, wenn in der Stellenbeschreibung steht: *Applikant muss von sich selbst zu hundert Prozent überzeugt sein und gewillt, diesen Umstand anderen fortwährend unter die Nase zu reiben.*"

Karl lachte. „Was kann ich dafür, dass ich mich auf verschiedensten Gebieten gut auskenne?"

Maria erinnerte sich an den Besuch bei den Riegers und versteckte ihren Gesichtsausdruck hinter dem Bierglas, indem sie absichtlich langsam trank.

Karl indes pflügte weiter voran wie ein außer Kontrolle geratener Mähdrescher. „Für viele, die mit dem Finger auf andere zeigen, weil diese sich in ihren Augen falsch verhalten, wird das zum Hobby. Sie rotten sich mit Gleichgesinnten zusammen und rotzen einen Shitstorm nach dem anderen raus. Die meinen dann, sie wären etwas Besseres. Und das tischen sie alles und jedem genüsslich auf. Wer nicht mitspielt oder sich sogar rechtfertigt, wird medial vernichtet."

„Ich bezweifle, dass alle so ticken."

„Vielleicht nicht alle, aber ausreichend viele, dass man sich nicht mehr traut zu sagen, man esse gerne Gummibärchen."

„Äh?"

„Ja, pass nur auf!" Beherzt griff Karl zu seinem Bier und kippte sich das letzte Drittel mit einem kräftigen Zug in den Rachen.

„Stimmbänder sind wieder geschmiert, ja?"

Ohne darauf einzugehen, sagte er: „Für Gummibärchen braucht es einen speziellen Stoff. Und der wächst nur in Südamerika. Den Namen habe ich vergessen, aber egal. Jedenfalls: Die Menschen, die ihn ernten, tun das unter üblen Arbeitsbedingungen. Ich wusste das bis dato nicht – und bin damit nicht allein. Aber wenn ich nun sage, ich finde Gummibärchen toll, kriege ich von den ganzen Woke-Jüngern sofort eine auf den Deckel. Die Gutmenschen vergessen nämlich, dass den meisten Menschen schlicht und ergreifend die Zeit fehlt, über jeden Lauchstängel, den sie fressen, zu sinnieren, ob der jetzt bio war oder nicht."

„Ist gut, ich hab's verstanden."

„Denen, die sich so echauffieren, geht's nämlich im Vergleich zu ihren Shitstorm-Opfern in der Regel gut. Muttis Bankkonto und die Butterbrote – du erinnerst dich?"

„Das ist mir zu allgemein. Ich stimme lediglich zu, dass oftmals zu schnell vom Leder gezogen wird. Aber wenn niemand etwas sagt, ändert sich auch nichts."

Er hob die Hände. „Okay, das stimmt. Dennoch liegt es in der Natur der Sache, dass man die hört, die am lautesten schreien. Somit glaubt man, dass die in der Mehrheit sind. Aber das stimmt nicht. Die meisten Leute sind von Gender-Hokuspokus plus Woke-Bullshit schlicht und ergreifend genervt."

„Sagt Karl Seitz."

„Nein, sondern auch viele andere." Er lächelte, als hätte er den Sieg davongetragen. „Die plärren nur nicht ständig herum, aus dem einfachen Grund, weil sie damit beschäftigt sind, ihre Familie zu ernähren. Eine Minderheit versucht, der Mehrheit ihre Moralvorstellungen aufzuoktroyieren. Und wehe, die Stummen ziehen nicht mit! Dann geschieht genau jene Ungerechtigkeit, die die Woke-Fanatiker so anprangern: Einzelne Personen werden fertiggemacht. Und die können sich dann nicht mal wehren." Er hob sein Bierglas und schwenkte es. „So sieht's nämlich aus, Fräulein."

„Noch ein Helles, ja?", rief Inge vom jenseitigen Ende des Tresens.

Karl reckte den Daumen der linken Hand nach oben zum Bierglas, damit Inge es sah, dann stellte er das Glas zurück und lächelte wieder. „Und? Was sagst du jetzt?"

„Dass ich bald gehe, wenn du so weitermachst."

„Lassen wir es", brummte er gereizt. „Wir kommen auf keinen Nenner."

Sie zuckte mit den Schultern. Zum einen war es nicht das erste Mal, dass sie gegensätzliche Standpunkte vertraten, zum anderen konnte sie damit gut leben.

Karl jedoch offenbar nicht. „Ich hoffe, dass Leonie nicht so eine Ökotussi wird."

Maria seufzte. „Das wird sie wohl für sich selbst entscheiden."

Inge kam zu ihnen und ersetzte Karls leeres Glas durch ein volles, runzelte aber die Stirn. „Dicke Luft bei euch?"

„Danke dir", sagte Karl, ehe er Maria anschaute wie ein ABC-Schütze, dem man an den Kopf geworfen hatte, seine Schultüte sehe scheiße aus.

„Der Herr Polizeipräsident", sagte Maria und versah ihre Stimme absichtlich mit einem hochmütigen Klang, „hat gekonnt den Artikel einer Zeitschrift für Cis-Männer zusammengefasst."

Während Inges Lachen echt klang, würde Karl für sein gekünsteltes Gehüstel, das wohl vortäuschen sollte, er würde den Begriff kennen, locker die Goldene Himbeere einstreichen.

„Und Cis ...", sagte Maria, um noch eines draufzusetzen und Inge zu verdeutlichen, wer hier *wirklich* Bescheid wusste, „... hat nichts mit der Tonleiter zu tun, Herr Präsident."

Karls Lächeln sackte in die Ebene peinlich berührter Qual. „Grundsätzlich beleben unterschiedliche Standpunkte das Geschäft."

„Des stimmt", sagte Inge mit ihrer Stimme, die klang wie ausgetrocknetes, bröseliges Mauerwerk. „Friede, Freude, Eierkuchen is' langweilig."

Karl sah Maria an. „Das sieht Fräulein Dorfpolizistin bestimmt genauso."

„Uiuiui", ließ Inge sich vernehmen und wich vom Tisch

zurück. „Bitte schlagt euch nicht gegenseitig den Schädel ein.“ Sie zwinkerte. „Dann muss ich nämlich die Polizei rufen.“

Karl grinste. „Könntest du uns zwei Kippen spendieren?“

„Dir kann ich keinen Wunsch ausschlagen, so charmant, wie du bist.“ Inge holte eine Zigarettenschachtel aus der großen Geldbörse an ihrem Gürtel und reichte Karl zwei Kippen plus Feuerzeug. „Wiedersehen macht Freude.“

„Merci dir.“ Karl stand auf und sah Maria an.

„Inges Lungentorpedos sind echt fies. Ich weiß nicht, ob …“

Karl steuerte zur Tür.

Maria schaute ihm nach, trank den schalen Rest ihres Biers aus und erhob sich erst, als Karl bereits hinausgegangen war. Oder sollte sie sitzenbleiben, damit er merkte, dass er nicht mit ihr umspringen konnte, wie es ihm ins Hirn schoss? Könnte sie machen. Resultat: Karl wäre beleidigt, dann sauer und würde sie das den Rest der Woche spüren lassen.

„Einer muss ja vernünftig sein“, murmelte sie, nahm ihre Jacke und ging zur Tür.

„Maria, magst auch noch eins?“, rief Inge.

„Ja, aber ein Radler.“

„Ois klar.“

Kalt wehte es Maria ins Gesicht, als sie Karl suchte, der sich abseits von drei Rauchern neben einen kleinen, mit Wetterplane abgedeckten Tisch gestellt hatte. Eiskristalle funkelten auf dem schwarzen Kunststoff, beleuchtet vom Außenlicht über dem angerosteten Metallschild mit der Aufschrift *Fieberwahn.*

Die Hände in die Jackentaschen gesteckt, gesellte Maria sich zu Karl und blies die Backen auf. „Mann, arschkalt.“

„Hier“, sagte er und hielt ihr eine Zigarette hin.

Widerwillig entließ sie die rechte Hand aus der Wärme der Jackentasche und fühlte den Biss dieser Novembernacht in den Fingerspitzen.

Karl gab ihr Feuer, sie zog an – und hustete. Einen Moment stand sie gekrümmt, dann richtete sie sich wieder auf und schnitt eine Grimasse. „Was die raucht, ist so dermaßen widerlich …“

Lachend zündete Karl sich seine Zigarette und inhalierte mannhaft. Ergebnis: Seine Augen wurden groß, er stieß den Rauch halb hustend, halb röchelnd aus und wedelte mit der freien Hand herum, als wollte er Stechmücken vertreiben.

Maria musste gleichzeitig lachen und husten.

„Okay", sagte Karl und sog ein zweites Mal an, aber zaghaft und mit spitzen Lippen. „Du hast recht. Übel."

Als Marias Bronchien nicht mehr krampften, probierte sie es auch noch mal. Tatsächlich vertrug sie den Rauch besser, und in Ohnmacht fiel sie auch nicht.

„Wieder gut?", fragte Karl.

„Hm?"

Er deutete mit dem Daumen auf die Kneipe. „Weißt schon. Unsere Meinungsverschiedenheit."

Maria nahm einen weiteren Zug und blies den Rauch aus, der ihr Gesicht verhüllte. Gut, dann sah Karl ihr Siegerlächeln nicht. Süß, wie er den harten Macker herauskehrte, es dann aber nicht ertrug, wenn dicke Luft zwischen ihnen herrschte.

„Habe dir schon vergeben."

„Was?"

„Ich bin nicht mehr sauer auf dich."

Er rümpfte die Nase, wollte wohl sagen, dass er nichts getan habe, was vergeben werden müsse, entschied sich stattdessen aber für einen weiteren Lungenzug.

„Was ist eigentlich mit dir und Krapphut-Paffner?"

Karl verschluckte sich, hustete dann und schaute sie ungläubig an. „Bitte?"

„Ach, nur ein paar Gerüchte, dass dir die Treffen bei unserer neuen Polizeipsychologin gar nicht so gegen den Strich gehen, wie du jedermann glauben lässt."

In seinen Augen schien ein Schreckensbild das nächste zu jagen. „Sag mal, spinnst du?", rief er dann, so laut, dass die beiden anderen Raucher verstummten und sich zu ihnen herumdrehten.

Statt etwas zu sagen, sog sie an der Zigarette, musste aber das linke Auge zusammenkneifen, da ein Rauchkringel es streifte.

„Das hast du dir gerade ausgedacht, oder?"

Sie entschied sich, keinerlei Reaktion zu zeigen.

Er setzte einen Schritt auf sie zu. „Sag schon!"

Diese Eskalation hatte sie nicht erwartet, weswegen sie den Namen der Quelle – Gabriele Doppinger – unerwähnt ließ. Karls Verehrerin hatte sich nämlich besorgt an Maria gewandt, ob Krapphut-Paffner ein Auge auf Karl geworfen habe, weil er seine Termine bei ihr allesamt wahrnahm. Dies wiederum hatte Maria dazu verleitet, über diesen Umstand eingehender nachzudenken. „Ich wollte dich nur aufziehen", sagte sie, da Karl sie weiterhin anstarrte, als hätte eine dunkle Wesenheit von ihm Besitz ergriffen.

„Wage es nicht, so einen Käse zu verbreiten. Haben wir uns verstanden?"

Nee, die Drohschiene zieht nicht, mein Lieber!

„Sonst was?"

Er blinzelte und vergrößerte die Distanz zu ihr wieder, als hätte sie ihm eröffnet, sie sei eine Exorzistin.

„Also, ich … ich will nicht, dass du irgendwelche Gerüchte streust."

Keine Sorge, Karl – das erledigen bestimmt andere …

„Jetzt beruhig dich wieder, gibt's ja nicht! Mich über Julius ausflascheln, aber selbst gleich ausflippen."

„Sorry", murmelte er, sog ein letztes Mal an der Zigarette und drückte sie in einem vereisten Aschenbecher auf dem Fenstersims neben dem abgedeckten Tisch aus.

Maria tat es ihm gleich, dann schauten sie sich an.

„Lass uns wieder reingehen", sagte er und schritt an ihr vorbei.

Nach einem Seufzen und schicksalsergebenen Blick in den dunklen Nachthimmel, an dem Wolkenblöcke hingen wie angeschmiedet, folgte sie ihm und freute sich über die Wärme, die sich auf ihre tauben Wangen legte.

„Ein Radler.“ Karl sagte es dermaßen angewidert, als müsste er seine Lippen sofort mit Weihwasser reinigen.

„Muss noch fahren.“

„Hm. Stimmt.“

„Du auch, so fürs Protokoll.“

„Ja.“

„Dann sollte das auch *dein* letztes Bier sein.“

Er nickte geistesabwesend, ehe er Maria fixierte. „Wer hat das gesagt?“

„Hör auf.“

„Ich meine es ernst. Da ist nix zwischen dem Paffnerchen und mir.“

„Und wenn, wäre es auch nicht schlimm.“

Er erwiderte nichts darauf, sondern gönnte sich einen Schluck Bier.

„Wie ist es – abgesehen von der Pressekonferenz – bei dir denn heute gelaufen?“, fragte Maria, weil sie nach der soeben ausgelösten Sprengladung sicheres Terrain betreten wollte: die Arbeit.

„Ich war bei Florian Pressler und habe ihn zu früheren Partnern seiner Frau befragt. Wie sich herausstellte, hatte Constanze Pressler kurz nach dem Abitur einen Freund, der inzwischen der beste Kumpel von Florian Pressler ist.“

„Oh. Vielversprechend?“

Karl kratzte sich hinter dem rechten Ohr. „Der Typ heißt Robert Hohenfeld und ist ein IT-Freak, ähnlich unserem Benny.“

„In Bezug auf die angebliche Drohne würde das ja passen.“

„Das schon“, erwiderte Karl, seufzte aber. „Nur bezweifle ich arg, dass Hohenfeld etwas damit zu tun hat. Der wirkt ganz locker und lebt für seinen Job. Ein Motiv besteht überhaupt nicht.“ Er sah Maria an. „Um auf diesen Bernd Schwaiger zurückzukommen: Der scheint sich ja mit Technik und so weiter ebenfalls auszukennen. Und hat diese eingesetzt, um seine ehemalige Mitschülerin mit einem Sex-Video fertigzumachen.“

„Angeblich“, streute Maria an. „Man konnte ihm nichts nachweisen, auch wenn Linninger überzeugt ist, dass Schwaiger dahintersteckt."

Karl nickte. „Du bleibst da dran."

„Morgen steige ich dem Kerl auf die Zehen."

„Gut."

Im Anschluss erzählte Karl ein paar lustige oder skurrile Anekdoten aus jener Zeit, als Katrin Fischbach noch Teil des Ermittlungsteams gewesen war, ehe sie auf eigenen Wunsch ins Augsburger Morddezernat wechselte und eine Lücke hinterließ, die zu schließen Maria sich vorgenommen hatte.

„Jedenfalls", schwadronierte Karl weiter, „hat Katrin jeden Vormittag eine Lakritzstange gegessen, egal wo. Ihre Oma hat gemeint, das sei gesund, und Katrin hielt sich eisern an diesen Ratschlag. Einmal hat sie eine verdrückt, kurz bevor wir die Wohnung einer dringend tatverdächtigen Frau gestürmt haben."

Maria stellte sich vor, wie Fischbach sich, angetan in Schussweste, in der rechten Hand ihre Dienstwaffe, mit der linken Hand noch schnell eine Lakritzstange in den Mund stopfte, während die Mitglieder des SEK bereits mit dem torpedoförmigen Rammbock ausholten, um die Tür aufzubrechen.

Ein weiteres Schmunzeln entlockte ihr Karls Schwank über Clemens' halben Nervenzusammenbruch, weil dieser sich vor einem Interview Kaffee über die helle Stoffhose geschüttet hatte. Umgehend habe er vom Kamerateam gefordert, nur Oberkörper und Gesicht zu filmen – andernfalls drohe eine Anzeige wegen Lächerlichmachung eines bayerischen Beamten in Ausübung seiner Dienstpflicht.

„Gibt es diesen Strafbestand überhaupt?", fragte Maria leise lachend.

„Ich glaube nicht." Karl lachte ebenfalls und trank sein Bier aus.

Maria leerte das letzte Drittel ihres Radlers in einem Zug, da sie diesen Moment als guten Zeitpunkt einstufte, den gemeinsamen Abend zu beenden – bevor Karl sich befleißigte, wieder einen Zeitungsartikel über Genderwahn oder dergleichen zu lancieren.

Sie stand auf, was Karl zu überraschen schien. „Du musst los?"

„Es ist kurz nach zehn. Mein Bett ruft. War ein anstrengender Tag."

„Ähm", sagte er und schaute zu Inge, die seinen Blick jedoch nicht auffing, weil sie an der Kasse stand und etwas eintippte. „Ich begleite dich nach draußen."

„Du bleibst noch?"

„Ein Bierchen. Und bisschen mit Inge quatschen."

„Aber ein alkoholfreies."

„Klar."

„Du hast schon zwei gehabt."

„Ich weiß. Alkoholfrei, Mama. Versprochen."

Maria schnaubte, dann zückte sie ihren Geldbeutel, was Karl mit konsterniertem Blick verfolgte.

„Wir haben um *ein* Bier gewettet", erklärte sie, „nicht um zwei."

Er schaute flehend zur holzvertäfelten Decke. „Jetzt werd' aber nicht albern. Wehe, du legst mir jetzt Geld auf den Tisch."

Zögernd steckte Maria das Portemonnaie zurück in die Gesäßtasche. „Okay, dann vielen Dank."

„Gerne."

Maria winkte Inge, die gerade aufsah. „Bis zum nächsten Mal. Der Karl zahlt, bleibt aber noch ein bisschen. Und er hätte noch gern ein alkoholfreies Helles!"

Inge reckte einen Daumen nach oben.

„Danke für deine Fürsorge", brummte Karl angesäuert.

„Gerne doch."

Draußen atmete er tief ein und blickte teils griesgrämig, teils verträumt in den Nachthimmel, ein seltsamer Gesichtsausdruck, der für Marias Dafürhalten seine innere Zerrissenheit widerspiegelte.

„Hoffentlich bringt dieser ganze Medienscheiß was", brummte er und stopfte die breiten Hände in die Seitentaschen seiner Jeans.

Maria zog den Reißverschluss ihrer Jacke zu. „Ach, das wird schon."

Er nickte wenig überzeugt. „Mal sehen. Ähm, ich werde morgen die Stellung im Dezernat halten, denn ein paar Anrufe werden sicherlich reinkommen. Falls du Hilfe brauchst, melde dich."

„Das bekomme ich schon hin."

„Das weiß ich. Aber falls du einen Durchsuchungsbefehl für diesen Bernd Schwaiger brauchst, dann kläre ich das mit Jakob."

„Okay. Aber ich versuche es erst mal auf die nette Tour."

Er nickte, schien noch etwas sagen zu wollen, beschränkte sich aber lediglich auf ein „Also dann, bis morgen", wandte sich ab und zog die Tür zum Fieberwahn auf. Dann war er verschwunden.

Maria erinnerte sich an ein vergangenes Treffen im Fieberwahn, als sie anschließend das Bedürfnis verspürt hatte, etwas Trauriges zu zeichnen. Diese Regung stellte sich heute nicht ein. Dennoch legte sich eine Schwere auf ihr Herz, während sie zu ihrem Auto schritt. Würde Karl diesen tief vergrabenen Kummer jemals freilegen und bewältigen können? Könnte ihm Frau Krapphut-Paffner tatsächlich dabei helfen? Oder würde er bis an sein Lebensende an seine verschwundene Frau denken und leiden? Angenommen, das würde ihn nach seiner Pensionierung immer noch martern – wie würde er das ohne seine geliebte Arbeit aushalten?

Sie stellte sich vor, wie er jetzt allein am Tisch hockte und an seinem alkoholfreien Bier nippte.

„Ach, Karl …", murmelte sie, stieg ein und fuhr nach Hause.

KAPITEL NEUN

„DU KANNST IM WAGEN BLEIBEN, wenn dir das lieber ist", sagte Maria. Der angestrebt mitfühlende Klang gab leider unter der Belastung ihres Unmuts nach, der sich, seit sie Clemens abgeholt hatte, Sekunde für Sekunde steigerte.

Vorsichtig stülpte Clemens das letzte Taschentuch aus seiner Packung über die Nase und beehrte es lautstark. Anschließend beförderte er es mit spitzen Fingern in den eigens mitgebrachten Müllbeutel, der im Fußraum lag. „Nein, nein", näselte er krächzend, was klang, als würde er für eine veränderte Adaption von Hänsel und Gretel üben, bei der die Kinder Lebkuchen und alle weiteren Süßigkeiten verweigerten und die Hexe sich darob vor lauter Zorn die Kehle wundschrie. „Ich komme mit, um dich zu unterstützen."

Wieso bist du nicht einfach im Bett geblieben, du Depp?

Aber nein, das Pflichtbewusstsein des strahlenden Ritters Clemens Dillhager war stärker als jede körperliche Beeinträchtigung, sodass er sich heute selbst aus dem Krankenstand zurück in den aktiven Dienst befördert hatte. Oder er hielt es daheim mit Frau und Kind keine Minute länger aus?

„Na, dann los", brummte Maria und stieg aus dem Wagen. Sie parkte direkt am mittleren der neunstöckigen Kolosse am Stutenanger. Zusammen beherbergten diese fast vierhundertfünfzig Wohneinheiten. Ein Bekannter ihrer Eltern hatte hier mal gelebt, und sie erinnerte sich, wie hässlich und heruntergekommen sie die Mietskasernen in Erinnerung hatte. Diese Erinnerung deckte sich nicht mehr mit der Realität: Inzwischen waren die Gebäude saniert und sahen trotz ihrer Größe einladend aus, was vor allem am frischen Weißanstrich mit beigen Farbelementen lag.

Wahrscheinlich lebt es sich hier viel moderner als in dem Altbaukomplex, wo ich hause …

Ein brachiales Niesen riss sie aus ihren Gedanken.

Clemens, die Unterarme auf das Autodach gebettet, sah sie aus tränenbedrängten Augen an und bemühte sich um ein Hey-keine-Sorge-mir-geht-es-prächtig-Lächeln. Seine Nase, die so rot leuchtete wie der Not-Aus-Knopf eines Förderbandes, sprach eine andere Sprache. „Ich weiß, ich bin nicht zu hundert Prozent fit, aber trotzdem einsatzbereit", sagte er, als nötigte ihn irgendetwas dazu, dies zu verbalisieren.

Maria ermahnte sich, freundlicher dreinzuschauen, und ging los. „Schwaiger wohnt am Stutenanger 8, und das müsste …"

„… das linke Gebäude sein." Clemens überholte sie mit ausgreifenden Schritten. „Ich bin im Bilde. Noch gestern Abend habe ich deine Berichte gelesen."

„Super."

Ihren Sarkasmus ignorierend, sagte er: „Hast du inzwischen auch von zuhause aus Zugang zum Infoportal?"

„Habe ich bis jetzt nicht gebraucht."

„Das hat mir gestern geholfen. Sonst wüsste ich heute nicht so gut Bescheid."

Maria bestätigte mit einer gemurmelten Silbe, von der sie selbst nicht wusste, was sie bedeuten sollte.

„Technisch auf dem neuesten Stand sein und auch die persönliche Lernkurve nie vernachläss…" Schlagartig krümmte Clemens sich und hustete zum Gotterbarmen.

Sein schlaues Gefasel bis dato ließ Marias Mitleid noch weiter abstürzen, sodass sie lässig vorbeiging, sich nach einigen Metern herumdrehte und wartete.

Eine Frau mit Zwillingskinderwagen, in dem Maria zwei am Schnuller nuckelnde Babymünder sah, steuerte in weitem Bogen um Clemens herum und beäugte ihn dermaßen argwöhnisch, als würde er Ebola-Erreger in die Luft röcheln.

Endlich erholte Clemens sich und steckte sich ein Lutschbonbon in den Mund.

„Besser?“

Er nickte, atmete durch. Langsam nahm sein puterrotes Gesicht wieder einen normaleren Farbton an. „Boah, scheiß Erkältung. Aber ich bin fit, keine Sorge.“

„Hast du bereits betont. Trotzdem: An deiner Stelle hätte ich mich auskuriert.“

Er winkte so energisch ab, als hätte Maria ihn aufgefordert, absichtlich in einen Pferdeapfel zu treten. „Ich habe gestern im Fernsehen den Presseaufruf gesehen“, sagte er getragen, „und habe sofort kombiniert, dass die Ermittlungen feststecken. Karl hätte dem sonst nie zugestimmt.“ Mit überzeugtem Blick schloss er zu Maria auf. „Ich will euch unterstützen. Keine weitere Diskussion. Zu zweit bei Schwaiger aufzukreuzen, schindet mehr Eindruck, als wenn du allein bei ihm anklopfen würdest.“

„Joa“, meinte Maria nur, bezweifelte aber, dass Schwaiger sonderlich beeindruckt wäre, wenn aus einer Ermittlernase fortwährend Rotz tropfte. Clemens förderte eine frische Tempopackung aus der grauen Fleecejacke, die wahrscheinlich mehr wert war als Marias Punto, und beehrte das jungfräuliche Taschentuch mit seinen nasalen Ausflüssen.

Maria entschied, dass der Bogen, den die Frau mit dem Kinderwagen um Clemens geschlagen hatte, eine gute Idee gewesen war, und vergrößerte den Abstand zu ihm durch einen Seitschritt: Auf eine neuerliche Erkältung konnte sie gut verzichten.

Als sie die Klingeln erreichten, die sich über- und nebeneinander reihten wie Spielsteine in einer überdimensionierten Vier-Gewinnt-Wand, platschten dicke Regentropfen vom Himmel.

Hinter Maria der Schrei eines Kindes, als wäre Regen sofort tödlich. Sie wandte den Blick über die Schulter und sah einen Mann, der sein Kind von einem Klettergerüst fischte, in einen Buggy setzte und im Laufschritt davonsauste.

„Wir bleiben mit unserer Tochter auch bei schlechtem Wetter draußen", sagte Clemens. „Stärkt das Immunsystem."

Maria beugte sich nach vorne und ließ den Blick suchend über die Klingelschilder schweifen. „Da ist er ja."

„Zusammen mit ausgewogener Ernährung beugt man dadurch Asthma vor."

Maria presste die Lippen zusammen, während die Spitze ihres Zeigefingers über der richtigen Klingel schwebte. Clemens bezüglich seiner Expertise für was auch immer einbremsen zu wollen, scheiterte in neun von zehn Fällen. Dennoch ging er ihr auf die Nerven wie selten zuvor.

Etwas Fieses mit borstigen Stacheln und Teufelshörnern kroch aus einer dunklen Ecke und knurrte, Maria solle Clemens nach Theresa fragen. Theresa, Wallners Sekretärin, die knapp dem Tod entronnen war. Die ihre Hand nach Clemens ausgestreckt hatte, während die Sanitäter sie in den Krankenwagen luden. Die sicher nicht abgeneigt wäre, mit Clemens in Kontakt zu bleiben. Bestimmt hatte er sie mal im Krankenhaus besucht.

Er würde stammeln, rot anlaufen, sich dann verzweifelt verteidigen. Die Frage würde ihn treffen, ganz tief, bis ins Mark. Maria legte sich bereits die Tonlage zurecht, mit der sie diese Frage äußern würde, ein Mix aus beiläufig und unterschwellig boshaft. So in der Art, als suggerierte Maria, dass Clemens Theresa bei seinem Besuch im Krankenhaus nach dem Erkundigen über ihr Wohlbefinden als Zugabe auch gefickt hatte.

Dann wäre ich kein Deut besser als Karl. Nein: Ich wäre schlimmer als er, viel schlimmer! Karl bellt sofort und ohne Hintergedanken, während mein Plan gemein und kleinlich ist. Ich würde Karls High Score auf der Stinkstiefel-Skala locker toppen.

„Wieso klingelst du nicht?“

Maria atmete angestrengt, schubste das Borstig-Fiese zurück ins Dunkel und presste den Zeigefinger auf den Knopf.

„Ja?“, kam es aus dem Lautsprecher.

„Dillhager und Strobl, Kripo München. Wir haben vor gut einer Stunde telefoniert.“

Der Aufzug entließ sie in einen hellen Gang mit Fliesen in dezentem Grau. An dessen Ende öffnete sich eine Tür, durch die ein Mann trat, dessen schlaksige Erscheinung nur der Stehbauch konterkarierte, der das dunkelblaue T-Shirt wölbte. Der Druck zeigte purpurfarbene Tentakel, die eine weibliche Manga-Figur bedrängten. Dass unter dem zu kurzen Rock der Schuluniform der weiße Streifen eines Unterhöschens hervorblitzte, bescherte Bernd Schwaiger einen jähen Absturz auf Marias Sympathie-Skala.

„Guten Tag, Herr Schwaiger“, sagte sie und blieb stehen. „Ich heiße Maria Strobl, und das hier …“ – sie deutete auf Clemens, der sich neben sie stellte – „… ist mein Kollege, Oberkommissar Clemens Dillhager.“

Die Augen unter der rundglasigen, dicken Brille taxierten Clemens nur kurz, ehe sie auf Maria zu ruhen kamen. Schwaiger besaß ein rundes, fleischiges Gesicht, was sich nur schlecht mit den reisigdürren Ärmchen vertrug. Sein Kopf mit den grau gerahmten Geheimratsecken wirkte dadurch unnatürlich groß. „Dienstausweise, wenn ich bitten darf, ja?“, forderte er, seine Stimme unerwartet tief und mit bayerischem Akzent. Er nickte, nachdem er sie eingehend betrachtet hatte. „Scheinen in Ordnung zu sein“, meinte er, als hätte er zwei Hochstapler erwartet. „Sogar Mordkommission.“ Leicht geweitete Augen – vor Erstaunen? Vor Furcht? Wenn ja, wieso lächelte er dann?

Maria vermittelte sich der Eindruck, dass Mutter Natur bei Schwaiger das Vorhaben gefasst hatte, verschiedene Attribute in einem Menschen zu vereinen, die in Summe nicht zusammenpassten. Die Diskrepanz zwischen Teenie-Mangashirt und grau durchschossenem Haar verstärkte dieses Gefühl. Der Typ war in Linningers Alter, schien aber irgendwo zwischen Jugend und Erwachsenwerden steckengeblieben zu sein. War das ein Anzeichen auf ein gestörtes Innenleben? War er unberechenbar? Manipulativ? Aggressiv und gleichzeitig schüchtern?

Maria unterband ihre Mutmaßungen. Versteifte man sich auf Vorurteile, vernebelte dies die Sicht auf andere Hinweise.

An die Fakten halten, wehte Katrin Fischbachs Lieblingssatz durch ihren Kopf.

Clemens setzte einen Trippelschritt nach vorne und pflanzte sich vor Schwaiger auf wie ein Schutzgeldeintreiber der Camorra. „Wo waren Sie vorgestern zwischen drei Uhr und sechs Uhr morgens?"

Maria bannte den Ärger, der ihr in die Wangen rauschte, nur mit Mühe aus ihrer Mimik. Wieso preschte Clemens denn so voran?

Auch wenn sie Schwaiger nicht einordnen konnte, flüsterte ihr Instinkt, dass er auf dicke Ermittlerpose und Drohgebärden nicht anspringen würde.

„Wieso haben Sie überhaupt geklingelt und nicht gleich meine Tür eingetreten?" Schwaiger verschränkte die Unterarme vor der Brust, was Maria vorkam, als dienten sie als behaarte Dachsparren für den Spitzbauch.

Irgendetwas in ihr hatte Mühe, Schwaiger richtig zu fassen, ihn zu analysieren, deswegen generierte ihr Hirn wohl derart seltsame Bilder.

„Äh, wie bitte?" Clemens' Auftritt des Hard-boiled-Ermittlers bekam umgehend Risse.

„Sind Sie in Eile oder wieso legen Sie gleich so los?" Schwaiger bedachte Maria mit einem fragenden Blick. „Oder ist er neu und deswegen übermotiviert?"

So ungern Maria das zugab – sie zollte Schwaiger Respekt für den Konter. Ein Blick auf den Slip der Manga-Figur reichte allerdings, um wieder in der Fahrrinne *Kollisionskurs* dahinzudampfen – nur nicht so plump und dämlich wie Clemens.

„Sie haben geschlafen", sagte Maria und hätte Clemens am liebsten gegens Schienbein getreten, weil er die glanzlose Chinakopie eines Karl Seitz abgab. Sicher konnte man Karl unsympathisch finden, ätzend oder gar zum Kotzen. Doch niemand, der von Karl verhört und in die Ecke gedrängt wurde, hatte sich bislang über ihn lustig gemacht.

Was war nur mit Clemens los? Kommandierte seine Frau ihn daheim ständig herum, sodass er sein unterdrücktes Ego während der Arbeit entfalten musste?

Schwaiger nickte knapp. „Wie wohl die meisten Leute um diese Zeit."

Maria öffnete den Mund.

„Und nein", kam Schwaiger ihr zuvor, „niemand kann das bezeugen. Ich lebe allein. Nun, abgesehen von meinen beiden Meerschweinchen. Aber die können nicht reden."

„Komisch, meine schon", sagte Maria, woraufhin Schwaiger sie mit einem schmalen Lächeln bedachte.

„Um es kurz zu machen: Egal wer tot ist – ich war's nicht."

„Haben Sie gestern nichts vom Aufruf der Münchener Polizei im Fernsehen und in den sozialen Netzwerken mitbekommen?"

Schwaiger kräuselte Nase und Mund, als hätte Maria ihn gefragt, ob er gerne Regenwürmer verspeise. „Da habe ich Besseres zu tun."

„Und was?"

„Wie meinen Sie das?"

Maria ließ ihren Blick keinen Moment lang sinken, suchte im Gesicht ihres Gegenübers nach Spuren von Nervosität. „Womit bestreiten Sie Ihren Lebensunterhalt?"

Schwaiger stopfte die Hände in die Taschen seiner dunkelgrauen Baumwolljogginghose. Eine Geste, die verriet, dass er etwas verbergen wollte?

„Online-Poker."

„Was?", rief Clemens aufgebracht.

„Poker“, wiederholte Schwaiger gelassen. „Full House, River, Flop, Small Blind, Big Blind und so weiter. Schon mal von gehört?“

„Pah! Sie wollen uns nicht ernsthaft erzählen, dass Sie den ganzen Tag Poker spielen und damit genug Geld verdienen, dass ...“

„Doch.“

„Sorry, Herr Schwaiger – *das* möchte ich gerne mit eigenen Augen sehen!“

Ein lautes Piepen kam aus Schwaigers Wohnung. Er blickte über die Schulter, als hätte ihn das Geräusch erschreckt. „Spülmaschine“, sagte er dann lächelnd. „Ja, also, wenn Sie wollen, dann kann ich Ihnen das gerne zeigen.“ Er trat beiseite und wies zur offenen Tür. „Bitte, nach Ihnen. Kommen Sie“, sagte er mit mehr Nachdruck, als könnte er es mit einem Mal kaum erwarten, dass Polizisten seine Wohnung untersuchten. „Ich habe nichts zu verbergen.“

Hinter Maria öffnete jemand eine Tür. Sie drehte sich herum. Eine ältere Frau beugte sich in den Gang. Aus ihrem Kopftuch hingen Strähnen aschgrauen Haars wie Fäden aus einem zerfransten Strick. „Was ist denn das für ein Lärm, Himmelherrgottsakrament!“ Trotz ihres Alters wirkte ihr Blick, der nun zwischen Schwaiger, Maria und Clemens pendelte, wach – und erbost.

Clemens wandte sich ihr zu. „Wir unterhalten uns lediglich.“

„Jetzt kommen Sie schon“, drängte Schwaiger.

„Aha?“, meinte die Alte. „Der kriegt sonst nie Besuch.“

„Wir sind von der Polizei.“ Clemens hielt ihr seinen Dienstausweis vor die Nase.

Sie kniff die Augen zusammen, und Nase und Wangen bekamen faltige Kräusel. „So? Des wundert mich ned.“ Ihr Blick heftete sich auf Schwaiger. „I wusst scho immer, dass mit Ihnen was ned stimmt!“

Schwaiger seufzte.

„A ganz komischer Kauz sind Sie“, sagte die Alte grimmig und schaute Maria wissend an. „Was hat er ausgefressen?“

„Wir reden nur mit Herrn Schwaiger. Ausgefressen hat er überhaupt nichts. Und selbst wenn, ginge Sie das nichts an. Bitte gehen Sie zurück in Ihre Wohnung.“

„Nix ausgefressen? Dass ich ned lach! Mit Sicherheit verkauft der Drogen oder so. Der schleppt ständig dutzendweise so kleine Packerl zur Post. Des sollten Sie sich *unbedingt* mal ansehen.“

Maria sah die Alte nur auffordernd an, woraufhin diese – dem Herrgott sei Dank – keine weiteren wilden Theorien verbreitete, sondern sich zurückzog. Nur die laut zuknallende Tür setzte ein letztes Statement.

„Isabell Freilitz“, sagte Schwaiger angesäuert. „Stasi, Anklägerin und Richterin in einer Person.“

„Verstehe.“ In der Straße ihrer Eltern spielte diese Rolle ein verwitweter und zur Freude seines ehemaligen Kollegiums seit vier Jahren pensionierter Gymnasialdirektor. Sie hatte dessen Beschwerden wegen angeblicher Ruhestörungen und unsachgemäßer Mülltrennung bereits des Öfteren hautnah erlebt, auch, weil der Herr Direktor a. D. sich nicht entblödete, in die Mülltonnen der Nachbarn zu blicken.

Gefolgt von Clemens betrat Maria die Wohnung von Bernd Schwaiger. Vom quadratischen Empfangsbereich aus fiel ihr ein Zimmer auf, wahrscheinlich das Schlafzimmer, denn durch die offene Tür sah sie ein Bett und davor mindestens ein Dutzend Kartons und geschätzt dreißig oder vierzig Versandtaschen.

„Mein zweites Standbein“, erklärte Schwaiger, nachdem er die Wohnungstür geschlossen hatte. „Onlinehandel mit T-Shirts.“ Er tippte auf die Mangafigur, die seine Brust zierte. „Falls Sie gerne eines hätten …“

„Danke, verzichte.“

„Wie Sie meinen. Ist aber Topqualität direkt aus Yiwu.“

„China?“, fragte Maria.

„Ja.“ Schwaiger strahlte. „Dort ist der größte Basar der Welt mit über achtzigtausend Geschäften. Man bekommt dort alles – auch T-Shirts."

„Sie importieren billig und verkaufen teuer."

„Klar, obwohl teuer relativ ist. Im Gegensatz zu anderen Anbietern sind meine Shirts Schnäppchen."

So viel zu Isabell Freilitz' Theorie, dass Schwaiger Drogen vertickt …

Um sicherzustellen, dass dieser Vorwurf so haltlos war, wie Maria dies glaubte, fragte sie: „Dürfte ich rasch in die Kartons und Päckchen schauen?"

„Nur zu."

Nach einer halben Minute verschwendeter Lebenszeit – mit Mangafiguren bedruckte T-Shirts in Blau, T-Shirts in Schwarz, T-Shirts in Grün oder auch Pink –, verließ Maria das Schlafzimmer: „Und wo spielen Sie Online-Poker?"

Schwaiger öffnete eine Tür, und sie betraten das Wohnzimmer – oder eben jenen Raum, der vom Architekten als Wohnzimmer geplant worden war.

Zwar gab es Couch und Flat-Screen, als zentrales Element aber fungierte ein breiter, massiver Tisch, den Schwaiger wohl aus dem Bestand eines Großraumbüros erworben hatte. Das Monstrum beherrschte mehr als ein Drittel der Fläche. Darauf standen mehrere Monitore, doch die Bildschirmschoner waren aktiviert, sodass Maria nichts sah. In einer Ecke türmten sich zudem weitere Versandtaschen.

Schwaiger beugte sich über den Tisch und bewegte die Maus. Ein Bildschirm zeigte eine Pokerpartie, allerdings nicht online, sondern analog. An einem Tisch saßen Männer mit Sonnenbrillen, aber auch eine Frau mit welligem Haar und Smoking, die zumindest durch ihren Habitus aus der Männerriege herausstach.

„Quasi eine Fortbildung", meinte Schwaiger, da Maria ein paar Sekunden lang zuschaute.

„Ist das live?"

„Nein. Eine Aufzeichnung des WSOP aus dem Jahr 2006 in Las Vegas."

„Was geschah da?“

Schwaiger deutete auf einen unscheinbaren Mann in schwarzem Hoodie und Basecap. „Das ist Jamie Gold. Er gewann damals zwölf Millionen Dollar – als Amateur.“

Clemens verschränkte die Arme vor der Brust und schaute Schwaiger mitleidvoll an. „Große Träume.“

„Die braucht man doch, oder?“

„Von großen Träumen zu den kleinen, aber dunklen Schatten Ihrer Vergangenheit“, sagte Maria da.

Schwaiger versteifte sich, da er offenbar ahnte, worauf Maria anspielte. Die Aussage von Isabell Freilitz, Schwaiger sei ein komischer Kauz, würde Maria unterstreichen. Das täuschte aber nicht über die Tatsache hinweg, einem intelligenten Mann gegenüberzustehen, selbst wenn sein äußeres Erscheinungsbild suggerierte, er wäre haarscharf an einem Hartz-IV-Dasein vorbeigeschrammt. Vielleicht förderte er diese Einschätzung sogar willentlich, um nicht aufzufallen.

„Das ist lange her“, sagte er. „Und man konnte mir nichts nachweisen.“ Seine Zungenspitze wischte über die Unterlippe, und er sah kurz zur Seite. „Aber deswegen sind Sie nicht hier, oder?“

„Vielleicht doch?“

Schwaiger schluckte, bewahrte aber Schweigen.

„Es geht eher ganz allgemein um Ihre … Neigung, mehr am Privatleben Ihrer Mitmenschen teilzuhaben, als man allgemeinhin mit dem Wort *privat* assoziiert.“

„Also, ich … ich verstehe diese Anspielung irgendwie nicht.“

Maria lächelte, halb nachsichtig, halb siegessicher. „Ich habe gestern mit einem alten Freund von Ihnen gesprochen, und der erwähnte im Zuge dessen Ihren Namen.“

„Keinen Schimmer, wen Sie meinen. Ich lebe seit Jahren äußerst zurückgezogen, weil ich …“ – Kopfzeichen zu den Monitoren – „viel zu tun habe. Ein-Mann-Unternehmen sozusagen.“ Er lachte, was ähnlich künstlich klang wie das vom Band eingespielte Gelächter in amerikanischen Sitcoms.

„Bitte verkaufen Sie mich nicht für dumm. Georg Linninger – klingelt da was?"

Ja, tat es, denn der Bereich um Schwaigers Nase nahm eine wächserne Blässe an. Innerlich jubilierte sie. Sie hatte den Riss gefunden, um Schwaigers selbstsicheres Auftreten zu brechen.

„Ach, der Georg … Mei, des is' lang her."

„Bitte tun Sie nicht so überrascht."

Er rieb sich über den Mund, dann atmete er hörbar aus. „Ich habe ihn wirklich seit einer halben Ewigkeit nicht mehr gesehen. Also …" – er mimte den angestrengt Nachdenkenden – „… ja, wohl seit dem Abi nicht mehr."

„Was der Georg in letzter Zeit fabriziert hat, haben Sie aber schon mitbekommen?"

Ein gegrunztes Lachen von Clemens, während Schwaiger Daumen und Zeigefingerkuppe der rechten Hand gegeneinander rieb. „Nun …"

„Oder haben Sie seine bestialischen Morde genauso verpasst wie gestern die Sondermeldung der Münchener Polizei?"

Schwaiger warf den Blick zu seinen Pantoffeln, über deren Spitzen sich in flammenden Lettern der Schriftzug *Saber Rider* zog. „N-natürlich habe ich gehört, was Georg getan hat." Er sah wieder auf, seine Mimik erwartungsvoll, als erhoffte er von Maria Vergebung für sein ärmliches Schauspiel wenige Sekunden zuvor.

Ich bin auf Kurs, dachte Maria. *Jetzt nur nicht zu forsch, sondern Stück für Stück weiterwühlen.*

„Sie lügen, Herr Schwaiger."

Röte stieg ihm den Hals hinauf wie Hydrauliköl in einem Kolben. „Aber …"

„Sie haben Herrn Linninger sehr wohl nach dem Abitur gesehen – und zwar *mindestens* einmal."

Schwaiger ließ die Schultern hängen, die Röte floss übers Gesicht bis in die Geheimratsecken.

„Er hat Ihnen Gewalt angedroht, nachdem er Ihre Kamera in seinem Haus entdeckte: im Wohnzimmer, verborgen zwischen Fensterbrett und Heizkörper."

„D-dafür haben Sie keine Beweise."

„Linninger pocht darauf, dass Sie es waren."

„Georg ist … ist ein *Killer!* Sie glauben dem?"

„Nach der Sache mit Sarah Zatocil damals – ja."

„Keine Beweise", wiederholte Schwaiger mit schwacher Stimme, seine letzte Schutzzone.

Fest sah sie ihn an.

„Selbst wenn", murmelte er. „Es gab keine Anzeige."

„Weiß ich."

„Und was … was wollen Sie dann von mir?"

„Ich möchte wissen, ob Sie Linninger trotzdem ausspioniert haben."

„Nein!"

„Sie hatten also keine weiteren Kameras in seinem Haus installiert?"

„Wirklich nicht! Ich schwöre es!"

Maria lächelte schmallippig. „Haben Sie gerade indirekt zugegeben, für die erste Kamera verantwortlich zu sein?"

Schwaiger wich zurück, sein Blick flog zwischen Maria und Clemens hin und her.

„Raus mit der Sprache!", blaffte Clemens.

Schwaigers Gesichtszüge, die vorher damit beschäftigt gewesen waren, immer weiter zu entgleisen, festigten sich unvermittelt. „Ich möchte, dass Sie meine Wohnung verlassen. Sie haben keinen Durchsuchungsbefehl."

Maria hätte Clemens am liebsten sein gegeltes Haar angezündet. Wieso hielt er nicht einfach die Fresse?

Doch sie beherrschte sich, denn wenn sie Clemens jetzt anfuhr, könnten sie das Ganze sofort abbrechen.

Klein beizugeben erachtete sie aber trotzdem als falsch. „Natürlich können wir das Gespräch auf diese Art und Weise beenden", sagte Maria. „Aber dann kommen wir wieder – *mit* Durchsuchungsbefehl. Und dann stellen wir die ganze Bude auf den Kopf." Sie schaute zu den Monitoren. „Und nehmen alles mit, was mit Strom läuft – abgesehen von

Kühlschrank, Herd und der Wärmelampe für Ihre Meerschweinchen."

Das Rot in Schwaigers Wangen sackte nach unten. Zurück blieb eine kränkliche Blässe. „Was soll ich denn getan haben?"

„Jemand hat in Georg Linningers Haus eine Frau gepfählt, und zwar kurz nachdem wir ihn festgenommen haben. Dieser Jemand wusste also mit *sehr hoher* Wahrscheinlichkeit darüber Bescheid, was Linninger in seinem Keller getrieben hat."

Schwaiger atmete langsam und – wie Maria glaubte – erleichtert aus. „Jetzt verstehe ich: Sie vermuten, ich habe ihn die ganze Zeit beobachtet. Und als der Weg frei war, weil sie ihn gefasst hatten, habe ich die Gunst der Stunde genutzt." Er hob die Augenbrauen. „Das glauben Sie wirklich?"

„Was ich glaube oder nicht, spielt keine Rolle. Relevant ist allein die Tatsache, dass Sie Linninger kennen, das Privatleben anderer Leute ausspionieren und in der Vergangenheit nicht davor zurückgeschreckt sind, pikante Details ins Netz zu stellen. Sehe ich das richtig?"

Maria konnte sich gerade noch zurückhalten, den Nickname *Fireball* ans Ende der Frage zu hängen. Dass sie zumindest *einen* Namen kannte, unter dem Schwaiger sich im Netz bewegte, durfte sie ihm nicht unter die Nase reiben. Erst müsste Benny dessen virtuellen Spuren finden und sichern. Falls es die überhaupt gab. Vielleicht benutzte er inzwischen auch ganz andere Nicknames. Nun ja, würde sich zeigen.

Schwaiger presste die Lippen zusammen, schaute erst nach links zum Balkon, dann zur Tür, als dächte er über einen Fluchtweg nach. „Hören Sie", sagte er schließlich. „Selbst wenn ich damals Dinge getan habe, die … moralisch nicht ganz astrein waren, kümmere ich mich inzwischen einzig und allein um *mein* Leben. Denn zu tun habe ich, wie Sie sehen können, genug."

„Könnte alles nur Show sein", warf Clemens ein, der erste Kommentar, für den Maria ihm nicht umgehend Schmerzen zufügen wollte. Sie dachte nämlich dasselbe.

„Dreihundert T-Shirts im Schlafzimmer als falsche Fährte?",

fragte Schwaiger ungläubig. „Da hätten es fünfzig auch getan, oder nicht?"

Maria hätte beinahe gelacht, riss sich aber zusammen. „Sie versichern uns also, das Privatleben anderer Menschen Privatleben sein zu lassen?"

„Ja."

„Gut", sagte sie. „Wir werden das überprüfen. Vorerst sind wir fertig."

„Ich schwöre es." Schwaiger hob die Hand.

„Schon gut. Auf Wiedersehen, Herr Schwaiger."

„Ich hoffe nicht auf ein Wiedersehen, wenn ich ehrlich bin."

„Wird sich zeigen." Ein letzter finsterer Blick für Schwaiger, dann verließ Clemens das Wohnzimmer.

„Viel Glück beim Pokern", sagte Maria und folgte ihm hinaus.

Auf Höhe von Isabell Freilitz' Wohnung meinte sie, Schwaigers Spülmaschine abermals piepen zu hören.

„Dieses Geräusch kann ich nicht ausstehen." Lachend sah Clemens zu Maria, da er offenbar erwartete, dass sie einstimmte.

„Wir müssen reden", erwiderte sie nur.

„Äh, okay."

„Unten."

KAPITEL ZEHN

Maria nickte, obwohl Benny das am Telefon ja nicht sah, wie ihr in diesem Moment aufging. Daher sagte sie: „Genau – je schneller, desto besser."

„Du kannst dir ungefähr ausmalen, was ich alles zu tun habe, oder?", kam es für Bennys Verhältnisse, wenn sie mit ihm redete, geradezu wütend aus dem Handy.

„Kann ich. Bitte", fügte sie hinzu, da ein bisschen Honig Benny in der Regel auf jenen Kurs schwenken ließ, den Maria vor Augen hatte.

Ein Seufzen. „O Mann." Nochmals seufzte er. „Ich wollte das eigentlich erst morgen oder so machen. Ist das mit dem Schwaiger echt dermaßen wichtig? Karl hat mir auch was aufgetragen."

„Der hat jetzt eine SoKo für seinen Fall. Deswegen kannst du mein Anliegen vorziehen."

„Ist das mit ihm abgesprochen?"

„Kläre ich."

„Na gut."

„Ich möchte nicht riskieren", sagte Maria, „dass Schwaiger doch mit drinsteckt und nach unserem Gespräch gerade eben genug Zeit hat, Spuren im Netz zu verwischen oder gleich ganz zu beseitigen."

Benny stieß eine Mischung aus Seufzer und Brummlaut aus. „Ich habe dafür was gut bei dir.“

„Leberkässemmel fällt ja aus. Was stellst du dir denn vor?“

Mein Gott, wie blöd kann man nur sein? Jetzt hast du ihm Tür und Tor geöffnet!

„Wie wär's, wenn wir ...“ Seine Stimme wurde leiser, verstummte dann ganz. Erst nachdem er durchgeatmet hatte, sprach er weiter: „Wenn wir zusammen einen Kaffee trinken gehen?“

In den meisten Computerspielen konnte man, falls man starb, von einem früheren Speicherpunkt aus wieder ins Spiel einsteigen, um die Aufgabe besser zu lösen. Wäre das im realen Leben möglich, hätte sich Maria jetzt mit ihrer Dienstwaffe erschossen.

Die Augen zusammengekniffen, dachte sie fieberhaft nach, wie sie da wieder herauskäme. Ihr Einfall war weder überzeugend noch geistreich, aber etwas Besseres hatte sie auf die Schnelle nicht parat: „Wenn ich wieder im Büro bin, bekommst du von mir einen mindestens so guten Cappuccino, wie du mir immer einen machst.“

Er schwieg, weil er natürlich nicht einen Kaffee aus dem Vollautomaten in der Büroküche im Sinn hatte.

Maria presste die Finger fester ums Handygehäuse und die Wärme böser Vorahnung in ihren Wangen steigerte sich bereits zu unangenehmer Hitze. Gleich würde er sie um ein Treffen in einem Café bitten – dann wäre die Siedetemperatur nicht zu überbietender Peinlichkeit erreicht.

„Ha, das ist doch eine Idee!“, rief er plötzlich.

„Äh ...“

„Sorry, Gedankensprung.“ Bennys Stimme hatte den Ballast abgeworfen und klang wie immer.

Innerlich seufzte Maria auf. Gut, dass es Benny offenbar ebenfalls zu peinlich wurde. Lieber eine Vollbremsung, um die nächste Abzweigung zu nehmen, als mit vollem Karacho gegen jene Betonwand zu fahren, die Marias Grenze zwischen kollegialer Freundschaft und wirklicher Zuneigung symbolisierte.

„Und was hat dieser Gedankensprung ergeben?", fragte Maria, als ihr auffiel, dass sich nun das Schweigen wegen ihr dehnte.

„Ich sollte Linningers Haus, insbesondere den Keller, nochmals unter die Lupe nehmen."

Sie spürte das Fragezeichen, das sich in ihre Stirn meißelte, und Benny merkte es offenbar auch: „Kameras."

„Ach, jetzt checke ich's!"

„Nach Überwachungstechnik haben wir Linningers Gemäuer nicht gefilzt."

„Krass, daran habe ich gar nicht gedacht." Leider verebbte Marias kurzer Impuls aus Euphorie und Zuversicht, vielleicht auf eine Spur gestoßen zu sein. „Nee, das bringt nichts, glaube ich."

„Wieso denn nicht? Es zu überprüfen, kann nicht schaden."

„Selbst wenn der Täter Linninger überwacht hat, wird er nicht so dämlich gewesen sein, die Kameras zu vergessen."

„Wer weiß. Vielleicht wollte er zuschauen, wie wir beim Auffinden der Leiche reagieren. Und es muss ja nicht unbedingt dieser Bernd Schwaiger a.k.a. Fireball dahinterstecken."

Maria stieß einen Laut aus, von dem sie selbst nicht wusste, ob er Ablehnung oder Zustimmung signalisieren sollte. „Das wäre ein Riesenzufall, wenn jemand anderes dort Kameras installiert hat und wir aufgrund des Gesprächs mit Schwaiger darauf stoßen."

„Mei", sagte Benny, „Zufälle gibt's immer. Und so abwegig finde ich das gar nicht. Außerdem würde das auch zur Drohne passen."

„Stopp. Drohne war Pressler – Kamera-Vermutung bezieht sich auf Elzig. Zwei verschiedene Paar Schuhe. Nicht durcheinanderbringen."

„Stimmt. Aber wie auch immer: Ich werde mich nochmals umsehen."

„In Ordnung. Aber erst *Fireball* und so weiter."

„Okay. Aber zu Linningers Haus fahre ich auf jeden Fall."

„Du freust dich drauf, stimmt's?"

Benny lachte. „Ist mal was anderes."

„Was ist mit Schmidthalter und Konsorten? Könnte der das nicht übernehmen, um dich zu entlasten?"

„Nee, fällt aus. Erstens ist Überwachungstechnik und so was mein Gebiet, zweitens lasse ich mir das nicht entgehen."

„Na gut."

„Ich melde mich dann."

„Alles klar. Tschö."

„Mit ö", sagte Benny und lachte erneut, ehe er sie wegdrückte.

Maria atmete auf, froh, dass Bennys Einfall das andere Thema jäh beendet hatte. Im selben Moment kam sie sich schäbig vor, weil sie Benny immer dann um den Finger wickelte, wenn sie etwas von ihm brauchte. Entzündete sie dadurch seine Hoffnung jedes Mal aufs Neue?

Gut genug, um mir zuzuarbeiten, aber sonst bitte keine Berührungspunkte. Würde das jemand mit dir machen, wärst du mächtig, mächtig sauer!

„Was ist?", fragte Clemens. „Warum schaust du so?"

Maria steckte das Handy weg, deutete zum Klettergerüst, auf dem frische Regentropfen glänzten, und strebte darauf zu.

Verwirrt hielt Clemens mit ihr Schritt. „Wieso gehen wir bei Regen zu einem Spielplatz?"

Maria lehnte sich mit dem Rücken gegen das Gerüst und schaute Clemens verärgert an, was dazu führte, dass er seine Schritte langsamer setzte und schließlich ganz stehenblieb. „Irgendwie leidest du heute unter Stimmungsschwankungen", sagte er, hob aber im selben Atemzug die Hand, als wollte er damit ausdrücken, damit kein Problem zu haben. „Ich kenne das von Vanessa: PMS – Prä-Irgendwas, na, weißt schon, oder? Da flippt die wegen nix aus, sag ich dir." Er wollte lachen, hustete aber stattdessen und drehte sich gekrümmt zur Seite. Es hörte sich an wie trockenes, heiseres Bellen.

„Du hast dir zu viel von Karl abgeschaut", sagte Maria, nachdem er sich wieder aufgerichtet hatte. „Aber nur den Scheiß."

Mit einer unwirschen Bewegung zog er den Schal enger um Schultern und Hals und funkelte sie an.

„Du weißt überhaupt nicht, wieso ich mit dir reden will, oder?"

„Nein", erwiderte er. „Wie sollte ich auch? Gedankenlesen kann ich leider nicht."

„Klar!" Maria stieß sich vom Klettergerüst ab und warf die Hände in die Höhe. „Wie solltest du auch?" Sie schüttelte den Kopf und lachte erneut.

„Jetzt komm wieder runter."

„Runterkommen?" Sie setzte einen Schritt auf Clemens zu, was ihn offenbar überraschte, denn er wich zurück und schaute sie an, diesmal aber zutiefst erschrocken. „Ich flippe gleich komplett aus! Du kommst hustend und schniefend aus dem Krankenstand und hast nichts Besseres zu tun, als Schwaiger vor den Kopf zu stoßen. Der war nämlich kurz davor, gar nichts mehr zu sagen."

„Na und?" Clemens kehrte die Handflächen nach außen. „Hätten wir uns halt einen Durchsuchungsbefehl geholt. Wo ist das Problem?"

„Ich bin der Meinung, mit den Leuten normal zu reden, bringt mehr, als Ihnen mit offiziellen Vorladungen und dergleichen zu drohen."

Er furchte die Augenbrauen. „Einen auf Samariter machen oder wie? So kenne ich dich gar nicht."

„Wieso Samariter? Da geht es um das richtige Einschätzen der Lage, Augenmaß sowie Fingerspitzengefühl." Sie sagte es so pointiert, dass hoffentlich sogar Clemens verstand, wer von ihnen beiden diese Eigenschaften vermissen ließ.

Weder ein sich anbahnendes Flackern der Erkenntnis in seinen Augen, noch ein erleuchtetes Nicken, sondern nur ein harter Zug um den Mund, ehe er im Brustton der Überzeugung deklamierte: „Die Typen, mit denen wir es zu tun haben, sind mit allen Wassern gewaschen. Die wollen uns verarschen. Aber das lassen wir nicht zu. Wer uns blöd kommt, dem kommen wir auch blöd."

Maria hob die Augenbrauen. Sie war dabei gewesen, als Karl Seitz seinen Deputy Clemens Dillhager in Dirty-Harry-Manier auf das Gespräch mit Brandstetter einstimmte, seinerzeit, nach der Durchsuchung der Hauptzentrale des Treuen Kreuzes. Es waren bis aufs letzte i-Tüpfelchen dieselben Worte: Clemens hatte sie auswendig gelernt und tat so, als wären sie ihm just in diesem Augenblick auf die Zunge gehüpft.

„Alles klar, John Wayne“, sagte sie und ging an ihm vorbei.

„Himmel hilf!“, rief Clemens aus. „Was ist denn *jetzt* schon wieder?“

„Nix“, entgegnete Maria über die Schulter. „Du hast recht und ich meine Ruhe. Alles wunderbar.“

Da war er wieder, der borstig-fiese Haderlump mit den Teufelshörnern. Nun, ein bisschen hatte Clemens ihn aber auch verdient.

Auf dem Weg zurück zum Auto kam Maria ein älterer Herr entgegen, der ein mit rot-weißem Geschenkpapier umwickeltes Päckchen gegen den Regen unter seinen Mantel hielt. Er humpelte leicht, hielt sein Tempo aber verbissen.

Maria sah ihm nach – und erspähte auf der anderen Seite der Straße einen Kiosk vor dem regenverwaschenen Weichbild der Stadt.

„Geh du schon mal zum Auto.“ Maria reichte Clemens die Autoschlüssel. „Du kannst auch gerne zum Kiosk fahren und mich dort aufgabeln.“

„Wieso? Ich kann dich begleiten, und dann gehen wir gemeinsam zum Auto.“

„Du bist schon krank genug. Bitte“, fügte sie hinzu, obwohl es ihr weniger um Clemens' Gesundheit ging als vielmehr um ihr eigenes Wohlbefinden: Wenigstens fünf Minuten lang wollte sie ihn von der Backe haben.

Ein ersticktes Husten, das er krampfhaft in seinen Unterarm entließ, überzeugte ihn schließlich. Er nahm den Schlüssel entgegen und trollte sich.

„Wahnsinn“, murmelte Maria und heftete sich an die Fersen

des älteren Herrn, ehe sie ihn kurz vor dem Kiosk ein- und auch gleich überholte.

„Junge Dame, Sie sind aber schnell unterwegs“, sagte er, allerdings amüsiert statt erzürnt, weil sie sich auf den letzten Metern vor ihm in den Kiosk mogelte.

„Tut mir leid, ich bin im Dienst und auch in Eile“, sagte sie und steuerte auf eine schwarzhaarige Mittdreißigerin mit Nasenpiercing zu, die gerade den Lottoschein einer übergewichtigen Oma ins Lesegerät steckte und in breitestem Sächsisch sagte: „Dieses Mal leider nischt, Frau Staller.“

Die Oma lachte, Klangfarbe Galgenhumor. „Der war guad, Frau Dubois. *Dieses* Mal ...“ Sie nahm den Beleg, zerknüllte ihn und warf ihn in den gelben Abfalleimer, papierenes Grab für dutzende andere Belege.

Maria trat an den Tresen und fühlte sich bei Frau Dubois wegen der langen Nase und hohen Stirn an eine Adelige aus dem siebzehnten Jahrhundert erinnert. Nur das Tattoo einer Schlange, die sich vom Brustbein über den Hals bis zum linken Ohr wand, dämpfte die aristokratische Aura. Okay, das Sächseln auch ein bisschen.

Komischerweise fühlte sich Maria durch die Frau an Fritz Bodiak erinnert, den muskelbepackten Typen, der im Souvenirshop des Treuen Kreuzes arbeitete. Nur hatte der sich das Motiv seiner Sekte auf die Oberarme tätowieren lassen. Dann lieber ein Dutzend Schlangen!

Aus Frau Dubois’ Mund wuchs ein pinker Ballon und wölbte sich bis zu ihren Augen, die nicht mal blinzelten, als er zerplatzte. Nach dem *Plopp* bewegte sich der Unterkiefer mahlend von links nach rechts und wieder zurück, mechanisch, eine perfekt austarierte Bewegung, die nun jedoch abrupt aufhörte. „Gücken Sie nür oder sagen Sie auch was?“

„Entschuldigen Sie“, haspelte Maria. „Ich war in Gedanken. Ähm, kennen Sie einen Bernd Schwaiger?“

Eine weitere Kaugummiblase, dann beugte sich Frau Dubois nach vorne. „Wer möchte das denn wissen?“ Ein hängendes

Grinsen wie bei einem Schlaganfall. „Isch habe schon so eine Ahnung."

Maria griff in die Innentasche ihrer Jacke, doch ihr Gegenüber hob die Hand. „Nee, isch glaub's dir, Schätzken. Selten so 'ne straighte Bullin gesehen."

Maria verengte die Augen, was Frau Dubois nicht zu beeindrucken schien. „Hab in Zwickau gearbeitet, in so 'ner Entzugseinrichtung für Drogis. Ihre Göllegen waren da Dauergäste." Plötzlich lachte sie. „Also, weil sie köntrölliert haben, nischt, weil sie auch Drogis waren. Obwohl ..." Verschwörerisch beugte sie sich noch weiter über die Verkaufstheke. Süßliches Parfum streifte Marias Nase. „Paar von denen haben sisch bestimmt was einjeworfen. Auch dafür hab' isch inzwischen 'nen Blick. Drogis und Bullen – beide riesche isch hundert Meter gegen den Wind, Schätzken."

„Cool, was für eine Gabe, Schätzken", entgegnete Maria, lächelte aber.

Frau Dubois grinste. „Doch nischt so verklemmt, wie isch dachte, hm?"

„Bitte?"

Sie winkte ab. „Also, der Herr Schwaiger. Isch sach mal sö: Gömische Type, aber harmlös."

„Ist er hier öfter?"

Frau Dubois lachte. „Der rennt fast täglisch hier rinne und verschickt seinen jabbanischen Schmuddelkram."

„Verstehe. Danke, Frau Dubois", sagte Maria.

Okay, Schwaiger verschickte seine T-Shirts tatsächlich. Also hatte er diesbezüglich die Wahrheit gesagt.

„Gerne, Schätz... Äh, wie war der Name gleich?"

„Strobl. Maria Strobl."

„Wiedersehen, Frau Str..."

Das Bimmeln, das das Aufschwingen der Eingangstür in den Kiosk begleitete, ließ Frau Dubois verstummen. Ein Weiten der Augen, während sie Clemens maß, der aber nicht sofort zu Maria eilte, sondern mithilfe des kleinen Spiegels an einem Verkaufsturm für Sonnenbrillen erst sein Haar durch Zupfen und Streichen in Form brachte: Über den Lauf von Jahrzehnten erworbene Routine.

Maria schloss kurz die Augen. Sie hatte Clemens gebeten, im Wagen zu warten. Darüber könnte sie sich jetzt aufregen. Sie könnte sich aber auch *nicht* aufregen.

„Ihr Freund?", flüsterte Frau Dubois in diesem Augenblick.

„Kollege."

„Dann darf isch ja ruhig sagen, dass Ihr Kollege ein rischtiges Schnuggelschen ist, oder?"

Maria lachte leise, und ihr ging auf, dass Clemens in Zukunft die Befragung weiblicher Verdächtiger durchführen sollte. Frau Dubois würde ihm wahrscheinlich alles erzählen, was er wissen wollte.

Clemens kam zu Maria. „Hallo."

Frau Dubois' Kaugummiblase blähte sich doppelt so groß auf wie vorher. „Hallöle, Herr Kommissar."

Er lächelte überrumpelt. „Ähm, haben Sie auch Kaffee?"

Die Blase platzte, und Frau Dubois saugte den Kaugummi gekonnt zwischen ihre glänzenden Lippen und ließ die Zungenspitze über selbige wischen. „Klar."

„Dann zwei Cappuccini bitte."

„Sofort, Herr Kommissar." Bevor sie sich herumdrehte, schenkte sie Clemens Wimperngeklimper – bestimmt drangeklebt, so lang, wie die waren. Dann holte sie zwei Tassen aus einem Regal, stellte diese unter den Ausguss der Maschine und drückte einen Knopf. Während der Vollautomat fauchte und röhrte, nahm Frau Dubois das Päckchen des leicht humpelnden Herrn entgegen.

Nachdem er gezahlt hatte, wandte er sich Maria zu, mit einem freundlichen sowie leicht verschmitzten Lächeln. „Also, die Polizeidamen zu meinen besten Jahren waren nicht so reizend wie Sie, junges Fräulein."

„Danke schön", erwiderte Maria. „Komplimente bekommt man in meinem Beruf eher selten."

Er nickte. „Ja, die Zeiten ändern sich.“ Er tippte sich gegen seinen Hut. „Passen Sie auf sich auf.“

„Und Sie auf sich.“

Er verließ den Kiosk.

Geschirrgeklirre, Schritte, dann: „Cappuccino für die Ordnungshüter.“ Frau Dubois platzierte zwei Tassen auf einen der beiden Stehtische im Kiosk.

„Vielen Dank“, sagte Clemens.

Frau Dubois schob eine Tasse – deren Milchschaum ein Herz aus Kakaopulver zierte – demonstrativ zu Clemens, zwinkerte und zog die Eingangstür auf. „Isch nutze die Gelegenheit und geh' eine rauchen. So sischer war meine Kasse nämlich nöch nie.“ Mit wiegenden Hüften ging sie an Clemens vorbei nach draußen in Richtung Gebäuderückseite.

Marias Kakaopulver zeigte einen Zwinker-Smiley. Sie gluckste ein Lachen, dann nahm sie den ersten Schluck, genau wie Clemens.

„Kaffee geht natürlich auf mich“, sagte er.

„Danke.“

Er schaute über die Schulter zu den Fenstern, vor denen eine Rauchschwade vorbeitrieb. „Nette Dame, diese Frau ... Wie heißt sie eigentlich?“

„Dubois.“

„Oh“, sagte er. „Französin?“

„Nein. Ossi.“

„Ah so ...“

„Das hört man doch.“

„Hm“, meinte er. „Könnte ja auch französischer Akzent sein.“

Maria schnaubte. „Gut, dass du nicht Linguist geworden bist.“

„Wieso stänkerst du schon wieder herum?“

Sie wollte gerade trinken, ließ die Tasse jedoch wieder sinken und setzte sie fester ab als nötig. Ein Tropfen Kaffee hüpfte wagemutig über den Rand, schaffte es aber nicht bis auf die Platte, sondern fand sein zerfließendes Ende in der Serviette. „Rumstänkern?“ Sie lächelte schmal. „Du willst nicht wissen, wie es ist, wenn ich *wirklich* herumstänkere.“

Der Name *Theresa* trieb auf giftigen Schwaden zu ihr heran, legte sich auf ihre Zunge.

Unerwarteterweise lachte Clemens und schüttelte amüsiert den Kopf. „Du klingst gerade wie Vanessa.“ Er zwinkerte. „Und wenn sie so klingt, lenkt man besser ein.“

Maria konnte nicht anders, als ebenfalls zu lachen. Ihr Ärger verflog, und als sie an das heutige Treffen mit Julius dachte, galoppierte ihr Herz los.

„Wieder gut?“, fragte Clemens.

„Ja, alles wieder gut.“ Kurz legte sie ihm die Hand auf den Unterarm und drückte, dann widmete sie sich wieder ihrem Cappuccino und rätselte, ob sie, ohne es zu wissen, tatsächlich an PMS litt. Oder ob die letzten Wochen schlicht und ergreifend zu viel gewesen waren.

KARL HOCKTE in seinem Drehstuhl wie ein König, der alten Zeiten nachtrauerte und überdies argwöhnte, dass seine Vasallen überhaupt nicht das taten, was er ihnen aufgetragen hatte. Der von Post-Its bevölkerte Schreibtisch, an den Maria nun trat, bildete einen buntscheckigen Verteidigungswall gegen das Gewusel um ihn herum.

„Wow“, sagte sie lächelnd. „Die SoKo läuft bereits auf vollen Touren.“

Seine Mimik trug den Ausdruck latenten Unmuts. Gerade wollte er den Mund öffnen, da klingelte sein Telefon. Er krampfte die Lippen zusammen und erfasste den Hörer mit glosendem Blick. Wenig verwunderlich, würde gleich der Geruch verschmorten Plastiks durch den Raum wabern.

Nach einem Brummlaut schnappte er sich den Hörer, hielt ihn von seinem Mund weg, atmete tief ein und wieder aus und meldete sich mit einem frivolen „Karl Seitz, Kripo München, wie kann ich Ihnen helfen?"

„Am Telefon ein Engel", meinte Clemens und stellte sich neben sie, „im Büro ein Monster."

Maria verschluckte sich, um nicht zu lachen. „Jetzt übertreibst du."

Kopfschüttelnd flüsterte er: „Ich kenne den Blick. Schau in seine Augen. Siehst du es, dieses Flackern von Wahnsinn?"

Karls Fingerknöchel schimmerten bereits weiß, so fest presste er sie um den Hörer. „Frau Gleixner, falls ich nicht irre, liegt Ihr letzter Anruf erst eine Stunde zurück." Er verstummte, unterlegte seine Sprechpause aber mit einem verdrossenen Schnaufen. „Eine Streife vorbeischicken? Klar. Aber warum nur eine? Ich könnte auch das SEK verständigen." Er lächelte, aber nicht aus Belustigung. „Was das heißt? Sonder-Einsatz-Kommando", sagte er betont langsam und jede Silbe filetierend, ehe er wieder kurz lauschte. „Sicher könnte ich das veranlassen. Sie müssten dann aber *noch mal* anrufen, weil ich das erst mit dem Innenminister absprechen muss." Jetzt grinste er breit – und diabolisch. „Selbstverständlich, bei so einem Hinweis! Danach der Verteidigungsminister, die NATO – und nicht zuletzt das intergalaktische Bündnis." Ohne ein weiteres Wort hämmerte er den Hörer auf die Station und knurrte: „Dieser Tabernakelwanze ham's doch ins Hirn g'schissn!"

„Ich weiß nicht, ob es klug ist", sagte Maria, „jedem Anrufer vor Augen zu führen, wie scheiße du ihn oder sie im Speziellen und deine Aufgabe im Allgemeinen findest."

Karl sah sie an und schien erst jetzt wahrzunehmen, dass Clemens und sie an seinem Schreibtisch standen. „Jeden? So ein Schmarrn. Der Nachbar hat angeblich ihren Kater mehrere Tage lang absichtlich in seiner Garage eingesperrt – und deswegen schwärzt sie ihn jetzt an. Diese grenzdebile Schachtel soll froh sein, dass ich *ihr* keine Anzeige wegen Dienstbehinderung aufbrumme."

„Gibt es so etwas überhaupt?", fragte Clemens.

Karl verdrehte die Augen. „Ja, bestimmt genauso wie *Lächerlichmachung eines bayerischen Beamten in Ausübung seiner Dienstpflicht.*"

Clemens lief rot an.

Karl patschte beide Hände auf die Stuhllehne und erhob sich. Es war lange her, dass Maria die alten Star-Wars-Filme geschaut hatte – die Art und Weise jedoch, wie er aufstand, weckte Erinnerungen an den Imperator und seinen dunklen Thron. „Wie war's bei euch?", fragte er dann.

„Bescheiden."

Er nickte, als hätte er nichts anderes erwartet. „Is' klar. Wenn's mal scheiße läuft, dann so richtig."

„Und bei dir, Chef?", fragte Clemens.

Karl stutzte, legte den Kopf schief und guckte Clemens an wie ein Arzt, der überlegte, ob er seinen Patienten sedieren oder gleich euthanasieren sollte. „Welchen Teil meiner Aussage hast du nicht verstanden?"

„Ich …"

Mürrisch hob Karl die Hand, und Clemens' Kiefer klappten wieder zu. „Ich fasse das Ganze noch prägnanter zusammen", sagte Karl. „Alles.Ist.Scheiße. Comprende, Amigo?"

Clemens schluckte und nickte langsam, war aber zumindest dieses Mal so schlau, nichts mehr zu sagen.

Maria sog an ihrer linken Wange und sah Karl unbeeindruckt an.

„Was?", fragte er gereizt. „Schlägt dein innerer Moral-Wau-Wau wieder an?"

Sie folgte Clemens Taktik des Schweigens, setzte sogar noch eins drauf, indem sie kehrtmachte und sich entfernte.

„Hey! Ich rede mit dir!"

Sie verließ das Büro und schwenkte nach links zu Bennys Computerhöhle: Tür zu, darüber hinaus abgesperrt. Wo er gerade steckte, war nicht schwer zu erraten. Sollte sie auch zu Linningers Horrorhaus fahren, um von Clemens, Karl und dem allgemeinen Gewusel wegzukommen?

„Frau Strobl?“

Frau Krapphut-Paffner stand vor ihr.

„Ähm, hallo.“

„Ich weiß, es geht gerade ziemlich rund, aber … könnten Sie eine halbe Stunde rauseisen? Das wäre toll.“

„Worüber möchten Sie denn mit mir reden?“

Krapphut-Paffner lächelte. „Dieses und jenes, ein Kennenlernen, mehr nicht. Und ein kleines bisschen darüber, wie es Ihnen mit Ihrem Ermittlungsteam geht.“

„Meinen Sie Karl? Also, Herrn Seitz?“

„Auch.“

„Ich werde nicht petzen oder so etwas.“

„Um Himmels willen, nein! Das sollen Sie auch gar nicht.“

„Okay.“

„Kaffee gibt es übrigens auch.“

Eine halbe Stunde lockeres Quatschen mit der Polizeipsychologin – oder im SoKo-Trubel einen auf Krawall gebürsteten Karl Seitz ertragen?

„Und wenn’s länger dauert“, sagte Maria, „auch nicht schlimm.“

KAPITEL ELF

„JA, Wiederhören!" Karl legte den Stift aufs soeben bekritzelte Papier, knallte den Hörer in die Aussparung der Station und zollte dem Hersteller Respekt, dass das Telefon die wiederholt rabiate Behandlung durchstand.

„Spangel!" Sein gebellter Schrei ließ jeden in Hörweite – also die gesamte SoKo im angrenzenden Büroraum – zusammenzucken. Gut: Respekt und Ehrfurcht hatten sie vor ihm, auch wenn sie trotz zahlreicher Anrufe im Trüben fischten. Daher ähnelte der Aktionismus um ihn herum statischem Rauschen – allgegenwärtig, aber diffus und ziellos.

Mehr als die Hälfte der bislang siebenundsiebzig Anrufer waren Wichtigtuer, Scherzkekse, Verschwörungstheoretiker oder kognitive Sparleuchten. Bei den übrigen zeigte sich rasch, dass angebliche Hinweise auf Missverständnissen beruhten, weil irgendjemand in die Sanierung des Nachbarkellers eine Folterkammer hineininterpretierte: Bislang hatte sich jedes „Verlies" als Sauna, Partyraum oder Fitnessstudio entpuppt. Eine Räumlichkeit war sogar zur Sexhöhle für Lederfetischisten umgestaltet worden, woraufhin sowohl die Beamten als auch die Besitzer in Lachen verfallen waren. Lachte niemand – oder im schlimmsten Fall nur die Polizisten –, könnte es ein juristisches Nachspiel geben. Zum Glück verliefen die Befragungen aber entspannt. Weniger entspannt erachtete Karl die Tatsache, lediglich Personal gebunden und Ressourcen verschwendet zu haben. Andererseits konnte er auch nicht alle Anrufe ignorieren: Wäre nicht das erste Mal, dass sich ein scheinbar uninteressanter Hinweis zu einer heißen Spur mauserte.

Gehetzt bremste Spangel vor Karls Schreibtisch und stieß ein atemloses „Chef?“ aus.

Bereits bei der SoKo für Linninger war Spangel dabei gewesen, dieser zaundürre, latent nervöse Typ mit einem Adamsapfel von der Größe einer Apfelsine.

Karl steckte den beim vorigen Telefonat beschriebenen Zettel zwischen Zeige- und Mittelfinger und streckte die Hand.

Spangel musste sich über den Tisch beugen, um ihn zu erreichen – und tat dies demütig.

„Nachprüfen“, sagte Karl nur.

„Jawohl, Herr Chefinspektor.“

Zufrieden schaute Karl Spangel dabei zu, wie er davonwieselte, getragen von Gehorsam und Diensteifer. Keine Armee funktionierte ohne Fußsoldaten – aber schon gar nicht ohne einen geschickten Feldherrn!

Jäh zerstreute sich Karls kurze Stimmungsaufhellung.

Ja, toller Feldherr bin ich …

Er wärmte seinen Sessel, telefonierte und verteilte Zettel mit Informationen. Das war zu wenig. Und unerfüllend. Irgendwo hockte der Täter mit einer Flasche Bier in der Hand und lachte sich wahrscheinlich über die gestrige Pressekonferenz schlapp.

„Kotzt mich das an!“, zischte Karl und ballte die Fäuste. Dann, nachdem er mehrmals tief durchgeatmet hatte, checkte er sein Handy: keine Nachricht von Maria. Seit einer geschlagenen Dreiviertelstunde antwortete sie nicht.

Zickt sie jetzt echt wegen „Moral-Wau-Wau“?

Falls ja, war sie eine schlimmere Diva als Clemens oder Benny. Er wollte sich mit ihr austauschen, auch, weil Maria offenbar Benny in Beschlag genommen hatte, ohne Karl etwas zu sagen.

Zumindest hatte ihm das Doppi gesteckt, als sie vorhin einen Kaffee gebracht hatte.

Er schaute am Monitor vorbei ins Büro: Gewusel, emsige Betriebsamkeit, jeder telefonierte, tippte etwas in seinen Laptop oder schaute gewichtig in der Gegend herum.

Zum Kotzen: Die Polizei war darauf angewiesen, dass *irgendein* Bürger *irgendetwas* mitbekommen hatte. Grundsätzlich fußte darauf ein nicht unerheblicher Teil von Ermittlungsarbeit – dennoch ging es Karl auf den Senkel. Wahrscheinlich dürfte er irgendwann bei Aktenzeichen XY auftreten und den Fall präsentieren. Während anderen bestimmt einer abging, ein paar Minuten Screentime zu bekommen, sähe er das als Eingeständnis seiner Inkompetenz. Sein Verstand legte Beschwerde ein; sein Kriminalisten-Herz stimmte wehklagend zu.

Komm schon, Seitz! Glaub an dich!

„Scheiße, echt jetzt?"

Karls Kopf ruckte nach links, von wo aus Marias Stimme durchs Gebrabbel der Kollegen schnitt. Zumindest kam es ihm so vor, während die anderen den Ausruf bestimmt gar nicht registriert hatten.

Maria betrat das Büro, prallte ob des Lärms aber wieder zurück und setzte ihr Telefonat im Gang fort.

Karl sprang auf, rauschte schnurgerade zu ihr und nötigte Spangel, der gerade mit einem weiteren Kollegen redete – war das nicht Kircheimer vom Einbruchsdezernat? –, zu einem halb gestolperten Ausfallschritt.

„Mein Gott, Mister Wichtig auf heiliger Mission", hörte Karl Spangels Gesprächspartner flüstern.

Jäh bremste er, wirbelte herum und starrte den Mann aus zorngeweiteten Augen an. „Kircheimer!", knurrte er. „Ich habe gute Ohren."

„Nicht Eimer", erwiderte dieser. „Sondern Meier. Also: Kirch*meier.*" Zwar bot er Karl die Stirn, die leichte Blässe auf den Wangen wies jedoch darauf hin, dass er sich ertappt fühlte.

„Von mir aus kannst auch heiliger Bimbam heißen, des is' mir scheißegal. Ich brauche Leute, die alles daran setzen, den Fall zu lösen. Rumstänkern tust besser bei deinen Spezln vom Einbruchsdezernat. Hier ist der Ort für richtige Ermittlungsarbeit, verstanden?"

Sein Gegenüber schluckte, hielt Karls Blick aber stand. Nach einigen Sekunden Kälte von der Marke *sibirischer Permafrostboden* brummte er schließlich eine Entschuldigung.

„Angenommen, Kircheimer." Karl wandte sich ab und steckte den Kopf in den Gang.

Da! Maria lehnte an der Wand neben Bennys Büro und lauschte gebannt, was die Person am anderen Ende der Leitung ihr offenbarte.

Im selben Moment rief jemand „Hey!" aus der anderen Richtung des Korridors: Clemens stand im Gang, eine Kaffeetasse in der Hand, und schaute Gabriele Doppinger bestürzt an. Nein, mehr als bestürzt – eher so, als hätten sich die Apokalyptischen Reiter darauf verständigt, den Untergang der Welt mit verschüttetem Kaffee auf Clemens Dillhagers Hemd und Hose einzuläuten.

„Komm her!" Karl winkte ihm energisch.

Mit offenem Mund, da er sein Schicksal dem Anschein nach weiterhin nicht fassen, geschweige denn verarbeiten konnte, kam Clemens zu ihm geschlappt.

„Kaffee und du", meinte Karl. „Arg belastete Liebesbeziehung, würde ich sagen. Nun, zumindest ist kein Fernsehteam anwesend."

Clemens seufzte.

„Hock dich an meinen Schreibtisch und bemann das Telefon."

„Äh, eigentlich bin ich ja mit Maria am Fall Elzig dran, weswegen …" Ein Niesen durchtrennte den Satz. Er hob den Ärmel, führte ihn zur Nase, verharrte jedoch und schien zu überlegen, ob ein Schmierer Rotze den Schaden noch schlimmer machte.

Gabriele Doppinger kam hinzu, um Clemens ein Taschentuch zu reichen. Dann lächelte sie Karl an, drehte sich schwungvoll herum und stöckelte weiter. Eine Geruchsautobahn fruchtigen Parfüms plättete Karls Nase, ehe er wieder die herbe Note des in Clemens' Stoff gesickerten Kaffees wahrnahm.

„Für den Rest des Tages", sagte Karl, „bist du *mir* unterstellt."

„Aber … aber ich bin in deinen Fall doch gar nicht eingearbeitet."

„Du bist im Dienst, also machst du das, was ich sage."

Clemens schaute zu Boden.

Diven brauchen Samthandschuhe. Bei zu harter Handhabung fangen sie an zu flennen.

Er räusperte sich. „Du bist gesundheitlich angeschlagen. Deswegen ist es besser, du bleibst im Trocknen, ja?"

Clemens sah auf.

„Und wie ich dich kenne, hast du meine Berichte bereits im Infoportal durchgelesen. Stimmt's?"

Zögerliches und mit einem winzigen Funken Stolz versehenes Nicken.

„Wusste ich's doch. Danke schon mal, Clemens."

Erneutes Nicken, allerdings um einen Seufzer erweitert.

„Ran an die Arbeit. Ich verlasse mich auf dich."

Clemens setzte einen Schritt, stoppte aber und schaute Karl skeptisch an. „Anrufe entgegennehmen kann eigentlich jeder Trottel. Wieso muss *ich* das jetzt machen?"

„Erstens: Weil ich nicht jeden in meinem Chefsessel sitzen lasse."

Ein Lächeln in Clemens' Gesicht, wie ein schüchterner Sonnenaufgang.

„Zweitens: Weil nicht jeder Wichtiges von Unwichtigem unterscheiden kann. Ich brauche jemanden mit Riecher: Jemanden, der Instinkt, Intuition und theoretisches Wissen vereint."

Der Sonnenaufgang verwandelte sich in das Strahlen eines explodierenden Himmelsgestirns.

„Du kannst dich auf mich verlassen, Chef!"

Clemens ist einfach so herzerfrischend naiv.

„Schnapp dir den Spangel. Der ist diensteifrig und führt gerne Befehle aus."

„Roger, Roger!"

Karl war sicher, alles für das körperliche sowie seelische Wohlbefinden seines Mitarbeiters getan zu haben und eilte zu Maria, deren Arm mit dem Handy in der Hand nach unten fiel, als hätte alle Kraft sie verlassen.

„Was ist?", fragte er im Anflug von Aufregung. Anscheinend hatte sie etwas herausgefunden, sonst würde sie nicht so entgleist dreinschauen.

„Benny hat was gefunden."

„Apropos …" Karl drängte seine Neugier zurück und bespielte seinen Arbeitsspeicher in Herzschlagschnelle mit dem Modul Racheengel. „Wer hat dir erlaubt, Benny von seinen Aufgaben abzuziehen, die ich ihm …"

„Ich muss los. Wir klären das ein anderes Mal."

„He!" Er setzte ihr nach und verfiel in denselben Sturmschritt, den sie an den Tag legte. „Ich rede mir dir!"

„Merke ich. Aber es …"

„Was ist denn los, zefix?"

„Geht um meinen Fall."

„Was Neues zu Elzig?"

Maria nickte, erreichte den Aufzug und drückte den Knopf mehrmals hintereinander.

„Raus mit der Sprache!"

„Ich habe *meinen* Fall, du deinen."

„Chef bin immer noch ich!"

„Karl!"

Ausläufer von Jakob Fillners Stimme dröhnten vom anderen Ende des Dezernats bis hierher. „Was soll der Scheiß mit NATO und intergalaktischem Bündnis?"

Karl schluckte, während Maria ein kurzer Lacher entglitt.

„Karl!"

Fillners Stimme näherte sich.

Besorgt sah Karl den Korridor entlang, kam sich vor wie der

Kapitän eines sinkenden Dampfers, der als Erster ins Wasser sprang und die Mannschaft zurückließ, um die eigene Haut zu retten.

Blödsinn! Maria hat einen Hinweis erhalten, und du stellst sicher, dass sie nichts verbockt.

Die Aufzugtür glitt auf.

Karl zwängte sich an Maria vorbei und machte eine einladende Geste, ebenfalls einzutreten.

Kurz zuckte Ärger über ihr Gesicht, ehe sie die Augen verdrehte und mit einem leisen Lachen zu Karl ging. „Du hast keinen Bock auf das SoKo-Gewusel. Das ist alles."

„Was?", fragte er gespielt erstaunt und drückte den Knopf für die Tiefgarage. „Wie kannst du so etwas nur behaupten?"

„Ja, wie kann ich nur?"

„Karl!"

Fillners Ruf klang bedrohlich nah.

Karl drückte den Knopf, der die Fahrstuhltüren schneller schloss als von der Automatik vorgesehen.

„Du wirst dich nie ändern."

„Hör damit auf, so zu tun, als wäre Hopfen und Malz bei mir verloren." Der Fahrstuhl setzte sich in Bewegung, und Karl atmete erleichtert aus. „Wo warst du die letzte Dreiviertelstunde?"

Maria lächelte. „Bei unserer Polizeipsychologin."

Seine Erleichterung verdampfte so schnell wie ein Tropfen Nudelwasser, der über den Rand des Kochtopfs direkt auf die glühende Herdplatte hüpfte. „Hat Sie … Also, wollte Sie, dass du aus dem Nähkästchen plauderst?"

„Was wir besprochen haben, geht dich nichts an."

Schlagartig verfinsterte sich seine Miene.

„Nein", sagte sie genervt. „Frau Krapphut-Paffner hat mich nicht benutzt, um hintenrum an Informationen über dich zu kommen. So etwas macht sie nicht. Ich finde sie gut."

„Na, immerhin einer."

Die Tür öffnete sich, doch Maria blieb, wo sie war. „Tu nicht so. Du findest sie auch nicht schlecht."

„Was?"

„Komm schon, Macho. Wir fahren zu Linningers Haus."

„Wieso das?"

Sie grinste. „Überraschung."

Karl fischte seinen Autoschlüssel aus der Hosentasche, was zur Folge hatte, dass Maria die Lippen verzog.

„So besteht wenigstens die Chance, dass wir in einem Stück dort ankommen. Und zwar noch vor Mitternacht."

„Boah, deine Witze nutzen sich langsam ab", sagte sie und verließ den Fahrstuhl. „Obwohl, lass das *langsam* weg."

Karl lachte und drückte den Entriegelungsknopf des Schlüssels:

Ein erwartungsvolles oranges Leuchten huschte über die Betonpfeiler. Raus aus dem Büro, rauf auf die Straße, in die Ermittlungsarbeit. Er roch nicht die von Abgasmief durchsetzte Luft der Tiefgarage, sondern Freiheit, Adrenalin und die unvergleichliche Euphorie, auf eine Spur gestoßen zu sein. Sein Instinkt sagte ihm, der Zeitpunkt der Kehrtwende war gekommen – zumindest beim Casus Elzig.

Maria knallte die Tür zu.

„He, Vorsicht!", empörte sich Karl. „Die Tür allein kostet mehr als deine ganze Schäsn!"

„Sorry", sagte Maria, blieb vor Linningers Grundstück stehen und drehte sich ratlos im Kreis. „Wo ist Benny? Also, ich meine: Wo ist der Van der Spurensicherung?"

„Weiß nicht", sagte Karl und blickte sich ebenfalls um.

Maria zückte ihr Handy, doch da rief jemand: „Maria? Karl?"

Karl strebte zum Haus.

Benny stand in der Haustür. Neben ihm an der Hauswand lehnte ein Mountainbike. Vom Lenker baumelte ein Fahrradhelm, und Bennys Haar sah an manchen Stellen zerrupft, an anderen geplättet aus.

„Ist mit Akku, oder?“, fragte Maria, und Karl musste sich zurückhalten, um nicht gehässig zu lachen.

„Nein, alles ganz analog“, entgegnete Benny mit einem Lächeln.

Karl durchschaute ihn sofort: Stolz wie Oskar war er, dass Maria und Karl einen Ausschnitt seiner Transformation vom Sesselfurzer zum Gelben Trikot bei der Tour de France mitbekamen.

Gib's zu Karl: Bisschen Neid ist auch dabei. Deine eigenen sportlichen Glanzleistungen liegen lange zurück.

„Respekt“, sagte Maria. „Nichts gegen Sport, aber bei dem Wetter würde mir alles abfrieren.“

Benny hatte den Reißverschluss seines Windstoppers noch nicht einmal zur Hälfte geöffnet, da hob sie die Hand. „Ich will jetzt nicht den Spruch von der richtigen Kleidung für jedes Wetter hören.“

Enttäuscht zog Benny den Reißverschluss wieder nach oben und schien einer inneren Qual ausgesetzt. „Auf jeden Fall ist das mit dem täglichen Sport wirklich eine …“

„Benny. Zeig uns, was du gefunden hast“, sagte Karl. „Deinen Lebenswandel anpreisen kannst du später.“

„Aber danke, dass du trotz der vielen Arbeit sofort zu Linningers Haus gefahren bist“, sagte Benny mit Ätzstimme und drehte sich ab, um das Feld als Sieger zu verlassen – doch Maria war schneller.

„Moment, Moment … Das hat dir doch gut in den Kram gepasst, um vom Schreibtisch wegzukommen.“

Karl hob die Augenbrauen. „Ah, interessant.“

Benny rettete sich in ein Lächeln und wies zum Haus. „Dann ran an die Arbeit, nicht wahr?“ Sagte es und huschte hinein.

„Irgendwie habe ich mehr und mehr den Eindruck“, brummte Karl, „dass jeder nur noch das macht, was er gerade will.“

„Bist eben ein gutes Vorbild.“

Mit dem Schraubenzieher tippte Benny auf eine winzige Aushöhlung in einer Fuge des Kellermauerwerks. Aufgrund der geriffelten Schallschutzisolierung grenzte es Karls Einschätzung zufolge an ein Wunder, dass Benny die versteckte Kamera, die er nun mithilfe der Spitze herauspulte, überhaupt gefunden hatte. Dies sagte Karl auch.

„Wir hatten ja einen Verdacht wegen des Gesprächs mit Schwaiger“, erklärte Maria. „Oder zumindest eine Idee.“

„Ja“, sagte Benny. „Sonst wäre das niemandem je aufgefallen“, fügte er mit einem anerkennenden Blick auf die dünne, längliche Kamera in seiner Hand hinzu: bisschen dicker als eine Zigarette und etwas länger. „Wer die installiert hat, versteht sein Handwerk. Das kann ich jetzt schon sagen. Teures, hochwertiges Equipment.“ Er legte sie auf einen länglichen, leeren Tisch, auf dem, als Karl das erste Mal hier heruntergekommen war, Röhrchen mit Blutproben und medizinische Gerätschaften gestanden hatten.

Ein kurzer Blick über die Schulter: der Pfahl.

Mühelos platzierte Karls Geist den Leichnam Friederike Elzigs darauf.

Er kniff die Augen zusammen, bis Elzig im Flirren bunter Schlieren davontrieb, und atmete durch. Scheiße, dieser Anblick hatte sich in seine Synapsen gebrannt – genauso wie jener Moment, als der Lauf seiner Dienstwaffe in Rouven Meifferts Maul steckte.

„Hier oben ist auch eine“, sagte Benny, zog einen Stuhl vom Tisch, stellte ihn unter eine Deckenleuchte und stieg drauf. Dann deutete er auf den dunklen Bereich neben dem Lampengehäuse. Richtete man den Blick nach oben, blendete einen das Licht.

„Clever installiert“, brummte Karl und wartete, bis Benny auch diese Kamera mithilfe des Schraubenziehers herausgefriemelt hatte.

„Dasselbe Modell wie die vorige.“ Benny stieg runter und legte sie neben ihren Zwilling.

„Wie viele insgesamt?"

„Ich habe drei Stück gefunden." Er ging zur anderen Wandseite, pulte die letzte Kamera heraus und komplettierte damit das Überwachungs-Triumvirat auf Linningers Tisch. „Kann aber sein, dass es weitere gibt."

Maria schaute abwechselnd von den Kameras zu ihm, bevor sie wissend grinste. „Du hast die extra für uns wieder eingebaut, nur um sie dann schauträchtig rauszuholen."

Benny zwinkerte.

„Gute Arbeit", sagte Karl. „Also, von euch beiden. Und das heißt nun?"

Die Antwort sprang Maria sofort auf die Zunge: „Dass entweder Schwaiger oder jemand anderes Linninger eine Zeit lang beobachtet hat."

„Und sich dann von Linninger so inspiriert gefühlt hat, um in dessen Fußstapfen zu treten." Karl strich sich übers Kinn. „Dieser Schwaiger – hat der das im Kreuz?"

Maria schaute konzentriert ins Nichts hinter Linningers Tisch und sortierte ihre Gedanken. „Er hat beteuert, nichts damit zu tun zu haben. Selbst falls er lügt: Nein, ich traue es ihm nicht zu", sagte sie. „Der wurde bereits ultranervös, als wir ihm ein bisschen auf die Füße gestiegen sind. Ich kann mir den als Täter nicht vorstellen." Sie seufzte. „Andererseits *hat* er mal versucht, bei Linninger eine Kamera zu installieren."

Karl nickte. „Dazu diese Sache mit dem Sexvideo damals. Würde schon irgendwie passen."

„Sexvideo?", fragte Benny und bekam einen eindeutigen Blick von Maria, woraufhin er die aufkeimende Neugierde rasch aus seinem ungewohnt bartlosen Gesicht wischte.

„Jedenfalls", sagte Karl laut, „werden wir den guten Herrn Schwaiger morgen ins Gebet nehmen. Und zwar auf dem Präsidium."

„Gut." Maria nickte. „Das kann Clemens machen. Wir haben jetzt ein triftiges Verdachtsmoment. Da können wir ihn von der Leine lassen."

Karl runzelte die Stirn. „Clemens von der Leine lassen? Du meinst, ihm den Schnuller aus dem Mund ziehen?"

Benny lachte im selben Moment, als Maria den Kopf schüttelte und sagte: „Clemens ging bei Schwaiger in die Vollen. Das war mir zu heftig für ein erstes Gespräch. Morgen kann er das gerne die ganze Zeit machen."

„Okay", sagte Karl, „wie du meinst. Ist ja dein Fall."

„Eben." Ihr Blick streifte die röhrenartigen Spycams auf dem Tisch, und Karl glaubte, sie sinnierte darüber, ob Schwaiger es vielleicht doch sein könnte. Ihre Frage aber lautete: „Wieso sind da eigentlich keine Kabel dran?"

„Weil die mit Funkübertragung funktionieren", antwortete Benny prompt. „Oder mit WLAN."

„WLAN? Ohne Scheiß?"

„Ja. Man hackt sich ins Heimnetzwerk, der Stream dockt an die Datenströme an, die aus dem Haus ins Internet fließen."

„Krass." Maria kratzte sich am Kopf. „Laufen die mit Akku?"

„Die hier schon. Für längere Observierungen zapft man eine Stromleitung an. Deswegen findet man die Dinger auch meistens bei Lampen, Steckdosen und so weiter."

„Verstehe."

„Dann wurden diese Kameras nicht zur Langzeit-Observation installiert."

„Kommt drauf an. Wenn die nur zu gewissen Zeiten laufen, dann halten die mit dem Spezialakku bestimmt ein paar Wochen – bei sporadischer Nutzung sogar Monate. Man kann die mit einem Bewegungssensor koppeln. Dann springen sie nur an, wenn sich wirklich etwas im Raum bewegt."

„Danke, Benny."

„Gerne."

„Ähm, eines noch: Kannst du irgendwie herausfinden, ob sich jemand bei Linninger ins Heimnetz geschlichen hat?"

„Ich kann's versuchen. Wird aber nicht einfach."

„Machst du?"

Er zuckte die Schultern. „Muss ich ja jetzt fast."

„Super." Maria legte den Zeigefinger an die Lippe. „Ähm, kann man die Übertragung der Spycams auch anders streamen? Also, ohne das Knacken des Heimnetzes?"

„Schon", erwiderte Benny, musste jetzt aber auch nachdenken. „Man könnte … Ja, das müsste gehen …" Seine Stimme gewann die alte Sicherheit zurück: „Ein Funkverstärker im Bereich der Kameras, so maximal zwanzig Meter. Der schickt den Stream über Satellit."

Maria sah ihn an.

Benny seufzte, aber wohlmeinend, nicht genervt. „Ich suche mal den Garten ab." Fragender Blick zu Karl.

„Mach ruhig. Wenn du das nächste Mal wegen eines Sonderauftrags ausrückst, wüsste ich nur gerne Bescheid." Karl hätte Benny auch eine Standpauke halten können, doch hoffte er, dass die Botschaft auch so ankam.

„Logo." Benny lächelte, dann tippte er sich gegen die Stirn und nahm die Stufen nach oben, hielt aber an. „Chef? Das mit dem Konzert steht weiterhin, oder?"

Karl reckte einen Daumen in die Höhe.

„Cool."

„Können wir auch hier raus?", fragte Maria, nachdem Bennys Schritte verklungen waren.

Draußen an der Straße saugte Maria ihre Unterlippe in den Mund und knabberte darauf herum.

„Was ist?"

Sie seufzte und schaute Karl an. „Schwaiger war das nicht."

„Abwarten. Ich hätte auch nie gedacht, dass Linninger ein eiskalter Killer ist, als ich ihm im Krankenhaus zum ersten Mal über den Weg gelaufen bin."

„So eiskalt ist er gar nicht", sagte Maria. „Nur wahnsinnig."

„Reicht ja."

Sie nickte, ehe sie grinsend einen kurzen Blick zurück zum Haus warf. „Konzert? Ihr beide?"

Karl zuckte mit den Schultern. „Er hat mich gefragt. Zwar kenne ich die Band nicht, aber … Mei, wieso ned?"

„Teambuilding-Maßnahmen sind super."

„Deswegen ja."

„Echt?"

„Schon."

„Mein Vorschlag hat Früchte getragen?"

„Jahaaaaa!"

Maria lächelte. „Frau Krapphut-Paffner betont, dass die Chemie innerhalb eines Teams die wichtigste Zutat für langfristigen Erfolg darstellt."

„Ach ja? Was meint sie denn sonst noch so?"

Sie lächelte verschmitzt. „So, zurück ins Büro. Da wartet eine Menge Arbeit auf uns. Also, im Speziellen auf *dich.* Außerdem …" – sie schloss die Finger um den Griff der Beifahrertür – „… möchte Fillner mit dir reden. Zumindest klang das so, bevor wir abgedampft sind."

Seufzend entriegelte Karl sein Auto.

Nachdem er in den Fahrersitz geplumpst war, schöpfte er ein mitleidheischendes Seufzen aus den Tiefen seines Ichs.

„Wegen Fillner?"

„Nein. Allgemein."

Maria schwieg.

„Wir waren zwar gestern erst, aber … Lust auf ein Feierabend-Bier?"

„Wann anders gerne. Heute Abend bin ich schon vergeben." Ein sanftes Lächeln kräuselte Marias Lippen.

„Verstehe … Medizinisches Gutachten."

Lachend knuffte sie ihn auf den Oberarm. „Fahr los."

KAPITEL ZWÖLF

Gebrochen

Er zoomte die Kamerawabe heran. So viel Teilhabe am Leben ausgewählter Menschen – oder dem, was sie als Leben bezeichneten. Zufrieden stimmte ihn, dass die meisten ihrem Dasein nur einen aufregenden Anstrich verliehen, um andere zu beeindrucken. Fühlten sie sich unbeobachtet, platzte dieser Anstrich ab. Dann hockten sie in schlabbrigen Hosen zwischen Chipsbröseln auf der Couch, tranken zu viel und unterlagen der Leere in ihren Augen.

Er selbst kannte diese Leere ebenfalls. Doch statt sich von ihr abzulenken, war er hineingetaucht – und grub sich tief in den Kern seiner innersten Bewusstwerdung. Dort fand er, wonach es ihn gelüstete.

Kontrolle.

Kontrolle über Menschen, die er nicht leiden konnte. Die ihn enttäuscht hatten. Abgewiesen. Verlacht.

Ungewöhnlich war daran nichts. Wer würde denn von sich behaupten, *ungern* Kontrolle über Dinge auszuüben? Der nächste – logische – Schritt, den man aus dem Bereich gefestigter Kontrolle tätigte, war der in Richtung Macht.

Macht, ein Lockstoff, dessen Intensität jeder gerne roch. Doch irgendwann reichte es nicht, daran zu schnuppern. Man wollte Macht schmecken, sich in ihr festfressen, sich in sie einbetten.

Den Gipfel aber hatte man erst erklommen, sobald andere sahen, hörten, spürten, über welche Macht man gebot.

Er setzte sein Headset auf und aktivierte das Mikrofon. „Hallo, Feli.“ Ihren Kosenamen zu verwenden, gefiel ihm: Es schaffte Vertrauen und stärkte das innige Band zwischen ihnen – dieses Band, das schon lange existierte.

Er pflegte es durch seine Gedanken und Erinnerungen; *sie* jedoch hatte sich nicht mehr darum geschert.

„Hallo, Feli!“

Verärgert drehte er am Lautstärkeregler, sodass seine verzerrte Stimme durch Felis Zuhause dröhnte. „Feli!“ Das Bild flimmerte, weil die Kamera durchs Echo zitterte.

Etwas tropfte aus Felis Mund.

Er verzog die Lippen, näherte die Augen aber trotzdem dem Monitor.

Speichel.

Diesem ekligen Biest troff doch tatsächlich Schleim aus dem Maul!

„O Gott!“, stieß er aus, nachdem er den Lichtregler nach oben drückte. Der Bildschirm gleißte auf.

„Das glaube ich jetzt nicht!“

Felis Hose starrte vor …

Er schluckte angeekelt, hoffte, dass sie sich nur Saft über die Hose geschüttet hatte.

Sie saß gehockt da, hatte die Arme vors Gesicht geschlagen und machte Laute, die sich wie das Gurren einer Taube anhörten.

Mittels Joystick schwenkte er die Kamera hin und her. Tatsächlich, sie hatte ihr Essen durch den Raum gepfeffert. Und ganz in der Ecke …

Er würgte.

„Du hast auf den Boden geschissen! Du widerliche Dreckshure!“

Er riss sich das Headset vom Kopf und sprang aus dem Stuhl, schloss und öffnete die Fäuste, tigerte durch seine Wohnung. „Das kann *echt* nicht sein! Wo sind denn deine Manieren hin? Du bist ja jenseits von Gut und Böse, Feli! Irre, was aus einem Menschen werden kann!"

Am Wohnzimmertisch blieb er stehen, griff nach einem Apfel, biss hinein und kaute, als würde er an einer Meisterschaft teilnehmen, wer sich am schnellsten einen Apfel in den Rachen stopfte. Er nagte ihn bis aufs Kerngehäuse ab, kaute weiter, dann legte er den Butzen auf eine Serviette und kehrte zurück an die Kommandostation.

Je länger er Feli zusah, wie sie abwechselnd gurrte und wimmerte und sich schließlich gekrümmt auf den Boden legte, desto mehr ging ihm auf, dass er seine Mission erfüllt hatte.

Seine Wut verrauchte.

Dass nicht Triumph, sondern Zorn sein erster Impuls gewesen war, lag immer noch an Constanze, dieser dreisten Schlampe! Bis zum Schluss aufgelehnt. Dreckstück, elendes!

Aber Feli – die hatte er *austherapiert.* Finito. Ende Gelände.

Dass er ihre Scheiße würde beseitigen müssen, war einerseits abscheulich, andererseits das endgültige Signal seines Sieges. Denn wer kackte in die Ecke seines Zimmers, wenn selbiges über eine funktionsfähige Toilette verfügte?

„Patientin Felizitas Mühlhauser", sagte er ins Mikro des Headsets. „Machen Sie sich bereit für Ihre Entlassung." Er wartete auf eine Reaktion, irgendetwas, das ihm versicherte, sie spielte ihm nichts vor. Zusammengekauert lag sie da, die Hände vors Gesicht gepresst, und murmelte wirres Zeug in ihre dreckigen Finger.

Eine weitere halbe Stunde beobachtete er sie, dann traf er die nötigen Vorbereitungen, um Felizitas Mühlhausers Therapie zu beenden.

„Gratuliere", sagte er grinsend. „Dein Ergebnis kann sich *wirklich* sehen lassen."

Auf leisen Sohlen ging Karl zu Maria, die an ihrem Schreibtisch saß und mit der Maus hin- und herwischte, allerdings – zumindest sah es für ihn so aus – ohne erkennbares Ziel. Der Zeiger wanderte wie das Pendel eines Hypnotiseurs in weiten Schwungschleifen über das Hintergrundbild von Maria und ihre Freundinnen bei einer Faschingsfeier.

Ohne Vorwarnung knallte er ihr eine Akte auf den Tisch.

Sie quietschte, sprang aus dem Stuhl, griff sich ans Herz und stierte Karl mit offenem Mund an.

„In der Akte sind die Berichte der Streifenpolizisten, die den Anrufhinweisen nachgegangen sind."

Sie blinzelte, ehe sie nach Luft schnappte und die Hand sinken ließ. „Bist du völlig plemplem? Ich wäre um ein Haar gestorben." Japsend schnappte sie nach Luft. „Und was bitte schön sollen mich die Berichte zu den Anrufhinweisen interessieren? Das ist *dein* Fall."

Karl grinste breit.

Schließlich grinste auch Maria. „Du wolltest mir einfach nur den Schreck meines Lebens einjagen."

Er lachte, ehe er zur Computermaus deutete. „Warum hast du so verträumte Kreise mit dem Cursor gezogen?"

„Mei, ich träum halt gern."

Karl wackelte mit den Augenbrauen. „Das medizinische Gutachten ist also zufriedenstellend verlaufen."

Marias Grinsen blieb, auch wenn sie sich dem Anschein nach redlich bemühte, es aus ihrem Gesicht zu bekommen.

„Oh", sagte er daraufhin. „Also weitaus mehr als nur *zufriedenstellend!*"

Sie verschränkte die Arme vor der Brust. „Geht dich nix an."

„Okay, okay, schon verstanden. Nächste Frage: Warum bist du schon so früh hier?"

„Weil Clemens den Schwaiger eingepackt hat und auf dem Weg hierher ist."

„Keine Zeit verplempern, das lobe ich mir."

„Wir wollen nicht, dass Schwaiger zu viel Zeit hat, um seine Spuren zu verwischen."

„Woher soll er wissen, dass …"

„Weil er Benny über die Spycams in Linningers Keller gesehen haben könnte." Sie setzte sich wieder in ihren Stuhl und drehte ihn mit einem Fersenkick so, dass sie Karl anschauen konnte.

„Stimmt", sagte er und nickte anerkennend. „Da hätte ich gar nicht dran gedacht. Das heißt: Sollte er tatsächlich versuchen, Spuren zu beseitigen, käme das indirekt dem Geständnis gleich, für die Kameras verantwortlich zu sein."

Maria kratzte sich am Kopf, ehe sie nickte. „Dann wäre es aber wiederum besser für ihn, nichts zu vertuschen, selbst wenn er es war."

Jetzt musste Karl sich am Kopf kratzen. „O Mann, in aller Herrgottsfrüh solche Gedankenkapriolen. Ich hole mir einen Kaffee, bevor die von der SoKo die Maschine in Beschlag nehmen. Magst auch einen?"

Maria drückte das Kreuz durch, reckte sich und stieß einen halben Schrei aus. „Au ja, das wäre super."

Karl bereitete zwei Cappuccini zu, kehrte ins Büro zurück und reichte Maria die Tasse mit dem schöner gewölbten Milchschaum.

„Danke, bist ein Schatz."

„Ich weiß."

Maria nahm einen Schluck und seufzte. „Meine Lebensgeister kehren zurück."

Karl versteckte sein Grinsen, indem er ebenfalls trank und danach sagte: „Verstehe ich. Lange Nacht wegen der medizinischen Tests."

„Karl, es reicht jetzt."

„Lässt du Clemens tatsächlich den Vortritt beim Verhör?"

„Ja. Ich schaue mir das Ganze vom Nebenraum aus an." Maria nickte, nahm einen weiteren Schluck und schien, ihrem Lächeln zufolge, mit sich und der Welt zufrieden. „Und bei dir?"

Er unterdrückte ein Seufzen. „Na ja … SoKo-Scheiß eben, die letzten Hinweise sichten, bisschen telefonieren, so'n Kram."

Mit sich und der Welt zufrieden zu sein – des is' lange her, Karl. Kennst du dieses Gefühl überhaupt noch? Seltsamerweise kam es ihm vor, als würden seine Gedanken gerade mit Kalkrieders Stimme sprechen. Jetzt verfolgte ihn der Kerl schon im eigenen Oberstübchen! Reichten denn die Telefonate nicht?

„Warum grinst du?"

Ertappt winkte er ab.

Marias Handy klingelte. Sie ging ran, sagte nur „Okay, ich komme" und stand auf.

„Clemens?"

„Jepp."

„Nehmt den Kerl nach allen Regeln der Kunst auseinander."

„Sowieso."

„Karl!" Fillners Stimme rollte durch den Korridor.

Er zuckte zusammen. Auch das noch!

„Ähm, falls du Hilfe beim Verhör brauchst", sagte er zu Maria, „dann …"

Sie lachte und winkte ihm im Gehen. „Danke, das schaffen Clemens und ich auch ohne dich." Im Flüsterton fragte sie dann: „Hast du dich gestern noch bei Fillner gemeldet wegen des intergalaktischen Tribunals?"

„Nein."

Sie lachte leise. „Au weia …"

Da war Fillner schon heran, stürmte durch die Tür, sodass Maria warten musste. Sie sah ihm nach, wie er zu Karl preschte, als wäre ein tollwütiger Hund an ihr vorbeigerauscht.

„Karl", sagte Fillner atemlos und blieb stehen.

„Wegen gestern: Es tut mir leid, dass ich mich nicht mehr …"

Eine schneidende Handbewegung. „Bin nix anderes von dir gewohnt. Aber darum geht's nicht."

Sollte er erleichtert sein, dass offenbar keine Standpauke anstand? Vielleicht, doch sein Schreck über Fillners Zustand wog schwerer: Ein Schreck, wie wenn man einen Kumpel aus Kindertagen nach Jahrzehnten aus heiterem Himmel wiedertraf – und merkte, dass dieser alkohol- oder drogenabhängig war.

Dass Fillner soff oder Heroin spritzte, erachtete Karl als abwegig. Dennoch: Irgendetwas setzte ihm zu. Er blinzelte ständig, schwitzige Stirn, gehetzter Duktus. War er krank? Psychisch angeschlagen? Aus dem Bauch heraus tippte Karl auf Letzteres.

„Hand aufs Herz, Jakob. Was ist mit dir los?"

Fillner fasste sich an die Brille, dann zuckte die Nase, ehe er seinen Scheitel glatt strich und Karl anschaute, dabei aber mehrmals blinzelte. „Viel Arbeit – *das* ist los!"

„Verarsch mich ned."

„Falsch, Karl! Verarsch *du* mich ned – das würde mir einige Last abnehmen, verstehst?"

„Was?"

Fillner blinzelte noch schneller. „Ich ruf nach dir – und du haust mit Strobl ab zu Linningers Haus. Und ich steh vor allen Leuten da wie ein Depp. Ja, den Karl, den hat nicht mal der Fillner unter Kontrolle. So was darf ich mir dann anhören. Natürlich wird's nur geflüstert. Trotzdem …" Unvermittelt griff er ins Leere, dann stolperte er halb in Marias Stuhl, halb sackte er hinein. Kalkweiß war er jetzt und presste eine Hand auf die Brust.

„Maria! Ruf einen Notarzt! Verdacht auf Herzinfarkt!"

Mit fliegenden Fingern hantierte sie an ihrem Handy herum.

„Jakob!", sagte Karl, „hast du Schmerzen in der Brust?"

„N-nein." Jakob schluckte, atmete dann flach und hektisch. „Weiß auch nicht, was … was …"

„Ruhig", ging Karl dazwischen. „Magst a Wasser?"

Nach kurzem Zögern nickte Jakob und löste seine verkrampfte Haltung, mit der er im Stuhl hockte.

„Ich glaube, du hast nur einen Schwächeanfall", sagte Karl, vor allem, um Fillner zu beruhigen. Immerhin lag sein Chef nicht bewusstlos oder tot am Boden. Könnte alles schlimmer sein.

„Krankenwagen kommt!", rief Maria.

„Brauch ich nicht."

„Du bist jetzt ruhig."

„Blutzucker normal“, sagte der Sanitäter, ein junger Mann mit Jesus-Haartracht. „Auch das EKG zeigt keine Auffälligkeiten.“

„Also kein Herzinfarkt?“, fragte Jakob.

„Nein, danach sieht es nicht aus.“

Schlagartig atmete er befreit auf.

„Siehst du“, sagte Karl und nickte ihm zu. „Alles halb so wild.“

„Aber was hatte ich dann?“

Jesus zuckte mit den Schultern. „Ich würde auf eine Panikattacke tippen.“

„Panikattacke?“ Unglaube schwang in der Frage mit.

„Ja“, antwortete Jesus schlicht.

„Und woher kommt so etwas?“

„Stress, Trauer, zu viel Aufregung.“

„Karl“, sagte Jakob und schluckte erneut, bevor er sich über die Augen rieb. Kurz zitterte seine Lippe, dann hatte er sich wieder unter Kontrolle. „Weswegen ich eigentlich zu dir wollte: Du musst Familie Mühlhauser in der Stuberstraße aufsuchen, denn …“

Karl wusste sofort, was Sache war: „Felizitas Mühlhauser, verschwunden seit fast drei Jahren. Genau wie Constanze Pressler.“ Fest sah er Jakob an. „Lass mich raten: Tot vor der Gartentür zusammengebrochen? Oder konnte sie noch mit ihren Eltern reden, ehe sie starb?“

Jakob lächelte schwach, während Jesus gerade den Klettverschluss der Blutdruckmanschette am Oberarm mit einem Ratschen löste. „Nein, sie lebt.“

Karl spürte, wie er die Augen aufriss. „Das ist ja der Wahnsinn! Vielleicht kann sie …“

„Freu dich nicht zu früh.“

„Wieso?“

„Ersten Berichten zufolge ist Felizitas Mühlhauser nicht ganz auf der Höhe des Geschehens.“

„Aha. Na, werde ich ja sehen.“

Jesus fragte: „Können Sie alleine gehen?“

„Ich denke schon."

Nur beim Aufstehen aus dem Drehstuhl unterstützte Jesus ihn, dann stand Jakob ohne Hilfe, atmete durch und bewegte sich in Richtung Tür, aber vorsichtig, als traute er seinem Körper nicht mehr über den Weg. Bevor er den Gang betrat, blieb er stehen. „Vielleicht … vielleicht ist eine Einweisung ins Krankenhaus gar nicht notwendig."

„Natürlich können Sie sich auf eigenen Wunsch aus unserer Obhut entlassen. Ich würde allerdings vorschlagen, Sie werden durchgecheckt, um körperliche Ursachen auszuschließen. Das gibt Ihnen Sicherheit und reduziert das Kopfkino."

Jakob seufzte. „Herrgott, ich habe eigentlich viel zu viel zu tun, als dass ich …"

Karl wollte schon aufbegehren, doch Maria war schneller: „Herr Fillner, wir kriegen das hin. Seien Sie bitte vernünftig."

Karl hätte es anders – sprich drastischer – formuliert, aber vielleicht half es ja, dass eine Frau ihm ins Gewissen redete. Das Haupt gesenkt, als hätte er eine Niederlage zu verwinden, schlappte Jakob aus dem Büro.

„Soll ich deine Frau anrufen?", rief Karl ihm hinterher.

„Bloß nicht! Das regle ich selbst!"

Die Vehemenz von Fillners Antwort zog Maria die Augenbrauen hoch bis zum Scheitel, und sie sah Karl vielsagend an.

Er flüsterte: „Ich glaube, da irgendwo liegt der Hund begraben, weswegen Jakob in letzter Zeit abgeht wie ein Zäpfchen."

„Ja", sagte Maria, ihr Gesichtsausdruck mitfühlend und besorgt, „das glaube ich auch. Der Arme."

Karl winkte ab. „Den haut so schnell nichts um. Selbst wenn daheim der Haussegen schief hängt – der fängt sich wieder."

„Was wollte er mit dir besprechen?"

„Alles etwas nebulös. Heute Mittag weiß ich mehr. Kümmere du dich erst mal um Schwaiger."

„Ach, Scheibenhonig! Das Verhör!" Sie wirbelte herum und spurtete davon.

Glücklich klang der Achtzylinder, glücklich und auch erwartungsvoll, denn allzu lang würde die Ampel ihn nicht mehr aufhalten. Vor dem Hintergrund des grauen Himmels wirkte ihr tiefrotes Glühen so satt, als hätte ein Maler es angerührt.

Zwei Damen, die eine mit Pelzmantel, die andere mit einer Handtasche, auf der edelsteinglitzernde Lettern *Louis Vuitton* verkündeten, schritten auf dem Gehweg auf Karl zu.

Leichter Druck mit der Sohle reichte aus, um den schnurrenden Achtzylinder in ein grollendes Raubtier zu verwandeln. Karl stellte sich vor, wie die Lamellen des Kühlergrills die Form eines sich öffnenden Gebisses mit blitzenden Fangzähnen annahmen.

Die Frau im Pelzmantel schob ihre Sonnenbrille den Nasenrücken herab und schenkte dem Ford Mustang einen Blick, aus dem Karl Neugier und Wertschätzung herausfilterte. Zufrieden grinsend jagte er den Motor noch weiter hoch. Perfektes Timing, denn in diesem Moment sprang die Ampel auf Grün. Er ließ die Kupplung kommen und zischte los. Kurz schaute er in die Augen der Frau und las kokettierende Überraschung in ihnen, dann verschwand sie im Seitenspiegel, genau wie die Autos, die hinter Karl standen. Er brauste weiter, bremste und bog sportlich in die Stuberstraße. Der Mustang lag in der Kurve wie festgeklebt, schien mit dem feucht glänzenden Teer verschmolzen.

Hundert Meter entfernt parkten ein Krankenwagen sowie drei Streifenautos vor einer Altbauvilla mit gusseisernem Zaun. Ein halbes Dutzend Streifenbeamte sicherten den Bereich.

Karl lenkte seinen Schatz in die freie Lücke hinter einem Lieferwagen auf der anderen Seite, setzte dann zurück und parkte sein Auto in perfektem Abstand zum Bordstein. Dann marschierte er schwungvoll auf seine Kollegen zu.

„Guten Morgen." Sein Blick blieb bei Fritz hängen, einem erfahrenen Kollegen, den er von früheren Einsätzen kannte. Die anderen waren Jungspunde, noch grün hinter den Ohren, egal wie selbstsicher sie dreinblickten. „Na, alter Haudegen – was ist hier los?"

„Servus, Karl." Fritz schob die Polizeimütze nach vorne, um sich am ergrauten Hinterkopf zu kratzen. „Heute Morgen erhielten wir einen Anruf von der Zentrale, dass eine vermisste Person wieder aufgetaucht ist – diesmal aber lebendig."

„Habe ich gehört", erwiderte Karl. „Wo ist Felizitas Mühlhauser?"

Fritz deutete auf die offene Eingangstür der Villa, aus der aufgeregte Stimmen drangen. Zwischen den einzelnen Gesprächsfetzen hörte Karl in den Sprechpausen leises Weinen und Schluchzen. Dieses kam aus einem gekippten Fenster im ersten Stock, das zur Straße wies. „Notfallseelsorger sind auch schon da. Geht drunter und drüber, glaube ich. Diese Felizitas …" Er räusperte sich, schob die Mütze wieder in Position und zog eine Miene, als wäre er in einen Reißnagel getreten. „Also, die ist völlig durch den Wind, wie es aussieht. Muss Schlimmes durchgemacht haben."

Ein schriller Schrei schnitt in Karls Ohren. Erfüllt von Vorahnung, schaute er zur Tür, die ihm mit einem Schlag vorkam wie die Pforte zur Hölle. „Au weia …", murmelte er und sah wieder zu Fritz. „Habt ihr die Anwohner bereits befragt?"

„Nein. Wir haben gedacht, dass wir erst einmal …"

„Dann nichts wie los!", rief Karl und klatschte in die Hände. „Alle Nachbarn befragen, ob die irgendetwas Auffälliges oder Verdächtiges bemerkt haben."

Fragend schauten die Beamten zu Fritz.

„Ihr hört, was der Chef sagt", meinte dieser nur und winkte seine Kollegen zu sich.

In einen Begeisterungstaumel versetzte der Befehl die jungen Polizisten nicht. Aber sie gehorchten, so, wie Karl es von einem bayerischen Beamten erwartete.

Er verharrte noch zwei Minuten an Ort und Stelle als stumme Präsenz höherer Dienstgewalt sowie als Mahnmal, die angetragene Aufgabe zügig und kompetent in Angriff zu nehmen. Dann schritt er die Auffahrt entlang und über den gepflasterten Vorplatz zum Anwesen der Mühlhausers. Direkt neben der offenen, doppelflügeligen Eingangstür parkte eine BMW R 1250 GS in schwarz-gelbem Look, was ihn an Borussia Dortmund erinnerte, und deshalb nicht gefiel – auch wenn das Motorrad als solches ein Hingucker war. Kollege Moraczek fuhr auch eine, allerdings das Vorgängermodell.

„Schönes Geschoss", murmelte Karl, dann klopfte er gegen die offene Tür. „Hallo?"

Keine Reaktion: Im Erdgeschoss schien niemand zu sein.

Er schritt ins Foyer der Villa, ein weites Rund, dessen Wände eine fortlaufende Fotostrecke darstellten, wohl eine Art Zeitstrahl, denn links ging es mit körnigen Schwarzweiß-Aufnahmen los, die Frauen in barocken Kleidern und Männer mit Schnauzern und Zylindern zeigten. Auf der Barttracht der Herren verweilte Karls Blick einen Moment länger, und zum ersten Mal in seinem Leben hinterfragte er den optischen Reiz eines Schnauzers.

Sollte er Marias Ratschlag in die Tat umsetzen? Er fasste sich an den Schnauzer, ließ die Finger drübergleiten und atmete schwer ein und wieder aus. Nein, dies war weder der richtige Ort noch der richtige Augenblick, um über eine derart wegweisende Entscheidung zu sinnieren.

Betreffs der Vermisstenanzeigen, die er jeden Freitag sichtete, war er natürlich auf den Namen Mühlhauser gestoßen und hatte sich informiert: Alteingesessenes Münchener Familienunternehmen, das bereits vor der Jahrhundertwende begann, Maschinenteile aller Art zu fertigen, ehe es sich Mitte der Achtzigerjahre auf Hebebühnen und Fahrzeugwaagen spezialisierte. Bis heute war die Firma in Familienhand und behauptete sich, wie Karl gehört hatte, auch auf dem internationalen Markt.

Ein letztes Herumzupfen am Schnauzer – wie würde es sich wohl ohne anfühlen? –, dann schritt er die breite Treppe in die erste Etage hinauf, deren Geländer aus metallenen Hubkolben bestand, und konnte sich nicht festlegen, ob er diese eigenwillige Balustrade pfiffig oder befremdlich fand. Der Stolz auf das Familienunternehmen tropfte jedenfalls aus jeder Stein- und Fliesenfuge.

Oben angelangt, musste er nur die Ohren spitzen, um den richtigen Weg zu finden. Zuerst blieb er bei einem kleinen Büro stehen, an dessen Tisch ein dicklicher Mann in Anzug und Krawatte hockte, der sich schniefend über die Augen fuhr. Es handelte sich um Theobald Mühlhauser, Felizitas' Vater und Chef des Unternehmens. Weil Karl befürchtete, aus dem Trauerkloß nicht viel herauszubekommen, ging er weiter.

Die Personen, die aufgeregt diskutierten, traf er in einer Art Privatbibliothek an. So antik wie das Interieur – gedrechselte Holzregale, wuchtige Holztafel, die Stühle in grünem Streifendessin –, wirkte auch die Frau, die mit verschränkten Armen abseits stand und sich Karl bei dessen Eintreten zuwandte. Ließ man die Smartwatch am Handgelenk außer Acht, könnte sie soeben aus einem der Schwarzweiß-Fotos gehüpft und hier gelandet sein.

Straffes Gesicht, das für Frugalisten vielleicht asketisch, für Karl aber ausgemergelt wirkte, das rot getönte Haar mit Nadeln zu einem krötenhaften Dutt gesteckt. Dazu hochhackige Schuhe, ein langer Faltenrock sowie ein Blazer, aus dem sehnige Handgelenke mit dürren Fingern herausragten.

„Und Sie sind?“, fragte sie mit spitzen Lippen, woraufhin die Gespräche im Raum nach und nach verstummten.

Er zückte seinen Dienstausweis, wie es, wäre dieser dazu in der Lage, sein Ford Mustang getan hätte: gleichermaßen forsch wie lässig, eine Bewegung, die sowohl Kraft als auch James-Stewart-Eleganz verströmte. „Karl Seitz, Hauptkommissar, Kripo München.“ Er ließ die Karte sinken. „Mit wem habe ich das Vergnügen?“

„Philomena Mühlhauser.“

Ah, die Gemahlin des Chefs. Also musste er sich nicht durchfragen.

Ein Schrei – oder eigentlich mehr ein schauerliches Kreischen –, das vom Gang in die Bibliothek brandete, verwandelte die Stille erneut in aufgeregtes Stimmgewirr. Nur eine Person, ein junger Mann mit lockigem Haar, schaute gelangweilt drein, befeuchtete den Zeigefinger und rieb an einem Schmierer auf seiner Motorradjacke herum.

Philomena Mühlhausers Wangen formten sich zu zwei Beulen. „Das bringt doch alles nichts!" rief sie, schickte einen erzürnt-resignierten Blick zur Decke, schleuderte die Arme nach oben und eilte an Karl vorbei. Ehe Karl Einwände erheben konnte, dass sie einen Hauptkommissar stehen ließ wie ein zerschlissenes Kanapee, war sie schon im Gang verschwunden.

„Philomena!", rief ein älterer Herr und rannte ihr nach. „Lass die Psychologin ihre Arbeit machen!"

„Was fällt dir ein, Xaver!", erklang es einen Augenblick später. Der Angesprochene hielt, als er zurückkehrte, Philomena Mühlhausers Oberarm in festem Griff und zerrte sie zurück in die Bibliothek.

„Au, Xaver!" Ihr Kopf hochrot, entwand sich Frau Mühlhauser durch einige störrische Verrenkungen. „Untersteh dich, mich noch einmal so ruppig anzufassen!"

„Es tut mir ja auch leid, Philomena, aber du musst einfach verstehen, dass ..."

„Nie wieder!", sagte sie schneidend.

Einen Lidschlag lang schien Xaver dagegenhalten zu wollen. Dann aber nickte er und wandte sich wieder seiner vorigen Gesprächspartnerin zu, einer recht adretten Frau in Hosenanzug, geschätztes Alter um die vierzig.

Philomena Mühlhauser bebte am ganzen Leib, dann stolzierte sie an Xaver vorbei, griff nach einem Kristalldecanter, der auf einem verwaisten Beistelltisch stand, und goss sich ein pokalähnliches Glas bis zur Hälfte mit der bernsteinfarbenen Flüssigkeit voll. Bevor sie trank, schwenkte sie das Glas energisch und roch an den Dämpfen. Nach einem tiefen Schluck stellte sie es zurück und schloss die Augen.

Als sie diese wieder öffnete, sagte sie: „Sie ist eine Mühlhauser. Sie wird das durchstehen und zu alter Stärke zurückfinden."

Speziell an eine Person adressiert oder allgemeine Parole?

Karl sah in die Gesichter der Anwesenden. Nur Xaver schien bemüht, Philomena Mühlhausers Worte nicht einfach ins Leere laufen zu lassen. Er atmete durch und ging zu ihr. „Natürlich ist sie stark – aus Familientradition heraus."

Sofort nickte sie inbrünstig.

„Dennoch wird das, was ihr widerfahren ist, nicht in ein paar Tagen verfliegen wie ein Infekt."

Ihre Kinnbacken spannten sich. „Wird sich zeigen. Sie muss sich ausruhen, viel schlafen. Dann langsam wieder in der Familie ankommen." Abermals nickte sie, zornig fast. „Sie wird das schaffen."

Xavers Mund bekam ebenfalls einen verkniffenen Zug, doch ein Blick in Philomena Mühlhausers Gesicht zeigte ihm, dass weitere Worte sinnlos wären. Brüsk wandte er sich ab und ging zurück zu der Frau im Hosenanzug, die den Kopf schüttelte und Xaver etwas zumurmelte, das missbilligend klang.

Frau Mühlhauser hörte es nicht, schien in diesem Moment überhaupt kaum etwas um sich herum wahrzunehmen. „Sie wird das schaffen", murmelte sie. „Sie wird es schaffen." Weitere Male wiederholte sie dieses Mantra mit gebetsmühlenartiger Stimme und stierte auf die Regalwand auf der anderen Seite des Bibliothekszimmers.

Der geleckte Schönling in Motorradkluft – der rein äußerlich Parallelen zu Robert Hohenfeld aufwies –, verzog den von einem Henriquatre umrahmten Mund hämisch. „Freilich schafft unsere Super-Feli das." Kaum mehr als ein Flüstern, aber dennoch hörte Karl es – und noch jemand, von dem er es nicht erwartet hätte.

„Wie kannst du es wagen, so verächtlich über deine Schwester zu reden, du Haderlump und Nichtsnutz!" Die Fäuste zu weißen kleinen Bällen zusammengepresst, wandte sich Philomena Mühlhauser ihrem Sohn zu. „Scher dich raus, Vincent!" Sie schnellte den Zeigefinger in Richtung Tür.

Sohnemann hob lediglich die Brauen, dann zuckte er die breiten Schultern und erhob sich. Ein mitleidiger Blick für seine

Mutter. „Ich wollte eh gerade gehen. Passt also. Servus beinand." Damit schlenderte er, jeder Zoll lässige Eleganz, aus dem Raum.

Philomena Mühlhauser entkrampfte ihre Hände, war aber fahl im Gesicht, woran auch der nächste Schluck Cognac nichts änderte. Nach ein paar bebenden Atemzügen schritt sie ebenfalls in Richtung Ausgang.

Guter Zeitpunkt, dachte Karl.

„Frau Mühlhauser", sagte er, nachdem er ihr in den Gang gefolgt war. „Bitte wart..."

„Nicht jetzt", sagte sie patzig. „Reden Sie mit meinem Mann. Der kann Ihnen besser weiterhelfen."

Mochte sein, dass sie mit ihrer Art jeden anderen abgekanzelt hätte – aber nicht einen Karl Seitz.

„Sie bleiben auf der Stelle stehen!"

Tatsächlich stoppte sie und wirbelte auf den Münzabsätzen ihrer Stöckelschuhe herum wie eine Ballerina auf einer Spieluhr. „Ich höre wohl ..."

„Sie können meinetwegen die Reinkarnation von Sissi höchstselbst sein – interessiert mich alles nicht. Ich bin hier, um einen Fall zu lösen. Und dafür brauche ich Ihre Kooperation. So einfach ist das. Und je schneller wir ins Gespräch kommen, desto höher die Wahrscheinlichkeit, dass wir den Täter schnappen."

Sie blinzelte, schüttelte dann den Kopf und zog mit einem Ruck den Seidenschal um ihren dürren Hals enger. Zuletzt strich sie ihren Rock glatt, obwohl der keinerlei Falten aufwies. „Entschuldigen Sie. Mein Benehmen war meines Standes unwürdig." Sie nahm einen bebenden Atemzug. „Vor knapp drei Jahren verschwand meine Tochter spurlos. Ein Zweifel, dass sie entführt wurde, besteht nun nicht mehr. Ihre Kollegen zogen allerdings auch die abstruse Theorie in Betracht, Felizitas könnte aus freien Stücken abgehauen sein."

Hätte mich nicht im Geringsten gewundert.

„Zeigt mir wieder, dass die meisten Ihrer Kollegen Trottel sind, wenn ich das so sagen darf."

„Nein, dürfen Sie nicht. Denn das ist Beamtenbeleidigung."

Philomena Mühlhauser lachte grell auf. „Hören Sie auf, sich so aufzuspielen. Und wenn Sie meinen, mir deswegen eine Anzeige aufzubrummen, dann nur zu."

Natürlich hätte er diese arrogante Schnepfe gerne abgeführt und verhört, um ihr zu zeigen, wer in Wahrheit am längeren Hebel saß. Nur leider würde das dazu führen, dass er sich jene Menschen zum Feind machte, die ihm am ehesten helfen könnten, neue Spuren in seinem Fall zu erhalten.

Karl, du bist Profi und machst diesen Scheiß lange genug.

Er atmete einmal durch die Nase aus, dann war es wieder gut.

„Ich möchte Ihnen keine Anzeige aufbrummen, sondern Ihnen helfen. Also: Bitte erläutern Sie mir so genau wie möglich, wie sich die Rückkehr Ihrer Tochter abgespielt hat."

Sie schnaufte energisch, dann schloss sie kurz die Augen und nickte. „Leider gibt es da nicht allzu viel zu erzählen: In aller Herrgottsfrüh ging die Türklingel. Mathilde hat geöffnet – und erst mal gekreischt. Danach war wirklich *jeder* wach."

„Mathilde?"

„Meine Haushälterin unter der Woche."

„Verstehe."

„Ich eilte nach unten – und da kauerte Felizitas vor der Tür. Erst habe ich sie gar nicht erkannt, so zerzaust war ihr Haar, so eingefallen ihr Gesicht. Dann aber …" Sie schluckte, und ihr Blick weichte auf, die erste Regung, die weder Zorn noch Überheblichkeit ausdrückte. „Meine Tochter war zurückgekehrt – oder das, was von ihr übrig ist." Rasch jedoch verhärteten sich ihre Züge wieder. „Felizitas ist stark. Sie wird sich erholen." Nun ein Lächeln, leicht verklärt, wie aus einem Märchenbuch, das Philomena Mühlhauser nur für sich selbst geschrieben hatte. „Dann wird sie unser Unternehmen in eine neue Blütezeit führen. Felizitas ist so geschickt, das können Sie sich gar nicht vorstellen. Was sie anfasst, wird zu Gold."

„Du denkst nur an diesen verfluchten Scheißladen!"

Theobald Mühlhauser, der vorhin weinend am Schreibtisch gesessen hatte, näherte sich, Schultern hochgezogen, Fäuste geballt. „Ab mit dir zu deinen Verkaufszahlen, Bilanzen und Rechnungen!“

Der Blick, mit dem Philomena ihren Mann bedachte, würde jedes Türschloss selbst im Sommer in Blitzschlagschnelle vereisen lassen. „Darüber reden wir später, Theobald.“

Dieser einzelne Satz blies besagtem Theobald jedes Ungestüm vom Leib, das er bis vor ein paar Sekunden so überzeugend zur Schau gestellt hatte. Geduckt stand er plötzlich da, die Fäuste zwar immer noch geballt, doch nicht mehr als Drohung, sondern als umschlösse er die letzten Brösel Würde, die ihm seine Frau gelassen hatte.

Philomena saugte Luft durch die Nasenflügel, dass diese sich kurz eindellten, ehe sie wieder Karl ansah. „Fühlen Sie sich frei, mit sämtlichen Anwesenden zu reden, um Ihre Arbeit schnellstmöglich erledigen zu können, Herr Seitz.“ Damit schritt sie davon, aufrecht, steif. Angeschlagen, aber nicht besiegt.

Karl wandte seinen Blick dem dicklichen Mann mit grauem Vollbart zu, dessen grobknochiges Gesicht eine seltsame Mischung aus Zorn und Kummer verströmte. „Guten Morgen. Mein Name ist Karl Seitz, Kripo München. Mordkommission.“

Er reichte Karl die Hand. „Theobald Mühlhauser.“

Innerlich monierte Karl den laschen Druck. *Wie eine vollgeschissene Windel.*

Sowie er die Hand losließ, wusste er bereits, wie das Familiengefüge der Mühlhausers aussah: Theobald der Chef, aber zu weich für moralisch doppelbödige Entscheidungen. Für diese war seine Frau Philomena zuständig, die alles und jeden opfern würde, so es dem Wohl des Unternehmens diente. Der Sohn war von Beruf genau das: Sohn. Seine Mutter traute ihm die Übernahme der Firma nicht zu, was diesen jedoch nicht zu stören schien. Alle Hoffnungen hatten einst auf Tochter Felizitas geruht. Jetzt war sie zurückgekehrt. Wäre sie jemals in der Lage, das Gewicht des Familienerbes zu schultern?

„Verzeihen Sie bitte mein ungebührliches Verhalten vorhin“, sagte Herr Mühlhauser in die Stille, die sich nach dem Handschlag ausgebreitet hatte. „Die neue Situation ist im Moment nicht minder schrecklich als die Ungewissheit davor."

„Das kann ich mir vorstellen. Ähm, Sie haben ebenfalls geschlafen, nehme ich an – und wurden durch die Klingel geweckt."

„Ja." Er schluckte, senkte kurz den Kopf und rieb sich über die Augen. Seine Lippen zitterten, als er wieder aufsah. „Dass Sie von der Mordkommission sind, passt tatsächlich. Denn obwohl Felizitas am Leben zu sein scheint, ist sie trotzdem tot."

Karl schluckte. „Wir werden alles daran setzen, den Schuldigen zu finden. Ähm, meines Wissens hat es nie eine Lösegeldforderung gegeben. Ist das richtig?"

„Leider. In einem öffentlichen Aufruf haben wir den oder die Täter sogar darum gebeten, eine Forderung zu stellen. Wir hätten *jede* Summe gezahlt."

„Es gab also nie Kontakt zum Entführer?"

„Nein."

„Danke. Das war es fürs Erste."

Ein schriller Schrei hallte durch den Korridor. Karl schnitt er nur ins Ohr; seinem Gegenüber aber mitten durchs Herz bis in die Seele: Mühlhauser drehte sich ab, als könnte sein Rücken den Schall besser abfangen. Wahrscheinlich wollte er einfach nicht, dass jeder seinen Kummer sah, sein Entsetzen.

„Wiedersehen, Herr Mühlhauser", murmelte Karl und ging jenen Weg, den der Schrei geschaffen hatte. Obwohl er verklungen war, meinte er ihn als Kribbeln auf der Haut zu spüren, wie beim Arzt zum Blutabnehmen, kurz bevor dieser mit der Nadel zustach.

Er schüttelte das Gefühl ab.

Ruhig bleiben, egal was kommt.

Den Raum zu seiner Rechten zu betreten, stellte sich als schwieriger heraus als sonst, wenn er zu einem Tatort gerufen wurde. Der Grund dafür war überraschend schlicht wie aufwühlend: Hinter der Tür wartete keine Leiche, sondern ein wahrscheinlich aufs Entsetzlichste traumatisierter Mensch.

Würde er eines Tages wieder so dastehen wie jetzt? Vor einer Tür, hinter der kein unbekanntes Opfer wartete – sondern Anja?

Würde sie, vom Erlebten in die Knie gezwungen, ebenfalls kreischen und sich vom Rest der Welt abkapseln, um eine eigene zu bauen, die ohne Schmerzen war?

Hör auf, dich verrückt zu machen. Sei professionell. Distanziert und dennoch fokussiert. Herr der Lage.

Vorsichtig drückte er die Tür auf – und erschrak ob der Zahl der anwesenden Personen, die sich zu ihm herumdrehten: drei Sanitäter plus Notärztin sowie eine Frau in Zivil. Bei letzterer handelte es sich um eine Bekannte: Brenner, polizeipsychologischer Dienst.

Karl sah sie erwartungsvoll an, und nach kurzem Zögern winkte sie ihn herbei. Während er das große Schlafzimmer durchmaß und sich zu Brenner gesellte, die neben einem Doppelbett stand, fragte er sich, wo Felizitas Mühlhauser war. Dies vermittelte er Brenner durch einen Blick.

Sie deutete nach rechts zum Einbauschrank, dessen äußerste Schiebetür einen Spalt breit offenstand.

Karl runzelte die Stirn.

Brenner nickte nur.

Schwere Atemgeräusche tönten aus dem Schrank – und explodierten geradezu in einem ohrenbetäubenden Kreischen. Die Intensität rüttelte Karl durch, er setzte einen Schritt zurück, starrte zum Spalt, dann zu Brenner.

Die bedeutete den Sanitätern mit einer Handgeste, nichts zu unternehmen, ehe sie Karl sanft am Arm berührte und mit dem Kinn in Richtung Tür deutete. Bevor er sich mitziehen ließ, verzog er die Nase, da ihn ein unangenehmer Geruch Marke Bahnhofstoilette streifte. Die Balkontür des Schlafzimmers stand offen. Kam das von draußen?

Nachdem sie das Zimmer verlassen hatten, zog Brenner die Tür hinter sich zu und nahm einen langsamen Atemzug.

„So schlimm?", fragte Karl.

Brenner fasste sich an die Stirn, seufzte und nickte schließlich.

„Sehr schlimm: Ich glaube, Felizitas Mühlhauser ist während ihrer Gefangenschaft wahnsinnig geworden."

„Voll durchgedreht oder wie?"

„Ja. Spricht man sie an, schreit sie nur. Sie ist durchs Haus direkt zum Schlafzimmer ihrer Eltern gerannt, hat den Schrank geöffnet und kauert seitdem zwischen den Nachthemden ihrer Mutter."

Anja! Hältst du noch durch? Oder bist du ebenfalls zerbrochen?

Oder tot?

„Herr Seitz? Sie sind ganz blass. Wenn das zu heftig für Sie ist, dann ..."

„Wie? Nein, alles gut, keine Sorge." Er räusperte sich. Können Sie ungefähr einschätzen, ab wann Felizitas Mühlhauser vernehmungsfähig sein wird?"

Brenners rechte Braue schob sie nach oben, die linke zog sie nach unten. „Ich habe doch gesagt: Frau Mühlhausers Verstand ist geschädigt."

„Kann man da nichts machen? Erst Beruhigungspillen und dann was zum Aufpäppeln?"

„Ich ..."

„Die medizinischen Möglichkeiten heutzutage – da lässt sich doch Einiges bewerkstelligen, oder nicht?"

„Herr Seitz – jetzt überraschen Sie mich."

„Oh, danke."

Brenners Gesicht gefror. „Negativ."

„Inwiefern?"

„Eine psychische Verletzung, wenn man es so nennen möchte, ist etwas ganz anderes als ein abgetrenntes Bein, das man mit etwas Glück wieder annähen kann."

„Verstehe. Entschuldigen Sie." Er kratzte sich am Kinn. „Und was gedenken Sie nun zu tun?", fragte er schließlich.

„Ich habe mich mit dem Notarzt besprochen, und wir sind zu der Überzeugung gekommen, dass wir warten, bis Frau Mühlhauser eingeschlafen ist."

Aus einem Impuls heraus lachte Karl. „Bitte was?"

Brenner verzog das Gesicht zu einer sauertöpfischen Grimasse. „Sie lässt niemanden an sich heran, schreit, wenn man mit ihr reden möchte, und hat sich sogar vor Angst …" Sie verstummte, aber Karls Geruchserinnerung aus dem Schlafzimmer vollendete den Satz.

„Oh", sagte er nur.

„Sobald sie schläft, sorgen wir dafür, dass sie nicht so schnell wieder aufwacht, bringen sie ins Krankenhaus und checken sie durch. Alles Weitere wird sich zeigen."

„Konnten Sie erkennen, ob es Spuren äußerer Gewalteinwirkung gab? Hämatome, Spuren von Verbrennungen? Schnitte? Irgendetwas in dieser Art?"

Brenner sah betroffen zur Seite, schüttelte aber dann den Kopf. „Soweit ich das sehen konnte, nein. Aber ihre Seele liegt in Fetzen. Ihre Gefangenschaft muss ein Martyrium gewesen sein. Zumindest vermute ich das anhand ihres psychischen Zustands."

„G-gut, danke", sagte er stockend, da Schwindel ihn erfasste. Zum Glück verlor er nicht seinen Stand. „Dann … dann kümmern Sie sich gut um Frau Mühlhauser. Ich melde mich wieder bei Ihnen. Wiedersehen."

Ihr perplexes „Äh, ja, Wiedersehen" erwischte nur noch seinen Rücken, da er sich bereits herumgedreht hatte und so schnell, wie es ihm möglich war, die Treppe ansteuerte. Die rechte Hand um den Handlauf gekrallt, mühte er sich Stück für Stück nach unten, lief ins Freie, lehnte sich an die Mauer, beugte sich nach vorne und stützte die Hände auf die Knie. Sein Herz polterte wie nach dem Hundert-Meter-Sprint beim Sportabzeichen in der Schule.

„Anja", wisperte er, ehe er wütend auf sich selbst wurde.

Ich muss Fall und Anja trennen. Sonst kann mich die Brenner gleich mit ins Krankenhaus nehmen!

Es dauerte, bis sein Puls nicht mehr raste und seine Atmung gleichmäßiger kam. Nachdem er sich kalten Schweiß von der Stirn gewischt hatte, straffte er sich und ging zurück zur Straße.

Er traf auf Fritz, der, eine Zigarette im Mundwinkel, am Kotflügel eines Streifenwagens lehnte. Aus der offenen Fahrertür kam das *Biddeldibiep* des Polizeifunks: Wohnungseinbruch in Perlach, also eine ganz andere Ecke. Fritz saugte an der Zigarette, dann blies er den Rauch aus, ließ den Stummel fallen und trat ihn aus.

„Gibt 's schon irgendwas?", fragte Karl.

„Bis jetzt leider ned." Fritz griff zur Brusttasche seiner Uniform und zupfte eine neue Kippe aus der darin verstauten Packung. Er lächelte, da er offenbar Karls Blick bemerkte – und fischte eine weitere heraus.

„Oh, danke", sagte Karl und griff danach, doch Fritz zog sie zurück und lächelte schmal. „Das nächste Mal bitte, ohne mir ins Wort zu fallen."

„Äh …"

„Dann nichts wie los!" Fritz legte beide Kippen so auf die Motorhaube, dass sie nicht wegrollten, und klatschte übereifrig in die Hände. „Alle Nachbarn befragen, ob die irgendetwas Auffälliges oder Verdächtiges bemerkt haben!"

Karl erinnerte sich. „So schlimm war das auch wieder ni…"

„Ich mag's einfach nicht, Karl. Ob du nun der Boss oder Chef oder Vorgesetzte oder was auch immer bist – ich bin lange genug dabei, um geradeheraus zu sagen, wenn mir was nicht passt."

Karl bemühte sich um eine ausdruckslose Miene, auch wenn Zorn in ihm gärte: Ob diensterprobt oder nicht, Fritz hatte sich einer Anweisung zu fügen, ohne herumzumosern. Und dass Karl ihm das Wort abgeschnitten hatte, damit musste er halt leben. Schließlich arbeiteten sie bei der Polizei und nicht im Beschieß-mich-mit-rosa-Wattebällchen-aber-nicht-zu-dolle-Verein.

Andererseits war ihm klar, dass er den Rückhalt der Streifenpolizisten brauchte – Fußsoldaten und Kommandant und so.

Maria würde plädieren, Karl solle sich entschuldigen. In solchen Situationen immer an Maria zu denken, nervte ihn allmählich. War fast schlimmer als in der Weihnachtsgeschichte dieses englischen Schriftstellers Charles Irgendwas, in der ein fieser Geizhals Besuch von den Geistern der Weihnacht bekam.

Daraufhin änderte er sein Leben und wurde ein guter, gönnerhafter Mann.

Geizig bin ich gar nicht! Also passt der Vergleich nur bedingt …

Dennoch sagte er: „Sorry, Fritz, dass ich dir vor deinen Kollegen ins Wort gefallen bin.“

„Schon vergessen.“ Fritz reichte Karl eine Kippe und gab ihm anschließend Feuer.

„Zurück zur Spurenlage“, sagte Karl nach dem ersten Zug. Zum Glück war diese Kippe um Längen milder als Inges Lungentorpedos, sodass er nur einmal kurz husten musste. „Es gibt also wirklich nicht den geringsten Hinweis auf gar nichts?“

Fritz reckte den Kopf gen Himmel und blies eine Rauchschwade hinaus, die sich rasch mit der diesigen, feuchten Luft vermengte. „Kollegen sind gerade am anderen Ende der Straße und befragen die Leute. Bislang sieht's – wie gesagt – mau aus. Duad ma leid, Karl.“

„Basst scho. Ihr gebt euer Bestes. Mehr kann man nicht verlangen.“

Zustimmend-begeistertes Nicken von Weihnachtsgeist Maria. Erst nach ein paar Sekunden bemerkte Karl Fritz' moderat skeptischen Blick, als argwöhnte er, dass Karls Lob in Wahrheit Verarsche war.

Doch weder sagte noch tat Karl etwas, um die Aussage zu konterkarieren.

„Des freut mich, dass du unsere Arbeit schätzt. Das tun nämlich nicht alle.“ Fritz sah in die Straße und nahm einen weiteren Zug. „Werde ich den Kollegen ausrichten. Die waren nach deiner Ansage nämlich ein bisschen …“ – er stieß den Rauch durch die Nase aus – „… verstimmt.“

„Guad“, entgegnete Karl. „Mach des.“ Er sah ebenfalls zum Ende der Straße, wo sich ein paar Sonnenstrahlen auf den Asphalt verirrten und sich dort glänzend brachen wie auf der Oberfläche eines mythischen Gewässers. Der neblige Rahmen um die Helligkeit, die dunklen Fassaden der Häuser links und rechts – wie aus einem Märchenbuch. Maria würde der Anblick bestimmt gefallen, und Karl stellte sich vor, wie sie ihn abends mit Bleistift oder Tusche auf Papier bannte. In diesem Moment vermisste er sie. Hoffentlich würden sie bald wieder zusammen arbeiten.

Er verabschiedete sich von Fritz, überquerte die Straße und stieg in seinen Ford Mustang. Statt den Anlasserknopf zu drücken, lehnte er sich im Sitz zurück und schaute wieder die Straße entlang, denn der Lieferwagen, hinter dem er eingeparkt hatte, war fort.

Ein zweites Mal träumte er sich in die Szenerie zerrinnenden Sonnenglanzes auf Teer. Er schloss die Augen und spürte, wie ihm ein Lächeln übers Gesicht huschte. Nach einer kurzen Reise seiner Gedanken, die ihn zu einer Lichtung führte, wo er mit seinem Vater einst ein Baumhaus gebaut hatte, fokussierte er sich auf Constanze Pressler und Felizitas Mühlhauser.

Zu lange auf dieser Lichtung, und er würde traurig werden, weil es eine der wenigen Erinnerungen war, die ihm von seinem Vater geblieben waren.

Grundsätzlich existierten zwei Ansätze.

Eins: Pressler und Mühlhauser waren ein- und demselben Täter zum Opfer gefallen.

Zwei: Unterschiedliche Täter waren am Werk.

Auch wenn er keinen Beweis dafür besaß, ging er von Variante eins aus. Gerade der geringe zeitliche Abstand zwischen beiden Fällen sprach dafür, desgleichen der Umstand, dass die beiden Frauen frühmorgens an ihrem alten Zuhause auftauchten.

Was nicht dafür sprach: Pressler war tot, Mühlhauser am Leben. Nun, zumindest ihr Körper. Was den Geist anging, gab es laut Brenner keine Prognose. Also beten und hoffen.

„Oder gibt es einen Grund, wieso er die eine getötet hat, die andere aber nicht?", sprach Karl seinen nächsten Gedanken laut aus.

Er wartete, dass sein eigenes Hirn den Ball zurückspielte, doch das hatte offenbar keinen Bock, weitere Synapsen zu aktivieren, weswegen er eine Zeit lang sinn- und ergebnislos durch die Windschutzscheibe starrte.

Er klemmte sein Handy in die Halterung, aktivierte die Zündung, damit die Freisprechanlage funktionierte, und wollte Maria anrufen, da erhaschte er linker Hand eine Bewegung.

Sanitäter rollten eine Krankentrage aus der Einfahrt des Mühlhauser'schen Anwesens, gefolgt von Brenner, die mit einem bestürzt dreinblickenden Theobald Mühlhauser redete. Die Notärztin hielt die Infusion und übergab diese einem der Sanitäter, dann stieg sie in ihren Audi und fuhr davon. Man lud Felizitas Mühlhauser in einen der beiden Krankenwagen. Brenner verabschiedete sich von Herrn Mühlhauser, der in der Einfahrt stand wie eine vergessene Statue.

Karl wählte Marias Nummer.

KAPITEL DREIZEHN

DIE ARME vor der Brust verschränkt und einen verkniffenen Zug um den Mund herum, stand Clemens an die Wand nahe der Scheibe gelehnt, durch die man vom Nebenzimmer aus einen Blick in den Verhörraum werfen konnte, aber nicht andersherum. „Seltsamer Typ. Schlau werde ich aus dem nicht."

Maria seufzte und sah durchs Glas zu Schwaiger, der, die Hände auf dem Tisch verschränkt, einfach dahockte. Nur seine Augen zuckten gelegentlich von links nach rechts, als vermutete er ganz in seiner Nähe einen unsichtbaren Feind.

„Nervös ist er auf jeden Fall." Clemens zuckte zusammen und drehte den Kopf zur Seite, da er ein Niesen unterdrückte.

„Das liegt daran, weil du ihn gekonnt in die Mangel genommen hast."

Der harte Zug um seinen Mund verschwand. „Danke schön. Also habe ich meine Scharte wieder ausgewetzt."

Lächelnd winkte Maria ab. „Welche Scharte?"

„Als wir Schwaiger einen Besuch abgestattet haben."

Sie winkte ab.

„Du bist heute irgendwie extrem gut drauf."

„Heute? Frechheit!" Maria lachte laut.

„Das meine ich."

„Ist ja auch ein schöner Tag heute“, erwiderte sie und setzte alles daran, nicht rot anzulaufen. „Zudem glaube ich, dass Schwaiger nur noch ein bisschen Bearbeitung braucht, bis er zugibt, die Kameras in Linningers Keller installiert zu haben.“

Den wahren Grund – Julius hatte nach dem Besuch im Restaurant die Nacht bei ihr verbracht – würde sie ihm bestimmt nicht verklickern. Denn diese Info würde irgendwann zu Karl diffundieren. Das wollte sie nicht. Und irgendwann zu Benny. Das wollte sie *erst recht* nicht.

Unvermittelt dachte sie an die mit Julius durchgeführten Aktivitäten in ihrem Bett. Ihre Gesichtstemperatur stieg.

Sie lächelte befangen, und Clemens dachte sich wohl seinen Teil, doch netterweise umschiffte er ihre Tomatenfärbung, indem er sagte: „Ich weiß nicht ... Gerade bei *dem* Vorwurf hat er am heftigsten widersprochen.“

„Äh ...“

Er runzelte die Stirn. „Was ist denn?“

„Ich glaube, ich habe den Faden verloren.“

Er lachte ungläubig. „Hast du schlecht geschlafen oder was?“

„So ähnlich.“

Am liebsten hätte sie sich für den lockeren Spruch geohrfeigt. Tja, wenn die Zunge schneller war als der Kopf ...

Zum Glück fuhr Clemens weiterhin die Gentleman-Schiene: „Schwaiger. Kameras. Linningers Keller.“

„Klar. Sorry. Ähm, ist es nicht so, dass man am heftigsten dementiert, wenn man am tiefsten drinsteckt?“

„Weiß nicht. Kann sein. Astrein ist Schwaiger auf keinen Fall. Die Sache mit dem Sexvideo damals – das ging auf seine Kappe. Da verwette ich meinen Arsch drauf.“

„Ist verjährt. Obendrein hätte Vanessa gegen die Wette was einzuwenden, oder?“

Clemens lachte, auch wenn es erzwungen wirkte. „Ich denke. Aber zurück zu Schwaiger: Als ich ihn mit den Spycams in Linningers Keller konfrontierte, hat ihn das überrascht, wenn nicht sogar in Panik versetzt.“

Maria sah ebenfalls zu Schwaiger. „Weil er nicht damit rechnete, aufzufliegen?“

„Hm“, machte Clemens, verlagerte sein Gewicht auf den anderen Fuß, lehnte aber weiterhin an der Wand. „Er ist also nicht über unseren Verdacht überrascht, dass wir *ihn* damit in Verbindung bringen, sondern weil wir seine clever versteckten Kameras gefunden haben?“

„Genau.“

„Schwierig, ihn da aus der Reserve zu locken.“

„Warten wir ab, worauf Benny sonst noch stößt“, sagte Maria. „Der hat Schwaigers Kameras entdeckt. Ich bin sicher, er findet auf dessen Rechnern ebenfalls was.“

Ein aggressives Hundebellen tönte aus ihrer Hose.

Wäre Clemens' Gesicht ein Lehrbuch über Interpunktion, so würde die gerade aufgeschlagene Seite von Fragezeichen handeln.

„Karl“, sagte sie nur.

Clemens lachte leise und wurde rot. „Echt jetzt?“

„Warum nicht?“

„Hoffentlich hört er das nie.“

„Wie sollte er? Wenn er bei mir ist, hat er ja keinen Grund, anzurufen.“

Er machte ein nachdenkliches Gesicht. „Klingt logisch.“

„Eben.“ Sie trat vom Nebenzimmer in den Korridor, zog die Tür hinter sich zu und nahm den Anruf an. „Servus, was gibt's?“

„Kurz Zeit?“

„Ja. Hau raus.“

Karl erzählte ihr, was er bei den Mühlhausers herausgefunden hatte. „So“, sagte er, nachdem er fertig war, „nun aber zum Casus knacktus.“

„Puh, kaum auszuhalten, diese Spannung.“

Er lachte. „Angenommen, Pressler und Mühlhauser wurden vom selben Täter gefangen gehalten, dann frage ich mich, wieso er die eine vergiftet, die andere aber nicht.“

Maria schritt den Gang entlang. Inzwischen schwirrten bereits die Mitarbeiter der SoKo Pressler umher, weswegen sie weiterging, bis sie das Treppenhaus erreichte.

„Und?", fragte Karl schließlich.

„Keine Ahnung. Vielleicht will uns der Täter verarschen. Treibt wieder Spielchen mit uns wie Linninger. Korrigiere: Treibt mit *dir* Spielchen."

„Sehr witzig."

„Ich weiß."

„Es muss einen Grund geben", sagte Karl ernst.

„Möglich. Oder es ist pure Willkür."

„Das bezweifle ich."

„Nur weil du etwas bezweifelst, heißt das nicht, dass …"

„Warte, warte. Ich möchte es dir erklären."

„Deine ergebene Novizin lauscht weiterhin gebannt."

„Sag mal, hast du heute 'nen Clown gefrühstückt?"

„Nee, wieso?"

„Bist mir fast *zu* gut drauf." Unvermittelt lachte er. „Ah! Das medizinische Gutachten verlief zur vollsten Zufriedenheit."

„Karl. Weißt du noch, was damals bei unserem Telefonat während meines Stopps an der Tankstelle passiert ist?"

„War das da, wo ich im Krankenhaus lag? Und du, du wolltest zum Brandstetter?"

„Genau."

„Du wurdest wenig später angeschossen."

„Depp! Das meinte ich nicht."

„Du hast mich weggedrückt."

Maria lächelte und war sicher, dass Karl dieses Lächeln in Gedanken sehen oder zumindest spüren konnte.

„Gut. Ich hab's verstanden und bohre nicht weiter nach."

„Bist lernfähig auf deine alten Tage."

Er atmete hörbar durch. „Der Täter entführt zwei Frauen, bereitet alles vor, hält sie am Leben und so weiter. Der tut nichts aus einer puren Laune heraus."

Maria öffnete die Tür zum Treppenhaus und setzte sich auf eine Stufe. „Ich gebe zu, das ist ein gutes Argument. Außer natürlich, die Frauen haben während ihrer Gefangenschaft den Kontrollzwang oder was auch immer des Täters befriedigt, und jetzt will er sie lediglich loswerden, weil sie ihm nichts mehr bringen."

Erneut schnaufte Karl in den Hörer. „Nein, da bist du auf dem Holzweg."

„Aha?" Kritik aus Karls Richtung traf sie inzwischen mehr als früher. Sie wollte hoch in seine Sphäre, ähnlich einem Kind, das sich jede Woche an die Türzarge stellte, um zu prüfen, ob es gewachsen war.

„Der Täter hätte die Frauen umbringen und in die Isar werfen können. Stattdessen stellt er sicher, dass sie ihr einstiges Zuhause erreichen – was die Gefahr des Entdecktwerdens um ein Vielfaches erhöht."

Maria schleuderte ihren Stolz für einen Moment fort. „Hast recht. Dann gehen wir mal davon aus, dass es zu seinem Plan gehört, Pressler umzubringen, Mühlhauser aber nicht. Nun bleibt die Frage des Warum."

„Ganz genau, meine Novizin."

„Ich fand es witziger, als es von mir kam."

Er lachte, aber nur ganz kurz und auch nicht fies oder überheblich.

„Du hast gesagt, dass Mühlhauser sich in einem psychisch desolaten Zustand befindet."

„Ja", antwortete er.

„Was ist, wenn das bei Pressler nicht der Fall war?"

Sie merkte, wie er nachdachte. Dann sagte er: „Der Täter flößt Pressler Gift ein, weil er Angst hat, sie könnte etwas erzählen."

„Richtig. Bei Mühlhauser geht er davon aus, dass ihr Verstand unwiederbringlich zerstört ist. Jedenfalls ein gewagtes Spiel. Würde jemand, der so geplant und zielgerichtet vorgeht – und das über Jahre –, dieses Risiko eingehen? Ich meine, was ist, falls sich Mühlhauser doch erholt?"

„Beten wir, dass es so kommt."

„Ja, aber nicht nur des Falls wegen. Diese arme Frau."

Karl schwieg, doch glaubte sie, seine Betroffenheit zu spüren.

„Wie kommen eigentlich die Eltern damit klar?"

„Frag nicht: Die Mutter lebt in ihrer eigenen Welt, in der nur das Familienunternehmen zählt. Wahrscheinlich eine Art Schutz. Der Vater weiß, was los ist – und ist dementsprechend fertig."

„Karl", sagte Maria aus einem Impuls heraus, und bevor sie darüber nachdachte, platzte es aus ihr heraus: „Was ist eigentlich *dein* Schutz?"

Was habe ich mir erst vor ein paar Minuten eingebläut?

Erst denken, dann reden!

Doch Karl flippte weder aus, noch trennte er die Verbindung.

„Die Arbeit", sagte er ruhig, fast salopp.

„Mit der Antwort hätte ich rechnen sollen."

„Jedenfalls", sagte er, „entsteht langsam ein Bild vor meinen Augen, was die Beweggründe des Täters angeht."

„Echt?" Karls Behauptung erwischte sie auf dem falschen Fuß, weil er bislang nach eigener Aussage nur im Trüben gefischt hatte. Und jetzt plötzlich ein Motiv? Oder zumindest der Weg oder die Idee zu einem Motiv? Das wäre ein famoser Sprung.

„Ultra-echt, um in deiner Sprache zu bleiben. Oder ist hyperecht treffender?"

Sie verzog den Mund. „Gib dein Neunzigerjahre-Wörterbuch bitte wieder zurück. Aber ja, ich bin tatsächlich gespannt."

Sie konnte sein Grinsen spüren, vor sich sehen. „Nun", sagte er selbstzufrieden, „ein Motiv wie Lösegeld oder dergleichen kann man ausschließen."

„Es gab nie eine Forderung, oder?"

„Ich habe das Herrn Mühlhauser nochmals gefragt: Nicht ein einziger Kontaktversuch seitens des Entführers, geschweige denn eine Lösegeldforderung. Und bei den Mühlhausers wäre was zu holen gewesen, so viel steht fest."

Maria nickte, als sie erkannte, worauf Karl hinauswollte. „Ein Täter, ein Motiv für beide Frauen." Sie machte einen Plopplaut mit den Lippen. „Er könnte noch weitere Frauen gefangenhalten, glaube ich."

„Möglich“, brummte Karl.

Kurz zuckte der Name *Anja* durch Marias Gedanken. Nein, kein Mitleid: Er hatte diesen Fall gewollt, also musste er damit zu Rande kommen. „Bestrafung. Rache. Irgendwie so etwas.“

„Jo. Scheiße wäre halt, wenn der Täter einen grundsätzlichen Hass gegen Frauen hat – und es ihm wurscht ist, welche er sich holt.“

„Hm ...“ Maria pustete einen Papierschnipsel von der Treppe, der sich zwischen zwei Geländerstreben versteckt hatte. „Glaube ich nicht. Er geht geplant und zielgerichtet vor, hast du ja selbst gesagt. Das heißt für mich das Gegenteil: Der hat sich die Frauen *ganz genau* ausgesucht.“

„Wäre besser, weil es bedeutet, dass eine direkte und wahrscheinlich enge Verbindung zwischen Opfer und Täter existiert. Die müssen wir finden.“

„Du“, korrigierte sie ihn.

„Ähm, stimmt. Aber trotzdem ... ist es ja so ...“ Er legte eine Pause ein. „Wenn wir beide das zusammen angehen, kommt einfach mehr raus.“

Plötzlich riss jemand die Tür zum Treppenhaus auf.

„Mensch, wo steckst du denn?“ Clemens' Wangen glühten. „Du hast gemeint, dass du *kurz* weg bist.“

„Sorry“, entgegnete sie und sagte zu Karl: „Ich muss jetzt aufhören.“

„Klar. Vielen Dank.“

„Keine Ursache.“

„Komm!“ Halb erbost, halb beschwörend warf Clemens die Hände in die Höhe.

Maria stand auf und steckte ihr Handy weg. „Was ist denn?“

„Benny“, sagte er nur. „Der hat was gefunden.“

MARIAS BLICK hing wie festgenagelt am mittleren der drei Bildschirme in Bennys Büro. „Leck fett“, flüsterte sie schließlich und fasste sich an die Stirn. Kein Zweifel: Linningers Keller. „Wo hast du die Aufzeichnungen gefunden?" Fassungslos stierte sie auf die vier Quadrate auf Bennys Monitor, die Linningers Keller aus je einem anderen Blickwinkel zeigten.

„Auf einem von Schwaiger gemieteten Server, der irgendwo in Paraguay steht."

„Ganz sicher, dass Schwaiger den gemietet hat?"

Benny nickte. „Hundertprozentig."

„Und wieso Paraguay?", wollte Clemens wissen,

„Paraguay ist ein Powerhouse im Bitcoin Mining."

Clemens sah Benny, der zufrieden wie Buddha nach der Erleuchtung in seinem Bürostuhl hockte, verwirrt an. „Was?"

„Um Bitcoins zu schürfen, braucht man Rechenpower – verdammt viel Rechenpower sogar. Das kostet Strom. Und da Strom in Paraguay spottbillig ist – und viel durch Wasserkraft erzeugt wird – stehen viele Bitcoin-Farmen in Paraguay. Und dadurch eben auch viele Server."

„Okay, jetzt ist es klar", sagte Clemens auf eine Art, als hätte er Benny nur prüfen wollen, ob dieser sich wirklich auskannte.

„Schon mal in Bitcoins investiert?", fragte Benny arglos, doch Maria sah ihm an, dass er Clemens dessen Bitcoin-Expertise kein Stück abkaufte.

„Drüber nachgedacht", erwiderte Clemens. „Aber …"

„Ja?"

„Zu … unsicher."

„Ach so. Wie legst du dein Geld dann an?"

„Börse halt."

Benny lächelte schmal. „Da kann man ja jetzt so *Einiges* hineininterpretieren."

„Ich würde vorschlagen, wir … wir richten unsere Aufmerksamkeit wieder auf den Fall."

„Ehrlich gesagt", erwiderte Benny, „würde ich gerne noch ein bisschen über Anlagemöglichkeiten reden. Leider treffe ich viel zu selten auf jemanden, der sich da ebenfalls auskennt."

Röte kroch Clemens bis zu den Ohren. Immerhin schaffte er es, währenddessen ganz unbeeindruckt auf den Monitor zu schauen. „Das kann ich verstehen, aber …“

„Mein Gott!“, sagte Maria. „Jetzt gib halt einfach zu, dass du keinen Schimmer von dem ganzen Zeug hast. Dann können wir weitermachen.“

Zutiefst empört sah Clemens sie an. „Hallo?“

„Ist doch so.“

„Überhaupt nicht wahr!“

Benny lachte leise. Zwar hockte er als Einziger im Stuhl und somit vertieft, doch erhob ihn die Situation zum Gewinner, nicht nur in Sachen Börsen-Expertise, sondern auch, was die Ermittlungen betraf. Einerseits hatte er sich diesen Sieg verdient, weil er top Arbeit ablieferte; andererseits gefiel Maria nicht, dass sich sein momentan ohnehin stattliches Ego dadurch noch weiter aufblähen würde.

Wird das dann zu einem weiteren Annäherungsversuch führen?

Sollte das passieren, müsste sie mit ihm reden, egal wie unangenehm ihr das war.

„Waren es eigentlich nicht drei Kameras?“, fragte sie dann, froh, dass ihr dieser Umstand genau in diesem Moment auffiel und eine Rückkehr zum eigentlichen Grund ihres Hierseins bot.

„Stimmt“, antwortete Benny. „Liegt daran, dass ich nur drei Kameras gefunden habe. Die vierte“ – er deutete mit dem Zeigefinger auf das Quadrat rechts unten – „muss irgendwo in der Nähe des Eingangs versteckt sein. Ich vermute mal beim Lichtschalter. Schaue ich mir an, sobald ich Zeit habe.“

„Was ist eigentlich aus diesem Funkdingens geworden, das die Bilder der Kameras an einen Satellit liefern könnte?“

„Ach, das.“ Benny schüttelte den Kopf. „Da war nichts.“

„Also glaubst du, dass die Aufnahmen über Linningers WLAN auf ein potentielles Endgerät übertragen wurden.“

„Ja.“

„Verstehe.“ Maria kratzte sich an der Unterlippe. „Gibt es auch Material von früher?“

„Wie meinst du das?“

„Na ja, aus Linningers Zeiten eben. Diese Videos zeigen ja nur den Keller, ohne dass irgendetwas passiert."

„Sorry, aber da schaut es schlecht aus." Benny klickte die Aufnahmen weg und ersetzte diese durch eine Kameraeinstellung mit schlechterer DPI. „Das habe ich auch noch gefunden. Zeigt aber kein Verlies oder so etwas, sondern den Eingangsbereich irgendeiner Wohnung. Zusätzlich zur Kamera ist noch eine Applikation daran gekoppelt, die sich *Spülmaschine* nennt. Keine Ahnung, was das soll."

In diesem Moment schlurfte eine alte Frau in Richtung Kamera, zog sich eine Jacke über, streckte die Hand aus und öffnete eine Tür. Von außen fiel Licht herein.

„Freilitz!", sagte Clemens verblüfft. „Das ist doch die Alte, die neben Schwaiger wohnt."

Es durchzuckte Maria. „Mensch, du hast recht!"

Selbige verließ die Wohnung, und der von der Flurbeleuchtung hereinfallende Lichtschein verschwand, weil sie die Tür hinter sich zuzog.

„Ist das gerade live?", fragte Maria.

Benny nickte fasziniert. „Steht dieser Schwaiger auf ältere Semester oder was?"

„Spülmaschine", murmelte Maria – und wusste Bescheid. „Schwaiger überwacht Freilitz und erhält ein akustisches Signal, sobald sich in ihrer Wohnung jemand der Tür nähert."

Mit großen Augen sah Clemens sie an. „Weißt du noch, wie hektisch er wurde, nachdem das Piepen der angeblichen Spülmaschine erklang?"

Maria nickte. „Der wollte der alten Trulla nicht über den Weg laufen."

„Und der Warnton ist das Spülmaschinen-Piepen", schloss Clemens. „Echt abgefahren."

Maria merkte, dass ihr Blick grimmiger wurde. „Und ein klares Zeichen dafür, dass er seinen alten Neigungen weiterhin nachgeht."

Benny verzog das Gesicht. „Bitte rede nicht von Neigungen bei dieser achtzigjährigen Oma."

Clemens sah wieder zu Maria. „Aber die Frage ist trotzdem: Bringt uns das etwas?"

Sie zuckte die Schultern. „Besser als nichts ist es auf alle Fälle."

Benny schwenkte den Blick von Maria zu Clemens und wieder zu ihr. „Besser als nichts? Ich ermittle zwar nicht – aber macht das Schwaiger nicht noch mehr zum Hauptverdächtigen?"

„Schon irgendwie", sagte Maria. „Der absolute Knüller wären natürlich die Aufnahmen der Pfählung gewesen." Sie räusperte sich. „Nicht dass ich scharf drauf bin, sie zu sehen. Aber die wären quasi Tathergang und Geständnis in einem." Sie erwiderte Bennys Blick. „Kannst du uns die Aufzeichnungen auf einem Memory-Stick speichern?"

„Klar."

„Ich würde Schwaiger gerne so rasch wie möglich damit konfrontieren."

„Der soll gleich wissen, was Sache ist", sagte Clemens mit siegessicherem Lächeln.

Maria nickte. „Richtig. Der gehört jetzt uns."

„Ähm." Clemens schluckte. „Wer übernimmt das?"

Karl hat mir den Fall gegeben. Clemens war krank. Und Fillner sieht in mir die Nummer Zwei hinter Karl. Das wurde aus dem Telefonat vor dem Haus der Elzigs deutlich.

Sie lächelte ihn an.

Nichts ist wichtiger, als dass die Chemie innerhalb des Teams stimmt.

Es war keiner von Karls Sprüchen: Maria hatte dies bereits von Katrin Fischbach gelernt, ehe Frau Krapphut-Paffner beim Gespräch gestern ins selbe Horn stieß.

„Du hast angefangen, und natürlich ziehst du es auch bis zum Ende durch."

Clemens strahlte.

„Hier." Benny reichte Maria einen Stick.

„Danke."

Clemens schritt an ihr vorbei, aufrecht und zackig wie Caesar vor einer Feldschlacht. Grinsend folgte Maria ihm.

„Ich spüre dem Spycam-Schwaiger weiterhin nach. Falls ich auf weitere Indizien stoße, erfährst du es als Erste."

Maria drehte sich halb herum und reckte den Daumen in die Höhe.

Na also – inzwischen bewegte sich in ihrem Fall ja doch etwas. Und bei Karls Fall auch.

Obendrein hatte Julius sie zu sich daheim eingeladen.

Eines nach dem anderen. Und vor allem bei der Sache bleiben.

„Wenn's läuft, dann läuft's", murmelte sie trotzdem.

Clemens sah über die Schulter. „Was hast du gesagt?"

„Selbstgespräche."

SCHWAIGER STIERTE aufs Display des aufgestellten Tablet-Computers, auf dem Clemens ihm die Aufnahmen vorgespielt hatte. „D-das kann nicht sein!" Halb zitterte seine Stimme, halb stand sie vor dem Überkippen.

Clemens fokussierte Schwaiger ungerührt. „Unser IT-ler hat das auf Ihrem Server in Paraguay gefunden."

Maria nickte, weil sie heute einen ganz anderen Clemens erlebte: gefasster, überlegter – aber wo nötig dennoch beherzt. Sie hätte ihm gegönnt, dass Karl dies sähe. Vielleicht würde er Clemens dann mehr zutrauen.

„Ich …", begann Schwaiger, ehe nur noch die Kiefer mahlten, tonlos, wütend.

„Leugnen ist zwecklos", sagte Clemens. „Vor allem, da Sie nicht einmal davor zurückschrecken, eine harmlose Rentnerin zu überwachen."

Maria lächelte breit.

Schwaiger starrte weiterhin aufs Display. „Harmlos? Die Alte ist der Teufel in Menschengestalt!"

„Das ist eine Straftat, egal welche Beweggründe sie vorschieben.“

„Trotzdem ist das Irrsinn.“ Ein stummes Flehen stand in Schwaigers Augen. „Da will mich jemand reinreiten. Ganz sicher!“

Die Behauptung rang Clemens nur ein müdes Lächeln ab. „Klar.“

Schwaiger rutschte mit dem Stuhl zurück, spannte sich, um aufzuspringen. Der Polizeibeamte an der Tür schnellte nach vorne.

„Nicht nötig!“, rief Clemens.

Schwaiger blinzelte den kampfbereiten Polizisten hinter sich an, dann schluckte er, ließ die Spannung aus seinen Muskeln entweichen und bettete die Hände auf die Oberschenkel. „Ich sage nichts mehr ohne einen Anwalt.“

„Wie Sie möchten.“ Clemens ging an Schwaiger vorbei. „Ob der Ihnen bei dieser *erdrückenden* Beweislage allerdings helfen kann, steht auf einem anderen Blatt.“

Schwaigers Adamsapfel hüpfte.

Unterschwellige Drohungen gehörten zwar nicht zum Repertoire, das einem an der Polizeischule vermittelt wurde, doch offenbar hielt Clemens sich weiterhin eisern an Karls Modus Operandi.

Wenige Augenblicke später trat er zu Maria in den Nebenraum.

„Wie beim Boxen“, sagte Clemens und lachte, wie man eben lachte, wenn Adrenalin und Triumph sich Gehör verschaffen wollten. „Weichgeklopft und angezählt. Der Bursche ist fällig.“

„Falls es irgendwie gelingt, die Aufnahmen zweifelsfrei mit Schwaiger in Verbindung zu bringen, reicht es vielleicht gerade so für einen Indizienprozess“, sagte Maria.

Die Aussage schien Clemens zwar nicht komplett den Wind aus den Segeln zu nehmen, aber zumindest so viel, dass er zu normaler Betriebstemperatur zurückkehrte. „Du hast recht. Aber den richtigen Mann haben wir bei uns sitzen. Alles andere wäre ein Riesenzufall."

„Wir müssen die persönliche Verbindung zwischen Schwaiger und Elzig finden. Gelingt uns das, haben wir ihn."

„Schreibtischarbeit", murmelte Clemens wenig begeistert.

Sie zuckte mit den Schultern. „Dein Steckenpferd."

„Der war echt schlecht."

„Gehört halt dazu. Wir müssen alles zusammenraffen, was wir kriegen, um irgendwo eine Parallele zu finden. Irgendetwas muss Elzig getan haben, irgendetwas, das Schwaiger so wütend gemacht hat, dass er sie gepfählt hat."

„Eigentlich hat er sie ja vorher betäubt", sagte Clemens.

„Ja. Ich werde Karl bitten, jemanden von der SoKo abzustellen, der Schwaigers Kreditkartenabrechnungen und so weiter in Bezug auf Narkotika und dergleichen abklopft."

„Gute Idee."

„Aber Betäubung hin oder her – Pfählen ist ein symbolischer Akt der Schändung, der Erniedrigung. Das war dem Täter wichtig."

„Rache", sagte Clemens. „Irgendwie sind es immer dieselben Motive: Rache, Eifersucht, Neid, Habgier."

„Komm, verlieren wir keine …" Maria verstummte.

„Was ist?"

„Rache und Bestrafung: Dasselbe Motiv, das auch bei Pressler und Mühlhauser im Raum steht."

Mit einem Ruck drehte Clemens sich zur Scheibe herum und glotzte Schwaiger an, der wie einbetoniert am Tisch hockte. „Schwaiger – Pfähler und Entführer in einer Person?"

Ja, in der Tat völliger Blödsinn, stimmte sie in Gedanken zu und seufzte. Dieses onlinepokernde Männchen mit dem T-Shirt-Handel aus dem Schlafzimmer heraus war ein feiger Voyeur, kein brutaler Schlächter, der nebenher noch über Zeit verfügte, zwei Frauen über mehrere Jahre in Gefangenschaft zu halten. Außer, er hatte Helfer. Aber da sie Schwaiger als Einzelgänger einschätzte, war auch das an den Haaren herbeigezogen.

„Wäre noch abgefahrener als das, was Linninger geboten hat", meinte Clemens.

„Ja, aber das ist Quark."

„Nun ja, die Videos sind aber nun mal auf seinem Server", sagte Clemens.

Maria nickte und schaute zu Schwaiger. In dessen Augen meinte sie Schatten zu sehen – die Schatten wahrhaftiger, ungeschönter Angst. „Du kümmerst dich darum, dass er weiterhin in Gewahrsam bleibt, ich telefoniere noch mal mit Karl."

„Okay. Danach im Büro?"

„Jepp. Wir haben Einiges zu tun."

Clemens nickte, grinste aber, bevor er ging. „Das mit dem Steckenpferd will ich nie wieder hören."

Maria lachte und verließ den Nebenraum, dann zückte sie ihr Handy und wählte Karls Nummer.

KAPITEL VIERZEHN

Karl scrollte durch den Wikipedia-Eintrag über Philip K. Dick, da es ihn ärgerte, beim Telefonat mit Kalkrieder, was seine Kenntnisse über Science-Fiction betraf, als Trottel dagestanden zu haben. Dick war eine Koryphäe, eine Lichtgestalt der Science-Fiction, auf dessen Werken Filme wie Total Recall, Minority Report und Blade Runner beruhten. Peinlich, dass Karl noch nie von ihm gehört hatte, und das als bekennender Trekkie.

Anja und er hatten jede Staffel, die irgendetwas mit Star Trek zu tun hatte, abends auf der Couch durchgesuchtet, egal ob die alten Serien mit Kirk, die danach mit Picard oder Stark Trek Voyager oder Deep Space Nine. Von den neueren hatte er noch keine geschaut, weil er warten wollte, bis Anja …

Er beendete den Gedanken und schwenkte wieder auf Kalkrieder. Verwunderlich, dass der sich mit Science-Fiction auskannte. Hatte der tatsächlich ein Leben abseits von Skalpell und Knochensäge?

Nachdem Karl den Artikel zu Ende gelesen hatte, öffnete er die Ortungsapp, die auf Leonies Handy justiert war, und nickte zufrieden: rot pulsierender Punkt auf dem Gelände der Realschule.

Er stieg aus seinem Ford Mustang und blickte von links nach rechts in die schnurgerade Lavaterstraße.

„Mann, wo bleibt der Kerl denn?“, brummte er und überlegte, Benny anzurufen, um ihm Feuer unterm Hintern zu machen. Bevor er den Entschluss in die Tat umsetzen konnte, hörte er das sirrend-klickende Geräusch einer Fahrradkettenschaltung im Leerlauf.

Benny, eine Hand am Lenker, die andere in die Seite gepresst, rollte aus mildem Nebeldunst heran, Atmung hektisch, Gesichtsausdruck gequält. Das Rad kam zum Stillstand, Benny stützte sich mit einem Fuß ab, knickte aber ein und wäre um ein Haar gestürzt. Halb stieg er, halb sprang er ab und brachte es irgendwie fertig, dass weder er selbst noch sein Beförderungsmittel auf den Asphalt prallten.

„Man kann's auch übertreiben mit dem Sport- und Gesundheitswahn.“

Benny nickte, der Kopf unter dem schwarzen Fahrradhelm glühte vor Anstrengung. Keuchend drückte er das Kreuz durch, ehe er sich krümmte und beide Hände auf die Oberschenkel stützte. Auf Höhe des linken Knies prangte ein fransiger Riss im Stoff; am Hosenbein klebten Dreckschmierer und etwas Sand.

„Sag mal, hat's dich aufgestellt?“

Benny seufzte langgezogen. „Ist dumm gelaufen.“

„Aha?“

„Ich ...“ Abrupt brach er ab.

„Ja? Ich höre.“

„Ähm ...“

„Seit unserem Telefonat ist fast eine Stunde vergangen, Sportsfreund. Da würde ich gerne wissen, was du so lange getrieben hast.“

Benny hob das Rad auf den Gehweg und lehnte es gegen einen Gartenzaun. Dann schloss er es ab, wozu er in die Knie gehen musste. Nachdem er sich aufgerichtet hatte, zuckte Schmerz über sein Gesicht, und er humpelte ein, zwei Schritte. „Auf dem Weg hierher bin ich an so 'nem Skaterpark vorbeigekommen.“

Karl bellte ein Lachen. „Und da hast du dir gedacht, einen auf Tony Hawk zu machen – nur eben mit Fahrrad."

Betreten blickte Benny zu Boden.

„Hast an Abflug g'macht und lagst erst mal da wie ein gestrandeter Karpfen, oder?" Karl lachte noch lauter. „Kann's mir richtig vorstellen. Bike-Profi Benny im Landeanflug." Glucksend wischte er sich eine Träne aus dem linken Auge. „Scheiße, das hätte ich gerne gesehen!"

„Ist ja gut ..."

„Zu köstlich!"

„Jaaahaaa ..."

Selten hatte Karl sich in den letzten Tagen so gut amüsiert. Ihm steckten noch ein paar flatternde Lachzündungen in der Kehle, sodass er tief durchatmen musste, um seine Atmung zu beruhigen. „Herr Jesus", sagte er schließlich und schaute Benny an. „Das nächste Mal, wenn wir uns dienstlich verabreden, kommst du mit der Karre von der Spurensicherung, verstanden?"

Verzagtes Nicken.

„So, jetzt legen wir los." Karls Blick streifte Bennys Rucksack. „Hast du alles Nötige dabei?"

„Viel brauche ich da nicht. Es geht ja eher darum, etwaige Kameras überhaupt zu finden. Sie dann auszubauen, ist einfach."

„Verstehe." Sie schritten aus. Das Telefonat mit Maria hatte Karl elektrisiert, weil Maria eine Verbindungstür postulierte – eine Verbindungstür zwischen beiden Fällen. Bislang war die einzige Parallele der geringe Zeitabstand zwischen den Taten. Das könnte aber Zufall sein. Insgesamt überwog bei Karl die Skepsis, selbst wenn er zustimmte, dass sowohl bei Elzig als auch den beiden anderen Opfern das Motiv irgendwo in der Schnittmenge aus Bestrafung, Macht und Kontrolle lag.

„Nein, ich habe nichts dagegen, dass Ihr Kollege und Sie sich hier umsehen“, sagte Pressler. „Allerdings glaube ich nicht, dass Sie fündig werden.“

„Danke, Herr Pressler.“ Karl setzte eine verständnisvolle Miene auf. „Es geht auch eher darum, Dinge auszuschließen.“

„Aha. Nun ja, dann …“ Pressler zog die Tür ganz auf, und Benny betrat das Haus als Erster. Nachdem er seine Schuhe abgestreift hatte, nahm er den Rucksack vom Rücken und hob den Blick zur Decke der Garderobe.

„Du kommst klar?“

„Logo.“

„Ähm, möchten Sie einen Kaffee?“, fragte Pressler.

„Für mich nicht, danke.“

„Ach“, meinte Benny, „das wäre echt nett.“

„Schwarz? Milch? Zucker?“

„Geht auch ein Cappuccino? Ohne Zucker.“

„Klar.“ Pressler strebte davon in Richtung Küche, und Karl, in Ermangelung anderer sinnvoller Tätigkeiten, schlappte ihm hinterher.

Während Pressler den Vollautomaten bediente, spitzte Karl die Ohren. Außer den Geräuschen aus der Garderobe, wo Benny nach versteckten Kameras suchte, war alles ruhig.

Pressler schaute über die Schulter und schien zu ahnen, was Karl beschäftigte. „Lena und die Kinder sind zu meinen Eltern gefahren.“ Er wandte sich wieder der Maschine zu, die gerade fauchte und brummte. Dampf stieg zur Decke, dann gurgelte Milchschaum aus einem Stutzen. „Die Kinder brauchen Ablenkung und ich Ruhe.“ Er seufzte, so laut, dass Karl es über das Brummen hörte. „Zumindest habe ich das geglaubt. Ehrlich gesagt …“, murmelte er und drehte sich herum, eine weiße Tasse in der Hand, „… bin ich froh, dass Sie hier sind.“

„Ich fühle mich eher, als würde ich stören.“

„Überhaupt nicht.“ Pressler brachte Benny seinen Kaffee und kehrte zu Karl zurück. „Kurzum: Ich bin mit der Situation völlig überfordert.“

Normalerweise würde es ihn ablenken, dass andere Leute noch mehr Probleme hatten als er. Mit diesem Mann identifizierte er sich zu stark. Zum ersten Mal stellte er sich offen und ehrlich der Frage, ob er wirklich der Richtige war, um in diesem Fall zu ermitteln.

„Ich hatte damit gerechnet", sagte Pressler leise, „vor Erschöpfung, Trauer und Wut zusammenzubrechen, einfach am Boden zu liegen. Stattdessen lebe ich genauso weiter. Dass Constanze tot ist, habe ich zwar realisiert – dennoch ist es fern, als wäre es in einem anderen Universum geschehen." Er lehnte sich gegen die Kochinsel, verschränkte die Arme vor der Brust. „Skurril, finden Sie nicht?"

Karl merkte, wie er sich versteifte. *Wieso fragt er das ausgerechnet mich?*

„Ähm …" Wie ein Blinder tastete er durch seinen eigenen Kopf, bis er auf nicht mehr als eine allgemeine Floskel stieß: „Jeder Mensch trauert anders. Wenn das für Sie funktioniert, ist es gut."

„Funktioniert?" Presslers rechter Mundwinkel rutschte nach unten. Trotzdem lächelte er, wenn auch auf beinahe makabre Weise. „Eigentlich funktioniert überhaupt nichts. Und dann wieder schon. Möchten Sie einen Whiskey?"

„Nein, danke."

„Ich weiß, im Dienst kein Tropfen. Kennt man ja aus einschlägigen Krimis."

In diesem Moment betrat Benny das Wohnzimmer, und sein Blick tastete über die Decke. „Ich halte dicht, Chef."

„Sehen Sie?"

Karl schüttelte den Kopf. „Nein, wirklich nicht."

„Gut, dann mache ich mir aber einen." Pressler stieß sich von der Kochinsel ab und öffnete eine Glasvitrine neben dem großen Flachbildschirm.

„Und?", raunte Karl.

„Bis jetzt nichts", erwiderte Benny und sah sich um. „Aber eine Spycam in der Garderobe wäre auch eher ungewöhnlich. Hier wird es interessanter. Oder im Schlafzimmer. Oder Bad."

„Okay."

„Herr Pressler", sagte Benny da. „Dürfte ich mir einen Stuhl vom Esstisch greifen und draufsteigen, um die Lampe zu untersuchen?"

„Klar." Pressler kehrte zur Kochinsel zurück und goss sich in ein bauchiges Glas ein.

Der Torfgeruch drang bis zu Karl.

Pressler trank einen kleinen Schluck. „Das ist seit Jahren mein Lieblingswhiskey. Hier, schauen Sie." Er hielt Karl die Flasche hin wie ein Kellner im Restaurant.

Karl kniff die Augen zusammen und lehnte sich nach hinten. Die Buchstaben wurden klarer – doch das half nur bedingt, weil der zweite Teil des Namens seltsam aussah. „Ardberg Ui-Irgendwas. Wie spricht man das aus?"

Wie aus der Pistole geschossen sagte Pressler etwas, das Schottisch klang, dann stellte er sein Glas ab.

„Letztes Mal habe ich Sie gefragt, ob eine verflossene – oder nicht erwiderte Liebschaft von einst – sich an Ihrer Frau gerächt haben könnte. Sie haben gemeint, da gäbe es niemanden. Haben Sie darüber nochmals nachgedacht?"

Pressler trank sein Glas leer und lächelte genießerisch, ehe seine Mimik zurück in alten Kummer rutschte. „Leider ja." Er öffnete die Spülmaschine und stellte sein Glas hinein. „Einen Tag lang habe ich nur diese Frage hin- und hergewälzt. Und dieser eine Tag hat mich verrückt gemacht. Wissen Sie, warum?" Er beantwortete seine Frage sofort selbst: „Weil mir *nichts* einfällt! Nichts! Das Gefühl, keinen Strich zur Aufklärung beitragen zu können, ist grauenhaft."

„Karl?", erwischte ihn Bennys Stimme im Rücken. „Es tut mir leid, gerade jetzt damit zu kommen, aber …"

Karl tat es überhaupt nicht leid, denn er verspürte kein Bedürfnis, Pressler dabei zuzuhören, wie dieser Schuldgefühle bei ihm ablud. Deswegen drehte er sich sofort herum. „Hast du was gefunden?“

In der rechten Hand hielt Benny etwas Längliches, Dünnes, das mit Fantasie einer Mini-Taschenlampe glich. Mit dem Schraubenzieher in der linken tippte er dagegen. „Das steckte in einer ungenutzten Buchse Ihres Fernsehanschlusses, Herr Pressler.“ Er schwenkte den Schraubenzieher zur Stirnwand, wo Karl hinter dem Keramiktopf einer etwas zu trocken wirkenden Yucca-Palme drei schwarze Anschlüsse ausmachte. Einer war mit einem Stecker versehen. „Nein, oder?“, hauchte er gleichermaßen fassungslos wie erfreut.

„Doch“, erwiderte Benny. „Sogar mit Mikrofon.“

Presslers Mund stand offen, als wäre sein Betriebssystem abgestürzt.

„Krass“, meinte Karl.

Benny nickte. „Vor allem krass gut gemacht, weil unscheinbar. Wenn man da keinen Verdacht hegt, checkt man das null. Und falls man die Buchse nutzen möchte, glaubt man wahrscheinlich, sie wäre defekt – und nimmt eine andere.“

„S-Sie meinen“, stammelte Pressler, „wir wurden gefilmt und abgehört?“

„Sofern der- oder diejenige am anderen Ende der – ich sage mal – Leitung das wollte, dann ja.“

Pressler fasste sich an den Kopf. In seinen Augen jagten einander die Schatten. „Aber wieso? Ich … ich verstehe das nicht: Constanze wird entführt – und uns hat man währenddessen ausspioniert? Warum?“

Karl zuckte mit den Schultern. „Gier nach Kontrolle. So etwas wird's wohl sein.“

„Sie sagen das so lapidar!“ Empört schritt Pressler durchs Wohnzimmer, sein Kopf stand nie still, die Augen zuckten wild, als könnte ihn eine weitere Kamera aus dem Hinterhalt anspringen. „Das ist Wahnsinn! Welche Perversen sind hier am Werk?“

„Du musst deine Truppe zusammentrommeln und das ganze Haus auf den Kopf stellen“, flüsterte Karl Benny zu.

„Okay. Obwohl …“

„Ja?"

„Sollte ich mich nicht lieber dranklemmen herauszufinden, wohin diese Signale gehen?"

„Geht das?"

„Bei Linninger habe ich es geschafft. Also werde ich es auch hier probieren."

„Und andere Kameras?"

„Machen wir es so: Ich sehe zu, dass ich rauskriege, wie die Signale übertragen wurden. Danach fahre ich ins Büro." Ein spitzbübisches Lächeln erhellte sein Gesicht. „Schmidthalter kann hier doch nach weiteren Kameras suchen. Bestimmt dauert das ewig."

Karl sah auf seine Armbanduhr.

15:12 Uhr.

„Prognose?"

„Bis Dienstschluss nicht zu schaffen – nur mit Überstunden."

Karl grinste so breit, dass es in den Mundwinkeln zog. „Eine bessere Idee habe ich noch nie aus deinem Mund gehört. Dafür gehen die ersten zwei Runden am Wochenende auf mich."

Benny lachte. „Da sage ich nicht nein."

„Wie heißt die Band noch mal?"

„Ensiferum."

„Okay. Du machst hier fertig, und ich fahre sofort zurück und rede mit Maria und Clemens. Vielleicht haben die Fälle Elzig und Pressler-Mühlhauser tatsächlich miteinander zu tun – so verrückt das auch klingen mag." Karl strich sich über die Oberlippe und schabte dabei an den untersten Härchen seines Schnauzers entlang, was ein angenehmes Kribbeln verursachte. Nein, den würde er niemals abrasieren. „Morgen musst du zu den Mühlhausers. Ich kläre das alles. Falls wir dort ebenfalls Kameras finden …"

„Dann wissen wir, dass höchstwahrscheinlich ein- und dieselbe Person dahintersteckt."

„Ja. Abgefahren."

„Also, bis dann." Er verabschiedete sich von Pressler und verließ das Haus.

„Ich weiß gar nicht, was ich sagen oder tun soll“, murmelte Pressler. „Wie lange wurden wir ausspioniert?“

„Keine Ahnung, Herr Pressler“, antwortete Karl. „Aber wir haben fähige Leute, die das herausfinden werden. Der Täter wird dafür bezahlen.“

„Ich verstehe es nicht …“

„Ich auch noch nicht. Aber wir sind jetzt einen Schritt weiter.“

Pressler drehte sich einmal im Kreis, und sein Gesichtsausdruck veränderte sich von fassungslos zu angewidert. „Ich fahre zu Lena und den Kindern.“

Karl nickte. „Ich glaube, das ist eine gute Idee.“

„Wiedersehen, Herr Seitz.“

„Wiedersehen.“

Mit hängendem Kopf erklomm Pressler die ersten Stufen nach oben, blieb aber auf halber Höhe der Treppe stehen und verharrte dort einen Moment. „Bitte finden Sie diesen Dreckskerl so rasch wie möglich.“

„Wir werden alles daran setzen.“

Nachdem Pressler verschwunden war, murmelte Karl: „Alter Schwede, was für'n abgefahrener Scheiß.“ Er überquerte die Straße, stieg in seinen Ford und ließ den Motor röhren, eine Kampfansage an den feigen Entführer und Mörder irgendwo da draußen.

Oder hockte er tatsächlich bereits im Präsidium?

Wirklich Schwaiger?

„Wir werden dich jetzt nach allen Regeln der Kunst auseinandernehmen, Bürschchen.“ Mit quietschenden Reifen fuhr er los.

Das rechte Bein übers linke geschlagen, hockte Karl bei Marias Schreibtisch und schnippte mit Daumen und Zeigefinger einen Kugelschreiber an, sodass dieser herumwirbelte und sich der Kante näherte. Im letzten Moment packte er zu, fing ihn im Fallen auf und legte ihn zurück. „Und? Was meint ihr?“

Maria wuschelte beide Hände durch ihr Haar und blies dabei die Wangen auf. Mehr als ein „Boah, schwierig" kam nicht von ihr.

Clemens stierte einfach ins nächtliche Nichts jenseits der Fenster des Präsidiums, ehe er in ein Taschentuch schnäuzte. „Der Typ ist einerseits nervös und fahrig, andererseits aalglatt."

„Abgebrüht", setzte Maria hinzu und entließ die Luft aus ihren geblähten Wangen, um sich eine Haarsträhne von der Stirn zu pusten, wozu sie die Augen nach oben verdrehte.

Karl musste kurz lachen und winkte ab, als sie ihn argwöhnisch anschaute. „Ja. Komischer Kauz. Jedenfalls bleibt der erst einmal hier."

Clemens drehte sich vom Fenster weg. „Was Benny auf diesem Server in Paraguay gefunden hat, sollte locker ausreichen, dass Schwaiger die nächste Zeit in U-Haft schmort."

„Erst mal schauen, was Schwaigers Anwalt einfällt." Einen Winkeladvokaten nur zu erwähnen, trieb Karls Puls nach oben: Die lavierten und manövrierten mit fadenscheinigsten Argumenten so lange herum, bis sie sogar für die übelsten Verbrecher mildernde Umstände herausschunden. Karl und seinesgleichen kämpften an der Front, und wenn sie siegreich waren, passierte es oft genug, dass sich dieser Sieg wegen eines Verfahrensfehlers in eine Niederlage verwandelte. Er hasste diese Paragraphenverbieger und Schreibtischtäter.

„Widerlich", brummte er.

„Was denn?", fragte Clemens.

„Habe nur laut nachgedacht." Mit einem Ruck stand er auf und schaute auf die Plexiglasscheibe: Fotos der Opfer sowie viele Fragezeichen. Nachdem er die Tafel eine Zeit lang betrachtet und sich mit Daumen und Zeigefinger die Mundwinkel gerieben hatte, drehte er sich wieder herum: „Bin gespannt, was Benny bezüglich der Kameras bei den Presslers herausfindet."

Clemens nickte. „Folgerichtig wird morgen die Residenz der Mühlhausers geprüft, oder?"

„Genau."

Maria griff nach Karls Kugelschreiber, warf ihn hoch und fing ihn nach zwei Umdrehungen wieder. „Schwaiger ist sicher nicht doof, aber Elzig, Pressler und Mühlhauser? Dazu Kameras installieren und und und – meiner Meinung nach hat er das nicht auf dem Kasten. Die Fakten aber sprechen eine andere Sprache."

„Ja", bestätigte Karl. „Er ist und bleibt unser Hauptverdächtiger. Und wir beziehungsweise unsere SoKo-Heinis werden den Burschen durchleuchten: Hat er Container auf einem Fabrikgelände gemietet? Besitzt er ein Haus im Umland? Wie sehen seine Geldbewegungen aus? Hat er irgendwann teures Elektronik-Equipment gekauft?"

Trotz der anstehenden Aufgaben, die durchaus Erhellendes liefern könnten, stellte sich nicht das Gefühl ein, auf dem richtigen Weg zu sein. Diese Ermittlungen waren die sprichwörtliche Achterbahn der Gefühle. Erst unter der Grasnarbe, dann kurzer Höhenflug, jetzt wieder Ernüchterung. „Zefix, so ein Scheißdreck!" An Maria gewandt, fragte er: „Bislang keine persönlichen Verbindungen zwischen Schwaiger und den Opfern?"

Der Stift prallte gegen Marias Finger und klackerte zu Boden. Nachdem sie sich mit einem Seufzen gebückt und ihn aufgehoben hatte, sagte sie: „Das hätte ich euch schon verklickert." Sie schaute auf einen dünnen Stapel ausgedrucktes Papier. „Auf dieselbe Schule gingen sie schon mal nicht. Somit sind unsere Opfer nicht in den Vorfall mit dem Sexvideo involviert."

„Gott, was für eine Fieselarbeit", sagte Karl. „Doch gut, dass wir die SoKo aufgemacht haben."

„Diesbezüglich wollte ich dich eh um was bitten", sagte Maria. „Nämlich dass die SoKo auch Elzig mit einbezieht – und Schwaigers Aktivitäten auch hinsichtlich der Beschaffung von Narkosemitteln und dergleichen checkt."

Karl kritzelte es sofort auf einen Post-it. „Nicht nur technisches Gerät, sondern auch Narkotika. Sehr gut."

„Und noch etwas sollte auf die Agenda aufgenommen werden."

„Ich höre."

„Nach den Mühlhausers soll Benny auch Elzigs Wohnung auf Kameras überprüfen."

„Maria", sagte Karl und beschrieb den nächsten Zettel, „deine Ideen sind heute wirklich gut." Er räusperte sich, da ihre Augen funkelte, aber nicht schön, sondern gefährlich. „Ich meine natürlich: Deine Ideen sind *immer* wirklich gut."

„Und wir?", fragte Clemens.

„Wir begleiten Benny morgen zu den Mühlhausers."

Maria hob die Augenbrauen. „Also wieder einer für alle und alle für einen?"

„Richtig. Das Ganze ist so verworren, dass wir unsere Gehirne zusammenschalten müssen. Wir behandeln alles, was wir bislang herausgefunden haben, als ineinandergreifende Indizien."

„Puh", sagte Clemens und nahm seine Jacke vom Stuhl. „Alles, was wir bislang herausgefunden haben", wiederholte er und lachte. „Viel ist es nicht gerade."

Karl verengte die Augen. „Schönen Feierabend, Herr Dillhager."

Clemens stutzte, als sein linker Arm gerade den Ärmel suchte, und sah Karl erschrocken an. „Damit habe ich nicht gemeint, dass wir schlecht gearbeitet hätten! Was ich sagen wollte, ist, dass …"

„Schon gut", sagte Karl und machte eine scheuchende Geste. „Ab ans heimische Herdfeuer zu Vanessa."

Clemens zögerte.

„Mein Gott", sagte Karl. „Jetzt schau nicht so. Bisschen Gefrotzel gehört zum Geschäft."

„Klingt immer so, als würde ich voll unterm Pantoffel stehen."

Stimmt wahrscheinlich auch, dachte Karl und schaute zu Maria, die ihre Mimik glatt hielt. Nur ein kleines Zucken am Mund verriet sie, ehe sie sich ihrem Computer zuwandte.

„Manche Männer mögen das ja sogar, habe ich mir sagen lassen", meinte Karl lächelnd.

„Das ist unterstes Niveau! Über meine Familie lasse ich nichts kommen." Clemens schloss den Reißverschluss der Jacke und stapfte aus dem Büro. „Bis morgen."

Rums, da flog die Tür zu.

Karl hob die Augenbrauen und schaute zu Maria, die sich nun wieder herumdrehte. „Eine Primadonna vor dem Herrn!“ Clemens’ kippelige Stimme nachahmend, rief er: „Das ist unterstes Niveau!“

Maria schaute zur Tür, die Clemens zugeschlagen hatte. „Ich glaube, das trifft ihn wirklich.“

„Und außerdem habe ich gegen seine Familie gar nichts gesagt. Mein Gott, dieser Waschlappen soll sich nicht so haben.“

„Ach ja? Ich erinnere an vorgestern: Allein die Andeutung, dass zwischen dir und unserer Polizeipsychologin was läuft, hat gereicht, dass …“

„Stopp!“ Fest sah er sie an. „Kein Wort mehr. Kein einziges.“

„Siehst du.“

„Das ist was anderes.“

Maria verdrehte die Augen und seufzte.

„Apropos vorgestern: Lust auf eine Wiederholung? Schnelle Halbe bei Inge? Ich weiß, die Arbeit steht uns bis zum Hals. Aber mal kurz durchschnaufen wäre doch nicht schlecht, oder?“

Sie drehte den Oberkörper und machte einen Doppelklick mit der Maus: Ein Word-Dokument öffnete sich. „Ich würde gerne den Bericht fertig schreiben.“

Angeekelt verzog er das Gesicht.

Sie lachte. „Solltest du auch mal machen.“

„Auf keinen Fall. Und *nach* dem Bericht?“

„Das wird dauern.“

Karl lächelte. „Ah, heute Abend stehen also weitere *medizinische Untersuchungen* an.“

Sie reagierte nicht, aber ihre Wangen verrieten sie. „Schönen Feierabend, Karl.“

„Wünsche ich dir auch.“

„Was machst du denn dann?“

„Ich werde mal beim Jakob im Krankenhaus vorbeischauen.“

Betroffen schaute Maria auf. „Scheiße, daran habe ich gar nicht mehr gedacht. Hat er sich mal gemeldet?“

„Ja. Kurznachricht, dass sein Herz in Ordnung zu sein scheint."

„Zumindest physiologisch."

Karl nickte. „Ich richte ihm schöne Grüße von dir aus."

„Ja bitte. Also, bis morgen."

„Bis morgen."

Er zog die Tür auf, betrat den dunklen Gang und wollte nach rechts abbiegen, wo am Ende das grüne Schild leuchtete, das auf den Notausgang übers Treppenhaus hinwies. Doch er verharrte, da er Lichtschein bemerkte, der unter einer Tür zu seiner Linken in den Gang sickerte: Bennys Büro.

Karl schwenkte nach links, klopfte gegen die Tür, wartete eine Sekunde und öffnete sie schwungvoll.

Benny lugte durch den Spalt zwischen zwei Monitoren hindurch, sagte „Ah, der Chef!" und stand auf. Im Umrunden des Tisches schnappte er sich seine Yoda-Gummifigur. Gelassen knetete er diese. „Und?"

„Ich wollte nur kurz vorbeischauen, weil ich den Lichtschein unter der Tür gesehen habe."

„Viel zu tun", meinte Benny nur, erweckte aber nicht den Anschein, als grämte ihn dies.

Karl lächelte. „Ähm, ob Schwaiger auch für die Kameras bei Florian Press..."

„Karl", sagte Benny, zwar deutlich, aber auch wohlmeinend. „So schnell geht's leider nicht."

„Hast du dir bisschen Unterstützung bei der Cybercrime-Abteilung geholt?"

Nur einen Lidschlag lang, aber Karl sah genau, wie Benny die Lippen verkrampfte. Er nahm es ihm nicht übel, schließlich arbeitete er ebenfalls am liebsten allein – was Maria allerdings mit einschloss.

„Na ja, du wirst das schon wuppen, wie ich dich kenne."

Mit der yodafreien Hand gab Benny ihm ein Thumbs up. „Logo."

„Ich bin der Erste ..."

„... der erfährt, sobald sich was tut." Der hochgereckte Daumen verharrte. „Logo-logo."

„Gut. Bis morgen."

„Ich mache dann alles aus."

„Wie lange brauchst du noch?", fragte Karl.

„Halbe Stunde oder so."

„Maria ist auch noch da. Die wird länger brauchen als eine halbe Stunde. Licht kannst du also anlassen."

„Oh."

Für Karl trug dieses kurze Wort viel zu viel Information. Benny wollte dies sicher nicht, doch brauchte Karl nur in dessen Augen schauen, um zu wissen, was los war.

An sich reichte es ihm für heute. Trotzdem, es gab Dinge, die mussten erledigt werden – wenn nötig auf die harte Tour. Spannungen sowie anderweitig emotional behaftete Verwicklungen innerhalb des Teams fielen genauso in seinen Herrschaftsbereich wie Entscheidungen über das weitere Vorgehen bei der Tätersuche. Für letzteres hielt er sich weitaus qualifizierter als für ersteres. Aber wenn Maria diese Angelegenheit auf die lange Bank schob, musste eben der Chef ran. „Benny", sagte er somit, verringerte die Distanz bis ungefähr auf diese ominöse Dreißig-Zentimeter-Grenze, deren Überschreitung die Privatsphäre des Gegenübers verletzte.

Für Karl war das okay, schließlich *stellten* seine Worte eine Art Verletzung dar.

Benny maß ihn verwundert, wollte sogar einen Schritt zurücksetzen, um die Distanz wiederherzustellen, doch Karl legte ihm mit festem Druck die Hand auf die Schulter und schaute ihm in die Augen. „Benny", wiederholte er und hoffte, die Schwere des anstehenden Gesprächs allein mit dem Namen gebührend zu transportieren.

„Alter", flüsterte Benny mit großen Augen, „du machst mir echt Angst."

„Wir müssen was besprechen."

Benny schluckte. „Ohne Scheiß, ich fühle mich gerade wie ein Verdächtiger. Was ist denn los?"

Karl atmete ein und langsam wieder aus. „Innerhalb des Teams ist es wichtig, dass nichts die kollegiale Zusammenarbeit überschattet oder gar aushebelt."

„Mann, Karl", quäkte Benny, „jetzt komm bitte zur Sache."

Erneut schöpfte Karl Atem. „Finger weg von Maria."

Benny blinzelte.

„Ich weiß es. Man sieht es – selbst wenn man in solchen Belangen Scheuklappen trägt. Aber das ist *zu* offensichtlich."

Zu Karls Erstaunen hielt Benny seinem Blick stand, errötete nicht einmal. Er war davon ausgegangen, dass diese Unterhaltung bestenfalls ultrapeinlich werden würde.

„Okay", sagte Benny lediglich und fasste sich ans Kinn, als vermisste er seinen Goatee. „Stimmt." Er räusperte sich. „Ich stehe auf sie … Aber nicht mehr so schlimm, wie es schon mal war."

Karl wollte etwas sagen, doch Benny hob die Hand.

„Ich weiß, dass sie einen Freund hat. Also, zumindest vermute ich das."

„Damit liegst du richtig." Karl beobachtete Bennys Reaktion. Diese bestand lediglich aus einem Nicken, das weder resigniert noch traurig war, sondern sachlich knapp.

„Maria hat aber trotzdem das Gefühl, dass du …", begann Karl, brach den Satz jedoch ab.

Dreck, elender – wie sagt man das am besten?

„Dass ich in ihrer Nähe sein will." Benny ließ den Kopf sinken. „Ja, das stimmt. Aber ist das verwunderlich?"

„Äh?"

„Du willst das doch auch."

„Bitte? Auch wenn meine Frau verschwunden ist, heißt das nicht, dass …"

„Ich meine es auch nicht so, wie du es meinst."

„Sondern?", fragte Karl gereizt, nahm die Hand von Bennys Schulter und stellte die Privatsphäre-Distanz von sich aus wieder her. Jeder, der ihm amouröse Gefühle nachsagte, während Anjas Verschwinden ungeklärt war, wandelte auf einem schmalen Grat. Und einem gefährlichen.

„Du suchst ihre Nähe, ganz ohne Hintergedanken", sagte Benny.

„Und du *mit* Hintergedanken?"

„Nicht mehr."

„Das soll ich dir glauben?"

Benny sah zur Seite. „Okay, ein bisschen bin ich schon noch in sie verschossen. Aber ich hab's eingesehen."

„Was genau?"

„Dass sie erstens nichts von mir will und zweitens so etwas unsere Arbeit belastet."

„Gut", sagte Karl „Mehr wollte ich gar nicht hören."

Benny nickte. „Ich mag sie. Das kann ich nicht leugnen. Sie ist etwas Besonderes."

„Da hast du recht – zu hundert Prozent." Karl räusperte sich. „Sorry für meinen Ton gerade eben. Aber wenn meine Frau ins Spiel kommt ..."

„Wenn auch nur indirekt", warf Benny ein.

„Ja, selbst dann macht's bei mir Klick."

„Schon gut."

„Ich kann verstehen, dass du Maria toll findest. Sonderbarer fände ich es fast, würdest du sie *nicht* toll finden. Aber für jeden von uns ist sie wie eine Geheimakte: Wir rühren sie nicht an."

Benny gluckste. „Schön gesagt. Passt schon alles, wie gesagt. Gibt ja noch weitere nette Frauen da draußen."

„Ganz genau", sagte Karl. „Vielleicht läuft dir ja am Samstag eine über den Weg. Denselben Musikgeschmack hättet ihr dann ja bereits."

Benny lachte. „Eine waschechte Metal-Braut. Warum nicht?"

KAPITEL FÜNFZEHN

Das Surren der Festplatte erstarb, der Bildschirm erlosch. Maria reckte die Arme über den Kopf und stieß einen Krächzlaut aus, da verspannte Muskeln sich lockerten.

Berichte zu verfassen rangierte auf einer ähnlichen Ebene wie damals am Gymnasium das Schreiben von Erörterungen. Gott, wie hatte sie das gehasst! Leider brachte jeder Job auch unliebsame Pflichten mit sich.

Insgesamt zog Maria ein positives Resümee ihrer bisherigen Dienstzeit: Sie kam immer besser mit Karl zurecht, hatte viel gelernt, etablierte sich mehr und mehr als ein adäquater Ersatz für Katrin Fischbach und fühlte sich als Teil eines Ganzen. Auch wenn Lilly mindestens einmal pro Woche die Platte auflegte, dass Maria zu viel arbeite, machte ihr das nichts aus. Gut, die Überstunden heute wegen Bürokram waren ätzend, doch wartete dafür ein Highlight.

Sie prüfte ihr Handy – und spürte, wie es ihr vor lauter Freude die Mundwinkel auseinanderzog.

Passt acht Uhr? Früher schaffe ich es leider nicht. Liebe Grüße, Julius

Sie schickte ihm das Symbol des hochgereckten Daumens und bändigte ihre Aufregung, indem sie durchatmete.

Nachdem sie sich gestern in ihrem Bett ausgiebig durch die Laken gewühlt hatten, fragte Julius, ob sie ihn bei sich daheim besuchen möge – mit Option auf Übernachtung. Natürlich stimmte sie zu. Damit wäre der Schritt vom Treffen an öffentlichen Orten zu Couch – oder Bett – vollzogen.

Schon meldeten sich wieder die Schmetterlinge, doch das plötzliche Aufschwingen der Bürotür erschreckte sie.

Benny reckte den Kopf hinein. „Ciao! Ich wünsche dir einen schönen Abend. Bis morgen dann."

Maria winkte ihm. „Adios!"

Benny zog die Tür wieder zu, verklingende Schritte.

Sie sah zur Uhr an der Wand: 19:02 Uhr.

Nach Hause zu fahren, lohnte sich nicht mehr. Zum Glück hatte sie Wechselklamotten sowie alles weitere, was Frau für einen kuscheligen Abend beim neuen Freund brauchte, in ihren Rucksack gepackt, der seit heute Morgen geduldig am Schreibtisch lehnte.

Sie nahm ihn und begab sich zur Damentoilette, um sich frisch zu machen.

Nachdem Maria die Spraydose Trockenshampoo im Rucksack verstaut hatte und gerade überlegte, ob sie Julius ihr Haar brav zu einem Pferdeschwanz gebunden oder verwegen-verwuschelt präsentieren sollte, vibrierte ihr Handy und wanderte über die weiße Emaillefläche des Wachbeckens in Richtung Rand.

Sie kannte die Nummer nicht. Trotzdem ging sie ran. Vielleicht war es ja Julius, der vom Handy eines Kollegen anrief, weil sein eigenes plötzlich kaputt war oder er es vor lauter Vorfreude nicht mehr fand.

Meine Güte, du hast Gedanken wie ein vor lauter Verliebtheit völlig belämmerter Teenager!

„Hallo?“

„Guten Abend, hier ist Brenner.“

„Ach, Frau Brenner, was verschafft mir die Ehre?“

„Entschuldigen Sie die Störung, aber ich denke, es könnte wichtig sein. Deswegen wollte ich das gleich loswerden.“

„Kein Problem. Ich bin eh noch im Büro.“

„Überstunden. Das kenne ich.“ Ein kurzes, verschwörerisches Lachen. „Ich habe es zuerst bei Herrn Seitz probiert, aber der ist nicht rangegangen.“

„Gar kein Problem, Frau Brenner. Was gibt es denn?“ Maria ließ das Handy sinken und wischte kurz, um die Uhrzeit zu sehen.

19:22 Uhr.

Alles im grünen Bereich. Sie aktivierte den Lautsprecher und legte das Handy wieder aufs Waschbecken, damit sie ihre Hände frei hatte, um Ohrringe anzulegen. Hm, die großen mit Schmuckstein oder die kleinen schlichten?

„Ich habe eine interessante Information zu Frau Mühlhauser.“

„Wie geht es ihr?“

„Unverändert. Aber: Sie reagiert ungemein heftig auf Bildschirme.“

Da Brenners Stimme durch den Lautsprecher leicht kratzig und blechern klang, vergewisserte Maria sich: „Habe ich das richtig gehört? Bildschirme? Also wie beim Computer oder Fernseher?“

„Genau.“

„Was genau heißt heftig?“

„Frau Mühlhauser dreht sich weg und schreit, kreischt oder wimmert, sobald sie irgendeine Art von Display erblickt. Sogar bei medizinischen Geräten zeigt sich dieses Verhalten. Vielleicht hat der Entführer ihr Filme gezeigt, die so schrecklich waren, dass sie wahnsinnig geworden ist.“

„Okay, ich werde das weiterleiten. Danke, Frau Brenner.“

„Gerne. Ich dachte, vielleicht können Sie damit etwas anfangen."

Die Info hätte morgen wahrscheinlich auch gereicht, dachte Maria, bedankte sich aber artig und beendete das Gespräch.

Kaum war dies geschehen, vibrierte es erneut: eine Nachricht von Karl.

Fillner bedanke sich für Marias Genesungswünsche. Ihm gehe es den Umständen entsprechend gut und auch alle weiteren körperlichen Tests seien bislang ohne Befund.

Maria schrieb zurück, dass Brenner sich bei ihr gemeldet habe, und Karl sie morgen anrufen solle.

„So, und jetzt ist Schluss mit Arbeitskram!", beschied sie und prüfte ihr Erscheinungsbild im Spiegel. Sollte sie sich noch mit Eyeliner und Lidschatten abmühen?

Pfeifend schloss Maria die Fahrertür, sperrte ihr Auto ab, tätschelte das Dach – Autschkerle hatte sie gut durch den abendlichen Verkehr kutschiert – und sah sich um.

„Puh", sagte sie nur, da sie sich im Stadtteil Allach-Untermenzing null auskannte. Sie zückte ihr Handy und wechselte in der Navigations-App von Autofahrer- auf Fußgängermodus.

„Gepriesen sei die Technik."

Um die fünfhundert Meter bis zu Julius, mehr Fußmarsch als eingeplant. Aber sie hatte diese eine Parklücke entdeckt – und wer abends in München eine Parklücke ignorierte, war selbst schuld. Wenn sie Lilly besuchte, kurvte sie meistens eine Viertelstunde um die Häuserblocks. Der Rekord stand bei zweiunddreißig Minuten.

Sie erhöhte ihr Tempo, da es bereits nach zwanzig Uhr war, und schrieb Julius, dass sie sich um ein paar Minuten verspäten werde.

Auf der Straße rauschten Autos vorbei, dann ein Fahrradfahrer mit Sporttasche. Andere Fußgänger sah sie nicht. Eine

Nacht ohne Sterne. Das Licht des Mondes glomm als diffuses Mattweiß hinter einem Wolkenamboss und erinnerte an die letzten Lebensstunden einer Glühbirne vor dem Verlöschen. Über den Dächern der Stadt lag Nebel wie Spinnweben, so eng und klebrig klammerte er sich an alles Stoffliche. Auch zu beiden Seiten des Weges lungerte er herum, als wüsste er nicht, ob er wach bleiben oder sich schlafen legen sollte.

Maria blieb stehen, murmelte „Ah, jetzt nach links" und überquerte einen Zebrastreifen, hinter dem ein spärlich beleuchteter Weg zu einer Unterführung wies. Zu beiden Seiten wuchs dichtes Gestrüpp. Zum Horizont hin erhoben sich mehrere Wohneinheiten, die sich vom Stil her glichen, mehrstöckig, mit üppigen Balkonen und offenbar frisch gestrichen oder erst vor Kurzem gebaut, denn die Fassaden leuchteten trotz spärlichem Mondschein.

„Passt zum strahlend weißen Arztkittel", murmelte Maria und ging weiter. Plötzlich vibrierte ihr Handy.

Es war Lilly.

Sie überlegte schon, den Anruf zu ignorieren. Nein, das konnte sie nicht bringen. Vor zwei Tagen erst hatte sie Lilly mit ein paar rausgepressten Silben abgewürgt.

„Wieso ist dieser Abend der pure Stress?", knurrte sie, nahm den Anruf entgegen und flötete Lilly ein „Na, du?" entgegen.

„Krass, du gehst ran!"

„Für dich immer."

„Du klingst gehetzt."

„Ähm …" Wahrheit oder Räuberpistole?

Lilly nahm ihr die Entscheidung ab: „Julius. Ich spüre die Vibrationen deiner Eierstöcke bis zu mir."

„Du kannst einem jedes romantische Gefühl mit einem einzigen Satz rauben."

Lilly lachte. „Spezialität von mir." Kurzes Stocken. „Ich merke schon, du bist voll auf Pheromonen. Morgen meldest du dich, und wenn es Mitternacht wird. Jedes Detail, verstanden? Jedes!"

„Ich verspreche, dass ich mich melde. In Sachen Detailtiefe werden wir schon einen Nenner finden."

„Detailtiefe – klingt irgendwie versaut."

„Bis morgen."

„Viel Spaß!", rief Lilly mit einem Lachen.

Maria drückte sie weg und musste, obwohl sie das überhaupt nicht wollte, ebenfalls lachen. Die Betonwände warfen ihr das Lachen wieder entgegen, sodass ein verzerrter Hall ihre Ohren bedrängte. Der Durchgang entließ sie auf einen nach links knickenden Pfad, in weiten Abständen von Laternen gesäumt. Hinter den Lichtkegeln ragten die Wohnanlagen auf.

Ein Blick aufs Handy.

Noch gut hundertfünfzig Meter.

In diesem Augenblick ploppte eine Nachricht von Julius auf. Kein Problem, schrieb er, versehen mit einem Kuss-Smiley.

Maria wurde es warm ums Herz.

Sie steckte das Handy weg.

Rechts von ihr raschelte etwas.

Erschrocken wandte sie sich dem Geräusch zu.

Ein Klacken und Sirren.

Kälte auf der Haut in Brusthöhe.

Jemand schnitt ihr Arme und Beine ab, durchtrennte jeden Muskel mit einem flirrenden, peitschenden, kribbelnden Schmerz, der als heiße Glut durch ihre Nervenbahnen sengte. Dunkelheit rauschte heran, und es dauerte einen Lidschlag, bis Maria erkannte, dass es der Boden war.

Ein Blitz hinter der Stirn: Ihre Gedanken stürzten in einen blubbernden Kessel aus Pein, Angst und Verwirrung.

KAPITEL SECHZEHN

Karl warf die Tageszeitung auf seinen Schreibtisch. Der Luftzug riss ein paar vergilbte Post-its von ihren altehrwürdigen Plätzen. Einen Herzschlag lang Konfetti, dann wieder das ruhige und geliebte Chaos seines Arbeitsplatzes. Karl setzte sich, las die Post-its auf, überflog sie – der jüngste war zwei Jahre alt –, zerknüllte sie und beförderte sie zielsicher in den Papiereimer. Einerseits sollte er mal aufräumen, andererseits verströmte die Szenerie die Vertrautheit eines lieb gewonnenen Ferienortes.

„Guten Morgen." Clemens betrat das Büro, in dem für die Dauer der Ermittlungen auch die Beamten der SoKo arbeiteten. Die waren aber noch nicht da.

„Morgen", erwiderte Karl. „Früh dran heute."

„Du nicht."

Karl lachte. „Stimmt. Ich habe Leonie in die Schule gefahren. Ihr Bus kam nicht. Ein paar Flöckchen auf der Straße, schon bricht der öffentliche Nahverkehr zusammen."

Clemens sah zum Fenster. Jenseits der Scheibe ging die Welt im weißen Rauschen und Flirren eines Schneesturms unter. Nun, eigentlich gab es hinter den ersten heulenden Wirbeln überhaupt keine Welt mehr. „Da werden heute einige zu spät kommen." Clemens gähnte ausgiebig und präsentierte die überfordertverwunderte Miene eines Märtyrers, der seine Hinrichtung wider Erwarten überlebt hatte.

„Lange Nacht gehabt?“

„Der Nachwuchs hat das mit dem Durchschlafen noch nicht kapiert.“

„Will alles gelernt sein.“

Erneutes Gähnen. „Boah, ich bin fertig.“

Karl erinnerte sich kaum mehr an die Zeit, wo seine Kinder klein gewesen waren. Er selbst hatte diese Nacht himmlisch geschlafen. Zum Glück hatte Fillner nichts Ernsthaftes, und Brenner hatte ihn vor zehn Minuten angerufen und ihm ein Detail gesteckt, das eventuell wichtig sein könnte. Das i-Tüpfelchen auf seiner guten Laune: Da er auf eigenes Betreiben die Presse eingeschaltet hatte, kommentierte diese die bisherige Arbeit der Polizei wohlwollend – und das, obwohl bislang weniger Verwertbares zusammengekommen war als beim Fall Linninger, wo die ganzen Revolverblätter sein Team und ihn zerrissen hatten.

„Egal was ihr schreibt, ich kann euch elende Schmierfinken einfach nicht ab“, brummte er und strebte zur Küche, um sich einen Kaffee zu genehmigen.

Clemens gesellte sich zu ihm, und während sie sich mit Koffein auf Betriebstemperatur brachten, erzählte Karl ihm von Felizitas Mühlhauser, wonach diese ausrastete, sobald sie einen Bildschirm erblickte. Ob auf selbigem etwas lief oder er schwarz blieb, stellte nach Brenners Aussage keinen Unterschied dar.

„Aha“, sagte Clemens nur, schlürfte am Kaffee und schaute immer noch drein, als trüge er Stigmata seiner durchwachten Nacht.

Da er Clemens gestern Abend schon gefoppt hatte, verzichtete Karl diesmal auf einen Kommentar. Er platzierte seine leere Tasse im Geschirrspüler, begrüßte zwei Kollegen der SoKo, die kurz zur Tür hereinschauten, und strolchte durch den Korridor, um nachzudenken.

Bildschirme und Kameras – was könnte das bedeut…

„Karl?“

Er drehte sich herum.

Münztellergroße Absätze, zu knapper Rock, sodass die Erscheinung mehr aufreizend als schick aussah: Gabriele Doppinger kam papierwedelnd auf ihn zu, ihr Lächeln so strahlend und breit, als wäre es aus der dicken Schicht Schminke gefräst worden. Eine Wolke süßlichen Parfüms umhüllte Karl.

„Hallo", sagte er schlicht.

„Wie geht's dir denn, mein Hase?"

Karl ließ den Blick schweifen und stellte zu seiner Erleichterung fest, dass niemand sich in Hörweite befand. „Ähm, passt alles soweit."

„Wenn du jemanden zum Reden brauchst …" Der Rest des Satzes stand als schmachtendes Leuchten in ihren kajalumrandeten Augen.

„Das weiß ich."

„Gut. Du musst deinen Schmerz nicht ständig allein mit dir herumtragen. Das ist so Dirty-Harry-mäßig out, verstehst du?"

„Öh …"

Enervierter Augenaufschlag gen Zimmerdecke. „Gefühle, Karl. Der moderne Mann zeigt sie – auch vor anderen."

Er verzog die Lippen.

„Schau ned so zuwider. Gefühle zu zeigen, wird nicht mehr als Schwäche ausgelegt, sondern als Stärke. Gerade vor anderen. Dazu gehört viel Größe. Ich würde dich so gerne einmal weinen sehen. Und glaub mir: Es würde dir guttun."

„Bevor das passiert, blas ich mir die Rübe weg."

„Ach, Karl – du und deine toxische Männlichkeit."

„Gibt es außer meiner Männlichkeit etwas, das einer Klärung bedarf?", fragte er mit einem Blick auf das Papier in Gabrieles Hand.

„*Toxische* Männlichkeit." Mit einem Seufzen hielt sie ihm den Ausdruck hin. „Das bedeutet so viel wie *giftig.*"

„Ach nein …"

Ein zweites, nun wehklagendes Seufzen. „Mein Gott,

Männer!“ Ihrer Empörung zum Trotz lächelte sie. „Bei dir finde ich das alles irgendwie süß.“

„Wie schön, das freut mich.“ Er zupfte ihr das Blatt aus der Hand und überflog es. „Fillner ist zwei Wochen lang krankgeschrieben?“

„Richtig.“

Er las weiter: Entsetzen rollte durch ihn hindurch wie eine seismisches Welle. „*Ich* soll während Fillners Krankenstand dessen Sesselfurzer-Rolle übernehmen?“

„Leg doch nicht alles immer so negativ aus.“

Unter gefurchten Brauen starrte Karl sie an.

„Ja“, sagte sie, inzwischen leicht pampig. „Anordnung vom Polizeipräsidenten. Steht ja drauf.“

Er faltete das Blatt, obwohl er es viel lieber zerrissen hätte, und steckte es in die Gesäßtasche seiner Jeans. „Null Bock drauf, ehrlich!“

„Nicht aufregen.“ Gabriele komprimierte ihre Lippen zu zwei luftentleerten Schwimmflügeln. „Und nenn den Jakob nicht Sesselfurzer. Der stärkt dir nämlich immer und überall den Rücken.“

„Hab ja auch nicht ihn gemeint, sondern seinen Posten allgemein.“ Trotzdem hob er entschuldigend die Hand. „War gemein von mir.“

Dennoch: Er hing in zwei Mordfällen sowie einem Entführungsfall drin. Wie sollte er da auch noch den Gröfaz vom Morddezernat spielen? Das würde heißen, alles an Maria, Clemens und die SoKo abzutreten.

Ohne mich!

Unvermittelt ereilte ihn eine Idee, und er musste sich zusammennehmen, damit er mimisch nicht preisgab, *wie sehr* sie ihm gefiel. „Falls diesbezüglich neuerliche personale Engpässe auftreten – du weißt ja, Murphy's Law und so –, wer springt denn im Fall der Fälle für *mich* ein?“

Sie blinzelte, und Karl meinte zu sehen, wie hinter ihren Augen Funken zündeten, aber zu schnell erloschen.

„Ich meine, falls mir etwas zustößt."

„Das hoffe ich wirklich nicht, Hase. Nicht Fillner *und* du!"

Abwiegelnd hob er die Hände. „Nur für den Fall der Fälle, nichts weiter."

„Also, davon stand nichts drin."

„Eben."

Gabriele verengte die Augen. „Was heckst du schon wieder aus?"

„Gar nichts", sagte er nonchalant. „Wir sehen uns." Er winkte, drehte sich herum und ging zurück in sein Büro, um Maria von seinem Geistesblitz zu erzählen.

Ihr Platz war leer.

Sein Blick schweifte von seiner Uhr zum Fenster, hinter dem weiterhin Schneeflocken vorbeiwirbelten. Schade, er hätte gerne mit ihr zusammen über seine Einfall gelacht. Andererseits, bei ihr wusste man nie. Vielleicht fände sie seine Idee gar nicht witzig. „Reicht ja, dass *ich* sie genial finde", meinte er grinsend und begab sich wieder zur Küche.

Clemens und Benny standen quatschend beisammen.

„Auf ein Wort, Clemens."

Benny zögerte kurz. „Vier-Augen-Gespräch?"

„Bitte", meinte Karl.

Benny winkte. „Bis später."

„Nachher schaue ich bei dir vorbei", sagte Karl. „Dann müssen wir bereden, wie wir das mit den Mühlhausers machen."

„Okay."

„Deren Familiensitz ist riesig. Das wird dauern."

Benny entgleisten für einen Moment die Gesichtszüge.

„Du musst ja nur *eine* Kamera finden", sagte Karl mit einem Grinsen. „Den Rest erledigt Teufelskerl Schmidthalter."

Anders als gestern, sprang die Begeisterung dieses Mal nicht auf Benny über. „Der fand das bei den Presslers nicht so witzig wie wir, glaube ich."

Karl merkte, wie sein Grinsen von amüsiert zu bösartig wechselte. „Perfekt. Deswegen *darf* er heute gleich noch mal."

„Wir sollten ihn nicht komplett vergraulen", meinte Benny. „Streng genommen ist *er* nämlich mein Chef – zumindest bei der Spurensicherung. Und ich weiß nicht, wie nachtragend er ist."

„Hm", machte Karl. „Na gut. Wir werden eine Lösung finden, die bei niemandem zu geplatzten Hirnschlagadern führt."

„Gut."

Er schloss die Tür hinter Benny, dann, ein offenes, argloses Lächeln im Gesicht, deutete er auf den Tisch. „Setz dich, Clemens."

Dieser wirkte alarmiert, doch Karl hielt sein Lächeln.

„Was … was gibt's denn?"

„Nichts Schlimmes, im Gegenteil."

So unterbreitete Karl ihm, dass Fillner wegen seiner Nerven zwei Wochen krankgeschrieben sei und der Polizeipräsident Karl gebeten habe, für diese Übergangszeit adäquaten Ersatz zu finden.

„Und was habe ich damit zu tun?"

Karls Lächeln wurde noch breiter.

„DANKE, HERR MÜHLHAUSER", sagte Karl ins Handy. „Genau, wir sind innerhalb der nächsten Stunde bei Ihnen. Wiederhören." Er beendete den Kontakt und schaute zu Marias leerem Platz. Obwohl er ahnte, etwas Sinnloses zu tun, wählte er ihre Nummer – zum siebten Mal innerhalb von zwei Stunden.

Freizeichen, dann Mailbox.

Genervt drückte er die Nummer weg, stopfte das Handy in die Hosentasche, verließ das Büro und tigerte durch den Gang.

„Fahren wir dann?", kam es von rechts aus Bennys Büro.

„Ja, bald", erwiderte Karl und stampfte weiter. Hatte sich Maria wieder mit ihren Freundinnen weggeballert und lag so zerstört im Bett, dass sie nichts mitbekam?

Er erreichte das Ende des Gangs, machte kehrt und walzte zurück. „Zefix!", knurrte er, halb verärgert, halb besorgt. Gestern war Donnerstag gewesen, was – wenn auch weit hergeholt – für seine These sprach: An jenem Freitag, an dem man Marcel Reichelts Leichnam bei Buraplex fand, war Maria mit Hangover in die Arbeit gesteuert. Also hatte sie am Vorabend getankt – einem Donnerstag.

„Wieso saufen sich die jungen Leute donnerstags einen Fetzenrausch an – und nicht wochenends?"

„Hast du mit mir gesprochen?", ertönte Bennys Stimme, nun von links.

„Nein!", plärrte Karl und knallte die Tür zu dessen Büro zu. „Herrgott, dieses Gewusel regt mich auf!"

Als hätte sich das Schicksal dazu entschieden, ihm den Tag nach einem guten Start zu vermiesen, wieselte SoKo-Zinnsoldat Spangel auf ihn zu. Karl wusste nicht, warum, aber der Typ war ihm zuwider. Vor allem der dürre Hals mit dem riesigen Adamsapfel sah verboten aus. Auch die Art, wie er ging – als stünde er kurz davor, in die Hose zu scheißen.

„Herr Seitz, gerade hat sich eine Zeugin gemeldet. Es geht um den Aufruf in den Medien, und die Dame hat gemeint, dass …"

„Wie heißt die Trulla?"

Spangel blieb stehen und blinzelte.

Umgangston zu rau für das Klappergestell? Tja, Pech gehabt!

„Na?"

„Äh, die hieß …", Spangel schluckte, und der Adamsapfel zuckte wie ein verschlucktes Spielzeugauto, „… Gleixner. Ja, genau: Ingrid Gleixner."

„Nachbar hat Eisenstangen in den Keller getragen, wie man sie für ein Gefängnis verwenden würde."

Spangel stand da wie ein Schüler, den der Lehrer beim Spicken erwischt hatte. „Äh, ja. Also, das hat Frau Gleixner tatsächlich …"

„Die hat eine Schraube locker. Das ist alles! Jeden Tag ruft diese grenzdebile Nuss hier an!"

„Herr Seitz. Ihr Ton, das muss doch nicht sein, oder?"

„Sag der dummen Spinatwachtel, dass ich, sollte sie noch

einmal hier anrufen, persönlich bei ihr vorbeikomme und das Telefon beschlagnahme."

„Herr Seitz, wir sind nicht per du."

„Los jetzt!", schrie Karl.

Spangel zuckte zusammen, hob die Arme und stolperte rückwärts in Richtung Büro, als wären Karl Hörner und ein Ziegenfuß gewachsen.

„Lauter Deppen um mich herum", knurrte er und ging weiter.

Kaum hatte er drei Schritte getan, da hörte er abermals seinen Namen.

Lediglich der Umstand, dass er die weibliche Stimme kannte, hielt ihn davon ab, völlig auszurasten. Trotzdem drehte er sich so schnell und ruckartig herum, als wollte ihn jemand aus dem Hinterhalt angreifen.

„Was gibt es denn, Frau Schlapph..." Er schloss die Augen und räusperte sich: „Frau Krapphut-Paffner."

Sie musterte ihn eindringlich. „Haben Sie da gerade herumgebrüllt?"

Wieso fragst du so blöd? Du weißt es doch schon.

„Ist manchmal vonnöten", sagte er gelassen.

„Ach ja?"

„Ja. Was meinen Sie, wie Kapitäne auf Kriegsschiffen früher herumgeplärrt haben?"

In gespieltem Erstaunen sah sie sich um. „Wir sind auf einem Kriegsschiff?"

Er lächelte halbseitig. „Im übertragenen Sinn."

„Ich finde es wichtig, mit Kolleg*innen angemessen zu reden."

„Haben Sie Schluckauf?"

Ein weiteres Verengen der Augen, diesmal unheilvoll. „Sie sind auf Streit aus."

„Gar nicht. Ich finde Gendern lediglich scheiße."

Paffnerchen atmete durch, dann, nach einem Kopfschütteln, reichte sie ihm eine Akte.

„Oh? Die nächste Beförderung? Hat der Polizeipräsident auch Burnout?"

Sie runzelte die Stirn.

Er winkte ab und schaute die Akte an, ohne sie zu öffnen. „Für Bürokratie habe ich momentan bedauerlich wenig Zeit."

„Das ist der Bericht von Frau Brenner auf Grundlage des Gutachtens der forensischen Psychologin, die Frau Mühlhauser untersucht hat."

„Klingt nach Vollversammlung des psychologischen Hochadels."

„Meine Güte, Herr Seitz. Rückfall in alte Verhaltensmuster? Nun, wenn Sie meinen, dass Ihnen das hilft, dann nur zu. Sie dürfen mich auch richtig beleidigen, um Dampf abzulassen."

„So habe ich das gar nicht …"

„Unsere heutige Sitzung fällt aus."

Karl lachte, obwohl es ihn seltsamerweise traf. „Hätte ich sowieso nicht dran gedacht."

„Ich meinte das eher als Entgegenkommen, weil Sie so viel zu tun haben. Nicht, weil ich Ihnen Ihr Verhalten übelnehme, deswegen schmolle und die Sitzung absage."

„Ähm, ach so. Äh, ja, danke dafür."

Sie nickte nur, drehte sich herum und stöckelte davon.

Bennys Miene spiegelte Verblüffung. „Aber ich dachte, wir fahren gemeinsam zu den Mühlhau…"

„Planänderung. Du ortest Marias Handy."

„Was?"

„Hast schon richtig gehört."

„Ich weiß nicht, ob …"

Karls schnelles Handwedeln ließ Benny leiser werden. „Nicht nachhaken. Einfach machen."

Benny stand auf. „Was ist denn los, zum Teufel? Du kannst doch nicht einfach ihr Handy orten lassen, nur weil sie …"

„Da stimmt was nicht."

„Vielleicht ist etwas mit ihren Eltern, oder sie …"

„Mit denen habe ich bereits telefoniert."

Benny hob die Augenbrauen. „Die wissen auch nichts?"

„Nein!" Karl atmete durch. „Natürlich habe ich denen nicht direkt gesagt, dass Maria verschwunden ist, aber …"

„Jetzt beruhig dich."

„Du ortest ihr Handy. Sofort."

Benny verschränkte die Arme vor der Brust. „Sorry, aber dafür brauche ich von offizieller Stelle …"

„Ich befuge dich, Maria Strobls Handy zu orten." Karl fischte den Wisch, den Doppi ihm überreicht hatte, aus der Gesäßtasche, und reichte ihn Benny.

Der las die Zeilen, und seine Augen weiteten sich zum Ende hin. „Na sauber …"

Karl schnappte sich das Schreiben wieder, stopfte es in die Hosentasche und deutete auf die Monitor-Drillinge. „Und los geht's."

Bennys Miene verriet weiterhin Skepsis, doch Karls zeitweilige Beförderung ließ ihm keine andere Möglichkeit. „Es ist wirklich beachtlich", brummte er, während seine Finger über die Tastatur flogen, „wie es dir immer wieder gelingt, deinen Willen durchzusetzen – und zwar so, dass man dir danach nie richtig ans Bein pinkeln kann."

„Geil, oder?"

Benny sah ihn an, dann lachte er mit einem Mal, und Karl lachte mit.

„O Mann …" Seufzend machte Benny weiter, ehe er die Hände von der Tastatur nahm, aber den mittleren Bildschirm fokussierte. „Suche läuft …" Einen Moment später winkte er ihn herbei.

Karl umrundete den Tisch und stellte sich hinter Benny. „Wow, das erste Mal sehe ich direkt auf deine Bildschirme."

„Echt?"

„Ja."

„Und was ist daran so besonders?"

„Hat immer so gewirkt, als wolltest du das nicht. Wir haben oft darüber spekuliert, was du den ganzen Tag machst."

„Arbeiten vielleicht?"

„Ja, das auch. Aber wenn du mal chillen möchtest, wie meine Tochter sagen würde."

„Jetzt bin ich *wirklich* gespannt."

Der mittlere Monitor zeigte eine Karte Münchens sowie einen Ladebalken, der linke und rechte waren schwarz. „Komm, zeig mal, was auf den beiden anderen läuft", sagte Karl.

Benny drückte etwas auf der Tastatur. Eine Passworteingabe ploppte auf. Fliegende Finger, viele *-Symbole, dann erwachte der linke Bildschirm: Graphen, aufblinkende Zahlen.

„Börsenkurse?", fragte Karl nach ein paar Sekunden.

„Jepp."

„Wie öde …"

Benny grinste. „Aber sinnvoll, wenn man sich auskennt. Auf die gesetzliche Altersvorsorge würde ich mich nicht verlassen."

„Habe ich auch schon gehört." Karl deutete auf den rechten Bildschirm. Und was läuft dort?"

Eine weitere Passwort-Eingabe, dann erschien eine Frauenfigur mit langem, hellem Haar, übertrieben spitzen Ohren und einem geschwungenen Bogen, den sie über den Rücken geschnallt trug.

Realm of Forgotten Tales verkündete ein verschnörkelter Schriftzug.

„Zefix", murmelte Karl. „Maria hatte recht: Du zockst Computerspiele."

„Was war dein Tipp?"

„Pornos."

Benny blinzelte. „Na, vielen Dank auch …"

„Hätte ja sein können."

„In der Arbeit? Ohne Scheiß?"

„Was weiß ich, was du so treibst, wenn deine Tür zu ist."

Benny gluckste.

In diesem Moment fiel Karl etwas auf. „Level null?" Er beugte sich nach vorne, da seine Augen ihm auch einen Streich spielen könnten. Nein – die Null stand ganz eindeutig neben der etwas zu knapp gekleideten virtuellen Elfe.

„Warum läuft das, wenn du nie spielst? Sonst hättest du ja nicht Level Null, oder?"

Benny lächelte nachsichtig. „Das liegt daran, dass ich das Spiel mit einer neuen Spielfigur durchzocken werde, und zwar mit dieser auf Fernkampf und Buffs spezialisierten Elfenspäherin. Als Magier und Krieger habe ich es schon durch."

„Das Ganze ein drittes Mal? Fad."

„Gar nicht", hielt Benny dagegen. „Ich werde auch die Storyline anders spielen. Jede im Spiel gefällte Entscheidung hat Auswirkungen auf den weiteren Verlauf sowie das Ende."

„Wow …"

Benny strahlte, als würde er am liebsten sofort mit seiner Elfe losziehen, um Monster zu erschlagen. „Darf ich dir bei der Schließung weiterer Wissenslücken behilflich sein?"

„Was sind Buffs?"

Wie aus der Pistole geschossen kam die Antwort: „Zauber, Tränke und alle sonstigen Aktionen, welche die eigenen Eigenschaften und oder die der gesamten Heldengruppe stärken."

„Aha", meinte Karl wenig begeistert und wollte dadurch signalisieren, dass er das Ende seiner Wissbegierde erreicht hatte

Benny schien das nicht zu merken: „Ja – Initiative, Charisma, Körperkraft, Rüstungsschutz oder was auch immer. Richtig eingesetzt, sind Buffs supermächtig. Ohne eine ausgewogene Heldengruppe können viele Endgegner nicht besiegt werden. Man braucht Tanks, Zauberer, Heiler …"

„Okay, okay. Ich hab's gecheckt."

„Wunderbar", gurrte Benny. Fehlte nur, dass er den Mund öffnete, weil er von Karl ein Leckerli wollte. Einen Moment später verkündete er aber: „Fertig!"

Karl schwenkte den Blick von den violetten Augen der Elfe zu einem rot blinkenden Kreis in der Münchenkarte, die der mittlere Monitor zeigte. „Dort ist Marias Handy?"

Benny nickte. „Es ist noch eingeloggt."

Karl beugte sich nach vorne. „Allach-Untermenzing. Was macht sie dort?“

„Woher soll ich das wissen?“

„Habe nur laut gesagt, was ich …“ Unwirsche Handgeste. „Ist ja auch egal.“

„Oh.“

„Was denn?“

Benny deutete auf eine Box mit Zahlen und Daten. „Seit gestern Abend ist das Handy in dieser Funkzelle eingeloggt.“

Karl wehte es kalt über die Wirbelsäule. „Die ganze Nacht über?“

„Ja.“

„Scheiße …“

„Sorry, dass ich Marias Fehlen vorhin so abgetan habe.“

„Schon gut.“ Karl atmete durch, da ihm das Herz bis in den Hals schlug, und lief in Bennys Büro auf und ab. „Du fährst zu den Mühlhausers, ich suche Maria.“

„Okay.“ Bennys banger Blick folgte Karl. „Meinst du, ihr ist etwas zugestoßen?“

„Keine Ahnung.“

„Vielleicht ist ihr das Handy ja nur aus der Tasche gefallen oder so.“

„Und deswegen kommt sie nicht zur Arbeit?“

Benny senkte den Blick.

Bleib ruhig! Bloß nicht die Nerven verlieren.

Karl öffnete die Tür. „Falls du was bei den Mühlhausers findest, informier mich sofort.“

„Klar.“

Er eilte ins Büro, ignorierte Spangel, der, umringt von Kollegen, abrupt verstummte und große Augen bekam.

Ja, zerreißt euch nur das Maul über meine ruppige Art, ihr Klappspaten …

In diesem Augenblick bereute er es, die Tür zu seinem Einzelbüro aus den Angeln gehoben und im Keller verstaut zu haben. Er konnte sich nicht einmal entsinnen, wieso. Musste kurz nach

Anjas Verschwinden gewesen sein. Das hielt als Erklärung für viele irrationale Handlungen her. In den ersten Monaten war es geradezu bequem gewesen, alles und jeden mit seinen Launen zu nerven und gleichzeitig Narrenfreiheit zu genießen.

Er startete seinen Rechner und überlegte, wie er herausfinden könnte, was Maria in Allach-Untermenzing getrieben hatte.

Ärztliches Gutachten …

Seine Umschreibung für Marias Treffen mit ihrem Verehrer verströmte im Moment keinerlei unterschwellige Heiterkeit, sondern Unbehagen: Ihr Freund war Arzt – genau wie Linninger. Zufall oder perfide Parallele, die Böses ahnen ließ?

Hatte Maria ihm den Laufpass erteilt, woraufhin er ausgerastet war?

Keine wilden Spekulationen!

Maria hatte ihn im Krankenhaus Schwabing kennengelernt, wo sie wegen ihrer Schussverletzung am Oberarm gelegen hatte.

Und er hieß Julius.

Karl tippte sein Passwort am Computer ein, dann suchte er die Nummer des Schwabinger Krankenhauses und rief dort an.

Drei Minuten später hatte er, was er brauchte: Adresse und Telefonnummer von Julius Kleemann. Der wohnte tatsächlich in Allach-Untermenzing, und zwar im Bereich des Funkmasts, in dem Marias Handy eingeloggt war. Interessantes Detail: Er hatte gestern kurzfristig mit einer Kollegin den Dienst getauscht, um heute frei zu haben.

Kurzes Gedankenspiel: zu Julius Kleemann fahren, sturmklingeln, ihm die Dienstwaffe ins Maul rammen und ihn anschreien, was er mit Maria gemacht habe.

Karl seufzte. Sobald er in Stress geriet, stieg sein Aggressionslevel, was mit gesteigerter Gereiztheit und Gewaltbereitschaft einherging. Ein Verhalten, das einem Hauptkommissar schlecht zu Gesicht stand. Statt darüber nachzudenken, schob er es auf seine private Ausnahmesituation.

Um runterzukommen, summte er den Anfang des Liedes *Wanderer* von *Ensiferum,* das er gestern nach seinem Besuch bei

Jakob Fillner während der Rückfahrt angehört hatte, um fürs Konzert wenigstens ein paar Songs gehört zu haben.

Tja, fragt sich nur, ob ich da auch hingehe. Scheiße! Maria, was ist los?

Er wählte Julius Kleemanns Handynummer, die er vom Krankenhaus bekommen hatte.

„Hallo?"

„Grüße Sie, Herr Kleemann", sagte Karl neutral, mit leichtem Drift zu kühl. „Karl Seitz hier, Hauptkommissar, Kripo München."

„Oh", kam es nur, dann: „Sie sind Marias Chef, oder?"

„Richtig", antwortete Karl. „Womit wir gleich beim Thema wären: Ist Maria bei Ihnen?"

„Ich wünschte, sie wäre es." Fünf Worte und genauso viele Tonnen Herzschmerz.

„Sie war auf dem Weg zu Ihnen."

„Ja. Aber angekommen ist sie nie."

„Haben Sie nach ihr gesucht?"

„Gestern Abend bin ich noch runter – aber keine Spur von ihr."

Karl überlegte keine Sekunde. „Ich komme zu Ihnen. Wir müssen das Handy finden."

„Verdammte, elende Scheiße!", rief Karl, als er Marias Handy mit einem Taschentuch aus dem Gebüsch fischte.

Kleemann hatte die Nummer immer wieder gewählt, und Karl hatte gelauscht. Das Vibrieren hatte ihn schließlich zum Fundort geleitet, einer Gebüschformation zu Seiten eines Weges, welcher aus einer Unterführung sanft zum hundert Meter entfernten Wohnkomplex anstieg, in dem Kleemann wohnte.

Karl drückte durchs Taschentuch seinen Daumen auf den runden Knopf unten am Handy. Tastensperre, doch zumindest zeigte das Display unzählige verpasste Anrufe, sowohl von ihm als auch Kleemann sowie einer Nummer, die *Mama Handy* lautete.

„Ich mache mir große Sorgen, Herr Seitz. Meinen Sie, Maria ist etwas passiert?", fragte Kleemann, der das Handy so angsterfüllt und entsetzt anstierte, als wäre es Marias abgetrennte Hand.

Karl schloss die Augen gegen den wachsenden Schrecken, der sein Herz zerdrückte. „Ich weiß es nicht."

Nicht die Fassung verlieren, ermahnte er sich. „Ich rufe die Spurensicherung an. Sie indes könnten helfen, indem Sie Marias Auto suchen."

KAPITEL SIEBZEHN

„GANZ GEMÜTLICH, oder?“

Die verzerrte Stimme rann entlang der klebrigen Fäden in Marias Kopf, sodass diese vibrierten und kurze Schmerzspitzen in ihre Stirn schickten. Sie blinzelte. Licht aus einer Neonröhre, die geschützt war von schmalen Eisenstreben, zwischen denen sich wiederum engmaschiger Draht wand. Dadurch sah es aus, als glühte an der Decke der Kokon eines Insekts.

Maria richtete sich auf und unterdrückte ein Stöhnen, da der Schmerz hinter der Stirn aufflammte. Vorsichtig hob sie die Hand – und stieß auf einen Verband, der ihren Kopf umschloss.

„Nachdem ich dich getasert habe, hat's dich schön auf die Fresse gelassen.“ Ein Lachen. „Leider habe ich's nicht gefilmt. Hast eine Platzwunde seitlich am Kopf. Das wird wieder verheilen. Du hast nämlich genügend Zeit, um dich ganz auf deine Genesung zu konzentrieren.“

Maria schluckte, ihre Kehle war trocken. Zudem wateten ihre Gedanken wie durch ein schlammiges Labyrinth. Weder hatte sie eine Ahnung, wo sie war, noch, was dieser Typ ihr angetan hatte.

Ein Erinnerungsblitz in ihrem Kopf: eine Unterführung, widerhallende Schritte, dann ein Rascheln – und Schmerz.

„Julius!“, entfuhr es Maria.

Ihr Bewusstsein rauschte zurück mit der Gewalt einer Flutwelle. Adrenalin brauste durch ihre Adern, sie sprang auf, der Kopfschmerz nur noch ein fernes Echo. Ihr panischer Blick flog von links nach rechts, von oben nach unten.

Sie war eingesperrt!

Fleckige Betonwände, eine schwere Stahltür, ein im Boden verschraubter Metalltisch, darauf eine Plastikflasche und ein Pappteller mit Obst. Im hintersten Eck Toilette und Waschbecken, beides ebenfalls aus Stahl. Kein Holz oder Plastik oder was auch immer. Maria gegenüber hing ein Fernseher, aber ungewöhnlich hoch, sicher drei Meter. Nicht mal mit einem Sprung käme sie an den unteren Rand. Die Decke schwebte bestimmt vier Meter über ihr.

Ein ehemaliger Luftschutzkeller? Oder ein überirdischer Bunker wie der von Brandstetter?

„Lass mich raus!" Die Panik wuchs, breitete sich aus, schien ihr Brust und Kopf aufzublähen. „O Gott …", hörte sie sich murmeln, dann beförderten ihre Beine sie zur Stahltür.

Ein Wummern und Scheppern – wie eine Besessene trommelte sie die Hände gegen den Stahl.

Bei jedem Schlag spürte sie, wie mächtig die Barriere war. Wie undurchlässig. Statt aufzugeben und niederzusinken, hämmerte sie nur fester dagegen, so lange, bis sie vor Schmerz ablassen musste, durch den Raum torkelte und – obwohl sie um die Sinnlosigkeit ihres Tuns wusste – nach einem anderen Fluchtweg suchte.

Wimmernd drehte sie sich im Kreis, alles verschwamm vor ihren Augen. Halb setzte sie sich aufs Bett, halb brach sie zusammen. Durch den Schwung sollte es über den Boden rutschen, doch rührte es sich keinen Millimeter.

Ebenfalls verschraubt, genau wie Tisch und Stühle.

Dies war kein provisorisches Gefängnis, sondern ein von langer Hand geplantes. Eine klinisch sterile Umgebung ohne die Möglichkeit, das Mobiliar oder irgendetwas anderes zu Werkzeug umzufunktionieren.

Die Erkenntnis, wie es um sie stand, raubte ihr nicht nur den

Atem – diese Erkenntnis kroch geradezu an ihr empor und würgte sie, würgte sie, bis Schwärze vor ihren Augen flackerte.

„Meine Güte, du Süße!", hallte es verzerrt durch den Raum. „Du musst dich doch nicht fürchten."

„Halt dein Maul!", kreischte Maria und wunderte sich, dass sie vor Panik überhaupt die Luft zum Schreien fand.

„Oh, jetzt schmilzt mir das Herz. Diese Furcht, die du mit deinen Beleidigungen zu kaschieren versuchst. So süß wie ein scheues Rehkitz!" Ein Zungenschnalzen drang aus den Lautsprechern, die genauso unerreichbar an der Decke verankert waren wie die Lampe. „Ich könnte dir stundenlang zusehen und zuhören. Du bist mein Finale, Maria. Der Zuckerguss. Das Sahnehäubchen. Das i-Tüpfelchen. Die Krone meines Schaffens. Nur du und ich. Die anderen sind nicht mehr da."

Maria stutzte, und ein kleiner Teil ihres Verstands meldete sich zurück. „Du meinst Pressler und Mühlhauser?"

„Kaum im neuen Zuhause angekommen, schon stellt die engagierte Polizistin Fragen."

Verdammt, zu wem gehört diese Stimme?

Sie konzentrierte sich, trotz der Enge in ihrem Hals, trotz des rasenden Pulses, den sie als wummerndes Rauschen in den Ohren hörte und spürte.

Zur Panik gesellte sich Frust: Die Stimmverzerrung machte es unmöglich. Nicht mal, ob es ein Mann oder Frau war, konnte sie ergründen.

„Immer wenn du mich in Zukunft ansprichst, wirst du mich Meister nennen. Verstanden?"

Ah, also ein Mann.

Ach ja: Fick dich!

„Hast du verstanden?" Was trotz der Verzerrung gut rüberkam, war die veränderte Koloratur: Zorn.

Ich muss mitspielen, falls ich überhaupt eine Chance haben will, hier wieder rauszukommen. Und zwar nicht als Leiche.

„Ja, habe ich."

„Da fehlt was!"

„Habe ich ... Meister." Maria drehte den Kopf weg, aus Ekel, Ekel vor sich selbst. Lieber hätte sie literweise altes Frittenfett gesoffen, als dieses selbstherrliche Arschloch *Meister* zu heißen.

„Pressler und Mühlhauser. Ja, die waren hier, diese beiden Fotzen."

Hitze rauschte durch ihren Bauch, einerseits, weil sie wusste, was den beiden widerfahren war; andererseits, weil es sie anwiderte, wie dieser Dreckskerl über die armen Frauen sprach.

Zumindest war das Motiv nun klar: Rache. Machtgier. Völlige Kontrolle über Leben und Tod.

Und: Irgendetwas Persönliches war im Spiel. Daran, dass die beiden Frauen Zufallsopfer gewesen waren, glaubte Maria jetzt weniger denn je.

Und wieso bin ich hier? Einfach, weil ich dem Täter bereits so nahe gekommen bin, dass er mich aus dem Weg räumen will? Oder ebenfalls etwas Persönliches?

„Wieso bin ich hier?"

„Du vergisst die passende Anrede, Fotze." Kurze Stille. „Das ist ab jetzt übrigens deine."

Maria widerstand der Versuchung, ihre Angst in eine schnelle Abfolge gesalzener Beleidigungen umzumünzen, und versuchte stattdessen, ihr inneres Gleichgewicht wiederzufinden.

„Wieso bin ich hier, Meister?"

Ein gebelltes Lachen. „Weil ich es so will."

„Diese Aussage ist mir etwas zu vage, Meister."

Sollte ich dir eines Tages gegenüberstehen, bringe ich dich um.

„Leg dich aufs Bett."

„Was?"

„Was, Meister!" Dröhnend und übersteuert jagte der Schrei aus den Lautsprechern, so laut, dass Maria sich die Ohren zuhielt.

„Aufs Bett!"

Durch den Schutzwall ihrer Finger dröhnte die Stimme. Es würde ihr das Trommelfell zerreißen, sollte sie diese Lautstärke jemals ohne Puffer erwischen. Sie legte sich auf die – immerhin frisch überzogene – Matratze. Kaum war ihr Hinterkopf ins

Kissen gesunken, glomm der Fernseher auf, zeigte aber lediglich ein sattes Blau.

„Vorhin meinte ich ja, dass ich leider nicht gefilmt habe, wie es dich auf die Fresse gehauen hat", sagte die Stimme, nun ruhiger und süffisant. „Dafür habe ich aber etwas anderes, das dich in Aktion zeigt – ebenfalls liegend."

Die Konnotation entstand erst, als Maria einen Teil ihrer Wohnung aus der Vogelperspektive erschaute – und zwar jenen Teil, den ihr Bett beherrschte. Sie lag rücklings darauf, die Beine angezogen, ihr Kopf ruhte seitlich auf dem Kissen. Ihre Hände drückten auf den Hinterkopf eines Mannes, dessen Mund ihren Schambereich liebkoste.

Der Anblick erreichte nicht nur ihre Augen – er rauschte durch Herz und Magen bis ins Mark und weiter, bis in den hintersten Winkel ihrer Seele, den bislang nicht einmal dieser Kerker erreicht hatte. Ruckartig richtete sie sich auf, fasste sich an die Brust, da Übelkeit in ihr aufstieg. Trotzdem konnte sie ihre Augen nicht von dem losreißen, was ihr vorgestern Momente der Verzückung beschert hatte – und ihr jetzt vor Entsetzen den Verstand raubte.

„Hat dir gefallen, geleckt zu werden, hm?"

„Du verfluchter Drecksack …" Die Worte waren ein Wispern, kein Schrei; ihr fehlte die Kraft.

„Warte noch", sagte ihr Peiniger. Trotz Verzerrung klang der Hohn spielend leicht durch.

Die Szene wechselte.

Maria kniete, während Julius sie von hinten nahm.

Tränen stiegen ihr in die Augen. Schluchzend – obwohl sie sich dafür hasste, vor diesem Schwein Schwäche zu zeigen –, drehte sie den Kopf zur Seite und schloss die Augen.

„Sieh es dir an!"

Noch fester presste sie die Lider zusammen, hoffend, dass die flirrend bunten Punkte und Schlieren die schrecklichen Eindrücke in Trugbilder verwandelten.

Eine vergebene Hoffnung. Zu heftig hielt das Entsetzen sie umklammert.

„Schau's dir an!" peitschte es aus den Lautsprechern.

Maria schrie und presste die Hände auf die Ohren. Trotzdem hörte sie die Stimme: „Sonst geschieht deinen Liebsten ein Unglück!"

Alarmiert riss sie die Augen auf.

Eine Drohnenaufnahme – von ihrem Vater und ihrer Mutter. Schneetreiben, Abenddämmerung, dennoch erkannte Maria ihre Eltern sofort, allein an der beschwingten, sportlichen Gangart ihres Vaters.

„Lass meine Eltern da raus!"

„Sonst was?" Ein Lachen wie von einem tollwütigen Tier, so schrill und verzerrt und entartet. „Sonst heulst du oder wie? Ich könnte die beiden einfach im Schlaf abstechen. Na?"

„Nein!", schrie Maria. „Bitte nicht!"

„Da fehlt noch was."

Sie schluchzte. „Bitte nicht, Meister."

„Dann wollen wir mal Gnade vor Recht ergehen lassen. Vorerst zumindest – Augenzwinker-Smiley." Erneutes Lachen, aber gemäßigter. „Ich interessiere mich ja auch viel mehr für dich, du tolle Ermittlerin."

„Woher kennst du mich? Wie bist du in meine Wohnung gekommen?"

Keine Antwort.

Maria richtete sich auf, schaute zu den Lautsprechern.

„Komm schon, sag was." Sie schluckte. „Bitte, Meister. Sag etwas, Meister."

Stille.

Mit einem klackenden Geräusch erloschen Licht und Fernsehbildschirm. Es durchzuckte Maria wie bei einem elektrischen Schlag. Auf der Netzhaut tanzte der Nachhall der einstigen Helligkeit, bis auch dieser verblich.

„Was soll das?"

Ihre Stimme klang so elend, wie sie sich fühlte.

Sie zog die Beine an den Körper und umklammerte sie mit den Armen.

Bleib stark, Maria. Du darfst nicht aufgeben.

Wie lange konnte man sich innerlich mit Durchhalteparolen stärken?

Stunden? Tage? Wochen?

Oder sogar mehrere Jahre?

Sie wimmerte leise, als sie sich ausmalte, von nun an in Dunkelheit zu leben.

Nein, falsch: zu existieren.

Das Ausmaß ihrer Situation überrollte sie, und ihre Seele krümmte sich genauso wie ihr Körper.

KAPITEL ACHTZEHN

Ich mache mir große Sorgen, Herr Seitz. Meinen Sie, Maria ist etwas passiert?

Karl spürte, wie finster er dreinblickte, während er den Radiergummiknubbel am oberen Ende seines Bleistifts immer wieder auf den Schreibtisch klopfte.

Julius Kleemann als Grund für Marias Verschwinden schied – zumindest auf den ersten Blick – aus: keine Vorstrafen, keine Auffälligkeiten, ein ganz normaler Kerl mit einem guten Job als Arzt. Dennoch hatte Karl die SoKo angewiesen, auch ihn hinsichtlich Grundstücken, Anschaffungen von elektronischem Equipment und so weiter zu durchleuchten. Bei Narkosemitteln würde es schwierig werden, denn die hätte er einfach aus der Klinik mitgehen lassen können.

Aber aus welchem Grund sollte er das tun?

Überdies hatte er Karl Marias letzte Nachricht auf dem Handy gezeigt, dass sie sich etwas verspäte. Unmittelbar danach musste *es* passiert sein.

Karl ließ den Stift fallen und sah ihm dabei zu, wie er in Richtung Tischkante rollte, vor dem Sturz aber zum Stillstand kam. Knapp war es gewesen: zwei, drei weitere Umdrehungen, und der Stift läge am Boden. Vielleicht wäre die Mine gebrochen. Eine innere Verletzung, die man auf den ersten Blick nicht sah. Erst beim Schreiben und Nachspitzen würde sich das zeigen.

War *es* eine Entführung?

Oder war *es* ein innerer Bruch, ähnlich der Bleistiftmine? War irgendetwas in Maria gesprungen, das sie zu einer irrationalen Handlung getrieben hatte? Das sie hatte umdrehen und in die Nacht entschwinden lassen?

Er schluckte, als er an Brücken und Eisenbahnschienen dachte. Dann rieb er sich die Nasenwurzel und schüttelte den Kopf. Sie war auf dem Weg zu ihrem neuen Freund gewesen – Schmetterlinge im Bauch, Aufregung. Da gab es tausend andere Situationen, in denen man an etwas dachte, das einen runterzog. Aber nicht, wenn man gleich seine neue Liebe traf.

Außerdem: Maria und psychische Probleme?

Klar, möglich wäre alles – in Gedanken hörte er, wie Paffnerchen zustimmte –, doch daran glaubte er bei Maria einfach nicht.

Meinen Sie, Maria ist etwas passiert?

„Ich weiß es leider immer noch nicht“, brummte Karl.

Mit jeder verstreichenden Sekunde aber manifestierte sich die Gewissheit, dass Maria nicht auf eigenes Betreiben hin verschwunden war.

Eine Hand gegen die Wange gelegt, die andere in die Hosentasche seiner Jeans gestopft, durchmaß Karl sein Büro, während vom Büro nebenan die Geräusche emsigen SoKo-Treibens hereinwehten: Telefonate, Tastaturgetippe, leise Gespräche unter Kollegen.

Karl blendete die Störquellen aus, und sein auf Spurensicherung und -auswertung getrimmtes Gehirn versuchte bereits, logische Verknüpfungen herzustellen – und vor allem einen Grund zu finden, weswegen man Maria entführen sollte.

„Es gibt nur einen *einzigen* Grund“, sagte Karl ins leere Zimmer. „Maria ist dem Täter zu nah gekommen. Und um zu zeigen, wie schlau und überlegen er ist, lässt er sie von der Bildfläche verschwinden.“ Er knautschte sein Kinn wie Benny seine Yoda-Figur. „Oder bin *ich* ihm zu nahe gekommen?“

Aber weil er nur Frauen quälen will, hat er sich an meiner statt Maria geholt?

Er wollte weitergehen, erstarrte jedoch. „Scheiß die Wand an", murmelte er dann, einer plötzlichen Erkenntnis nachgebend. „Schwaiger fällt aus. Denn der war ja bei uns." Am liebsten hätte er gegen seinen Drehstuhl getreten, hielt sich aber zurück.

Er stellte sich in die Tür und rief ins SoKo-Büro, ob irgendjemand seltsame Geldbewegungen, Grundstückskäufe oder was auch immer entdeckt hatte.

Mehrere geschüttelte Köpfe und gemurmelte Neins.

„Okay", sagte Karl. „Dann schwenken wir um und richten den Röntgenstrahl auf Julius Kleemann."

Nickende Köpfe.

Karl schritt wieder in sein Büro, stützte sich auf den Schreibtisch und unterdrückte das Gefühl, sich am liebsten den Gehirnbalken mit einer Kreissäge zu durchtrennen.

Da ist doch paradox! Der Hauptverdächtige sitzt in U-Haft – und Maria wird entführt.

„Ich check's nicht", wisperte er verzweifelt. „Das kann doch nicht sein!"

Oder hat Schwaiger tatsächlich einen Komplizen?

Nein, der ist Einzelgänger. Ein Spacko, der sich kaum vor die Tür traut und Omis überwacht, weil er Angst hat, denen auf dem Gang zu begegnen.

Karl atmete tief ein und wieder aus.

„Ruhig bleiben und nachdenken."

Nach vier weiteren unergiebigen Runden durchs Büro setzte er sich an seinen Rechner und las Marias Berichte zu ihren bisherigen Ermittlungen im Fall Elzig aufmerksam durch.

Als er auf den Namen Rieger traf, stierte er am Monitor vorbei, durchforstete sein Gehirn – und erinnerte sich an das Telefonat mit Maria, kurz nachdem diese den Riegers einen Besuch abgestattet hatte.

War nicht nur fruchtlos, sondern auch ein bisschen abgedreht. Ich erinnere die beiden an ihre tote Tochter. Der alte Rieger hatte sogar Tränen in den Augen. Die sind echt durch.

Karl ließ die Maus los, sank zurück in den Stuhl und faltete die Hände entlang seiner Nasenflügel.

Das konnte eigentlich nicht sein. Zu abgedreht.

Andererseits lauerten da draußen viel zu viele Verrückte nur auf den richtigen Zeitpunkt, um loszuschlagen. Aber wieso gerade bei dieser Unterführung in der Nähe von Kleemanns Wohnung? Woher sollten die Riegers gewusst haben, wohin Maria unterwegs war?

„Egal", brummte Karl, stand auf und machte sich auf den Weg zur Tiefgarage. Die Suche nach Maria war wichtiger als alles andere.

ER HATTE die Tiefgarage kaum verlassen, da klingelte sein Handy.

„Leck mich doch!", brummte Karl. „Der hat ein Timing, echt wahr."

Einen Moment überlegte er, den Anruf zu ignorieren. Nein, das konnte er nicht bringen. Nicht dass dann gleich die nächste Panikattacke heranrauschte.

„Servus, Jakob, wie …"

„Karl!", kam es knackend und hart, ein Geräusch, als würde eine Eisfläche durch einen zu gewagten Sprung bersten.

Meine Fresse! Was ist denn jetzt schon wieder?

„Wieso", kam es halb geknurrt aus dem Telefon, „meldet sich, wenn ich auf meinem Apparat in der Dienststelle anrufe, nicht Karl Seitz – sondern ein Clemens Dillhager?"

Karl seufzte leise. „Hier brennt der Baum. Ich kann dir des lang und breit erklären oder in aller Kürze."

Kurze Pause, durchsetzt von betont enervierten Atemgeräuschen – dann ebenfalls ein Seufzen. „Kurz."

Er fasste in wenigen Sätzen zusammen, was seit gestern Abend passiert war.

Erneute Stille, aber ohne schweres Schnaufen. Stattdessen ein unsichtbarer Druck, der sich auf der anderen Seite der Verbindung aufzubauen schien. „Meinst du, ihr ist was zugestoßen?“, fragte Jakob schließlich.

„Ich will es mir nicht vorstellen. Aber in Betracht ziehen müssen wir leider alles.“ Nachdem er es ausgesprochen hatte, schwappte Übelkeit durch seinen Magen.

„Das wäre das Allerschlimmste. Ich mag die Strobl. Die ist super.“

„Das ist sie wirklich. Ich fahre jetzt zu den Riegers.“

„Hast du Verstärkung dabei?“

„Ich werde bei der Freisinger Dienststelle fragen, ob sie eine Streife vorbeischicken.“

„Gut. Pass auf dich auf.“

„Und du auf dich.“ Karl räusperte sich. „Und der Dillhager, der macht das schon. Schlägt sich wacker im Moment.“

„Okay. Bitte halt mich auf dem Laufenden. Vor allem bezüglich Maria … Also, der Strobl.“

„Wenn sie wieder da ist, könntest ihr mal das Du anbieten.“

„Kein Problem. Falls das alles ist, was ich tun muss, damit sie unversehrt auftaucht.“

„Wir hören uns.“

„Ja. Servus.“

„Servus.“

Karl drückte Jakob weg und gab Gas.

„Nein, Herr Seitz, beide sind nie in Erscheinung getreten, und irgendwelche abgelegenen Grundstücke besitzen die Riegers ebenfalls nicht“, sagte Spangel. „Ach ja, und das ist bei diesem Herrn Kleemann genauso.“

Karl schloss die Augen, fuhr sich durchs Haar und musste sich zusammennehmen, damit er sich nicht vor Frust ein Büschel herausrupfte.

„Danke“, erwiderte er stattdessen, musste sich aber anstrengen, damit er nicht mit den Zähnen knirschte. „Gute Arbeit.“

Spangel schien überrascht, denn er schwieg einen Moment, ehe er ein „D-danke“ stotterte. „Tut mir leid, dass das ein bisschen gedauert hat. War auf die Schnelle …“

„Passt. Ich hätte ja auch früher fragen können, nicht erst kurz vor dem Eintreffen bei den Riegers. Bis nachher.“

„Ja, bis na…“

Karl drückte ihn weg, verstaute das Handy in der Innentasche seiner Jacke und drehte sich zu den Riegers um, die mit Karl im Garten ihres Einfamilienhauses standen, weil er sich ein Bild von ihrem Anwesen hatte machen wollen. Neben einer Gerätehütte für Rasenmäher, Heckenschere und spinnwebenverklebte Blumentöpfe beherbergte dieser ein kleines Gewächshaus, dessen gerillte Plastikverkleidung Grünspan als Brutstätte diente. Innen standen ein paar verrostete Gestänge, die in Hohenfelds Vorgarten wahrscheinlich als Kunstwerk durchgehen würden.

„Herr Seitz“, meldete sich Herr Rieger nun zu Wort, rote Flecke auf den Wangen, die übrige Haut von grauer Blässe. Die speckigen Fäuste hatte er geballt, und er sah Karl an wie ein Richter am BGH, der Luft für ein vernichtendes Urteil schöpfte.

„Jaja“, sagte Karl und bemühte sich um ein halbwegs entwaffnendes Lächeln. Ein richtiges bekam er nicht zustande, dafür war er zu frustriert und zu besorgt. „Es tut mir leid, dass ich Ihre Ehefrau und Sie hinsichtlich des Verschwindens meiner Koll…“

„Das ist eine Unverfrorenheit!“ Riegers Mund gähnte wie eine Höllenpforte. „Wie können Sie überhaupt *annehmen,* dass wir etwas damit zu tun haben? Halten Sie uns für Entführer, die Menschen einsperren, foltern und umbringen?“ Nun schüttelte er die Faust und setzte einen Schritt auf Karl zu.

Ruhig bleiben, Freundchen. Du willst dir schließlich nicht wehtun, oder?

Zum Glück legte Frau Rieger ihrem Mann die Hand auf die Faust und drückte sie sanft, aber bestimmt nach unten. „Herbert, nun reg dich bitte ni…“

„So etwas lasse ich mir nicht nachsagen!", plärrte Rieger. „Wir haben unsere jüngste Tochter verloren, falls Sie das nicht wissen! Glauben Sie allen Ernstes, wir würden einer anderen Familie ähnliches Leid zufügen wollen?" Er stieß den Kopf nach vorne, die Augen glosten wahnhaft. „Glauben Sie das?" Ein Speicheltropfen sprang – wahrscheinlich aus Todesangst – von der Unterlippe und landete sicher im Gras.

Eine beschwichtigende Handgeste für Herrn Rieger, die andere für die beiden Kollegen von der Freisinger Polizeiwache, die bereits in Lauerhaltung gegangen waren, um den Wüterich anzuspringen und zu fixieren.

„Natürlich glaube ich das keinesfalls", sagte Karl so sanft, wie er konnte. Es war nicht wirklich sanft, aber auf seiner persönlichen Skala, wenn er selbst angespannt war, rangierte seine Replik im rosa Kuschelflausch-Bereich. Noch dickere Samthandschuhe gingen im Moment nicht. „Wir sind eben aufgebracht, weil wir nicht wissen, was unserer Kollegin zugestoßen ist." Eindringlicher Blick an Herrn Rieger. „Betrachten Sie unseren Besuch als reine Routine. Ich entschuldige mich in aller Form für die Unannehmli…"

„Routine? Nein – verdächtigt haben Sie uns. Uns!", bellte Rieger, erzürnt wie der Teufel höchstselbst, dem man vorwarf, er deale heimlich mit Weihwasser. „Ich erwäge …" – hochgereckter Zeigefinger – „… Anzeige gegen Sie zu erstatten."

„Äh, und weswegen?"

„Hausfriedensbruch, üble Nachrede, Justizwillkür."

Plüschmodus beendet …

„Machen Sie, was Sie wollen", erwiderte Karl ungerührt. „Ist mir scheißegal."

Große Augen, die Flecken auf den Wangen leuchteten noch intensiver. „Das ist …"

„Regen Sie sich ab, sonst bekommen Sie noch einen Herzkasper. Aber wenn Sie meinen, sich wegen jedem Furz echauffieren zu müssen, dann nur zu. Rufen Sie bei meinem Vorgesetzten an."

Und zwar bei Herrn Dillhager, hohoho …

„Hier stehen die Kontaktdaten drauf." Karl zückte eine Visitenkarte und legte sie auf einen umgedrehten Blumenkübel.

Herr Rieger schluckte, atmete dann aber noch heftiger als zuvor. „D-das werde ich tatsächlich, tun, jawoll!"

„Herbert!", rief Frau Rieger, packte ihren Mann am Arm, da dieser plötzlich schwankte, und zog ihn durch die offene Veranda-Schiebetür ins Hausinnere.

„Bitte gehen Sie jetzt!", rief sie an der Schwelle Karl zu. „Er regt sich immer so furchtbar auf."

„Dann soll er mal zum Paffnerchen zur Atemtherapie", brummte Karl, aber so leise, dass niemand sonst es hörte.

„Sollen wir einen Krankenwagen rufen?", fragte der ältere der Freisinger Streifenpolizisten und kratzte sich seitlich am Kopf.

„Ich glaube nicht", erwiderte Karl. „Der beruhigt sich schon wieder. Wenn der so weiter macht, haut's den eh bald vom Stangerl."

Der Beamte schnaubte ein Lachen, dann blickte er sich einmal kurz um und fixierte abschließend wieder Karl. „Gibt es für uns noch etwas zu tun, Herr Seitz?"

„Nein. Vielen Dank fürs Geleit, wenn ich so sagen darf."

„Gerne. Wiedersehen."

Die beiden Polizisten verschwanden und wählten dabei den Weg durchs kleine Gartentürchen am Zaun, das verhinderte, Herrn Rieger nochmals zu nahe zu kommen. Karl erachtete dies als gute Idee und folgte ihnen in einigem Abstand. Sollte er sich nicht verabschieden? Er stutzte kurz, sah über die Schulter.

Nein, das würde Herrn Rieger wahrscheinlich nur noch mehr aufregen.

Als er das Grundstück verließ, brauste der Streifenwagen der Freisinger Kollegen gerade davon. Nachdem er einmal tief durchgeatmet hatte und seinem Frust nicht erlaubte, abermals von ihm Besitz zu ergreifen, schlenderte er zu einer Bushaltestelle, wischte Schnee von der Bank und setzte sich.

Einen Steinwurf entfernt stand sein Ford Mustang am Straßenrand, schwarz wie Ebenholz. *Viel schöner, als Schneewittchen es jemals war.*

Nach einem kurzen Lacher seufzte er. Schnapsidee, hierher zu fahren. Im Grunde hatte er das von vornherein gewusst.

Seit gestern Abend war Maria verschwunden, und ihm, dem großen Chefermittler Seitz, fiel nichts Besseres ein, als zu einem von Kummer und Gram gebeutelten Ehepaar zu fahren. Sie könnten Maria schließlich entführt haben, weil sie damals ihre Tochter verloren und Jahre später gesagt hatten, Maria erinnere sie an diese.

„Du bist wirklich ein ganz erbärmlicher Nullinger, Seitz." Er stand auf und trottete zum Wagen. Bevor er den Schlüssel ziehen konnte, klingelte sein Handy.

Ein Seufzen unterdrückend, schaute er aufs Display: Benny.

Karl zögerte. „Du wirst mir gleich sagen, dass auch das Domizil der Mühlhausers mit Kameras verseucht ist."

Nach einem weiteren Seufzen hob er das Handy ans Ohr. „Servus, Benny."

„Chef!", sagte Benny gehetzt. „Ich habe eine gefunden, tippe aber auf mehrere."

„Was denn? Neue Sprungschanzen im Skaterpark?", fragte Karl, einfach, weil er Lust darauf hatte, Stuss zu labern.

„Kameras", ertönte es moderat angesäuert.

Bingo!

Freude schuf diese Erkenntnis nicht. Im Gegenteil: Die Fälle blubberten in einem riesigen Topf vor sich hin. Viel zu viele Zutaten und Gewürze, sodass man überhaupt nichts mehr herausschmeckte. Nur eines stand fest: Die Pampe wurde immer heißer, gerade durch Marias Verschwinden. Irgendwann würde der Kessel mit einem lauten Knall explodieren.

Und alle, die dies vermeiden wollten, fanden nichts, keine Beweise – ja noch nicht einmal eine halbwegs eindeutige Spur.

„Karl? Hallo?"

„Ja, bin noch dran."

„Was ist denn? Wir haben weitere Kameras – ist doch gut, oder?“

„Ganz ehrlich: keine Ahnung.“

„Aber …“

„Versteh doch, Benny: Zwei anfangs grundverschiedene Fälle haben plötzlich eine Konstante, die sich wie ein roter Faden durch alles hindurchzieht. Nur *wir* finden keinen roten Faden. Verstehst du?“

„Ähm, ich glaube schon.“

„Ganz ehrlich: Ich steige nicht mehr durch. Schwaiger nämlich ist raus.“

„Ach so?“

„Ja. Der war bei uns in Untersuchungshaft, während Maria verschwand.“

„Ein Komplize?“

„Schwaiger hat nicht mal Freunde. Wie soll er da an einen Komplizen kommen?“

„Und wenn die Fälle doch nichts miteinander zu tun haben? Dann wäre Schwaiger weiterhin der Hauptverdächtige im Fall Elzig.“

„Joa“, stimmte Karl zu, auch wenn er Zweifel hegte. Er seufzte schwer. „Benny, hör zu: Ich zahle dir alle Konzerte dieses Jahr, fahr mit dir nach Wacken, wenn du willst – nur finde heraus, wer hinter dieser ganzen Scheiße steckt. Und das Allerwichtigste: Spür Maria auf.“

„Wacken? Ehrlich?“

Karl verdrehte die Augen. „Ja, habe ich doch gesagt. Los jetzt.“

„Ich gehe in meine Obi-Wan-Kenobi-Trance, okay? Keine Störung mehr heute. Ich höre erst auf, wenn ich vor Entkräftung aus dem Stuhl kippe.“

„Öh, okay.“

Ist wahrscheinlich dieser Tunnel, von dem Robert Hohenfeld gesprochen hat.

Benny trennte die Verbindung.

Stirnrunzelnd schaute Karl sein Handy an, dann schüttelte er den Kopf. „So ein Spinner."

Aber genau so einen Spinner brauchte es wahrscheinlich, um in diesem verfahrenen Scheiß überhaupt etwas zu finden. Sollte es zu lange dauern oder Karl Anzeichen entdecken, dass die Sache mit den Kameras auch Benny über den Kopf wuchs, müsste er sich an die Kollegen der Abteilung Cyberkriminalität wenden.

Er schaute in den tristgrauen Himmel, seufzte und stieg in seinen Wagen.

Als er aufs Gas trat, schienen dem Motor mehrere Facetten seines einstigen Sounds zu fehlen, das Satte, das Brummige, die vibrierende Kraft eines Wildpferdes vor dem Galopp. Als wäre auch der Achtzylinder bedrückt, sauer und überfordert.

Karl wusste: Sollte Maria etwas zustoßen, wäre das sein persönlicher Todesstoß. Erst Anja – und jetzt Maria? Nie hätte er gedacht, dass irgendeine Ermittlerin auf diesem Erdball Katrin Fischbach ersetzen könnte. Und ihm so verdammt ans Herz wachsen.

„Passt schon, Spangel", sagte Karl resigniert. „Ich sehe, dass ihr Gas gebt."

Spangel schluckte, und Karl, grotesk fasziniert, verfolgte das Auf und Ab des Adamsapfels. „Dann gehe ich mal."

„Ja. Schönen Feierabend."

Spangel nickte. „Schönes Wochenende."

Stimmt, Wochenende …

Scheiße.

Weniger Personal für die Suche nach Maria.

Karl sah auf den Stapel Ausdrucke, den Staubner auf seinem Schreibtisch abgelegt hatte. O-Ton: Die einzige Gemeinsamkeit, die die SoKo bei Pressler und Mühlhauser gefunden hatte, war eine Mitgliedschaft bei PETA. Bei Pressler wahrscheinlich aus Überzeugung; bei Mühlhauser, weil es zum guten Ton einer

Unternehmerfamilie gehörte, sich als Verfechter von Tierwohl zu präsentieren. Zumindest vermutete Karl das.

„Wahnsinn", brummte er. „Die einzige Parallele ist der Mitgliedsbeitrag für Waldameisen und Honigbienen." In jähem Zorn patschte er die Hand auf den Papierstapel. „So ein Scheißdreck!" Es kostete Mühe, die Hand wieder zu lösen und nicht dem finsteren Ansinnen nachzugeben, den kompletten Stoß vom Tisch zu fegen. Die Hände auf dem Bauch gefaltet, kippte er mit der Stuhllehne nach hinten.

Eine gefühlte Nanosekunde später tönte Clemens' Stimme durchs inzwischen leere Büro. „Ich höre, du bist noch da, Chef."

Karl grunzte ein Lachen.

Clemens kam zu ihm und schaute ihn fragend an. „Also nichts, nehme ich an."

„Nein. Keiner weiß, wo sie steckt." Karl strich sich über den Schnauzer – und verharrte in der Bewegung. „Sobald Maria wieder bei uns ist, rasier ich mir das Ding ab."

„Was?"

„Den Schnauzer. Maria hasst ihn."

„Ah, verstehe."

„Du bist mein Zeuge, Clemens." Karl hob die rechte Hand und reckte Zeige- und Mittelfinger. „Ich schwöre, dass ich den Schnauzer abrasiere, sobald ich Maria das nächste Mal sehe." Er verkrampfte die Lippen, bevor er hinzufügte: „Lebend sehe."

„Bitte hör auf mit so was." Clemens sah erschrocken drein. „Meinst du wirklich, dass ..."

Karl schnitt ihm das Wort ab: „Du kennst Maria. Die ist superzuverlässig. Auch ihre Eltern wissen nichts. Zum Himmel stinkt das. Sie ist in Gefahr, basta!"

Clemens schluckte. „O-okay. Aber was machen wir?"

„Das ist ja das Schlimme: nichts. Oder besser gesagt: warten."

„Worauf?"

„Dass Benny auf irgendetwas stößt, was diesem Ermittlungsdesaster eine Form gibt."

Clemens nickte, atmete durch und klopfte nach einigen

Momenten des Schweigens gegen den Türrahmen. „Ist es in Ordnung, wenn ich heute ein bisschen früher abhaue?"

Karl nickte. „Ob du hier wartest oder daheim, ist wurscht."

„Danke, Chef."

„Gab es auf deinem … neuen Posten Vorkommnisse, über die ich Bescheid wissen müsste?"

„Nein, eigentlich ni…" Er verstummte abrupt. „Ähm, doch. Hätte ich beinahe vergessen. Eine Beschwerde kam rein. Über dich."

Karl grinste. „Von einem Herrn Rieger?"

„Fast. Seiner Frau."

„Echt? Dieses Lüschchen hat hier angerufen?"

„Sie hat gemeint, dass ein gewisser Herr Seitz ihren Mann bis aufs Blut provoziert habe."

„Bis aufs Blut? Entschuldige, aber das ist völliger Blödsinn. Die laufen beide nicht ganz rund."

„Was mache ich jetzt mit dieser Beschwerde?", fragte Clemens, aber nicht mehr in normaler Lautstärke, sondern im Flüsterton.

Karl beugte sich nach vorne und raunte: „Gar nichts."

„Okay."

„Oder doch: Du wirst sie löschen."

Clemens nickte.

„Schönen Feierabend." Karl wartete, bis Clemens' Schritte verklungen waren, bevor er sein Handy auf neue Nachrichten prüfte.

Nichts.

Er würde gerne mit seinem Sohn telefonieren, tat es jedoch nicht. Manuel brauchte Freiraum, um sich in seinem neuen Leben entfalten zu können. Karl würde nur stören. Er wusste das. Schmerzhaft war diese Erkenntnis nicht. Kinder lebten irgendwann ihr eigenes Leben. Bei Manuel traf dies bereits zu. Die Hausparty, die Karl eine Woche nach Linningers Ergreifung geschmissen hatte, hätte auch *Manuels Abschiedsparty* heißen können.

„Es ist gut, wie es ist“, brummte Karl, auch wenn er nicht wusste, ob das stimmte.

In diesem Augenblick ploppte eine Nachricht von Leonie auf:

Bin bei Daria. Kann später werden. Mach dir keine Sorgen, alles gut. Nur eine kleine Mädelsparty. Bis morgen irgendwann.

Karl presste die Lippen zusammen.

Daria war der Name von Leonies fiktiver Freundin, die sie vorgeschoben hatte, damit Karl nicht dahinterkam, dass seine Tochter etwas mit einem Typen aus der Drogenszene hatte.

Er aktivierte die Ortungs-App. Im Moment pulsierte der rote Kreis regungslos auf ihrem Zuhause.

Dass Leonie die Sache mit Meiffert aufwärmte, erachtete er als abwegig. In letzter Zeit hatte sie sich an keinem Ort herumgetrieben, der Karl hätte aufhorchen lassen müssen. Trotzdem, irgendetwas war faul. Er atmete durch, überlegte – und tippte schließlich ein simples *Okay* zurück.

Nach ein paar Sekunden schickte er ein *Pass auf dich auf* hinterher: Das klang nach besorgtem Vater und nicht nach Rachegott. Vielleicht schwang ja auch ein ganz leiser, nur bei angehaltenem Atem hörbarer Alarm mit, sodass sie es sich zweimal überlegte, Scheiße zu bauen.

Als Antwort erhielt er postwendend einen Smiley mit genervt verdrehten Augen.

Er lachte auf, taxierte die Akten auf dem Schreibtisch – und entschied sich für das Gutachten, das Paffnerchen ihm heute Morgen in die Hand gedrückt hatte. Nach einigen Minuten legte er die Kladde beiseite und seufzte.

Quintessenz des Ganzen: Im Moment gleicht Felizitas Mühlhausers Gehirn einer Ödnis aus verschmorten Plastikklumpen. Stand zwar nicht wörtlich so drin, doch Ausdrücke wie *schwer traumatisiert* oder *abgespaltene Persönlichkeit* verdeutlichten, dass er mit diesem bildhaften Vergleich bestimmt nicht allzu weit von der Wahrheit entfernt lag. Jedenfalls war sie nicht vernehmungsfähig.

Ob sie das jemals werden würde, konnte zu diesem frühen Zeitpunkt niemand beurteilen. Besonders erwähnt wurde im Fazit die Sache mit extremer Panik beim Erblicken von Bildschirmen.

„Scheiße im Quadrat“, brummte Karl, „was hat der Typ ihr gezeigt?“

Er schritt durch die verlassenen Büroräume, kam an Bennys Tür vorbei, durch die er eifriges Tastaturgetippe hörte, ging weiter, kehrte um und landete schließlich in der Büroküche. Kaffee um diese Uhrzeit schied aus, weswegen er den Kühlschrank öffnete.

„Ha! Wusste ich's doch ...“ Karl nahm ein Helles heraus, öffnete es mittels Flaschenöffner aus der Schublade neben der Spülmaschine und nahm einen genüsslichen Zug, ehe er, die Flasche in der Hand, durch die Gänge streifte. Er hätte drauf wetten sollen, dass irgendeiner von der SoKo unbedingt eine Mittagshalbe brauchte. Zum Glück standen noch drei weitere Flaschen im Kühlschrank, weswegen Karl nicht mit sich haderte: Der Kollege würde morgen nicht verdursten.

Nach ein paar weiteren Schlucken fokussierte er sich wieder auf die Sache mit den Bildschirmen.

Was würde ich jemandem zeigen, den ich quälen will?

Horrorfilme?

Nein. Fiktiv und deshalb ungeeignet.

Snuff Movies?

Karl stellte sich vor, jemand präsentierte ihm Videos, in denen jemand getötet wurde.

Schreckliche Vorstellung. Aber würde er daran zerbrechen? Durchdrehen? Wahrscheinlich nicht. Der Grund: Er kannte die Opfer nicht.

Er blieb stehen, als ihm gewahr wurde, was genau der Dreckskerl den gefangenen Frauen vorspielte. Dafür also der ganze Aufwand mit den Kameras. „Es geht gar nicht ums Ausspionieren ...“

KAPITEL NEUNZEHN

„NEIN!", schrie Maria, rollte sich seitlich auf dem harten Bett zusammen und presste das Gesicht in die angewinkelten Unterarme.

„Sieh hin!"

Die Lautstärke donnerte in ihre Gehörgänge wie ein Faustschlag, der Kiefer und Zähne abbrach, dann durch den Rachen fetzte, die Wirbelsäule zerrieb und auf der anderen Seite wieder austrat. Auf ihr schmerzerfülltes Kreischen folgte ein weiteres „Sieh hin, Fotze!".

Die Stimme hämmerte in ihr Gehirn, ein weißer Blitz zuckte an ihren Augen vorbei, obwohl sie die Lider zusammenpresste.

„Okay!", rief sie, hörte sich selbst nur gedämpft im Klingeln und Fiepen, das durch ihre Gehörgänge taumelte. Sie setzte sich auf, öffnete die Augen. Wischte sich mit dem Ärmel übers Gesicht, blinzelte.

Das Bild auf dem riesigen und unerreichbar hoch installierten Fernseher hatte sich nicht verändert: das Wohnzimmer ihrer Eltern.

Ihr Vater ging hin und her, und sein Mund bewegte sich. Ihre Mutter hingegen hockte wie hingewelkt im Sessel, bewegte aber die Lippen. Ein Knacken aus den Lautsprechern, und Maria hörte, was gesprochen wurde.

„Du wolltest doch immer, dass sie zur Polizei geht!"

Jäh blieb ihr Vater stehen. „Wollen? Nein – ich habe sie gelassen."

„Wieso hast du sie nicht davon abgehalten?", rief ihre Mutter und vergrub das Gesicht in den Händen.

Maria hörte sie schluchzen, und ein Ring aus Eis schloss sich um ihre Brust. Im nächsten Moment schoss Hitze vom Bauch bis in die Wangen. „Lass meine Eltern da raus!"

Ein Lachen. „Wie soll das denn funktionieren? Ich kann ihnen ja schlecht das Wissen nehmen, dass du verschwunden bist. Wäre aber cool. Wie bei *Men in Black.* Einmal bitte hier reinschauen und *knips* – alles vergessen. Das würde sich jeder Mensch wünschen, nicht wahr?" Kurze Stille, ehe die Stimme ihres Peinigers aus den Lautsprechern dröhnte, so laut, als würde der Himmel zerspringen, dieser dunkle Himmel aus Beton.

Maria warf sich zur Seite und schrie vor Schmerz und Angst.

„Du hast was vergessen!"

„Lass meine Eltern da raus, Meister …", schluchzte sie.

„Aber nicht doch", hallte die Stimme durch den Raum. Trotz der Verzerrung schwang eine Note geheuchelten Mitgefühls mit. „Ich möchte dir nur zeigen, wie sehr deine Eltern dich lieben."

„Aha? Weil deine das nicht taten?" Maria stockte. „Meister."

„Pass auf!", donnerte es ihr entgegen.

Das Bild erlosch, nur um im nächsten Moment ihr Elternhaus von außen zu zeigen: Nacht, der Schein der Straßenlaternen glomm schwach auf der Fassade. Atemgeräusche, Schritte, die sich dem Zaun näherten. Das Ganze war mit einer dieser Kameras aufgenommen worden, die man sich um den Kopf schnallen konnte.

Langsam schob sich von unten etwas Helles, Längliches ins Bild: Metall, ebenfalls schwach leuchtend im Abglanz der Laternen.

Ein Messer. Nein, eher ein Dolch, ein Mordwerkzeug.

Maria spürte, wie ihr das Blut aus dem Gesicht in Richtung Füße sackte.

„Wehe …", zischte sie, doch klang es weder bedrohlich noch wütend – sondern schlicht und ergreifend hilflos.

„Ja", sagte die Stimme. „Wehe, du reizt und beleidigst mich noch ein einziges Mal. Dann besuche ich deine Eltern erneut, bleibe aber nicht mehr am Zaun stehen – sondern schaue mir an, wie sie schlafen. Oder verbluten …"

Maria wischte Tränen fort.

„Ich komme da ganz leicht rein", ertönte es, angereichert mit Selbstzufriedenheit. „Schließlich war ich ja schon mal drin, als ich die Kameras installierte." Ein freudiges Lachen. „Nicht schlecht, oder?"

„Nein", murmelte Maria. „Meister."

Auf dem Bildschirm erschien wieder die Aufnahme des Wohnzimmers.

„Du weißt doch, dass sie sich niemals davon hätte abbringen lassen", sagte ihr Vater verzweifelt.

„Ach, dir hat das doch gefallen!" Ihre Mutter erhob sich, zitternd und gebeutelt. „Die Tochter, die Polizistin – mehr noch, die Kriminalkommissarin. Und dann, als Sahnehäubchen, sogar bei der Mordkommission." Sie deutete mit dem Finger auf ihren Gatten. „Jedem hast du es erzählt. Und immer mit stolz rausgedrückter Brust."

„Ich bin ja auch stolz!", rief ihr Vater und warf die Arme in die Höhe. „Was ist daran falsch?"

„Was daran falsch ist?", kreischte ihre Mutter. „Dass wir in Zukunft vielleicht nur noch in der Vergangenheitsform von unserer Tochter erzählen können!"

Maria grub die Nägel in die Handflächen. Böses Blut zwischen ihren Eltern herrschte mal alle Schaltjahre, nicht öfter. Nie hatte die Ehe auf der Kippe gestanden, nicht mal ansatzweise.

„Schlimm, nicht wahr?", erklang die Stimme, getränkt von abartiger Freude. „Deine armen Eltern. Sie vermissen ihre Tochterfotze so arg. Hoffentlich überstehen sie das."

Maria presste Lippen und Augen zusammen.

„Viele Ehen zerbrechen ja an solchen Schicksalsschlägen. Aber es kann auch sein, dass deine Eltern irgendwann damit zurechtkommen. Dann fällt dein Name nur noch einmal die Woche, dann einmal im Monat und irgendwann nur einmal jährlich, an deinem Geburtstag. Da legen sie eine Rose neben ein Bild von dir, das verstaubt in deinem Zimmer steht. Das Leben muss ja weitergehen, nicht wahr?"

Stille.

Offenbar wartete der Bastard auf eine Reaktion. Aber die würde er nicht bekommen, auch wenn Pein und Kummer Marias Brust zu zerreißen drohten.

„Am meisten bin ich aber gespannt, wie *du* dich entwickelst, wenn du jeden Tag miterlebst, wie deine Eltern mehr und mehr zur Normalität zurückkehren. Ich tippe darauf, dass du anfangs Wutanfälle bekommst und nach ein oder zwei Jahren resignierst. Hm, vielleicht auch schon früher. Und diese Resignation geht dann schleichend in Wahnsinn über. Oder schlagartig. Jeder Mensch ist schließlich anders, nicht wahr?"

Fick dich, fick dich, fick dich!

„Eine deiner Vorgängerinnen hat da einen beachtlichen, ja geradezu *famosen* Werdegang hingelegt."

Der Fernseher wurde schwarz.

Erst dachte Maria, dass die Marter ein Ende hätte, doch weit gefehlt: ein langgezogenes Wimmern trieb an ihr Ohr, leise und dennoch schrecklich. Ihr stellte es die Nackenhaare auf. Plötzlich erlosch das Licht.

Dunkelheit – abgesehen vom rechteckigen Nachhall des Bildschirms auf ihrer Netzhaut.

Das Wimmern blieb, wehte durch den Raum.

Bleib stark, Maria!

Ein schabendes Geräusch, wie Stoff, der auf Stoff rieb. Tapsende Schritte.

Maria stellte es die Härchen auf Armen und Nacken auf, weil es klang, als befände sich noch jemand in ihrer Zelle.

Ein Grauschimmer entsprang der Decke: Langsam materialisierte sich auf dem wiedererwachenden Fernseher das Bild einer Zelle: ihre eigene Zelle.

Eine Gestalt kauerte auf dem Bett, die Beine angezogen, die Arme um den schmalen Brustkorb geschlungen, wie ein Fötus. Maria schluckte trocken. Ganz ähnlich hatte sie kurz zuvor auf dem Bett gelegen.

Eine Mischung aus Schluchzen und Wimmern beutelte die schwarzhaarige Gestalt – ehe sie unvermittelt aufsprang. Sie rannte los, warf sich gegen die Tür, knallte mit voller Wucht dagegen. Der Aufprall schleuderte sie zurück. Kurze Benommenheit, dann kollidierte sie erneut mit dem Stahl, trommelte darauf ein. Irgendwann sackte sie schwer atmend zu Boden und bewegte sich nicht mehr.

„Da kippte die Chose allmählich", vermeldete ihr Peiniger. „Die Wut verrauchte, und das Ausmaß des Unausweichlichen verschmorte der arroganten Schlampe nach und nach die Gehirnwindungen."

„Was hat sie dir getan, Meister?", fragte Maria, bemüht, ihren Hass nicht in die Stimme fließen zu lassen.

„Halt dein Maul."

„Ist das Felizitas Mühlhauser?"

„Ja – und jetzt Fresse!"

Maria atmete durch. *Ich muss bei Verstand bleiben. Ich muss das durchstehen! Dieser Drecksack wird mich nicht brechen! Nein, das schafft er nicht – weil Karl mich vorher finden wird!*

Felizitas Mühlhauser lag auf dem Boden, stierte zur Decke, genau in die Kamera. Ihr Mund war leicht geöffnet, entsetzlich anzusehen war jedoch ihr Blick: leer und trotzdem von stummer Qual geflutet, als wäre ihre Seele mit der Essenz puren Schreckens vollgelaufen.

„Ätherisch schön, nicht wahr?", säuselte es aus den Lautsprechern. „Diesen Ausdruck werde ich nie vergessen. Wie ein Engel. Nein", kam es nach ein paar Sekunden, „mehr als ein Engel. Ein Wesen aus den Weiten des Alls – oder den Gefilden des Übernatürlichen. So sieht sie aus, nicht wahr?“ Ein Seufzen voller Wärme und dennoch furchtbar kalt. „Als würde sie alle Fragen des menschlichen Daseins kennen und Pfade beschreiten, die nur göttlichen Wesen vorbehalten sind.“

Maria spürte eine bislang unbekannte Intensität von Hass, ein Rauschen in den Ohren und ein rotes Wabern vor den Augen, das man nicht lange aushielt.

Ätherisches Wesen? Du elende Drecksau hast sie in den Wahnsinn getrieben!

Seit ihrer Jugend glaubte sie an Gerechtigkeit, an eine universelle Ordnung. Schadete ein Mensch einem anderen, griff diese kosmische Instanz ein und verurteilte ihn auf passende Art und Weise.

Würde sie ihrem Peiniger jetzt gegenüberstehen – sie würde nicht versuchen, ihn zu überwältigen, damit er ins Gefängnis kam. Nein, sie würde ihn töten. Kein richterlicher Beschluss, keine Untersuchungshaft, Verhandlung, Verurteilung mit eventueller anschließender Sicherheitsverwahrung. Und kein kosmisches Irgendwas.

Sie wartete auf ein Veto ihres Gewissens, ihres Moralempfindens. Ihres Berufsethos, das sie in der Dauer eines Lidschlags einfach über Bord warf.

Doch dieses Veto kam nicht.

„Es gibt weitere Aufnahmen von Feli.“ Kurze Stille, nicht betroffen, sondern voller Genuss. „Aber die möchte ich dir ersparen. Sind ein wenig … unappetitlich.“

Maria drehte den Kopf zur Seite und schloss die Augen. Hass und Wut beherrschten sowohl ihren Körper als auch ihren Geist. Hoffentlich blieb das so. Doch falls diese Energiequelle versiegte – was käme danach? Würde sich die Prophezeiung ihres Peinigers bewahrheiten? Würde auch sie zerbrechen? Gekrümmt auf dem Beton liegen, wimmernd, mit weit aufgerissenen Augen, aus denen der Verstand längst geflüchtet war?

„Sodala“, sagte die Stimme. „Genug in Erinnerungen geschwelgt. Wir gehen zu etwas anderem über.“

Maria horchte auf.

„Bei einer Weigerung deinerseits werde ich jemanden bestrafen, den du kennst."

Den Worten folgte eine auf dem Fernsehbildschirm eingespielte Fotoaufnahme eines Klingelschilds.

Andresen-Rossi

„Messerangriff vielleicht. Oder erwürgt. Entsorgung im Müllsack, der wiederum in einer Jauchegrube landet. So etwas in der Art."

„Lilly", wisperte Maria.

„Genau. Hast du das verstanden, Fotze?"

„Habe ich ..." Maria schniefte, weil Wut und Entsetzen sich in ihrer Brust ein chaotisches Stelldichein gaben. „Meister."

„Schön." Ein schwerer Atemstoß brodelte aus den Lautsprechern. „Zieh die Hose aus und mach es dir selbst."

KAPITEL ZWANZIG

KARL FÜHLTE sich wie ein Adler, der über seiner Beute kreiste. Noch sah er sie nicht, doch er spürte, sie war ganz in der Nähe. Er drehte diese Kreise im Büro von Maria und Clemens, huschte an Stühlen vorbei, an den Schreibtischen, schwungvoll, elegant.

„Du brauchst die absolute Kontrolle. Die absolute Macht." Die Fäuste geballt, knurrte er: „Die absolute Überwachung. Du zeigst deinen Opfern die Menschen, die sie lieben. Zeigst ihnen, wie sie ohne dich weiterleben." Er blieb stehen, stellte sich vor, Anja erlebte das seit zwei quälend langen Jahren. Die würgenden Schatten seiner Sorge und seines Kummers wickelten sich um seinen Hals, raubten ihm mit Leichtigkeit den gerade erlebten Schwung.

Schwer stützte er sich auf Marias Schreibtisch, stierte auf den leeren Drehstuhl. Jetzt auch noch Maria? Drohte er jeden Menschen, der ihm etwas bedeutete, an das Ungewisse zu verlieren, an diese riesige Welt der eigenen Vorstellungskraft, die dem Zustand des Nicht-Wissens die größten Schrecknisse andichtete?

In der Welt seiner Gedanken war Anja nicht davongelaufen, hatte nicht einfach ihr altes Leben zurückgelassen: Nein, da kauerte sie gefesselt in einem dunklen Loch und vermisste Kinder und Ehemann.

Wieder horchte er in sich, spürte den eigenen Herzschlag. Stetig? Oder erratisch? Er gab die gekrümmte Haltung auf, streckte sich, atmete gleichmäßig.

Bleib ruhig, Karl Seitz. Verlass dich auf deinen Spürsinn. Halte dich an die Fakten. Irgendetwas siehst du noch nicht. Aber dieses Etwas existiert. Und vielleicht ist es näher als du denkst.

Gerade wollte er wieder im Büro herumwandern, da vernahm er das Klackern von Stöckelschuhen. Vom Rhythmus her – selbstsicher, zielstrebig – bestand für Karl kein Zweifel.

Er überlegte einen Augenblick: Es ging um Marias Leben, und da spielten persönliche Vorlieben oder Abneigungen keine Rolle.

„Frau Krapphut-Paffner?", rief er.

Sie blieb stehen, kurze Stille, dann Schritte in seine Richtung, aber langsamer. Sie schaute in den Raum, trat aber nicht ein, ihr Blick kühl und reserviert. „Herr Seitz?"

„Bitte kommen Sie." Er wies auf Clemens' Stuhl und rollte Marias Drehsessel dazu.

Sie rührte sich nicht.

„Bitte", wiederholte er. „Es ist wichtig. Außerdem würde ich mich gerne für mein Verhalten entschuldigen."

Ihre Augenbrauen wölbten sich, dann atmete sie durch, ging zu Clemens' Schreibtisch und lehnte sich mit dem Po dagegen. Die Arme verschränkte sie vor der Brust. Sie schwieg, sah Karl aber auffordernd an.

„Wollen Sie sich nicht setzen?"

„Nein."

Gut, dann bleibe ich auch stehen.

Er räusperte sich. „Nun, ich … ähm … Das plötzliche Verschwinden von Maria Strobl nimmt mich mit. Deswegen war ich heute Früh so gereizt. Das tut mir leid."

„Entschuldigung angenommen."

„Schön."

„Zu Maria Strobl: Sie ist noch nicht mal einen Tag verschwunden, und ich denke, man sollte nicht gleich den Teufel an die Wand ma…"

„Entschuldigen Sie, aber das sehe ich anders.“ Er erzählte ihr vom Fund des Handys.

„Oh“, meinte Paffnerchen. „Das wusste ich nicht. Hat die Spurensicherung Licht ins Dunkel bringen können?“

„Bislang nicht.“ Er seufzte. „Maria ist äußerst zuverlässig. Die würde nicht einfach abtauchen, ohne uns zu informieren. Und schon gar nicht, ohne ihre Eltern zu informieren. Außerdem verschwand sie auf dem Weg zu ihrem neuen Freund. Genaues weiß ich nicht, aber sie war ... ist offenbar frisch verliebt. Das passt alles nicht zusammen.“

„Verstehe.“ Paffnerchen löste ihre verschränkten Arme und stützte die Hände auf den Schreibtisch. Dadurch drückte es ihre Brüste heraus.

Zugegeben, der Anblick der beiden Rundungen unter dem türkisen, eng anliegenden Pulli übte einen gewissen Reiz aus. Also, rein objektiv betrachtet. Würde jedem Mann gefallen, nicht nur ihm.

„Sie schauen so entrückt, Herr Seitz. Hat Sie gerade eine Idee ereilt, wo sie sein könnte?“

„Äh, was? Nicht wirklich, nein. Aber gehen wir mal vom Schlimmsten aus, nämlich dass Maria sich in den Fängen jenes Täters befindet, dem wir bislang erfolglos hinterherschnüffeln.“ Er setzte ein paar nachdenkliche Schritte durch den Raum und sah dann wieder Paffnerchen an. „Ich möchte Ihnen kurz erzählen, was ich denke. Danach würde ich gerne Ihre Meinung hören, wie der Täter ticken könnte. Was in ihm vorgeht. Eine Art Überblick über seine Persönlichkeitsstruktur.“

„Entschuldigen Sie, ich bin keine Profilerin. Zwar interessiert mich dieser Teilbereich der operativen Fallanalyse, doch mein Fachgebiet liegt woanders.“

„Ich traue Ihnen das zu, Frau Krapphut-Paffner. Selbst wenn es nur Mutmaßungen sind, hilft mir das vielleicht weiter. Jedenfalls habe ich eine Ahnung, weswegen Frau Mühlhauser so heftig auf Bildschirme jeder Art reagiert.“

Paffnerchen lächelte, Mund und Augen schmal. „Sie wissen, wie man jemanden ködert.“

„PERFIDE“, meinte sie nur und schüttelte den Kopf. „Kein Tropfen Blut und doch unendlich grausam.“

Karl nickte. „Jahrelang verfolgen die Opfer mit, wie ihre Familien weiterleben, leiden – und irgendwann vielleicht sogar damit klarkommen. Constanze Pressler hat also aller Wahrscheinlichkeit nach mitbekommen, wie eine andere Frau ihren Platz einnimmt.“

Paffnerchen stieß sich vom Tisch ab und rieb sich die Unterarme. „Wirklich abartig.“

„Was denken Sie?“, fragte Karl.

„Der Täter ist die Endstufe des Kontrollfreaks, der sich am Leid seiner Opfer weidet – wobei ich nicht nur die Entführten als solche bewerte, sondern alle Angehörigen. Es bereitet dem Täter Freude, die Auswirkungen seiner Tat bei so vielen Menschen mitzuerleben.“

„Tut er das allein aus dem Zwang heraus, Macht über andere zu haben? Oder spielen weitere Beweggründe ebenfalls eine Rolle?“

„Zuerst würde ich mich fragen, weshalb er dieses Gefühl von Macht braucht. Häufig liegt diesem Verhalten ein schwach ausgeprägtes Selbstwertgefühl zugrunde. Wahrscheinlich erfuhr der Täter nur selten in seinem Leben Wertschätzung, vor allem von den Eltern. Setzt sich das in der Schule und dem späteren Berufsleben fort – durch Ausgrenzung, Mobbing und so weiter – kann sich eine psychische Störung entwickeln, die solche Taten begünstigt.“ Paffnerchen drehte jetzt auch eine Runde durchs Büro, hatte Farbe in den Wangen.

Karl widerstand der Versuchung, wissend zu lächeln: Sie spürte die Aufregung, einem Täter nachzuspüren und diesem Schritt für Schritt schärfere Konturen zu verleihen, so, wie ein Holzkünstler einen Baumstamm zu einer Skulptur formte.

„Ich denke“, fuhr sie fort, „dass der Täter die Macht aber umso mehr genießt, je besser er seine Opfer kennt.“

„Also muss eine persönliche Verbindung bestehen. Nur erkennen wir diese noch nicht.“

„Ich würde sagen, das liegt nahe – aber natürlich können es auch Zufallsopfer sein.“

„Maria ist bestimmt *kein* Zufallsopfer.“

„Da haben Sie recht – sofern es nicht doch einen weniger drastischen Grund für ihr Verschwinden gibt.“

„Wir bleiben bei der Hypothese einer Entführung.“

„In Ordnung.“ Paffnerchen verharrte, kratzte sich kurz am Mundwinkel, schritt dann wieder aus. „Maria ist dem Täter zu nahe gekommen.“

„Den Gedanken hatte ich auch schon. Könnte es auch sein, dass ich ihm zu nahe gekommen bin? Aber weil ihm nur einer abgeht, wenn er sich Frauen holt, hat er sich eben Maria geschnappt?“

Sie stutzte kurz. „Schwierige Frage. Aber möglich ist sicher auch das. Die menschliche Psyche ist sehr … vielfältig.“

„Es könnte auch sein, dass er Maria schon umgebracht hat.“ Karl schluckte. „Oder?“

Paffnerchen seufzte. Es klang mitfühlend und ehrlich, und es verstärkte Karls Sorge nur. Er ballte die Fäuste, lenkte seine Angst in die Kraft seiner Finger, presste sie so fest zusammen, wie er konnte.

„Ich weiß nicht, ob es ihm reicht, sie einfach umzubringen“, sagte Paffnerchen schließlich. „Er könnte Maria dafür bestrafen wollen, dass sie ihm hinterherschnüffelt. Ihr zeigen, wer das Sagen hat. Wer die Kontrolle besitzt. Über alles.“

„Wie eine Spinne“, sagte Karl, „die in ihrem Netz hockt und klebrige Fäden spinnt.“

Sie nickte. „Ja. Und überlegen Sie nur: Pressler und Mühlhauser befinden sich nicht mehr in seiner Gewalt. Er hat wieder Kapazitäten frei, wenn ich das so ausdrücken darf.“

Adrenalin jagte durch seinen Körper wie ein Hochgeschwindigkeitsgeschoss. „Oder", sagte er aufgeregt, „es gab bereits vorher eine Verbindung – und Maria war schon längst als nächstes Opfer geplant."

Paffnerchen blinzelte. „Das wäre möglich – aber ein riesiger Zufall, finden Sie nicht?"

Karl lachte kurz auf. „Diese ganzen Fälle wirken wie *ein einziger* riesiger Zufall. Elzig auf der einen und die entführten Frauen auf der anderen Seite – zwei ganz unterschiedliche Ermittlungen. Dann, aus heiterem Himmel, die Kameras: in Linningers Keller. Bei den Presslers. Bei den Mühlhausers."

Paffnerchen blinzelte, und ihre Haltung straffte sich.

„Was denn?", fragte Karl.

„Wir können herausfinden, ob Maria schon länger auf der Liste des Täters steht."

Karls Gedanken fuhren wieder Karussell. Dann durchzuckte es ihn. „Natürlich! Ich Hornochse! Kommen Sie! Wir fahren zu Marias Wohnung."

„Ich dachte eher an …"

„Tür müssen wir halt aufbrechen", sagte Karl, da ihm einfiel, dass er keinen Schlüssel für Marias Wohnung besaß. „Oder besser auf den Schlüsseldienst warten?"

„Herr Seitz?"

„Nein, warten ist nicht: Wir brechen die Tür auf. Los!"

„Herr Seitz!"

Erstaunt sah er sie an.

„Sie müssen keine Tür aufbrechen."

„Aber …"

„Marias Eltern. Falls Sie dort Kameras finden, ist klar, dass Maria bereits seit Langem auf seiner Liste steht."

„Weil er Maria Aufnahmen ihrer Liebsten zeigen und sie somit gefügig machen kann."

„Genau."

Karl nickte grimmig. „Leuchtet ein. Kommen Sie."

„Ich weiß nicht, ob ich da eine große Hil…"

„Keine Widerrede." Karl grinste in sich hinein, da die besonnene und schlagfertige Psychologin keinen Mucks mehr herausbrachte, und klimperte mit seinem Schlüssel. „Ich fahre."

„Äh …"

„Wir dürfen keine Zeit verlieren."

„Also, ich glaube, Herr Bukis ist dafür viel geeigneter."

„Herr Bukis?"

„Benjamin Bukis."

„Ach – Benny! Ich glaube, ich wusste bis gerade eben gar nicht, wie sein Nachname ist. Aber nein, der ist beschäftigt. Er befindet sich im Tunnel."

Verwirrung.

„Erkläre ich Ihnen während der Fahrt." Karl strebte zur Tür, und er freute sich tatsächlich, als er hinter sich die Stöckelschuhe klackern hörte.

ERSTAUNLICH, wie bestürzt und gleichzeitig verdattert ein Mensch dreinschauen konnte, in diesem Fall Tobias Strobl, Marias Vater. Er stierte auf die zigarettenlange Kamera, die Karl wenige Sekunden zuvor mittels Schraubenzieher aus einer Fuge in der Decke des Wohnzimmers geholt hatte.

„Ich kann das nicht glauben", murmelte Herr Strobl. „Von … von welchem Zeitraum sprechen wir da?"

Karl ließ die Kamera in die Jackentasche gleiten. „Da kann ich nur mutmaßen. Aber bestimmt ein paar Wochen, wenn nicht Monate. Oder noch länger."

Herr Strobl erbleichte noch mehr.

„Wissen Sie, wer die Kameras installiert haben könnte? Handwerker, irgendjemand, der sich unter einem Vorwand Zutritt zum Haus verschafft hat."

„Ich … ich weiß nicht. Da müsste ich drüber nachdenken." Plötzlich riss er die Augen auf. „Die entführten Frauen! In der Zeitung! Hat dieser Kerl jetzt Maria?" Er setzte einen Schritt auf Karl zu, wirkte noch agitierter als kurz zuvor.

Überrascht wich Karl zurück und hob abwehrend die Hände. „Herr Strobl, bitte bewahren Sie Ruhe."

„Ruhe bewahren?" Marias Vater fuhr sich mit den Händen vom Scheitel beginnend übers Gesicht bis zum Kinn. „Meine Frau ist am Durchdrehen. Wenn ich ihr das mit der Kamera sage, dann …" Er schluckte. „Hat der Kerl meine Maria?"

„Das können wir zum jetzigen Zeitpunkt noch nicht sagen."

Herr Strobl nickte resigniert. „Ich … ich rede mit meiner Frau."

„Wir warten." Karl sah ihm nach, bis er das Wohnzimmer verlassen hatte, dann zur Spycam, die nun auf dem Wohnzimmertisch ruhte. „Maria steht tatsächlich schon länger auf der Liste", sagte er leise und kratzte sich am Schnauzer. „Also liegt der Auslöser für das Verhalten des Täters wahrscheinlich viel weiter zurück, als wir ahnen."

„Gut möglich."

„Egal ob Friederike Elzig tatsächlich zu den Fällen Pressler und Mühlhauser gehört – dass Pressler, Mühlhauser und nun Maria zusammenhängen, ist offensichtlich."

„Richtig. Auf diese drei müssen Sie sich bei Ihren Ermittlungen konzentrieren, insbesondere, was Verbindungen in der Vergangenheit angeht."

Karl öffnete den Mund, doch ein lautes Schluchzen, das aus jener Richtung erklang, in die Herr Strobl verschwunden war, ließ ihn innehalten.

„Entführungen sind für die betroffenen Familien die Hölle auf Erden."

Er nickte grimmig. „Verbindungen in der Vergangenheit hat die SoKo schon geprüft, zumindest bei Pressler und Mühlhauser. Einzige Schnittmenge: Beide sind Mitglieder bei PETA."

„Hm", sagte sie und lehnte sich mit dem Po gegen die Rückenlehne der Wohnzimmercouch, so, wie sie es bei Clemens' Schreibtisch getan hatte. In diesem Moment ging ihm auf, dass die Frau ihm gefiel – und das erschreckte ihn noch mehr als der Fund der

Kamera bei den Strobls. Sie sagte etwas, doch die Worte trieben an Karl vorbei wie Asteroiden am Saturn.

„Herr Seitz?“

„Äh.“ Er räusperte sich und zerschlug den Bann, den sie auf ihn geworfen hatte. „Entschuldigen Sie, ich habe gerade den Faden verloren.“ Erneutes Räuspern. „Langer und anstrengender Tag.“

Sie hob eine Augenbraue, dann wiederholte sie, was sie gesagt hatte: „Sollte es stimmen, dass die Kontroll- und Machtgier des Täters auf einem geringen Selbstwertgefühl fußt, geht es auch bei Maria Strobl um Macht. Sie ist eine starke Frau. Er will sie beherrschen. Dadurch erhebt er sich über sie.“

„Aber wieso?“, fragte Karl, ehe er stutzte, weil er sich daran erinnerte, was Paffnerchen im Präsidium gesagt hatte. „Klar!“, stieß er dann aus. „Zurückweisung!“

Fragend sah sie ihn an.

„Wahrscheinlich haben alle drei dem Täter irgendwann einmal einen Korb gegeben.“

„Könnte sein“, sagte sie. „Oder ihn auf irgendeine andere Art bloßgestellt oder lächerlich gemacht, sodass er sich erneut minderwertig fühlte. Leider können das ein paar Worte oder auch nur Gesten gewesen sein, die einem unbedarften Beobachter gar nicht auffallen würden. Den Täter aber haben sie getroffen wie Peitschenhiebe.“

Karl verschränkte die Hände hinter dem Rücken und ging auf und ab. „Ich habe mit Pressler gesprochen und ihm bezüglich früherer Liebschaften seiner Frau auf den Zahn gefühlt. Aber da gab es keine Zwiste, Fehden oder Eifersuchtsdramen.“

„Sagt Herr Pressler.“

„Er ist glaubwürdig.“

„Trotzdem: Haben Sie ihn bereits überprüft?“

Karl blieb stehen. „Ja, Bankdaten, Grundstücke, das ganze Prozedere. Fehlanzeige. Und außerdem: Wie hätte Pressler das neben neuer Liebschaft, Kinderbetreuung und Job machen sollen?“

„Weiß ich nicht. Aber es gibt Menschen, die führen jahrzehntelang ein Doppelleben, ohne dass irgendjemand etwas spitz kriegt."

Karl blies die Wangen auf. „Kann ich mir trotzdem nicht vorstellen."

„Haben Sie den Kreis der Verwandten bereits durchleuchtet?"

„Bei Pressler läuft das gerade", erwiderte Karl. „Bislang nichts Auffälliges."

„Was ist mit seiner neuen Flamme?"

„Damskis?" Karl schüttelte den Kopf. „Wieso das denn?"

Paffnerchen hob die Schultern. „Weil sie ihre Konkurrentin aus dem Weg geräumt hat? Und dieser über Jahre lächelnde Grüße durch die Kameralinse in die Zelle geschickt hat?"

Karl merkte, dass seine Augen größer wurden. „Okay, Damskis als Tatverdächtige … Nein, oder?"

„Nur ein Denkansatz", sagte Paffnerchen. „Nicht mehr, aber auch nicht weniger."

„Sie sind ab heute in meinem Ermittlungsteam." Er lächelte sie an. „Raus aus Ihrem Büro, hinein in den Dschungel des Verbrechens."

„Na, herzlichen Dank, aber ich verzichte." Zumindest aber sagte sie es mit einem Lächeln. „Überprüfen Sie diese Frau Damskis nun oder nicht?"

„Werde ich veranlassen." Plötzlich musste Karl gähnen und schlug die Hand gerade noch rechtzeitig vor den Mund. „Entschuldigung." Mit Daumen und Zeigefinger rieb er sich über die Augenlider, dann lächelte er. „Danke jedenfalls für diese Idee im Speziellen und Ihre Expertise im Allgemeinen."

„Gerne." Sie lächelte. „Aber wie gesagt: Ich spekuliere nur."

„Damskis", murmelte Karl. „Das wäre echt krass. Aber auch irgendwie …"

„Passend?"

„Weiß nicht."

Könnte da wirklich etwas dran sein?

Damskis will Florian Pressler. Daher muss Constanze Pressler weg.

Noch besser, als sie umzubringen, ist, sie zu entführen und damit zu quälen, dass Constanze die feindliche Übernahme ihres Ehemanns hautnah durch die Kameras miterlebt.

Dann muss aber mehr vorgefallen sein zwischen den beiden, damit dieser Hass auf Constanze Pressler gerechtfertigt ist.

Waren sich die beiden Frauen auf der Arbeit doch nicht so wohlgesinnt – sondern spinnefeind?

Nun ja – nachgehen würde er der Sache aber auf jeden Fall.

Herr Strobl kam ins Wohnzimmer. Seine Frau folgte ihm, ihr Gesicht tränenüberströmt.

Der Anblick traf Karl, und so war er froh, dass Paffnerchen sich um die aufgelösten Eltern kümmerte. So konnte er weiterhin seine Gedanken wälzen.

Leider scheiterte für Karl eine Täterschaft von Lena Damskis auch bei ihr an den Umständen. Wie hätte sie die entführten Frauen über diese Zeit überwachen und versorgen können? Vor allem, seit sie bei Florian Pressler lebte? Und außerdem: Wie hätte sie Constanze Pressler herbeischaffen und töten können? Und danach neben Florian Pressler im Bett aufwachen?

„Mittäter“, brummte Karl.

Damskis' höriger Lover oder was auch immer installiert Kameras. Aber wieso bei Marias Eltern? Dann müssten Damskis und Maria sich ja kennen. Aber woher? Maria hat nichts dergleichen geäußert.

Was für eine verworrene Scheiße!

Dennoch war für Karl im Moment die Theorie von mehreren Tätern am einleuchtendsten, quasi ein Killerpärchen? Oder eine ganze Killerfamilie? Er krampfte die Lippen zusammen. Das passte doch nicht!

Trotzdem zwang er sich, über wenigstens halbwegs sinnvolle Möglichkeiten nachzudenken. Mit wem könnte Damskis sich zusammengetan haben? Rein logisch mit jemandem von den Mühlhausers. Es dauerte lediglich ein, zwei Synapsenzündungen, bis er jemanden herausgepickt hatte – was allerdings weniger an einem Verdachtsmoment lag als an persönlicher Antipathie.

Seitz, das ist nicht mal mehr ein Strohhalm, sondern bloß noch pure Luft!

Aber was blieb ihm sonst?

Hoffentlich tauchte Benny bald aus dem Tunnel auf – mit handfesten Ergebnissen.

„Sonst sind wir gearscht", wisperte er und schaute auf die Uhr. Sollte er das heute noch durchziehen?

Es ging um Maria.

Ohne viel Federlesens informierte er Marias Eltern darüber, dass Frau Krapphut-Paffner und er weitere Ermittlungen zu tätigen hätten. Immerhin organisierte Paffnerchen mittels eines raschen Telefonats ein Notfallteam der Polizeiseelsorge, das das Ehepaar Strobl betreuen würde.

Als sie wieder im Wagen saßen und Karl bereits den Motor gestartet hatte, sagte er: „Ich bringe Sie zurück ins Präsidium."

„Und dann?"

„Dann genießen Sie Ihren Feierabend."

„Sie auch?"

„Nein. Ich besuche noch jemanden."

Paffnerchens Zähne glommen im Abglanz der Armaturenbeleuchtung. „Und wen?"

„Vincent Mühlhauser."

Sie sah ihn an. „Jetzt haben Sie Blut geleckt."

„Ja. Aufgrund Ihrer Idee mit Damskis."

Paffnerchen lachte.

Es klang schön.

KAPITEL EINUNDZWANZIG

Richard III.

Ich, roh geprägt, entblößt von Liebesmajestät,
Vor sich leicht drehn'den Nymphen mich zu brüsten;
Ich, um dies schöne Ebenmaß verkürzt,
Von der Natur um Bildung falsch betrogen,
Entstellt, verwahrlost, vor der Zeit gesandt
In diese Welt des Atmens, halb kaum fertig gemacht,
und zwar so lahm und ungeziemend,
Dass Hunde bellen, hink ich wo vorbei;
Ich nun, in dieser schlaffen Friedenszeit,
Weiß keine Lust, die Zeit mir zu vertreiben.

Gerade dieser Teil des Monologs, den Richard III. zu Beginn des Theaterstücks dem Publikum präsentierte, um Einblicke in sein Seelenleben zu gewähren, passte wie die Faust aufs Auge.

Als hätte Shakespeare diesen Abschnitt eigens für ihn geschrieben.

Er presste die Lippen zusammen und spulte die Aufnahme zurück, ganz an den Anfang, wo Maria den Kopf vor Scham zur Seite ins Kissen drehte und mit Zeige- und Mittelfinger an sich herumrieb.

Der ganze Körper strahlte die Botschaft aus, dass es sie anwiderte.

Er schlug mit der Faust auf den Schreibtisch. Die Monitore wackelten. Irgendwie musste er sie überzeugen, Gefallen daran zu finden. Erst dann würde es ihn erregen. So wirkte es wie eine misslungene Parodie, eine lächerliche Persiflage auf Selbstbefriedigung, die weiter weg war von ehrlicher Geilheit als die Lüneburger Heide von den Alpen.

Er musste die Daumenschrauben fester ziehen, was hieß: Er würde Maria Strobls Mutter abpassen und ihr Angst einjagen. Oder sie schubsen und vielleicht sogar schlagen, obwohl ihm diese Art der Gewalt missfiel, genau wie die Aufzeichnung einer unter Zwang an sich herumfummelnden Maria Strobl. Vor allem aber wäre ein direktes physisches Eingreifen gefährlich. Andererseits: Sofern es half, der Langeweile zu entkommen, wäre es eine Abwechslung.

Das Bild flimmerte kurz. Das war sein ohrenbetäubend lautes Kommando gewesen, sie solle die Unterhose ausziehen.

Sie wand sich und schluchzte, tat aber, was er verlangte. Er horchte in sich, auf irgendetwas, das sich beim Anblick des schmalen schwarzen Streifens zwischen ihren Beinen regte.

Nichts.

Ich, roh geprägt, entblößt von Liebesmajestät,
Vor sich leicht drehn'den Nymphen mich zu brüsten;

Ja, die Erkenntnis war mehr als bitter: Er sehnte sich danach, dass eine Frau sich ihm aus freien Stücken hingab. Doch nahm er irgendwann all seinen Mut zusammen, um sie zu erobern, dann war es, als würde er in einer Arena lachender Menschen stehen, die auf ihn zeigten und ihn verhöhnten, und gleichzeitig schüttete man Teer über ihm aus und ließ Federn folgen: Wie es sich anfühlte, abgewiesen zu werden, wusste er seit Kindertagen.

Zwei gesichtslose Menschen standen vor ihm. Er selbst, ganz klein und zerbrechlich, kniete vor ihnen und schaute mit flehend ausgestreckten Armen auf. Doch sie reagierten nicht. Sie reagierten *nie.*

Irgendetwas erfüllte er nicht. Irgendetwas fehlte. Ein Leben lang suchte er danach – bis er es aufgab.

Er ging fort und täuschte und tarnte und betrog. Und, o ja, darin hatte er Talent!

Doch gerade *weil* er so gut war, fiel es niemandem auf. Das wiederum verbitterte ihn mit der Zeit mehr als alles andere. Er war das Genie einer Schattenwelt. Eigentlich perfekt. Und doch wieder nicht.

Ich nun, in dieser schlaffen Friedenszeit,
Weiß keine Lust, die Zeit mir zu vertreiben.

Ja, worin bestand der Sinn im ewigen Einerlei des Tageslaufs? Er hockte auf einem unsichtbaren Thron. Aber zu welchem Zweck? So viel Anstrengung, so viel List und Tücke – und dann war der Erfolg leiser als eine Schneeflocke, die sich an eine andere schmiegte.

Niemand hörte ihn. Niemand sah ihn. Niemand liebte ihn. Vor allem Frauen nicht. Und das, obwohl er erfolgreich war, erfolgreicher und schlauer und besser als alle anderen. Um so weit zu kommen, hatte er sich viel angeeignet – aber nur das, was er für wichtig erachtete. Was er sonst brauchte, um ein Ziel zu erreichen – Urkunden, Abschlusszeugnisse, beglaubigte Ablichtungen von diesem und jenem –, fälschte er mit einer Finesse, die ihresgleichen suchte.

So perfekt eben, dass niemand es mitbekam.

Außer Friederike Elzig.

Die war ihm tatsächlich auf die Schliche gekommen. Reichlich spät zwar, aber immerhin!

Alles in allem war er diesem Stück Dreck inzwischen dankbar – obwohl er sie einst gehasst hatte wie keine andere Frau. Von seiner Mutter natürlich abgesehen.

Elzig war in seine Schattenwelt eingedrungen und hatte Bewegung erzeugt, Schwingungen, die ihn aufgerüttelt hatten, sodass er nach Jahren endlich wieder spürte, am Leben zu sein.

Jedoch, langsam verblasste auch diese neue Lust schon wieder.

Denn er war wieder einmal zu gut. Zu schlau. Zu perfe…

Jäher Schreck durchzuckte ihn. Wow, was für ein intensives Gefühl! Ganz aufrecht saß er plötzlich da.

War es denn die Möglichkeit?

Tatsächlich: Da reckten sich die Schnauzbartfresse von Karl fucking Seitz sowie eine Schraubenzieherspitze in eine seiner Kameras!

Er vergrößerte das Bild. Kein Zweifel, es war die Kamera in der Wohnzimmerdecke der Strobls!

„Ich glaube, mein Schwein pfeift", murmelte er, als Karl Seitz die Lippe zwischen die Zähne klemmte und mit diesem dämlich-konzentrierten Gesichtsausdruck herumfuhrwerkte. Dann zuckte ein Blitz über den Bildschirm und er fror ein – ausgerechnet mit der Großaufnahme von Karl Seitz' Hackfresse.

Mit einem Fluch klickte er den Gesichtsunfall weg, lehnte sich im Stuhl zurück und verschränkte die Hände hinter dem Kopf.

Okay: Seitz wusste jetzt, dass Maria ebenfalls ausspioniert worden waren. Brachte ihn das weiter?

Er grinste. Im Normalfall schon.

Nur war dieser Fall eben alles andere als *normal*.

Denn es war *sein* Fall. *Sein* Schaffen. *Sein* Genie. *Er* zupfte an den Fäden und lenkte alles. *Er* entschied, ob sich eine Spur auftat oder nicht.

Niemand sonst.

Dadurch fehlte – wieder einmal – der wirkliche Kick. Fast wünschte er sich in diesem Moment, Seitz würde bereits nach seinen Fersen schnappen wie der tollwütige Hund, der er war. Und ihn stellen und fassen. Mit viel Medienrummel. Damit die Welt sah, was er erreichte hatte. Was er geschaffen hatte. Die Zeitungen würden sich mit Sensationsmeldungen überschlagen.

Sobald das Interesse abzuflachen drohte, würde er ein Buch

schreiben, in dem er haarklein erklärte, wie es ihm gelungen war, solch meisterliche Höhen zu erklimmen.

Er trommelte mit den Fingern gegen das Gehäuse der Tastatur und überlegte, was er als Nächstes tun sollte. Oder wollte. Oder was auch immer.

Er seufzte.

Verdammte Schattenwelt.

Schön war sie – aber einsam.

Außer natürlich, er lupfte die Maske und zeigte sein wahres Antlitz.

„Nein, noch nicht." Er lachte. „Außer, ihr stellt euch weiterhin dermaßen doof an."

Jaja, er hatte das Ganze dermaßen wundervoll aufgezogen. Da würden nicht mal CIA, FBI, Interpol oder der Mossad dahinterkommen. Und die Münchener Mordkommission unter Karl Seitz schon dreimal nicht.

Er aktivierte das Mikrofon. „Erzähl mir ein bisschen von dir, Fotze. Sonst muss ich deine Eltern fragen, und zwar unter ganz besonderen Bedingungen. Glaub mir: Das würdest du nicht wollen …"

„*Natürlich* hatte Felizitas Verehrer", sagte Frau Mühlhauser mit all der ihr innewohnenden Vehemenz. „Die Frauen unserer Blutlinie zeichnen sich seit jeher durch Schönheit, Intelligenz und Disziplin aus. Und absolute *Hingabe* für die Firma." Klares Fazit, gesprochen wie ein Hammerschlag.

„Verstehe", murmelte Karl und nahm sich vor, Frau Mühlhauser weder über den Mund zu fahren noch sie zu reizen, egal wie borniert sie sich gab. Ersten war er dafür zu müde; zweitens würde sich die alte Schreckschraube sowieso nicht mehr ändern.

„Können Sie sich diesbezüglich an Männer erinnern, die von Ihrer Tochter abgewiesen wurden – und ihr dies übelnahmen?"

Frau Mühlhauser blinzelte, bevor sie dermaßen affektiert lachte – „A-haha – Ahaha – Ahahahaha!“ –, dass Karl ihr am liebsten eine betoniert hätte.

Sie griff nach einer mit filigranen blauen Mustern bemalten Porzellantasse und nippte, wobei sie standesgemäß den kleinen Finger abspreizte. „Jetzt haben Sie mich aber wirklich zum Lachen gebracht, mein Lieber!“

Toll, dann kann ich beruhigt und zufrieden sterben …

Nachdem sie die Tasse abgesetzt hatte, schmunzelte sie und maß Karl, als überlegte sie, ob sie sich von ihm die Schuhe putzen lassen sollte oder nicht. „Ich denke, fast *alle* hätten Grund für Zorn gehabt, Herr Seitz. Denn Felizitas wies fast *alle* Avancen ab. Nur ein Mann mit herausragendem Leumund und nicht minder herausragender gesellschaftlicher Stellung kommt für eine Tochter aus einem Hause wie dem unseren infrage. Sie verstehen, was ich meine.“

„Ja, ich verstehe, was Sie meinen, bis ins letzte blaublütige Detail.“ Kaum hatte er die Worte gesprochen, da setzte er eine überrascht-ertappte Miene auf. „Blaues Blut – was plappert der tölpelhafte Hauptkommissar da? Ihre Familie ist ja gar nicht von Adel. Tut mir leid, den Mühlhausers etwas angedichtet zu haben, das nicht zutrifft.“

Verwunderlich, dass der Blick, der Karl nun traf, keine Eisblumen in sein Gesicht stanzte. Er lächelte innerlich, mimte aber weiterhin den Reumütigen. Dass er seinen Vorsatz, Frau Mühlhauser nicht zu triezen, so rasch über Bord geworfen hatte, bereute er nicht im Geringsten. „Bitte verzeihen Sie mir.“

Frau Mühlhauser saugte hörbar Luft durch die schmale Nase. „Verschonen Sie mich mit Ihrer Heuchelei. Offenbar gehören Sie zu jenen Menschen, die ein Problem damit haben, wenn andere wirtschaftlichen Erfolg genießen. Außenstehende sehen unsere Firma nur in ihrem jetzigen Zustand und denken sich: meine Güte, die müssen vor Geld stinken! All die Arbeit und unternehmerischen Risiken werden dabei geflissentlich ignoriert.“ Trotz des dick aufgetragenen Make-ups glommen ihre Wangen im Rot eines Sonnenbrands. „Ganz zu schweigen von den vorigen Generationen, welche die Früchte ihrer harten Arbeit in der Firma oft gar nicht mehr erlebten."

„Zum Glück ist das bei Ihnen anders."

Ihre Augen funkelten. „Ich verspüre immer weniger Lust, mich mit Ihnen zu unterhalten." Kurz verzog sie die Lippen, dann aber spitzten sie sich zu einem überkandidelten Lächeln. „Habe mich da schon viel zu oft drüber aufgeregt. Die Menschen werden sich nicht ändern. Mein Vater sagte immer: Neid ist die ehrlichste Form der Ankerkennung." Sie lachte kurz, aber klirrend. „Meiner Familie wurde so gesehen bereits *sehr* viel Anerkennung zuteil."

„Wie schön." Karl räusperte sich. „Zurück zum eigentlichen Thema: Von den früheren Verehrern Ihrer Tochter ist Ihnen keiner in Erinnerung geblieben, der sich besonders gekränkt fühlte? Oder der Ihrer Tochter oder Ihrer Familie unterschwellig oder sogar offen gedroht hat?"

Frau Mühlhauser schnaubte genervt. „Anfeindungen erhalten wir die ganze Zeit. Direkt auf meine Tochter bezog sich aber niemand. Eher ging es dabei um unser Familienunternehmen als Ganzes. Und außerdem: Glauben Sie, ich habe meiner Tochter nachgestellt, welche Liebhaber sie vielleicht hatte oder auch nicht?"

Zutrauen würde ich dir das durchaus.

„Nein, natürlich nicht", sagte er stattdessen. „Falls Ihnen doch noch etwas in dieser Richtung einfällt: Bitte informieren Sie uns umgehend, ja?"

„Selbstverständlich." Frau Mühlhauser erhob sich und glättete ihr Kleid mit geübten Handstrichen. „Ich geleite Sie zur Tür."

Karl stand ebenfalls auf, sagte aber: „Eine kleine Sache wäre da noch."

Abermals schnaufte sie laut auf. „Geht es jetzt um *meine* früheren Liebhaber?"

Karl musste sich zusammenreißen, damit er nicht das Gesicht

verzog. „Nein, nein, ganz so tief will ich gar nicht herumstochern …" Er verstummte. Hörte sich etwas komisch an, so auf den zweiten Gehördurchlauf. Wärme strömte ihm in die Wangen, und er entschied sich dazu, nicht weiter darauf einzugehen. Sonst entwischte ihm womöglich ein weiterer solcher Satz. „Es geht um Ihren Sohn."

„Um Vincent?" Unglaube lag in ihrer Stimme.

„Haben Sie mehrere? Ich habe nur den mit dem stylischen Motorrad gesehen."

„Nein, nur einen", sagte sie kühl und distanziert.

„Ich möchte hier niemandem etwas unterstellen, doch muss ich Sie dies fragen."

Nun, eigentlich musste er das überhaupt nicht, doch wollte er nicht lange um den Busch herumklopfen. „Können Sie sich vorstellen, dass Ihr Sohn hinter der Entführung steckt?"

Sie blinzelte lediglich, eine Reaktion, die verhaltener ausfiel, als Karl befürchtet hatte.

„Ich verstehe sogar, dass Sie Vincent verdächtigen", sagte sie schließlich. „Er ist das Paradebeispiel eines Losers, wie man solche Leute auf Neudeutsch nennt. Ach ja, und eines Blenders, das wollen wir nicht vergessen. Er lebt vom Geld der Familie, stellt sich aber so dar, als wäre er derjenige, der aus dem stillen Kämmerlein heraus der Firma unerhört hohe Einkünfte beschert." Sehnen drückten sich durch die faltige Haut ihres Halses. „Er ist ein Narzisst in Reinform. Wie ich vorhin bereits erwähnte: Die starken Persönlichkeiten unserer Blutlinie sind Frauen – ob nun direkte Abkömmlinge oder eingeheiratete."

Karl schluckte, da er sich nicht vorzustellen vermochte, was alles passieren müsste, damit er auf ähnliche Weise über seine Kinder redete. Manuels Homosexualität und Leonies verbesserungswürdiger Männergeschmack reichten dafür *bei weitem* nicht aus. In diesem Moment war er heilfroh, zwei Kinder zu haben, auf die er – summa summarum – stolz sein konnte.

Offenbar hatte er das Siegel zu einem Reizthema gebrochen, denn ganz von sich aus zog Philomena Mühlhauser weiter vom

Leder: „Mein Mann ist, im Gegensatz zu meinem Sohn, zumindest fleißig und der Firma ergeben. Leider kann er keine harten Entscheidungen treffen. Mitarbeiter entlassen muss ich, während er potentielle Kunden abklopft. Aber auch da ist er viel zu zurückhaltend, was bedeutet, dass dies – auf kurz oder lang – ebenfalls an mir hängenbleibt.“ Abermals strich sie die Hände über den Rock. „Tja, aber ich möchte nicht klagen. So ist das eben, wenn man ein Unternehmen zu lenken hat.“

Demütig fügt sich Philomena Mühlhauser in die Rolle, die ihr das Schicksal zugedacht hat. Gleich kommen mir die Tränen …

Da Karl nichts sagte – was Frau Mühlhauser offenbar wunderte –, räusperte sie sich schließlich. „Nun, zurück zu Vincent, nicht wahr?“ Ein kurzer Blick zum Fenster, als klebte ihr Sohn an der Scheibe wie ein geplättetes Insekt. „Was ihn meiner Meinung nach von einem Verdacht freispricht, ist seine zum Himmel stinkende Faulheit.“ Sie wandte den Blick wieder Karl zu. „Den Firmenvorsitz will er überhaupt nicht, denn das würde ja bedeuten, arbeiten zu müssen.“

„Verstehe. Aber gesetzt den Fall, Ihre Tochter erholt sich nicht in dem Umfang, der ein Wirken in der Firma zulässt, dann …“

Energisch hob sie die Hand. „Bitte sprechen Sie das nicht aus! Das wäre sowohl mein Tod als auch der des Unternehmens.“

Karl nickte. „Nun gut. Vielen Dank für Ihre Zeit. Auf Wiedersehen.“

„Gerne“, murmelte Philomena Mühlhauser, obwohl das mit Sicherheit nicht stimmte.

Karl verließ das Büro und machte sich auf den Weg zu seinem nächsten „Kunden“. Philomena Mühlhauser konnte viel erzählen. Aber was, wenn sie falsch lag?

Freilich schafft unsere Super-Felizitas das.

Vincent Mühlhauser hatte damit – triefend vor Spott – auf Philomena Mühlhausers „Sie schafft das“ reagiert. Also schwang wahrscheinlich doch eine Art Neid oder Rivalität mit, was seine Überflieger-Schwester betraf.

„Vielleicht bist du gar nicht so ambitionslos, wie du tust“, sagte Karl, als er seinen Wagen startete und die Adresse von Vincent Mühlhauser ins Navigationsgerät tippte.

Fahrzeit: zwölf Minuten – entspannte Prognose für sechs Kilometer durch München. Aber es war bereits nach sieben Uhr abends, was hieß, die Rush-Hour-Blechlawine hatte sich inzwischen aufgelöst.

Er unterdrückte ein Gähnen, atmete durch und wollte gerade losfahren – da klingelte sein Handy.

Benny.

Schneller als ein abgeschossener Pfeil tippte sein Zeigefinger aufs Hörersymbol. „Schieß los, Benny."

„Karl", kam es langsam, aber trotzdem aufgeregt. „Dir wird's den Schalter raushauen. Du musst unbedingt vorbeikommen."

„Bin quasi schon da!" Karl drückte Benny weg und stieg aufs Gas. Quietschende Reifen, kurzes Aufleuchten der Schlupfwarnung, dann schoss der Mustang über den nachtglänzenden Asphalt.

Vincent Mühlhauser musste warten.

SCHNAUFEND LIEF Karl die Treppe von der Tiefgarage hoch bis zur Büroebene. Seine Knie schienen überrascht ob der ungewohnten Belastung und taten dies durch leichten Druckschmerz kund. Umgehend schwor er sich, abzuspecken und wieder mehr Sport zu treiben. Leider brach er diesen Schwur seit Anjas Verschwinden stets einmal mehr, als er ihn umsetzte …

Die Hand auf der Klinke, wartete er, bis sein Atem sich so weit beruhigt hatte, dass er reden konnte, ohne zu kollabieren. Dann zog er die Tür auf, schritt durch den Korridor und sah den Lichtschein, der aus der offenen Zimmertür von Bennys Büro in den Gang flutete.

Das Licht der Erkenntnis.

Benny hatte etwas für ihn. Sonst hätte er nicht so aufgeregt geklungen.

Ein langer, tiefer Atemzug, dann trat er ein und wusste, wie ein Mensch sich fühlte, der nichts anderes mehr besaß als Hoffnung.

„Karl!“, rief Benny, sprang aus dem Stuhl und winkte ihn herbei, sein Gesicht gerötet, die Augen mit einem seltsamen Ausdruck, einerseits müde und glasig, andererseits wach, ja überdreht.

Karl würde seinen Arsch drauf verwetten (falls den überhaupt jemand haben wollte), dass Benny sich den Tunnel gegeben hatte wie niemals zuvor in seinem Leben.

Fast rannte Karl um den Schreibtisch wie ein Staffelläufer auf der Zielgeraden, blieb direkt bei Benny stehen. Sein Blick huschte über die Bildschirme in der Erwartung, ein dickes, fettes *Wir haben den Pisser an den Eiern!* zu lesen.

Auf allen drei Monitoren prangte ein Logo, das Karl erst vor Kurzem gesehen hatte.

„Nein, oder?“, hauchte er.

Benny lächelte dünn. „Der Kerl hat sich *verdammt* viel Mühe gemacht. Fast würde ich sagen, er ist ein Genie.“

Karl blinzelte, doch das Logo blieb. Aus den Tiefen stiegen Fassungslosigkeit und Unverständnis. Wie hatte er sich so täuschen können?

Benny sah ihn an, als wartete er auf etwas. Karl erwiderte den Blick, wusste aber nicht, was er sagen sollte.

„Aber er hat nicht mit mir gerechnet“, sagte Benny mit einem Augenzwinkern.

Karl nickte, während in seinem Kopf ein Gedanke nach dem anderen heranschoss und wieder verpuffte im verzweifelten Versuch, eine logische Verknüpfung zwischen möglichen Motiven und den zeitlichen Abläufen herzustellen.

Zwecklos. Diese Mammutaufgabe müsste er in Ruhe angehen.

„Ich hoffe, das Ganze ist hieb- und stichfest.“

Bennys rechter Mundwinkel zuckte im Anflug eines Lächelns. „Ich erwarte morgen Abend eine Freibier-Flatrate für Computerexperte Benjamin Bukis.“

„Und was ist mit deinem Gesundheitstrip?“

„Morgen ist Schweinetag.“

Karl lachte. „Aha. Na, jedenfalls kannst du auf meine Kosten saufen so viel du willst.“

Bennys Zeigefinger sauste auf die Return-Taste.

KAPITEL ZWEIUNDZWANZIG

Karl hob sein Handy vor Augen, drückte den Einschaltknopf, sodass es sich aufhellte.

21:49 Uhr.

Keine Menschenseele auf der Straße – abgesehen von vermummten SEK-Polizisten. Die Hälfte der Gruppe kauerte hinter der Gartenhecke, die andere näherte sich dem Einfamilienhaus von hinten.

Der Einsatzleiter sah zu ihm.

Karl nickte.

„Zugriff“, tönte es aus dem Knopf im Ohr.

Maschinenpistolen und Handfeuerwaffen in Vorhalte, huschten die Männer des Sondereinsatzkommandos über die Straße, öffneten das Gartentor und postierten sich an der Haustür. Von hinten rückte die zweite Schar heran, um einen möglichen Fluchtweg abzuschneiden.

Ein Knall, als der Rammbock die Haustür aufsprengte. Sofort drängten die Männer ins Haus, ein Teil nach vorne Richtung Wohnzimmer, der andere rechts die Treppe hoch, wo der Arbeitsbereich lag.

Karl hatte dem SEK die Räumlichkeiten des Hauses präzise erläutert.

Gebellte Rufe, ein überraschter Schrei, dann Stille. Kurze Zeit später führten die Einsatzkräfte erst eine Frau aus dem Haus, wenige Sekunden später einen Mann: Robert Hohenfeld.

„Der macht ein Gesicht“, murmelte Karl lächelnd, „als hätte ihn der Blitz beim Scheißen getroffen.“

Die Augen aufgerissen wie die eines Rehs im Scheinwerferlicht, warf die Frau den Kopf herum. „Was geschieht hier, Robert?“

„Ich weiß es nicht!“ Plötzlich ging ein Ruck durch Hohenfeld, und er stemmte sich gegen den Griff seiner Bewacher.

Karl grinste, denn egal wie groß Robert Hohenfeld war oder wie häufig er in die Muckibude rannte – gegen ausgebildete Spezialkräfte standen seine Karten schlecht. Im Nu lag er bäuchlings auf dem Boden, ein Knie im Rücken, und schrie auf.

„Schon gut, schon gut!“, keuchte er drei Atemzüge später. Seine Peiniger erlaubten es ihm, sich zu erheben, dann führten sie ihn zum schwarzen Van, in den man gerade die Frau bugsierte.

Karl hob das Bügelmikro an seinen Mund. „Die Verdächtigen ins Präsidium. Vier Mann zur Bewachung bleiben da, bis der kriminalistische Dauerdienst übernimmt.“

„Verstanden, Herr Seitz“, kam es sofort zurück.

Bevor man ihn in den Van schob, kehrte Hohenfelds Kampfgeist zurück. „Was soll ich denn getan haben?“

Niemand antwortete.

Karl schritt zügig aus und erreichte den Van, kurz bevor einer der vermummten SEK-Polizisten zum Griff der Schiebetür fasste.

„Guten Abend, Herr Hohenfeld“, sagte Karl. „Sie wissen ganz genau, weswegen Sie hier sitzen – und nicht vor Ihren Rechnern, um arglose Bürger auszuspionieren.“

„Bitte?“

„Die Unschuldsnummer können Sie sich sparen.“

Mit offenem Mund glotzte Hohenfeld ihn an.

„Sie verstehen mich schon! Wir haben mehr Beweise, als wir brauchen. Um den anstehenden Befragungsmarathon nicht unnötig in die Länge zu ziehen, sagen Sie mir am besten sofort, wo Sie Maria Strobl festhalten."

„W-was reden Sie da? Ich weiß überhaupt nicht, wesh…"

„Weg mit ihm", sagte Karl schneidend.

Der Polizist schloss die Schiebetür mit Schwung, sodass es rumste. Dann klopfte er mit der flachen Hand zweimal dagegen. Der Fahrer gab Gas, und schon waren Hohenfeld und die Frau verschwunden.

War sie seine Geliebte? Eine Bekannte? Mittäterin?

Mir hat er gesagt, er sei Single. Hat er sie auf seinem Kurztrip nach Schweden kennengelernt? Möglich, aber unwahrscheinlich.

„Wird sich zeigen", sagte Karl und hielt die Rücklichter des Vans so lange im Blick, bis dieser um die Ecke bog. Dann atmete er durch und rieb sich über die Augen.

Müdigkeit lauerte in seinem Inneren wie ein Einbrecher, der das Fenster bereits eingeschlagen hatte, aber zögerte. Noch hielten Aufregung, Adrenalin sowie eine gehörige Portion Verwirrung dagegen. Sobald er daheim wäre, würde er wahrscheinlich beim Schuheausziehen einschlafen und auf die Fliesen knallen.

Die Fülle an Kameraaufzeichnungen, Internetprotokollen über Hohenfelds Aktivitäten sowie Datenblättern war so ungeheuerlich, ausufernd groß, dass Karl sich fragte, wie der Kerl das gemacht hatte – und zwar über Jahre und mit einer eigenen Sicherheitsfirma an der Backe.

Anderseits: Hohenfeld war ein Computerass. Wenn nicht *er* so etwas aufziehen könnte, wer dann?

Oder eben Hohenfeld *und* Damskis!

Karl verengte die Augen, meinte, sich trotz seiner beharrlichen Zweifel langsam an die Wahrheit heranzupirschen. Und die Frau gerade eben war vielleicht eine durch Gehirnwäsche gefügig gemachte Vasallin, die nur dazu da war, die Entführungsopfer zu überwachen und zu versorgen. Steckte eine ganze Sekte an Verrückten dahinter, und Hohenfeld war ihr Guru?

Benny würde noch einiges an Zeit benötigen, um alles zu

sichten und in eine auch für Laien überschaubare Form zu bringen – doch *dass* Hohenfeld der Täter war, schien in Stein gemeißelt. Oder zumindest *einer* der Täter.

Blieb nur die Frage, wo er Maria gefangen hielt.

Würde er dieses Wissen als Druckmittel nutzen, um bessere Konditionen auszuhandeln?

Und: War Maria die einzige Frau, die er gerade gefangen hielt?

Wollte dieser kranke Wichser sie überhaupt freilassen? Gut möglich, dass ihn die verzweifelten Versuche der Polizei, die Kollegin zu finden, aufgeilen würden. Karl hatte viel gesehen, und vor allem nach Linningers perfidem Treiben hielt er *alles* für möglich.

Sollte Hohenfeld dergleichen vorhaben, würde Karl reagieren – und zwar entlang der schattigen, kalten Pfade, die sich verborgen neben dem von Paragraphen, Vorschriften und Weisungen erleuchteten Dienstweg schlängelten. Da würde er bei einem spätabends angesetzten Verhör für fünf Minuten die Kamera abschalten.

Oder Hohenfeld floh unter ungeklärten Umständen aus der Untersuchungshaft und tauchte am nächsten Tag übel zugerichtet auf irgendeinem Parkplatz wieder auf. Könnte ja alles passieren …

Karl atmete durch. So weit war es noch nicht. Blieb zu hoffen, dass die erlaubten Verhörmethoden ausreichten, um Hohenfeld zu knacken.

Er bedankte sich beim Leiter des Einsatzkommandos, gab diesem Mikro und Ohrknopf zurück und schlenderte zu seinem Ford Mustang. Langsam wich die Anspannung, und er blieb auf dem Bürgersteig stehen, während hinter ihm die anderen Wagen davonfuhren. Nur der Van der Spurensicherung stand noch an der Straße. Drei mit Metallkoffern bewaffnete Gestalten in weißen Ganzkörperkondomen verschwanden im Haus. Das Flurlicht erstrahlte, das Schnappen der Kofferverschlüsse, eine Stimme, die etwas sagte, dann ein kurzer Lacher.

In den Fenstern der meisten Nachbarschaftshäuser das gleiche Schauspiel: Nach und nach ging das Licht an, fast so, als öffnete man die Türchen des Weihnachtskalenders im Schnelldurchlauf. Menschen spähten zu Hohenfelds Haus, eine Frau winkte jemandem hinter ihr und deutete auf den letzten Streifenwagen, der am Ende der Straße verschwand. Ein Mann gesellte sich zu ihr, und sie unterhielten sich aufgeregt.

Karl kratzte sich am Schnauzer, dann stieß er sich vom Wagen ab, strebte auf das Haus zu und klingelte.

Die Tür öffnete sich einen Spalt, das Klirren einer Haltekette, ein Augenpaar, im nächsten Moment ein schüchtern-überraschtes „Ja?".

Karl zückte seinen Dienstausweis und leierte seine Hauptkommissar-Gesprächseröffnung runter, ehe er fragte, was die Herrschaften über Robert Hohenfeld sagen konnten.

Die Kette wurde entfernt, die Tür schwang auf. „Tolles Auto hat der", meinte der Mann, aber offenbar nicht als Versuch, moderat witzig zu sein, denn er nickte und sah so schurkisch-wertschätzend drein wie John Wayne, der in Gedanken einen 45er Colt liebkoste. „Wahnsinns-Geschoss."

„Besitzt Herr Hohenfeld außer seiner beeindruckenden Motorisierung weitere Eigenschaften?"

Die Frau prustete ein kurzes Lachen, ehe sie Karl mit einem feinen Grinsen maß. „Polizei und Humor – eine Verbindung, die ich selten erlebt habe."

„Ach", sagte Karl und winkte ab, „gewisse Dinge lassen sich mit Humor eben viel besser aushalten."

„Das stimmt." Kurz sah sie zu Hohenfelds Haus, und aus ihrer Miene wich die Erheiterung. „Was ist denn passiert, wenn ich fragen darf?"

„Sie dürfen natürlich fragen, aber antworten kann ich Ihnen leider nicht."

„Verstehe. Also, der Robert ist ein liebenswerter, unauffälliger Kerl."

„Unauffällig trifft's perfekt", bestätigte der Mann. „Ein Stubenhocker vor dem Herrn, nur mittags oft außer Haus. Trainieren, hat er mal gesagt. Abends in der Regel daheim."

„Ein paar Mal habe ich Robert beim Einkaufen getroffen", sagte die Frau. „Da haben wir immer geratscht."

„Ach, wusste ich gar nicht."

„Felix, bitte!" Ein genervtes Seufzen, dann lächelte sie Karl an. „Ich mag den Robert jedenfalls. Ach ja, und er macht was mit Computern. Internetsicherheit, wenn ich mich nicht irre."

„Danke für Ihre Hilfe", sagte Karl und lächelte ebenfalls, auch wenn ihm das schwerer und schwerer fiel. Er verabschiedete sich, rammte die Hände in die Jackentaschen und stapfte zurück zum Auto.

Robert Hohenfeld – dicke Oberarme und noch dickeres Auto, eigene Firma und als Krönung wohlmeinend und freundlich wie Buddha.

„Kreizbirnbaam und Hollerstaun, ehrlich wahr", brummte Karl, weil Robert Hohenfeld als Täter so gut passte wie ein dreieckiger Bauklotz in eine Aussparung für eine Kugel – egal wie erdrückend die Beweislast. Anderseits sah man vielen Menschen ihre Abgründe nicht an. Und ja, auch ein Karl Seitz hatte sich in seiner Karriere schon getäuscht.

Er stieg in seinen Ford Mustang, startete den Motor, legte eine Hand aufs Lenkrad, fuhr aber noch nicht los.

„Na ja", murmelte er schließlich, „vielleicht verlässt mich auch einfach meine Menschenkenntnis." Er schluckte. „Oder mein kriminalistischer Spürsinn."

Da er in diesem Moment – obgleich er gemeint hatte, sich damit abgefunden zu haben – an die Rechnung über die neuen Stoßdämpfer dachte, fuhr er langsam los: Ein frischer Reifensatz würde sein Konto killen.

„Jetzt halt dich fest“, wisperte Benny und rief einen mit Codezeilen übersäten Bildschirm auf, bevor er irgendetwas in die Tastatur tippte. „Das ist ein chiffrierter Source-Code, der auf den ersten Blick gar nicht auf ein Video schließen lässt.“ Er zwinkerte. „Und auf den zweiten auch nicht.“

Karl unterdrückte ein Seufzen und rieb sich mit Daumen- und Zeigefingerkuppe langsam über die Augenlider bis zur Nasenwurzel. „Hast du gut gemacht, Adlerauge.“

Bennys Mundwinkel zuckte im Ansatz eines Lächelns. „Nach einigem Hin und Her konnte ich das aber knacken. Ich muss aber echt sagen, Hohenfeld hat das perfide und gekonnt aufgezogen.“

„Sicher, dass wirklich Hohenfeld dahintersteckt?“

„Das ist dieses Mal dermaßen sonnenklar, dass …“ Er verstummte. „Also, sonnenklarer als sonnenklar. Du verstehst?“

„Du legst also deine Hand ins Feuer, dass nicht auch Hohenfeld nur eine falsche Fährte ist? So, wie es bei Schwaiger der Fall war?“

Benny hielt Karls Blick stand. „Ronny James Dio höchstselbst möge mir die Hand abschneiden, sollte ich falsch liegen. Hohenfeld wollte die Sache diesem Schwaiger in die Schuhe schieben. Er ist der …“

„Ronny was?“

„Karl, bitte! Ein *wahrer* Metaler kennt Ronny James Dio. Den Gott. Den besten Metal-Sänger aller Zeiten. Holy Diver, Rainbow in the Dark – na?“

Karl presste die Kiefer gegen ein Gähnen zusammen, mit dem Resultat, dass es nach oben in die Augen wanderte und sie zum Tränen brachte. „Einen Regenbogen in der Dunkelheit wünsche ich mir auch, ehrlich gesagt. Vielleicht steige ich dann endlich durch, was genau los ist.“ Er wischte sich über die Augen. „So, und nun spann mich nicht länger auf die Folter.“

Benny schluckte, und seine übertriebene Empörung aufgrund von Karls Versagen im Metal-Grundwissenstest zerfloss zu einem bangen Ausdruck. „Das Gute ist: Sie lebt.“

Karl durchzuckte es. „Maria?"

Benny tippte die letzten Buchstaben. Der Bildschirm verwandelte sich in ein Kamerabild. Vogelperspektive, die Umgebung dunkel. Blasses Flackern aus einem Bereich, den die Kamera nicht einsah. Als würde ein Fernseher laufen.

„Maria", hauchte Karl und beugte sich weiter nach vorne – nur um wieder zurückzuprallen. Mit offenem Mund stand er da, gelähmt, überfordert.

Nur in Unterwäsche angetan, lag Maria auf dem Bett. Dann, in einer von innerer Qual geleiteten Bewegung, streifte sie ihre Unterhose ab. Ihre rechte Hand näherte sich ihrem Schambereich und …

„Mach das weg!"

Ein Ruck ging durch Benny, und er klickte das Kamerabild weg. „Sorry, ich wusste nicht, dass …"

„Dieser perverse Bastard!" Karl sah Benny fest an. „Du machst hier weiter und gräbst jedes Stückchen Scheiße aus, das dieser Drecksack zugeschaufelt hat."

„Okay." Halb schmatzte Benny, halb gähnte er und rieb sich mit beiden Handballen die rotädrigen Augen. „Junge, platt bin ich jetzt aber auch, ehrlich gesagt.

„Ich weiß", sagte Karl. „Und ich bin dir unendlich dankbar." Er atmete durch und schöpfte innere Stärke aus einem Reservoir, von dem er gemeint hatte, es würde mehr und mehr austrocknen. „Kannst du irgendwie herausfinden, wo Hohenfeld sie eingesperrt hat?"

Ein weiteres Mal rieb Benny sich über die Augen. Dann seufzte er. „Habe ich schon versucht, bin aber gescheitert."

Der jähe Impuls, Benny durchzuschütteln und anzuschreien, sauste wie die Druckwelle einer atomaren Entladung durch Karls Körper.

Er atmete durch.

Benny schien zu spüren, was Karl umtrieb, und sagte: „Du nimmst den Dreckskerl jetzt im Verhör auseinander. Ich mache hier weiter und werde alles versuchen, um noch mehr herauszufinden." Entschlossen sah er Karl an. „Alles!"

Ergriffen legte Karl Benny die Hand auf die Schulter. „Das werde ich dir nie vergessen." Er nickte sich selbst zu. „So machen wir das. Hast du irgendetwas Handfestes, mit dem ich Hohenfeld in die Ecke treiben kann? Paar Videosequenzen und so?"

„Habe ich schon vorbereitet." Benny überreichte Karl einen Memorystick. „Das sind Zusammenschnitte seiner diversen Überwachungskameras."

„Perfekt! Du kannst morgen auf meine Kosten die ganze Konzerthalle leer saufen. Das heißt, falls wir bis morgen …"

Benny nickte. „Klar, das verstehe ich. Aber falls wir Maria bis dahin rausgekeilt haben, reißen wir das Zenith ab. Versprochen?"

Karl sah Benny an. „Versprochen."

Hohenfeld saß am Metalltisch, schaute erst auf das aktivierte Aufnahmegerät, dann an Karl vorbei auf eine großflächige, dunkle Scheibe. Bestimmt glaubte er, dahinter befänden sich weitere Beamte, um das Verhör zu verfolgen. Da lag er aber falsch: Der Nebenraum war leer, und Karl würde einen Teufel tun und extra jemanden einbestellen.

Am liebsten wäre es ihm ohnehin, sich Hohenfeld ganz ohne Zeugen vorzuknöpfen. Dafür müsste er jedoch die beiden Polizisten aus dem Raum schicken, die neben der Tür Stellung bezogen hatten.

Karl lächelte schmal. Jakob hätte darauf gepocht, dass zumindest *ein* weiterer Kriminaler das Verhör im Nebenraum beobachtete. Streng genommen lief das, was er tat, bereits jetzt den Statuten zuwider. An diesem späten Abend störte ihn das aber noch weniger als sonst: Die Dringlichkeit der Situation verlangte rasches, beherztes Handeln. Bedeutete dies, auf Regeln scheißen zu müssen, würde er mit Genuss einen Riesenhaufen auf jeden

Ordner mit Dienstanweisungen und Reglementarien setzen, der jemals geschrieben worden war.

Er schob den Gedanken beiseite und fokussierte Hohenfeld, der ihm ein leer geräumtes Gesicht präsentierte. Die muskelbepackten Schultern hatte er nach innen gezogen, und er saß leicht geduckt, als fürchtete er einen Schlag in den Nacken.

Karl lehnte sich im Stuhl zurück, schlug ein Bein übers andere, verschränkte die Hände auf dem Bauch. Hohenfeld sollte spüren, wer am längeren Hebel saß, wer ihn schmoren lassen konnte. Sollte spüren, dass seine Eier zwischen den Klötzen des polizeilichen Schraubstocks baumelten.

Falls du nicht mitziehst, kannst du dich von deinen Klöten verabschieden, du geschniegelter Schönling und Blender!

„So", sagte Karl, „dann wollen wir mal."

„Das heißt, Sie verraten mir endlich, was das Ganze soll?" Hohenfelds Stimme klang hoch, als drückte eine unsichtbare Kraft seine Luftröhre zusammen.

„Ihr Heiligenschein strahlt nicht mehr, Herr Hohenfeld. Der strebsame Programmierer, der keiner Fliege etwas zuleide tun kann – die Nummer können Sie sich abschminken!" Karl drosch die flache Hand auf den Tisch, dass das Aufnahmegerät hüpfte.

Hohenfeld zuckte zusammen, drückte sich in die Rückenlehne und glotzte Karl aus großen Augen an.

„Sie haben meine Kollegin überfallen, eingesperrt und zwingen sie zu perversen Spielchen!"

„Was … was wollen Sie von mir?" Halb verdattert, halb entsetzt schüttelte er den Kopf. „Welche perversen Spielchen?"

„Wollen Sie mich reizen?"

Hohenfeld blinzelte nur, sein Mund stand offen. „D-das ist ein riesiger Irrtum, Herr Seitz. Irgendetwas ist bei Ihren Ermittlungen durcheinandergeraten. Ich habe damit nichts zu tun. Das schwöre ich!"

Karl lehnte sich wieder zurück und verschränkte die Hände. „Ach ja? Und wie kommen tonnenweise Daten auf Ihre Rechner und Server?"

„Wie bitte?"

„Tja", sagte Karl nur. „So toll ist Ihre Sicherheitssoftware dann wohl doch nicht – Ihr *Hohenfeld Shield.*"

Hohenfeld legte beide Hände auf den Tisch, als suchte er Halt, um nicht vom Stuhl zu kippen.

„Das kommt davon, wenn man schlau ist, sich aber für *zu* schlau hält. Oder anders gesagt: In Ihrer Selbstüberschätzung haben Sie nicht damit gerechnet, dass man Ihnen auf die Schliche kommt." Karl erweiterte sein Grinsen um eine halbe Zahnreihe. „Aber auch wir haben Leute, die was können."

Hohenfeld sagte nichts mehr, doch hinter den Pupillen liefen seine Gedanken um die Wette – und stolperten dabei immer wieder, denn er öffnete den Mund, schloss ihn wieder, ehe er den Kopf schüttelte und schwieg.

Die Kapitulation?

„Ich bin sicher", sagte er nach einigen Atemzügen, „ich kann das aufklären. Nur halten Sie bitte Sophie da raus."

„Werden wir sehen. Woher kennen Sie die Dame denn?"

„Von meiner Geschäftsreise."

„Klar. Erst ewig Single – und plötzlich klappt's. Innerhalb von zwei Tagen." Mit den Armen ahmte Karl einen Bogenschuss nach. „Endlich fand Amors Pfeil sein lang ersehntes Ziel." Er ließ die Hände sinken. „Ich bin gerührt. Aber geheiratet haben sie beide nicht gleich, oder?"

Hohenfeld schaute ihn abermals perplex an. „Weder weiß ich, was ich getan haben soll, noch, wieso Sie mir nicht glauben. Also: Wo sind Ihre Beweise?"

Diese Frage hatte Karl herbeigesehnt. Er griff zum Tablet-PC, den er vor Beginn der Befragung ans Tischbein gelehnt hatte, und legte ihn mit wohldosierter Unheilsmimik auf den Tisch. Bennys Memorystick steckte bereits im USB-Slot.

Nach dem Aufklappen öffnete er die MP4-Datei, drehte das Tablet in Hohenfelds Richtung und verschränkte die Arme.

Tja, mein Lieber, mehr in der Scheiße sitzen geht eigentlich nicht mehr …

Karl hatte sich die Datei bereits angesehen: ein schön geschnürtes Paket aus Aufnahmen vom Wohnzimmer der Presslers, von der Mühlhauser'schen Villa, von Marias Eltern – und von Maria selbst, glücklicherweise aber eine Sequenz, in der sie ihre Jeans noch trug.

Einem Scanner gleich glitt sein Blick über Hohenfelds Züge, wartete auf ein Weiten der Augen, auf ein Zucken der Wange, darauf, dass die Zunge kurz über die Unterlippe wischte. Dass sich Schweißperlen auf der Stirn bildeten.

Der Einzige jedoch, dessen Mimik sich veränderte, war Karl: Er krampfte die Lippen zusammen, denn entweder besaß Hohenfeld Nerven wie schmale Waldwege – oder er hatte noch ein Ass im Ärmel. Eine andere Erklärung, dass sich *nichts* in dessen Gesicht regte, gab es nicht.

Dieser ausgebuffte Pisser!

Hohenfeld klappte das Tablet zu, schob es zu Karl und sah ihn ausdruckslos an. „Ich will einen Anwalt."

Hitze brandete in Karls Wangen. „Erst sagst du mir, wo meine Kollegin steckt. Sonst …" Im allerletzten Moment schluckte er seine Drohung hinunter und sagte stattdessen: „Huch, wieso blinkt dieses Lämpchen am Aufnahmegerät plötzlich?"

„W-was?" Hohenfelds Fassade der Ungerührtheit splitterte. *Ulkig, dass das meine flapsige Anmerkung schafft, während die Videosequenzen an ihm abgeprallt sind.*

Karl drückte die Stopp-Taste, dann stand er auf, ging zu Hohenfeld, beugte sich zu ihm hinunter und raunte: „Falls meiner Kollegin etwas zustößt, dann mache ich dich fertig. Und zwar auf inoffiziellem Weg, ganz so, wie die Bibel es im Alten Testament lehrt: Auge um Auge, Zahn um Zahn …" Er legte Hohenfeld die Hand auf die Schulter, spürte die Spannung der Muskeln darunter, Spannung und Angst. „Dann kannst du nur hoffen, dass sie dich schneller lebenslang verknacken, als ich dich kriege. Aber wetten würde ich nicht drauf."

Er setzte sich wieder, aktivierte das Aufnahmegerät und

lächelte Hohenfeld leutselig an. „Nach diesem technischen Aussetzer fahren wir mit dem Verhör fort."

Hohenfeld war bleich im Gesicht, richtig käsig, und aus seinen Augen strahlte der Abglanz einiger Schreckensszenarien, die durch seinen Kopf spuken mussten. Dann blickte er zu einem Punkt hinter Karl und fixierte diesen länger, als man normalerweise einen Gegenstand ansah. Außer, dieser Gegenstand war etwas Besonderes.

Karl überlegte, dann durchfuhr es ihn. Er focht einen inneren Kampf, damit er sich nicht herumdrehte – und somit direkt in die Kamera blicken würde, die das Verhör aufzeichnete.

Scheiße, die hatte er vergessen! Aber was er Hohenfeld gesagt hatte, wusste niemand – außer Hohenfeld selbst. Ob der Karl einen Strick aus der Szene drehen könnte, war zu bezweifeln, denn Karl würde einfach leugnen, Hohenfeld gedroht zu haben. Außerdem könnte er Benny die Aufzeichnung mit der Bitte zuschustern, er solle die inkriminierende Sequenz herausschneiden.

„Sie wollen also nichts mehr sagen", meinte Karl, allerdings nicht sachlich, sondern in drohender Stimmlage.

„Glauben würden Sie mir ja eh nicht."

„Sie könnten einfach gestehen."

„Diese Videosequenzen sind zwar aussagekräftig, doch habe ich bislang keinen Beweis gesehen, dass diese wirklich bei *mir* gefunden wurden."

„Den haben wir, keine Sorge. Die Videos *sind* auf Ihren Servern." Karl lächelte. „Und auf Schwaigers Servern auch. Nur hat diese Nebelkerze leider nicht gezündet, denn Schwaiger hat ein Alibi."

„Ich kenne keinen Schwaiger." Zum ersten Mal lehnte Hohenfeld sich zurück und löste seine verwrungene, geduckte Körperhaltung, indem er Arme und Beine streckte. „Diese Videos haben Sie also schon bei jemand anderem gefunden. Nun stellt sich aber heraus, dass *ich* dahinterstecke." Er kratzte sich unter dem Auge, dann lächelte er schmal. „Auf meine nächste Schlussfolgerung kommen Sie bestimmt auch, Herr Seitz."

Karl merkte, wie sein Blick sich verfinsterte. „Jemand will auch Sie an den Pranger stellen, obwohl Sie unschuldig sind?"

„Richtig."

„Nein. So einfach kommen Sie da nicht raus."

„Ich kann nicht glauben, wie es jemandem gelungen sein soll, von außen mein Heimnetzwerk zu knacken – und vor allem so, dass ich rein gar nichts bemerke." Ernst, ja fast erzürnt sah Hohenfeld ihn an. „Das wäre die Bankrotterklärung für meine Firma. Es *kann* nicht sein, verstehen Sie?"

„Auf einem Auge ist man ja oft blind, wenn es um einen selbst geht."

„Das ist dutzendfach gesichert, nicht nur mit meinem eigenen Sicherheitssystem."

„Ah", sagte Karl sofort. „Doch nicht zu hundert Prozent vom eigenen Können überzeugt, hm?"

Hohenfelds Lächeln spiegelte milde Resignation sowie dumpfe Ungläubigkeit. „Doch. Aber wie der Engländer so schön sagt: Better safe than sorry."

„Der Kriminalhauptkommissar sagt: Hören Sie mit dem Herumgedruckse auf und legen Sie die Karten auf den Tisch."

„Ich kann keine Karten auf den Tisch legen."

Am liebsten wäre Karl diesem Typen an den Hals gesprungen, um ihn zu foltern, bis er zugab, Maria entführt zu haben. Dennoch: Zu diesem Impuls gesellten sich auch Zweifel.

Ja, welchen Grund hat Hohenfeld, diese ganze Scheiße abzuziehen?

Einen ähnlichen Gedanken hatte er bereits nach dem ersten Treffen mit ihm gehabt. „Wie verstehen Sie sich mit Lena Damskis?", fragte er dann, als ihm die Theorie in den Sinn kam, es könnten auch zwei Täter sein. Oder sogar noch mehr.

Hohenfeld runzelte die Stirn. „Äh, gut. Wieso fragen Sie?"

„Ich habe meine Gründe."

„Sie glauben aber nicht, dass Lena da irgendwie mit drin hängt, oder?" Hohenfeld deutete mit dem Finger auf sich. „Oder dass Lena und ich unter einer Decke stecken?" Er lachte, was klang, als würde ein zu Unrecht Verurteilter lachen, kurz bevor man ihm den Strick um den Hals legte.

Eines muss man dem Burschen lassen: Er schaltet schnell.

„Herr Seitz, da stimmt etwas hinten und vorne nicht."

„Ach ja? Was denn?"

Hohenfeld warf einen bedeutungsschweren Blick auf das Aufnahmegerät und schließlich auf die beiden Polizisten.

Karl runzelte die Stirn.

Sein Gegenüber öffnete die Augen weiter, was leicht irre aussah, und ließ seinen Blick erneut in derselben Abfolge über die Wegpunkte wandern.

Da fiel der Groschen.

Okay, privates Geständnis? Oder nur Bedürfnis nach vertrauensvoller Unterhaltung unter vier Augen? Beides soll mir recht sein, solange es Maria hilft.

„Hände auf den Tisch", sagte Karl.

Hohenfeld zog die Brauen hoch.

„Handschellen."

„Das ist doch nicht nötig."

Karl seufzte, und Hohenfeld seufzte ebenfalls, fügte sich aber.

Mit einem metallischen Ratschen schloss Karl die Handschellen um Hohenfelds Handgelenke, ehe er ein zweites Mal das Aufnahmegerät deaktivierte und sich an die beiden Polizisten wandte: „Jungs, ihr könnt euch einen Kaffee machen."

Diese schauten sich erst gegenseitig an, dann Karl, als wollten sie sicherstellen, dass er es ernst meinte. Er vollführte eine Geste, als wollte er Hühner aus einem Stall scheuchen. „Los, gönnt euch Koffein."

Einer der beiden, ein leicht untersetzter Mittdreißiger mit breitem Gesicht, zögerte weiterhin. „Also, eigentlich ist es nicht erlaubt, dass …"

Postwendend faltete Karl die Augenbrauen. „Das war eine als Bitte verkleidete Aufforderung des Chefs der Mordkommission."

Der Mann schluckte, und als sein Kollege ihn fester als nötig am Oberarm packte, lenkte er ein.

„Lasst euch ruhig Zeit", rief Karl, kurz bevor die Tür ins Schloss fiel. Dann sah er Hohenfeld auffordernd an.

„Es gibt nur eine plausible Erklärung dafür, dass die Dateien auf meinen Servern gelandet sind. Jemand muss in mein Haus eingestiegen sein und sich Zugang zu meinem Hauptserver im Keller verschafft haben. Dann wären meine ganzen virtuellen Sicherheitsmaßnahmen für die Katz."

„Weil?"

„Weil das sozusagen analog geschieht, durch eine Direktverbindung via Kabel. Da helfen keine virtuellen Bollwerke. Ein direkt angeschlossener Computer ist quasi wie ein Bypass direkt zum Herz meiner Servereinheit. Aber das eigentlich Interessante ist Folgendes: Will man zum Server, muss man eine Sicherheitstür passieren, die nur durch die Eingabe eines Codes zu öffnen ist. Im Bedienfeld befindet sich eine versteckte Kamera, die jedes Mal ein Bild schießt."

Karl horchte auf. „Okay, weiter."

„Die Aufnahme wird auf dem untersten Modul meines Servers gespeichert, dem Backup-Modul."

Karl schoss aus dem Stuhl, als sein nächster Herzschlag wie Donnerhall durch den Körper brandete. „Gesetzt den Fall, Sie binden mir keinen Bären auf, hätten wir ein Gesicht!"

„Wenn er keine Maske getragen hat, ja", erwiderte Hohenfeld. „Nun, zumindest wäre das der Beweis, dass ich unschuldig bin."

„Außer, Sie waren es selbst."

„Es muss während meiner Dienstreise geschehen sein. Die Fotos haben eine Signatur mit Uhrzeit und Datum. Und Zeugen, dass ich wirklich in Schweden war, habe ich genug." Er lächelte das Lächeln des Siegers.

Und ja, Karl musste zugeben, dass es keinen Grund gab, dies *nicht* zu überprüfen. Und zwar so schnell wie möglich! Adrenalin, es kribbelte und brauste durch seine Adern.

An die Fakten halten, hatte Katrin Fischbach stets gepredigt.

Und ja, das Foto wäre mehr als nur ein Fakt: Es wäre die Lösung des Falls.

„Gehen wir mal davon aus, es gibt diesen Einbrecher", sagte Karl atemlos. „Woher hätte er den richtigen Code wissen sollen?"

Ein Räuspern.

„Ich höre", sagte Karl.

„Die richtige Zahlenfolge klebt … also …"

„Ja?"

„… auf einem Post-it in meinem Büro."

Karl entglitt ein Lachen. „Finde ich witzig, dass jemand wie Sie Zettel benutzt. Und den für jedermann sichtbar hinklebt." Dass er seinen Arbeitsplatz mit einer Schwadron Post-Its zugepflastert hatte, verschwieg er, genauso wie die Liste mit allen Passwörtern, die in der Wohnzimmervitrine neben der Box mit dem Silberbesteck lag.

„Na ja, nicht für jedermann, aber …" Hohenfeld fasste sich an die Spitze des rechten Ohrs und drückte daran herum, als wollte er einen versteckten Knopf betätigen. „Die meisten Passwörter werden tatsächlich durch Fehler der User geknackt. Entweder, weil es zu einfach ist, oder weil sie beispielsweise die PIN-Nummer der Geldkarte auf einen Zettel schreiben – der ebenfalls im Geldbeutel steckt."

Wenigstens die weiß ich auswendig, dachte Karl.

„Ist der Typ richtig ausgebufft", sagte Hohenfeld, „hätte er mit dem richtigen Werkzeug auch meine Abdrücke auf dem Zahlenfeld analysieren und so den Code herausfinden können."

„Verstehe", sagte Karl. „Aber egal, wie er es gemacht hat – das Foto muss da sein. Und das prüfen wir jetzt nach."

Hohenfeld hob die Brauen. „Sie meinen, jetzt sofort?"

„Genau." Karl zückte sein Handy und rief die Spurensicherung an. Zum Glück war es nicht Schmidthalter, sondern eine Frau, die ihm die Sachlage rasch erklärte. Mit einem Brummen trennte er die Verbindung.

„Und?", fragte Hohenfeld.

„Zwei Dinge. Erstens: Die Spurensicherung ist bereits fertig.

Zweitens: Man hat keine Hinweise auf einen Einbruch gefunden. Die Sicherheitstür konnte das Team allerdings nicht öffnen."

„Deswegen ist es ja auch eine Sicherheitstür." Hohenfeld fuhr sich über seinen Dreitagebart, dass es raschelte, und die Bewegung hätte Karl beinahe dazu verleitet, seinen Schnauzer zu streicheln.

Karl stand auf, wandte Hohenfeld den Rücken zu und betrachtete die matte Spiegelung seiner selbst in der dunklen Scheibe. Ernst und grimmig wirkte seine Reflexion. Und müde. Kleine Augen, die Haltung schlaff. Er drückte die Brust raus, straffte die Schultern und atmete tief und frei.

Konnte er es echt bringen, mit dem Hauptverdächtigen im Schlepptau zu verduften? Er saugte die Oberlippe in den Mund, bis er die Bartspitzen an der Unterlippe spürte, gab einen Schmatzlaut von sich und drehte sich zu Hohenfeld herum.

Jakob Fillner war nicht hier.

Wäre er es, würde er die Hände über dem Kopf zusammenschlagen und Karl nie wieder protegieren.

Tja, aber wie es das Schicksal will, bin ich *der Boss. Und Maria war weiterhin in Gefahr.!Da gab es nichts zu überlegen oder abzuwägen.*

„Kommen Sie", sagte er somit. „Wir fahren."

„Was geschieht mit Sophie?"

„Nichts. Die bleibt erst einmal hier. Und keine Sorge: Aus dem Präsidium wurde noch niemand geklaut." Entschlossen schritt Karl an Hohenfeld vorbei und öffnete die Tür.

„Holla!" Im letzten Moment wich der untersetzte Polizist aus und schaffte es sogar, dass kein Tropfen Kaffee aus dem gerillten Plastikbecher sprang. Entgeistert sah er Karl an, öffnete den Mund, doch Karl kam ihm zuvor, weil er nicht wollte, dass der Kollege sich fasste und zu viele Fragen stellte: „Die Befragung von Herrn Hohenfeld ist beendet. Ich bringe ihn zurück."

„Aber …"

„Passt schon. Ihr beide genießt den Kaffee und macht dann Feierabend."

„Aber … wir haben Nachtschicht."

„Äh, dann macht einfach das, was ihr da immer tut. Wiedersehen, die Herren, und vielen Dank.“

Im Rücken spürte er verblüffte Blicke, zauderte aber keinen Moment, sondern strebte von dannen.

Hohenfeld, der ihm dichtauf folgte, wisperte: „Dürfen Sie das überhaupt?“

„Ich darf alles.“

KAPITEL DREIUNDZWANZIG

Knappe Sache

HEKTIK WAR SEIN TODFEIND, denn sie machte dumm. Konnte er seine überlegene Intelligenz ausspielen, reichte ihm niemand das Wasser. Planen, taktieren und blenden – sein Dreisatz des Erfolgs.

Geriet er in Stress, beging sogar er Fehler. Grundsätzlich durfte er sich keinen einzigen erlauben – obwohl dieser kleine Kobold oder Dämon in seinem Inneren es ja doch irgendwie wollte. Dann würden sich Dinge ereignen, die er nicht vorhergesehen hatte. Er schauderte im selben Maß vor Vorfreude, wie ihn diese Aussicht entsetzte.

Veränderung – die Sehnsucht der Seele. Für ihn bedeutete dies: Weg von der Täuschung, die er so minutiös und umfassend aufgebaut hatte. Er liebte den Film *Die Truman-Show,* vor allem jene Szene, in der Truman mit der Spitze seines Segelboots die Requisitenwand durchstieß, die endlose Meeresweite vorgaukelte.

Wie würde mein Leben im Licht der Wahrheit aussehen?

Würde sie mich verbrennen?

Oder besser gesagt: Wäre es schlimm, wenn er verbrennen würde?

Er lebte als Hülle in einer Welt aus Schablonen.

Schal wurde die Kontrolle, reizlos die Erniedrigung. Was käme danach? Was müsste er tun, um das Gefühl ultimativen Triumphs zu kosten, und zwar so, dass es andauerte und nicht verpuffte?

Er dachte an sein Ass im Ärmel, das ihm – wahrscheinlich schon bald – seinen größten Coup ermöglichen würde: Angesicht zu Angesicht mit Karl Seitz – und dann ganz nonchalant davonspazieren …

„Scheiße!", zischte er, da er aus Unachtsamkeit eine Steckverbindung abgerissen hatte.

Stress war annoying!

Und Hohenfeld, dieses Fickfurchengesicht, nervte mit einem Mal ganz eklatant! Das perfekte Bauernopfer hätte dieser Spast sein sollen, bis er plötzlich sagte, er hätte eine versteckte Kamera, die jeden knipste, der am Zahlenfeld herumtippte. Das war der Startschuss für diese *Hektik* gewesen!

Geschlagen von meinen eigenen Waffen. Oder zumindest arg in Bedrängnis gebracht.

Er atmete durch, das Blut rauschte ihm durch die Schläfen, schien ihm gar auf die Ohren zu drücken, weil er meinte, alles gedämpft zu hören.

Ein Schweißtropfen löste sich von seinem Kinn und platschte auf den Boden. Schnell wischte er mit dem Handschuh über die verräterische Spur. Ihm blieb keine andere Wahl: Er löste die Klemmen des letzten Servermoduls, zog es heraus und durchtrennte mit einem Seitenschneider die daran befestigen Kabel.

Weg hier!

Das Modul unter den rechten Arm geklemmt, verließ er den Kellerraum und lief die Treppe hoch.

Die beiden werden bald hier sein.

Oben an der Treppe hielt er inne und schöpfte Atem.

Fuck my life!

Dieser Stress!

Es war das erste Mal seit *Jahren*, dass etwas anders lief als geplant.

Seit JAHREN!

Ich bin so geil. Ich hab's drauf.

„Und wenn's nur Zahnbelag ist", zischte er in Nachahmung an Constanze Presslers Stimme. Damals, in der Schule, auf dem Pausenhof. Vor allen anderen. Diese nicht enden wollende Abfolge von Schmähungen.

„Aber bezahlt hast du dafür, du Fotze!"

Am schlimmsten: Friederike Elzig. Dieses rachsüchtige, nachtragende Stück Scheiße! Um ein Haar hätte sie ihn auffliegen lassen! Im Moment war er ihr in keiner Weise mehr dankbar, alles in Bewegung gesetzt zu haben.

Oder doch?

Ein Geräusch: das Zuschlagen einer Autotür?

Jetzt deutlich: Stimmen.

„Scheiße", wisperte er. Durch die Haustür konnte er nicht mehr abhauen. Somit rannte er ins Wohnzimmer, erspähte die Terrassentür und schob sie auf.

Kurzer Schmerz am linken Knie. Im Laufen sah er nach unten. Ein kleiner Wohnzimmertisch, den er gestreift hatte. Er kippte, stand nur noch auf zwei Füßen. Eine Glasplatte. Hoffentlich würde die nicht …

Ein Klirren, als sie splitterte.

Adrenalin pumpte durch seine Adern wie Hydrauliköl, mehr noch, wie glühende Datenpakete, die durch ein Glasfasernetzwerk jagten.

Er unterdrückte ein Lachen, ein verwundertes, ja euphorisches Lachen. Wieso fand er diese Situation mit einem Schlag reizvoll?

Mit der freien Hand betätigte er den Hebel der Terrassentür und schob sie zur Seite.

Kalte Nachtluft brauste in seine Lungen. Sie schmeckte nach Abenteuer, Triumph und Unsterblichkeit.

In diesem Moment fand er einen neuen Kick.

„Stress!", sagte er leise, aber inbrünstig. „Wieso haben wir uns so lange angefeindet?"

Halb elf, keine Menschenseele auf der Straße, und die Lichter, die beim Polizeieinsatz in fast jedem Fenster der Nachbarschaft gebrannt hatten, waren nun dunkel oder flackerten im Widerschein von Fernsehbildschirmen.

Just nachdem er Hohenfeld die Handschellen abgenommen hatte, ertönte aus dem Haus ein Klirren, das nach eingeschlagener Glasscheibe klang.

Karl wollte die Tür aufstoßen, doch bremste er das Momentum seines Arms im letzten Moment: Jemand hatte das Polizeisiegel aufgebrochen!

Wie kackendreist ist das denn! Spaziert einfach durch die Haustür!

„Sie warten hier!", sagte er zu Hohenfeld, zückte seine Dienstwaffe, zog den Schlitten zurück und klickte den Sicherungshebel nach unten. Dann aktivierte er seine kleine Taschenlampe und hielt sie gegen den Lauf der Pistole gedrückt. Erinnerungen an den Schusswechsel mit Linninger blitzten auf. Er vertrieb sie mit einem Kopfschütteln.

Die Waffe in Vorhalte, schritt er langsam in den Eingangsbereich, schwenkte Lauf und Lichtstrahl zur Treppe, dann nach vorne in Richtung Wohnzimmer: ein umgestürzter Tisch mit geborstener Glasplatte. Im Lichtkegel glommen die Scherben wie Pfützen aus Quecksilber.

Als er die offene Terrassentür entdeckte, versackten die ersten Adrenalinwellen. Vorsichtig und leise trat er nach draußen, schwenkte die Taschenlampe durch den Garten.

Ein Geräusch.

Schritte, die sich entfernten?

Er leuchtete nach links. Zwei Buchsstauden wirkten, als hätte irgendetwas sie auseinandergedrückt.

Schon bäumte sich das Adrenalin wieder auf, als er zu der Stelle rannte und hindurchspähte. Durch die Maschen des Zauns hindurch sah er den Schemen einer Person.

„Stehenbleiben! Polizei!"

Der Flüchtende dachte gar nicht daran.

„Scheiße!" Karl sicherte die Waffe, steckte sie ins Holster und die Taschenlampe in die Jackentasche. Dann stützte er sich auf den Zaun, der dort, wo der Einbrecher ihn überwunden hatte, zwei Eindellungen aufwies. Klettern fiel aus, da das Ding wackelte. Karl fasste den Entschluss, abzuspringen und drüberzuflanken.

Sportlichkeit hin, Sportlichkeit her – dieses windige Ding hier stellte für ihn kein Hindernis dar. Er sprang ab, zog die Beine an – und spürte, dass irgendetwas sein linkes Hosenbein …

Er verlor den Halt, geriet in Schräglage, stürzte Hände voran ab, drehte sich aber weiter, da weiterhin etwas an seinem linken Hosenbein zerrte. Seitlich schlug er auf den Boden, nur sein linkes Bein hing nach oben. Luft verließ ihn rauschend, Schmerz sagte Hallo in Form eines sengenden Stichs im Brustkorb. Blitzende Punkte trieben wie ein Konfettivorhang vor seinen Augen.

Er schaute nach oben: Ein krummes, spitzes Drahtstück hatte den Hosenstoff durchstoßen und sich darin verkeilt. Durch Schütteln des Beines kam er frei, rollte sich auf den Rücken und atmete ein, obwohl er meinte, Feuer zu trinken. „Gottverflucht", keuchte er, biss die Zähne zusammen und hievte sich auf die Füße. Er kam sich vor wie ein entgleister Viehwagon.

„Seitz, du verdammte Nullnummer", flüsterte er und hielt nach dem Flüchtigen Ausschau. „Gut, dass das niemand gesehen hat."

Täuschte er sich oder hatte er rechter Hand irgendetwas gehört? Oder narrte ihn nur das hämmernde Blut in den Schläfen?

Er kniff die Augen zusammen.

Ein Schemen, der sich eng an den Zaun eines Nachbargrundstücks gedrückt hatte, jetzt aber davonspurtete!

Karl sparte sich einen weiteren Schrei und verwandte die Luft darauf, dem Kerl nachzusetzen.

Arme beim Laufen mitschwingen lassen, das spart Kraft und macht die Gesamtbewegung flüssiger.

Leichtathletiktraining als Jugendlicher. Wieso ihm die Worte seines damaligen Trainers gerade jetzt in den Sinn kamen, wusste er nicht. Aber er hielt sich an den Tipp …

… und erkannte, dass alle Lauftechnik vergebens war, wenn man über die Fitness einer trächtigen Bache verfügte.

Er erreichte die Biegung, umrundete sie, maß die Distanz zwischen sich und dem Verdächtigen. „Es ist so beschämend", krächzte er und beugte sich nach vorne, um die Hände auf die Knie zu stützen.

Einfach nur atmen. Mehr wollte er nicht.

Im selben Maß, wie sein Atem zurückkehrte, wich das Adrenalin und gab die Bühne frei für mehrere kleine Schmerzspitzen: eine am rechten Ellenbogen, auf den er geprallt war; eine am rechten Knie. Den größten Terz veranstalte seine rechte Seite. Als er sich aufrichtete und ein letztes Mal tief einatmen wollte, zuckte er zusammen, da eine Feuerzunge über seinen Rippenbogen leckte.

Er drückte die linke Hand auf die Stelle. Hoffentlich keine angeknackste Rippe. Den größten Schaden hatte allerdings sein Ego genommen. Kurz dachte er daran, wie ein fünfzehn Jahre jüngerer und um dieselbe Anzahl an Kilos leichterer Karl Seitz dem Flüchtigen nachhetzte, ihn ansprang und zur Strecke brachte. Leider obsiegte das Bild eines am Gartenzaun scheiternden Hauptkommissars, der froh sein konnte, keine Zähne verloren zu haben.

„Mein Gott, das war so peinlich …" In diesem Augenblick schwor er sich, seine passive Mitgliedschaft in der Polizeisportgruppe so rasch wie möglich wieder in eine aktive zu verwandeln.

„Sobald Maria gerettet ist, gebe ich Gas!" Er klopfte gegen die Haustür und drückte sie auf. „Herr Hohenfeld? Ich bin wieder da."

„Im Keller!"

„Alles klar."

„Ähm, hatten Sie Erfolg?"

„Leider nein. Ist mir haarscharf entwischt."

„Schade. Den Penner hätte ich mir gerne vorgeknüpft!" Hohenfelds Zorn jagte die Worte laut und klar über die Stufen der

Kellertreppe, die Karl jetzt eine nach der anderen nahm, vorsichtig, eine Hand am Geländer, da er das rechte Bein entlasten wollte.

„Was ist denn passiert?"

„Schauen Sie selbst", kam Hohenfelds verärgerte Antwort aus einem Raum am Ende des kurzen Kellergangs. Die Metalltür stand offen.

Kurz bevor Karl eintrat, glomm aus heiterem Himmel eine ungerichtete und im Grunde nicht nachvollziehbare Zuversicht in ihm auf, der Auflösung der verworrenen Mord- und Entführungsfälle einen bedeuteten Schritt näher gekommen zu sein.

Ich bin müde, deswegen setzt der Verstand schon aus.

„Nein", murmelte er, „ich bin wirklich dichter dran."

Soeben war er dem Täter zum ersten Mal begegnet – in Fleisch und Blut und nicht in irgendwelchen Datennetzwerken, Festplatten und anderen virtuellen Welten.

Verflucht sei meine nicht vorhandene Fitness!

Trotzdem: Es war knapp gewesen. Und nachdem dieses Phantom ihnen stets Lichtjahre voraus gewesen war, erachtete Karl die Begegnung trotz ihres peinlichen Finales als Beweis, die Distanz *deutlich* verkürzt zu haben.

Ich kriege dich schon, du Pisser!

Mit einem entschlossenen Nicken betrat er den Serverraum, der seiner Schätzung zufolge nicht mehr als sieben, acht Quadratmeter maß. Linker Hand ragte ein mit Dämmwolle ummanteltes Heizungsrohr aus der Wand, beschrieb einen Knick und verschwand in der Decke. Rechter Hand stand ein Serverschrank. Grüne und rote Lichter, eine Unzahl Kabel, leises Surren.

„Wieso sind Sie angefressen?", fragte Karl. „Ist etwas kaputt?"

Hohenfelds erster Blick zu Karl war kurz. Dann drehte er den Kopf aber erneut und maß ihn von oben bis unten. „Haben Sie sich mit dem Typen geschlägert?"

„Ähm, nicht direkt …" Karl sah an sich herab. Das Licht der Deckenlampe enthüllte die Spuren, die er bislang nur gespürt hatte: Loch am linken Hosenbein, Riss beim rechten Knie, sogar ein kleiner Blutrand auf dem vom Sturz ohnehin dreckigen Stoff. Jacke am Ellenbogen abgewetzt, die Handflächen aufgeschürft.

„Und was heißt das?"

Karl spürte, wie ihm das Blut vom Hals bis in den Kopf strömte. „Es gab einige unglückliche Verkettungen, die die Festnahme verhinderten." Immerhin gelang es ihm, seine brennende Scham aus Stimme und Blick fernzuhalten.

„Verstehe", sagte Hohenfeld, obwohl es so klang, als verstünde er in Wahrheit nur Bahnhof.

„Was ist denn nun mit Ihrem Server?"

Hohenfeld ging in die Knie und deutete auf eine freien Schub ganz unten am Turm. „Dort war das Backup-Modul."

Karl presste die Kiefer zusammen. „Herrgott!", zischte er dann. „Dieser Sack hat dafür gesorgt, dass wir kein Bild von ihm haben!"

Hätte ich ihn doch nur erwischt!

„Ja", sagte Hohenfeld und räusperte sich. „Glauben Sie mir jetzt, Herr Seitz?"

Karl nickte. „Trotzdem stehe ich wieder am Anfang."

„Vielleicht", sagte Hohenfeld, „vielleicht aber auch nicht. Denn es gibt eine wichtige Frage."

„Und die wäre?"

Hohenfeld lächelte. „Woher wusste der Täter, was wir vorhaben?"

Ein Ruck ging durch Karl. „Verdammt, Sie haben recht! Der Kerl hatte vielleicht einen Vorsprung von zehn Minuten. Somit muss er …"

„… uns abgehört haben", sagte Hohenfeld, ohne dass er überrascht klang. „Richtig."

„Aber wie? Ich habe das Aufnahmegerät im Verhörraum auf Ihren Wunsch hin abgeschaltet. Das ist unmöglich."

„Nein."

Karl glotzte ihn nur an.

„Was haben Sie benutzt, um mit der Spurensicherung zu telefonieren?"

Dumpf schlug es in Karls Kopf ein, eine Detonation von urgewaltiger Stärke, aber lautlos wie im Weltraum. Schockwellen bizzelten über die Nervenbahnen, sodass er Hohenfeld nur anglotzen konnte. „Mein Handy …"

Dieser nickte. „Knackt man ein Smartphone, hat man sowohl den perfekten Peilsender als auch die perfekte Wanze. Deswegen tappen Sie so im Dunkeln. Der Täter ist über jeden Ihrer Schritte informiert, über jedes Wort, das Sie sprechen. Über jedes Vorhaben, das Sie fassen."

Karl griff zur Hosentasche, zog das Handy heraus, löste die Speere. Nichts wirkte verdächtig. Aber darum ging es bei Bespitzelungen ja auch …

Hohenfeld schaute Karls Handy an. „Am besten, Sie schalten es jetzt aus."

Karl tat, wie ihm geheißen. Trotzdem schüttelte er den Kopf. „Ich kann das nicht glauben."

Hohenfeld lächelte amüsiert-nachsichtig, ähnlich einem Börsenspekulanten, dem ein Mitarbeiter der Dorfsparkasse die Mechanismen des Finanzmarktes erläutern wollte. „Es *muss* Ihr Handy sein, Herr Seitz. Kommen Sie, wir gehen in mein Büro."

Müdigkeit nötigte Karl zu einem tiefen, langen Gähnen. Schnell schlug er die Hand vor den Mund. „Entschuldigen Sie …" Er räusperte sich. „Gesetzt den Fall, ich wurde tatsächlich ausspioniert, würde mich am brennendsten interessieren, wie der Typ das gemacht hat. Denn ich lasse mein Handy nur selten unbeaufsichtigt."

„Ich glaube, Sie stellen sich das schwieriger vor, als es ist:

Kennt sich der Hacker aus, reicht eine Minute, um die Software zu installieren."

„Bitte?"

„Sie besuchen ein Restaurant, verschwinden kurz auf Toilette. Ihr Handy lassen Sie aber in der Jacke. Ein günstiger Augenblick. Oder der Übeltäter hat es genau wie bei mir gemacht: Vielleicht ist er bei Ihnen eingestiegen, während Sie geschlafen oder den Rasen gemäht haben. Alles schon passiert."

„Kann man das Pferd auch von hinten aufzäumen und die Spyware nutzen, um den Täter zu finden?"

„Das bezweifle ich." Hohenfeld zuckte mit den Schultern. „Aber ich kann es versuchen."

Grummelnd verließ Karl den Kellerraum und stelzte beide Treppen seitwärts hoch wie ein Krebs, da das rechte Knie inzwischen schmerzte wie die Hölle. Nicht nur eine Prellung, sondern gebrochene Kniescheibe? Nein, dann könnte er gar nicht mehr laufen.

Oder?

Auf einen Arztbesuch hatte er ähnlich viel Lust wie auf Hämorrhoiden. „Sacklzementkreizkruzifix!", zischte er als Fluch auf die mehr als unerfreuliche Gesamtsituation.

„Na, na, na, Herr Seitz, was sind denn das für Ausdrücke", tadelte Hohenfeld ihn, der gerade beschwingt an ihm vorbeifederte und die Tür zum Büro öffnete. „Ich habe auf dem Balkon einen Liegestuhl. Den könnte ich ins Zimmer stellen, damit …"

„Noch muss ich nicht ins Pflegeheim, danke!" knurrte Karl und humpelte an Hohenfeld vorbei ins Büro. Nachdem er sich, ein schmerzerfülltes Keuchen unterdrückend, auf einen Stuhl gesetzt hatte, streckte er das rechte Bein aus. „Ihnen gefällt das inzwischen richtig, nicht wahr?"

„Gefallen?", echote Hohenfeld. „Dass jemand bei mir eingebrochen ist? Nicht wirklich."

Karl wackelte mit den Augenbrauen. „Das vielleicht nicht. Aber die Abwechslung vom Berufsalltag. Stimmt's?"

Hohenfeld lachte ungläubig. „Ein schwer bewaffnetes Einsatzkommando, das mich zu Boden ringt – meinen Sie *das* mit Abwechslung?" Trotz der Botschaft lächelte er, nicht offen und herzlich, aber so, als könnte er seine Belustigung nicht ganz unterdrücken. Nach einem Glucksen streckte er Karl die offene Handfläche entgegen. „Ihr Smartphone bitte."

Karl legte es ihm in die Hand. „Jetzt bin ich wirklich gespannt."

Hohenfeld stieß sich ab und rollte mit seinem Arbeitsstuhl, bis er an einem Rechner mit Doppelmonitor bremste. Nachdem er einen Blick auf den USB-Port geworfen hatte, schnalzte er mit der Zunge, öffnete eine Schublade und gruschte darin herum. Schließlich zog er ein Kabel heraus, das so lang war, dass er seinen Arm dafür hoch in die Luft strecken musste.

Lag es an der Müdigkeit, an den schlagartigen Kehrtwenden, dass Karl mit einem Mal nicht Hohenfeld sah …

… sondern Kalkrieder, der aus einer seiner Leichen einen dünnen Darmschlauch zerrte?

Karl rieb sich übers Gesicht.

O Gott, langsam drehe ich durch …

„Alles gut bei Ihnen, Herr Seitz?"

Er sah zu Hohenfeld, der das Handy mit seinem Rechner verband. „Alles bestens", murmelte er gähnend und schloss die Augen. Herrjemine, der Tag steckte ihm in den Knochen – vor allem in der Kniescheibe und den Rippen …

„Ha!"

Karl ruderte mit den Armen, da er meinte, beim Sprung über einem Zaun an selbigem hängen zu bleiben und abzustürzen. Er blinzelte: kein auf ihn zurasendes Rechteckmuster von Pflastersteinen, kein Aufprall.

„Schlecht geträumt?"

„Hm?"

„Sie sind eingeschlafen."

„Quatsch, das kann nicht sein."

„Zwanzig Minuten waren sie weg."

Karl unterdrückte ein Gähnen. „Wieso schreien Sie denn so?"

Hohenfeld grinste. „Ich hatte recht."

Elektrisiert sprang Karl auf und eilte zu Hohenfeld. Sein Knie sang eine Serenade dumpfen Schmerzes, aber er ignorierte die klopfende Melodie.

Hohenfeld bewegte die Maus, und der Cursor glitt zu einem Dateiordner. „Da sitzt der Krake, ganz unscheinbar als Datei im Betriebssystem. Clever gemacht."

Karl stützte sich mit den Händen auf den Schreibtisch. Durch die Belastung übernahmen seine geschundenen Rippen die Leitung des Schmerzorchesters. Aber auch das war ihm scheißegal. Der Schock dieser Enthüllung bügelte jedes Gefühl nieder.

„Das gibt's doch nicht!“, knurrte er nach einigen Momenten des Schweigens. „Dann ist es nur logisch, dass auch in meinem Haus Kameras sind.“ Ein Gefühl, als müsste er sich gleich übergeben, stieg die Speiseröhre hoch. Nur durch langsames Atmen behielt er die Kontrolle.

„Ist sehr wahrscheinlich.“

So ratlos war Karl nie zuvor gewesen. So machtlos. So überfordert. Als hätte ihn jemand an eine Wand genagelt, wo er nun hing, unfähig, auf irgendeine Art und Weise ins Geschehen einzugreifen. Der Gegner hatte ihn zu einem Zuschauer degradiert – ihn, den leitenden Ermittler und zeitweisen Chef des gesamten Morddezernats.

Plötzlich dachte er an Maria, die irgendwo in einem verliesähnlichen Raum kauerte und bestenfalls um ihr Leben fürchtete und auf Rettung hoffte. Schlechtestenfalls war sie bereits tot.

Ich darf die Hoffnung nicht aufgeben!

„Danke, dass Sie mir helfen“, murmelte Karl und ließ den Kopf hängen. „Ich rechne es Ihnen hoch an, dass Sie nach allem, was Sie heute erlebt haben, so ruhig bleiben und mir sogar unter die Arme greifen. Bitte, ich muss meine Kollegin retten.“

Hohenfeld nickte ernst. „Sie und ich – wir sitzen im selben Boot. Jemand will uns schaden, unser Leben ruinieren. Dagegen müssen wir uns wehren. Und ich werde alles tun, um Ihrer Kollegin zu helfen.“

Ergriffen neigte er den Kopf, mit einem Schlag überwältigt von der Gewalt seiner Sorge um Maria.

Trotzdem hätte er gleichzeitig auch am liebsten seinen Frust herausgeschrien. In weniger als drei Stunden verwandelte sich die Euphorie, den Übeltäter endlich geschnappt zu haben, zur Erkenntnis, dass dieser angebliche Übeltäter in Wahrheit ein Rettungsanker war.

„Wie lange arbeitet diese Schadsoftware bereits auf meinem Handy?"

„Kann ich nicht sagen. Die Datei hat kein Erstellungsdatum."

„Das ist doch alles scheiße!"

Hohenfeld lächelte mitfühlend. „Eine Sache ist aber interessant: Auf Ihrem Handy befindet sich eine weitere Applikation, die dort nicht hingehört."

Karl spürte, dass er Hohenfeld anschaute wie ein Neandertaler, vor dem eine fliegende Untertasse landete.

„Eine Software, die mit der Nummer eines anderen Handys verknüpft ist und dieses ständig ortet."

Wie ein ganzer Schuppenregen fiel es Karl von den Augen, und er lachte auf. „Das hat mit meiner Tochter zu tun. Die hat sich ein paar … Dinge erlaubt." Er strich sich über den Hals. „Ich weiß, das klingt nach Stasi oder Helikopter-Daddy. Aber glauben Sie mir: Ich hatte meine Gründe."

Abwehrend hob Hohenfeld die Hände. „Ich habe keine Kinder und maße mir daher auch nicht an, ein Urteil in Sachen Erziehungsmaßnahmen zu fällen."

Ungeachtet der Aussage, fühlte Karl sich zu einer weiteren Erklärung genötigt: „Meine Tochter hatte eine Phase, in der Autoritäten im Allgemeinen und die Schulpflicht im Speziellen eine … gewisse Abneigung in ihr hervorriefen."

Ein feines Grinsen legte sich um Hohenfelds Mundwinkel. „Verstehe." Dann verschwand es, und seine Stirn umwölkte sich für einen Moment, ehe er Karl ansah und ihn fragte: „Wer hat eigentlich die Ortungssoftware für Ihre Tochter aufs Handy gespielt?"

KAPITEL VIERUNDZWANZIG

„ES WÄRE ALSO WIRKLICH *ÄUSSERST* HILFREICH“, sagte Karl, „wenn du dieses Mal den *richtigen* Täter findest. Deine Hand hacke ich dir aber später ab.“

Griesgrämig sah Benny ihn an.

„Brauchst gar nicht schmollen. Und schwöre das nächste Mal besser nicht so voreilig auf diesen Ronny James Dingsbums.“

„Dio“, murmelte Benny.

„Gestern groß verkünden, dass du hundertprozentig sicher bist, diesmal den Richtigen erwischt zu haben, und dann …“ Karl zerrieb den Rest des Satzes zwischen den Zähnen.

„Okay, der Typ ist clever und hat uns an der Nase herumgeführt“, gab Benny zu. „Hohenfelds Daten zu extrahieren, war trotzdem alles andere als einfach.“

„Deinen Orden bekommst du, sobald Maria gefunden und in Sicherheit ist.“

Benny öffnete den Mund, schloss ihn jedoch wieder und schaute zur heiligen Monitor-Dreifaltigkeit. „Ich weiß gar nicht, wo ich anfangen soll, wenn ich ehrlich bin.“

„Hohenfeld hat gemeint, du solltest die Websignaturen finden, die von seinen Servern ausgehen. Er hat sie extra freigeschaltet.“

„Warum macht der tolle Meister Hohenfeld das dann nicht selbst?"

Karl verengte die Augen. „Drei Gründe: Erstens, Meister Hohenfeld verlangt unverschämt viel Kohle, zweitens, er hat Besseres zu tun, drittens: Du kannst das genauso gut – wenn nicht sogar besser. Hohenfeld ist arrogant und bildet sich mächtig was auf seine Skills ein. Ich bin sicher, du bist besser als er."

Benny stutzte, und fast meinte Karl, er würde lächeln. Stattdessen seufzte er, griff nach seiner Yoda-Figur und knetete sie inbrünstig. „Hast du irgendjemanden, der deiner Meinung nach als Täter in Frage kommen könnte? Dann hätte ich wenigstens einen Ansatzpunkt."

„Da Hohenfeld weggebrochen ist – nein."

Benny verzog den Mund. „Okay, dann …"

„Aber wen ich nicht leiden kann, ist ein gewisser Vincent Mühlhauser. Ich bezweifle zwar, dass der seine eigene Schwester entführt und psychisch gefoltert hat, aber man weiß ja nie … Dem wollte ich gestern Abend noch einen Besuch abstatten, aber dann kam das mit Hohenfeld."

„Verstehe … Ich kann den ja mal virtuell abklopfen, falls du möchtest."

„Kannst du gerne machen. Aber viel wichtiger ist, dass wir herausfinden, wer uns zweimal hintereinander falsche Täter präsentiert hat."

„Wir?"

„Hä?"

„*Ich* muss es herausfinden", sagte Benny. „Oder kennst du dich mit Ermittlungen im Cyberraum aus?"

„Ich hab's kapiert, Benny. Schon länger übrigens: Ohne dich wären wir in diesem Fall verratzt."

„Stimmt."

„Ach", sagte Karl da. „Mein Handy war übrigens verwanzt."

Benny sah ihn mit aufgerissenen Augen an. „What?"

„Du hast schon richtig gehört: Jemand hat es geknackt und so eine Art Abhör-Trojaner draufgespielt. Man konnte mich also die ganze Zeit orten, wahrscheinlich sogar jedes Wort hören, wenn ich in der Nähe war und etwas gesagt habe."

„Shit, das ist ja krass."

Karl sah ihn fest an. „*Du* hast die Ortungs-App für meine Tochter Leonie draufgespielt."

Benny blinzelte, ehe die Erkenntnis in seinen Augen aufleuchtete. „Du meinst, ich …?" Fassungslos deutete er mit dem Finger auf sich.

Karl verzog keine Miene.

„A-aber warum soll ich das denn tun?"

„Keine Ahnung", erwiderte Karl. „Weil ihr IT-ler allesamt durchgeknallte Freaks seid?" Nach einem ernsten Blick zwinkerte Karl schließlich. „Aber ich mag Freaks, weißt du ja."

„Weil du selbst einer bist."

„Vorsicht, junger Padawan. Du hast den Chef des Morddezernats vor dir."

Benny zeigte sich wenig beeindruckt. „Und du deinen IT-Spezialisten, der sich bereiterklärt hat, an einem Samstag 'ne Extraschicht einzulegen."

„Es geht um Maria."

Benny nickte betroffen, wandte sich den Bildschirmen zu, legte die Yoda-Figur ab und atmete durch. „Okay, der Tunnel wartet …"

„Ein paar von der SoKo haben sich ebenfalls freiwillig gemeldet", meinte Karl.

Benny reagierte nicht, legte aber beide Hände auf die Tastatur, die Finger bereit für den Einsatz. „Ich war's nicht."

„Was denn?"

„Das mit der Abhör-App."

„Weiß ich doch. War nur ein Scherz", sagte Karl. „Nun denn, gutes Eintauchen."

„Was machst du jetzt?", fragte Benny, den Blick weiterhin auf den Bildschirm gerichtet.

„Äh, ich …" Karl schluckte, und Hitze strömte ihm in die Wangen. Sehr gute Frage – denn er wusste es nicht. Grundsätzlich hatte er vorgehabt, im Büro zu warten, bis der Plan sich entfaltete.

„Fahr doch jetzt zu diesem Mühlhauser“, sagte Benny. „Zeitgleich filze ich diesen Vincent ein bisschen im Netz. Sobald du bei ihm bist, rufe ich dich …“ Er verstummte, lehnte sich zur Seite, sodass er an den Monitoren vorbeischauen konnte, und grinste. „Hoppla, geht ja gar nicht. Oder hast du ein neues Handy?“

„Ähm …“ Karls Gesichtstemperatur stieg in der Skala auf neun Punkte von möglichen zehn.

„Ein Hauptkommissar ohne Handy? Ich kann's kaum glauben.“

Karl!, ermahnte er sich innerlich. *Verkack das Ganze jetzt nicht!*

„Ist mir ein bisschen peinlich“, sagte er schließlich und zückte das schlichte Prepaid-Handy, das Hohenfeld ihm gegeben hatte.

Benny lachte. „Retro. Die im Deutschem Museum suchen so was.“

„Witzig. Also, bis später.“

„Gib mir deine Nummer. Dann kann ich dich anrufen, was diesen Vincent Mühlhauser betrifft.“

Karl zögerte, versuchte diese instinktive Reaktion aber mit einem zustimmenden Lächeln zu überspielen.

Es gibt kein Argument, ihm die Nummer nicht zu geben …

Bevor er sich also noch verdächtiger machte, indem er herumdruckste, sagte Karl Benny die Nummer. Dieser kritzelte sie auf einen Block neben seiner Tastatur. „Okidoki.“

„Bis später.“

„Ja, bis später.“

Er wandte sich ab, verließ das Büro und auch das Gebäude, indem er über die Tiefgarage nach draußen ging. Nachdem er tief durchgeatmet hatte, klang die Anspannung ab, und er schwenkte nach links in Richtung Außenparkplatz.

„Boah“, sagte er und schloss den Kragen seiner Jacke enger, da ihm ein Windstoß direkt ins Gesicht brauste. „Zieht wie Hechtsuppe hier draußen.“

Als er das überdachte Geviert hinter dem Dezernat erreichte, wo Container für Restmüll und Papier standen, musste er lächeln, weil er sich vorstellte, wie Maria sich über den Begriff *Hechtsuppe* mokiert hätte.

Ein Engegefühl in der Brust, da ihre Abwesenheit in diesem Augenblick so akut auf ihn eindrang wie selten zuvor.

Gleichzeitig erinnerte er sich an den Wortwechsel mit ihr, kurz bevor sie nach Dietramszell zum Bunker von Horst Brandstetter fuhren. Maria hatte sehnsuchtsvoll zu ihrem Punto geschaut, woraufhin Karl „Vergiss es" gesagt hatte. „Mit deiner Möhre kommst du wahrscheinlich erst morgen an – wenn überhaupt."

Ihre Replik: *Hast du mal in Norddeutschland gewohnt?*

Beantwortet hatte er die Frage nicht, obwohl Maria damit richtig gelegen hatte. Vielleicht würde er ihr mal davon erzählen.

Falls das jemals geschieht …

Er streckte eine Hand, legte sie schwer auf den Deckel einer Mülltonne, um sich abzustützen, weil er das Gefühl hatte, seine Beine würden ihm gleich den Dienst quittieren. Sich bewusst damit auseinanderzusetzen, Maria womöglich zu verlieren, schlug dermaßen tief in seinem Innersten ein, dass er eine Ohnmacht fürchtete. Völlige Reglosigkeit, wie die Notabschaltung eines Reaktors.

Nicht die Nerven verlieren! Wenn ich jetzt meinen Moralischen kriege, schade ich Maria nur, statt ihr zu helfen!

Karl löste die Hand, richtete sich auf, genoss den Wind jetzt, da er in kalten Schauern über sein Gesicht strich und ihn zurück ins Hier und Jetzt holte.

Er stellte sich zwischen die Abfallcontainer, schwang die Arme sachte vor und zurück – nur leichtes Ziehen rechts bei den Rippen –, wippte mit den Füßen – Knie fühlte sich auch schon wieder viel besser an – und spürte, wie sich sein Kreislauf stabilisierte. Gut, dass ihn aufgrund der Überdachung niemand aus dem Dezernat sehen konnte. Andernfalls würden sich bestimmt viele fragen, wieso Hauptkommissar Seitz sich auf dem Abfallplatz sportlich ertüchtigte.

Schmunzelnd holte er das Prepaid-Handy aus der Jackentasche. Er schaute sich um, lauschte. Nur der Wind. Er war allein. Niemand hörte heimlich mit. Vielleicht zum ersten Mal seit langer, langer Zeit.

Oder doch?

Konnte Benny allein mittels Telefonnummer das Gespräch anzapfen?

Wahrscheinlich nicht. Schon allein deswegen, weil das Ding so ein alter Knochen war.

Nach nur einem Freizeichen kam ein angespanntes „Ja?“ aus dem Lautsprecher.

„Ich bin's. Es geht los.“

„In Ordnung.“

„Ist Clemens da?“

„Sitzt neben mir.“

„Gut“, sagte Karl. „Ruft an, sobald ihr was habt.“

„Wird gemacht.“

„Ich bringe den Peilsender an und fahre anschließend los in Richtung Vincent Mühlhauser.“

„Wieso bleibst du nicht im Büro?“

„Es ging nicht anders, sonst hätte Benny womöglich etwas spitzgekriegt.“

„Verstehe. Aber es würde doch reichen, es nur zu sagen, oder?“

Karl holte den kleinen Peilsender aus der Tasche und sagte: „Wer weiß, ob er nicht sogar mitkriegt, ob ich mein Auto tatsächlich bewege oder nicht.“

Kurze Stille. „Okay, verstehe. Guter Punkt.“

„Eben.“

„Bis dann.“

„Jo.“ Karl beendete das Gespräch, ging zurück in die Tiefgarage, wo sein Wagen stand, nahm aber den Umweg über den Fahrradunterstand.

Karl hielt sein Tempo gemäß der STVO, was ihm vorkam, als bewegte er sich in Zeitlupe durch München. Der Motor schien geradezu bestürzt.

Aber egal, wie langsam er die Straße entlangzuckelte, eine Tatsache ließ sich nicht leugnen: Er näherte sich seinem Ziel, der Wohnung von Vincent Mühlhauser. Bald könnte er an der Straße warten und Däumchen drehen, weil er überhaupt nicht mehr vorhatte, mit dem Typen zu reden.

Wieso musste ich mich auch so ungeschickt anstellen?

Mit Bennys Vorschlag hatte er nicht gerechnet, weswegen ihm keine plausible Ausrede eingefallen war. Er haute mit der Faust aufs Lenkrad. „Scheiße!" Es war reine Mutmaßung, dass sein Auto einen Peilsender mit durch die Gegend fuhr, mittels dessen Benny seine Position orten konnte.

Oder hetze ich erneut dem Falschen hinterher?

Den eigenen Mitarbeiter verdächtigen – harter Tobak. Karl atmete durch.

Falls ich daneben liege, muss es so geschehen, dass Benny nichts davon mitbekommt. Sonst wird er mir nie wieder vertrauen.

Eine Vibration auf Brusthöhe, zusätzlich ein aufdringlicher Klingelton. Karls Zeigefinger suchte bereits das Hörersymbol auf dem Display des Bordcomputers, ehe ihm einfiel, dass sein „neues" Handy ja nicht mal Bluetooth besaß. Er sah nach rechts: keine Parkbucht.

„Scheiße", brummte er und entschied sich dafür, einfach halb auf dem Bürgersteig zu parken. Dann holte er das Handy aus der Innentasche, doch fiel es ihm aus der Hand in den Spalt zwischen Mittelkonsole und Beifahrersitz.

„Zefix!"

Er musste sich abschnallen, um sich zur Seite beugen zu können. Keuchend schob er die Hand nach unten. Zum Glück bekam er das Drecksding mit Daumen und Zeigefinger zu fassen und zog es vorsichtig heraus.

„Ja?", fragte er atemlos.

„Eine gute Nachricht", entgegnete Robert Hohenfeld, „und eine schlechte."

„Nicht lange um den heißen Brei reden bitte!"

„Wir sind im System von Herrn Bukis. Es hat funktioniert."

„Geil!", rief Karl aus. „Und? Schon was gefunden?"

„Ich lasse Vorsicht walten. Eine Sache aber ist jetzt schon auffällig. Oder zumindest sonderbar."

„Und welche?"

„Du hast mir während unserer Nachtschicht erzählt, dass Herr Bukis nach eigener Aussage unzählige Stunden in dieses Online-Spiel *Realm of Forgotten Tales* gesteckt hat."

„Ja. Er wollte es bald ein drittes Mal durchspielen, hat er gemeint. Nur mit einer anderen Figur oder so. Deswegen war diese Elfe auch auf Level Null."

„Das ist sie seit gut drei Jahren. Seitdem wurden nämlich keine Datenpakete mehr an den Spieleserver verschickt."

„Und das heißt?"

„Das heißt, das Spiel zeigt seit drei Jahren dasselbe Bild: den Startbildschirm mit der Elfe."

„Eine Tarnung."

„Aber für was?", fragte Robert.

Bevor Karl reagieren konnte, beantwortete dieser seine Frage selbst: „Um viele, viele Kameras im Augen behalten zu können."

„Möglich, aber trotzdem spekulativ." Karl seufzte. „Und jetzt die schlechte Nachricht bitte."

„Herr Bukis hat vor zehn Minuten das Büro verlassen und ist seitdem nicht zurückgekehrt."

Karl war, als hätte er eine Christbaumkugel verschluckt, so heftig sackte seine Zuversicht auf eine reibungslose Observation in Richtung Magengrube. „Ein ausgiebiger Toilettengang?"

„Wir haben eine Kamera im Büro installiert, nicht auf dem stillen Örtchen."

„Tja", sagte Karl und seufzte. „Big Brother is watching you auf'm Scheißhaus – wer hätte daran denken sollen?"

Sie brauchten eindeutige Beweise. Ein Computerspiel, das nie gespielt worden war, reichte da nicht aus.

Benny hat nie einer Fliege etwas zuleide getan. Der sperrt doch keine Frauen ein! Andererseits: Seine Zuneigung zu Maria hat er überraschend schnell abgestreift.

„Sobald du mehr hast, meldest du dich wieder, ja?"

„Sowieso."

Karl legte auf, dann schrie er „Verfluchte Scheiße!" und traktierte das Lenkrad erneut mit der Faust.

Ein Klopfen an der Scheibe riss ihn aus seinem Wutanfall. Verärgert, aber auch beschämt, weil die Frau mit der Kochschürze bestimmt gesehen hatte, wie er ausgeflippt war, ließ er die Scheibe herunterfahren. Er schaute an ihr vorbei und sah den Schriftzug eines Restaurants: Knödlwirt.

„Gibt's Probleme?"

Der Blick der stämmigen Frau verdüsterte sich, und sie verschränkte die Arme vor der Brust. „Ja. Sie stehen auf dem Bürgersteig."

„Sind Sie von der Verkehrsüberwachung? Wenn ja, dann haben die neue Uniformen bekommen. Steht Ihnen ausgezeichnet."

„Fahr deine Schwanzverlängerung vom Trottoir, oder ich ruf den Abschleppwagen. Und wennst ma noch mal blöd kommst, dann …"

Karl verengte die Augen. „Bitte was?" Eine kognitiv teilmöblierte Tresen-Trulla, die sich im Ton vergriff – genau das fehlte noch zu seinem Glück!

„Hör mir mal zu", entgegnete er. „Immer aufpassen, mit wem man sich anlegt, kapiert?"

Mordlüsterner Blick, ein geknurrtes „Na warte, du Zipfelklatscher!", ehe sie zurück zum Restaurant lief.

Karl schickte ihr ein „Verzupf dich bloß, du Scherschleiferfotz'n!" hinterher. Der Zorn pochte ihm bis unter die Schädeldecke, und er rupfte am Kragen herum und schnaufte wie ein Brauereipferd, das Bierfässer bis zur Zugspitze geschleppt hatte. Kein

Wunder, dass außerhalb Bayerns jedermann die Münchener als blasierte, arrogante Wichtigtuer abstempelte. Dieses unfreundliche Weibsbild stand dafür Modell!

Er wollte weiterfahren, doch just in diesem Moment geschah zweierlei: Sein Handy klingelte erneut, und ein Schatten fiel auf ihn.

Dann riss jemand die Fahrertür auf.

Dicht behaarte Unterarme, die auf ihn zuschossen, Finger, die sich in seinen Kragen gruben. Ein Ruck, halb fiel, halb purzelte er aus dem Wagen, ehe er nach einem weiteren Ruck aufrecht stand oder fast hing, vor ihm ein grobknochiges Gesicht, fleckiger Bart, platte, breite Nase.

„Wie hast du die Gabi genannt?" Der Mann schüttelte Karl so kräftig, dass sein Kopf vor- und zurückschnalzte.

Hören Sie auf, ich bin Polizist, sogar Hauptkommissar! Mordkommission, jawohl! Sie glauben mir nicht, ja? Dann schauen Sie mal hier. Genau – das nennt sich Dienstausweis!

Aber Karl sagte nicht, was ihm ins Hirn schoss. Er spürte, wie etwas in ihm brach. Unter der Anspannung, die seit der Pfählung von Friederike Elzig bestand – und die sich durch Marias Verschwinden ins Unermessliche gesteigert hatte. Die Vermisstenfälle.

Anja.

Die abstruse Sache mit Benny.

Dutzende Fehlschläge, Verdächtige, die keine waren …

Eine alte Routine durchbrach all diese Gedanken, schoss aus der Tiefe einstmals gelernter Techniken, als würde ein Unterwasserballon einen verschollen geglaubten Schatz an die Meeresoberfläche ziehen.

Karl schwenkte den rechten Arm nach außen, winkelte ihn an. Ruckartig und mit aller Kraft fegte er ihn nach innen gegen die Unterarme des Mannes. Wucht und Hebelwirkung bogen die Finger auf, sein Gegenüber keuchte – und blies dann seinen Atem in einem halben Schrei aus, da Karl ihm die linke Faust in den Magen drosch. Ein weiterer Haken, kurz und knackig, diesmal mit rechts, Trefferzone wieder der Bauch. Der Mann sackte auf die Knie, krümmte sich.

Vielleicht hätte ich nicht an Norddeutschland denken sollen: Möhre, Hechtsuppe …

Weitere Erinnerungen stiegen hoch: die Dunkelheit, die eisige Umarmung der Nordsee, die Plackerei, Luftblasen, die vor seiner Taucherbrille hochsprudelten, hin zum bleichen Mondlicht, das die Wasserschichten über Karl erhellte, ihn selbst aber nicht erreichte.

Er zog das rechte Bein an, um den Mann mit einem Ristschlag ans Kinn komplett kampfunfähig zu machen. Könnte auch einen gebrochenen Kiefer geben, mit Pech noch das Jochbein dazu. Zöge er zu heftig durch, könnte es sogar lebensbedrohlich werden. Aber der Typ hatte ihn angegriffen oder nicht? Selbst schuld!

Seltsam, wie wirksam und schnell Adrenalin den Körper flutete: Von den eigenen Blessuren aufgrund des Zaunsturzes spürte er im Moment nicht mal ein Zwicken.

„Rainer!"

Der Schrei durchdrang die seltsame Blase aus Erinnerungen und alten Routinen. Karl setzte den Fuß wieder auf den Boden, schaute in das entsetzte Gesicht der Frau. Sie wich vor ihm zurück, hatte eine Hand ausgestreckt, als fürchtete sie, dass Karl auch sie attackieren könnte.

„Ich … werde Ihnen nichts tun. Das war Selbstverteidigung, mehr nicht."

„Sie sind ein Wahnsinniger!", rief die Frau. „Rainer, komm!" Im Zurückweichen zückte sie ein Handy.

„Falls Sie die Polizei anrufen wollen, können Sie sich das sparen." Karl konterte ihr Handy mit einem energischen Schwenk seines Dienstausweises. Nur gut, dass Jakob temporär von der Bildfläche verschwunden war. Verhielt er sich jetzt clever, käme er hinsichtlich eines Nachspiels vielleicht ungeschoren davon. „Falls es Sie interessiert: Sie haben eine polizeiliche Geheimermittlung gestört, einen Vollzugsbeamten beleidigt und sogar tätlich angegriffen."

„Aber *Sie* haben Rainer niedergeschlagen. Er hat Sie nur angefasst."

„Er hat mich gepackt und aus dem Wagen gezerrt. Erst da habe ich mich zu Wehr gesetzt. Nehmen Sie ihn mit. Da ich genug zu tun habe, werde ich davon absehen, Strafanzeige gegen Sie zu erstatten." Damit stieg Karl in seinen Wagen, fuhr davon und wählte beim nächsten Stopp eine reguläre Parklücke am Seitenstreifen.

So, alles easy. Kümmere dich wieder um die wichtigen Dinge!

Er wählte Roberts Nummer.

„Karl!", kam es halb erleichtert, halb aufgebracht. „Wieso gehst du nicht ran?"

„Mir ist das Handy unter den Sitz gerutscht. Aber viel wichtiger: Was ist mit Benny?"

„Immer noch weg."

Zum dritten Mal innerhalb kurzer Zeit malträtierte er das Lenkrad mit der Faust. „Scheiße! Er muss etwas gemerkt haben."

Ein dumpfes Geräusch. War Robert das Handy heruntergefallen?

„Hallo, Chef", kam es genäselt.

„Servus, Clemens. Was ist?"

„Benny könnte ja auch mit denen von der SoKo reden. Du hast gemeint, ein paar sind da und schieben Extrastunden wegen Maria."

„Stimmt", brummte Karl. „Trotzdem ist das komisch." Er gemahnte sich zur Ruhe. „Was ist mit dem Peilsender, den ich an Bennys Rad gesteckt habe?"

Erneut ein Rascheln, als Hohenfeld das Handy wieder an sich nahm. „Hat sich nicht bewegt."

„Mann, Mann, Mann …" Karl rieb sich über die Mundwinkel. „Falls er misstrauisch geworden und abgehauen ist, könnte er das mit dem Peilsender ahnen."

„Hm, dann ist er aber echt *sehr* misstrauisch."

„Ja – und vor allem sehr *verdächtig.*"

„Das stimmt", meinte Robert. „Wieso taucht er sonst ab?"

„Ich kann einfach nicht glauben, dass Benny …“ Karl sprach den Satz nicht zu Ende, weil es ihm viel schwerer fiel, es auszusprechen als nur zu denken. Im Hintergrund erklang Clemens' Stimme, und das Handy wechselte abermals.

„Chef, ich habe übrigens etwas Interessantes hier. Sind Dateien, die Robert von Bennys Rechner gezogen hat.“

Karl merkte, wie trocken seine Kehle mit einem Schlag wurde. „Videos von Maria?“

„Nein. Danach suchen wir noch.“

„Um was geht's dann?“

„Urkunden und Zeugnisse.“

Karl klemmte das Handy zwischen Wange und Schulter ein und startete den Wagen. Das Ganze war mehr als seltsam. Er musste zurück zum Präsidium, um Benny zu suchen. Die Zeit der Heimlichtuerei war vorbei. „Und das heißt was?“

Ich hätte Bennys Rechner auch beschlagnahmen lassen können.

Aber: Sollte Benny unschuldig sein, würde er nicht mehr mit Karl arbeiten wollen – was ein weiterer Rückschlag auf der Suche nach Maria wäre.

„Das heißt, er hat Zeugnisse, Urkunden, Beförderungen und Fortbildungen fein säuberlich abgespeichert – von der Grundschule bis zu seinem Dienstantritt hier.“

„Na und? Dann hat er die Sachen eben eingescannt, um sie auch digital zu haben. Finde ich logisch, dass ein Computer-Freak das macht.“

„Mag sein, aber da ist wirklich jeder Scheiß drauf – sogar Prüfungsergebnisse und so'n Kram.“

„Was meinst du mit Prüfungsergebnissen?“

„Diverse Klausuren einer Universität mit Credits, dann Bescheinigungen über absolvierte Semester. Die Unterschriften sehen alle sehr ähnlich aus. Und noch etwas: Benny hat doch diese Fortbildung gemacht, um bei der Spurensicherung mitwirken zu dürfen.“

„Ich weiß, ist aber eine Weile her.“

„Schon. Also hätte er mehr als genug Zeit gehabt, sie in seinen gescannten Bestand aufzunehmen."

„Hat er aber nicht gemacht, wie ich anhand deiner Formulierung vermute."

„Genau", bestätigte Clemens.

„Was meinst du?"

„Ich bin kein Experte."

„Für was denn?"

Clemens zögerte kurz. „Für Urkundenfälschung."

„Wegen der Unterschriften?", hakte Karl nach.

„Auch. Die sehen so sauber und akkurat aus, alles wie gemalt. Bei den Zeugnissen ist es genauso. Siegel, Datum – jedes Detail wie geleckt. Fast *zu* authentisch."

Karl zog die Unterlippe zwischen die Zähne und knabberte kurz darauf herum, ehe er bremsen musste, weil vor ihm ein Lieferwagen anhielt. „Zefix, jetzt mach halt hin!"

„Hey! Ich tue, was ich kann, okay?"

„Doch ned du, Clemens", erwiderte Karl und lachte. „Hier können bloß zu viele nicht richtig Autofahren."

„Ach so."

Er beschleunigte, schwenkte auf die Gegenfahrbahn, überholte den Lieferwagen. Gehupe und Aufblenden eines Mercedes, der noch ewig weit entfernt war.

„Ja, fick du dich auch, du Arschgesicht!" Karl lenkte den Mustang wieder auf die eigene Fahrbahn und brauste weiter. „Was ist denn das für eine Universität?"

„Moment ..."

Er hörte das Klicken einer Maus, dann meldete Clemens sich wieder: „Technische Universität München, Lehrstuhl für Bioinformatik."

„Hm, die TU ist groß."

„Der Lehrstuhl ist in Freising. Weiß nicht, ob dir das weiterh..."

Der Rest des Wortes zerstob im Knallen und Aufgleißen der

explodierenden Signalgranate in Karls Kopf. „Freising – Friederike Elzig!"

„Oh …"

„Du prüfst das sofort nach!"

„W-was denn genau?"

„Ob sie Bennys Dozentin war."

„Aber … heute ist Samstag."

„Scheiß auf Samstag! Wir *müssen* das klären. Sofort anrufen, sobald du etwas herausgefunden hast. Robert soll dir helfen."

„Und du?"

„Ich bin gleich im Präsidium. Die SoKo muss ihn ebenfalls suchen. Ganz offiziell mit Haftbefehl und allem Pipapo."

Clemens' Schweigen wirkte auf Karl wie der stumme Schrei eines Wurms, dem gerade der Angelhaken durch den Leib fuhr. „Das ist doch alles Mist", sagte er schließlich, die Worte mehr geseufzt als wirklich gesprochen. „Ich mag Benny."

„Ich auch", erwiderte Karl und spürte, dass er sich anstrengen musste, um die Worte an der plötzlichen Enge in seinem Hals vorbeizuschieben. „Aber vielleicht haben wir uns in ihm getäuscht."

„Ich hoffe nicht. Bis dann, Chef."

„Bis dann." Karl steckte das Handy in die Innentasche der Jacke und drückte auf die Tube.

Adrenalin

Ein breites Grinsen im Gesicht, hockte er vor den Bildschirmen, während Wellen aus Adrenalin als Kribbeln und Brennen wie hauchfeine Feuerzungen über seine Haut rasten. „Wow!"

Ein Hochgenuss, als würde er frieren und brennen zugleich: gleißende Kälte und eisiges Brennen. Wahnsinn! Sein Herz raste, raste noch mehr als in jenem Moment, als er Constanze Pressler Tetrodotoxin injiziert hatte.

„Wow“, wiederholte er, während sein Blick gebannt an der Warnmeldung hing.

ALERT!
Security breach detected!

Rechts unten in einem Popup-Fenster glomm sie auf und verblasste wieder, ihr Takt viel langsamer als der seines Herzens. An, aus, eine Meldung, die er nie geglaubt hätte zu sehen. Nun, zumindest nicht in dem Sinne, dass er überrascht war. Er hasste Überraschungen.

Oder besser gesagt: *hatte* sie gehasst.

Jetzt aber – oder besser gesagt seit gestern Abend – wusste er, dass ein ungeplantes Ereignis einen nie gekannten Reiz verströmte: Die Hatz durch Hohenfelds Garten, dann über den Zaun geflankt. Statt weiterzulaufen, hatte er – was für eine irrationale Entscheidung – im Schatten gewartet, was sein Verfolger tun würde. Das hatte sich gelohnt. Und wie!

Karl Seitz blieb am Zaun hängen und klatschte schön auf die Fresse. Die Erinnerung an gestern Abend ließ ihn lachen. „Zu geil!“

Ein letztes Mal schaute er zur Warnmeldung, dann atmete er durch und stand auf.

Sie hatten ihn reingelegt. Nun, zumindest hatte Karl endlich gerafft, was los war. Er war sogar davongefahren – angeblich zu Vincent Mühlhauser –, um das Täuschungsmanöver nicht zu gefährden. Chapeau!

So professionell und zielstrebig kenne ich ihn gar nicht. Eher als übellaunigen, herablassenden, cholerischen Vollwichser.

Ja, Karl war einer der wenigen männlichen Vertreter, dem er Tripper und Analfissuren wünschte.

Ein letzter Blick auf seinen Arbeitsplatz, stiller Abschied.

Seine eigenen Daten hatte er nicht verschlüsselt.

Jaja, Hybris und so.

Er war immer davon ausgegangen, dass niemand ihn hacken konnte. Dass *er* entschied, wem er was wann zeigte.

Tja, falsch gedacht.

Dennoch wusste er, dass er noch lange nicht erledigt war.

Auch wenn du das glaubst, du Vollwichser – fertig sind wir noch lange nicht! Nicht mal dann, solltest du mich kriegen und mir den Lauf deiner Knarre auf die Stirn pressen!

Sein Lächeln blieb, wie es war.

Würde er das Büro vermissen?

Vielleicht.

Das Einzige, was er mitnahm, war die kleine Yoda-Figur.

Er schritt durch den Gang, grüßte Spangel, der, einen Kaffee in der Hand, gerade aus dem Sozialraum bog.

Spangel nickte zurück und lächelte kurz, sein hageres, langes Gesicht ähnlich dem des Jokers in Batman. Dann verschwand er im Büro, wo einige weitere Leute der SoKo daran arbeiteten, Marias Entführer zu finden.

Er grinste, und mit einem Mal ritt ihn der verrückte Gedanke, er könnte denen im Büro ja zurufen, dass sie ihn besser festhalten sollten. Sonst werde er verschwinden und weiteres Unheil anrichten.

Er lachte kurz, dann schüttelte er den Kopf und ging weiter in Richtung Aufzug.

Habe ich gerade einen fucking Spaß oder nicht?

Von rechts ein *Pling,* dann ein metallisch-schleifendes Geräusch.

Erschrocken wirbelte er herum, starrte auf die offene Aufzugskabine.

Nicht Karl Seitz.

Alter, jetzt hätte ich beinahe Pipi in der Hose gehabt!

Heraus kam diese überkandidelte Psycho-Tante.

„Herr Bukis? Alles klar?"

Er zwang sich zu einem Lächeln.

Locker bleiben, die durchschaut dich sonst! Gesichtsmuskeln entspannen.

„Ich war in Gedanken und bin erschrocken."

„Verstehe." Statt weiterzugehen, zögerte sie. „Wie sieht es denn aus?"

„Was meinen Sie?"

„Wegen Maria Strobl. Gibt es etwas Neues?"

„Nicht wirklich. Aber wir sind dran." Er hielt sein Lächeln, obwohl ihm dies um ein Vielfaches schwerer fiel als kurz zuvor im eigenen Büro.

Er hasste diese Psycho-Schlampe. Wie sie ihn schon ansah, so distanziert, richtig von oben herab. Die Schöne und das Biest, wie immer eben! Bestimmt sah sie nur den freakigen IT-Nerd und war angewidert.

Nein, nein, das ist nicht so. Denn du hast dich gemacht, mein Freund. Abgespeckt, Frisur akkurat, Goatee weg.

Jede könnte ich haben! JEDE!

Eine glühende Klinge, die seine Eingeweide durchstieß, sich dann drehte, scharf und brennend alles zerteilte, was er sich soeben gedanklich aufgebaut hatte.

Alles stürzte wieder ein. Alte Dämonen. Kreischend brachen sie über ihn herein.

Der Pausenhof. Constanze, die ihn auslachte.

Oder Felizitas. In der Zeitung hatte er einen Artikel über das Nachwuchstalent der Traditionsfirma Mühlhauser gelesen. Die hatte ihm gefallen. Absolutes Brett. Er hackte sich ins System einer PETA-Spendengala, setzte sich auf die Gästeliste, warf sich in edlen Zwirn. Felizitas' Rede war toll, voller Gefühl, als sie mehr Tierwohl forderte. Danach lockere Sektrunde an den Stehtischen. Er passte den perfekten Moment ab und sprach sie an. So warmherzig, wie sie sich bei der Rede gegeben hatte, so eiskalt ließ sie ihn abblitzen. Und dann sah er wenige Augenblicke später auch Constanze auf der Gala. Zwei Wochen davor hatte er seine Mutter beerdigt. Und ja, in diesem Moment der Einsamkeit fügte sich alles wie von selbst: Er würde die Strafe der Einsamkeit über andere bringen. Alles fügte sich wie von selbst. Der Plan sprang ihn geradezu an. Er konnte gar nicht anders, als alles für seine

Vergeltung vorzubereiten. Sogar das lateinische Wort googelte er: Retributio.

Es klang erhaben, trug genug Gewicht, sodass er sein Meisterwerk in Gedanken danach benannte.

Vergeltung für all die Schmach. Denn in den Frauen lagen Tücke, Arglist und Trug. Sie verhexten Männer, warfen einen Bann auf sie, machten sie willenlos, schmachtend nach Fleischeslust. Aber wehe, sie wollten einen nicht! Dann taten sie alles dafür, dass die Verschmähten so oft wie möglich sahen, was sie *nicht* hatten.

Diese elenden Fotzen!

Es gab *nur* Fotzen!

Selbst jene wenigen, die er für anders hielt, entpuppten sich früher oder später als Fotzen!

Und dann, als irgendwann Karls Frau verschwand und er sah, wie Karl daran Stück für Stück zebrach – da wusste er, genau die richtige Bestrafung gewählt zu haben. Als hätte das Schicksal ihm einen Wink gegeben, dass es seine Methoden guthieß.

„Herr Bukis?" Fragend schaute sie ihn an.

Nein – abschätzig!

Sie fühlte sich als etwas Besseres.

Er hatte Tetrodotoxin dabei – in der Tasche seiner Armeehose, abgefüllt in eine Spritze. Einfach nur zücken, in den Hals jagen und zusehen, wie das Stück langsam verreckte.

Würde aber zu lange dauern. Und er brauchte das Zeug ja noch. Vorsichtshalber hatte er es seit dem Vorfall gestern Abend bei Hohenfelds Haus in die Beintasche gepackt.

Als hätte ich es irgendwie geahnt … Scheiße, schlau bin ich wirklich! War schon immer mein größtes Problem.

„Herr Bukis, was ist denn?"

Er blinzelte, dann kurzer Schmerz in Kopf und Brust, da er das Bild einer Nadel in ihrem Hals nie sehen würde. Wortlos wandte er sich ab, ignorierte diese Nutte wie einen Wichsfleck auf den Fliesen.

Er spürt ihren Blick, die Überraschung.

Seine Laune hob sich, weil er ihr gezeigt hatte, dass er viel größer war als sie, einer überlegeneren Spezies angehörte!

„Herr Bukis!"

Er zuckte zusammen, schaute nach oben. Ihr Kopf ragte übers Geländer, auf das sie die Hände gelegt hatte. „Geht es Ihnen nicht gut? So reden Sie doch mit mir. Bitte."

Bukis – nach all den Jahren kam ihm der Name immer noch wie ein Fremdkörper vor, wie ein dritter, von Brandblasen überzogener, stinkender Arm, der einen seiner ursprünglichen verdeckte. Es war ein Teil der Tarnung, und damals hatte er sich darauf gefreut, den Loser-Benny hinter sich zu lassen, um zum Winner-Benny zu werden. Den Vornamen hatte er nicht getauscht.

Seine Mutter hatte *Benny* so liebevoll sagen können.

Aber nur selten.

Ihm war, als würde seine Mutter auf ihn runterschauen, die Arme aufs Geländer gelehnt, damals, im nach altem Kohl und ungewaschenen Körpern riechenden Treppenhaus.

Kippen mitbringen, oder Bier, oder Kippen *und* Bier, je nachdem, ob sie gerade scheiße drauf war oder *richtig* scheiße.

Alles Schlampen außer Mutti, hieß es ja.

Bei ihm stimmte das nicht. Seine Mutter war die größte Schlampe von allen gewesen. Kein Wunder, dass sein Vater sie nach Bennys Geburt verlassen hatte. Puerto Rico, irgendwo die Ecke. Benny nahm es ihm nicht übel.

Und da ging ihm auf, was er machen könnte, sobald Karl ihn hatte ziehen lassen.

Abstecher zu meinem Dad? Vater und Sohn vereint – sowohl körperlich als auch seelisch, weil die Mutter so ein niederträchtiges, mieses Dreckstück gewesen war.

Hatte sein Vater mitbekommen, dass sie an Leberzirrhose krepiert war?

Wahrscheinlich nicht. Das müsste er ihm sagen! Dann könnten sie zusammen feiern und in Puerto Rico einen kleinen Erdhaufen als Grab-Imitat aufschütten und gemeinsam draufpissen.

Er beschleunigte seine Schritte, riss die Tür zur Tiefgarage auf, durchquerte sie im Joggingtempo, erreichte den eigens für Fahrräder reservierten, umgitterten Bereich. Er schloss auf, ging zu seinem Rad, wollte aufsteigen.

Und stutzte.

Lächelte.

Karl hatte geahnt, dass irgendwo an seinem geliebten Rennboliden ein Peilsender haften könnte. Hatte er sich mal in etwas verbissen, stellte er sich oft gar nicht blöd an. Manchmal sogar richtig clever. Die einzige Konstante bei ihm war sein dauerhaft eingeschalteter Arschloch-Modus.

Er hat dich gelobt. Mehr als einmal sogar.

„Scheißegal", wisperte Benny. „Er ist ein selbstherrlicher Wichser."

Und Maria interessierte sich genauso wenig für ihn wie sonst auch.

Das Video, in dem ihr toller Arzt sie ordentlich durchbumste, würde er auf eine Pornoseite laden. Nein, nicht nur auf eine, sondern auf alle, die er finden würde. Er fasste sich an die Beintasche, spürte das harte Plastik der Spritzenröhre.

Sollte er es wagen? Es käme darauf an, wie schnell dieser Hohenfeld die Dateien sondierte. Hatte er Hilfe? Oder musste er das allein machen? War das ganze Cybercrime-Team dabei? Wie viel Support hatte Karl auf die Schnelle organisieren können?

Wie ich ihn kenne, macht er es so gut wie allein.

Trotzdem: Karl war mit dem Auto unterwegs. Sollte Hohenfeld den Mietvertrag nebst alten Bauplänen finden, würde Karl schneller dort sein als er selbst.

Benny grinste, als er den Peilsender sah, den Karl unter den Sattel geklebt hatte. Er riss ihn fort und pappte ihn an ein anderes Fahrrad.

„Viel Spaß beim Verwirrtsein, du Arschloch!"

Wahrlich: Karl war der einzige Mann, den er so hasste wie Frauen. Der Gottkönig der Doppelmoral.

„Seit meinem ersten Arbeitstag hast du mich gegängelt und nicht für voll genommen", zischte Benny.

Gegen die meisten anderen Männer hegte er keinerlei Groll, weder gegen Clemens oder Leute wie Schwaiger, obwohl der Typ echt creepy war. Hohenfeld wiederum war eine andere Nummer. Der meinte nämlich, er wäre der absolute Oberchecker.

Und da habe ich ihn eines Besseren belehrt.

Nein, Benny – beinahe hättest *du es geschafft. Aber er war so clever und hat den Braten gerochen. Und Karl hat gezweifelt, ob das alles so stimmen kann.*

„Fickt euch alle!“

Er richtete sich auf, schaute sein Mountainbike an, stieg aber noch nicht auf. Wohin sollte er fahren?

Maria zu töten, würde Karl den Gnadenstoß versetzen.

Andererseits wäre das Hochladen ihres Sexvideos mit Kleemann viel geiler. Das würde sie ebenfalls töten – nur anders. Dampfhammer oder auf ewig verabreichte subtile Schmerzen? Ganz klar Letzteres.

Aber egal, wie er es drehte und wendete, die Gefahr, bei Maria Karl – und obendrein einer SEK-Einheit – in die Arme zu laufen, war zu hoch.

Julius Kleemann aus dem Weg zu räumen, fiel aus, obwohl das Maria treffen würde. Aber Julius Kleemann konnte nichts dafür, dass dieses Flittchen ihn um den Finger gewickelt hatte.

Der ist genauso Opfer wie ich, nur auf andere Art und Weise. Ja, bei so durchtriebenen Ludern wie Maria hatte man als Mann keine Chance.

Und was, wenn du doch bei ihr gelandet wärst? Hättest du das auch so gesehen? Oder wärst du einfach nur auf Wolke Sieben geschwebt?

„Ich will sie gar nicht!“

Scheiße, jetzt hätte er doch gute Lust, alles auf eine Karte zu setzen. Ihr in Karls Beisein die Spritze reinhauen, und dann, ehe Karl ihn in seiner Wut erschoss, ihm die Atombombe vor die Füße werfen. Bäm! Der würde gar nicht wissen, wie ihm geschah.

Und ich kann dann einfach davonspazieren. Puerto Rico wartet! Obwohl, der rastet dann aus und knallt mich ab, egal was ich sage.

Langsam sollte er sich entscheiden. Seine Gedanken rasten

und kreisten und polterten umher. Er schloss die Augen, legte den Kopf in den Nacken.

Bei wem will ich den Finishing Move ansetzen?

Am liebsten bei Maria *und* Karl.

Aber das ging nicht.

Oder doch?

Eine Idee blitzte auf. Heute Morgen hatte er seine Überwachungskameras geprüft, um zu sehen, wie Karl sich zuhause verhielt. Ob es Anzeichen dafür gab, dass er ihn, Benny, verdächtigte. Doch Karl war nicht da gewesen. Benny hatte angenommen, er wäre bereits ins Büro gefahren.

„Du bist gar nicht daheim gewesen", wisperte er und lachte. „Nein – du hast die ganze Nacht mit Hohenfeld im Präsidium verbracht, um den großen Coup vorzubereiten." Ein weiteres Lachen. „Du kleine, hinterhältige Ratte!" Das Lachen verklang. Kälte rauschte durch Bennys Körper, wie Eiswind, der Gräber auf einem Friedhof mit weißem Vergessen bedeckte.

Er hatte einen Plan.

„O Gott, Benny, du bist so fucking schlau! Du bist einfach nur geil! Du bist so krass drauf. Fuck, Alter! Sooo krass!"

Adrenalin schwemmte ein, hart und rau wie ein Drogenkick, wie eine Überdosis. Beschwingt trat er in die Pedale.

KAPITEL FÜNFUNDZWANZIG

KARL STARRTE auf die leere Fläche, wo, als er losgefahren war, noch Bennys Rad gestanden hatte. Sofort rief er Hohenfeld an. „Er ist tatsächlich nicht mehr da! Wo fährt er hin?"

Tastaturgeräusche, dann: „Das Signal hat sich nicht bewegt."

„Was?" Karls Blick flog über die anderen Räder. „Dann hat er es gecheckt. Scheiße, scheiße, scheiße!"

„Ja. Aber wir arbeiten an den Daten, die wir vom Rechner sowie seinen Cloudkonten gezogen haben. Wir kriegen den schon."

„Beeilt euch! Wer weiß, was dem einfällt, wenn wir ihn mehr und mehr in die Enge treiben."

„Wir machen, so schnell wir können. Übrigens hat jemand auf deinem Diensthandy angerufen. Eine Frau mit einem ziemlich seltsamen und langen Namen."

Karl musste keine Sekunde überlegen. „Okay. Ähm, ist mein Handy wieder sauber?"

„Ich gehe davon aus, aber genau prüfen kann ich das erst, wenn Ruhe eingekehrt ist. Die Zeit haben wir jetzt nicht."

„Okay. Wo ist sie?"

„Im Präsidium, hat sie gemeint. Sie will dich sprechen. Dringend."

„Sobald ihr was habt, ruft mich an!“

„Natürlich.“

Karl sah zur Ausfahrt. Ins Auto steigen und ziellos in der Gegend herumheizen, brächte ihn nicht weiter. Ohne weitere Erkenntnisse vonseiten Robert und Clemens war er zum Warten verdammt.

Auf der gemeinsamen Fahrt zu Marias Eltern hatte er mit Paffnerchen bereits über mögliche Beweggründe und Traumata des Täters gesprochen. Und da Paffnerchen Benny kannte, könnte sie manch vage Vermutung von einst vielleicht in eine konkretere Form gießen.

Da er sich erinnerte, vor ein paar Jahren zusammen mit Fischbach im Fahrstuhl steckengeblieben zu sein – und dass sie in den zwanzig Minuten aus Nervostiät drei Lakritzstangen verdrückt hatte –, entschied er sich fürs Treppenhaus. Gerade heute durfte er unglücklichen Zufällen keine Angriffsfläche bieten.

Oben angekommen, lehnte er sich japsend gegen die Wand und verbuchte das fitnesstechnische Desaster als erste Trainingseinheit – und die war ja immer die Hölle. Aufgebrachte Stimmen aus dem Büroraum.

Hatte Benny jemanden als Geisel genommen?

Jetzt fang nicht an, durchzudrehen. Wie soll das denn gehen, du Hohlbirne? Benny bemerkt den Peilsender, versteckt sein Rad irgendwo anders in der Tiefgarage – und kehrt zurück, um Geiseln zu nehmen?

WIESO?

„Der ist durchgeknallt und zu allem fähig“, keuchte Karl, zückte seine Dienstwaffe, lud durch, entsicherte sie und pirschte sich voran.

Nachdem er an der Türzarge vorbeigespitzt hatte, ließ er die Waffe sinken, sicherte sie und steckte sie wieder ins Holster: nur Spangel, Kircheimer – nein, Kirchmeier – und Paffnerchen.

Diese bemerkte ihn, unterbrach das Gespräch und schritt zu ihm. Sanftes Rot lag auf ihren Wangen. Keine Schminke, sondern Aufregung. Stand ihr gut.

„Karl!“, rief sie, und dieses eine Wort hätte Begrüßung, Frage,

Überraschung oder alles zusammen sein können. Und: Sie hatte ihn geduzt.

Gegen das breite Lächeln, das seine Lippen ohne sein Zutun zur Schau stellten, war er machtlos.

„Ähm, Frau …“ Er stockte. „Wenn *Sie* mich duzen, möchte ich das jetzt auch tun.“

Sie blinzelte, und er meinte, das Rot erhielt einen weiteren Pinselstrich. „Helena.“

„Helena Krapphut-Paffner“, sagte Karl.

„Ja, das ist mein Name.“

Er räusperte sich; *seine* Wangen glühten jetzt auch. „Der Name hat was. Ist schön lang …“

Sie hob die Augenbrauen.

Erstens: Es gibt im Moment Wichtigeres. Zweitens: Hör auf, noch mehr Scheiße zu labern.

„Entschuldigung“, murmelte er, „war eine lange Nacht.“

„Ich muss dir was sagen.“

Nämlich, dass ich in dich verschossen bin …

Tatsächlich hätte er den Satz gerne aus ihrem Mund gehört – und hasste sich sofort dafür.

Anja!

„Bist du Herrn Bukis begegnet?“

„Wieso?“, fragte er erschrocken.

„Weil der sich *äußerst* seltsam verhalten hat.“

„Deswegen hast du angerufen.“

„Genau. Aber da ging jemand anderes ran.“

„Ja, ich … äh … habe mein Handy gewechselt.“

„Aha?“

„Erkläre ich dir wann anders. Was ist denn mit Benny?“

„Der hat mich angeschaut, dass ich vor Angst Gänsehaut bekommen habe. Irre, hasserfüllt. Das habe ich bei ihm noch nie erlebt. Ich hielt den eher für eine Frohnatur.“

„Fuck!“

Spangel und Kirchmeier sahen ihn an, weil er alles andere als leise geflucht hatte.

„Äh, weitermachen", sagte er, ehe er Paffnerch… Helena sanft am Arm fasste und in den Gang zog. „Benny ist der Täter."

„W-was?", stammelte sie. „Woher …"

„Wir haben Beweise. Die ganze Zeit hat er uns an der Nase herumgeführt."

Helena blinzelte, und um die Nasenspitze glomm eine wächserne Blässe. Unterhalb des Halses fasste sie sich an die Brust, schluckte und atmete unruhiger.

Er legte ihr die Hand auf die Schulter. „Alles gut."

„Dieser Blick. Jetzt gefriert mir erst recht das Blut in den Adern."

„Er hat uns alle getäuscht."

„Wie hat er das gemacht?"

Karl nahm die Hand von ihrer Schulter. „Indem er während der Arbeitszeit seine Kameras überwacht hat. Mir hat er immer erzählt, er hätte so viel zu tun." Er schüttelte den Kopf, da ihm das Ausmaß der Täuschung mit jedem Gedankengang und jeder Erinnerung bewusster wurde. „Mein Gott, der hat bei Linningers Haus die Kameras vorab installiert und dann so getan, als hätte er sie dort gefunden. Und bei den Mühlhausers. Und bei Maria …" Er schluckte. „Und bei mir wahrscheinlich auch."

„Hat er also schon immer gewusst, dass Linninger der gesuchte Serienmörder ist?"

„Nein, glaube ich nicht. Der hat die Kameras dort erst installiert, *nachdem* wir Schwaiger im Visier hatten. Dann ist er in Linningers Keller spaziert, hat die Kameras angebracht und eine Stunde später so getan, als hätte er sie mit seinem Spürsinn gefunden."

„Er ist also auch Elzigs Mörder."

„Sehr wahrscheinlich. Sie scheint seine Dozentin gewesen zu sein. Vielleicht hat er dort auch betrogen und getäuscht, und sie ist ihm auf die Schliche gekommen. Und dann hat er sie beseitigt."

Sie schien einen Moment lang nachzudenken, ehe sie nickte.

„Er hat Linningers Keller dafür verwendet, um Verwirrung zu stiften."

„Ja. Alles minutiös geplant, und Linningers Keller kam da wie gerufen. Das Beste: An allen Tatorten konnte er sich gemütlich bewegen, denn selbst wenn man DNA von ihm gefunden hätte, hätte er sich entspannt rausreden können, das wäre eben beim Job passiert. Eine kleine Entschuldigung, weil er unachtsam gewesen sei – und basta: kein Verdacht."

„Minderwertigkeitskomplexe und gesteigerter Geltungsdrang", sagte Helena.

„Der hat uns in einem Zug verarscht und sich dabei als strahlenden Helden dargestellt, ohne dessen Enthüllungen wir im Dunkeln tappen. Den Drohnenflug die Lavaterstraße entlang hat er zweimal gemacht: einmal als Täter, dann im Dienst der Spurensicherung." Er musste plötzlich lachen, vor Schreck, Entsetzen und Aberwitz. Sein Kopf fühlte sich an wie durchgepflügt.

„Kontrollzwang und Rachegelüste on top", meinte Helena.

„Klar. Maria hat ihn nicht gewollt. Das kann dieses minderwertige Dreckschwein nicht verkraften und entführt sie. Wir haben über Zurückweisung als mögliches Motiv gesprochen – und hatten recht." Er atmete durch. „Ich habe Angst, dass er auf dem Weg zu ihr ist, um sie umzubringen. Um das Ganze abzuschließen."

„Kannst du eingrenzen, wo er Maria …"

„Nein."

Sie schluckte. „Habt Ihr Euch nie über Privates unterhalten?"

„So gut wie nie. Sein Privatleben hat er nie breit getreten. Gut, er hatte ja auch keines – weil er damit beschäftigt war, Frauen in Gefangenschaft zu halten und umzubringen. Falls der Maria wirklich etwas antut, dann …"

„… wird man ihn dafür zur Rechenschaft ziehen, so, wie es im Gesetz vorgesehen ist." Helenas Angst und Sorge schmolzen dahin, und ein harter, unnachgiebiger Zug spannte ihre Lippen. „Du bist Polizist – egal, wie viel Maria dir bedeutet."

„Ja", erwiderte er, „du hast recht."

Falls diese Sau ihr auch nur ein Haar krümmt, knalle ich ihn ab!

„Mit den anderen Frauen war es wahrscheinlich genauso", sagte sie. „Die haben ihn irgendwann gekränkt, abgewiesen oder was auch immer. Das gärt in ihm, bis er – nach Jahren und aus heiterem Himmel – zuschlägt."

„Wirklich irre, wie der das aufgezogen hat. Jeden kleinen Scheiß hat er auf dem Radar gehabt. Nur eben nicht, dass Hohenfeld so schnell hellhörig wird." In diesem Moment bimmelte sein Handy. „Ja?"

„Karl!"

„Ja, Herrgott! Schrei mir nicht ins Ohr!"

„Benjamin Ferber."

„Was?"

„Unser Benny Bukis", sagte Clemens, „heißt in Wahrheit Benjamin Ferber."

„Äh ..."

„Der hat sich eine ganz neue Identität aufgebaut. Mit allem, was man sich vorstellen kann."

„Und ... wieso?"

„Keine Ahnung. Ähm ..." Papiergeraschel. „Hier, ich habe eine E-Mail ausgedruckt. Die muss er von Friederike Elzigs Rechner haben."

Karl presste die Kiefer zusammen, bis die Kinnbacke gegen das Handygehäuse drückte. *Der Kerl hat echt alles und jeden ausgespitzelt!*

„Sie erwähnt, dass ein ehemaliger Schüler – Benjamin Ferber mit Namen – Prüfungsergebnisse gefälscht habe. Jahre her, aber vor Kurzem ist es ihr aufgefallen." Er räusperte sich. „Sie schreibt sogar, dass sie Bennys betrügerische Machenschaften der Polizei gemeldet habe."

Karl löste die Kiefer, um ein Lachen herauszubellen. „Toll! Und wer sitzt bei der Polizei? Und hat das so gedeichselt, dass niemand etwas mitbekommt?"

„Der wollte uns auf eine falsche Spur locken", sagte Clemens.
„Genau. Hat leider sehr gut geklappt." Karl stieß den Atem durch

die Nase aus. „Spielfiguren, mehr waren wir nicht. Aber das muss sich ändern. *Wir* müssen jetzt die Initiative ergreifen."

Gut gebrüllt, Löwe. Aber auch ein lauter Schrei besteht nur aus Luft …

„Warte", sagte Clemens. „Robert hat was für dich."

Sprecherwechsel.

„Hör zu", kam es aufgeregt. „Ich habe einen Mietvertrag für einen Schrebergarten gefunden, beurkundet auf einen Benjamin Ferber. Zum Glück hat der Kerl nicht nur seine gefälschten Zeugnisse abgespeichert, sondern auch alles andere, wie es scheint."

„Wo?"

„Kleingartenanlage Am Hart. Knorrstraße."

Karl runzelte die Stirn. „Ein Schrebergarten? Da kennt jeder jeden. Und unterkellert sind die auch nicht. Denkbar ungeeignet, um jemanden über Jahre festzuhalten."

Karl war sicher: Weder hatte Benny einen grünen Daumen, noch fand er Gefallen an Gartenarbeit.

„Warte einen Moment …"

Karl hörte einen leisen Knall, offenbar, weil Robert das Handy beiseitegelegt hatte. Tastaturgeräusche, ein erstaunter Ausruf, dann: „Bukis … oder eben Ferber ist vor gut dreieinhalb Jahren umgezogen."

„In die Gartenanlage?"

„Nein. In eine Mietwohnung."

„Aha. Und?"

„Er hat eine versteckte Datei mit dem Dokument verlinkt, aber das sollte kein … Hab's schon. Okay, interessant …"

„Gott!", rief Karl. „Was ist denn nun? Uns rennt die Zeit davon. Der Penner kurvt irgendwo mit seinem Rad herum. Und wir – wir haben keine Ahnung, was er will!"

„Piano, piano, ich tue, was ich kann."

„Sorry, meine Nerven liegen blank."

Er schaute zu Helena, die gebannt auf ihn respektive das Handy an seinem Ohr starrte und sich die Schrecken auszumalen schien, die aus dem Mikro direkt in Karls Ohr rauschten.

„Also", sagte Robert gehetzt, als wäre er soeben auch die Stufen eines Treppenhauses hochgerannt. „Hier ist eine ganze Menge Zeug: Die neue Wohnung ist sowohl älteren Baujahrs als auch kleiner als seine alte."

„Das ist doch egal. Mietpreise in München – er wollte wohl weniger Geld zahlen."

„Nein. Die Miete ist ungefähr gleich."

„Das ist doch irrelevant."

„Warte, warte … Hier! Ein altes Dokument mit einer Zeichnung, Beschriftung in Sütterlin. Momentchen … Ja, ein Grundriss. Alter Luftschutzkeller oder so."

Ein kaltes Kribbeln zwischen Karls Schulterblättern. „Das ist der Grund für den Wohnungswechsel", hauchte er ins Handy. Mehr Stimmgewalt ließ seine Aufregung nicht zu.

„Gut möglich."

„Maria ist dort." Seine Gedanken rasten, doch die Funken sausten nicht mehr einfach wild umher, nein: Sie bündelten sich zu einem Brennstrahl, der ein klares Bild aus dem bisherigen Chaos aus Eindrücken und Mutmaßungen fräste. „Hat die Wohnung ein Kellerabteil?"

„Ja."

„Die Frauen müssen einfach zu erreichen sein, einfach zu überwachen, einfach zu versorgen."

„Ein Zugang vom Keller zu einem alten Luftschutzkeller?"

„Wieso nicht?"

„Das muss doch jemandem auffallen, wenn er da ständig reingeht und verschwindet", meinte Robert.

„Ständig muss er das nicht tun. Ich denke, alle drei Tage reicht. Die Überwachung indes läuft bequem über Kameras und Mikrofone."

„Aber wie bekommt er die entführten Frauen ungesehen durch den Keller in diesen Bunker?", fragte Robert, wurde aber zum Ende der Frage hin leiser. „Warte mal. Ja, es gibt einen Zugang zu den Kellerabteilen vom Parkplatz aus, wie es scheint."

„Siehst du. Wenn er das spätabends gemacht hat, ist das wahrscheinlich niemandem aufgefallen. Am besten, wenn der FC Bayern gegen Dortmund gespielt hat. Oder wenn die Nationalmannschaft am Start war. Und er hat ja auch nicht jede Woche eine Frau entführt. Sondern zwei beziehungsweise drei, rechnet man Maria dazu."

„Wäre trotzdem gefährlich."

„Klar. Aber das gehört zum Kick. Und: Man darf nicht vergessen, wie gewieft er ist, wie durchtrieben. Der hat das alles genau kalkuliert."

„Okay. Wenn du meinst. Das ist deine Spielwiese, nicht meine."

Karl atmete durch. „Gib mir die Adresse. Dann regle ich den Rest."

Robert gab sie durch – wurde aber dabei immer lauter.

„Was ist denn?", fragte Karl.

„Das ist vielleicht sechs, sieben Minuten von meinem Haus entfernt."

Karl rief sich den Stadtplan Münchens ins Gedächtnis: Um das selbst in sieben Minuten zu schaffen, bräuchte er eine grüne Welle sowie eine tief verwurzelte Gleichgültigkeit gegenüber Geschwindigkeitsbegrenzungen. Letzteres traf zwar zu, aber die grüne Welle und obendrein Samstagsverkehr …

„Gib mir Clemens!" Karl wartete kurz, dann: „Clemens, du übernimmst das! Nimm Roberts Auto und dann mit Vollgas zu Maria!"

„Äh …"

„Hast du deine Dienstwaffe dabei?"

„Ja."

„Dann los!"

„Okay!" Die Verunsicherung wich und machte Entschlossenheit Platz. „Du kannst auf mich zählen."

„Hol Maria da raus. Und wenn nötig, erschieß Benny."

Er hörte durchs Handy, wie Clemens schluckte.

„Der ist ein eiskalter Killer. Da darfst du keine Sekunde zögern!"

„Okay."

„Ruf sofort an, wenn du was hast. Ich schicke dir das SEK hin."

„Soll ich warten, bis die …"

„Nein! Du zischst auf der Stelle los!"

„In Ordnung." Clemens gab das Handy zurück an Robert.

Karl hörte Gepolter und einen kurzen Wortwechsel zwischen den beiden, ehe Robert sagte: „Okay, krass. Ähm, ich halte die Stellung und wühle mich weiter durch die Dateien."

„Sobald du auf irgendetwas stößt, gibst du mir …"

„Sowieso", sagte Robert und trennte die Verbindung.

Karl steckte das Handy zurück und sah Helena an. „Wir haben ihn, und Clemens zieht bereits los, um Benny aufzuhalten und Maria zu befreien."

Er erwartete ein erfreut-erleichtertes Aufatmen oder Seufzen, vielleicht eine Geste, die dies ausdrückte, oder Worte des Lobs – aber nicht, dass Helena ihn genauso ernst ansah wie zuvor. „Was denn?"

Sie atmete durch. „Gewieft ist er, durchtrieben. Immer einen Schritt voraus."

Er legte den Kopf schief. Zur Gewissheit, Benny bald Handschellen anzulegen – oder eine Kugel in den Schädel zu jagen –, gesellte sich wie schon so oft in diesem Fall eine Note der Unsicherheit.

Nein!

Wir haben ihn am Sack!

Er ist auf dem Weg zu seiner Wohnung. Zu Maria!

„Komm!", rief er und machte auf dem Absatz kehrt.

„Warte!"

„Nein! Ich muss los, um Clemens zu unterstützen." Durch die Tür des Büros rief er Spangel und Kirchmeier Bennys Adresse zu.

„Die ganze Kavallerie?", fragte Kirchmeier.

„Ja! SEK, alles, was man kriegen kann. Und macht nichts, wenn's schnell geht!"

Das Klackern von hohen Absätzen begleitete Karl. „Das ist zu gefährlich", sagte er, als er die Tür zum Treppenhaus aufdrückte. „Du bleibst hier."

„Ich begleite dich zumindest, bis ich dir gesagt habe, was ich denke."

„Meinetwegen", sagte er und hastete die Stufen hinab. Zu seinem Erstaunen hielt Helena trotz Stöckelschuhen sein Tempo.

Liegt das schon wieder an meiner schlechten Fitness? Oder ist sie einfach ungemein geübt darin, mit centgroßen Absätzen Sprints auf glatten Treppenstufen hinzulegen?

Auf halbem Weg zu seinem Wagen zückte er den Schlüssel. Das Blitzen der Blinker schickte oranges Flackern über die Wände der Tiefgarage.

„Was meinst du denn jetzt?", fragte er zwischen zwei angestrengten Atemzügen.

„Dass du vielleicht falsch liegst." Die Antwort perlte unverschämt unangestrengt über ihre Lippen.

Wahrscheinlich macht sie Ausdauersport.

Er ließ die Scheibe runter und befestigte das magnetische Blaulicht am Autodach. Dann, nachdem Helena eingestiegen war, katapultierte er den Mustang mit quietschenden Reifen aus der Parkbucht.

Sie krallte die Finger um die Halteleiste unter der Decke. „Muss das sein?"

„In Tiefgaragen quietschen Reifen auch bereits bei wenigen Newtonmetern und gemächlichen Lenkbewegungen."

Sie schnaubte, doch ein feines, wenn auch dünnlippiges Lächeln verriet sie.

„Also", sagte er, während er den Wagen zum Ende des Polizeigeländes jagte, „wieso meinst du, dass ich falsch liege?"

„Weil er weiß, dass du beziehungsweise deine Helfer seinen PC geknackt haben. Und damit weiß er ebenfalls, was ihr darauf finden werdet."

Karl nickte knapp. „Richtig. Dadurch ist ihm aber auch klar, dass er nicht entkommen kann. Und deswegen bringt er seine ganze geistesgestörte Aktion nun zu Ende."

„Maria", sagte Helena, doch klang es nicht zustimmend, sondern skeptisch.

„Natürlich." Karl aktivierte Blaulicht und Sirene, da in zweihundert Metern Entfernung sich eine Ampel erdreistete, auf Rot zu springen. Die Fahrzeuge fuhren zur Seite und bildeten eine schmale Gasse.

Helena stemmte sich fester in den Sitz.

Grinsend rauschte Karl an den Fahrzeugen vorbei direkt auf die Kreuzung, wo ein Van scharf bremste.

„O Gott, mir wird schlecht!", rief sie und krallte die Finger noch fester um die Halteleiste, sodass die Knöchel nun ganz weiß schimmerten.

In Karl rief dies keine Sorge um seinen Ledersitz hervor, sondern die Erinnerung an die Fahrt zum Anger Palais mit Maria. Wie sie in den Sitz gerutscht war, damit niemand sie zusammen mit Straßenrowdy Karl im Auto erspähte.

Dass Clemens vor Benny eintraf, bezweifelte er. Aber hoffentlich konnte Maria ihn aufhalten, indem sie ihn in ein Gespräch verwickelte. Oder er bekam Gewissensbisse, weil er eine langjährige Kollegin umbringen wollte, in die er sogar verschossen war. Irgendetwas musste passieren, das Clemens genug Zeit erkaufte, um einschreiten zu können.

Um *rechtzeitig* einschreiten zu können!

„Maria ist sein Finale", sagte Karl, aber weniger, um Helena zu überzeugen, sondern vielmehr sich selbst. „Erst hat er sie gedemütigt. Jetzt will er sie töten."

„Wie genau hat er sie gedemütigt?"

Karl schluckte. „Er hat sie beim Sex mit ihrem Freund gefilmt. Dann, während ihrer Gefangenschaft, hat er sie irgendwie dazu genötigt, sich selbst zu befriedigen."

Zorn flackerte über Helenas Gesicht. „Ich weiß auch, wie."

„Ach ja?"

„Wir waren bei ihren Eltern – und haben Kameras gefunden."

„Klar", brummte er, verärgert, weil er darauf nicht selbst

gekommen war. „Er hat gedroht, ihren Eltern etwas anzutun, sollte sie sich nicht fügen."

Helena stierte durch die Windschutzscheibe, schien aber nicht den sich vor Blaulicht und Sirene teilenden Verkehr zu sehen, sondern ihre vorbeiziehenden Gedanken.

Karl war froh, sie dabei zu haben, denn sie besaß ermittlerisches Gespür.

„Er hat sie bereits besiegt", sagte Helena da. „Seinen Erfolg gehabt. Ihr Tod wäre lediglich Beiwerk."

„Meinst du?"

„Ja."

Karl atmete durch. Noch drei Kilometer bis zu Bennys Wohnung. „Aber was heckt er *dann* aus?"

„Gute Frage. Hast du eine Ahnung?"

„Nicht die geringste."

„Komm schon, gib nicht so leicht auf."

„Wirklich, ich weiß es nicht!", rief er aufgebracht. „Woher soll ich wissen, was diesem kranken Typen als Nächstes ins Hirn schießt?"

„Es gibt keine zufälligen Opfer. Denk nach." Mitfühlend sah sie ihn an, und als sie ihm sogar die Hand auf den Unterarm legte, kühlte dies das Feuer seiner jähen Wut. „Wir sind nah dran, müssen jetzt aber ruhig bleiben."

„Du klingst fast wie Katrin, meine frühere Kollegin." Karl hörte die Wehmut in den eigenen Worten.

„Dann war sie bestimmt eine äußerst fähige Ermittlerin."

Er lachte. „Mehr als das. Maria füllt ihre Fußstapfen bravourös aus – wenn auch mit anderen Mitteln und Methoden. Aber das ist egal." Er versuchte, seine Sorge mit einem tiefen Atemzug zu bändigen.

Helenas Hand blieb auf seinem Arm. „Clemens wird sie befreien. Und das SEK ist bestimmt auch schon auf dem Weg."

Karl nickte.

„Wieso bezeichnest du Benny als krank?"

„Was?"

„Sag schon."

„Äh …" Die Frage überrumpelte Karl so sehr, dass er den Fuß vom Gas nahm. „Weil … weil er Frauen entführt, einsperrt und umbringt? Oder zumindest so fertigmacht, dass Wracks wie Felizitas Mühlhauser zurückbleiben."

„Richtig. Allerdings *hat* er alle, die er bestrafen und demütigen wollte, inzwischen bestraft und gedemütigt."

„Woher weißt du das? Was, wenn er noch weitere gefangen hält?"

„Glaube ich nicht. Du hast selbst gesagt: Maria ist das Finale. Aber eigentlich ist es schon vorbei."

Er brummte verunsichert. „Was will er denn dann?"

„Vielleicht einfach abhauen?"

Karl lachte – aber nur, bis er jäh in die Eisen steigen musste, weil ein Radfahrer, der ganz rechts fuhr, nach innen scherte. Zum zweiten Mal heute quietschten seine Reifen.

Helena schrie erstickt, da es sie in den Gurt wuchtete. Karl ließ die Scheibe runterfahren und brüllte: „Ham's dir eigentlich komplett ins Hirn geschissen?" Am liebsten hätte er den Idioten vom Rad gerissen und mit Handschellen an einen Mülleimer gekettet, aber dafür war keine Zeit.

„Wie war dein Verhältnis zu Benny?"

Er gab wieder Gas. „Ganz in Ordnung. Warum?"

Helena kaute auf der Unterlippe herum, seufzte und schaute eine Zeit lang aus nachdenklich aus dem Seitenfenster. Nach einiger Zeit wandte sie Karl wieder den Blick zu. „Die ganzen Ermittlungen, Fehlschläge und falschen Spuren hätte Benny gar nicht gebraucht. Er hätte Pressler umbringen können, dann Mühlhauser und auch Maria. Stattdessen zieht er ein wahnsinnig aufwendiges Spektakel ab. Und warum?"

Karl brummte zornig. „Weil er Minderwertigkeitskomplexe hat und deswegen als Held dastehen will."

„Auch", stimmte Helena zu. „Aber das ist nur eine Seite der Medaille. Denn wenn er als Held strahlt, stehst du als Depp da."

Er zwang sich, ihre Aussage mit einem harten Lacher zu

goutieren. Ja, der Schlag saß. Denn es stimmte: Er hatte sich die ganze Zeit gefühlt wie ein Trottel, wie ein Blinder mit Krückstock, der nichts mehr auf die Kette bekam.

„Du bist sein Finale, Karl", sagte Helena.

Er schluckte.

„Bislang hat er mich aber weder entführt noch umgebracht."

„Aber er war es wahrscheinlich, der dir das Video vorgespielt hat, auf dem Maria nackt ist und sich …" Sie verstummte.

„Ja, hat er."

„Ha!" Sie lachte, nur fehlte ihrem Lachen Humor wie der Nacht Sonnenstrahlen. „Was muss das für ein Triumph für ihn gewesen sein! Zeigt dir die erniedrigenden Videos deines geliebten Nachwuchstalents."

„Red nicht so abfällig über sie."

„Das meine ich nicht böse. Ich glaube, sich an den Frauen zu rächen, ist nur *ein* Beweggrund."

Er sah sie an, und in seiner Brust ballte sich das Gefühl nahenden Unheils zusammen, ein Unheil, das mit einem Mal nichts mehr mit Marias Tod zu tun hatte. „Und der zweite?"

„Der zweite bist *du,* Karl. Er hasst dich ebenfalls. Aber da du keine Frau bist, lässt er es dich spüren, indem er deine Fähigkeiten als Polizist lächerlich macht."

„Deswegen dieses Riesentheater", murmelte Karl.

„Richtig. Es hat ihn erhöht und dich erniedrigt."

„Eigentlich hat er seine Ziele erreicht", resümierte er und war stolz, dass seine Stimme nicht schwankte.

„Ja", sagte sie. „Eigentlich. Und doch ist es noch nicht vorbei. Er hat noch etwas vor, Karl."

„Das vermutest du."

„Ja. Und ich spüre es auch. Ein Bauchgefühl."

Das Bauchgefühl einer Frau sollte man niemals unterschätzen.

Anja hatte dies einst im Scherz zu ihm gesagt, weil ihr irgendwie zu Ohren gekommen war, Doppi himmele ihren Gatten an.

„Wie kann er mich noch härter treffen?"

Plötzlich weiteten sich Helenas Augen. „Aus welchen Kameras gab es bislang noch keine Aufnahmen?"

Benny hasst mich. Und Benny hasst Frauen, dachte Karl im selben Moment.

Mit einer halben Vollbremsung rauschte er in eine große Parklücke am Straßenrand und wählte Roberts Nummer. Da eine Sonne aus albschwarzem Entsetzen in seiner Brust explodierte, zitterten seine Finger so stark, dass ihm die Wahlwiederholung erst beim dritten Anlauf gelang.

KAPITEL SECHSUNDZWANZIG

„Ruhig bleiben, gaaanz ruhig bleiben“, wisperte Clemens, während er mit gezückter Waffe den Kellergang abschritt. Das Deckenlicht hatte lediglich geflackert und gestört, weswegen er es wieder ausgeschaltet hatte und sich nun allein anhand des Lichtkegels seiner Taschenlampe orientierte.

Die Antwort auf die Frage, wie es Benny gelungen war, über Jahre unbemerkt die gefangenen Frauen mit Essen und Trinken zu versorgen, schälte sich mit jedem Schwenk der Lampe mehr und mehr aus der Dunkelheit: verrottete Holzkisten, von Schimmelrasen bedeckt, an einer Betonwand ein Reifenstapel mit glitschigalgigem Bewuchs. Aus den rostigen und von Rissen und Löchern durchzogenen Eisenrohren an der gewölbten Betondecke tropfte Wasser, ein arhythmisches Plitsch-Platsch. Musste Regen- oder Schmelzwasser sein, das gemächlich bis hierher sickerte, denn ans Wassernetz angeschlossen waren diese Rohre seit Ewigkeiten nicht mehr. Jetzt erschienen Abteile, in denen sich weiterer Schrott türmte – hier ein rostzernagter Fahrradrahmen, dort schmutzigverstaubte Keramiktöpfe, die wohl das letzte Mal zu Zeiten des Zweiten Weltkriegs Blumenerde gefasst hatten.

Passt zur Bunkertheorie.

Zum Glück hatte Clemens beim Betreten der Wohnanlage

einen ältlichen Mann am Briefkasten getroffen, der ihm mitteilte, unter dem eigentlichen Keller befinde sich ein altes Gewölbe, das allerdings aufgrund der Feuchtigkeit und des Verfalls niemand nutze.

Außer eben Benny. Nein: Benjamin Ferber. Ich darf ihn nicht mit seinem Spitznamen in Verbindung bringen, nicht einmal in Gedanken. Sonst zögere ich im entscheidenden Moment vielleicht.

Hoffentlich ist das verdammte SEK bald hier!

Clemens liebte Ermittlungsarbeit und hatte dabei – in aller Bescheidenheit, wie er fand – die Nase vorn. Leider würdigten weder Karl noch Maria dies in angemessener Weise. Zu laut aufmucken wollte er aber nicht, weil Maria und Karl dort hingingen, wo es wehtun konnte. Da Clemens keine Lust auf Situationen hatte, die wehtaten, hatte er sich mit seinem Dasein als Schreibtischtäter arrangiert. Zugeben würde er das natürlich nicht, aus Furcht, dann als Schisser und Weichei dazustehen. Aber seit Maria von Linninger auf Brandstetters Hof angeschossen worden war …

Nein, danke. Dann lieber langweiliges Aktenwälzen.

Das garantiert nämlich, dass ich in einem Stück zu Frau und Kind zurückkehre.

Nun, zumindest bis zum heutigen Tag.

Jetzt konnte er nicht aus. Es ging um eine Kollegin, um Maria.

Der ist ein eiskalter Killer. Da darfst du keine Sekunde zögern!, wiederholte er in Gedanken, was Karl gesagt hatte.

Ekelhaft feucht und muffig stieg ihm die Luft des Gemäuers in die Nase, inzwischen so intensiv, dass er den Mund verzog. Hoffentlich trieben keine Pilzsporen in der Luft. Es schüttelte ihn, als er an eine Dokumentation über den Fluch des Pharaos dachte, als der Archäologe Howard Carter das Grab Tutanchamuns öffnete und danach viele seiner Begleiter starben – manche bereits nach ein paar Tagen. Eine der wissenschaftlichen Erklärungen hierfür nannte eingeatmete Pilzsporen als Grund.

„Wer die Grabkammer des Pharaos öffnet, den werden die

Flügel des Todes treffen", wisperte Clemens einen Satz, der in der Dokumentation genannt worden war.

Warum kann ich mir ausgerechnet so eine Scheiße gut merken?

Er hielt inne, spürte, wie flach und abgehackt er atmete. Dann krampften seine Bronchien, und er musste husten. Scheiß Erkältung! Oder bereits das Werk tödlicher Sporen?

Abermals hustete er, aber leiser. Er musste sich zusammenreißen, sonst verriet er sich dadurch noch.

Die Luft ist einfach nur abgestanden und feucht. Jetzt mach dir nicht in die Hose!

Er ging weiter, etwas knackte unter seiner Sohle, als hätte er den Panzer eines großen Käfers zertreten.

Eines Skarabäus?

„Depp!", zischte er, schluckte und schloss kurz die Augen.

Du bist Polizist! Und eine Kollegin ist in Gefahr.

Entschlossen ging er weiter.

Dort, zu seiner Linken!

Eine Tür aus schweren Holzlatten.

Die anderen Gewölbekammern waren offen gewesen.

Benjamin Ferbers Werk, keine Frage. Zwar zeigte auch dieses Holz die Spuren von Feuchtigkeit – dunkle, verfärbte Stellen, als wäre Öl drübergelaufen, stellenweise Anflug von Schimmel –, doch war klar, dass diese Tür vor ein paar Jahren eingebaut worden war, nicht vor Jahrzehnten.

„Scheiße", wisperte Clemens, als im Schein der Lampe ein dickes Vorhängeschloss aufblitzte.

Die Tür zu diesem verlassenen Trakt hatte er auftreten können. Würde das mit dieser auch klappen?

„Probieren geht über Studieren", murmelte er, atmete durch, setzte einen Schritt zurück, hob das rechte Bein – und trat mit aller Kraft zu.

Ein flammender Stich im Knie, als hätte jemand ein Streichholz angezündet. Mit zusammengebissenen Zähnen humpelte Clemens zwei Runden vor der unbeeindruckten Tür herum. Dann fiel sein Blick auf seine Dienstwaffe, und im selben Moment wuchs der Wunsch, Karl anzurufen. Leider gab es hier unten keinen Empfang.

Du musst niemanden fragen: Gefahr im Verzug!

Gesetzt den Fall, Benjamin Ferber war hier irgendwo und hatte das Husten *nicht* gehört, dann beendete ein Pistolenschuss die Heimlichtuerei ganz bestimmt.

Clemens schätzte, dass es hinter dieser Holztür noch tiefer in die verschatteten, vergessenen Gewölbe ging.

Er entsicherte die Waffe, dann legte er die Taschenlampe an den Lauf der Pistole, trat drei Schritte zurück und visierte das silbrig glänzende Schloss an.

„Sag schon, ich bin nämlich gleich da!", rief Karl ins Telefon, während er mit einer Hand am Lenkrad herumfuhrwerkte und den Mustang mit einem kurzen Heckschlenkern in die Nebenstraße steuerte.

„Ich sehe nichts!", sagte Robert. „Der Typ weiß ja schließlich, wo er die Kameras in deinem Haus montiert hat!"

„Fuck!" Karl hob die linke Hand, ballte sie zur Faust, ermannte sich aber soweit, dass er nicht schon wieder das Lenkrad malträtierte.

„Moment …"

„Was denn?"

„Ich habe einen Schatten vorbeihuschen sehen", sagte Robert. „Muss im Erdgeschoss sein."

Karl drückte den Fuß fester aufs Gas. Mit fast siebzig Sachen schoss er die enge Straße entlang, geparkte Autos und Bäume flitzten vorbei.

„Bitte, Karl!", jammerte Helena und umklammerte die Halteleiste inzwischen mit beiden Händen.

„Ich bin drin!"

„Was?" Karl bremste, da er die Kreuzung erreichte, die über seinen Lieblingsitaliener Bepone nach Hause führte.

„Im Programm dieses Luftschutzkellers“, antwortete Robert. „Hat den Namen *Retributio.*“

„Und was für ein Programm ist das genau?“

„Überwachung und so weiter. Alles von Benjamin Bukis installiert. Ähm, hier. Ich glaube, ich kann Türen öffnen. Soll ich?“

„Auf jeden Fall!“

„Mama!“, schrie Maria, sprang vom Bett in die Dunkelheit. Sie prallte auf die Knie, fing sich mit den Händen ab. Mit einem erstickten Wehlaut legte sie sich auf den Boden. Kälte auf der Wange. „Mama …“

Sie blinzelte.

Nichts.

Schwärzer als die schwärzeste Nacht.

Sie schloss die Lider, drückte die Fingerkuppen gegen die Augäpfel und erschuf grelle Blitze, das einzige Farbspiel, das sie noch erfahren durfte. Der innerste Kern ihres Verstandes wusste, dass sie wach war. Doch ein Ring aus schwarzem Eis drückte auf diesen Kern, presste ihn aus, und so glaubte sie, durch eine endlose Lagerhalle zu kriechen. Kein Licht, nur ein Warenturm nach dem anderen, ein Labyrinth aus Furcht und keckernden Stimmen. Sie musste den Ausgang finden, um ihre Eltern zu retten.

So kroch sie umher, bis sie gegen Widerstand stieß, kroch in die andere Richtung, prallte mit der Stirn gegen etwas Hartes. Wieder bunte Sterne. Farben, wie schön!

„Mama“, wisperte sie. „Bitte pass auf dich auf!“

Feuchtigkeit rann ihr über die Wangen. Ein Wimmern, nicht um ihrer selbst willen, sondern aus Angst um ihre Eltern.

Sie waren in schrecklicher Gefahr – und wussten nichts davon.

Ich muss sie warnen!

Aber wovor?

Sie erstarrte, eine Hand auf dem kalten Boden, die andere

erhoben, um den nächsten „Schritt“ zu setzen, einer Katze gleich, die etwas gehört hatte, ein Flüstern vielleicht, oder nur den Wind, der durch das Gefieder eines Raben strich. Aber Maria hatte gar nichts gehört.

Sondern etwas verloren.

Erinnerungen. Jeden Tag stürzten sie in den schwarzen Schlund. Nur kannte sie die Konturen dieses Schlunds nicht, weil er sich nicht vom Rest abhob. Aber sie wusste, er war da.

Noch wusste sie es.

Alles war schwarz.

Schwarz tilgte Erinnerungen.

Sie regredierte, verwandelte sich zurück in eine Kreatur ohne Profil und Einzigartigkeit. Instinktgetrieben, urtümlich.

Sie knurrte, Zorn schoss durch ihre Adern, Zorn auf das Schwarz. Mit einem Schrei sprang sie auf, rannte los.

Die Wucht des Aufpralls gegen einen der riesigen Türme schleuderte sie zurück. Hart knallte sie auf den Rücken. Sterne. Bunt. Yeah! Farben!

Etwas lief ihr ins Auge. Sie wischte drüber. Klebrige Wärme. Sie raffte sich auf, kroch weiter.

Licht. Wo war das Licht?

Der Ausgang?

Ein schnappendes Geräusch, dann ein Surren. Links von ihr?

Oder rechts?

Sie blinzelte, wirbelte im Kreis, spürte, wie sich Tropfen von ihrer Stirn lösten und davonflogen.

Licht.

Nochmals blinzelte sie, ehe sie die Augen so weit aufriss, wie sie konnte. Ihre Pupillen tranken Licht.

Ein Schlag ihres Herzens peitschte sie voran, ein Schlag, der Erinnerungen freisprengte. Stolpernd sprang sie auf die Füße, warf sich nach vorne, halb taumelnd, halb laufend.

Sie passierte die ewig verschlossene Tür. Ließ sich nach vorne fallen aus Angst, sie könnte sich in Lichtgeschwindigkeit schließen und ihren Körper zerquetschen, zerteilen.

Panisch atmend sah Maria zurück.

Die Tür blieb offen.

Dann flog ihr hektischer Blick hin und her. Sie lag in einem Gang. Linker Hand endete er in einer massiven Betonwand, in der ein Loch mit teilweise verborgenen oder ganz zerschlagenen Moniereisen prangte. Als hätte ein Sprengsatz diesen Abschnitt getroffen.

Am anderen Ende glomm dumpf und dunkel das Geländer einer …

… Treppe?

Sie blinzelte erneut, konnte nicht fassen, dass ihre Augen etwas Reales erblickten. Ihre Augen konnten es wohl ebenfalls nicht fassen, denn sie tränten und tränten, obwohl die paar schwach flackernden Birnen hinter Gitterdraht der Bezeichnung Beleuchtung kaum gerecht wurden. Maria aber kam es vor, als hingen kleine Sonnen von der rissigen Betondecke.

Sie stand auf, wischte sich im Gehen mehrmals die Nässe der Tränen aus dem Gesicht, merkte aber, dass es rote Tränen waren. Erst als sie die Wunde an ihrer Stirn ertastete, erkannte sie den Grund für die Färbung.

Also keine biblische Plage oder irgendetwas in der Art – sondern Blut, das von ihrer Stirn herablief und sich mit den Tränen vermengte.

Sie lächelte, denn ihr Verstand kämpfte sich frei, durchbrach den Ring schwarzen Eises Stück für Stück. Aber nicht schlagartig, sondern langsam.

Ein Knall.

Sie zuckte zusammen, erstarrte.

Eine weitere Erinnerung. Instinktiv griff sie an ihre Hüfte. Die Finger schlossen sich um Luft. Maria presste die Lippen zusammen, ging weiter, aber geduckt, gespannt.

Ich muss ein Raubtier sein, wenn ich hier lebend rauskommen will! Angreifen, nicht verteidigen. Als Erster zuschlagen. Ohne Gnade.

Eine weitere offene Schiebetür zu ihrer Rechten, dahinter ein

Raum, der in bösen Schatten lag. Das Licht des Ganges blutete gerade so weit hinein, dass sie die Silhouette eines Betts und eines Bildschirms an der Decke sah. Ansonsten leer. Keine andere Frau. Kein anderer Zombie.

Erinnerungen zuckten ihr durch den Kopf wie Blitze in einem Regensturm.

Elzig, Pressler, Mühlhauser …

Sie lief voran, die Schritte sicherer, der Kopf klarer.

Sie erreichte die Treppe, schlich hinauf.

Schritte.

Statt zu erstarren, spannte sie den Körper.

Dieses niederträchtige, perverse Dreckschwein! Dieser Sadist und Mörder!

Die Gedanken schlugen ein wie die Garben eines Maschinengewehrs, jagten über ihre Nervenbahnen. Elektrisierten sie. Holten alles aus ihr heraus. Alles an Angst. Alles an Überlebenswillen.

Wer immer ihr Peiniger sein mochte – sie musste ihn auslöschen.

Erst dann bin ich wirklich frei!

„Und?", fragte Karl.

„Sind offen."

„Super! Hast du schon was von Clemens gehört?"

„Nein."

„Okay, wird schon irgendwie." Karl atmete durch. „Ich danke dir für alles, Robert."

„Gerne, gerne! Pass auf dich auf."

„Mache ich." Karl wollte Robert gerade wegdrücken, als dieser „Ich kriege einen Anruf von Clemens rein" sagte.

„Dann geh ran. Servus." Karl drückte Helena das Handy in die Hand. „Du hältst hier die Stellung, und falls Robert oder Clemens sich melden, koordinierst du das Ganze."

„Ich?"

„Sonst ist niemand hier, oder?"

Angstvoll stierte sie das Handy an. „Für Polizeieinsätze bin ich nicht ausgebildet."

„Aber du bist nicht auf den Kopf gefallen und besitzt Menschenverstand." Als sie nichts darauf sagte, fügte er hinzu: „Das war ein Kompliment."

Sie lächelte tapfer. „Unter anderen Umständen hätte ich mich darüber sogar gefreut."

Unter anderen Umständen hätte ich dich zum Abendessen eingeladen, und das, obwohl dein Doppelname einen Ehemann an deiner Seite vermuten lässt.

Kurzer Blick auf ihre Hände: kein Ehering.

Er raste weiter, erreichte jene Straße, in die er schon hunderte, wenn nicht Tausende Male eingebogen war – aber nie zuvor mit so viel Unbehagen, Anspannung und Angst. Und so hoher Geschwindigkeit. Nachdem er gebremst hatte, wischte er jeden Gedanken an einen Flirt mit Helena von sich, befreite seine Waffe aus dem Holster und öffnete die Tür.

„Bitte sei vorsichtig!"

Mit einem dünnen Lächeln fing er ihre Sorge auf und sagte: „Ich habe alles im Griff."

Dreiste Lüge – aber dafür so erdig-machohaft vorgetragen, dass Dirty Harry höchstselbst die Kinnlade heruntergeklappt wäre.

Er lief los, schnürte am Gartenzaun entlang, hob kurz den Kopf, um mit etwas Glück durch die Scheiben zu sehen, duckte sich dann aber wieder, weil das Glas zu sehr spiegelte.

Er erreichte seine offene Garage, wollte vorbeischleichen – erstarrte aber.

Gelehnt an Leonies und sein eigenes Fahrrad stand Bennys. Zum Glück hatte er das schon zweimal gesehen, sonst wäre es ihm entgangen.

Angst pulste durch Karls Adern, während er zurück zur Straße schlich, mit ernstem Gesicht zu Helena sah und mit Daumen und Zeigefinger ein Telefonsymbol formte.

Sie hatten auf der Fahrt hierher ausgemacht, was das bedeutete: Benny ist hier. Hol Verstärkung.

Vielleicht kann ich das Arschgesicht so lange hinhalten, bis die Scharfschützen in Position sind und ihm eine Kugel in die kranke Birne jagen!

Wut flehte er herbei.

Hass.

Blinden Zorn.

Stattdessen breitete sich nur die Angst weiter aus. Er presste die Lippen zusammen, blendete die Erinnerung daran aus, wie er um Manuels Leben gebangt hatte.

Manuel hat es überlebt. Mehr noch, er hat gezeigt, was in ihm steckt. Wie mutig er ist. Er hat entscheidend dazu beigetragen, Linninger zu überwältigen.

Leonie traute er ebenfalls zu, sich zu wehren. Nur schätzte Karl Benny als gefährlicher ein als Linninger, weil dieser irgendwann die Nerven verloren und somit Fehler begangen hatte. Benny war dies bislang nicht passiert. Außer vielleicht, dass er nicht mit Robert Hohenfelds Riecher gerechnet hatte. Allerdings war es kein wirklicher Fehler gewesen, sondern eine Folge seiner verkorksten Persönlichkeit: In seinem Gottmensch-Komplex traute er niemand anderem zu, so viel auf dem Kasten zu haben wie er selbst.

Tja, Hochmut kommt vor dem Fall. Du wirst für die Scheiße büßen.

Karl passierte die Garage und schwenkte weg von Richtung Haustür zur Terrasse, weil er durch die bodentiefen Fenster die Lage ausloten wollte. Vorsichtig und leise kauerte er sich neben den Gartentisch und lugte ins Wohnzimmer.

Nichts.

Weder Leonie noch Benny.

Er schluckte, erinnerte sich an die Hausparty im Allgemeinen und im Speziellen daran, dass Benny der Einzige gewesen war, der so etwas wie Empathie für Linninger empfunden hatte. Karl hatte daraufhin gesagt, man könne fast meinen, Benny finde das, was Linninger verbrochen habe, cool.

„Scheiße, verfickte!“, zischte er und schlich geduckt zur Haustür. Dort angekommen, legte er die Pistole leise auf den Boden, fischte den Schlüssel aus der Hose und führte ihn im Zeitlupentempo ins Schloss ein. Falls er keinen Lärm machte, mochte er Benny vielleicht überraschen. Oder rechnete er mit Karls Auftauchen?

Wusste er es sogar?

Er drehte den Schlüssel, stolz, dass er die Tür so leise öffnete wie nie zuvor in seinem Leben.

Nachdem er seine Waffe wieder aufgenommen hatte, schob er sich Schritt für Schritt durch den Flur ins Wohnzimmer, schwenkte die Pistole erst nach links, dann nach rechts.

Nichts.

Ein Gitarrenriff aus dem ersten Stock stürmte mit brachialer Lautstärke und Wucht Karls Gehörgänge. Sein Herz klopfte ihm bis unter die Schädeldecke, klopfte an den Augäpfeln, als wollte es diese rausschießen.

„Scheiße“, wisperte er und schlich weiter, nahm die erste Stufe der Treppe.

Er kannte das Lied sogar. *Wanderer* von *Ensiferum.*

Heute wäre das Konzert.

Ein weiterer Schub heftiger, würgender Angst um seine Tochter.

Benny hat Leonie. Auch das hier hat er erwartet und vorbereitet.

Schlagartig regelte jemand die Lautstärke herunter und rief: „Jetzt mach hin, Karl! Ich habe nicht den ganzen Tag Zeit. Und Leonie definitiv auch nicht mehr.“

Benny.

Mit einem Keuchen hastete Karl die Stufen hoch, stieß die halb offene Tür zu Leonies Zimmer ganz auf und sprang ins Zimmer. Im selben Moment, als die Tür gegen die Wand krachte, zielte er schon in Richtung Bett.

„Waffe runter, Karl“, sagte Benny in widerlich entspanntem Tonfall.

Umgehend ließ Karl die Waffe sinken, denn erstens saß Benny

so hinter Leonie, dass Karl nicht auf ihn schießen konnte; zweitens steckte eine Spritze in Leonies Hals, die Benny ganz ruhig hielt. Sein Daumen lag auf dem Kolben, bereit, was immer sich in der Röhre befand, im Bruchteil einer Sekunde in Leonies Blutkreislauf zu jagen.

Wie ein Friedhofsengel saß seine Tochter da, schwarze Kleidung, das Gesicht bleich und starr. Nur die Augen strahlten – und zwar vor Todesangst. Karl nickte ihr zu, wollte sie beruhigen.

„Zieh die Spritze raus!"

Benny kicherte, weder belustigt noch amüsiert, sondern überheblich. „Klar. Damit du einen Satz machst und mir die Rübe wegballerst."

Ja, so ungefähr würde es laufen.

„Papa", wimmerte Leonie.

„Schnauze!" Benny drückte die Spritze fester in den Hals, sodass sich eine Delle bildete.

„Nein!", schrie Karl.

Benny lachte. „Tetrodotoxin. Wie bei Pressler. Intravenös gespritzt hat man nicht mehr lange zu leben. Bei der Dosis hier geht's ruckzuck. Vor allem …" – mit der freien Hand strich er ihr sanft durchs Haar – „… bei einem so zarten Wesen wie deiner Tochter." Jetzt zwirbelte er eine Strähne Haar um seinen Zeigefinger und gab sie dann wieder frei. „Ein Gegengift existiert übrigens nicht. Wenn das mal im Körper ist – tja: Ende Gelände."

Karl presste seine Hilflosigkeit und Wut in den Griff der Pistole. „Wieso tust du das?"

„Weil du ein Arschloch bist, Seitz. Ein selbstherrliches, machtgeiles Arschloch."

„So wie du."

Erneut kicherte Benny. „Ich weiß nicht, ob es klug ist, mich zu beleidigen."

„Lass meine Tochter aus dem Spiel. Dann reden wir."

„Natürlich. Damit das SEK anrückt und mich ausknipst. Weißt du, mein ursprünglicher Plan zielte sogar darauf ab: großes Finale mit heldenhaftem Abgang. Nicht so jämmerlich, wie Linninger es abgezogen hat. Inzwischen gewinne ich allerdings einem ausgedehnten Auslandsaufenthalt mehr ab als einem jähen Ableben."

„Egal was du tust, wegkommen wirst du hier nicht."

„Ach ja?"

Karl konnte Bennys Lächeln spüren, spürte es durch Leonie hindurch, dieses selbstgefällige, arrogante Drecksgrinsen!

„Wir machen das jetzt so", sagte Benny. „Ich erzähle dir was, dann spaziere ich ganz laidback an dir vorbei nach draußen und radle davon, ehe die Kavallerie kommt."

„Lass sie frei und ich werde dich nicht aufhalten. Ehrenwort."

Benny spuckte auf Leonies Bett. Dann stand er auf, was Leonie dazu nötigte, sich ebenfalls zu erheben. Sie verzog das Gesicht vor Schmerz, da die Nadel sich bewegte.

Gib mir die kleinste Chance, und ich blase dir das Hirn weg!

„Während wir quatschen, begeben wir uns schon mal zur Haustür. Und du, Karl, hast natürlich den Vortritt."

Karl konnte nichts anderes tun, weswegen er, langsam und bedächtig, das Zimmer verließ und sich der Treppe näherte.

„Brauchst nicht absichtlich langsam dahinzuschlappen. Aber ist eh wurscht. Angesprochene Kavallerie ist eh gerade mit Maria und dem Luftschutzkeller beschäftigt, gell?"

„Woher wusstest du, dass ich nicht zu Maria fahre?"

„Wusste ich nicht, zumindest nicht, bis das Signal sich näherte. Hat mich richtig gefreut."

„Peilsender an meinem Auto?"

„Klar", antwortete Benny. „Jedenfalls wollte ich diesem Ort unbedingt einen letzten Besuch abstatten. Diesem Ort …" – seine Stimme vibrierte jetzt, als wollte er mehr vermitteln als nur eine simple Botschaft – „… dem ein altes Geheimnis innewohnt. Und dieses Geheimnis bringt den Bewohner dieser vier Wände fast um den Verstand, nicht wahr?"

„Hör mit deinen dämlichen Wortklaubereien auf", knurrte Karl, auch wenn ihm in Wahrheit ein Hauch wie aus einem geöffneten Grab heraus über die Seele kroch. „Was, wenn ich *nicht* aufgetaucht wäre?"

„Tja, keine Ahnung, was dann mit Leonie passiert wäre. Aber einen Weg, dir das Geheimnis mitzuteilen, hätte ich ganz sicher gefunden."

Vor der offenen Haustür blieb Karl stehen und drehte sich herum. Seine Waffe ließ er betont locker nach unten hängen. Leonies Sicherheit stand über allem. Er sah sie an, seine Tochter – die heimlich rauchte, einen jetzt schon fragwürdigen Männergeschmack besaß und so rotzfrech daherkam, dass selbst einem Karl Seitz oft die Spucke wegblieb.

Aber er liebte sie. Nicht nur sie würde es umbringen, sollte Benny ihr das Gift injizieren, sondern auch ihn.

Wie sollte er das Anja jemals beibringen?

Falls sie überhaupt noch lebte. Und selbst wenn nicht – Anjas Schrei des Grauens würde er bestimmt aus den Wolken hören.

„Bitte tu ihr nichts", flehte Karl.

„Preisfrage, mein Bester." Grinsend spitzte Benny an Leonie vorbei. Leider zu kurz, um die Waffe zu heben, zu zielen und ihm sein fettes, anzügliches Grinsen aus der Fresse zu ballern. Er räusperte sich gewichtig, als wollte er eine Rede zur Lage der Nation halten. „Wer hat nach Anjas Verschwinden Computer, Handy und die sozialen Netzwerke nach Spuren gecheckt?"

Karl sah das eigene Entsetzen in Leonies sich weitenden Augen gespiegelt.

„Und wer hat leider nichts finden können?" Ein weiteres Mal schaute Benny an Leonie vorbei zu Karl und machte eine betroffene Miene. „Also, so wirklich *überhaupt* nichts?"

Karl meinte, er stünde mit einem Mal auf einer Drehscheibe, weil er die Füße breiter setzte, um nicht das Gleichgewicht zu verlieren. Alles rutschte nach unten, weg von seinem Kopf, der sich so leicht anfühlte, als würde er sich gleich vom Hals lösen und wie ein Luftballon zur Zimmerdecke steigen. „Das ... das hast du nicht getan."

„Doch, habe ich."

„Ich habe dir mal für mehrere Stunden über die Schulter geschaut! Da war nichts zu finden!"

„Da war ich doch schon längst fertig, du Dummerchen." Lachend schüttelte Benny den Kopf. „Ich will nicht sagen, dass ich genau weiß, wo deine Schlampe steckt oder ob sie überhaupt noch lebt. Aber mit dem, was ich zusammengetragen habe, kann man als taffer, gewiefter Superhauptkommissar was anfangen, würde ich meinen. Ich überlege mir das Ganze, sobald Ruhe herrscht."

„W-was überlegst du dir?"

„Ob ich dir mal ein paar Häppchen zukommen lasse. Nächstes Jahr vielleicht. Oder in zwei Jahren. Oder in drei?" Benny zog die Spritze aus Leonies Hals und stieß sie von sich. Sie stolperte zur Seite, sank dann in die Knie und begann heftig zu zittern. Die Spritze warf Benny weg. „Hätte ich meinen ursprünglichen Plan weiterverfolgt, der vorsah, dass ich selbst draufgehe, hätte ich diesem Miststück hier das Zeug reingejagt. Dann hättest du mich abgeknallt. Story over." Die Kälte in Bennys Stimme drang sogar durch das Rauschen und Tosen in Karls Kopf.

„Aber jetzt ..." Benny stand ganz unschuldig da und steckte die Hände in die Seitentaschen seines Hoodies. „Mei, vielleicht schicke ich dir eine Postkarte aus Barbados. Oder Mauritius. Oder Fuerteventura? Seychellen? Jedenfalls habe ich keinen Bock, einen vor Kummer und Rache durchgedrehten Vater an den Fersen zu haben." Er zuckte die Schultern. „Bisschen warten macht dir ja nix aus, oder, Seitz? Geduld – deine große Stärke. Hast es ja schon zwei Jahre ohne deine Schlampe ausgehalten, nicht?" Er lachte. „Wer weiß, vielleicht siehst du sie ja irgendwann wieder."

Karl hob die Pistole, zielte auf Bennys Gesicht.

Nicht mal ein Zucken auf der Wange, Benny hielt sein Lächeln, als wäre er eine Statue bei Madame Tussauds. „Wenn du das machst, erfährst du es nie."

„Du wirst es mir eh nicht sagen."

„Kann sein." Bennys Grinsen schwand. „Aber darauf musst du es ankommen lassen, Karl Seitz. Hauptkommissar." Zwei entschlossene Schritte, und er presste seine Stirn gegen die Mündung. „Los. Drück ab."

Karl hielt den Atem an, hörte, wie auch Leonie die Luft einsog.

„Hast du Anja entführt?"

„Nein. Wahrscheinlich ist sie von sich aus abgehauen, damit sie mit so einem Arschloch wie dir nicht mehr zusammenleben muss."

Die blasse Stirn hinter Kimme und Korn füllte Karls Blickfeld, als schaute er über den Steg eines Gewässers auf den Mond, der sich voll und rund in die Nacht erhob.

Er ließ die Waffe sinken; Benny lächelte triumphal.

Ja, er hatte gewonnen. Auf ganzer Linie. Er würde ins Freie spazieren, davonradeln.

Game Over für Karl Seitz.

Gemäß Dienstpflicht und Berufsethos müsste er Benny festnehmen. Aber sowohl er selbst als auch Benny wussten, dass das nicht passieren würde.

Anja.

„Auf Nimmerwiedersehen, Herr Hauptkommissar." Benny schob sich an Karl vorbei und verschwand.

Karl sah zu Leonie, der Tränen die Wangen herabrannen. Am Hals klebte ein Tropfen getrockneten Blutes. „Es tut mir leid", raunte er.

Sie stand auf, lief zu ihm.

Er sicherte die Waffe und steckte sie ins Holster, dann schlang er die Arme um seine Tochter. Um seine *lebendige* Tochter.

Von draußen ein metallisches Geräusch, wohl, weil Benny sein Rad von den anderen löste und aufstieg.

„Ich bin so unendlich glücklich, dass dir nichts passiert ist", murmelte Karl an Leonies Haar vorbei. „So unendlich glücklich."

„Stimmt das mit Mama?"

„Was meinst du?"

„Dass dieses Arschgesicht etwas weiß."

„Kann gut sein."

„Schnapp ihn dir. Bitte!"

„Dann wird er nie etwas sagen. Ich muss ihn laufen lassen. Es geht nicht anders."

Das Röhren eines Motors – stattliche PS-Zahl, das hörte Karl sofort.

Ein Scheppern und ein Schrei, so laut, dass Leonie in Karls Umarmung zusammenzuckte.

„Warte!“ Er riss die Waffe wieder aus dem Holster und rannte ins Freie.

Sein erster Gedanke: *Helena hat Benny überfahren, weil sie dachte, er wollte fliehen!*

„Nein …“, hauchte er, als er die Garage passierte.

„Nein!“ Eine Wiederholung seiner eigenen Bitte, allerdings von der Straße kommend, die Stimme vor Überraschung und Schreck getränkt.

Bennys Stimme.

Zum Glück, er lebt!

Karl stolperte auf die Straße.

Links von ihm, zwanzig Meter entfernt: Robert Hohenfelds Wagen, die Fahrertür offen. Davor Bennys Mountainbike, verbogen auf dem Asphalt.

Daneben Benny selbst, auf dem Rücken, die Arme von sich gestreckt wie Jesus am Kreuz. Er stieß ein kehliges, wimmerndes Keuchen aus.

Neben ihm stand eine Frau in verschmierter Jeans und einst weißen Turnschuhen, nun aber fast schwarz vor Staub und Dreck. Blondes Haar hing ihr verfilzt und zerzaust über die Schultern.

Beide Hände umklammerten eine Pistole. Sie setzte einen ruhigen Schritt, sodass sie auf Höhe mit Bennys Kopf stand, legte an – und schoss ihm ins Gesicht. Der Knall rauschte durch Karls Ohren und fegte jeden Gedanken fort, sodass, als die leere Hülse auf den Asphalt klimperte, sein geistiges Auge auf eine weite Ödnis blickte.

„M-Maria“, stammelte er und ließ die Waffe sinken.

Sie wandte sich ihm zu.

Die Kälte eines Gletschers strahlte aus ihren Augen. Sie warf die Pistole auf Bennys Brust. Dann ging sie zu Karl. Wie ein

Roboter streckte sie ihm die Arme gekreuzt entgegen, die Hände zu Fäusten geballt.

Sie schauten sich an, und Karl war, als stünde eine Fremde vor ihm. Er selbst kam sich ebenfalls fremd vor, weil sein Kopf weiterhin nicht funktionierte, Notstrom. Nur zerstückelte Basisinformationen trieben vorbei: *Maria lebt. Aber sie hat Benny erschossen. Leonie lebt. Und Anja lebt vielleicht auch noch.*

Er schluckte, steckte die Pistole weg, sein Blick weiterhin auf Marias regloses Gesicht gerichtet. „Was … was ist passiert?"

„Das könnte ich dich fragen", erwiderte sie, nicht das kleinste Zittern in der Stimme. „Wieso fährt dieser Bastard seelenruhig mit dem Rad von deinem Haus weg?"

„Lange Geschichte." Karl sah an ihr vorbei zu Bennys Leichnam. „Wieso hast du ihn erschossen?"

„Weil er's verdient hat."

Anja … Ich werde sie nie finden! Oder doch? Wenn ich Robert darauf ansetze, Bennys Dateien bis in die letzte dunkle Ecke zu durchforsten?

Karl vernahm Schritte hinter sich, erst schnell, dann langsamer. Dann verstummten sie ganz.

„O Gott …"

Er drehte sich herum.

Fassungslos stand Helena da, eine Hand vor den Mund gehoben, und stierte an Karl und Maria vorbei zur Gestalt auf der Straße. „Was ist geschehen?"

Sein erster Gedanke: *Gut, sie hat nichts gesehen!*

Mit der linken Hand griff Karl hinter sich, fand Marias Hände und drückte sie nach unten. „Kollegin Strobl hat … hat in Notwehr gehandelt." Er leckte sich mit der Zungenspitze über die Unterlippe. „Bukis … also Ferber … Also, er hat meine Tochter bedroht. Dann ist er abgehauen, quasi direkt in Marias Arme. Er wollte mit der Giftspritze zustechen. Da musste sie reagieren."

Helena ließ die Hand sinken, war kalkweiß im Gesicht. Sie setzte ein paar unstete Schritte Richtung Zaun, stützte sich daran ab und übergab sich.

„Du rührst dich keinen Zentimeter vom Fleck“, raunte er Maria zu. „Und vor allem hältst du die Schnauze.“

Sie schluckte, sah zurück zu Benny, dann zu Helena. „Du musst das nicht tun. Ich …“

Er riss die Augen auf und starrte sie so irre und wütend an, wie er konnte. „Kein Wort sagst du!“, zischte er. Ohne abzuwarten, ob sie darauf reagierte, eilte er zurück zum Haus.

Die Arme um den Körper geschlungen, stand Leonie in der Haustür, ihre Gesichtsfarbe wie die von Helena.

„Was ist los?“

Er sparte sich eine Antwort, drückte sich an ihr vorbei, nahm ein Paar Handschuhe aus der Garderobe, hob die Spritze auf und hastete zurück.

„Stell dich zwischen Helena und mich“, flüsterte er Maria zu.

Zum Glück tat sie, was er ihr anwies.

Er ging in die Hocke und legte die Spritze in Bennys rechte Hand, darauf bedacht, dass dessen zerstörtes Gesicht als vages, breiiges Rot in seinem äußersten Blickfeld blieb. Dann richtete er sich wieder auf und gesellte sich zu Maria.

„Wie bist du hierhergekommen? Wie konntest du das wissen?“

„Ich habe Clemens niedergeschlagen, ihm Waffe und Handy genommen. Und Autoschlüssel.“

„Warum?“

„Weil ich dachte, es wäre mein Peiniger.“

„Wusstest du Clemens’ Smartphone-Code?“

„Fingerabdruck“, sagte sie, und Karl stellte sich vor, wie sie Clemens’ rechten Zeigefinger aufs Sensorfeld presste. „Ich habe mit seinem Handy deine Nummer gewählt. Aber da ging jemand anderes dran.“

„Robert Hohenfeld.“

„Ja, so hieß der Typ.“

„Robert hat dir gesagt, wo ich bin. Und dass Benny der Täter und womöglich auch dort ist.“

Sie nickte.

„Clemens überlebt es, oder?“

„Mit Sicherheit."

„Wir kriegen das hin", murmelte er. „Aber nur, wenn wir beide dichthalten wie ein Arsch mit passgenauem Korken drin."

„Nein. Ich werde mich stellen."

Er verengte die Augen. „Wegen dieses Penners deinen Job riskieren? Bist du bescheuert?"

Zum ersten Mal seit dem Schuss huschte eine Regung über Marias Züge: ein gequältes Öffnen des Mundes, wie von Schmerz und Überraschung sowie der Gewissheit, dass ein Sturm über ihr aufzog. „Ich …" Sie schluckte. „Meine Eltern. Er hat gedroht, sie …"

Karl fasste sie an den Schultern. „Nerven bewahren, hörst du?"

Sie nickte zaghaft, ihr Blick gesenkt.

„Zusammen wurschteln wir uns da durch."

Keine Reaktion.

„Hast du verstanden?"

Abermals bekam er nicht mehr als ein schwaches Nicken.

Er atmete durch. Musste reichen.

Polizeisirenen in der Ferne, die näherkamen.

—— ENDE des zweiten Falls ——

Printed in Poland
by Amazon Fulfillment
Poland Sp. z o.o., Wrocław

14255299R00248